더버빌 가의 테스

SNUPRESS 동서양의 고전 14

더버빌 가의 테스

초　판 1쇄 발행 2000년 1월 20일
개정판 1쇄 발행 2011년 3월 10일
개정판 3쇄 발행 2018년 9월 20일

옮긴이 김보원
펴낸이 성낙인
펴낸곳 서울대학교출판문화원

출판등록 제15-3호

주소 (08826) 서울 관악구 관악로 1
대표전화 02-880-5252 **팩스** 02-888-4148
홍보마케팅팀(주문 상담) 02-889-4424, 02-880-7995
이메일 snubook@snu.ac.kr
홈페이지 www.snupress.com

ISBN 978-89-521-1702-1　04840
978-89-521-1192-0　(세트)

SNUPRESS 동서양의 고전 14

더버빌 가의 테스

토머스 하디 지음 · 김보원 옮김

서울대학교출판문화원

Tess of the d'Urbervilles

by Thomas Hardy, Translated by Bowon Kim

도체스터 외곽 하이어 보캠튼에 있는 하디의 생가.

하디는 자전거를 타고 도셋주 여기
저기를 돌아다녔다(1890년경).

비서였던 플로렌스 에밀리와 올드버러 해변에서 찍은 사진(1909년). 플로렌스는 첫 부인 에마가 죽은 지 2년 뒤인 1914년 하디의 둘째 부인이 된다.

애견 '웨섹스'(Wessex)와 저택 마당에서 다정한 한때를 보내고 있는 하디와 플로렌스 부부(1914년). 웨섹스는 우편배달부를 비롯하여 모든 방문객을 물어댈 만큼 사나웠다고 한다.

하디 자신이 설계하여 지은 저택 막스 게이트(Max Gate)의 정면 모습. 1888년 이후로 하디는 주로 이 집에서 살았다.

정원 쪽에서 바라본 막스 게이트.

막스 게이트에 있는 하디의 서재.

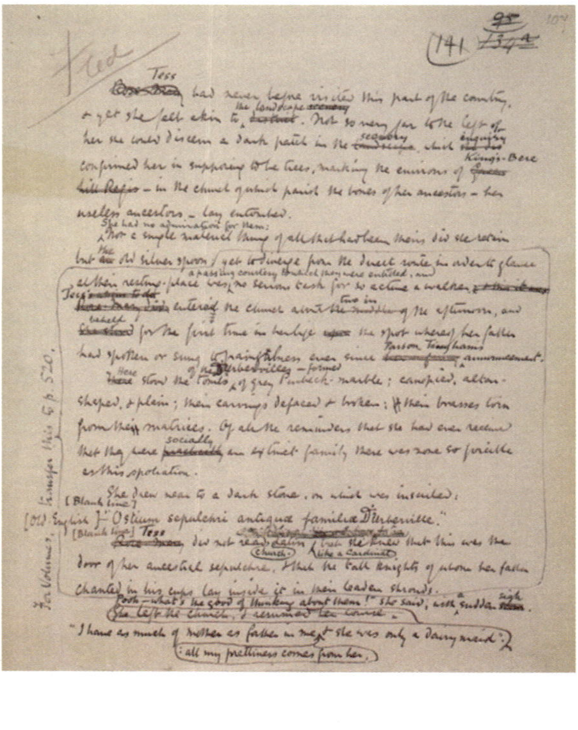

141

Tess had never before visited this part of the country, & yet she felt akin to the landscape. Not so very far to the left of her she could discern a dark patch in the scenery, which inquiry confirmed her in supposing to be trees, marking the environs of Kings-Bere – in the church of which parish the bones of her ancestors – her useless ancestors – lay entombed.

She had no admiration for them: not a single material thing of all that had been theirs did she retain but the old silver spoon; yet to diverge from the direct route in order to glance at their resting-place was no serious task for so active a walker.

Here stood the tombs of the d'Urbervilles – formed of grey Purbeck-marble; canopied, altar-shaped, & plain; their carvings defaced & broken; their brasses torn from their matrices. Of all the reminders that she had ever received that they were socially an extinct family there was none so forcible as this spoliation.

She drew near to a dark stone, on which was inscribed:

[Old English] "Ostium sepulchri antiquae familiae D'Urberville."

Tess did not read Church-Latin like a Cardinal, but she knew that this was the door of her ancestral sepulchre, & that the tall knights of whom her father chanted in his cups lay inside it in their leaden shrouds.

For Volumes, transfer this to p. 520.

"I have as much of mother as father in me!" she said ... "all my prettiness comes from her, & she was only a dairymaid."

《더버빌가의 테스》 초고. 하디가 직접 빼곡하게 수정한 흔적이 엿보인다.

하디 고향 마을의 스틴스퍼드 교회. 하디의 사후 그의 유해는 웨스트민스터 사원에 묻혔는데 그의 심장만은 이 교회의 가족묘지에 묻혀 있다.

하디의 고향 스틴스퍼드 교회 묘지에 있는 하디 가족의 무덤. 가운데 무덤에 하디의 첫 부인 에마(Emma)가 묻혀 있고, 중세의 풍습에 따라 하디의 심장도 함께 묻혀 있다.

로만 폴란스키 감독의 영화 〈테스〉에서 여주인공 나스타샤킨스키가 밀밭에서 아기를 안고 있는 장면(1979년 제작).

만헐(Marnhull)에 있는 '테스네 집'(Tess Cottage). 더비필드 가족의 집은 이 농가를 모델로 하여 그렸다고 한다.

테스와 에인절이 사랑을 나눈 '대낙농장 유역'의 모델인 프롬 강 유역.

로만 폴란스키 감독의 영화 〈테스〉의 한 장면. 대낙농장에서 에인절과 테스가 서로에게 호감을 가지기 시작하는 장면이다.

울(Wool)에 소재한 '웰브릿지 농가와 다리'. 테스와 에인절이
신혼 첫날밤을 보낸 웰브릿지 농가의 모델이다.

스톤헨지(Stonehenge). 알렉을 죽인 테스는 이곳에서 경찰에 체포된다.

머리말

토머스 하디(1840~1928)의 《테스》— 정확하게는 《더버빌 가(家)의 테스》— 는 대중적 인기와 전문연구자들의 찬사를 함께 누리는 행복한 고전이다. 하디의 고향인 영국 서남부 도셋(Dorset) 지방을 배경으로 하고 있는 이 작품은 하디의 소설 중에서 가장 널리 알려져 있고, 또 영국소설 전체로도 최고의 평가를 누리는 작품 가운데 하나다.

출간 당시의 부도덕성 논란에도 불구하고, 순박한 시골처녀가 신분을 초월한 사랑을 꿈꾸다가 살인범으로 체포되어 형장의 이슬로 사라지는 안타깝고 슬픈 이야기는 스토리 자체만으로도 독서대중의 눈물을 자아내기에 충분했고, 그 감동은 연극과 영화의 제작으로 이어지면서 높은 대중적 인기를 유지하였다.

하지만 《테스》의 소설적 성취는 멜로드라마에 가까운 스토리의 재미에서만 비롯되는 것은 아니다. 무엇보다도 자본주의의 발전과 함께 최종적 해체 단계에 들어선 영국 전통 농촌사회의 실상을 이 작품의 생생한 기록을 통해 읽을 수 있다는 점에서 《테스》의 사실주의적 성취는 소설사적 의의를 지니고 있다. 아울러 그 신산스런 현실 속에서 뚜렷하게 솟아오르는 테스라는 탁월한 인물은 현대적 상황에서 창조 가능한 비극적 주인공의 한 전형을 제시한다는 점에서 이 작품에 비극사적 의의까지 부여하고 있다. 또한 테스와 두 남자의 갈등 혹은 싸움은 결국 남성 위주의 성 이데올로기가 지배하는 빅토리아 사회에서 독립적 여성이 모색하는 인간적 실현이 얼마나 힘겨운 것인지를 드러낸다는 점에서 여성론적 의의까지 함축하는 선구성을 이 작품에서 찾아볼 수 있다.

간략히 정리한 위의 성취로 미루어 보아도 본고장에서와 마찬가지로 이 소설이 한국에서 누리는 대중적 인기는 너무나 당연한 것인지 모른다. 대학의 영문학과 강의에서는 물론이고 일반 독자들의 경우에도 이 작품은 가장 인기있는 외국소설 중의 하나에 속한다. 번역에 착수하면서 기존의 번역본들을 참조하기 위해 서울 시내의 대형서점에 들렀을 때 무려 열 권 이상의 역본들을 발견할 수 있었고, 이는 다른 어느 외국소설보다 많은 숫자였다. 그리고 실제 번역 과정에서 이 번역본들은—상당한 오역에도 불구하고—적지 않은 도움이 되었던 것이 사실이다. 외국문학 논문에서 흔히 발견되는 '이러저러한 번역본들이 있었으나 참고할 만하지는 않았다'는 식의 무책임한 비판은 적어도 《테스》에 대해서는 해당되지 않는 것으로 보인다. 이는 한편으로 한국의 영문학 연구가 이제 연륜이 쌓이면서 어느 정도의 수준에 이르렀다는 방증이기도 하거니와, 다른 한편으로 이 작품의 대중성 그 자체가 계속된 번역본을 요구하면서 오늘의 축적된 성과를 이룩한 것이 아닌가 하는 생각을 가능하게 한다.

그런 점에서 십수 권의 번역본이 이미 출간된 작품을 다시 번역하려고 나서는 데는 만용에 가까운 용기가 필요했다. 한편으로 하디 연구자로서 하디의 대표작을 번역한다는 자부심 또한 없지 않았으나, 서울대학교출판문화원과 약속한 기한을 2년이나 넘긴 것은 결국 처음의 용기가 확신으로 쉽게 이어지지 않았기 때문이다. 다만 기존 번역본들에서 발견되는 약간의 오역(誤譯)과, 이 모든 번역본이 결국은 최종의 완성본(?)을 향한 도정(道程)에 불과하다는 변명이 지루한 작업을 이끌고 나간 원동력이었음을 솔직히 고백할 따름이다.

그럼에도 불구하고 기존의 번역본에서 발견된 오역들과 장차 이 번역본에서 드러날 오역들을 포함해서 번역본 전체를 비교, 대조하는 연구가 필요하다는 생각은 더욱 절실해졌다. 오랜 번역 작업 중 무릎을 칠 만큼 감탄스런 역어(譯語)를 발견할 때도 있었지만, 실소를 금치 못할 터무니없는 오역이나 후안무치의 생략과 축약들이 적지 않게 발견되었기 때문이다. 이런 잘못된 관행과 관습은 출판사나 독자, 그리고 전문 연구자 모두를 위해서도 반드시 바로잡아야 할 것이다.

감사를 드려야 할 분이 많다. 우선 〈고전총서〉의 무게에도 불구하고 선뜻 번역 작업을 맡겨 준 서울대학교의 인문학연구소와 까다로운 대목이 나올 때마다 진지하게 자문과 토론에 응해 준 방송통신대학교의 브래드 매톡스(Brad Mattox) 교수께 진심으로 감사를 드린다. 아울러 꼼꼼한 교정과 교열로 문장을 가다듬어 준 조수경 선생께도 고마움을 전하며, 지리한 교정작업을 인내하며 도와준 서울대학교출판문화원 직원 여러분께도 감사를 드린다. 여러분의 도움에도 불구하고 오역은 전적으로 역자의 책임이며, 그런 점에서 테스를 사랑하는 독자들의 질정을 기다리는 바이다.

2000년 1월 김보원

2000년 1월 초판이 출간된 후 영미문학연구회의 번역평가에서 '추천본'으로 평가를 받는 등 많은 독자들의 과분한 사랑을 받았다. 하지만 2005년의 부분적인 수정에도 불구하고 그동안 꾸준하게 제기된 일부 대목의 오역을 비롯하여 전면 개정의 필요성이 있었다. 앞의 초판 역자서문에서 언급한 대로 번역은 '최종의 완성본을 향한 도정'이란 믿음에는 변함이 없고, 10여년 만에 펴내는 이 개정판 역시 그 도정의 한 걸음일 뿐이다. 하디를 사랑하는 많은 독자들의 애정어린 질책을 기다리며 개정판을 펴낸다.

2011년 2월 김보원

차례

일러두기

번역대본에 대해

《더버빌 가의 테스》는 1888년 가을경에 집필이 시작된 것으로 보이는데, 출판사 세 곳에서 퇴짜를 맞은 다음 〈그래픽〉(Graphic)지에 연재가 시작된 것은 1890년 7월이었다. 잡지 편집자들로부터 연재를 거부당한 것은 일부 대목이 비도덕적이고 반종교적이라는 이유에서였는데, 〈그래픽〉지에도 결국은 문제의 장(chapter)을 제외하고 실을 수밖에 없었다. 이때 문제가 된 장이 바로 체이스버러의 광란의 밤과 뒤이어 알렉이 테스를 유혹하는 대목이 이어지는 10, 11장 및 아기에게 세례를 주는 14장이었다. 이 두 이야기는 다른 잡지에 단편으로 발표되었다가 다음해(1891년)에 《더버빌 가의 테스》가 단행본으로 출판될 때 그 자리에 원래대로 삽입되었다. 현재 이 작품의 정본으로 통하는 것은 하디 생전의 1912년에 출판된 '웨섹스 판'(Wessex Edition)으로 1891년의 단행본과 큰 차이는 없다. 이번 번역에서는 '웨섹스 판'에 기초하여 펭귄출판사에서 1978년에 펴낸 문고본을 사용하였고 1979년에 출판된 노튼 판(Norton Critical Edition)을 참조하였다.

번역용어와 관련한 한 가지 해명

언제부터인지 알 수 없으나 영국소설의 번역에서 영국국교회(the Church of England)의 성직자는 '목사'(牧師)로 번역되어 왔다. 그러나 영국국교회와 신앙적 뿌리를 공유하고 있는 한국성공회에서 가톨릭 교회와 마찬가지로 '사제', '주교', '신부' 등의 용어를 쓰고 있다는 점에서 이제는 '신부'(神父)로 바꾸어 주는 것이 옳다고 보아 이번 번역에서는 신부로 통일하였다. 이 문제는 성공회의 신앙적 입장이 신교와 구교 어디에 가까운가 하는 문제가 아닌 순전히 용어상의 문제이며 또 관습과 관련된 문제이기 때문이다. 더욱이 우리말의 목사는 영어의 minister, pastor에서 유래하는데, 각각 '섬기는 사람', '목자'라는 어원을 가지고 있고, 이 단어들은 영국에서는 감리교를 비롯한 비국교(非國敎) 성직자를 가리키는 말로 확실하게 구분되어 있다. 따라서 영국국교회의 성직자를 가리키는 parson, rector, vicar 등은 신부로 옮기는 것이 바람직할 것이다. 이 작품에 등장하는 트링엄이나 클레어, 그리고 하디 고향 마을의 사제는 모두 국교의 성직자들로 parson, vicar 등으로 불리고 있다. 클레어 신부의 경우는 칼뱅이나 루터의 가르침을 이어받았다는 점에서 개신교적 성향이 있으나, 스스로 국교의 사제임을 분명히 밝히고 있다. 이런 혼란이 생긴 것은 종교개혁 이후 영국국교의 성직자들이 가톨릭의 사제들과는 달리 결혼생활을 하게 된 특수한 사정과 관련이 있는 듯하다. 그렇다면 그런 특수성을 드러내기 위해서라도 호칭을 달리 하여 독자가 이해의 폭을 넓힐 수 있도록 해주어야 한다는 것이 역자의 생각이다.

본문 삽입그림에 대해

본문에 들어간 삽화는 《더버빌 가의 테스》가 〈그래픽〉지에 연재될 당시 함께 실렸던 그림이다.

Hubert Von Herkomer, D. A. Wehrschmidt, E. Borough Johnson, Joseph Syddall 등 여러 삽화가가 그렸다.

더버빌 가의 테스

Tess of the d'Urbervilles

제1부 처녀

1

오월 하순 어느 날 저녁 중년의 한 남자가 샤스톤에서부터 말롯 마을에 있는 집을 향해 걸어가고 있었다. 블레이크모어 또는 블랙무어라는 이름을 가진 인근의 골짜기에 있는 마을이었다. 남자를 지탱하고 있는 두 다리는 비틀거리고 있었고, 그는 불안한 걸음걸이 탓에 왼쪽으로 약간 기울어지는 경향이 있었다. 어떤 생각을 확인이라도 하듯 그는 이따금 힘있게 고개를 끄덕거렸으나 특별히 무슨 생각을 하고 있는 것은 아니었다. 텅 빈 달걀 바구니가 그의 팔에 매달려 있었고, 모자에는 보풀이 일어나 모자를 벗을 때 엄지손가락이 닿는 가장자리는 거의 닳아빠져 있었다. 얼마 지나지 않아 그는 잿빛 암말을 타고 오는 늙수그레한 신부(神父)와 마주쳤다. 신부는 말을 탄 채 무슨 노래인지 알 수 없는 가락을 흥얼거리고 있었다.

"안녕하십니까?" 바구니를 든 남자가 말했다.

"안녕하시오, 존 경(卿)?" 신부가 대답했다.

걸어가던 남자는 한두 걸음 더 걷다가 발길을 멈추고 돌아섰다.

"그런데, 신부님. 죄송합니다만, 요전 장날에도 이맘때쯤 이 길에서 만나 뵌 적이 있지요. 그래서 제가 '안녕하십니까?' 하고 인사를 드렸더니 신부님은 지금처럼 '안녕하시오, 존 경'이라고 대답하시더군요."

"그랬지요." 신부가 말했다.

"그리고 그 전에도 한 번 — 거의 한 달 전쯤에요."

"아마 그랬을 겁니다."

"이렇게 몇 번씩이나 저를 '존 경'이라고 하시는 건 무슨 뜻인지요? 전 그저 평범한 도붓장수 잭 더비필드올습니다만."

신부가 한두 걸음 가까이 다가왔다.

"그냥 괜히 그래 본 거지요." 그는 이렇게 말하고는 잠시 머뭇거리다가 말을 이었다. "그건 새 향토지(鄕土誌) 때문에 족보를 뒤지다가 얼마 전에 무슨 발견을 했기 때문이라오. 나는 스택풋 레인에 사는 트링엄 신부인데, 고서 연구를 하고 있소. 더비필드, 당신은 정말로 당신이 그 유서깊은 기사(騎士) 가문인 더버빌 가(家)의 직계 후손이란 걸 모르고 있소? 배틀 수도원(윌리엄 왕이 전승 기념으로 배틀에 세운 수도원-역주) 문서에 의하면 당신 집안은 정복왕 윌리엄과 함께 노르망디에서 건너온 그 유명한 기사 페이건 더버빌 경에서부터 시작되는 가문이오."

"생전 처음 듣는 얘긴데요!"

"흠, 그건 사실이오. 당신 옆얼굴이 잘 보이도록 턱을 조금 들어보시오. 맞아요, 더버빌 가문의 코와 턱이 맞소—약간 격이 떨어지긴 하지만. 당신 조상은 노르망디의 에스트레마빌라 공이 글래모건셔를 정복할 때 도움을 준 열두 기사 중의 한 사람이오. 당신 가문의 후손들은 이 지방에 널리 영지를 보유하고 있었고, 그들의 이름은 스티븐 왕 시절의 국고연감(國庫年鑑)에도 나오지요. 존 왕 치세 때의 한 분은 병원기사단에 영지를 내 줄 정도로 거부였소. 또 에드워드 2세 때는 당신 조상 브라이언이 웨스트민스터에 소집되어 왕정청(王政廳)회의에 참석하기도 했소. 올리버 크롬웰 시대에 약간 기울기는 했으나 심각한 정도는 아니었고, 찰스 2세의 치세 중에는 가문의 충성 덕택에 왕실 오크 기사로 봉해지기도 했지요. 그래요, 당신네 가문은 대대로 기사였소. 만약에 준남작(準男爵)처럼 기사도 세습 된다면 이제 당신은 존 경이 되는 거요. 옛날에는 정말 그랬소. 기사도 아버지에서 아들로 세습이 되었거든."

"설마요!"

"요컨대," 과단성 있게 채찍으로 자기 다리를 찰싹 치면서 신부가 말을 맺었다. "영국에 그만한 집안은 또 없소."

"얼떨떨하군요, 정말입니까?" 더비필드가 말했다. "저는 이 교구에서 제일 형편없는 인간이나 다름없이 이렇게 날마다 이리저리 떠돌아다니고 있는데 말입니다…… 그런데, 트링엄 신부님, 저하고 관련된 이 이야기가 밝혀진 지는 얼마나 됐습니까?"

신부는 자기가 알고 있는 한 그 사실은 사람들 기억 속에서 사라졌기 때문에 아는 사람이 거의 없다고 설명했다. 신부 자신의 연구도 지난 봄 어느 날, 더버빌 가의 변천사를 추적하다가 더비필드란 이름을 그의 마차에서 발견하면서 시작되었던 것인데, 신부는 거기서부터 그의 부친과 조부에 대해 연구를 하면서 확실히 알게 되었던 것이다.

"처음에는 이렇게 부질없는 이야기로 당신 생각을 어지럽히지는 말아야겠다고 결심했소만," 그가 말했다. "사람의 충동이란 게 종종 분별력보다 강한 법이지요. 그리고 혹시 당신이 이 사실을 약간은 알고 있을지도 모른다는 생각도 했소."

"아, 사실 저도 우리 집안이 블랙무어로 오기 전에는 잘 살았다는 얘기를 한두 번 들은 적이 있습니다. 하지만 별로 신경쓰지는 않았습니다. 옛날에는 말이 두 마리였다가 지금은 한 마리만 남았다는 정도로 생각했거든요. 집에 가면 옛날 은숟가락 하나하고, 문양을 새겨 넣은 도장이 있긴 합니다만 숟가락하고 도장이 무슨 소용이 있나요?…… 그런데 이 지체 높은 더버빌 집안하고 제가 한 핏줄이라고 생각을 한다면 말입니다, 우리 증조부님은 무슨 비밀이 있었던 것 같은데, 집안 내력에 대해서는 좀체 말씀하지 않으려고 하셨다더군요. 그런데, 신부님, 이런 말투를 용서하십시오만, 우리 집안은 지금 어디에다 연기를 피우고 있습니까? 제 말은 어디 살고 있느냐는 거지요."

"아무데도 사는 데가 없소. 끊어져 버린 셈이지—지방의 가문으로는 말이오."

"거 참 섭섭하군요."

"그래요 — 엉터리 족보책에서는 남자의 대가 끊어졌다고 하는 건데 — 말하자면 몰락한 거요 — 망해 버린 셈이지."

"조상들은 어디 묻혀 있나요?"

"킹즈비어 서브 그린힐이란 곳인데, 퍼벡 대리석으로 된 지붕 밑에 조각상들이 서 있고 조상들은 거기 가족묘지에 줄줄이 묻혀 있소."

"그러면 조상들 저택이나 토지는 어디 있나요?"

"아무것도 없어요."

"예? 땅이 하나도 없다고요?"

"전혀 없어요. 아까도 말했지만 당신 집안은 자손이 번창해서 땅도 많았지만 말이오. 이 주(州)에는 킹즈비어에 영지가 있었고, 또 셔튼, 밀폰드, 럴스텟, 그리고 웰브릿지에도 있었소."

"그러면 우리 땅을 다시 찾을 수 있을까요?"

"아 — 그건 나도 알 수 없소."

"그러면 제가 어떻게 하는 게 좋겠습니까, 신부님?" 잠시 숨을 돌리고 더비필드가 물었다.

"흠, 아무것도, 아무것도 없소. 다만 '아 용사는 쓰러졌도다'라고 생각하고 마음을 달래는 수밖에 없지. 이건 향토사가나 족보학자들한테는 다소 흥밋거리가 될지는 몰라도 그 이상은 아니오. 이 지방 사람들 중에는 당신네 못지 않게 훌륭한 집안이 여럿 있소. 잘 가시오."

"그렇지만 트링엄 신부님, 이렇게 만난 김에 돌아가서 저하고 맥주나 한 잔 하시는 게 어떻겠습니까? 퓨어 드롭 주막에 가면 아주 괜찮은 술이 있거든요. 물론 롤리버네보다는 못하지만요."

"아, 괜찮아요 — 더비필드. 오늘 저녁엔 안 돼요. 벌써 많이 마신 것 같소." 이렇게 말을 맺고 길을 떠나면서 신부는 이 호기심을 불러일으키는 이야기를 발설한 것이 경솔한 일은 아니었는지 의심스러운 생각이 들었다.

그가 사라지자 더비필드는 깊은 몽상에 잠긴 채 몇 걸음을 걷다가 길 옆에 풀이 무성한 둑에 앉아서 바구니를 앞에 내려놓았다. 잠시 후 더비필드가 걸어왔던 방향에서 한 젊은이가 멀리 걸어오는 것이 보였다. 그를 보자 더비필드는 손을 들었고 젊은이는 걸음을 빨리 해서 다가왔다.

"자네, 그 바구니 좀 들게! 내 심부름 좀 해 줬으면 좋겠어."

그 욋가지처럼 빼빼 마른 젊은이는 인상을 찌푸렸다. "아니, 존 더비필드, 당신이 뭐길래 나를 '자네'라고 부르고 심부름을 시키는 거요? 내가 당신 이름을 알 듯이 당신도 내 이름을 알고 있잖아요!"

"알아, 안다고? 그건 비밀이야 — 비밀이고 말고! 자 내 명령을 잘 듣고 내가 시키는 대로 전해…… 어이, 프레드, 자네한테는 말해도 괜찮겠지. 그 비밀은 내가 귀족의 후예라는 거야 — 오늘 오후에 그걸 알았어." 이렇게 선언을 하고 더비필드는 앉은 자세에서 쓰러지면서 데이지꽃 우거진 둑 위에 기분 좋게 누워 버렸다.

청년은 더비필드 앞에 서서 머리끝에서 발끝까지 그의 전신을 훑어보았다.

"존 더버빌 경 — 그게 바로 날세." 누워 있던 남자가 계속 말했다. "기사가 준남작하고 같다면 말이야 — 사실 같은 거지 뭐. 나에 관한 이야기가 모두 역사에 기록되어 있단 말씀이야. 젊은이, 킹즈비어 서브 그린힐이란 데를 아는가?"

"알지요. 그린힐 장날 거기 가 본 적이 있어요."

"그래, 그 읍내 예배당 밑에 누워 있는……."

"그건 읍이 아니에요, 그냥 촌이죠. 적어도 내가 거기 갔을 때는 그랬어요 — 한눈에 다 들어오는 형편없는 작은 동네던데요."

"그곳이야 어떻든 자넨 상관 말게. 지금 문제는 그게 아니야. 그 교구 예배당 밑에 우리 조상들이 누워 있단 말일세. 수백 명이나 되는 조상들이 갑옷과 보석을 휘감고 엄청나게 무거운 큰 납관 속에 누워 있어. 남부 웨섹스에 나보다 더 훌륭하고 뼈대있는 조상을 둔 사람은 한 사람도 없단 말씀이야."

"예에?"

"자, 그 바구니를 들고 말롯으로 가게. 퓨어 드롭 주막에 가면 내가 집에 돌아가도록 즉시 나한테 마차를 보내라고 하게. 그리고 마차 바닥에는 작은 병에 럼주(酒)를 실어 보내고 술값은 내 앞으로 달아 두라고 해. 그리고 그 일이 끝나면 바구니를 가지고 우리 집으로 가서 마누라한테 빨래 따위는 이제 필요 없으니까 그만두고 내가 집에 갈 때까지 기다리라고 해. 할 말이 있으니까 말이야."

젊은이가 미심쩍은 태도로 서 있자 더비필드는 주머니에 손을 넣어 자기로서는 좀체 만져 보기 힘든 1실링짜리 동전을 꺼냈다.

"자네 심부름 값이야."

이것은 젊은이의 상황 판단에 큰 변화를 가져왔다.

"예, 존 경, 감사합니다. 제가 할 수 있는 게 더 없습니까, 존 경?"

"집에 가서는 내가 저녁식사로—음, 가능하다면 양고기 튀김을 먹겠다고 하고, 안 된다면 검은 소시지가 좋겠는데, 그것도 안 되면, 음, 곱창도 괜찮겠지."

"예, 존 경."

젊은이가 바구니를 들고 떠나려 하자 마을 쪽에서 악대 소리가 들려왔다.

"저건 뭐야?" 더비필드가 말했다. "나 때문에 그러는 건 아닌가?"

"부녀회 들놀이랍니다, 존 경. 아, 따님도 회원으로 들어 있을 텐데요."

"그렇지—더 큰 일을 생각하느라 깜빡 잊었군! 자, 말롯으로 뛰어가서 마차를 보내라구. 혹시 마차를 몰고 들놀이를 시찰할지도 모르니까.”

젊은이는 떠나고 더비필드는 저녁 햇살을 받으며 데이지꽃과 풀밭 사이에 누워 기다렸다. 그쪽으로 지나가는 이는 오랫동안 아무도 없었고, 푸른 언덕으로 둘러싸인 그곳에서 들을 수 있는 유일한 사람 소리라고는 악대의 희미한 가락뿐이었다.

2

말롯 마을은 앞서 말한 아름다운 블레이크모어 일명 블랙무어 골짜기의 동북쪽 구릉들 사이에 산으로 둘러싸인 외딴 곳에 자리잡고 있었다. 런던에서 네 시간 이내의 거리지만 대부분은 아직 관광객이나 풍경화가의 발길이 닿지 않은 곳이었다.

이 골짜기를 살펴보려면 아마도 여름철 가뭄 때 말고는 골짜기를 에워싼 산꼭대기에서 바라보는 것이 가장 나을 것이다. 날씨가 나쁠 때 골짜기 후미진 곳을 안내인도 없이 돌아다니다가는 그 좁고 꼬불꼬불한 진창길에 실망하기 십상이다.

들판이 말라붙거나 샘이 마른 적이 없는 이 비옥하고 조용한 고장은 남쪽으로 험준한 백악질(白堊質)의 산맥이 경계를 이루고 있는데, 이 산맥에는 햄블던 힐, 벌바로우, 네틀컴 타우트, 독베리, 하이 스토이, 법 다운 등의 봉우리들이 포함된다. 해안 쪽에서 올라오는 여행객은 북쪽으로 20마일 넘게 석회질의 초원과 밀밭을 밟아오다가 이 솟아 오른 어느 절벽의 가장자리에 불쑥 당도하면, 지금까지 지나온 것과는 전혀 다른 고장이 마치 지도처럼 발밑에 펼쳐지는 것을 바라보고 놀라움과 기쁨을 함께 맛보게 된다. 등뒤로는 구릉이 탁 트여 있고, 막힌 데가 없는 풍경이라는 느낌을 줄만큼 널찍한 들판 위로 태양이 내리쬐고 있으며, 흰색의 들길을 따라 생울타리 가지들이 나지막하게 서로 어울려 있고, 대기는 티없이 맑은 편이다. 골짜기 안은 크기가 좀 더 작고 섬세하게 꾸며져 있다는 인상을 준다. 들판은 마구간에 딸린 작은 목초지에 불과하고 또 너무 작아서 이렇게 높은 곳에서 보면 그 생울타리는 연한 녹색의 풀밭 위에 짙은 녹색의 실로 펼쳐 놓은 그물처럼 보인다. 눈 아래 대기는 나른하게 하늘색으로 물들어 있어서 이른바 화가들이 중경(中景)이라고 말하는 빛깔 역시 이 빛을 띠고 있으나, 그 너머 지평선은 아주 짙은 군청색을 띠고 있다. 경작지는 얼마 되지 않고 한정되어 있어서, 극히 일부를 제외하고는 대체로 작은 언덕과 골짜기를 큰 것들이 에워싸면서 숲과 나무가 우거진 풍경을 이루고 있다. 이것이 블랙무어 계곡의 모습이다.

이 지역은 지형적인 흥미에 못지 않게 역사적으로도 유명하다. 헨리 3세 때의 이상한 전설 때문에 이 골짜기는 예로부터 '흰 수사슴의 숲'으로 불렸는데, 전설에 의하면 토머스 드 라 린드라는 사람이 왕이 뒤쫓다가 살려 준 아름다운 흰 수사슴을 죽이는 바람에 엄청난 벌금을 물었다는 것이다. 그 당시는 물론 비교적 최근까지지도 이 고장은 삼림이 우거져 있던 곳이다. 심지어 지금도 산비탈에 남아 있는 떡갈나무 고목 숲과 불규칙한 삼림지대, 그리고 수많은 목초지 위로 그늘을 드리우고 있는 속이 빈 나무들에서 그 옛 풍경의 자취를 발견할 수 있다.

숲은 사라졌으나 그 그늘에서 벌어지던 옛 풍습은 몇 가지가 남아 있다. 하지만 대부분은 수정되거나 변형된 형태로 겨우 명맥만 유지하는 편이다. 가령 오월제(五月祭)의 무도회도 앞서 목격한 바 있는 오후의 부녀회 잔치 — 거기서 부르는 식으로는 '부녀회 들놀이'—로 변형되어 있는 것을 확인할 수 있다.

비록 그 참맛을 느끼지는 못하고 있었지만, 말롯의 젊은이들에게 그것은 즐거운 행사였다. 그런데 이 행사의 특징은 이렇게 명절에 행렬을 지어 돌아다니며 춤을 추는 관습을 유지한다는 사실보다도, 회원들이 오로지 여성들뿐이라는 점에 있었다. 남자들의 모임에서는 이런 행사가 사라져가고 있기는 해도 그렇게 보기 드문 것은 아니었다. 여성들의 타고난 수줍음 때문인지 아니면 주변 남자들의 냉소적 태도 때문인지 몰라도 이렇게 남아 있는 (혹시 남아 있는 것이 있다면) 부녀회 모임에서는 그네들의 화려한 맛과 절정의 환희 같은 것은 사라지고 없었다. 오직 말롯의 부녀회만이 살아 남아 농업의 여신 세레스를 모시는 풍년제(豊年祭)를 이어오고 있는 것이다. 자선단체는 아니지만 일종의 여성들만의 종교 모임으로 그것은 수백 년을 이어왔고 여전히 그렇게 계속해 나가고 있었던 것이다.

행렬에 들어 있는 이들은 모두 흰옷을 입고 있었다. 이는 5월이 곧 즐거움을 뜻하던 구력(舊曆, 영국에서 1751년까지 쓰이던 율리우스력-역주) 시절, 즉 먼 앞날을 걱정하는 습관 때문에 사람들의 정서가 단조로운 평균치로 축소되어 버리기 이전 시절부터 남아 있던 화려한 유풍이었다. 이들이 처음 모습을 드러내는 것은 둘씩 짝을 지어 교구 안을 행진하면서부터이다. 초록빛 생울타리와 담쟁이덩굴로 뒤덮인 주택의 정면을 배경으로 그들의 모습이 햇빛 속에 드러나면 이상과 현실은 가벼운 충돌을 일으켰다. 왜냐하면 모두 흰옷을 입고 있긴 했으나 똑같은 흰색은 아니었기 때문이다. 어떤 것은 순백에 가까웠고, 또 어떤 것은 푸르스름한 기운이 있었으며, 좀 더 나이 든 축에서는 (아마도 여러 해 동안 개켜진 채로 있었던 까닭인지) 창백한 빛이 감도는 조지 왕조풍으로 입고 있었다.

그 유별난 흰옷 외에도 부인들과 처녀들은 모두 오른손에는 껍질 벗긴 버드나무 가지를, 왼손에는 흰꽃을 한 다발씩 들고 있었다. 버드나무 껍질을 벗기고 흰꽃을 고르는 일에는 각자의 정성이 배어 있었다.

늘어선 줄 속에는 중년 아낙과 심지어 초로의 부인도 몇몇 있었다. 세월의 풍파에 시달린 그들의 뻣뻣한 은백의 머리카락과 주름진 얼굴은 그처럼 유쾌한 분위기 속에서는 거의 우스꽝스러운, 의문의 여지없이 처량한 인상을 풍겼다. 혹시 제대로만 살펴볼 수 있다면 처녀들보다는, "아무 낙이 없구나"라고 말해야 될 시절이 다가오고 있는 이 근심 많고 경험 많은 이들한테서 더 얻어들을 게 많을 수도 있을 것이다. 하지만 여기서는 늙은이들은 제쳐놓고 꼭 끼는 겉옷 속으로 생명이 빠르고 뜨겁게 약동하는 이들에게로 넘어가도록 하자.

사실 젊은 처녀들이 무리의 주류를 이루고 있었고, 그들의 화사한 머리채는 햇빛을 받아 갖가지 색조의 황금색, 검은색, 갈색을 띠고 있었다. 눈이 잘 생긴 처녀도 있고, 코가 잘 생긴 처녀도 있고, 입과 몸매가 예쁜 처녀들도 있었으나 골고루 다 갖춘 처녀는 거의 없었다. 이렇게 뭇사람이 보는 앞에서 있는 그대로를 드러내놓은 상태에서 입술을 어떻게 하거나, 또 고개를 제대로 쳐든다거나, 외모에 무심한 척하는 것도 힘들다는 것이 이들의 표정에 역력했다. 그리고 그것은 이들이 많은 사람들의 눈길에 익숙하지 않은 진짜 시골 처녀라는 뜻이었다.

이들은 모두 바깥으로는 햇볕을 쬐며 몸을 따스하게 하듯이, 각자 자신의 영혼을 쬐는 마음속의 작은 태양을 하나씩 가지고 있었다. 무슨 꿈이나 사랑, 취미, 아니면 적어도 무슨 아득하고 막연한 희망 같은 것이—어쩌면 결국엔 아무것도 아니라 하더라도—희망이 흔히 그렇듯이, 여전히 살아남아 있었다. 그래서 그들은 모두 쾌활했고, 대개가 왁자지껄한 축제 분위기에 젖어 있었다.

이들 일행이 퓨어 드롭 주막 옆을 돌아나와 쪽문을 통해 한길에서 풀밭으로 들어서고 있던 참이었다. 그때 처녀들 중의 하나가 말했다.

"어머나, 저런! 얘, 테스 더비필드, 저기 마차를 타고 집에 가시는 분이 너의 아버지시잖아!"

일행 중의 한 처녀가 이 소리를 듣고 고개를 돌렸다. 참하고 예쁜 처녀였다. 혹시 다른 처녀들보다 더 예쁘다고 할 수는 없으나, 표정이 풍부한 그녀의 작약빛 입술과 천진스런 커다란 두 눈은 얼굴빛과 몸매에 표정을 더해 주었다. 그녀는 머리에 빨간 리본을 꽂고 있었고, 흰옷을 입은 무리 중에서 그렇게 눈에 띄는 치장을 자랑할 수 있는 유일한 인물이었다. 고개를 돌렸을 때 그녀의 눈에 퓨어 드롭 소유의 이륜마차를 타고 길을 따라 오는 더비필드가 보였다. 소매를 팔꿈치 위에까지 걷어붙인 곱슬머리의 건장한 처녀가 말을 몰고 있었다. 이 여자는 그 술집에서 일하는 쾌활한 하녀로 허드렛일을 맡아 하는 중에 이따금 말을 돌보거나 마부 노릇을 하기도 했다. 더비필드는 몸을 뒤로 젖히고 기분 좋게 눈을 감고는, 머리 위로 손을 흔들면서 느릿느릿한 곡조로 노래를 부르고 있었다.

"나는 킹즈비어에 엄청난 조상님들 묘지가 있다네 — 기사를 지낸 조상님들이 거기 납관 속에 누워 계신다네!"

들놀이를 하던 일행이 테스란 처녀를 빼고는 킥킥거리며 웃었다. 자기 아버지가 사람들 앞에서 추태를 부리고 있다는 생각에 그녀는 점점 화가 나고 있었다.

"피곤하셔서 그럴 뿐이야." 그녀는 얼른 말했다. "우리 집 말이 오늘 쉬어야 되기 때문에 빌려 타고 집에 오시는 거야."

"순진하기도 해라, 테스." 친구들이 말했다. "너네 아버지는 장에 갔다가 한잔하신 거야. 호호!"

"이것 봐. 만약 우리 아버지를 놀리면 너희들하고는 한 걸음도 같이 안 갈 거야!" 테스가 소리를 질렀고, 그녀의 뺨에 피어난 홍조가 얼굴과 목 전체로 퍼져나갔다. 곧 눈물을 글썽거리며 그녀는 두 눈을 내리깔았다. 테스가 정말로 힘들어한다는 것을 깨달은 친구들은 더 이상 아무 말도 하지 않았고 다시 행렬에 질서가 잡혔다. 아버지한테 혹시 그럴 만한 무슨 사정이라도 있는지 알고 싶기도 했으나 테스는 자존심 때문에 다시 고개를 돌릴 수가 없었다. 그래서 그녀는 춤판이 벌어질 예정인 풀밭 위의 울타리 속으로 일행들과 함께 들어갔다. 그곳에 이르렀을 때쯤 그녀는 이미 마음을 가라앉힌 상태였고, 옆의 친구를 버드나무 가지로 건드리면서 여느 때처럼 떠들어대고 있었다.

이 무렵의 테스 더비필드는 세상 물정이라고는 모르는 순전히 감정으로만 움직이는 인간일 뿐이었다. 마을의 학교를 다녔지만 그녀의 말투에는 사투리가 약간 남아 있었다. 이 지방 사투리의 특징적 억양은 UR이라는 음절로 비슷하게 만들어 낼 수 있는 소리인데, 아마도 인간이 만들어 내는 어떤 소리보다 더 풍성한 소리일 것이다. 이 음절을 발음할 때 만들어지는 특유의 뾰족한 빨간 입은 아직 명확한 형태를 잡지 못하고 있었고, 말을 마치고 입술이 닫힐 때면 그녀의 아랫입술이 윗입술 가운데를 위로 밀어올리는 버릇이 있었다.

어릴 때의 모습이 그녀의 외모에는 아직 남아 있었다. 오늘도 함께 걸어가는 동안 그 탄력있고 아름다운 여자다움에도 불구하고, 이따금 뺨에서는 열두 살의 나이를, 눈에서는 아홉 살의 모습을 볼 수 있었고, 심지어 입의 곡선을 따라서는 다섯 살의 나이가 이따금 스쳐지나가곤 했다.

하지만 이를 아는 사람은 거의 없었고, 깊이 생각하는 이들은 더욱 없었다. 아주 적은 사람들만이 — 주로 낯선 사람들 — 무심코 지나다가 그녀를 한참 동안 바라보고는 그녀의 신선함에 잠시 매료되어 다시 그녀를 볼 수 있을까 하면서 고개를 갸우뚱하곤 했다. 대다수 사람들에게 테스는 참하고 예쁘장한 시골 처녀일 뿐 그 이상은 아니었다.

술집 하녀가 모는 개선마차에 올라탄 더비필드의 모습은 사라지고 마차 소리도 들리지 않게 되었을 때, 일행은 정해진 장소에 당도했고 춤이 시작되었다. 무리 중에 남자가 없었기 때문에 처음에는 여자들끼리 춤을 추었으나, 하루 일이 끝날 시간이 되자 마을의 남자들과 할 일 없는 사람들, 지나가는 나그네 등이 주변에 모여들면서 짝을 찾고 싶어하는 눈치를 보였다.

이 구경꾼들 중에 상류층으로 보이는 세 청년이 있었는데, 그들은 등에다 작은 배낭을 메고 손에는 단단한 지팡이를 짚고 있었다. 대체로 서로 닮은 데다가 나이도 연이어 있는 듯해서 형제간으로 짐작할 수 있었는데, 사실 이들은 형제간이었다. 제일 맏이는 보좌신부 정장인 흰 넥타이에 목까지 올라오는 조끼와 챙이 좁은 모자를 쓰고 있었고, 둘째는 보통의 대학생 차림이었다. 가장 어린 셋째는 겉으로 보기만 해서는 도무지 무엇을 하는지 알 수 없었고, 눈매와 복장이 자유분방한 데가 있어서 아직 어울리는 직업을 찾지 못한 것 같았다. 다만 뭐든지 닥치는 대로 시험삼아 배우고 있는 학생이라는 것만은 짐작할 수 있었다.

이 3형제는 우연히 인사를 나눈 사람에게 자기네는 성령강림절 휴가 동안 블랙무어 골짜기를 지나가는 도보여행을 하고 있으며, 동북쪽의 샤스톤 읍에서 서남쪽으로 가고 있는 중이라고 말했다.

그들은 한길 옆 출입문에 기대어 흰옷을 입은 처녀들과 그 춤놀이에 무슨 뜻이 있는지 물어보았다. 위로 두 형은 좀 더 남아 있을 생각이 분명히 없었으나, 셋째는 남자 짝도 없이 한 무리의 처녀들이 춤을 추는 광경이 재미있는지 서둘러 떠날 마음이 없는 듯했다. 그는 배낭을 끌러 지팡이와 함께 울타리 둑에 내려놓고 출입문을 열었다.

"에인절, 뭐 하려는 거냐?" 큰형이 물었다.

"들어가서 아가씨들하고 한판 놀아보고 싶은데요. 같이 하면 어때요? — 잠깐이면 될 텐데 — 많이 늦지는 않을 거예요."

"안 돼, 안 돼. 말도 안 되는 소리 하지도 마라." 맏형이 말했다. "사람들 보는 데서 시골 말괄량이들하고 춤을 추다니 — 누가 보면 어쩔라구! 가자, 안 그러면 스타워카슬에 닿기 전에 날이 저물 거다. 그 전에는 잠잘 만한 데도 없어. 게다가 잠자리에 들기 전에 같이 《불가지론(不可知論)에 대한 반박》을 한 장 더 읽어야 되잖아. 일부러 그 책을 가지고 왔는데."

"알았어요 — 5분 내로 형들 뒤따라갈게요. 계속 가요. 필릭스 형, 약속 지킬게."

위의 두 형은 마지못해 그를 버려둔 채 출발하면서 동생이 따라오는데 힘들지 않도록 그의 배낭까지 집어들었고, 막내는 풀밭으로 들어섰다.

"이거 참 대단히 안됐군요." 춤이 잠시 멈추자마자 그는 가장 가까이 있는 두세 명의 처녀에게 상냥하게 말을 걸었다. "파트너들이 어디 있나요, 아가씨들?"

"일이 아직 안 끝났어요." 가장 용감한 처녀가 대답을 했다. "머지않아 나타날 겁니다. 그때까지 같이 추시겠어요?"

"좋지요. 하지만 이렇게 많은데 나 혼자라서!"

"없는 것보단 낫지요. 여자들끼리 마주보고 장단 맞추는 건 서글픈 일이에요. 껴안지도 못하잖아요. 자, 골라 보세요."

"쉬 — 너무 그렇게 까불지 마라, 얘." 좀 더 수줍음을 타는 처녀가 말했다.

청년은 이렇게 제안을 받자 그들을 둘러보면서 누구를 고를까 생각을 해 보았다. 하지만 모두가 그에겐 처음 보는 얼굴들이었기 때문에 쉽게 고를 수가 없었다. 그는 바로 옆에 있는 처녀를 택했는데, 그것은 기대를 하면서 말을 붙이던 처녀도 아니었고 또 테스 더비필드도 아니었다. 족보나 조상의 유골, 비문(碑文), 더버빌 가문의 용모 등은 아직 테스의 인생이란 싸움에 도움이 되지 않았고, 심지어 흔해빠진 시골뜨기들을 제치고 춤의 파트너로 그녀를 이끌어줄 만큼도 되지 못했다. 빅토리아 왕조의 경제적 도움을 받지 못한 노르만의 혈통이란 기껏 이 정도였다.

그것이 누구였든 간에 친구들을 물리치고 뽑힌 이 처녀의 이름은 전해지지 않고 있지만, 그녀는 그날 저녁 남자 파트너를 맨 먼저 만나는 호사를 누렸다고 해서 모두의 부러움을 샀다. 하지만 시범의 힘이란 대단한 것이어서 막는 사람이 없는데도 문을 열고 들어갈 줄 모르던 마을 청년들이 이제 재빨리 끼어들면서 쌍쌍이 짝을 이룬 시골 젊은이들의 열기는 엄청나게 달아올랐고, 마침내 무리 중에 가장 못생긴 처녀까지도 남자 쪽에 서서 스텝을 밟을 필요는 없었다.

예배당의 종소리가 울리자 학생은 갑자기 가야겠다고 말했다. 형들을 뒤따라가야 하는 것을 깜빡 잊고 있었던 것이다. 춤추는 무리에서 빠져나오다가 그의 두 눈은 테스 더비필드에게 머물렀다. 솔직히 말해서 그녀의 커다란 눈동자에는 그가 자기를 선택해 주지 않은 데 대한 어렴풋한 원망의 기색이 담겨 있었다. 그 역시 그녀의 수줍음 때문에 그녀를 알아보지 못했던 것이 그제야 유감스러웠다. 그런 아쉬움을 마음속에 남긴 채 그는 풀밭을 벗어났다.

너무 오래 지체했기 때문에 그는 서쪽으로 뻗은 도로를 나는 듯이 달려 곧 골짜기를 지나 다음 산등성이에 올라섰다. 아직 형들을 따라잡지는 못했지만 그는 숨을 돌리기 위해 걸음을 멈추고 뒤를 돌아보았다. 흰옷을 입은 처녀들이 자기가 그 속에 있을 때와 마찬가지로 풀밭 위로 빙빙 돌며 춤을 추는 것을 볼 수 있었다. 그들은 이미 그를 완전히 잊고 있는 듯했다.

모두가 그렇게 잊었는지는 몰라도 어쩌면 한 사람은 아니었다. 이 하얀 옷을 입은 처녀는 생울타리 옆에 따로 서 있었다. 그녀의 위치로 미루어 보아 자기가 춤을 추지 못했던 그 예쁜 처녀임을 그는 알았다. 사소하게 넘길 수도 있었으나 그는 직감적으로 자기가 무시하는 바람에 그녀가 상심했으리라는 것을 느꼈다. 그녀에게 춤을 청할걸 하는 생각이 들었다. 이름이라도 물어보는 것이 좋았을 것 같았다. 무척이나 얌전하면서도 인상적이고, 또 얇은 흰옷을 입은 모습이 너무나 다정스러워 보인 처녀였기에 그는 멍청한 짓을 했다는 느낌이 들었다.

하지만 이젠 어쩔 수 없었다. 돌아서서 부지런히 빠른 걸음을 옮기며 그는 머릿속에서 그 생각을 지워 버렸다.

3

테스 더비필드는 머릿속에서 그 일을 그리 쉽게 지워 버리지는 못했다. 춤을 출 상대는 많았지만 한참 동안 그녀는 다시 춤을 추고 싶은 생각이 없었다. 아! 그들은 그 낯선 청년처럼 멋있게 말할 줄을 몰랐던 것이다. 언덕 위로 멀어져가는 청년의 모습이 석양의 노을 속으로 사라지고 나서야 그녀는 잠시 동안의 슬픔을 떨쳐 버리고 춤을 청한 파트너에게 승낙했다.

그녀는 친구들과 어두워질 때까지 남아 꽤나 열심히 춤을 췄다. 하지만 아직 연애를 해본 경험이 없어서 그저 박자에 맞춰 춤을 추는 재미만을 즐겼다. 남자들의 꾐에 넘어간 처녀들의 '감미로운 고민이나 쓰라린 단맛, 즐거운 아픔, 유쾌한 비통' 등을 볼 때면, 테스는 자기라면 그런 경우에 어떻게 할지 전혀 상상할 수가 없었다. '지그'(8분의 3박자 혹은 8분의 6박자의 매우 빠른 춤곡-역주) 춤을 출

때 남자들이 그녀의 손을 잡기 위해 옥신각신하는 싸움도 그녀에게는 재밋거리일 뿐 그 이상은 아니었다. 그리고 그들이 지나치면 핀잔까지 주었다.

테스는 더 늦게까지 있을 수도 있었으나, 아버지가 이상한 모습으로 나타났던 일이 머릿속에 되살아나 불안해졌다. 그래서 아버지가 왜 그랬는지 걱정이 되어 춤판을 빠져나와 자기 집이 있는 마을 끝을 향해 발길을 돌렸다.

집까지는 아직 수십 야드가 남아 있었지만, 조금 전에 들은 것과는 다른 경쾌한 소리가 그녀의 귀에 들려왔다. 익히 알고 있는—너무나 잘 알고 있는 소리였다. 그것은 집안에서부터 규칙적으로 흘러나오는 쿵덕거리는 소리였다. 돌바닥에 요람이 세게 부딪치면서 나는 소리였는데, 그 요람의 움직임에 장단을 맞추어 여인이 활기찬 무도곡풍으로 애창곡인 '얼룩소'를 부르고 있었다.

저어기 푸른 숲속에 암소가 누워 있는 걸 보았네.
오라, 내 사랑! 어딘지 말해 주리라!

요람 소리와 노랫소리가 동시에 잠시 멈추고 고음의 부르짖는 소리가 노랫가락을 대신하곤 했다.

"우리 아기 금강석 같은 두 눈에 하느님의 축복을! 반질반질한 그 뺨에도! 앵두 같은 입술에도! 큐비트(사랑의 신 큐피드를 잘못 발음한 것임-역주) 같은 허벅지에도! 복스런 온몸에 하느님의 축복을!"

이 기원이 끝나고 나면 요람 소리와 노래가 다시 시작되고 '얼룩소'는 이전과 똑같이 이어지곤 했다. 테스가 문을 열고 문간에 멈춰서서 집 안 광경을 살펴보았을 때의 풍경은 이와 같았다.

노랫가락에도 불구하고 집 안 풍경은 테스에게 이루 말할 수 없이 쓸쓸한 기분을 느끼게 했다. 들판에서 있었던 휴일의 잔치—흰옷과 꽃다발, 버드나무 가지, 풀밭에서의 윤무(輪舞), 낯선 사람에게 문득 쏠렸던 따스한 느낌—에서부터 촛불 하나로 비추고 있는 누렇고 우울한 풍경까지는 얼마나 먼 거리인가! 이 충격적인 차이 말고도 테스에게는 좀 더 일찍 돌아올걸 하는 싸늘한 자책감이 엄습했다. 바깥에서 혼자 놀지 말고 어머니를 도와 집안일을 거들어야만 했던 것이다.

테스가 떠날 때와 마찬가지로 어머니는 여러 아이들에 둘러싸여 빨래통 위에 몸을 숙인 채 서 있었다. 월요일마다 하는 일이었지만 언제나 그렇듯이 그 빨래통은 이제 주말까지 밀려와 있었던 것이다. 그 전날 그 빨래통에서—테스는 가슴이 미어질 듯 양심의 가책이 되었다—바로 자기가 입고 있는 흰옷을 빨래했던 것이다. 어머니가 손수 빨아서 다려 준 옷인데, 축축한 풀밭에서 함부로 입고 다닌 탓에 치마 둘레가 퍼렇게 물이 들고 만 것이었다.

여느 때와 마찬가지로 더비필드 부인은 한쪽 발로는 빨래통 옆에서 균형을 잡고 다른 쪽 발로는 앞에서 말한 대로 막내의 요람을 흔들어 주는 일을 하고 있었다. 요람 받침대는 그 많은 아이들의 몸무게에 시달리며 돌바닥 위에서 오랜 세월 동안 부지런히 임무를 수행해 오느라 바닥이 거의 납작해져 있었다. 그 때문에 더비필드 부인이 온종일 비누거품 속에 절어 지내고도 자기 노래에 도취되어 남은 기력을 다해 받침대를 밟을 때면, 요람이 흔들릴 때마다 심한 요동이 일어나 마치 베틀의 북처럼 아기는 이쪽저쪽으로 내동댕이쳐졌다.

덜커덕덜커덕 소리를 내며 요람이 흔들거렸고, 촛불은 저 혼자 높이 타오르며 아래위로 너울거리기 시작했다. 부인의 팔꿈치에서 물방울이 떨어지고 노래가 마지막 절로 서둘러 들어가고 있을 때 더비필드 부인은 딸을 바라보았다. 어린아이들 등쌀에 시달리는 지금도 조운 더비필드는 노래를 무척이나 좋아했다. 바깥 세상에서 블랙무어 골짜기로 흘러들어 오는 노랫가락이 무엇이든지 간에 테스의 어머니는 일주일이면 완전히 익힐 수 있었다.

부인의 얼굴에는 아직도 젊은 시절의 싱싱함과 심지어 미모까지도 희미하게나마 발견할 수 있었다. 따라서 테스가 자랑할 수 있는 그 예쁜 얼굴은 주로 어머니에게서 물려받은 것일 뿐 기사 작위나 유구한 역사와는 아무런 관계가 없는 것 같았다.

"엄마, 제가 요람을 흔들게요." 딸이 온순하게 말했다. "아니면 외출복 벗고 빨래를 짤까요? 전 아까 벌써 끝내신 줄 알았어요."

테스의 어머니는 딸이 자기한테만 집안 일거리를 맡겨 놓고 그렇게 오랫동안 집을 비웠다고 기분 나빠하지 않았다. 사실 조운은 한번도 그 때문에 딸을 꾸짖은 적이 없었고, 테스의 도움이 아쉽긴 했지만 아주 조금이었고 일거리를 덜고 싶을 때는 천성적으로 뒤로 미루는 경향이 있었다. 그런데 오늘밤은 보통 때보다 훨씬 더 기분이 좋아 보였다. 어머니의 표정에는 딸로서는 이해할 수 없는, 꿈을 꾸는 듯한, 어디에 몰두해 있는 것 같은, 의기양양한 무엇이 있었다.

"아, 잘 들어왔다." 마지막 노랫가락을 마치자마자 어머니가 말했다. "니 아부지를 데리러 가야겠다. 아니 그보다 무슨 일이 벌어졌는지 얘기하는 게 좋겠구나. 니도 알고 나면 우쭐해질 거다!"(더비필드 부인은 습관적으로 사투리를 썼지만, 런던에서 교육받은 여선생한테서 초등학교 6학년 과정을 마친 딸은 두 가지 말을 썼다. 집에서는 대체로 사투리를 썼지만 밖에 나가서 점잖은 사람들한테는 표준말을 썼다.)

"제가 없는 동안에요?" 테스가 물었다.

"그래!"

"아버지가 오늘 오후에 마차 타고 요란법석을 벌인 게 다 그 때문이에요? 왜 그런 일을! 창피해서 쥐구멍에라도 들어가고 싶었어요!"

"그게 다 이 소동하고 관계가 있다! 우리가 이 주(州)를 통틀어 최고 양반이라는구나—올리버 그럼블(크롬웰을 잘못 발음한 것임-역주) 때보다 엄청 옛날, 야만족 이교도 시절부터 시작된단다. 비석에, 가족 묘지에, 문장(紋章)에다 방패까지, 없는 게 없는 모양이다. 성(聖) 찰스 시대에는 '왕실 오크' 기사 작위를 받았는데('왕실 오크' 작위는 영국왕 찰스 2세와 관련이 있는데, 그는 '성자'와는 관련이 없고 다만 내란중에 처형된 그의 부친 찰스 1세가 가끔 순교자로 추앙됨. 어머니의 무지의 소치-역주), 우리 집안 진짜 성이 더버빌이라는구나!…… 이 얘길 들으니까 가슴이 울렁거리지 않아? 그거 때문에 니 아부지가 마찰 타고 집에 오신 거란다. 사람들 생각대로 술을 마셔서 그런 게 아니다."

"기분은 좋네요. 엄마, 그게 우리한테 무슨 도움이 되나요?"

"아, 그럼! 엄청난 일이 벌어질 것 같다. 이 일이 연락만 가면 틀림없이 우리 같은 귀족들이 떼를 지어 여기 내려올 거다. 니 아부지는 샤스톤에서 집에 오는 길에 그 이야기를 듣고는 나한테 족보를 쭉 말씀해 주셨단다."

"아버지는 지금 어디 계시는데요?" 테스가 불쑥 물었다.

테스의 어머니는 대답 삼아 엉뚱한 소식을 전했다. "아부지는 오늘 진찰을 받으러 샤스톤에 갔다오셨단다. 폐병은 절대로 아닌 것 같구나. 의사 얘기가 그 양반 심장 주위에 지방이 끼었다는 거야. 그러니까, 이렇게 말이다." 조운 더비필드는 이야기를 하면서 물에 젖은 엄지손가락과 집게손가락으로 C자 모양의 곡선을 그리고는 다른 쪽 집게손가락으로 그것을 가리켰다. "'현재로는,' 의사가 니 아부지한테 이렇게 말한 모양이다. '당신 심장은 여기도 막혀 있고, 저기도 막혀 있어요. 이 공간만 아직 열려 있는 거지요. 이게 만나게 되면, 그러니까,'"—더비필드 부인은 손가락으로 원을 완성시켰다.—"'당신은 유령처럼 사라지는 겁니다, 더비필드 씨. 10년을 살 수도 있지만 열 달 후에, 아니면 열흘 후에 갈 수도 있어요.'"

테스는 놀란 표정을 지었다. 갑자기 이런 좋은 일도 생겼는데, 아버지가 어쩌면 이렇게 갑자기 구름 너머로 영원히 떠나 버릴 수가 있을까!

"그런데 아버지는 지금 어디 계세요?" 테스가 다시 물었다.

어머니는 나무라는 듯한 표정을 지었다. "화내지 말거라! 그 불쌍한 양반이 — 신부님 말씀을 듣고는 신분이 높아진 탓에 너무 의기양양해서 — 반시간 전에 롤리버 술집으로 올라가셨다. 내일 그 많은 벌통을 싣고 먼길을 가자면 기운을 내야 한다고 하시더구나. 가문이건 뭐건 간에 그 벌통은 배달을 해야 되거든. 길이 멀어서 오늘 밤 자정이 지나면 바로 출발해야 할 텐데."

"기운을 낸다구요!" 테스가 참지 못하고 소리를 질렀다. 그녀의 눈에 눈물이 고였다. "맙소사! 기운 내려고 술집에 가셨다구요! 게다가 엄마도 그러시라고 한 모양이네요!"

테스의 질책과 불편한 심기가 온 방 안을 가득 채우자, 가구와 촛불, 놀고 있는 아이들, 그리고 어머니의 얼굴에까지 겁먹은 표정이 역력했다.

"그게 아니다." 어머니가 급히 말했다. "내가 그러시라고 한 건 아니다. 난 니가 와서 집을 볼 때까지 기다리고 있었어. 니 아부지 데리러 갈 참이다."

"제가 가겠어요."

"아, 아니다, 테스. 가봤자 소용이 없단 걸 알잖아."

테스는 더 따지지 않았다. 그녀는 어머니가 왜 말리는지 알고 있었다. 더비필드 부인의 윗도리와 모자는 이 예고된 소풍을 기다리며 이미 그녀 옆에 있는 의자 위에 슬그머니 놓여 있었지만, 부인은 이렇게 나들이를 해야 하는 이유를 필요 이상으로 불평했다.

"그리고 《운세대감(運勢大鑑)》은 바깥채에 갖다 놓아라." 조운은 계속 말을 하며 서둘러 손을 씻고 옷을 입었다.

《운세대감》은 어머니 옆의 탁자 위에 놓여 있는 두툼한 낡은 책이었다. 주머니에 넣고 다니는 바람에 너무 닳아서 테두리가 바로 활자 있는 데까지 먹어 들어가 있었다. 테스는 그것을 집어들었고 어머니는 출발했다.

더비필드 부인에게는 주변머리 없는 남편을 찾으러 주막에 가는 일이 아이들을 치다꺼리하는 이 난장판 속에서 그나마 남아 있는 한 가지 낙이었다. 롤리버에서 남편을 찾아내어 그 옆에 앉아 한두 시간 가량만이라도 아이들 생각이나 걱정을 잊고 있으면 그녀는 행복해졌다. 그럴 때면 저녁놀과도 같은 일종의 후광이 그녀의 삶을 비추었다. 걱정거리나 다른 현실적인 문제들은 형이상학적인 것처럼 아득해지면서 그저 고요한 명상을 위한 정신적 현상으로 가라앉아 더 이상 몸과 마음을 괴롭히는 절박한 현실이 되지는 못했다. 어린것들도 당장 눈에 들어오지 않아서 그런지 오히려 전과 달리 훌륭하고 소중한 재산으로 생각되었다. 그 곳에 있으면 일상의 모든 것들에도 그 나름의 유쾌함과 즐거움이 없지 않았다. 이제는 결혼해 남편이 된 사람 옆에 연애할 때와 같은 자리에 앉아, 그의 못난 성격에는 눈을 감고 다만 이상적인 연인의 모습으로만 그를 바라보고 있노라면 그 옛날의 느낌이 약간은 느껴졌던 것이다.

테스는 어린 동생들하고만 남게 되자 먼저 《운세대감》을 바깥채로 가지고 가서 이엉 사이에다 쑤셔넣었다. 어머니는 이 때문은 책을 두려워하는 이상한 미신이 있어서 밤중에는 집안에 그것을 놓아두지 못하도록 했고, 그래서 보고 나서는 언제나 그 자리에 도로 갖다 놓게 했다. 미신과 민속, 사투리, 구전 민요 등 급속도로 소멸해가는 잡동사니를 갖춘 어머니와, 무수히 개정된 교육지침에 따라 의무교육을 받고 초등학교 지식을 갖춘 딸 사이에는 흔히 말하는 대로 2백 년의 거리가 있었다. 그들이 함께 있을 때면 제임스 1세와 빅토리아 시대가 공존하는 셈이었다.

뜰의 좁은 길을 되돌아오며 테스는 오늘따라 어머니가 그 책에서 확인하고 싶었던 게 뭘까 생각해 보았다. 이번에 조상을 발견한 일과 그것이 관계가 있을 것으로 짐작은 했지만 그녀는 그 일이 바로 자기와 관련되리라고는 상상도 못했다. 하지만 이런 생각은 지워 버리고 그녀는 낮에 말린 내복에 물을 뿌리느라 바빠졌다. 아홉 살 난 남동생 에이브러햄과 '리자 루'로 불리는 열두 살 반짜리 여동생 일라이자 루이자가 거들었고 더 어린 꼬마들은 잠이 들어 있었다. 테스와 바로 밑의 동생은 네 살 넘게 터울이 졌는데, 그 사이에 난 두 아이가 갓난아기 때 죽었기 때문이었다. 이 때문에 테스는 동생들과 있을 때는 어머니 역할을 대신하게 되었다. 에이브러햄 바로 밑에는 호프와 모디스티라는 여동생 둘이 더 있었고, 그 다음에는 세 살짜리 남동생, 그리고 겨우 돌 지난 남자아이가 또 있었다.

이 어린 생명들은 모두 더비필드란 배에 올라탄 승객들로서, 이들의 기쁨과 생활필수품, 건강, 심지어는 목숨까지도 더비필드라는 이름을 달고 있는 두 어른의 판단에 전적으로 의존하고 있었다. 더비필드 가의 우두머리들이 고생과 재앙, 궁핍, 질병, 몰락, 죽음 쪽으로 배를 몰고 간다면, 갑판 아래 갇힌 이 여섯 꼬마 포로들도 그들과 함께 그쪽으로 항해할 수밖에 없었다. 이들 여섯은 어떤 조건 아래서 태어나고 싶은지, 나아가 한심하기 짝이 없는 더비필드네 집과 같은 험한 조건에서 살고 싶은지 질문을 받은 적도 없는 불쌍한 피조물들이었다. 이즈음 상쾌하고 맑은 그의 노래처럼 그의 철학도 심오하고 믿음직스럽다고 인정받는 저 시인(낭만주의 시인 윌리엄 워즈워스를 가리킴-역주)은 무슨 근거에서 "자연의 성스런 계획" 운운하는지 알고 싶은 사람도 있을 것이다.

밤은 깊어 가는데 아버지도 어머니도 돌아오지 않았다. 테스는 문 밖을 내다보며 말롯 마을을 머릿속으로 더듬어 갔다. 마을은 잠이 들고 있었다. 촛불과 등불이 여기저기서 꺼지고 있었고, 테스는 마음속으로 소등기(消燈器)와 내민 손을 볼 수 있었다.

어머니가 가신 것은 결국 데려올 사람이 한 사람 더 늘었다는 뜻이었다. 테스는 몸도 변변찮은 어른이 새벽 한 시 전에 출발할 생각을 하면서도, 이 늦은 시간까지 옛날 족보 자랑하느라고 술집에 눌러앉아 있어서는 안 되겠다고 생각하기 시작했다.

"에이브러햄," 그녀는 아래 남동생한테 말했다. "모자를 쓰거라 — 무섭지 않지? — 롤리버 주막에 올라가서 아버지, 어머니가 어떻게 되셨는지 좀 알아봐."

소년은 자리에서 벌떡 일어나 문을 열었고, 어둠이 그를 삼켰다. 하지만 다시 반시간이 흘렀지만 아버지도 어머니도, 동생도 돌아오지 않았다. 에이브러햄도 부모와 마찬가지로 주막이라는 끈끈이 덫에 걸려 붙잡힌 모양이었다.

"내가 직접 가봐야겠다." 테스가 말했다.

리자 루가 잠자리에 들자, 테스는 밖에서 문단속을 하고는 빨리 걷기는 힘든 어두컴컴하고 꾸불꾸불한 오솔길을 걸어 오르기 시작했다. 이 길은 땅 한 뼘에도 값이 붙기 이전, 바늘 한 개 달린 시계로도 충분히 하루의 시간을 재던 시절에 생긴 도로였다.

4

인가가 드문드문 흩어져 있는 이 길쭉한 마을의 이쪽 끝에 있는 유일한 술집인 롤리버 주막은 점외(店外) 주류판매 허가만 받은 술집이었다. 그래서 아무도 집 안에서는 법적으로 술을 마실 수 없기 때문에, 손님들을 맞을 수 있는 공공연한 시설이라고는 선반으로 쓰기 위해 마당 울타리에 철사로 묶어 놓은, 대략 너비 6인치, 길이 2야드의 작은 판자가 전부였다. 목마른 나그네들은 길가에 서서 술을 마시면서 이 판자 위에다 술잔을 내려놓거나, 먼지투성이 땅바닥에 찌꺼기를 뿌려 폴리네시아 지도를 그리고는 집 안에 쉴 만한 자리가 있었으면 하는 바람들을 가지고 있었다.

나그네들은 당연히 그랬다. 하지만 마을의 단골들 역시 똑같은 바람을 가지고 있었고, 뜻이 있는 곳에는 길이 있는 법이다.

이층에 있는 커다란 침실에는, 안주인인 롤리버 부인이 최근에 쓰다버린 큼직한 모직 천으로 두껍게 커튼을 쳐놓은 창문이 있는데, 오늘 저녁에는 거의 여남은 명 정도가 모두 지복(至福)을 찾아 이곳에 모였다. 모두 말롯 마을 이쪽 끝에 오래 산 주민들이었고 이 으슥한 장소의 단골들이었다. 인가가 산재한 이 마을의 저쪽 끝에는 술집으로 완전한 허가를 받은 퓨어 드롭 주막이 있었으나, 거리가 너무 멀어서 이쪽 끝에 사는 이들에게는 실제로 소용이 없었다. 그뿐만 아니라 훨씬 더 중요한 문제는 술맛인데, 넓은 집에서 그 집 주인하고 마시는 것보다는 다락방 구석에서 롤리버와 마시는 게 더 낫다는 세간의 여론도 이 술맛이 확인시켜 주었다.

방안에 놓인 네 다리가 달린 초라한 침대는 그 세 면의 둘레에 모인 사람들에게 앉을 자리를 마련해 주었다. 그 밖에 둘은 서랍장 위에 올라앉았고, 또 하나는 참나무로 조각을 한 궤짝 위에, 또 둘은 세면대에, 또 하나는 의자 위에, 이렇게 해서 아무튼 모두 편안하게 자리를 잡았다. 이 때쯤 그들의 기분은, 영혼이 피부 바깥으로 부풀어 올라 온 방안에 그들의 개성을 따뜻하게 퍼뜨리는 단계에 이르러 있었다. 이 과정에서 방과 가구들은 점점 품위를 띠며 사치스러워 보였다. 창문에 걸린 천은 융단처럼 화려한 모습을 띠었고, 서랍장의 놋쇠 손잡이는 황금 손잡이로 보였으며, 침대 다리의 장식은 솔로몬이 지은 성전의 장엄한 기둥과 닮은 데가 있는 것처럼 보였다.

테스와 헤어져서 이쪽으로 서둘러 걸어온 더비필드 부인은 정문을 열고 깊은 어둠에 잠겨 있는 일층 방을 지나, 마치 빗장의 비밀을 잘 알고 있는 사람처럼 계단문의 빗장을 땄다. 곡선의 계단을 올라가는 그녀의 걸음이 다소 느려졌다. 마지막 층계를 지나 불빛 속으로 솟아오른 그녀의 얼굴은 방안에 모인 모든 이들의 눈길과 마주쳤다.

"— 내가 한턱 낼 테니 부녀회 들놀이를 계속하자고 해서 친한 친구들을 몇 명 불렀지요." 발자국 소리에 술집 안주인은 교리문답을 암송하는 어린이처럼 재빠르게 말하면서 층계 쪽을 바라보았다. "아니, 이게 누구야. 더비필드 부인이잖아. 맙소사, 얼마나 놀랐는지 몰라 — 관청에서 나온 양반인 줄 알았어."

더비필드 부인은 그 비밀집회에 참석한 다른 이들의 눈짓과 고갯짓 인사를 받으며 남편이 앉아 있는 곳으로 갔다. 그는 아무 생각 없이 나지막하게 콧노래를 흥얼거리고 있었다. "난 이 동네 어느 누구 못지 않은 훌륭한 양반이라네! 킹즈비어 서브 그린힐에는 엄청난 가족 묘지가 있고, 웨섹스 어느 누구보다 뼈대있는 가문이라네!"

"그거 때문에 생각난 건데, 당신한테 말할 게 있어요 — 굉장한 계획이라우!" 쾌활한 그의 아내가 귀엣말을 했다. "이것 봐요, 존. 내가 안 보여요?" 여자가 옆구리를 슬쩍 찔렀으나 그는 마치 유리창을 바라보듯 아내를 멍하니 보면서 콧노래를 계속 흥얼거렸다.

"쉿! 그렇게 크게 부르지 말아요, 아저씨." 안주인이 말했다. "혹시 관청 사람이라도 누가 지나간다면 우린 허가증을 뺏겨요."

"이 양반이 우리 집에 무슨 일이 있었는지 아마 얘기했겠지?" 더비필드 부인이 물었다.

"응 — 그런 셈이지 뭐. 그 때문에 돈푼이라도 생길 것 같애?"

"아, 그건 비밀이야." 조운 더비필드가 점잔을 빼며 말했다. "하지만 마차를 타지는 못해도 마차 타는 집안하고 가까운 건 좋은 거지 뭐." 그녀는 사람들이 들으라고 얘기하다가 목소리를 낮추어 남편에게 계속 말을 했다. "당신한테서 그 소식을 듣고 나서 쭉 생각해 봤는데, 체이스 숲 끝에 있는 트란트릿지 마을에 더버빌이란 이름의 부잣집 마님이 있어요."

"으응, 뭐라구?" 존 경이 말했다.

그녀는 다시 한 번 그 이야기를 했다. "그 마님은 우리 친척이 틀림없어요. 내 생각은 테스를 보내서 우리가 친척이라고 말해 보자는 거예요."

"당신이 얘기하니까 말인데, 그런 이름을 가진 귀부인이 분명히 있긴 있지." 더비필드가 말했다. "트링엄 신부님도 그건 생각을 못 하셨군. 하지만 우리 집에 대면 아무것도 아니야—틀림없이 옛날 노르만 왕조 때부터 분가해 나간 집안이겠지."

이 문제를 의논하느라 두 사람은 너무 정신이 없어서 어린 에이브러햄이 들어와서 돌아가자고 조를 기회를 노리고 있다는 것도 눈치채지 못하고 있었다.

"그 마님은 부자라서 분명히 테스를 잘 봐줄 거예요." 더비필드 부인이 계속 말을 이었다. "그러면 참 좋겠어요. 같은 집안끼리 서로 왕래하지 말라는 법은 없잖아요."

"맞아요, 우리가 서로 친척이라고 해요!" 침대 밑에 있던 에이브러햄이 영리하게 말했다. "누나가 가서 마님하고 같이 살면 우리도 모두 가서 볼 수 있겠네요. 그러면 우리도 그 마님 마차도 타고 까만 나들이옷도 입을 수 있잖아요!"

"이 녀석, 넌 뭐하러 여기 왔어? 별소릴 다 하는구나! 가서 엄마 아빠 준비하실 때까지 층계에서 놀고 있거라…… 아무튼 테스를 이 친척집에 보내자구요. 마님이 틀림없이 좋아할 거예요. 틀림없어요. 어쩌면 그 때문에 테스가 좋은 집안에 시집갈 수도 있어요. 한마디로, 난 자신이 있어요."

"어째서?"

"《운세대감》에서 테스 점을 봤는데, 바로 그렇게 나왔어요…… 걔가 얼마나 예쁜지 당신이 오늘 봤어야 되는 건데. 살결이 공작부인같이 보드랍더라구요."

"테스는 가는 걸 어떻게 생각하는데?"

"물어보진 않았어요. 걔는 아직 그렇게 대단한 친척이 있다는 것도 몰라요. 하지만 그렇게 되면 틀림없이 혼삿길도 잘 열릴 텐데, 테스도 안 간다고 하지는 않을걸요."

"테스는 성미가 별나서."

"그래도 본바탕은 순해요. 걔는 나한테 맡겨요."

이 대화는 은밀한 것이었지만 그 내용은 주변에 있는 이들이 알아들을 수 있을 정도로 충분히 전달되어, 그들은 더비필드 부부가 다른 사람들보다 훨씬 중요한 이야기를 하고 있고, 또 그들 부부의 예쁜 딸 테스한테 장차 좋은 일이 있을 것 같다는 눈치를 채게 되었다.

"그 녀석이 다른 애들하고 오늘 동네를 돌아다니는 걸 보고 혼자 생각한 거지만, 테스는 인물도 이쁘고 재미있는 녀석이오." 나이 지긋한 술꾼 하나가 나직하게 말했다. "하지만 더비필드 부인은 그 아이가 마룻바닥에서 퍼런 엿기름을 얻지 않도록 조심하셔야 할 거요." 이 말은 특별한 뜻을 가진 이 지방 속담이었으나 대답하는 사람은 아무도 없었다.(이 말은 이 지방 속담으로 '임신하다'라는 뜻—역주)

대화는 다채롭게 흘러갔고, 잠시 후 아래층 방을 건너오는 발소리가 또 들렸다.

"—내가 한턱 낼 테니 부녀회 들놀이를 계속하자고 해서 친한 친구들을 몇 명 불렀지요." 안주인은 예고 없이 들이닥치는 사람을 대비하여 준비해 둔 상투적인 어구를 다시 써먹었으나 새로 나타난 사람이 테스라는 것을 곧 알게 되었다.

소녀의 앳된 모습은, 주름투성이 중년들에게나 어울림직한 집안의 술 냄새 속에서는 어머니가 보기에도 몹시 낯설었다. 테스의 까만 눈에 나무라는 빛이 어리자 부부는 자리에서 일어나 서둘러 맥주잔을 비우고 딸을 따라 층계를 내려갔고, 롤리버 부인의 경고가 그들의 발소리를 뒤따랐다.

"여봐요, 그렇게 훌륭하신 분네들이라면, 제발 소리 좀 내지 말아요. 잘못하면 우린 허가증도 뺏기고 불려가서 또 어떻게 될지 모른다우! 잘 가요!"

테스가 아버지의 한쪽 팔을, 더비필드 부인이 다른 쪽을 부축한 채 그들은 함께 집으로 향했다. 사실 그는 아주 조금밖에 마시지 않았었다. 늘 마시는 술꾼이라면 주일날 오후에 교회에 가서 동쪽으로 제단을 향하거나 무릎을 꿇을 때 어려움을 느끼지 않을 양의 4분의 1 정도에도 못 미쳤다. 그러나 존 경은 몸이 약한 탓에 이 정도만 마시고도 엄청나게 취해 버렸다. 맑은 공기를 쐬자마자 그는 무척이나 비틀거렸고, 그 바람에 세 사람이 만든 줄은 한 번은 런던으로 향했다가 다음에는 바스 쪽으로 돌아섰다. 그 모습은 밤늦게 집에 돌아가는 집안에서는 흔히 그렇듯이 희극적인 효과를 만들어냈지만, 희극적 효과가 대개 그렇듯이 따지고 보면 그렇게 희극적이지도 못했다. 두 여자는 이 억지 나들이와 또 돌아오는 길을, 그 빌미를 만든 더비필드로부터, 또 에이브러햄과 그들 자신으로부터 될 수 있는 한 숨겨 보려고 의연하게 행동했다. 그리하여 차츰 그들은 자기 집 문간에 이르렀고, 이 집안의 가장은 집이 가까워지자 자신의 초라한 집을 보고는 마치 기운이라도 내듯 갑자기 앞서 부르던 노래를 다시 불러제꼈다.

"킹즈비어에는 우리 집안 가족묘지가 있다네!"

"쉿—주책 좀 부리지 말아요, 여보." 그의 아내가 말했다. "옛날에 유명했던 집안은 당신네뿐만이 아니라우. 안크텔이나 호시, 그리고 트링엄 집안까지 보세요—거의 당신네 집안만큼 망했어요—당신 가문이 그네들보다 나았던 건 사실이지만. 고맙게도, 난 양반 씨가 아니라서 그 점에선 창피할 게 없네요!"

"그렇게 단정적으로 말하지 말어. 당신 인품으로 보면 내 생각에는 당신네가 우리보다 더 높은 데서 떨어진 집안일지도 모르고, 옛날에는 바로 왕이나 왕비 가문이었을 수도 있어."

테스는 조상 문제보다 그 순간으로서는 좀 더 중요하다고 생각되는 얘기를 꺼내어 화제를 돌렸다.

"제 생각에는 아버지가 내일 일찍 벌통을 가지고 떠나시지 못할 것 같네요."

"내가? 한두 시간 있으면 괜찮아." 더비필드가 말했다.

열한 시가 지나서야 식구들은 모두 잠자리에 들었고, 토요일 장이 서기 전에 카스터브릿지의 소매상들에게 벌통을 배달하도록 출발하려면 다음날 새벽 두 시까지는 떠나야 했다. 그쪽으로 가는 길은 도로 사정도 좋지 않고 또 이삼십 마일이 넘는 거리여서 짐마차는 대단히 느렸다. 한 시 반에 더비필드 부인이 테스와 어린 동생들이 잠들어 있는 큰방에 들어왔다.

"그 불쌍한 양반은 못 가시겠다." 그녀는 맏딸에게 말했다. 어머니의 손이 문에 닿는 순간 이미 테스의 커다란 두 눈은 떠 있었다.

테스는 꾸고 있던 꿈과 이 소식 사이에 있는 애매한 공간에서 멍한 채로 침대에 일어나 앉았다.

"하지만 누군가는 가야 되잖아요." 그녀가 대답했다. "벌통은 벌써 철이 지났어요. 올해 통가르기도 곧 끝날 테니까요. 다음 장날까지 배달을 미루었다간 살 사람도 없어서 그냥 집에서 썩이고 말 걸요."

더비필드 부인은 이 난국을 대처할 능력이 없어 보였다. "혹시 청년들 중에 갈 사람이 없을까? 어제 너하고 춤 추자고 쫓아다니던 애들 중에 하나라도 말이다." 잠시 후 어머니가 제안을 했다.

"아이, 안 돼요 — 절대로 그럴 순 없어요!" 테스가 딱 부러지게 말을 막았다. "그러면 사람들한테 이런 사정을 광고하자는 건데 — 이게 무슨 창피예요! 혹시 에이브러햄이 나하고 갈 수 있다면 제가 가겠어요."

어머니는 결국 이 계획에 동의했다. 같은 방 한구석에서 잠에 곯아떨어진 어린 에이브러햄을 깨워 아직도 마음은 꿈나라에 있는 아이에게 옷을 입혔다. 그동안 테스도 서둘러 옷을 입었고 둘은 초롱을 켜서 마구간으로 나갔다. 삐걱거리는 작은 짐마차에는 이미 짐이 실려 있었고, 소녀는 마차보다 조금 덜 삐걱거릴 뿐인 그들의 말 프린스를 끌고 나왔다.

그 불쌍한 짐승은 밤과 초롱과 두 사람을 의아스럽게 바라보면서, 모든 살아 있는 것들이 안식처에 들어가 휴식을 취하고 있는 이 시간에 일하러 나가야 한다는 사실을 도무지 믿을 수 없다는 표정이었다. 그들은 초롱 속에 촛동강 여러 개를 집어넣은 다음 초롱을 짐짝 오른쪽에 걸고 말을 몰았다. 그리고 처음에는 그 기력 없는 짐승이 힘이 들지 않도록 오르막을 오르는 동안 말과 어깨를 나란히 하여 걸었다. 되도록 힘을 내기 위해 그들은 초롱불 밑에서 버터 바른 빵을 먹고 이야기를 주고받으며, 일부러 아침 기분을 내려고 애를 썼지만 날이 새려면 아직 까마득했다. 에이브러햄은 정신이 좀 들자 (그때까지도 그는 몽롱한 정신으로 걷고 있었다) 하늘을 배경으로 갖가지 검은 물체들이 만들어 놓은 이상한 형체들에 대해 이야기하기 시작했다. 이 나무는 마치 굴에서 튀어나온 성난 호랑이 같고, 저 나무는 거인의 머리통 같다는 둥 떠들어댔다.

짙은 갈색 지붕 밑으로 말없이 잠들어 있는 스타워카슬이라는 작은 읍내를 지나 그들은 고갯길에 이르렀다. 왼쪽으로는 더 높다랗게 벌바로우 혹은 빌바로우라는, 남부 웨섹스에서는 가장 높은 지대가 흙둔덕으로 둘러싸인 채 하늘 위로 솟아 있었다. 이 근방에서부터는 꽤 평탄한 길이 멀리 뻗어 있었다. 그들은 마차 앞쪽에 올라탔고 에이브러햄은 생각에 잠겼다.

"누나!" 한참을 말없이 있던 동생이 준비해 두었던 말을 꺼냈다.

"그래, 에이브러햄."

"우리가 명문가라는데 기분이 좋지 않아?"

"특별히 좋을 것도 없지."

"그래도 누난 높은 집안에 시집가면 좋아할 거 아냐?"

"뭐라고?" 고개를 들며 테스가 말했다.

"좋은 친척이 누나가 시집 잘 가는 걸 도와줄 거라는데."

"내가? 좋은 친척이라고? 우린 그런 친척이 없어. 니가 그걸 어떻게 알아?"

"아버지 찾으러 갔을 때 롤리버 주막에서 그 얘기 하시는 걸 들었어. 트란트릿지에 우리 친척 되는 부자 마님이 있는데, 엄마는 누나가 가서 마님한테 친척이라고 하면 누나가 시집을 잘 가게 해 줄 거래."

그의 누이는 갑자기 입을 다물고 말없이 생각에 잠겼다. 에이브러햄은 계속 이야기를 했다. 들어주기를 원해서라기보다 말하는 것 자체를 좋아해서인지 그는 누나가 멍하니 있는 것을 아무렇지도 않게 여겼다. 그는 벌통에 등을 기대고 위를 바라보며 별 이야기를 했다. 별들은 이 조그마한 두 생명은 전혀 개의치 않고 어두운 하늘에서 맥박이 뛰듯 차갑게 명멸하고 있었다. 그는 저 반짝이는 별들이 얼마나 멀리 있는지, 또 그 너머에는 하느님이 계시는지 물었다. 그러나 때때로 그의 어린애다운 재잘거림은 창조의 경이보다 훨씬 더 깊이 그의 상상력을 자극하는 것으로 되돌아왔다. 만

일 누나가 시집을 잘 가서 부자가 되면 네틀컴 타우트만큼 별을 가까이 끌어당겨 볼 수 있는 커다란 망원경을 살 돈이 생길까?

온 집안 사람들의 머릿속을 점령해 버린 것 같은 화제가 다시 나오자 테스는 짜증이 났다.

"이젠 그런 소리 그만둬라!" 테스가 소리를 질렀다.

"별에도 세상이 있다고 했지, 누나?"

"그래."

"우리 세상하고 같아?"

"모르지만 그런 거 같애. 어떤 때는 우리 사과나무에 달린 사과처럼 보일 때도 있단다. 대개는 싱싱하고 안 썩은 건데—벌레 먹은 것도 가끔 있지."

"우린 어디 살아—싱싱한 거야, 벌레 먹은 거야?"

"벌레 먹은 별이야."

"싱싱한 별도 많은데, 우린 그런 별을 못 골랐으니까 운이 아주 나쁜 거네!"

"그래."

"누나 그게 정말이야?" 이 희한한 이야기를 다시 생각해 보고 상당히 충격을 받은 듯 에이브러햄이 누나를 향해 물었다. "우리가 안 썩은 별을 골랐으면 어떻게 되었을까?"

"글쎄, 아버지가 지금처럼 기침하며 겨우 걸어다니시는 일도 없겠고, 또 너무 취해서 배달을 못 나가시는 일도 없겠지. 어머니도 해도해도 끝이 없이 빨래만 매일 하시는 일은 없을 거야."

"그리고 누나도 부잣집 아가씨로 태어나서, 부자가 되려고 좋은 집안에 시집갈 필요는 없을 거야."

"얘, 제발—그 얘기는 이제 그만둬라!"

혼자 생각에 빠져들던 에이브러햄은 곧 꾸벅꾸벅 졸기 시작했다. 테스는 말을 다루는 데 능숙하지는 못했지만, 당분간은 짐마차를 혼자 몰 수 있을 것으로 생각하고 에이브러햄이 자고 싶은 대로 자도록 내버려 두었다. 그녀는 동생이 떨어지지 않도록 벌통 앞쪽에 편안한 잠자리를 마련해 주고는 두 손에 고삐를 잡고 이전같이 천천히 말을 몰았다.

프린스는 무슨 불필요한 동작을 할 만한 힘도 없었기 때문에 특별히 신경을 쓸 필요는 없었다. 귀찮게 구는 동행도 이제 없어지자 테스는 등을 벌통에 기댄 채 전보다 더 깊은 공상 속에 빠져들었다. 어깨를 스쳐 지나가는 나무와 생울타리의 소리 없는 행렬은 현실에는 존재하지 않는 기이한 형상처럼 보였고, 이따금 불어오는 한줄기 바람은 공간적으로는 우주와 시간적으로는 역사와 경계를 마주하고 있는 어떤 거대한 슬픈 영혼의 탄식이 되었다.

테스는 자기 인생에서 일어난 사건들을 하나하나 곰곰이 생각해 보면서, 아버지가 으스대는 것이 얼마나 허망한 것인지 보이는 듯했고, 어머니의 공상대로 자신을 기다리고 있는 그 지체 높은 청혼자가 자신의 가난을 비웃고 수의(壽衣)를 입은 기사인 조상들을 비웃는 것처럼 느껴졌다. 모든 것이 점점 더 희한하게 변했고, 그녀는 시간이 얼마나 흘렀는지 알 수가 없었다. 갑자기 앉은자리가 덜커덕하며 요동하는 바람에 역시 깜빡 잠이 들어 있던 테스는 눈을 떴다.

자신이 잠에 빠져들었던 때보다 그들은 훨씬 멀리 나와 있었고 마차는 멈춰 있었다. 지금까지는 한 번도 들어 본 적이 없는 힘없는 신음소리가 앞쪽에서 나고, 뒤이어 "어이, 이것 봐요!" 하는 고함소리가 들려왔다.

테스의 마차에 달아 놓은 초롱은 온데간데없고, 다른 초롱 하나가 그녀의 얼굴을 비추고 있었다—그네들 것보다 더 환한 초롱이었다. 무슨 끔찍한 일이 벌어져 있었다. 마구(馬具)가 길을 가고 있는 어떤 물체와 엉켜 있었다.

깜짝 놀라 뛰어내린 테스는 무서운 사실을 발견했다. 신음소리는 아버지의 불쌍한 말 프린스에서 흘러나왔다. 아침 우편마차가 여느 때와 마찬가지로 이 오솔길을 바퀴 소리도 없이 쏜살같이 달려오다가 불빛도 없는 그녀의 느림보 짐마차를 들이박은 것이었다. 우편마차의 뾰족한 끌채가 가엾은 프린스의 가슴에 비수처럼 박혀 있었고, 상처에서는 샘이 흐르듯 피가 솟아나와 소리를 내며 땅바닥으로 흘러내리고 있었다.

가슴이 철렁한 테스는 앞으로 뛰쳐나가 구멍을 손으로 막았지만 얼굴에서 치마까지 진홍색 핏방울로 뒤범벅이 되었을 뿐이었다. 결국 그녀는 어쩔 수 없이 바라다보고 서 있을 수밖에 없었다. 프린스 역시 안간힘을 쓰며 꼼짝도 않고 버티고 서 있었으나 급기야 그 큰 덩치는 순식간에 고꾸라지고 말았다.

그때 우편마차의 마부가 다가와서 프린스의 뜨거운 몸뚱이를 끌어당겨 마구를 풀기 시작했다. 하지만 말은 이미 죽어 있었고, 당장은 어떻게 손 쓸 도리가 없다는 것을 발견한 마부는 부상을 당하지 않은 자기 말 쪽으로 돌아갔다.

"아가씨가 방향을 잘못 잡았어" 하고 그는 말했다. "난 우편물 행랑을 운반해야 하니까 아가씨는 여기서 짐을 지키고 있는 수밖에 없겠어. 아가씨를 도와 줄 사람을 되도록 빨리 보내도록 하지. 날이 점점 밝아오고 있으니까 무서워할 건 없어."

그는 마차에 올라 급히 갈 길을 갔고, 테스는 서서 기다렸다. 하늘이 부옇게 밝아오며 새들은 생울타리에서 몸을 털며 일어나 지저귀기 시작했다. 도로는 모두 흰색으로 윤곽을 드러냈으나, 테스는 더욱 창백한 모습이었다. 테스 앞에 웅덩이처럼 흥건하게 고인 피는 벌써 응고되어 무지개처럼 번들거리고 있었고, 해가 떠오르자 프리즘의 갖가지 색깔이 거기서 반사되었다. 프린스는 뻣뻣하게 굳은 채 길가에 쓰러져 있었다. 눈을 반쯤 뜨고 있었으나, 가슴팍에 난 구멍은 그를 살아 움직이게 해준 것을 모두 쏟아 버릴 만

큼 크지는 않았다.

"이게 모두 나 때문이야—나 때문이야!" 이 광경을 바라보며 테스는 울부짖었다. "변명의 여지가 없어—하나도 없어. 이제 어머니와 아버지는 어떻게 살지? 에이비, 에이비!"(에이비는 에이브러햄의 애칭-역주) 그녀는 이 참사가 벌어지는 동안 내내 깊은 잠에 빠져 있던 아이를 흔들어댔다. "짐을 싣고 갈 수가 없어—프린스가 죽었어!"

사태를 모두 알아차리자 에이브러햄의 어린 얼굴에는 순 살 어른의 주름이 곧 생겨났다.

"아, 어제만 해도 춤을 추고 웃고 다녔는데!" 그녀는 계속 혼자 중얼거렸다. "난 너무 바보였어!"

"누나, 우리가 싱싱한 별이 아니고 벌레 먹은 별에 태어났기 때문이야, 그렇지?" 에이브러햄이 눈물을 글썽이며 울먹거렸다.

침묵 속에서 그들은 기다렸고 시간은 끝이 없는 것 같았다. 마침내 무슨 소리가 들리며 물체가 다가오는 것이 보이자 그들은 우편마차의 마부가 약속을 지킨 것을 알았다. 스타워카슬 근처에 사는 어떤 농부가 튼튼한 말 한 마리를 몰고 나타났다. 벌통을 실은 짐마차는 프린스 대신 이 말에 매달려서 카스터브릿지로 운반되었다.

그날 저녁 빈 마차는 다시 사고 현장에 도착했다. 프린스는 아침부터 도랑 속에 그대로 처박혀 있었다. 하지만 피가 괸 웅덩이 자리는 지나다니는 탈것들 때문에 긁히고 뭉개졌어도 여전히 길 한가운데 선명히 남아 있었다. 이제 프린스의 시체는 전에 자신이 끌던 마차 위에 실렸다. 발굽을 공중에 쳐들고 석양빛에 편자를 반짝이면서 말은 말롯을 향해 8, 9마일을 되돌아갔다.

테스는 먼저 돌아가 있었다. 어떻게 이 소식을 말씀드려야 할지 그녀는 알 수 없었다. 부모님의 얼굴에서 이미 그들이 사고를 알고 있다는 것을 발견하고는 자신이 말하지 않아도 된다는 사실에 안도가 되었으나, 그렇다고 해서 자신의 부주의 때문이라는 끝없는 자책감이 줄어들지는 않았다.

이 일은 잘 사는 집에서라면 그냥 불편을 의미하겠지만 이 집의 경우에는 파산을 의미했다. 그럼에도 불구하고 워낙 빈한한 가세였기 때문에 이 불행은 부잣집에서보다 덜 끔찍스럽게 받아들여졌다. 딸이 잘 되기를 바라는 욕심을 좀 더 가진 부모들이라면 으레 보일 법한 불 같은 노여움을 더비필드 부부의 얼굴에서는 조금도 찾을 수가 없었다. 테스 자신만큼이나 테스를 나무라는 사람은 아무도 없었다.

말이 늙었기 때문에 프린스의 시체를 겨우 몇 실링밖에 못 주겠다는 폐마 도축업자의 말에 더비필드는 용감하게 나섰다.

"안 돼." 그는 결연하게 말했다. "그 늙은 몸뚱이를 팔지 않겠어. 우리 더버빌 집안이 이 땅에서 기사로 있을 때는 군마(軍馬)를 고양이 먹이로 팔아먹는 일은 하지 않았어. 그런 푼돈은 가져가라고 해! 프린스는 평생 동안 나를 잘 도와줬는데, 지금 와서 팔아먹을 순 없지."

다음 날 그는 자기 식구를 위해 곡식을 가꾸려고 몇 달 동안 일하던 것보다 더 열심히 뜰에다 프린스의 무덤을 팠다. 구덩이가 완성되자 더비필드와 그의 아내는 말에다 밧줄을 매어 길을 따라 무덤 쪽으로 질질 끌고 갔고, 아이들은 장례 행렬을 이루어 그 뒤를 따랐다. 에이브러햄과 리자 루는 흐느껴 울었고, 호프와 모디스티는 담벼락이 울릴 정도로 통곡을 하며 슬픔을 털어놓았다. 프린스가 털썩하고 구덩이 속에 떨어지자 그들은 모두 무덤가에 고여들었다. 그들은 생계수단을 잃은 것이었다. 어쩌면 좋단 말인가?

"프린스는 천국에 갔어요?" 에이브러햄이 흐느껴 울다 말고 물었다.

그러고 나서 더비필드는 흙을 퍼넣기 시작했고 아이들은 다시 울었다. 테스는 울지 않았다. 마치 말을 죽인 건 자기라고 생각하는 듯 그녀의 얼굴은 창백하게 굳어 있었다.

5

주로 말에 의존하던 도붓장수 일이 금방 어렵게 되었다. 극빈이라고 할 수는 없지만 가난의 그림자가 멀리서 어른거렸다. 더비필드는 이 고장에서 게을러빠진 인간으로 취급받고 있었다. 이따금 일할 만한 힘이 꽤 있었으나, 그 힘이 있을 때와 일을 해야 할 때가 쉽사리 맞아떨어지지 않았다. 그리고 그것이 맞아떨어져도 그는 날품팔이 일꾼이 흔히 하는 노동에 익숙지 않아서 잘 배겨내지를 못했다.

한편 테스는 부모를 이런 수렁에 빠뜨린 장본인으로서 어떻게 하면 그 수렁에서 부모님이 빠져나오도록 도울 수 있을지 조용히 궁리하고 있었다. 그러던 차에 어머니가 당신의 계획을 털어놓았다.

"테스야, 살다 보면 오르막도 있고 내리막도 있는 법이다." 어머니가 말했다. "그런데, 니가 귀족 혈통이라는 게 참 요긴한 때에 밝혀졌구나. 니가 나서서 일가 친척들을 좀 찾아봐야겠다. 체이스 숲 끝자락에 가면 더버빌 부인이라는 부잣집 마님이 있는데, 그분이 우리 친척이라는 걸 알고 있니? 가서 친척이라고 말하고 우리가 어려우니까 좀 도와 달라고 부탁해 봐."

"전 그런 거 못해요." 테스가 대답했다. "그런 귀부인이 있으면 그냥 친하게 지내면 충분해요—도움을 기대하진 말아요."

"이것아, 널 보면 그분이 뭐든지 해 주고 싶은 마음이 생길지도 몰라. 게다가, 니가 모르는 어떤 일이 생길 수도 있어. 암튼 간에 내가 들은 얘기가 있어서 그러는 거다."

자신이 끼친 피해로 인한 압박감 때문에 테스는 다른 때보다 더 어머니의 요구에 고분고분해졌다. 하지만 그처럼 소득이 확실해 보이지도 않는 일을 계획하면서 어머니가 왜 그렇게 만족스러워하는지 이해할 수가 없었다. 어머니는 혹시 수소문을 해 보고, 이 더버빌이란 부인이 대단한 덕성과 동정심을 가진 분이란 것을 알아냈는지도 모를 일이었다. 하지만 테스는 가난한 친척이라는 자신의 처지가 도무지 내키지 않았다.

"차라리 일자리를 찾아보겠어요." 테스가 투덜거렸다.

"여보, 이건 당신이 결정해요." 뒤에 앉아 있던 남편 쪽을 돌아보며 그의 아내가 말했다.

"당신이 가야 된다고 하면, 얘도 갈 거예요."

"난 우리 애들이 낯선 친척집에 가서 신세 지는 게 별로 달갑지 않어." 그가 중얼거렸다.

"나는 우리 가문에서 가장 지체 높은 집의 가장이니까 거기에 맞게 행동해야 되거든."

테스에게는 가지 말라고 하는 아버지의 이유가 가기 싫어하는 자신의 이유보다 더 고통스러웠다. "좋아요, 엄마. 제가 말을 죽였으니까," 그녀는 우울하게 말했다. "제가 뭘 하긴 해야겠다고 생각해요. 가서 만나 보는 건 괜찮아요, 하지만 도움을 청해야 할지 말지는 저한테 맡겨 주세요. 그리고 그분이 저한테 중매를 서 주는 일 따위는 생각도 마세요 — 말도 안 돼요."

"테스야, 옳은 말이다!" 아버지가 설교하듯 말했다.

"내가 그런 생각을 한다고 누가 그러던?" 조운이 물었다.

"엄마가 그런 생각하신다는 거, 다 알아요. 아무튼 갈게요."

그녀는 다음 날 아침 일찍 일어나 샤스톤이라는 언덕 위의 마을로 가서 마차에 올라탔다. 이 마차는 일주일에 두 번 샤스톤에서 동쪽으로 체이스버러까지 가는데, 도중에 누군지도 모르는 그 신비한 더버빌 부인의 저택이 있는 트란트릿지 교구 근처를 지나게 되어 있었다.

기억에도 생생한 이날 아침, 테스 더비필드의 여정은 그녀가 태어나고 그녀의 인생이 펼쳐진 골짜기의 동북쪽 구릉들 사이에 뻗어 있었다. 테스에게 블랙무어 골짜기는 온 세상이었고, 그곳의 주민들은 세상의 모든 사람들이었다. 호기심 많던 어린시절 그녀는 말롯의 목장 문과 울타리 디딤대에서 골짜기 끝까지 내려다보곤 했는데, 그 당시에 신비로웠던 것은 지금도 그때 못지 않게 신비로웠다. 그녀는 날마다 창 밖으로 탑과 마을과 가물거리는 하얀 저택들을 바라보았고, 특히 높다란 곳에 장엄하게 솟아 있는 샤스톤과 석양빛에 등불처럼 반짝거리는 유리창이 거기 있었다. 테스는 그곳에 한 번도 가 본 적이 없고, 자세히 둘러본 데라고는 사실 골짜기와 그 주변에서도 아주 작은 일부에 불과했다. 하물며 골짜기를 멀리 벗어나 본 적은 더더욱 없었다. 마을을 둘러싼 산의 윤곽은 모두 그녀에게는 마치 친척들의 얼굴만큼이나 친근했다. 하지만 그 너머에 있는 것에 대한 그녀의 판단은, 지금으로부터 한두 해 전 그녀가 우등으로 졸업했던 마을 학교에서 배운 것에 의존하는 수밖에 없었다.

그 어린시절 같은 또래의 여자아이들은 그녀를 무척이나 좋아했고, 그래서 마을 근처에서는 학교를 마치고 나란히 집으로 돌아오는 세 아이—모두 거의 동갑이었는데—중에서 테스의 모습을 발견할 수가 있었다. 가운데 자리에 있던 테스는 촘촘한 바둑판 무늬의 날염(捺染)한 분홍색 앞치마에다, 속에는 원래의 색이 바래서 뭐라고 이름조차 붙일 수 없는 색으로 변한 모직 원피스를 입고, 풀이나 희한한 돌멩이를 찾느라 길가나 둑에서 무릎을 꿇는 바람에 닳아서 무릎에 작은 사다리 모양의 구멍이 생긴 꽉 끼는 긴 양말을 신고 가늘고 긴 두 다리로 걸어다녔다. 그 당시 그녀의 흙빛 머리칼은 냄비를 거는 고리처럼 달랑거렸고, 양쪽 두 소녀의 팔이 테스의 허리를 감아 안으면 테스의 팔은 두 동무와 어깨동무를 했다.

나이가 들어 집안 형편을 알게 되면서, 그녀는 동생들을 먹이고 키우는 일이 그처럼 고생스런 일인데도 아무 생각 없이 그렇게 많은 동생들을 낳은 어머니에 대해 거의 맬서스식의 생각을 품었다.(맬서스는 빈곤의 탓을 인구 증가에 돌리며 가족계획의 필요성을 주장한 영국의 경제학자-역주) 어머니의 지능은 마냥 행복하기만 한 어린아이의 지능과 다름없었다. 조운 더비필드는 하느님의 섭리에 따라 태어난 그 대가족에 그냥 아이가 하나 더 있는 셈이었고, 그것도 맏이가 될 정도는 되지 못했다.

그러나 테스는 어린 동생들에게 자상하고 다정하게 대했고, 힘닿는 대로 그들을 돕기 위해 이웃 농장에서 건초를 만들거나 추수하는 일을 도와주곤 했다. 혹은 젖을 짜거나 버터를 만드는 일도 기꺼이 했는데, 이것은 아버지가 젖소를 기를 때 익혀 둔 솜씨였고, 또 원래 손재주가 있어서 그녀가 특별히 잘하는 일거리였다.

날이 갈수록 그녀의 어린 어깨에는 가족이라는 짐이 더 무겁게 내려앉는 듯했고, 더버빌 저택에 가서 더비필드 집안을 대표하는 일을 자신이 해야 한다는 것도 당연하게 여겨졌다. 이런 경우에는 더비필드 집안이 자신의 가장 아름다운 쪽만 드러내 보이고 있다는 점을 인정해야 할 것이다.

그녀는 트란트릿지 네거리에서 마차를 내려 체이스라는 이름의 숲을 향해 언덕길을 걸어 올라갔다. 체이스 숲 외곽에서 더버빌 가의 저택인 슬로프를 찾을 수 있다는 것은 이미 들어 알고 있었다. 일반적인 의미에서 장원식 저택은 밭이 있고 목장이 있고, 또 주인이 무슨 수를 써서라도 자신과 가족의 수입을 짜내는 대상인 불평 많은 농부가 있게 마련인데, 이 집은 그렇지 않았다. 이 집은 그 이상, 훨씬 더 이상이었다. 이 집은 주거 목적에 필요한 것 외에 성가신 땅이라고는 한 평도 붙어 있지 않은 순전히 즐기기 위해 지은 시골 저택이었다. 주인이 취미 삼아 직접 가꾸는 작은 농장이 있었으나 관리인이 돌보고 있을 뿐이었다.

처마 끝까지 울창한 상록수로 가려진 새빨간 벽돌집이 먼저 눈에 들어왔다. 테스는 이 건물이 바로 그 저택인 줄 알았으나, 다소 간 떨리는 마음으로 샛문을 지나 진입로가 굽어지는 지점에 이르자 진짜 본채가 완전히 모습을 드러냈다. 그것은 최근에 지어진 건물이었는데 — 사실 거의 새집이나 다름없었다 — 상록수와 강한 대조를 이루었던 바깥채의 짙은 빨간색과 똑같은 색으로 되어 있었다. 주변의 부드러운 색들을 배경으로 제라늄 꽃처럼 솟아 있는 이 저택의 모퉁이 뒤쪽 멀리에는 체이스 숲의 연한 하늘빛 풍경이 펼쳐져 있었다. 이 숲은 사실 유서깊은 삼림지대로 원시시대부터 내려오는 영국에서 몇 남지 않은 숲 가운데 하나였다. 이곳에선 드루이드교에서 숭배하던 겨우살이를 아직도 늙은 떡갈나무에서 발견할 수 있고, 사람의 손으로 심지 않은 거대한 주목들이 활을 만들기 위해 가지를 잘라내던 그 당시에 자라던 모습 그대로 자라고 있었다. 하지만 이 유구한 역사를 지닌 숲은 슬로프 저택에서 보이긴 했으나 영지의 경계 바로 바깥에 있었다.

이 아담한 저택에서는 모든 것이 밝고 환하며 풍성하고, 또 관리가 잘 되어 있었다. 몇 에이커나 되는 온실이 경사지를 따라 아래쪽 잡목숲까지 뻗어 있었다. 모든 것이 돈처럼—조폐국에서 금방 찍어낸 동전처럼 보였다. 오스트리아 소나무와 상록 참나무로 한쪽을 가린 마구간은 갖가지 최신 기구들을 구비하고 예배당의 분관(分館)처럼 위엄을 갖추고 있었다. 널찍한 잔디밭에는 장식을 한 천막이 있었는데, 그 입구가 테스 쪽으로 나 있었다.

순진한 테스 더비필드는 자갈 깔린 진입로 가장자리에 서서 뚫어지게 바라보았다. 자신의 두 발이 이끄는 대로 여기까지 온 뒤에야 비로소 그녀는 자기가 어디에 있는지를 확실히 깨달았다. 이제 보니 모든 것이 그녀가 상상했던 것과는 정반대였다.

"우리 집안은 오래된 가문으로 생각했는데, 이 집은 완전히 새집이구나!" 그녀는 꾸밈없이 그대로 말했다. 테스는 '친척이라고 말해 보라'는 어머니의 계획을 그렇게 쉽사리 따르지 말고 이웃에서 도움을 청해 볼걸 하는 생각이 들었다.

이 모든 것의 소유주인 더버빌 가는—처음에는 스스로 스토크 더버빌이라고 했는데—이처럼 고색창연한 지방에서는 찾아보기 힘든 다소 특이한 집안이었다. 갈 짓자 걸음으로 걷고 있는 우리의 존 더비필드가 이 지방에 현재 남아 있는 옛날 더버빌 가문의 유일한 직계 후손이거나 아니면 거기에 가깝다고 한 트링엄 신부의 말은 옳은 말이었다. 그런데 신부는 자신이 더버빌 가문이 아니듯이 스토크 더버빌 역시 진짜 더버빌 가문이 아니라는 것을 너무도 잘 알고 있었고, 또 그것을 진작 이야기하는 것이 좋을 법했다. 하지만 이 집안이 그처럼 몹시 쇄신이 필요한 가문의 이름을 접목하기에는 매우 튼튼한 원줄기를 이루고 있었음은 인정해야 할 것이다.

근래에 고인이 된 사이먼 스토크 노인은 성실한 장사꾼으로 (고리대금업자였다는 설도 있다) 북부 지방에서 돈을 모으자, 자기가 장사하던 데서 멀리 떨어진 영국 남부 지방에서 지방의 유지로 자리잡고 살기로 결심했다. 이 과정에서 그는 자신을 옛날의 눈치 빠른 장사꾼으로 쉽게 알아볼 수 없는, 그리고 원래의 단조롭고 뻣뻣한 이름보다 덜 평범한 성(姓)으로 새출발을 해야 할 필요성을 느꼈다. 그는 대영박물관에서 한 시간쯤 자기가 정착할 지방과 관련이 있는 가문 중에서 소멸되거나 반쯤 소멸된, 무명의 몰락한 이름들을 찾다가 '더버빌'이 어느 것 못지 않게 보기도 좋고 부르기도 좋다고 생각했다. 그래서 더버빌은 그와 그의 후손들의 이름에 영원히 덧붙여지게 된 것이다. 하지만 그는 이 점에 있어서 황당무계한 사람은 아니어서, 새로운 바탕에 자신의 가계(家系)를 꿰어맞출 때 집안간의 결혼이나 귀족들과의 연결 고리를 적당하게 꾸며내었을 뿐, 절대로 상궤를 벗어난 작위는 하나도 갖다 붙이지 않았다.

상상력을 동원한 이 작업에 대해 테스와 그 부모는 당연히 알 리가 없었고 또 그 때문에 큰 실패를 하게 된 것이었다. 사실 그렇게 이름을 갖다 붙일 수 있다는 사실도 그들로서는 알 수가 없었다. 비록 인물이 잘 생긴 것은 운명의 덕일지 몰라도, 집안의 이름은 나면서부터 정해지는 것으로 그들은 알고 있었기 때문이다.

수영하는 사람이 물러서야 할지 뛰어들어야 할지 망설이는 것처럼 테스가 여전히 주춤거리고 서 있는데 삼각형의 어두운 천막 입구에서 어떤 사람이 모습을 나타냈다. 담배를 피우고 있는 키 큰 청년이었다.

그는 거의 거무스름한 안색에다 두툼한 입술을 하고 있었는데, 불그스레하고 부드럽긴 했으나 못생긴 입술이었고, 그 위로는 끝을 뾰족하게 말아올린 단정한 검은 콧수염을 기르고 있었지만 나이는 스물 서넛 이상으로 보이지는 않았다. 외모에서 보이는 사나운 느낌에도 불구하고, 그 신사의 얼굴과 자신 있게 두리번거리는 눈동자에는 어떤 독특한 힘이 있었다.

"어, 예쁜이 아가씨, 어떻게 오셨나요?" 앞으로 나서며 그가 말했다. 그녀가 상당히 당황해하는 것을 알아차리고 그는 덧붙여 말했다. "걱정 마시오. 난 더버빌이라고 해요. 나를 만나러 왔습니까, 아니면 어머니를 뵈러 왔습니까?"

더버빌 가의 한 인물, 바로 그 이름을 가진 한 사람의 실제 모습은 그 저택과 토지보다 더 그녀의 상상과 달랐다. 그녀는 더버빌의 모든 얼굴 윤곽이 이상화된 늙고 기품 있는 얼굴, 곧 그녀의 집안과 영국의 수세기에 걸친 역사를 상형문자로 나타내는 살아 있는 기억으로 주름이 깊게 패인 얼굴을 상상했었다. 하지만 이제는 빠져나갈 수도 없는 노릇이어서, 그녀는 바로 눈앞의 상황에 정신을 차려 대답했다.

"어머니를 뵈러 왔습니다."

"미안합니다만 어머니를 뵐 수 없겠군요—편찮으시거든요." 위조된 가문의 현 대표자가 대답했다. 그는 바로 최근에 고인이 된 양반의 외아들인 알렉 씨였다. "내가 대답해 주면 안 됩니까? 어머니를 무슨 일로 만나러 왔어요?"

"무슨 일이 아니고—그게—어떻게 말을 해야 할지 모르겠네요!"

"놀러 왔어요?"

"아, 아닙니다. 저, 말씀드리자면, 아마—."

자기가 심부름 온 일이 지금 와서 보니 아주 우스꽝스럽다는 생각이 심하게 들어, 테스는 그 사람이 무섭기도 하고 또 자신이 거기 있다는 사실이 다소 불안스럽긴 했지만, 장밋빛 입술로 슬며시 미소를 지었고, 거무스름한 얼굴의 알렉산더는 거기에 상당히 매력을 느꼈다.

"너무 터무니없는 일이라서," 그녀는 말을 더듬었다. "말씀드리기가 거북해요!"

"걱정 말아요. 난 터무니없는 일을 좋아하거든요. 다시 말해 봐요, 아가씨." 그가 다정하게 말했다.

"어머니가 가라고 해서 왔는데," 테스가 말을 이었다. "사실은, 저도 그럴 생각이 있었지만요. 아무튼 일이 이렇게 될 줄은 몰랐어요. 저는 우리가 이 댁하고 친척이라는 걸 말씀드리러 왔어요."

"허허, 가난한 친척이시구먼?"

"네, 맞아요."

"스토크 집안인가요?"

"아뇨. 더버빌 집안이에요."

"아, 아, 나도 더버빌이란 뜻이었소."

"우리 집 성이 더비필드로 바뀌긴 했지만, 우리가 더버빌 가문이라는 몇 가지 증거가 우리 집에 있어요. 고고학자들도 그렇게 얘기하고 있고요, ─ 또 ─ 또 집에 가면 옛날 도장이 하나 있는데, 방패 모양 위에 사자가 뒷발로 서고 그 위에 성이 새겨져 있어요. 그리고 작은 국자처럼 바닥이 우묵하고, 똑같은 성이 그려진 아주 오래된 은숟가락도 하나 있어요. 다만 너무 닳아서 어머니는 그걸 완두수프 저을 때만 쓰지만요."

"은빛 성채는 우리 가문의 문장(紋章) 꼭대기 장식이 확실합니다." 그가 부드럽게 말했다. "그리고 우리 집 문장도 뒷발로 선 사자랍니다."

"그래서 어머니는 우리가 일가라는 걸 알려야 한다고 말씀하셨어요—좋지 않은 사고 때문에 우리가 말을 잃어버렸다는 사정하고, 또 우리 집이 일가에서 가장 오래된 집안이라는 것까지 말이에요."

"어머니는 정말로 고마우신 분이군요. 나로서는 어머니의 부탁을 유감스럽게 생각진 않습니다." 이야기를 하며 알렉은 테스를 바라보았고, 그 눈길에 그녀는 살짝 얼굴을 붉혔다. "그러니까, 예쁜이 아가씨는 친척집에 다니러 온 셈이군요?"

"그런 셈이에요." 테스가 다시 불안스런 표정을 지으며 어물거렸다.

"흠—잘못한 거 없어요. 사는 데는 어딘가? 뭘 하고 있어요?"

테스는 형편을 짤막하게 이야기했다. 그리고 뒤이은 질문에 대답을 하면서 자기는 좀 전에 타고 온 바로 그 마차로 돌아갈 생각이라고 덧붙였다.

"그 양반이 트란트릿지 네거리에 돌아오려면 한참 있어야 돼요. 우리 사촌 아가씨는 나하고 정원을 둘러보며 시간을 보내는 게 어떻소?"

테스는 되도록 방문 시간을 단축하고 싶었으나 청년이 재촉하는 바람에 그러기로 했다. 그는 잔디밭과 화단, 화초 온실, 그리고 거기서 다시 과수원과 과수용 온실로 그녀를 안내했고, 거기서 그녀에게 딸기를 좋아하는지 물었다.

"예, 딸기 철이 되면요." 테스가 대답했다.

"여긴 벌써 익었어요." 더버빌이 그녀를 위해 여러 종류의 딸기를 따기 시작하더니, 허리를 숙인 채 그녀에게 그걸 건넸다. 그리고 곧 '브리티쉬 퀸' 품종 중에서 특별히 잘 익은 것을 고르고는 일어서서 꼭지를 잡고 그녀의 입에다 그걸 내밀었다.

"아니—아니에요!" 그녀는 급히 말을 하고는 손가락을 그의 손과 자기 입술 사이에 넣었다. "제가 직접 먹을게요."

"그러지 말아요!" 그가 고집을 부렸고, 다소 난처하게 그녀는 입술을 벌려 그것을 받아먹었다.

그들은 그렇게 하릴없이 돌아다니며 얼마간의 시간을 보냈고, 테스는 더버빌이 주는 것이면 무엇이든지 반쯤은 기분 좋게 또 반쯤은 마지못해 받아먹었다. 더 이상 딸기를 먹을 수 없을 정도가 되자 그는 그녀의 작은 바구니에 딸기를 가득 담았다. 그런 다음 두 사람은 장미꽃밭으로 들어갔고, 거기서 그는 장미꽃을 꺾어 그녀의 가슴에 꽂으라고 주었다. 그녀는 마치 꿈을 꾸듯 시키는 대로 했고 더 이상 꽂을 데가 없자 그는 직접 한두 송이를 그녀의 모자에다 꽂았고, 그녀의 바구니도 넘칠 만큼 풍성하게 다른 꽃으로 채워 주었다. 이윽고 그가 시계를 보고 말했다. "자, 샤스톤으로 가는 마차를 탄다고 했으니까, 식사를 조금 하고 나면 출발할 시간에 딱 맞을 것 같소. 이리 와요. 먹을 게 뭐가 있는지 찾아볼 테니까."

스토크 더버빌은 다시 그녀를 잔디밭의 천막으로 데리고 가서 그녀를 혼자 두고 나갔다. 곧 가벼운 점심식사 바구니를 들고 다시 나타난 그는 그것을 직접 그녀 앞에 놓았다. 두 사람만의 이 즐거운 만남을 하인들에게 방해받고 싶지 않다는 신사의 뜻이 분명히 드러났다.

"담배 좀 피워도 될까요?" 그가 물었다.

"아, 그럼요."

그는 천막 속을 떠도는 자욱한 연기 속으로 천진난만하게 식사를 하는 그녀의 예쁜 모습을 지켜보았다. 하지만 테스 더비필드는 가슴의 장미꽃을 순진하게 내려다보면서, 그 파란 마약 같은 연기 바로 뒤에 그녀 인생의 '비극의 씨앗'—그녀의 찬란한 청춘의 빛깔 속에 피처럼 붉은 빛이 될 가능성이 충분한 사건—이 기다리고 있다는 것을 예감하지 못하고 있었다. 그녀는 지금 자신에게 불리한

어떤 특징을 가지고 있었고, 알렉 더버빌의 눈길이 그녀에게서 떨어질 줄 모르는 것도 바로 그 때문이었다. 그것은 실제보다 그녀를 더 성숙하게 보이게 만드는, 한껏 피어오른 그녀의 아름다운 용모였다. 그녀는 어머니에게서 성숙한 용모를 물려받았지만, 용모에 비해 아직 어린 데가 있었다. 이 때문에 그녀는 가끔 걱정을 하기도 했지만 친구들은 시간이 지나면 문제될 게 없다고 말했다.

그녀는 곧 점심식사를 끝냈다. "이젠 집에 가 봐야겠습니다." 일어서면서 그녀가 말했다.

"이름이 어떻게 됩니까?" 저택이 보이지 않을 때까지 진입로를 따라 내려오다가 그가 물었다.

"테스 더비필드라고 불러요, 저 아래 말롯에서는요."

"집에서 말을 잃었다고 했던가요?"

"제가—말을 죽였어요!" 그녀가 대답을 했고, 프린스의 죽음을 자세히 설명하는 그녀의 두 눈에 눈물이 글썽거렸다. "그 대문에 아버지를 도와 드려야 할 텐데, 어떻게 해야 할지 모르겠어요!"

"내가 뭘 해줄 수 있는 게 없는지 생각해 봐야겠군. 어머니가 당신한테 틀림없이 무슨 일자리를 찾아 줄 거요. 그런데, 테스, '더버빌'에 대해서는 쓸데없는 이야기는 그만둬요—'더비필드'면 됐어요, 알겠죠—전혀 다른 성이니까."

"저도 더 바라지 않습니다." 다소 위엄을 갖추며 그녀가 말했다.

잠시—아주 잠시 동안—바깥채 건물이 눈에 들어오기 전에, 그들이 키 큰 철쭉과 침엽수 사이의 진입로 모퉁이에 이르렀을 때, 그는 고개를 그녀 쪽으로 숙이고 마치—그런데, 아니었다. 그는 생각을 고쳐 먹고는 그녀를 보내 주었다.

일은 그렇게 시작되었다. 이 만남의 의미를 깨달았더라면, 그녀는 어째서 그날 자신이 그 못된 남자의 눈에 띄어 그가 탐을 내는 상대가 되고 말았는지 물어보았을지도 모른다. 세상에는 다른 남자, 곧 어느 모로 보나 훌륭하고 바람직한 남자, 세상에서 찾아볼 수 있는 가장 훌륭하고 바람직한 남자도 있는데. 하지만 그녀가 만난 이들 중에 그런 부류에 근접했을 수도 있는 한 남자가 있었지만, 그녀는 그에게 단지 순간적인 인상에 지나지 않았고 반쯤은 잊혀져 있었다.

잘 판단해서 계획한 일도 잘못 실행하게 되면 뜻한 바를 이루기 어렵고, 사랑할 사람이 있어도 사랑할 수 있는 때와 일치하는 경우는 아주 드물다. 자연은 종종 자신의 불쌍한 피조물이 보기만 해도 행복을 얻을 수 있는 순간에도 그에게 "보라!"고 말하지 않는다. 그리고 숨바꼭질이 지루하고 낡아빠진 장난이 되어 버릴 때까지는 "어디에요?"라는 인간의 외침에 "여기에!"라고 답해 주지 않는다. 인류의 발전이 절정과 극치에 이르면 이와 같은 시간의 착오가 더 섬세한 직관으로 교정될 수 있을지, 혹은 우리를 지금 이리저리 흔들어 대고 있는 것보다 더 정교한 사회 기구의 상호작용에 의해 교정될 수 있을지 우리는 알 수 없다. 다만 그와 같은 완전무결은 예견할 수도 없으며, 심지어 가능한 것으로 생각조차 할 수 없다는 것이다. 지금의 경우는 셀 수 없이 많은 다른 경우와 마찬가지로, 이 완벽의 순간에 서로 만난 것은 완전한 전체의 쪼개진 두 반쪽이 아니며, 보이지 않는 반쪽은 마지막 시간이 올 때까지 어리석고 둔하게 기다리면서 대지 위를 홀로 떠돌고 있었다고 말하는 것만으로 충분하다. 그리고 그 어설픈 지체(遲滯)에서부터 걱정과 실망, 충격과 재난, 그리고 지극히 얄궂은 운명까지 생겨나는 것이다.

천막으로 돌아온 더버빌은 기분 좋은 표정을 지으며 의자에 걸터앉아 생각에 잠겼다. 그러다가 갑자기 그는 한바탕 크게 웃음을 터뜨렸다.

"글쎄, 그럴 수야 없지! 참 웃기는 일이군! 하하하! 그런데 정말 매력 만점 아가씨란 말이야!"

6

테스는 트란트릿지 네거리까지 언덕을 내려가 체이스버러에서 샤스톤으로 돌아가는 마차를 타려고 아무 생각 없이 기다렸다. 마차를 타면서 그녀는 다른 손님들의 인사에 대답을 하기는 했으나, 그들이 하는 말이 머릿속에 들어오지 않았다. 그리고 마차가 다시 움직이기 시작했을 때도 바깥 풍경은 보지 않고 혼자 생각에만 몰두해 있었다.

같이 탄 손님들 중의 한 사람이 다른 이들보다 더 분명하게 이야기를 걸어왔다. "아니, 아가씨는 온통 꽃다발 같구려! 유월 초에 이런 장미꽃이 있네!"

그제야 그녀는 그들의 놀란 눈에 비친 자신의 모습을 깨달았다. 가슴에 장미, 모자에도 장미, 그리고 바구니에도 장미와 딸기가 넘칠 듯 가득했다. 얼굴을 붉히며 어쩔 줄 모른 그녀는 꽃은 누가 준 것이라고 얼버무렸다. 승객들의 눈길이 멀어지자 그녀는 모자에서 유난히 눈에 띄는 장미 송이들을 떼어 내어 바구니에 담고 꽃송이들을 손수건으로 가렸다. 그러고 나서 다시 생각에 잠겨 고개를 숙이는데, 가슴에 남아 있던 장미 가시 하나가 우연히 턱을 찔렀다. 블랙무어 골짜기의 사람들이 모두 그렇듯이 테스도 근거 없는 억측이나 무슨 징조가 되는 미신을 믿고 있었고, 그래서 그것을 불길한 징조—그날 처음으로 느낀—로 생각했다.

마차는 샤스톤까지밖에 가지 않았고, 그 언덕 위의 도시에서부터 말롯으로 들어가는 골짜기까지는 내리막길로 몇 마일이나 되는 거리였다. 미리 테스의 어머니는 혹시 집에까지 오기 힘들면 알고 지내는 어떤 아주머니 댁에서 하룻밤을 묵으라고 당부를 했기 때문에, 테스는 거기서 묵고 다음날 오후에야 집으로 돌아갔다.

집안에 들어서는 순간 테스는 어머니의 득의만면한 태도에서 그동안 무슨 일이 벌어졌다는 것을 금방 알아차렸다.

"아, 그래. 다 알고 있다! 내가 잘 될 거라 그랬지. 그것 봐라, 그대로 됐잖아!"

"제가 없는 사이에요? 무슨 일인데요?" 테스는 다소 지친 표정으로 물었다.

어머니는 장난치듯 사랑스럽게 딸을 아래위로 훑어보고는 놀리는 투로 말을 계속했다.

"그래, 니가 그 사람들을 꼭 붙잡은 거야!"

"어떻게 알아요, 엄마?"

"편지를 받았단다."

테스는 그제야 그럴 만한 시간이 있었겠다는 생각이 들었다.

"그쪽 이야기는—더버빌 마님 말인데—그분이 취미 삼아 하는 작은 양계장을 니가 돌봐 줬으면 하는구나. 하지만 이건 일부러 니가 큰 욕심 내지 말고 거기 오라는 얘기 같다. 마님은 널 한집안 사람으로 인정하겠다는 거야—그런 뜻이 분명하다."

"하지만 전 마님을 뵙지도 못했는데요."

"누구든 봤을 거 아니냐?"

"그분 아들을 봤어요."

"그럼 그분이 친척으로 생각하든?"

"글쎄요—저보고 사촌이라고 불렀어요."

"그래, 그럴 줄 알았어! 여보—그 청년이 얘를 사촌이라고 했다는구려!" 조운은 남편을 향해 소리를 질렀다. "아마도 그 양반이 어머니한테 이야기를 한 모양이다. 그래서 마님도 널 거기 두고 싶어하는 거야."

"그렇지만 제가 닭을 잘 키울 수 있을지 모르겠어요." 테스가 자신 없이 말했다.

“니만큼 잘하는 애도 없다. 집에서도 닭을 키웠고, 니도 그런 걸 보고 들으면서 크지 않았니. 그런 일을 하는 집에서 태어났으니까 처음 하는 사람보다는 항상 더 잘 하게 될 거다. 게다가, 무슨 할 일이 있다고 하는 건 그냥 겉치레로 하는 말이야. 니가 부담을 가질까 봐서 말이다.”

“꼭 가야 될 것 같지는 않아요.” 테스가 생각에 잠겨 말했다. “누가 쓴 편진데요? 편지 좀 보여 주세요.”

“더버빌 마님이 썼더라. 여기 있다.”

편지는 삼인칭으로 되어 있었는데, 더비필드 부인 앞으로 딸이 양계장을 맡아 주면 마님한테 도움이 되겠다는 것과, 오게 된다면 좋은 방도 제공할 것이며, 또 솜씨가 마음에 들면 보수도 후하게 주겠다는 간단한 내용이었다.

“아니 — 이게 전부라구요!” 테스가 말했다.

“한꺼번에 두 팔로 껴안아 키스하고 쓰다듬어 주기까지 바랄 수는 없는 게 아니냐?”

테스는 창 밖을 바라보았다.

“전 그래도 아버지 어머니하고 여기 있고 싶어요.” 그녀가 말했다.

“왜 그래?”

“이유는 말하고 싶지 않아요, 엄마. 실은 저도 왜 그런지 모르겠어요.”

일주일 뒤 그녀가 가까운 이웃에서 가벼운 일자리를 찾아보고는 소득도 없이 돌아온 어느 날 저녁이었다. 그녀의 생각은 말 한 마리를 살 만한 돈을 여름 한 철 동안 모으는 것이었다. 문지방을 넘어서자마자 아이 하나가 춤을 추듯 방을 뛰어나와 말을 했다. “그 신사가 왔다 갔어!”

입이 함지박만큼 벌어지며 어머니가 서둘러 설명을 했다. 더버빌 마님의 아들이 말을 타고 우연히 말롯 쪽을 지나가다가 들렀다는 것이었다. 요컨대, 테스가 정말로 노마님의 양계장을 돌봐 주러 올 수 있는지 어떤지 어머니를 대신해서 알아보러 왔으며, 지금까지 양계장을 맡고 있던 청년이 미덥지가 않았기 때문이라는 것이었다. "더버빌 도련님은 니가 겉보기하고 똑같이 틀림없이 착한 아이일 거라고 하더라. 널 말이다, 무슨 금덩이나 되는 것처럼 알고 있더라니까. 솔직히 말해 — 너한테 관심이 많더라."

테스는 스스로는 그렇게 형편없이 여기고 있는데도 낯선 사람이 자기를 그처럼 대단하게 생각한다는 이야기를 듣고 당장은 기분이 썩 좋았다.

"그렇게 생각해 주니까 정말 고맙네요." 그녀는 중얼거렸다. "거기 가면 어떻게 사는 건지 확실히 알게 되면 언제든지 가겠어요."

"그 사람 정말 잘생겼더라!"

"그렇지는 않던데요." 테스가 쌀쌀맞게 대답했다.

"글쎄, 하여간에 너한테는 좋은 기회다. 게다가 그 사람은 멋진 다이아몬드 반지를 끼고 있더라!"

"맞아요." 창가에 있는 의자에서 어린 에이브러햄이 쾌활하게 말했다. "저도 봤어요! 그 사람이 손으로 콧수염을 만질 때 그게 정말 반짝거렸거든요. 엄마, 그 부자 친척은 왜 콧수염을 계속 만졌어요?"

"저 녀석 말하는 것 좀 봐라!" 더비필드 부인이 감탄을 감추고 소리를 질렀다.

"다이아몬드 반질 자랑하고 싶어서겠지." 존 경이 꿈속에서 말하듯 의자에서 중얼거렸다.

"다시 생각해 볼게요." 방을 나서며 테스가 말했다.

"글쎄, 저 녀석이 우리 일가집 아들을 꽉 잡았나 봐요, 대번에요." 부인은 남편을 향해 계속 말했다. "이런 기회를 놓치면 바보라구요."

"난 우리 애들이 집을 떠나는 게 달갑지 않소." 도붓장스가 말했다. "우리가 가문의 종가인 셈이니까, 딴 사람들이 우릴 찾아와야 옳지."

"그래도 걔를 보내요, 여보." 한심하고 지각이 모자라는 아내가 그를 꾀었다. "그 청년이 걔한테 반했어요—보면 알아요. 테스를 사촌이라고 했다는구려! 어쩌면 테스하고 결혼해서 테스를 귀부인으로 만들어줄지도 몰라요. 그러면 걔는 제 조상들처럼 되는 거잖아요."

존 더비필드는 정력이나 건강보다는 자만심이 더 강한 사람이었고, 이런 상상에 귀가 솔깃해졌다.

"글쎄, 어쩌면 그게 더버빌 청년의 생각일 수도 있겠군." 그가 수긍을 했다. "그 청년은 직계 후손하고 혼인을 맺어서 자기 혈통을 든든하게 해야겠다는 생각을 심각하게 한 것이 틀림없어. 테스, 이 깜찍한 녀석이! 정말로 이 녀석이 그 집을 찾아가서 이런 결과를 얻어냈단 말이야?"

한편 테스는 생각에 잠긴 채 마당의 야생딸기 덤불 사이르, 또 프린스의 무덤 위로 걸어다녔다. 그녀가 들어가자 어머니가 테스에게 좋은 쪽으로 이야기를 계속했다.

"그래, 어떻게 할래?" 어머니가 물었다.

"더버빌 마님을 만나 볼걸 그랬어요." 테스가 말했다.

"그렇게 결말을 짓는 게 좋을 것 같다. 그러면 그분도 곧 뵙게 될 테니까."

아버지는 의자에 앉아 기침을 했다.

"무슨 말을 해야 좋을지 모르겠어요!" 딸이 불안하게 대답했다. "부모님이 결정하세요. 제가 말을 죽였으니까, 제 생각에는 새 말을 사 드리려면 무슨 일이라도 해야 될 것 같애요. 하지만—하지만—그 아들 더버빌 씨가 거기 있는 건 정말 마음에 안 들어요!"

아이들은 말이 죽은 뒤로 테스가 돈 많은 친척집에 (그들은 저쪽 집을 그렇게 생각했다) 가서 살지도 모른다는 생각을 일종의 위안거리로 여겨온 터라, 테스가 머뭇거리자 불평을 하기 시작했고, 망설이는 테스를 졸라대면서 못살게 굴었다.

"누나는 안 간대—애—애, 귀—이—부인도 안 한대! 안 한대, 누나는 아—아—안 간대!" 아이들은 입이 찢어져라 울어댔다. "그럼 우린 멋있는 새 말도 못 사고, 장날에 물건 살 금화도 많이 얻지 못한단 말이야! 누나도 예쁜 옷 못 입어서 예쁘지도 않을 거야—앙—앙!"

어머니도 이 가락에 맞장구를 쳤다. 집안의 일거리를 무한정 미루는 바람에 실제보다 더 힘들어 보이게 만드는 어머니의 방식 역시 이 논쟁에서 무거운 비중을 차지했다. 그녀의 아버지만이 중립적 태도를 유지하고 있었다.

"가겠어요." 마침내 테스가 말했다.

어머니는 딸의 동의로 인해 마법처럼 솟아나는 결혼식의 환상을 억누를 수 없었다.

"잘 생각했다. 니같이 예쁜 애한테는 이게 좋은 기회다!"

테스는 시무룩한 웃음을 지었다.

"저는 이게 돈을 벌 수 있는 기회가 될 거라는 기대는 하고 있어요. 하지만 다른 뜻은 없어요. 어머니도 동네에 돌아다니며 터무니없는 이야기는 하지 않으시는 게 좋겠어요."

더비필드 부인은 약속을 하지는 않았다. 그 손님이 한 이야기도 있고 해서, 자랑삼아 마구 떠들어댈 이야기가 있다는 사실을 부인할 수 없었던 것이다.

그렇게 그 일은 결말이 났고, 처녀는 자기를 필요로 하는 날이면 언제든지 출발할 준비가 되어 있다는 편지를 보냈다. 그녀는 곧 답장을 받았는데, 더버빌 부인이 그녀의 결심을 반가워하고 있으며, 그녀와 짐을 맞이하기 위해 이틀 후에 골짜기 꼭대기에 짐마차를 보낼 테니 출발할 준비를 하고 있으라는 내용이었다. 더버빌 마님의 필체는 다소 남성적인 필체로 보였다.

"짐마차라니?" 조운 더비필드가 의아한 듯 중얼거렸다. "자기 일가라면 사륜마차를 보낼 수도 있을 텐데!"

마침내 방향을 결정하고 나자 테스는 불안감이 덜하고 안정이 되었다. 그리고 별로 힘들지 않은 일을 해서 아버지께 말 한 마리를 새로 구해 드릴 수 있다는 생각이 들자 집안일을 하면서도 다소 안심이 되었다. 그녀는 학교 선생님이 되는 게 소원이었으나 운명은 다른 쪽으로 인도하는 것 같았다. 정신적으로는 어머니보다 더 성숙해 있었기 때문에, 그녀는 자신의 결혼에 대해 더비필드 부인이 품고 있는 희망을 진지하게 생각해 본 적은 한 번도 없었다. 그 경박스런 여인은 거의 딸이 태어나던 해부터 좋은 신랑감을 물색해왔던 것이다.

7

집을 떠나기로 하던 날 아침 테스는 날이 새기도 전에 잠을 깼다. 어둠의 끝자락이 남아 있을 시간이어서 숲은 아직 고요했다. 다만 예언자격의 새 한 마리가 적어도 자신만은 정확한 시간을 알고 있다는 듯 맑은 목소리로 확신에 찬 노래를 부르고 있었고, 다른 새들은 그 새가 잘못이라는 확신이 그에 못지 않은 듯 침묵을 지키고 있었다. 그녀는 아침식사 시간이 될 때까지 이층에 남아 짐을 꾸리다가 평상복을 입고 내려왔다. 외출복은 상자 속에 잘 접어 넣어 두었기 때문이었다.

어머니가 나무랐다. "친척들을 만나러 가면서 옷차림이 그렇게 형편없으면 어떡해?"

"그렇지만 일하러 가는데요!" 테스가 말했다.

"그래, 그렇구나." 더비필드 부인이 말했다. 그러고는 나지막한 소리로 덧붙였다. "처음에는 좀 그렇게 티를 낼 필요도 있겠지만…… 그래도 남 앞에 나설 때는 예쁘게 보이는 게 현명한 생각이란다."

"알았어요, 엄마 말이 맞는 것 같네요." 테스는 포기한 듯 조용히 대답을 했다.

그러고 나서 모친을 기쁘게 하기 위해 "엄마 좋을 대로 해보세요"라고 차분하게 말하고는 어머니 손에 모든 걸 맡겨 버렸다.

더비필드 부인은 이 고분고분한 태도를 보자 더할 나위 없이 기뻐했다. 먼저 커다란 대야를 가져와서 테스의 머리를 감겨 주었는데, 얼마나 잘 감았던지 말려서 빗고 보니까 보통 때보다 머리숱이 두 배나 되는 것 같았다. 그리고 여느 때보다 넓은 분홍색 리본으로 딸의 머리를 묶어 주었다. 그러고는 테스가 부녀회 들놀이 때 입었던 하얀 원피스를 입혔다. 머리숱이 많아 보이는데다 가벼우면서도 풍성한 옷 때문에 한참 자라고 있던 테스의 몸매는 나이보다 성숙해 보였고, 어린애 티를 갓 벗었는데도 다 큰 처녀로 알아볼 정도였다.

"이런, 양말 뒤축에 구멍이 났네!" 테스가 말했다.

"양말 구멍은 신경 쓸 거 없다—구멍이 말을 하나? 에미가 처녀적엔 예쁜 모자만 쓰고 있으면, 귀신이 발뒤축 보고도 사람 알아보더라."

딸의 외모에 흐뭇해진 그녀는 화가(畫架) 앞에 선 화가(畫家)처럼 뒤로 물러서서 자신의 작품을 전체적으로 살펴보았다.

"니도 거울 한번 봐라!" 그녀가 목소리를 높였다. "며칠 전보다 훨씬 이쁘다."

거울은 테스의 몸을 일부만 비출 수 있는 크기였기 때문에, 더비필드 부인은 촌사람들이 몸치장할 때 흔히 하는 대로 창밖에 검은 외투를 걸어서 유리창을 커다란 거울로 만들었다. 그러고 나서 그녀는 아래층에 앉아 있는 남편에게 내려갔다.

"여보, 이 얘기 좀 들어 봐요." 그녀는 의기양양해서 말했다. "그 청년이 저 녀석을 좋아하지 않고는 못 배길 거예요. 하지만 무슨 일이 있어도 테스한테는 그 청년이 걔한테 마음이 있다거나, 테스한테 좋은 기회가 왔다거나 하는 얘기를 크게 하지는 말아요. 성미가 까다로운 애라서 그 사람을 싫어할 수도 있고, 또 지금이라도 안 가겠다고 할지 몰라요. 일이 모두 잘 되면, 우리한테 그 얘기를 해준 스택풋 레인에 계시는 신부님께 사례를 좀 해야겠어요. 참 고마우신 분이에요!"

그러나 딸이 떠날 순간이 가까워오자, 조운 더비필드의 마음속엔 처음에 옷을 입힐 때의 들뜬 기분은 사라지고 한가닥 불안감이 자리를 잡았다. 그래서 부인은 골짜기에서 바깥 세계로 나가는 첫 오르막이 시작되는 곳까지 배웅을 해 주겠다고 딸에게 말했다. 그 꼭대기에서 테스는 스토크 더버빌 가에서 보내온 짐마차와 만나도록 되어 있었고, 그녀의 짐 상자는 미리 젊은 총각을 시켜 손수레에 실어 꼭대기로 보내 두고 있었다.

어머니가 모자를 쓰는 것을 보자 어린 꼬마들이 따라가겠다고 졸라댔다.

"엄만 언니를 조금만 바래다주고 싶단다. 인제, 언니는 신사 사촌하고 결혼해서 좋은 옷도 입게 될 거다!"

"안 돼요." 얼굴을 붉히고 홱 돌아서며 테스가 말했다. "제발 좀 그런 얘긴 하지 마세요! 엄마, 애들한테 왜 자꾸 그런 소릴 해요?"

"얘들아, 언니는 부자 친척집에 일하러 가는 거다. 돈 많이 벌어새 말을 사려는 거야." 더비필드 부인이 달래듯이 말했다.

"안녕히 계세요, 아버지." 테스가 목 멘 소리로 인사를 했다.

"얘야, 잘 가거라." 이 일을 축하한답시고 이날 아침술을 약간 많이 마신 탓에 졸다가 잠을 깬 존 경이 고개를 번쩍 들면서 말했다. "그건 그렇고, 그 젊은 친구가 우리 집안에 이런 미인이 있다는 걸 좋아했으면 좋겠다. 그리고 테스야, 우리가 전에는 잘 살았지만 이젠 너무 몰락했기 때문에 작위를 팔겠다고 그 양반한테 말해 봐라 — 그래, 판다고 말이다 — 터무니없는 가격도 아니야."

"천 파운드 밑으로는 안 돼요!" 더비필드 마님이 소리를 질렀다.

"말해 봐 — 천 파운드에 팔겠다고. 에라, 다시 생각해 보니까 덜 받아도 되겠구나. 나같이 한심한 가난뱅이보다는 그 친구가 작위를 더 잘 건사할 거다. 백 파운드면 그걸 주겠다고 해 봐. 그렇다고 쩨쩨하게 굴 수는 없지 — 오십에 주겠다고 해 봐 — 이십 파운드! 그래, 이십 파운드에 — 그게 최저가격이다. 제기랄, 가문의 이름이 있는 법인데, 일 페니도 더는 못 깎아 주겠다."

테스는 눈물이 그렁그렁하고 목이 너무 메어 속에 있는 말을 할 수가 없었다. 그녀는 얼른 돌아서서 밖으로 나갔다.

그래서 딸네들과 어머니는 모두 함께 걸었다. 테스 양쪽에는 한 녀석씩 테스의 손을 잡은 채, 마치 큰일을 막 시작하는 사람을 바라보듯 무슨 생각들을 하며 이따금 언니를 훔쳐보았고, 어머니는 막내와 함께 바로 뒤를 따라왔다. 이들의 모습은 마치 양옆에는 순수의 여신이 서고, 뒤에는 어수룩한 허영의 여신이 따르고 있는, 정직한 미의 여신을 그린 한 폭의 그림 같았다. 그들은 오르막이 시작되는 곳까지 길을 따라갔다. 트란트릿지에서 온 마차는 오르막 꼭대기에서 그녀를 맞이하기로 되어 있었는데, 약속 지점을 여기로 정한 것은 말이 마지막 비탈을 오르는 부담을 덜어 주기 위해서였다. 맨 앞에 보이는 언덕들 너머로 멀리 낭떠러지 같은 샤스톤의 집들이 산등성이 위로 솟아 있었다. 그들이 앞서 보낸 총각 외에는 오르막이 끝나는 높은 길에는 아무도 보이지 않았고, 총각은 테스의 이 세상 전재산을 싣고 있는 손수레의 손잡이에 앉아 있었다.

"여기서 좀 기다리면 짐마차가 금방 올 거다." 더비필드 부인이 말했다. "그래, 저기 보이는구나!"

마차가 도착했다 — 가장 가까운 산등성이 앞머리를 돌아 불쑥 나타난 마차는 손수레에 올라탄 소년 옆에 멈춰섰다. 어머니와 동생들은 거기서 더 이상 가지 않기로 했고, 테스는 그들에게 서둘러 작별 인사를 하고 언덕길을 올라갔다.

그들은 테스의 흰 모습이 그녀의 짐을 이미 옮겨 실은 짐마차 쪽으로 다가가는 것을 보았다. 그러나 테스가 거기에 닿기 전에 산등성이 나무숲에서 튀어나온 또 다른 마차 한 대가 길모퉁이를 돌아 짐마차를 지나 테스 옆에 멈춰섰고, 테스는 깜짝 놀란 모양으로 쳐다보았다.

어머니는 그제야 두 번째 마차가 처음 것과 같은 볼품없는 마차가 아니라 화려한 치장을 하고 번쩍거리는 새 이륜마차인 것을 알아차렸다. 마차를 모는 사람은 입에 여송연을 문 스물 서넛 된 청년이었다. 그는 멋쟁이 모자를 쓰고, 갈색 윗도리에 같은 색의 바지, 흰 목도리에 빳빳하게 세운 칼라, 그리고 갈색 승마장갑을 끼고 있었다. 간단히 말해서 그는 한두 주일 전에 테스에 대한 대답을 들으러 찾아왔던 승마를 즐기는 멋쟁이 청년이었다.

더비필드 부인은 어린아이처럼 손뼉을 쳤다. 그리고 고개를 숙였다가 다시 바라보았다. 이것이 무슨 뜻인지 그녀가 모를 리가 있겠는가?

"저 사람이 언니하고 결혼할 신사 친척이야?" 막내가 물었다.

한편 모슬린 옷을 입은 테스는 자기한테 말을 걸고 있는 청년의 마차 옆에서 어떻게 해야 할지 결정을 못한 채 꼼짝도 않고 서 있었다. 그녀의 망설임은 망설임 이상의 어떤 것—그것은 불안감이었다. 그녀는 그 볼품없는 마차 쪽을 타고 싶어하는 듯했다. 젊은이가 말에서 내리더니 그녀에게 오르라고 재촉하는 것 같았다. 그녀는 언덕 아래에 있는 식구들 쪽으로 고개를 돌려 그 작은 일행을 바라보았다. 뭔가 그녀로 하여금 결단을 재촉하고 있는 것 같았다. 아마도 자기가 프린스를 죽였다는 생각인 듯했다. 그녀는 서둘러 마차에 올라탔고, 청년이 그녀 옆에 올라앉아 곧 채찍을 휘둘러댔다. 그들은 곧 상자를 실은 느릿느릿한 짐마차를 앞질러 산등성이 너머로 사라졌다.

테스가 시야에서 사라지고 연극처럼 그 광경을 바라보던 재미가 사라지자 어린 녀석들의 눈에 눈물이 고였다. 막내는 "불쌍한, 불쌍한 언니가 귀부인 되러 가지 않았으면 좋겠다!" 하면서 입을 삐죽거리더니 울음을 터뜨렸다. 이 새로운 생각에 전염이라도 된 듯 다음 아이가 그러더니 그 다음 아이까지 세 아이가 모두 통곡하듯 울어댔다.

집으로 발길을 돌리는 조운 더비필드의 눈에도 눈물이 글썽거렸다. 그러나 마을에 되돌아왔을 때 그녀는 그냥 운에 맡기자는 심사 쪽으로 기울어 있었다. 하지만 한밤의 잠자리에서 그녀는 한숨을 내쉬었고 남편은 무슨 일이냐고 물었다.

"아, 나도 모르겠어요." 그녀가 대답했다. "테스를 보내지 말걸 하는 생각이 들었어요."

"진작 그런 생각을 하지 그랬어?"

"아무튼 그 녀석한테는 좋은 기회긴 해요—하지만, 다시 이런 일이 있으면 그 신사가 정말 마음씨가 좋은 청년인지, 또 그 아이를 친척으로 좋아하는지 확인할 때까지는 보내지 말아야겠어요."

"그래, 진작 그랬어야 하는 건데." 존 경은 코를 골기 시작했다.

조운 더비필드는 어디서나 위안거리를 찾아내는 재주가 항상 있었다. "맞아요, 좋은 가문 아이니까 장점만 제대로 이용하면 테스는 잘 해낼 게 틀림없어요. 그리고 당장 결혼을 안 해도 나중엔 할 거라구요. 누가 봐도 그 청년은 지금 걔한테 온통 달아올라 있거든요."

"테스 장점이 뭔데? 더버빌 가문 말하는 거야?"

"아니라우, 한심한 양반. 인물 말이지—옛날 나같이."

8

테스 옆자리에 올라앉은 알렉 더버빌은 첫 번째 언덕의 산마루를 따라 빠른 속도로 말을 몰면서 테스에게 의례적인 인사말을 건넸고, 그녀의 짐을 실은 마차는 뒤로 멀리 처졌다. 소리 없이 다가오는 거대한 풍경이 그들 주변에 사방으로 펼쳐졌다. 뒤에는 그녀가 태어난 고향의 푸른 골짜기가 있었고, 앞에는 트란트릿지에 처음 갈 때 본 것 말고는 전혀 알지 못하는 우중충한 시골 풍경이 있었다. 이렇게 그들은 어느 비탈길의 꼭대기에 이르렀고 거기서부터는 거의 1마일가량 내리막으로 길다란 직선 도로가 뻗어 있었다.

테스 더비필드는 천성적으로 용감한 성격이었으나 아버지의 말이 죽은 사고가 있은 뒤로는 마차만 타면 지나칠 만큼 겁이 났다. 조그마한 요동에도 깜짝깜짝 놀랐던 것이다. 그녀는 안나자의 말을 모는 솜씨가 다소 거칠어지자 불안해지기 시작했다.

"내리막길은 천천히 가실 거죠?" 그녀는 억지로 태연한 척하며 말했다.

더버빌이 그녀를 돌아보고 크고 흰 앞이빨 끝으로 여송연을 씹으며 입술로는 천천히 미소를 지었다.

"아니, 테스." 한두 모금 빨아들인 뒤 그가 대답했다. "테스같이 용감한 아가씨가 이렇게 어울리지 않는 말씀을 하실까? 글쎄, 난 내리막은 항상 전속력으로 달리거든. 기운을 내는 데는 이거만큼 좋은 게 없어요."

"하지만 지금은 그럴 필요가 없지 않으세요?"

"아." 고개를 저으며 그가 말했다. "생각해 주어야 될 게 둘이오. 나 혼자만이 아니거든. 팁도 생각해 줘야 돼요. 성질이 아주 별나서."

"누군데요?"

"아, 이 암말올시다. 조금 전에도 아주 험상궂게 나를 돌아보는 것 같던데, 못 봤던가?"

"겁 주려고 하지 마세요." 테스가 뻣뻣하게 말했다.

"흠, 알겠소. 세상에서 이 말을 다룰 수 있는 사람이라곤 나밖에 없어요. —이 세상 사람은 아무도 할 수가 없거든—만약 그런 능력이 있는 사람이 있다면 그건 나요."

"왜 그런 말을 타세요?"

"아, 당연히 그런 질문이 나오시는구만! 내 운명인 것 같소. 팁은 사람을 죽인 일이 있는데, 내가 사온 후에는 나도 죽을 뻔했어요. 그래서 그때는, 이 얘긴 진짜니까 잘 들어보쇼, 내가 이 녀석을 거의 죽일 뻔했어요. 그런데도 여전히 난폭해요, 아주 힘들죠. 그래서 이 말을 타면 가끔 생명이 위험할 때가 있어요."

내리막길이 막 시작되고 있었다. 그리고 분명한 것은 말의 성질 때문인지 아니면 주인이 그렇게 몰아서인지 (후자가 더 그럴듯하지만), 말은 자신에게 기대되는 무모한 질주를 무척 잘 알고 있어서 뒤에서 무슨 암시를 받을 필요가 없다는 점이었다.

내리막길을 그들은 계속 달렸다. 바퀴는 팽이처럼 윙윙 소리를 내고, 마차는 좌우로 심하게 요동을 쳐서 차축은 진행 방향에서 약간 비스듬하게 기울어질 정도였다. 말의 몸체는 그들 앞에서 파도처럼 솟았다가 가라앉곤 했다. 가끔씩 바퀴 하나가 몇 야드를 땅바닥에서 떨어질 때도 있었고, 또 어느 때는 돌멩이가 생울타리 너머로 튕겨나가기도 했으며, 말굽에서 튀는 번쩍거리는 불꽃이 햇빛을 무색하게 하기도 했다. 곧은 도로는 나아갈수록 폭이 더 넓어졌고, 양쪽의 길 둑은 나뭇가지가 쪼개지는 것처럼 갈라져서 어깨 뒤로 쏜살같이 사라졌다.

바람은 테스의 흰 모슬린옷 사이를 뚫고 속살까지 들어왔고, 곱게 감은 그녀의 머리카락이 뒤로 휘날렸다. 그녀는 무서워하는 기색을 드러내지 않으려고 결심했지만 고삐를 쥐고 있는 더버빌의 팔을 붙잡고 말았다.

"팔을 잡지 말아요! 그러면 우리 둘 다 날아가요! 내 허리에 매달려요!"

그녀는 그의 허리를 잡았고, 그리하여 그들은 산기슭에 내려왔다.

"겨우 살았어요. 이렇게 어리석은 일을 했는데도!" 얼굴이 벌겋게 달아오른 테스가 말했다.

"테스—저런! 성질 한 번 대단하네!" 더버빌이 말했다.

"맞아요."

"그런데, 위험한 데 벗어났다고 그렇게 고맙단 말도 없이 손을 놓을 필요는 없지 않소."

그녀는 자기가 뭘 하고 있는지 생각할 겨를도 없었던 것이다. 그가 남잔지 여잔지, 나무막대긴지 돌멩인지도 모르고 그저 자기도 모르게 붙잡았을 뿐이었다. 마음을 가라앉히며 그녀는 대답도 하지 않고 앉아 있었고, 마차는 다시 또 다른 내리막길의 꼭대기에 이르렀다.

"자, 다시 한 번!" 더버빌이 말했다.

"안 돼요, 안 돼요!" 테스가 말했다. "정신 좀 차리세요, 제발요."

"하지만 이 고장에서 제일 높은 곳 중의 한 곳에 왔으니 내려갈 수밖에 없소." 그가 대꾸했다.

그가 고삐를 늦추자 마차는 다시 내리달렸다. 더버빌은 덜커덩거리며 달리는 도중에 테스를 돌아보며 장난치듯 희롱조로 말했다. "자, 예쁜 아가씨, 아까같이 다시 내 허리를 안아요."

"싫어요!" 테스는 고집스럽게 말을 하고는 그를 잡지 않고 버틸 수 있는 데까지 버텼다.

"호랑가시나무 열매 같은 그 입술에 키스 한 번만 하게 해 줘요, 테스. 아니면 그 따뜻한 뺨에라도 좋소. 그러면 말을 멈추지—정말이야, 약속한다구!"

테스는 너무 놀라 자리에서 더욱 뒤로 몸을 뺐다. 그러자 그는 말을 다시 거세게 몰아 테스를 더욱 흔들어댔다.

"그것 말고 다른 방법은 없나요?" 테스는 마치 야수를 바라보듯 커다란 눈망울로 그를 노려보면서, 마침내 절망적인 심정으로 소리를 질렀다. 어머니가 그렇게 곱게 차려 입힌 것도 실제로는 이런 통탄스런 결과만 초래하고 만 것이다.

"없어요, 귀여운 테스." 그가 대답했다.

"아, 난 모르겠어요—좋아요. 마음대로 하세요!" 그녀는 가엾게도 헉헉거리며 말했다.

그가 고삐를 잡아당기자 말은 걸음을 늦추었고, 그가 그토록 갈망하던 키스를 막 하려는 순간이었다. 테스는 갑자기 자신의 정숙에 대해 깨닫기라도 한 듯 몸을 옆으로 홱 피했다. 그는 두 손으로 고삐를 잡고 있었기 때문에 그녀의 날쌘 동작을 막을 힘이 없었다.

"이런, 제기랄—두 사람 목을 같이 분질러 버릴까 보다!" 갑자기 열이 오른 동행이 욕을 해댔다. "이렇게 약속을 어기면 되겠어? 못된 것 같으니라구."

"좋아요." 테스가 말했다. "정 그렇다면 가만히 있겠어요! 하지만 난—당신이 나를 친척으로 다정하게 대해 주고 또 돌봐 줄 줄 알았어요!"

"친척 좋아하시네! 자!"

"그렇지만 난 아무나 나한테 키스하는 건 싫어요!" 그녀는 애원했다. 굵은 눈물 방울 하나가 그녀의 얼굴 위로 흘러내리기 시작했고, 애써 울지 않으려고 입가에는 경련이 일었다. "미리 알았으면 안 오는 건데!"

그는 전혀 흔들리지 않았다. 테스는 꼼짝도 하지 않고 앉아 있었고, 더버빌은 그녀에게 승리의 키스를 했다. 키스가 끝나자마자 그녀는 수치심에 얼굴이 빨개지면서 손수건을 꺼내어 그의 입술이 닿았던 뺨을 닦아 냈다. 그 행동은 무의식중에 이루어졌기 때문에 그 광경을 본 그의 열정은 더욱 달아올랐다.

"촌색시 치곤 꽤나 까다롭군!" 젊은이가 말했다.

테스는 이 말에 아무 대꾸도 하지 않았다. 사실 그녀로서는 무의식적으로 뺨을 닦아낸 것이 그에게 모욕을 주었다는 사실을 깨닫지 못했기 때문에 그 말이 무슨 뜻인지 알지 못했다. 물리적인 측면에서 보자면 그녀는 사실 키스가 없던 것이나 마찬가지로 돌려버린 것이다. 그가 화가 났다는 것을 어렴풋이 느끼면서 그녀는 침착하게 앞만 바라보았고, 마차는 멜베리 다운과 윈그린 쪽으로 터덜터덜 굴러가고 있었다. 하지만 또 한 번 내리막길을 가야 한다는 것을 알고 그녀는 대경실색하고 말았다.

"그 때문에 후회하게 될 거요!" 그는 채찍을 다시 휘둘러댔고, 그의 목소리에는 기분 상한 어조가 여전히 남아 있었다. "단, 자진해서 내가 키스를 하도록 해 주고 손수건을 들이대지 않는다면 달라지겠지만."

그녀는 한숨을 지으며 말했다. "좋아요. 아—모자 좀 주워야겠어요!"

그 얘기를 하는 동안 그녀의 모자가 바람에 날려 땅바닥에 떨어졌던 것이다. 고지에서 달리는 마차의 속력이 결코 느리지 않았기 때문이었다. 더버빌은 마차를 세우고 자기가 대신 주워 주겠다고 말했지만 테스가 반대쪽으로 내렸다.

그녀는 되돌아가서 모자를 집어들었다.

"그걸 벗으니까 더 예쁜걸. 정말이야, 더 예쁠 수가 있다면 말이야!" 마차 뒤로 그녀를 넘겨다보며 그가 말했다. "자 그러면, 다시 올라타라구! 왜 그래?"

모자를 쓰고 끈을 묶었지만 테스는 앞으로 오지 않았다.

"싫어요." 그녀는 도전적인 승리의 눈빛을 띤 채 붉은 잇몸과 하얀 치아를 드러내며 말했다. "다신 안 타요, 절대로요!"

"뭐라고—내 옆에 안 타겠다고?"

"싫어요, 걸어가겠어요."

"트란트릿지까지는 아직 5, 6마일이 남았는데도."

"몇 십 마일이라도 상관없어요. 게다가 짐마차도 뒤에 오는데요."

"아가씨 꾀주머니가 보통이 아니군! 자, 말해 봐—그 모자도 일부러 날려보낸 거지? 틀림없어!"

테스가 계획적으로 입을 다물자 그의 의심은 굳어졌다.

그러자 더버빌은 마구 욕을 해댔고, 그렇게 사람을 속인다면서 생각나는 악담을 마구 퍼부어댔다. 그는 갑자기 말머리를 돌려 그녀 쪽으로 다가오더니 마차와 생울타리 사이로 그녀를 몰아넣으려고 했다. 하지만 그렇게 했다간 그녀가 다칠 것 같았다.

"그렇게 함부로 못된 욕을 하다니, 창피한 줄 아세요!" 테스는 생울타리 위로 기어올라가 흥분해서 소리를 질렀다. "아저씬 너무 싫어요! 꼴도 보기 싫단 말이에요! 어머니한테 돌아가겠어요, 정말이에요!"

그런 그녀의 모습을 보고 더버빌은 화를 누그러뜨리더니 한껏 웃음을 터뜨렸다.

"맞았어, 아가씨가 더욱 좋아지는군." 그가 말했다. "자, 화해합시다. 이제 아가씨가 싫어하는 일은 절대로 하지 않겠소. 정말이오!"

그럼에도 불구하고 테스는 다시 마차에 올라타지 않았다. 다만 그가 마차를 그녀 옆에 나란히 몰고 가는 것은 반대하지 않았다. 그래서 이런 식으로 느릿느릿 그들은 트란트릿지 마을 쪽으로 다가갔다. 이따금 더버빌은 자신의 못된 짓 때문에 그녀가 힘들게 걸어가는 것을 보면서 매우 가슴아픈 표정을 지었다. 사실 이제는 그녀가 안심하고 그를 믿어도 될 만했다. 하지만 현재로는 그는 그녀의 신뢰를 상실하고 있었고, 계속 길을 가면서도 그녀는 집에 돌아가는 것이 현명할지 어떨지 궁리라도 하듯 생각에 잠겨 있었다. 하지만 일단 결정을 해놓고 중대한 이유도 없이 이제 와서 포기한다면 어린애 장난같이 변덕을 부린다는 생각이 들었다. 이 정도의 감정적인 이유로 어떻게 부모님을 대하고, 짐은 어떻게 되가져가고, 또 집안을 되살릴 모든 계획을 어떻게 망쳐 버린단 말인가?

잠시 후 슬로프 저택의 굴뚝이 시야에 들어왔고, 오른쪽으로 아담한 구석에 테스의 목적지인 양계장과 조그만 집이 보였다.

9

관리인 겸 사료조달자, 간호사, 의사, 또 친구로 테스를 새로 임명받은 양계장의 닭들은 한때는 정원으로 쓰이다가 이제는 닭들이 밟아대고 모래로 뒤덮인 네모난 대지 위에 서 있는 낡은 초가에 본 거지를 틀고 있었다. 담쟁이가 건물을 온통 뒤덮고 있었고, 그 기생식물의 가지로 불룩해진 굴뚝은 퇴락한 탑 꼬락서니를 하고 있었다. 아래층의 방들은 주인 행세를 하며 그곳을 돌아다니는 닭들이 온통 차지하고 있었는데, 마치 그 집을 지은 이가 이제는 교회묘지 동쪽과 서쪽에 잠들어 있는 미천한 등본보유권자(장원재판소의 기록 등본에 의해 부동산 소유권을 소유한 사람-역주)들이 아니라 자기들인 양 행세를 했다. 그 옛주인들의 후손들은 이를 자신들의 가문에 대한 멸시로까지 느꼈다. 그들이 그처럼 애착을 가졌고, 또 조상들의 돈도 수없이 들여가면서 여러 세대 동안 소유해왔던 그 집이, 더버빌 가(家)가 거기 와서 저택을 짓고부터는 법 절차에 따라 소유권이 넘어갔고, 스토크 더버빌 부인의 손에서 아무 일도 없었다는 듯 양계장으로 바뀌고 말았던 것이다. "할아버지 때는 사람도 충분히 살 만큼 괜찮았는데"라고 그들은 말했다.

수십 명의 아기들이 자라나며 울어댔던 방들은 이제 알에서 막 깨어난 병아리들이 모이 쪼는 소리로 가득했다. 옛날 농부들이 느긋하게 몸을 쉬던 의자들이 놓여 있던 곳은 닭장 속에 들어앉아 활갯짓하는 암탉들이 차지하고 있었다. 한때 이글거리며 타오르던 벽난로와 노변(爐邊)은 이제 엎어 놓은 벌통으로 채워져 있었고 암탉들은 거기에다 알을 낳았다. 한편 건물 바깥에는 바뀌는 주인마다 삽으로 정성 들여 가다듬어 놓은 밭이 있었으나 수탉들이 난리를 치는 바람에 엉망이 되어 있었다.

이 초가가 서 있는 정원은 담으로 둘러싸여 있어서 문을 통해서만 들어올 수 있었다.

다음날 아침 테스가 양계를 하던 집 딸답게 능숙하게 궁리하여 여러 시설들을 바꾸고 고치는 일을 한 시간가량 하고 있는데, 담에 나 있던 문이 열리며 흰 모자에 앞치마를 두른 하녀가 들어왔다. 본채에서 온 하녀였다.

"더버빌 마님이 평소같이 닭을 가져오라고 하세요"라고 그녀가 말했다. 하지만 테스가 잘 알아듣지 못하는 것을 발견하고는 설명을 덧붙였다. "마님은 연로하신 데다 앞을 못 보시거든요."

"앞을 못 보신다구요!" 테스가 말했다.

이 새로운 소식으로 인한 불안감이 구체적인 모습으로 떠오르기도 전에, 그녀는 동료의 지시에 따라 함부르크종(種) 중에서 가장 귀여운 닭 두 마리를 팔에 안고 역시 두 마리를 안은 하녀를 따라 옆 건물로 들어갔다. 화려하고 웅장하긴 했지만, 그 건물은 방의 주인 중에 말 못하는 동물 사랑에 마음을 쏟는 이가 있다는 흔적을 여기저기서 보여 주었다. — 현관에서 보이는 곳에는 깃털이 날리고, 풀밭에는 닭장이 있었던 것이다.

일층 거실에 햇살을 등지고 안락의자에 편안하게 앉아 있는 사람이 이 저택의 주인 마님이었다. 육십을 넘지 않은, 아니 그 밑으로도 볼 수 있는 백발의 부인이 테 없는 큰 모자를 쓰고 있었다. 부인은, 오래전에 시력을 잃었거나 태어나면서부터 장님인 사람들에게 나타나는 체념한 듯한 모습보다는, 시간이 지날수록 시력이 나빠지자 되찾으려고 애를 쓰다가 어쩔 수 없이 포기해 버리고 마는 사람들에게서 종종 발견되는 불안스런 표정을 하고 있었다. 테스는 한쪽 팔에 닭을 한 마리씩 앉혀서 이 귀부인 앞으로 나아갔다.

"아, 우리 닭을 돌봐 주러 온 아가씬가?" 처음 듣는 발소리를 알아차리고 더버빌 부인이 말했다. "잘 돌봐 주도록 하거라. 우리 농장관리인 얘기로는 네가 아주 적임자라고 하더구나. 그래, 닭은 어디 있나? 아, 이건 스트럿이구나! 그런데 오늘은 영 힘이 없네, 그렇지? 아마 낯선 사람이라서 놀란 모양이다. 그리고 페나도 — 맞아, 모두들 조금씩 놀랐구나 — 그렇지? 하지만 곧 너하고 친해질 거다."

마님이 말하는 동안 테스와 하녀는 마님의 손짓에 따라 무릎 위에 한 번에 한 마리씩 닭을 올려 놓았다. 그러면 마님은 머리에서 꼬리까지 닭을 더듬어가며, 부리와 볏, 머리털, 날개, 그리고 발톱까지 검사를 했다. 촉감만으로도 부인은 닭을 금방 알아보았고, 깃털 하나가 부러지거나 땅에 끌려 더러워진 것도 알아차렸다. 또 모이주머니를 만져 보고서도 무엇을 먹었는지, 적게 먹었는지 혹은 많이 먹었는지 알 수 있었다. 부인의 얼굴은 마음속에서 진행 중인 평가를 밖으로 드러내는 실감나는 무언극을 연출하고 있었다.

두 처녀가 들여온 닭은 곧 양계장으로 되돌아갔고, 이 과정은 암수 가릴 것 없이 마님이 좋아하는 닭이 모두 앞에 놓일 때까지 반복되었다. —함부르크, 반탐, 코친, 브라마, 도킹 등 그 당시 유행하던 여러 종이 들어 있었다—닭이 들어올 때마다 마님은 무릎에 받아 살펴보는데 실수하는 경우란 거의 없었다.

테스는 그것을 보며 견진성사(堅振聖事)가 떠올랐다. 더버빌 부인은 주교가 되고, 닭은 참석한 젊은이들이며, 자신과 하녀는 그들을 인도하고 온 본당신부와 보좌신부격이었다. 의식이 끝나자 더버빌 부인이 얼굴이 일그러질 정도로 주름을 짓고 씰룩거리며 테스에게 불쑥 물었다. "휘파람을 불 줄 아느냐?"

"휘파람요, 마님?"

"그래, 휘파람으로 노래를 부를 줄 아느냔 말이다."

테스는 대개의 다른 시골 처녀들처럼 휘파람을 불 줄 알았지만 점잖은 자리에서 그 솜씨를 내놓고 밝히기는 뭣했다. 하지만 사실대로 그녀는 불 줄 안다고 다소곳이 말했다.

"그러면 매일 연습을 하도록 하거라. 휘파람을 잘 불던 소년이 있었는데, 떠나 버렸어. 네가 내 피리새한테 휘파람을 불어 주었으면 좋겠다. 난 새를 눈으로 볼 수 없기 때문에 소리 듣는 걸 좋아하거든, 그래서 휘파람으로 노랫가락을 가르친단다. 엘리자베스, 새장이 어디 있는지 가르쳐 주거라. 내일부터 시작해야 할 거야. 안 그러면 새들이 옛날 소리로 되돌아가고 말 테니까. 지난 며칠 동안은 그냥 내버려뒀거든."

"마님, 더버빌 도련님이 오늘 아침에 휘파람을 불어 주셨어요." 엘리자베스가 말했다.

"그 아이가! 흥!"

노부인의 얼굴에 주름살이 지면서 싫어하는 표정이 역력했고, 부인은 더 이상 아무 말도 하지 않았다.

이렇게 해서 테스가 친척이라고 상상해왔던 마님과의 만남은 끝이 나고 닭은 다시 제 거처로 옮겨졌다. 더버빌 부인의 태도에 대해 테스는 크게 놀라지는 않았다. 왜냐하면 저택의 규모를 본 후로 그녀는 더 이상의 기대는 하지 않았기 때문이었다. 그러나 노부인이 이른바 친척이란 말에 대해서는 이전에 한마디도 들은 바가 없다는 사실을 그녀는 전혀 깨닫지 못하고 있었다. 그녀는 노부인과 아들 사이에 정이 두텁지 않구나 하는 짐작은 했다. 하지만 그 점에서도 그녀는 역시 잘못이었다. 더버빌 부인은 자식을 원망하면서도 사랑하고, 미워하면서도 귀여워할 수밖에 없는 어머니들 중의 하나였을 뿐이었다.

그 전날의 유쾌하지 못한 출발에도 불구하고 일단 그곳에 자리를 잡고 나자, 테스는 해가 솟아 오르는 아침이 되어서는 새로 맡은 일거리에 자유롭거나 신기한 데가 있다는 사실에 마음이 끌렸다. 그래서 그녀는 그 자리를 계속 유지할 수 있을지 가능성을 확인해 보기 위해 마님이 뜻밖에 분부한 부탁으로 자신의 능력을 시험해 보고 싶었다. 담으로 둘러싸인 마당 안에 혼자 남게 되자 곧 그녀는 닭장 위에 올라앉아 오랫동안 불지 않던 휘파람을 불기 위해 열심히 입을 오므렸다. 옛날 휘파람 솜씨는 입술 사이로 쓸데없는 바람소리나 낼 정도로 전락하고 도무지 고운 소리가 나오지 않는다는 것을 그녀는 깨달았다.

불고 또 불었지만 소용이 없자 그녀는 저절로 배웠던 휘파람을 어떻게 그렇게 잊어버릴 수 있는지 고개를 갸우뚱하고 있었다. 그런데 그때 농가뿐만 아니라 담까지도 외투처럼 감싸고 있던 담쟁이덩굴 속에서 뭔가 움직이고 있는 것을 그녀는 발견했다. 그쪽을 바라보고 있는데 갓돌 위에서 바닥으로 뛰어내리는 사람이 눈에 들어왔다. 알렉 더버빌이었다. 전날 그녀가 묵었던 정원사의 집 문 앞까지 길 안내를 받은 뒤로 그녀는 한 번도 그를 만나지 못했다.

"정말이야!" 그가 소리쳤다. "테스 '사촌', 자연이나 인공 어디에도 당신만큼 아름다운 사람은 하나도 못 봤소('사촌'이란 말에는 약간의 조롱기가 있었다). 담 너머로 당신을 쭉 지켜봤는데 — 기념탑 위에 올라앉은 '성질 급한' 조각처럼(셰익스피어의 〈십이야(十二夜)〉 2막 4장의 "기념탑 위에 올라앉은 '참을성 있는' 조각처럼"에 빗댄 표현-역주) 말이야, 휘파람을 분답시고 그 예쁜 빨간 입술을 내밀어 후, 후 하다가는 혼잣말로 욕을 하데. 결국 휘파람은 불지도 못하면서. 그래, 잘 안 돼서 꽤 짜증이 났나 봐."

"짜증을 냈을지 몰라도 욕은 안 했어요."

"아! 왜 그러는지 알겠어 — 그놈들 때문이구나! 어머니가 그 녀석들 음악 교육 시키라고 하셨겠지. 어머닌 참 자기 생각만 하셔! 여기서 이 심술쟁이 닭들 돌보는 것만으로는 동생 일거리가 부족하다고 생각하시는 모양이야. 나 같으면 딱 잘라서 거절하겠소."

"그래도 마님은 이 일을 특별히 부탁하시면서 내일 아침까지 연습해 두라고 하셨는데요."

"그래? 흠, 그러면 — 내가 한수 가르쳐 주지."

"아, 아니에요, 그럴 필요없어요!" 테스는 문 쪽으로 물러서며 말했다.

"그만둬요. 몸에는 손을 안 댈 테니까. 자 — 난 철망 이쪽에 설 테니까 동생은 그쪽에 서라구. 그러면 약간 안심이 되겠지. 그럼, 이걸 봐요. 동생은 입을 너무 많이 오므리고 있어. 자 이렇게 해 봐."

그는 가사에 맞춰 몸짓을 하며 "가져가요, 내 입술을 가져가요"란 노래를 휘파람으로 한 줄 불렀다. 하지만 테스에게는 그 숨은 뜻이 먹혀 들어가지 않았다.

"자 해 봐요." 더버빌이 말했다.

그녀는 서먹서먹한 표정을 지으려고 애를 썼다. 얼굴이 조각처럼 뻣뻣이 굳어졌다. 하지만 그의 요구는 집요했고, 그래서 마침내 그를 물리칠 생각으로 그녀는 시키는 대로 맑은 소리를 내려고 입술을 내밀었다. 그러나 어색한 웃음이 터져나왔고, 또 자신이 웃었다는 사실이 속이 상해 얼굴이 빨개졌다.

그는 그녀를 다시 부추겼다. "다시 해 봐요!"

테스는 이번에는 상당히 진지해졌고, 억지로 진지한 표정을 지었다. 그리고 다시 시도를 했는데, 마침내 기대하지도 않았던 진짜 휘파람 소리가 곱게 흘러나왔다. 성공했다는 순간적인 기쁨에 테스는 자기도 모르게 눈이 휘둥그레지며 그의 얼굴을 향해 무의식중에 웃고 말았다.

"바로 그거야! 이제 내가 시작은 하게 해줬으니 잘 할 수 있을 거야. 그래 — 내가 동생 가까이 가지는 않겠다고 약속했지. 그러니까, 지상의 인간은 아무도 겪어보지 못한 이런 유혹에도 불구하고 난 약속을 지키겠어…… 테스, 우리 어머니가 좀 이상한 노인 같지?"

"아직은 마님을 잘 모르겠어요."

"이상하다는 생각이 들 거야. 피리새한테 휘파람 가르치라는 걸 보면 알 수 있거든. 난 지금 약간 어머니 눈밖에 났지만, 테스는 가축들만 잘 돌봐 주면 어머니 마음에 들 거야. 그럼 잘 있어. 여기서 혹시 무슨 어려운 일이 있거나 도움이 필요하면, 관리인한테 가지 말고 나한테 오라구."

테스 더비필드가 일자리를 얻어 들어간 곳은 그런 식의 일터였다. 그녀의 첫날 경험은 그 후 계속하여 일어날 일들을 그대로 보여 준 셈이었다. 알렉 더버빌의 모습에 대한 친근감은—그것은 두 사람만 있을 때 청년이 장난스레 이야기를 걸거나 테스를 사촌이라고 농담 삼아 부르면서 그녀의 마음속에 조금씩 생겨난 것인데—애초에 그에 대해 갖고 있던 조심스런 느낌을 많이 없애 주었다. 하지만 새로운 형태의 좀 더 부드러운 조심스러움을 만들어 낼 수 있는 무슨 감정을 심어 주지는 못했다. 하지만 그의 아랫사람으로 그녀는 단순히 그와 같이 지내게 되었다는 사실 이상으로 순해졌는데, 그것은 그녀로서는 어쩔 수 없이 그의 어머니에게 의지할 수밖에 없었기 때문이고, 또 마님의 처지가 그렇게 어렵다 보니 결국은 그에게 의지할 수밖에 없기 때문이었다.

그녀는 휘파람 솜씨를 다시 익히고 나서는 더버빌 마님의 방에서 피리새에게 휘파람을 불어 주는 것이 크게 어려운 일이 아니라는 것을 곧 알았다. 테스는 마님의 가수들에게 잘 어울리는 많은 노래를 음악적 재능이 있는 어머니에게서 배워 두었던 것이다. 양계장에서 연습할 때보다 이렇게 매일 아침 새장 옆에서 휘파람을 불 때가 훨씬 더 만족스러운 시간이었다. 그 청년이 앞에 없기 때문에 아무 거리낌없이 그녀는 입을 내밀고 입술을 새장 가까이 가져가서 그 진지한 청중들을 향해 편안하고 우아하게 휘파람을 불어주었다.

더버빌 부인은 수를 놓은 두툼한 커튼이 드리워진 네 발 달린 커다란 침대에서 잠을 잤다. 피리새들도 같은 방에 기거하면서 자유롭게 날아다닐 때가 있어서, 가구와 실내장식품들 위에 조그맣게 흰 얼룩들을 만들어 놓았다. 언젠가 새장이 놓인 창가에서 테스는 여느 때처럼 노래를 가르치다가 침대 뒤에서 옷자락 스치는 소리를 들은 것 같았다. 마님은 방안에 없었는데, 테스는 고개를 돌리다가 커튼 자락 밑으로 구두 끝이 보이는 것 같은 느낌이 들었다. 그 바람에 테스의 휘파람이 떨리게 되었고, 혹시 듣는 사람이 있었다면 그는 아마도 그녀가 자신의 존재를 알아차렸다는 것을 발견했음이 틀림없었다. 그 후로 그녀는 매일 아침 커튼을 들춰보았지만 그 속엔 아무도 없었다. 알렉 더버빌은 그렇게 숨어서 그녀를 놀래키려던 장난을 그만두는 게 낫다고 생각한 것이 분명했다.

10

어느 마을이나 독특한 특징이나 기질, 때로는 자신만의 도덕적 규범이 있는 법이다. 트란트릿지 근처에 사는 몇몇 젊은 여자들의 경박스런 행실은 특히 유명했는데, 어쩌면 그것은 인접한 슬로프 저택을 감싸고 있는 최고급 시대정신을 가리키는 징후였을지도 모른다. 이 마을에는 좀 더 고질적인 병폐가 있었는데, 술을 너무 마신다는 점이었다. 인근의 농장에서 주로 오고가는 대화는 저축이 쓸모없다는 이야기였다. 작업복 차림의 이 산수쟁이들은, 늙은 노인한테는 평생 동안 품삯을 아껴 저축해서 버는 돈보다 교구의 구제기금이 더 큰 양식이 된다는 것을 증명하기 위해, 쟁기나 괭이에 기댄 채 대단히 세밀한 계산을 시작하곤 했다.

이 철학자들의 주된 즐거움은 매주 토요일 밤에 작업이 끝나면, 2, 3마일 떨어진 퇴락한 장터 마을 체이스버러에 갔다가 다음날 새벽 한두 시경에 돌아오는 것이었다. 하지만 그들은 옛날에는 직접 술을 담가서 팔던 그 술집을 독점한 주인이 맥주라고 내놓은 이상한 합성주를 마시고는 속이 좋지 않아서 일요일 내내 잠만 자야 했다.

테스는 매주 벌어지는 그 여행에 오랫동안 어울리지 않았다. 하지만 자신과 나이 차가 크게 나지 않는 부인네들 성화에 못 이겨—여기서는 스물 하나만 되면 마흔 살 일꾼만큼 품삯을 받았기 때문에 결혼을 일찍 했다—결국 같이 가기로 했다. 그녀의 첫 나들이는 기대했던 것보다 훨씬 재미있었고, 한 주일 내내 따분하게 양계장 일에만 신경쓰다 보니 동행한 이들의 떠들썩한 분위기에 빠져들기라도 하는 듯했다. 그녀는 계속 나들이를 했다. 얌전한 데다 인물도 예쁘고, 또 무엇보다도 막 성숙한 처녀티가 나기 시작하는 나이 때문에 그녀의 외모는 체이스버러 거리의 건달들로부터 엉큼한 눈길을 끌었다. 그래서 읍내로 갈 때는 가끔 혼자서 가기도 했지만, 밤이 되어 집에 돌아오는 길은 항상 일행의 보호를 받을 수 있도록 동료들을 찾았다.

그렇게 한두 달이 지났을 즈음, 9월 어느 토요일에 축제일과 장날이 겹치는 날이 있었다. 이를 구실 삼아 트란트릿지의 순례자들은 주막에서 두 배로 재미를 보아야겠다고 별렀다. 테스는 일 때문에 출발이 늦었고, 동료들은 그보다 훨씬 일찍 읍내에 도착해 있었다. 석양이 지기 직전의 9월의 맑은 저녁날이었다. 황금빛 저녁놀이 머리카락처럼 가느다란 햇살 속에 저녁의 푸른빛과 뒤엉켜 있고, 대기는 춤추는 수많은 날벌레들 말고는 아무의 도움을 받지 않고도 멋진 풍경을 만들어 내는 날이었다. 이 어슴푸레한 대기 사이로 테스는 천천히 걸어가고 있었다.

그녀는 거의 땅거미가 내려앉을 때쯤 도착했는데, 장터에 도착해서야 비로소 장날과 축제일이 겹친 날이라는 것을 알았다. 간단한 장보기를 끝내고, 그녀는 여느 때처럼 트란트릿지 마을사람들을 찾아 나섰다.

처음엔 그들을 찾지 못했으나, 테스는 그들이 모두 자기네 농장과 거래하는 어느 건초상 겸 토탄 상인의 집에서 열리는 이른바 작은 비밀 무도회에 갔다는 소식을 들었다. 그의 집은 그 작은 읍의 외진 구석에 있었는데, 그쪽으로 길을 찾아가던 중에 그녀는 길모퉁이에 서 있는 더버빌을 발견했다.

"아니—우리 예쁜이 아가씨? 이렇게 늦게 여긴 어쩐 일이신가?" 그가 말했다.

그녀는 집으로 같이 갈 일행을 기다리고 있다고 간단하게 대답했다.

"잘 가요." 뒷골목으로 내려가는 그녀의 어깨 너머로 그가 말했다.

건초상인들 집 근처로 다가가다가 그녀는 뒤쪽 어느 집에서 '릴' 무도곡을 켜는 바이올린 소리를 들을 수 있었다. 하지만 춤추는 소리는 들리지 않았다—대개는 악기 소리마저 발 구르는 소리에 묻혀 버리는 법인데 이런 경우치고는 이상한 일이었다. 대문이 열려 있어서 그녀는 어둠 속으로 집 안을 지나 멀리 안뜰까지 볼 수 있었다. 문을 두드려도 아무도 나타나지 않았다. 그래서 그녀는 집 안을 가로질러 통로를 따라가다가 자기를 끌어당긴 소리가 나는 바깥채 건물에 이르렀다.

그것은 창고로 쓰이는 창문 없는 건물이었는데, 열린 출입문에서부터 어둠 속으로 안개 같은 노란 불빛이 흘러나왔다. 테스는 처음에는 그것이 등불에서 나오는 연기라고 생각했다. 그러나 가까이 다가가서 보니 그것은 바깥채 안에 켜 놓은 촛불에 비친 자욱한 먼지였다. 먼지 속에 비친 불빛을 통해 안뜰의 넓은 어둠 속에 출입문이 모습을 드러내고 있었다.

가까이 다가가서 안을 들여다보고서야 그녀는 흐릿한 형체들이 가락에 맞추어 펄쩍펄쩍 뛰며 춤을 추고 있는 것을 보았다. 그들의 발소리가 조용한 것은 '스크로프', 즉 토탄과 다른 물건들을 쌓아 두면서 생긴 부스러기 가루들이 덧신처럼 받쳐 주기 때문이었는데, 그들의 요란스런 발길질에 일어난 먼지가 사방을 뿌옇게 흐려

놓았다. 이 곰팡내 나는 토탄과 건초의 부유물들은 춤추는 이들의 땀과 열기에 섞여, 식물과 인간이 함께 생성해낸 일종의 꽃가루가 되었다. 그리고 소리를 죽인 바이올린이 춤추는 이들의 열기와 현격한 대조를 이루며 그 사이로 힘없이 가락을 이어갔다. 그들은 춤을 추면서 기침을 해댔고, 기침을 하면서 웃어댔다. 쌍쌍이 뛰어노는 그 짝들은 높이 매단 등불보다도 구별이 쉽지 않았다. 그 뿌연 연기 때문에 그들은 때로는 요정들을 껴안는 숲의 신이 되었고, 때로는 수많은 강의 요정을 빙빙 돌리는 수많은 목신(牧神)이 되었으며, 때로는 정력의 신에게서 도망치다가 항상 실패하는 요정 로티스가 되었다.

이따금 한 쌍씩 바람을 쐬러 문간에 나오곤 했는데, 그럴 때면 희끄무레한 연기는 더 이상 그들의 얼굴을 가리지 못했고, 그 반신반인(半神半人)들은 테스의 이웃에 사는 소박한 얼굴들로 모습이 변했다. 그 짧은 두세 시간만에 트란트릿지가 이렇게 미친 듯이 변신할 수 있단 말인가!

한 무리의 숲의 신들이 벽에 기대놓은 의자와 건초더미 위에 앉아 있었는데, 그중 하나가 테스를 알아보았다.

"아가씨들은 '플라워 드 루스'에서 춤추는 걸 별로 좋아하지 않아요." 그가 설명했다. "누가 자기 애인인지 만천하에 알리기 싫은 거지. 게다가 그 집은 가끔 발바닥에 땀이 좀 날 만하면 문을 닫아 버리거든. 그래서 우리는 술을 사가지고 여기 와서 놀지."

"그런데 혹시 집에 가실 분은 없나요?" 테스가 걱정스럽게 물었다.

"이젠—금방 갈 거요. 이게 거의 마지막 곡이니까."

그녀는 기다렸다. 춤이 끝나자 일행 중의 몇몇은 떠날 생각이 있었다. 그러나 반대하는 사람들이 있어서 춤곡이 새로 시작되었다. 이건 분명히 마지막이겠지, 하고 테스는 생각했다. 하지만 그것은 또 다른 곳으로 이어졌다. 그녀는 초조하고 불안해졌다. 하지만 그렇게 오랫동안 기다린 뒤라 계속 기다릴 수밖에 없었다. 축제도 벌어진 날이기 때문에 도중에 혹시 엉큼한 생각을 품은 건달들이 어디 숨어 있을지도 모르는 일이었다. 테스는 짐작할 수 있는 위험은 두렵지가 않았지만 생판 모르는 일은 겁이 났다. 말롯 마을 근처였더라면 덜 무서웠을 텐데.

"걱정 말아요, 착한 아가씨." 얼굴이 땀범벅이 된 한 청년이 기침을 하다 말고 테스를 타일렀다. 그의 밀짚모자는 너무 뒤로 젖혀 있어서 마치 성자(聖者)의 후광처럼 그의 얼굴을 둘러싸고 있었다. "서두를 게 뭐 있어요? 내일은 일요일인데, 좋잖수, 교회 갈 시간에 잠을 잘 수 있으니까. 자, 나하고 한 번 돌아보실까?"

그녀는 춤추는 것이 싫지는 않았지만 여기서 춤을 추고 싶지는 않았다. 율동은 더 격렬해졌다. 희미한 구름기둥 저쪽에 있는 연주자들은 이따금 엉뚱한 현을 켜거나 활의 등으로 현을 켜서 멜로디를 바꾸었지만 그것은 문제될 게 없었다. 헉헉거리는 무리는 계속 돌고 돌았다.

그들은 춤 상대가 특히 마음에 들지 않는 한 상대를 바꾸지 않았다. 상대를 바꾼다는 것은 간단히 말해 어느 한쪽에서 아직 만족하지 못하고 있다는 뜻이었다. 그런데 이때쯤 되면 누구나 어울리는 짝을 찾은 상태였다. 꿈속 같은 황홀경이 시작되는 시간인 것이다. 세상엔 온통 열정밖에 없고, 발길에 혹시 거치적거리는 것만 없으면 돌고 싶은 대로 돌 수 있을 것 같았다.

갑자기 땅바닥에서 쿵 하는 둔탁한 소리가 났다. 춤을 추던 한 쌍이 넘어져서 뒤엉켜 버렸다. 다음 짝도 진행에 방해를 받고는 장애물에 걸려 넘어졌다. 엎어진 사람들 주위로, 원래 방안 가득했던 흙먼지 속에 새로이 먼지가 일었고, 그 속으로 팔다리가 마구 엉켜 있는 것을 볼 수 있었다.

"당신, 집에 가면 혼날 줄 알아요!" 사람들이 엉켜 있는 속에서 여자 목소리가 튀어나왔다. 멍청하게도 그 사단을 일으킨 남자와 짝을 이룬 운 나쁜 파트너의 목소리였는데, 그녀는 최근에 결혼한 그 남자의 새색시였다. 트란트릿지에서는 결혼한 부부들 간에도 약간의 애정이 있는 동안에는 그렇게 어울려 춤을 추는 것이 이상한 일이 아니었다. 사실 늙어서도 그것은 관례에서 벗어난 게 아니었는데, 혹시 따스한 교감이 오갈 수도 있는 많은 독신자들을 어색하지 않게 하려는 생각에서였다.

테스의 등 뒤 어두운 안뜰에서 커다란 웃음소리가 나면서 방안의 킥킥거리는 소리와 뒤섞였다. 그녀는 고개를 돌려 빨간 여송연 불빛을 보았다. 알렉 더버빌이 거기 혼자 서 있었다. 그의 손짓에 그녀는 내키지는 않지만 그가 있는 쪽으로 물러섰다.

"아니, 예쁜 아가씨, 여기서 뭘 하고 있는 건가?"

온종일 일을 하고 또 걸어왔기 때문에 너무 피곤해서 그녀는 그에게 걱정을 털어놓았다 — 밤길이 낯설어서 집에까지 사람들하고 동행을 하려고 좀 전에 그를 만난 뒤로 계속 기다리고 있는 중이라고 말했다. "그런데, 이 양반들이 떠날 생각을 안 해요. 정말 더는 못 기다릴 것 같은데."

"정말 그렇겠군. 나도 오늘은 타는 말밖에 없는데, 그러면 '플라워 드 루스'로 와요. 내가 마차를 한 대 세 내어 집으로 태워 줄 테니까."

테스는 기분이 좋긴 했지만 그에 대한 애초의 불신이 아직 남아 있어서 늦더라도 일꾼들하고 같이 걸어가기로 마음을 먹었다. 그래서 대단히 고맙지만 폐를 끼치고 싶지 않다고 대답했다. "제가 기다린다고 했기 때문에 이 사람들도 그런 줄 알고 있을 거예요."

"좋아요, 고집쟁이 아가씨. 좋을 대로 하시구려…… 그럼 난 서두를 게 없군…… 저런, 저긴 난리 났군!"

그가 불빛 속으로 모습을 드러내진 않았지만 몇몇 사람들이 그를 알아보았다. 그의 출현에 일순 동작이 멈추면서 시간이 벌써 이렇게 됐나 하고 생각들을 하는 모양이었다. 그가 다시 여송연에 불을 붙이고 떠나자, 트란트릿지 사람들은 다른 농장에서 온 사람들 틈에서 빠져나와 무리를 지어 출발할 준비를 했다. 짐보따리와 바구니를 모은 다음, 반시간 뒤에 11시 15분을 알리는 교회의 종이 울리자 사람들은 집을 향해 언덕 위 오솔길을 따라 삼삼오오 짝을 지어 떠났다.

길은 3마일 거리였는데, 하얗게 메마른 길이 오늘밤은 달빛 때문에 유난히 하얗게 보였다.

때로는 이 사람, 때로는 저 사람과 함께 무리 속을 걸어가던 테스는 술을 곤드레로 마신 남자들이 갈짓자 걸음으로 비틀거리는 것을 보았다. 여자들 중에도 좀 주책없는 이들 몇몇은 걸음걸이가 흐트러지고 있었다—우선, 스페이드의 여왕이란 별명을 가진 얼굴이 까무잡잡한 여장부 카 다치가 있었다. 최근까지 더버빌의 애인이던 여자였다. 다음엔 그녀의 동생으로 다이아몬드의 여왕이란 별명의 낸시, 그리고 조금 전에 나동그라졌던 젊은 새댁이 있었다. 그네들에게 매력을 느끼지 못하는 천박한 눈에는 비록 그들의 꼬락서니가 형편없이 우스워 보이겠지만, 그들 스스로는 그렇게 생각하지 않았다. 그들은 스스로 독창적이고 심오한 사상의 소유자로서, 누군가의 도움을 받아 하늘로 오르는 기분으로 길을 걸어가고 있었다. 그들 자신과 주위의 자연이 유기체를 이루어 각 부분이 조화롭고 유쾌하게 서로의 속으로 스며들고 있다고 생각했다. 그들은 머리 위의 달과 별처럼 고상했고, 달과 별도 그들만큼 열정적인 것 같았다.

하지만 테스는 고향집에 있을 때 이런 식의 괴로운 경험을 한 바 있기 때문에, 그네들의 꼬락서니를 보자 달빛 속으로 여행을 하며 맛보기 시작한 즐거움이 사라져 버렸다. 하지만 앞서 말한 이유 때문에 그들을 따라갈 수밖에 없었다.

그들은 널찍한 큰길에서는 흩어져서 걸었으나, 이젠 길이 풀밭으로 들어가는 출입구로 이어져 있었고, 앞장 선 이가 문을 여는데 애를 먹는 모양을 보고 모두 바싹 다가들었다.

앞장서서 걷고 있는 것은 스페이드의 여왕 카였는데, 그녀의 버들가지 바구니에는 어머니의 식료품과 자신의 옷감, 그리고 한 주일 동안 쓰기 위해 사들인 다른 물건들이 들어 있었다. 바구니가 크고 무거웠기 때문에 카는 나르기 쉽도록 그것을 머리에 이고, 양손을 허리에 얹은 채 걷고 있었고, 바구니는 그녀가 걷는 동안 위태롭게 뒤뚱거렸다.

"아니 — 등에 흘러내리는 게 뭐야, 카 다치?" 일행 중의 한 사람이 갑자기 말했다.

모두 카를 바라보았다. 그녀의 겉옷은 날염한 얇은 면 옷감이었는데, 뒤통수에서부터 허리 아래까지 마치 중국인 변발처럼 무슨 밧줄 같은 것이 길게 매달려 있는 것이 보였다.

"머리가 내려온 거야." 다른 이가 말했다.

하지만 머리카락은 아니었다. 그것은 바구니에서 흘러나온 검은 액체였는데, 차갑고 싸느란 달빛 속에 마치 미끈거리는 뱀처럼 번들거렸다.

"당밀(糖密)이군." 지켜보던 어떤 부인이 말했다.

당밀이 맞았다. 카의 가엾은 할머니는 단것을 무척 좋아하셨다. 꿀은 집안의 벌통에도 많이 있었으나, 할머니가 원하는 것은 당밀이었기 때문에 카는 할머니께 깜짝 놀랄 선물로 드릴 참이었다. 급히 바구니를 내려놓은 검은 얼굴의 처녀는 당밀을 담은 그릇이 깨진 것을 발견했다.

이때쯤은 희한한 꼴이 된 카의 등을 보고 한바탕 폭소가 터져 있었다. 그 때문에 화가 난 검은 여왕은 비웃는 이들의 도움을 빌리지 않고 막 생각해낸 방법으로 혼자서 그 꼴사나운 모습을 지우려고 했다. 그녀는 씩씩거리며 그들이 막 지나가려던 풀밭으로 뛰어가서 풀 위에 털썩 등을 대고 누워 버렸다. 그러고는 풀밭 위에서 팔꿈치로 몸을 질질 끌고 돌리면서 옷에 묻은 얼룩을 지우기 시작했다.

웃음소리는 더 커졌다. 카의 우스꽝스런 모습을 보고 포복절도하는 바람에 힘이 다 빠진 그들은 문에, 말뚝에, 빗장에 기대고 서기까지 했다. 그때까지 조용히 있던 우리 여주인공도 이런 시끌벅적한 순간에는 따라 웃지 않을 수 없었다.

그것이 불행이었다—여러 가지 측면에서. 검은 여왕은 다른 일꾼들의 목소리 가운데서 테스의 술 취하지 않은 낭랑한 소리를 듣자마자 오랫동안 마음속에 쌓여 있던 질투심이 미칠 듯이 타올랐다. 그녀는 벌떡 일어나더니 자신의 미움의 대상을 향해 바짝 다가섰다.

"이년아, 어딜 감히 웃고 있어!" 그녀가 소리를 질렀다.

"다들 웃는 바람에, 어쩔 수 없었어." 테스가 여전히 킥킥거리며 사과를 했다.

"아, 니가 최곤 줄 아는 모양이구나. 그 양반이 요샌 너한테 푹 빠졌다더라! 그렇지만 조금만 있어 보셔, 마님, 조금만! 너 같은 건 둘이 덤벼도 끄떡없어! 자—맛 좀 봐!"

테스는 무서웠다. 검은 여왕이 겉옷 속에 받쳐입는 옷을 벗기 시작했기 때문이었다—그것 때문에 우스꽝스런 꼴이 되고 만 이유도 있고 해서 그녀는 옷을 벗는 것이 너무 홀가분했다—마침내 그녀는 달빛 속에 그 포동포동한 목덜미와 어깨, 두 팔을 드러냈다. 흠 잡을 데 없이 풍만한 건장한 시골 처녀의 몸매가 프락시텔레스(기원전 4세기의 유명한 희랍 조각가-역주)의 조각처럼 환하고 아름다운 모습을 드러냈다. 그녀는 두 주먹을 불끈 쥐고 테스에게 대들었다.

"그렇지만 사실 난 싸우고 싶지 않아!" 테스는 위엄을 갖추어 말했다. "네가 이런 여자인 줄 진작에 알았으면, 이렇게 형편없는 사람들하고 같이 가지도 않았을 거야!"

모두를 싸잡아 지칭한 이 말 때문에 예쁜 테스의 불운한 머리 위로 다른 일행의 욕설이 마구 쏟아졌다. 특히 더버빌과의 관계 때문에 카로부터도 의심을 받고 있던 다이아몬드의 여왕은 카와 합세하여 공동의 적에게 덤벼들었다. 몇몇 다른 여자들도 밉다는 듯이 함께 끼어들었다. 그날 저녁에 그렇게 흥청망청 놀아나지만 않았다면, 그처럼 어리석은 짓을 할 여자들은 아니었다. 그러자 테스가 억울하게 당하는 것을 본, 여자들의 남편이나 애인들이 테스 편을 들어 화해를 시켜 보려고 했지만 그 시도는 곧바로 싸움을 악화시키는 결과를 낳고 말았다.

테스는 분하면서도 창피했다. 이제 그녀는 혼자 길을 가야 한다거나 시간이 늦었다거나 하는 것은 아무렇지가 않고, 되도록 빨리 이 무리에서 벗어나야겠다는 생각밖에 없었다. 그들 중에도 다음 날이면 화낸 것을 후회할 착한 사람들이 있다는 것을 그녀는 잘 알고 있었다. 그들은 이제 모두 풀밭에 들어서 있었고, 테스는 혼자 빠져나가려고 뒷걸음질을 치고 있을 때였다. 말을 탄 어떤 사나이가 길 가 생울타리 모퉁이에서 거의 소리도 없이 나타났다. 알렉 더버빌이 그들을 둘러보고 있었다.

"여보게들, 뭣 때문에 이 난리들인가?" 그가 물었다.

대답은 쉽사리 나오지 않았고, 사실 그는 무슨 대답을 요구한 것도 아니었다.

그는 약간 떨어진 거리에서 슬그머니 다가오는 동안 그들의 소리를 들었기 때문에 알 만큼은 알고 있었다.

테스는 나머지 일행과 떨어져서 문 옆에 서 있었다. 그는 그녀를 향해 몸을 숙였다. "내 뒤에 올라타요." 그가 나지막하게 말했다.

"순식간에 저 악다구니 고양이 떼를 벗어나게 될 테니까!"

그녀는 거의 기절이라도 할 것 같았다. 그만큼 절박한 의기의 순간이었던 것이다. 테스는 정말 여느 때 같았더라면, 전에도 몇 번이나 그랬듯이 도와준다거나 동행하겠다는 제의를 거절했을 것이다. 그리고 지금도 밤길을 혼자 가야 한다는 문제뿐이라면 역시 그랬을 것이다. 하지만 발을 차고 뛰어오르기만 하면 이 적들에 대한 공포와 분노를 승리로 바꾸어 놓을 수 있는 절박한 순간의 제의였기 때문에, 그녀는 충동에 몸을 맡기고 문 위에 올라가 발끝으로 그의 발등을 딛고 등 뒤 안장에 기어올랐다. 싸움을 하던 취객들이 무슨 일이 일어났는지 깨달을 즈음 두 사람은 멀리 어둠 속으로 사라지고 있었다.

스페이드의 여왕은 옷에 묻은 얼룩도 잊고 다이아몬드의 여왕과 비틀거리는 새댁 옆에 섰다—모두들 말발굽소리가 정적 속으로 사라지고 있는 길 쪽을 뚫어지듯 바라보고 있었다.

"뭘 보는 거요?" 그 광경을 목격하지 못한 어떤 남자가 물었다.

"호 호 호!" 검은 얼굴의 카가 웃었다.

"히 히 히!" 술 취한 색시가 사랑하는 남편의 팔에 몸을 기대며 웃었다.

"후 후 후!" 검은 카의 어머니도 웃었다. 그리고 코 밑 수염을 쓰다듬는 시늉을 하며 짤막한 논평을 덧붙였다. "프라이팬에서 불로 뛰어드는 격이군!"

그러고 나서 이 대기의 자식들, 곧 아무리 많이 마셔도 영원히 취할 수는 없는 이들은 밭길로 접어들었다. 걸어가는 동안 그들의 머리 그림자 둘레에는, 반짝이는 이슬 바닥 위에 달빛이 내려앉아 생겨난 우윳빛 동그라미가 계속 따라다녔다. 이 보행자들은 모두 자신의 후광밖에 볼 수 없었지만, 그 후광은 그 머리 그림자가 아무리 천박스럽게 흔들거려도 그 곁을 떠나지 않고 따라다니며 한

곁같이 아름답게 꾸며 주었다. 그리하여 마침내 그 변덕스런 움직임은 후광의 고유한 속성인 듯했고, 그들이 호흡하는 입김은 밤안개의 일부로 보였다. 그리고 이 정경과 달빛과 자연의 정령은 술의 정령과 사이좋게 하나가 된 듯했다.

11

두 사람은 한참 동안 아무 말도 하지 않고 천천히 말을 달렸고, 테스는 그에게 꼭 매달린 채 승리감에 취해 있었지만 한편으로는 불안했다. 그 말이 그가 가끔 타는 사나운 말이 아니라는 것을 알고 있어서 그 점은 안심이 되었지만, 그녀가 앉은 자리는 그를 꼭 붙잡고 있는데도 불구하고 위태로웠다. 그녀가 속도를 늦추어 달라고 애걸복걸한 끝에 알렉은 말을 들었다.

"깨끗하게 해치웠지, 안 그래, 테스?" 그가 잠시 후 말을 걸었다.

"맞아요!" 그녀가 말했다. "정말 너무 고마워요."

"정말인가?"

그녀는 대답하지 않았다.

"테스, 왜 내가 키스하는 걸 항상 싫어하지?"

"그건 — 사랑하지 않으니까요."

"정말 그래?"

"어떤 때는 화날 때도 있어요!"

"아, 나도 대강 짐작은 했지." 그렇지만 알렉은 그 고백에 싫은 표정을 짓지는 않았다. 냉담한 태도보다는 그래도 그게 더 낫다는 것을 그는 알고 있었다. "나한테 화가 나면 왜 얘기를 안 했지?"

"왜 그런지 잘 아시면서 그래요. 이 점은 저도 어쩔 수 없어요."

"내가 추근거려서 화날 때가 많았나?"

"가끔은요."

"몇 번이나?"

"나보다 더 잘 아실 텐데요—너무 여러 번 그랬어요."

"그럴 때마다 항상?"

그녀는 입을 다물었고, 말은 한참 동안 느릿느릿한 걸음으로 계속 걸었다. 이윽고 저녁 내내 골짜기를 떠돌던 희미한 안개가 골고루 퍼지면서 그들을 둘러쌌다. 마치 안개가 달빛을 허공 중에 붙잡아 두는 듯, 달빛은 맑은 날보다 더 고르게 스며들었다. 그 때문인지, 멍하니 있던 탓인지, 아니면 졸음 때문인지 그녀는 큰길에서 트란트릿지로 들어가는 샛길이 있는 곳을 그들이 오래 전에 지나쳤다는 것과 그녀의 안내자가 트란트릿지로 가는 길을 택하지 않았다는 것을 모르고 있었다.

그녀는 말할 수 없이 피곤했다. 그녀는 그 주에는 매일 아침 다섯 시에 일어나 하루 종일 서 있었고, 오늘 저녁은 거기다가 체이스버러까지 3마일을 걸어가서 또 세 시간이나 이웃사람들을 기다린 터에, 빨리 돌아갔으면 하는 급한 마음에 아무것도 먹고 마시지도 못했던 것이다. 그리고 다시 집으로 돌아오는 길을 1마일 가량 걸어오다가 그 싸움판까지 벌어지고 말았던 것인데, 말까지 늦게 가는 바람에 이제 시간은 거의 새벽 한 시가 되어 있었다. 하지만 정말로 그녀가 졸았던 것은 딱 한 번뿐이었다. 그 망각의 순간에 그녀의 고개가 슬며시 그의 등에 닿았다.

더버빌이 말을 멈춰 등자(鐙子)에서 발을 빼고는 안장 위에서 옆으로 돌아앉아 테스를 부축하기 위해 팔로 그녀의 허리를 안았다.

그러자 그녀는 곧 방어 자세를 취했고, 갑자기 복수를 해야겠다는 충동이 일어 그를 가볍게 밀었다. 불안정한 자세로 앉아 있던 그는 거의 균형을 잃을 뻔했으나 땅바닥에 떨어지지는 않았다. 타고 있던 말이, 튼튼하긴 했으나 다행스럽게도 그의 말 중에서 가장 얌전한 녀석이기 때문이었다.

"이건 너무 심하잖아!" 그가 말했다. "나쁜 뜻이 없었어 — 그냥 떨어질까봐 그런 건데 말이야."

그녀는 미심쩍은 느낌이 들어 곰곰이 생각해 보았다. 마침내 그 말이 혹시 사실일지도 모른다는 생각이 들면서 마음이 누그러져 아주 공손하게 사과를 했다. "정말 죄송해요."

"나 참, 나를 믿는다는 무슨 표시를 하지 않으면 용서할 수가 없어." 그가 소리를 질렀다. "너같이 건방진 계집애한테 이렇게 당하다니, 내 꼴이 이게 뭐야? 넌 석 달 동안이나 내 감정을 가지고 놀면서 나를 피하고 상대조차 하질 않고 있는데 말이야. 도저히 못 참겠어!"

"내일 떠나겠어요."

"안 돼. 내일은 못 가! 다시 한 번 부탁인데, 나를 믿는다는 표시로 내 품에 안길 수 없어? 자, 이리 와 봐. 우리 둘뿐이야, 아무도 없어. 우린 서로를 잘 알고 있어. 내가 널 사랑하고 있고 또, 정말이지 너를 세상에서 제일 예쁜 아가씨로 생각한다는 걸 알잖아. 널 애인으로 생각하면 안 될까?"

그녀는 싫다는 표시로 성난 듯이 심호흡을 하면서 앉은 자리에서 불안하게 몸을 비틀었다. 그리고 멀리 앞쪽을 바라보며 중얼거렸다. "모르겠어요 — 저는 — 어떻게 제가 좋다 싫다 말할 수가 있을지 —"

그는 소원대로 테스를 한쪽 팔로 감싸안아 그 문제를 매듭지었고 테스는 더 이상 싫다는 표시를 하지 않았다. 그런 자세로 그들은 느릿느릿 앞을 향해 가고 있었는데, 테스는 문득 시간이 상상할 수 없을 만큼 많이 흘렀다는 생각이 들었다 — 말의 걸음걸이를 감안하더라도 체이스버러에서 오는 데 평소 걸리는 시간보다 훨씬 많이 지났고, 더욱이 그들이 지금 가는 길은 큰길이 아니라 오솔길 같은 옛날 도로였다.

"아니, 여기가 어디예요?" 그녀가 소리쳤다.

"숲을 지나가는 중이지."

"숲이라니 — 무슨 숲이에요? 분명히 큰길을 벗어났지요?"

"체이스 숲 자락이야 — 영국에서 가장 오래된 숲이지. 아름다운 밤인데, 여기서 말을 좀 더 타는 게 어떻겠어?"

"어쩜 이렇게 속일 수가 있어요!" 테스는 한편으로는 장난치듯 다른 한편으로는 정말 걱정스러운 듯 말을 하고는, 말에서 떨어질 위험을 무릅쓰고 그의 손가락을 하나씩하나씩 떼어 내어 그의 팔을 풀었다. "아까 떠밀었던 게 잘못이라고 생각해서 이렇게 믿고 하시는 대로 내버려두었는데 말이에요! 제발 내려 주세요, 집까지 걸어가겠어요."

"맑은 날이라고 해도 집에까지 걸어갈 수는 없어. 정확히 말하면, 우린 트란트릿지에서 상당히 떨어진 곳에 와 있거든. 이렇게 안개가 점점 자욱해지고 있기 때문에, 숲속에서 몇 시간 동안 헤맬지도 몰라."

"그건 걱정 마세요." 그녀는 달래듯 말했다. "내려 줘요, 제발요. 어디든 상관없어요. 제발 내려 주세요!"

"좋아, 그럼 내려 주지 — 단 한 가지 조건이 있어. 넌 어떻게 생각하는지 모르겠지만, 이렇게 외딴 곳까지 데려왔기 때문에 나한테는 안전하게 널 집으로 돌려보낼 책임이 있어. 혼자 힘으로 트란트릿지까지 가는 건, 거의 불가능해. 솔직히 말해 이 안개 때문에 도무지 아무것도 보이질 않아서 나도 여기가 어딘지 알 수가 없어. 자, 내가 이 덤불숲을 뚫고 나가 무슨 도로나 민가를 찾아 우리 위치를 확인할 때까지 여기 말 옆에서 기다리겠다고 약속한다면 여기서 금방 내려 주지. 돌아와서 방향을 확실히 일러주겠어. 그때도 걸어가겠다고 고집을 한다면 그렇게 하고, 아니면 말을 타고 가든지 — 좋을 대로 하라구."

그녀는 이 조건을 받아들여 쉬운 쪽으로 미끄러져 내렸다. 하지만 그 사이에 그는 슬쩍 그녀의 입술을 훔쳤다. 그는 반대쪽으로 뛰어내렸다.

"말을 붙잡고 있어야 되겠지요?" 그녀가 물었다.

"아, 아니. 그럴 필요없어." 헐떡거리는 짐승을 쓰다듬으며 알렉이 대답했다. "오늘밤에는 너무 붙잡고 있었거든."

그는 말머리를 수풀 쪽으로 향하게 하여 큰가지에 말을 매고는, 낙엽이 수북하게 쌓인 곳에 그녀를 위해 보금자리 겸 휴식처가 될 만한 것을 만들어 주었다.

"자, 거기 앉아." 그가 말했다. "낙엽이 아직 축축해지진 않았군. 말은 가끔 살펴보라구 — 그러면 충분할 거야."

그는 그녀로부터 몇 걸음을 옮기다 말고 돌아서서 말을 했다. "그런데 말이야, 테스네 아버지가 오늘 새 말을 한 마리 갖게 되셨지. 누군가 선사를 했지."

"누가요? 당신이군요!"

더버빌이 고개를 끄덕였다.

"아, 정말 고마운 일을 하셨네요!" 이럴 때 그에게 감사를 표해야 한다는 어색하고 고통스런 느낌과 함께 그녀가 큰 소리로 말했다.

"애들한테 장난감도 좀 보냈지."

"몰랐어요 — 동생들한테도 뭘 보내실 줄은!" 그녀는 매우 감격해서 중얼거렸다. "보내지 말았으면 좋았을걸 그랬어요 — 정말이에요. 그게 좋았겠어요."

"그건 왜 그래?"

"그건 — 저한테는 짐이 되잖아요."

"테스 — 지금도 날 별로 좋아하지 않는 모양이야?"

"감사하곤 있어요." 그녀가 마지못해 인정했다. "하지만, 죄송하게도 좋아한다고 할 수는 —."

자신에 대한 그의 애정이 이런 결과를 만든 한 요인이 되었다는 느낌이 갑작스레 들자, 테스의 눈에서 눈물이 한두 방울 천천히 떨어지기 시작하더니 그녀는 울음을 터뜨리고 말았다.

"울지 말아, 예쁜이 아가씨! 자, 여기 앉아서 내가 올 때까지 기다리라구." 그녀는 그가 모아 놓은 나뭇잎 사이에 시키는 대로 앉았으나 몸을 약간 떨었다. "추워?" 그가 물었다.

"괜찮아요 — 약간."

그의 손가락이 그녀의 몸에 닿았고, 그것은 마치 솜털을 건드리듯 부드럽게 스며들었다. "바람이 술술 들어가는 모슬린옷만 입었네 — 어떻게 된 거야?"

"여름 나들이옷이에요. 집을 나설 때는 따뜻했던데다, 또 말을 타게 될 줄은 몰랐거든요. 이렇게 밤에요."

"9월은 밤공기가 차가워요. 가만 있어 보자." 그는 입고 있던 가벼운 외투를 벗어서 다정하게 그녀를 덮어 주었다. "됐어 — 이젠 온기가 돌 거야." 그가 계속 말을 했다. "자, 예쁜이 아가씨, 여기서 쉬고 있어. 곧 돌아올 테니까."

그녀의 어깨에 둘러 준 외투의 단추를 채우고 난 그는 이제 마치 나무들 사이에 휘장을 친 듯이 자욱한 안개 사이로 뛰어들었다. 그가 가까운 비탈을 올라가는 동안 그녀는 나뭇가지들이 스치는 소리를 들을 수 있었으나, 그의 발길은 새들이 날아다니는 것만큼 희미해지더니 이윽고 귀에 들리지 않았다. 달이 지면서 희미한 빛도 줄어들었고, 그가 떠나고 난 나뭇잎 위에서 몽상 속에 빠져드는 테스의 모습도 보이지 않게 되었다.

한편 알렉 더버빌은 그들이 있는 곳이 체이스 숲 어디쯤인지 정확히 알기 위해 계속해서 비탈을 올라갔다. 사실 그는 한 시간이 넘게 아무렇게나 말을 타고 왔었는데, 그녀와 더 오래 있고 싶어서 길이 갈라지는 곳마다 꺾어들었고, 길가의 어느 것보다 더 달빛에 비친 테스의 모습에 더 많은 눈길을 주었던 것이다. 지칠 대로 지친 짐승에게도 휴식이 필요했으나, 그는 경계표를 찾기 위해 서두르지는 않았다. 비탈을 올라 이웃 골짜기로 들어선 그는 위치를 알아볼 수 있는 큰길의 울타리에 닿았고, 이로써 그들의 위치에 관한 문제는 해결되었다. 거기서 더버빌은 돌아섰다. 하지만 이때쯤은 달은 완전히 사라지고, 아침도 멀지 않았지만, 한편으로는 안개 때문에 체이스 숲은 짙은 어둠 속에 싸여 있었다. 그는 잔가지에 걸리지 않도록 양팔을 벌리고 앞으로 나아가야만 했는데, 처음에는 자신이 출발한 지점을 정확히 찾아낸다는 것이 거의 불가능한 것처럼 여겨졌다. 오르막과 내리막을 헤매고 또 여기저기 돌고 돌아 그는 마침내 말이 가볍게 움직이는 소리를 가까이서 들을 수 있었다. 그리고 뜻밖에도 그의 외투 소매가 발에 걸렸다.

"테스!" 더버빌이 불러보았다.

대답이 없었다. 주변은 너무 깜깜해서 그는 발 밑에 보이는 희끄무레한 형체 말고는 아무것도 볼 수 없었다. 그가 낙엽 위에 남겨두고 떠났던 하얀 모슬린옷을 입은 여인이었다. 그 밖의 모든 것은 칠흑 같은 어둠 그 자체였다. 더버빌은 몸을 숙여 고르게 새근거리는 숨소리를 들었다. 그는 무릎을 굽혀 그녀의 따뜻한 숨결이 그의 얼굴에 닿을 때까지 몸을 더 숙였고, 순식간에 그의 뺨이 그녀의 뺨과 닿았다. 그녀는 깊은 잠에 빠져 있었고 속눈썹에는 눈물 자국이 남아 있었다.

사위는 어둠과 적막뿐이었다. 그들의 머리 위에는 태곳적부터 내려오는 체이스 숲의 주목과 떡갈나무가 솟아 있었고, 그 가지에선 잠자리에 든 착한 새들이 마지막 단잠을 즐기고 있었다. 그리고 그들의 옆에선 온갖 토끼들이 몰래 뛰어다니고 있었다. 하지만, 누군가 물으리라, 테스의 수호천사는 어디 있었느냐고? 그녀가 순진하게 믿고 있던 하느님은 어디 있었느냐고? 혹시 빈정거리기 잘하는 티스베 사람(바알 신을 조롱했던 《성서》의 예언자 엘리야를 가리킴. 〈열왕기상〉 18장 27절-역주)이 조롱했던 그 다른 신처럼, 하느님은 이야기를 하고 있거나 딴일에 열중해 있거나 여행 중이거나 아니면 잠이 들어 아직 깨어나지 않았는지 모를 일이다.

어찌하여 이 아름다운 여인의 몸에, 비단결처럼 섬세하고, 실상 흰눈처럼 깨끗한 그 몸에, 마치 운명인 듯 그렇게 천박한 무늬가 새겨져야 한단 말인가? 어찌하여 천박한 것이 이렇게 아름다운 것을 차지하고, 못된 남자가 착한 여자를, 못된 여자가 착한 남자를 차지하는 일이 흔하단 말인가? 이에 대해 철학은 수천 년 동안이나 탐구를 거듭했으나 우리가 납득할 만한 설명은 하지 못했다. 혹시 지금의 이 재앙 속에 숨어 있는 인과응보의 법칙을 말하는 이가 있을지 모른다. 틀림없이 테스 더버빌의 갑옷 입은 조상 중에는 전투를 마치고 흥겹게 집으로 돌아오다가 당시의 시골 처녀에게 똑같은 일을 훨씬 더 무자비하게 저지른 이가 있을지도 모른다. 하지만 아비의 죄를 자식에게 묻는 것은 신들에게는 아주 훌륭한 도덕률일지 몰라도 보통 사람들에게는 비웃음을 살 뿐이다. 따라서 그렇게 해서는 사정이 나아지는 것이 아니다.

저 아래 외딴 마을에 살고 있는 테스의 이웃들이 숙명론자인 양 서로 흔히 말하듯이 "그것은 그렇게 되도록 되어 있었다." 정말로 딱한 일이었다. 그날 이후로 엄청난 간극이 생겨나면서 그 간극은 우리 주인공의 인생을 트란트릿지의 양계장에서 운명을 개척해 보려고 어머니의 집 문을 나서던 그녀의 옛날 모습에서 분리해 놓고 말았던 것이다.

Tess of the d'Urbervilles

제2부 처녀를 지나서

12

바구니는 무겁고 보따리는 큼직했지만 테스는 그런 것에 별로 신경쓰지 않는 사람처럼 짐을 들고 계속 걸었다. 그녀는 가끔 기계적으로 걸음을 멈추고 문이나 기둥 곁에서 휴식을 취하고는 다시 그 통통한 팔로 보따리를 움켜잡고 계속 또박또박 걸어갔다.

테스 더비필드가 트란트릿지에 도착한 지 넉 달가량 지난 시월 하순의 어느 일요일 아침이었다. 체이스 숲에서 밤늦게 말에 올라탄 일이 있은 지 2, 3주가 지난 뒤였다. 날이 샌 지 얼마 되지 않은 시각이라서 그녀의 등 뒤 지평선 위에 걸린 금빛 햇살은 그녀가 마주보고 있는 산등성이를 환히 비추고 있었다. 이 산등성이는 그녀가 최근까지 이방인으로 살고 있던 골짜기의 관문이었고, 그래서 고향 땅으로 돌아가려면 이 산을 넘어야 했다. 산등성이 이쪽 오르막은 경사가 완만하고, 토양과 풍경은 블레이크모어 골짜기와는 많이 달랐다. 외곽으로 돌아가고 있는 철도의 통합 효과에도 불구하고 심지어 양쪽 마을사람들의 성격과 말투에는 약간의 차이가 있었다. 그런 까닭에 그녀의 고향 마을은 그녀가 머물고 있던 트란트릿지와는 20마일도 안 되는 거리였으나 아주 먼 곳처럼 느껴졌다. 거기 갇혀 사는 농사꾼들은 서쪽, 북쪽으로만 거래를 하고, 여행하고 연애하고 결혼하는 것도 서쪽, 북쪽, 생각도 서쪽, 북쪽으로만 했다. 하지만 이쪽에 사는 사람들은 그들의 정력과 관심을 주로 동쪽과 남쪽으로만 기울였다.

이 언덕길은 유월의 그날 더버빌이 그녀를 태우고 그렇게 난폭하게 말을 몰았던 바로 그 내리막길이었다. 테스는 남은 오르막길을 쉬지 않고 걸어올라 산마루에 이르러서야 안개 속에 반쯤 가려

져 있는 멀리 정든 땅을 바라보았다. 여기서 보면 언제나 아름다운 풍경이었지만 오늘따라 더욱 아름다웠다. 왜냐하면 그 풍경을 마지막으로 본 뒤로 그녀는 예쁜 새가 노래하는 곳에는 독사가 혀를 날름거린다는 사실을 배웠고, 그 교훈에 따라 그녀의 인생관은 완전히 바뀌어 있었기 때문이었다. 사실 고향에 있을 때의 순박한 처녀와는 전혀 다른 여자가 되어 있었던 것이다. 생각에 잠겨 고개를 숙이고 조용히 그 자리에 서 있던 테스는 고개를 돌려 뒤를 돌아보았다. 차마 고향의 골짜기를 바라볼 수 없었던 것이다.

테스는 자신이 힘들게 막 걸어올라온 길다란 하얀 길을 올라오고 있는 이륜마차를 보았다. 한 남자가 그 옆으로 걸어오면서 그녀의 주의를 끌려고 손을 흔들었다.

그녀는 손짓에 따라 아무 생각 없이 물끄러미 남자를 기다렸고, 남자와 말은 곧 옆에 와서 멈추었다.

“왜 이렇게 몰래 달아나는 거요?” 더버빌이 숨을 헉헉거리며 그녀를 나무랐다. “더구나 사람들이 모두 자고 있는 일요일 아침에! 우연히 알아내곤 따라잡으려고 미친 듯이 말을 몰아왔어. 저 말 좀 보라구. 왜 이런 식으로 도망가는 거야? 떠나는 걸 막을 사람이 없다는 걸 알잖아. 또 왜 쓸데없이 힘들게 걸어, 이렇게 무거운 보따리 때문에 고생까지 해가며! 남은 길이나 태워 주러 미친 사람처럼 따라왔어, 정 돌아가지 않겠다면 말이야.”

“돌아가지 않아요.” 그녀가 말했다.

“그럴 줄 알았어—내 말대로군! 자, 그러면 바구니를 올려. 도와줄 테니까.”

그녀는 귀찮은 표정으로 바구니와 보따리를 싣고 마차에 올라타 그와 나란히 앉았다. 그녀는 이제 그가 두렵지 않았지만 그렇게 용감하게 된 까닭 속에 그녀의 슬픔이 있었다.

더버빌은 기계적으로 담뱃불을 붙였고, 이따금 길가에 보이는 대수롭잖은 것들에 대해 무미건조한 이야기를 나누며 여행은 이어졌다. 그해 초여름 같은 길을 반대쪽으로 달리면서 그녀에게 키스를 하려고 덤비던 일을 그는 까맣게 잊고 있었다. 하지만 그녀는 잊지 않았으며, 이제는 마치 꼭두각시처럼 그가 하는 말에 퉁명스런 대답을 하며 앉아 있었다. 몇 마일을 달린 후 말롯 마을 입구의 숲이 그들의 시야에 들어왔다. 그제야 무표정한 그녀의 얼굴에 희미하게 감정이 내비쳤고, 한두 방울 눈물이 흘러내리기 시작했다.

“왜 우는 거요?” 그가 냉담하게 물었다.

“내가 저기서 태어났구나 하는 생각을 했을 뿐이에요.” 테스가 나지막하게 대답했다.

“그렇지—우린 모두 어디나 태어난 곳이 있게 마련이야.”

“난 태어나지 말았어야 했어요—저기서든 어디서든 간에!”

“흥! 그런데, 트란트릿지에 오기 싫으면 왜 왔어?”

그녀는 대답하지 않았다.

"내가 좋아서 온 건 아니었지, 그건 분명해."

"사실이 그래요. 당신이 좋아서 갔다거나, 당신을 정말로 사랑했다면, 또 지금도 당신을 사랑하고 있다면, 지금처럼 내 자신이 약한 것이 싫거나 증오스럽진 않아요!…… 내 눈이 당신한테 잠시 현혹되었다는 것, 그게 전부예요."

그는 불쾌하다는 듯 어깨를 들썩했다. 그녀가 계속했다.

"당신의 속셈을 알아차렸을 땐 이미 너무 늦어버렸어요."

"여자들은 다 그렇게 얘기하지."

"어떻게 감히 그런 말을 할 수 있어요!" 그를 향해 홱 돌아서며 그녀가 소리쳤다. 잠들어 있던 그녀의 성질이 살아나며 (그는 훗날 이를 더 많이 보게 되는데) 두 눈에 불꽃이 일었다. "어처구니없군요! 당신을 마차에서 밀어버릴 수도 있어요! 여자들이 모두 쉽게 말로만 하는 얘기를 어떤 여자들은 절실하게 느낄지도 모른다는 생각은 안 들었어요?"

"좋아," 그가 웃으며 말했다. "상처를 줘서 미안해. 내가 잘못했어—그건 인정하지." 그는 이야기를 계속하며 다소 씁쓸한 표정을 지었다. "다만 그렇게 언제까지나 나한테 눈을 흘길 필요는 없을 텐데. 난 최대한으로 보상할 준비가 되어 있어. 알다시피 다시는 밭이나 목장에 나가 일할 필요는 없을 거고, 또 옷도 요즘같이 그렇게 형편없이 입지 말고 좋은 옷을 입을 수도 있잖아. 꼭 리본 하나 살 돈도 못 버는 사람처럼 하고 있어."

천성이 너그럽고 또 직설적이어서 냉소하는 경우가 거의 없는 테스였지만 입을 약간 비쭉거렸다.

"전에도 말했지만 당신한테서는 이제 더는 아무것도 안 받아요. 받을 생각도 없고—받을 수도 없어요! 계속 그러다가는 난 영원히 당신 손아귀를 못 벗어나요. 그럴 순 없어요!"

"당신 태도를 보면 진짜 더버빌 핏줄은 말할 것도 없고 공주님이라고 생각해도 되겠군—하하! 그렇다면, 테스, 난 더 할 말이 없소. 난 내가 나쁜 놈이라고 생각해—정말 나쁜 놈이야. 나쁜 놈으로 태어나서 나쁜 놈으로 살아왔고, 또 죽을 때도 아마 그럴 거야. 하지만 내 양심에 걸고 맹세하는데, 테스한테 다시는 못된 짓을 하지 않겠어. 그러니 혹시 무슨 일이 생겨서—알겠지—어려운, 아주 어려운 사정이 되면 나한테 연락해 줘. 그러면 필요한 건 뭐든지 보내 줄게. 난 아마도 트란트릿지에 없을 거야—당분간 런던에 갈 계획이거든—그 할망구하고 같이 살 수가 있어야지. 하지만 편지는 모두 전달이 될 거야."

그녀는 마차를 더 태워 줄 필요가 없다고 말했고, 그들은 숲 바로 밑에서 멈췄다. 더버빌이 마차에서 내려 두 팔로 그녀를 안아 내린 뒤에 그녀의 물건을 땅바닥에 내려놓았다. 그를 향해 가벼운 목례를 하면서 그녀의 눈길이 그의 눈에 잠시 머물렀다. 그리고 그녀는 길을 가기 위해 돌아서서 짐을 들었다.

알렉 더버빌은 여송연을 입에서 떼며 그녀를 향해 말했다.

"이런 식으로 떠나려는 건 아니겠지, 테스? 자!"

"원하신다면," 그녀는 대수롭잖다는 듯이 대답했다. "나를 정복했다는 걸 확인해 보세요!"

그리고 그녀는 돌아서서 그를 향해 얼굴을 쳐들었다. 마치 대리석 기둥처럼 뻣뻣이 서 있는 그녀의 뺨에 그는 키스 자국을 남겼다—반은 형식적으로, 또 반은 아직 애정이 완전히 사그라들지 않은 투였다. 그가 무엇을 하는지 거의 의식조차 못하는 듯, 키스를 하는 동안 그녀의 눈길은 까마득히 멀리 길 위의 나무들에 흐릿하게 머물러 있었다.

"이번엔 저쪽, 옛정을 생각해서."

마치 초상화가나 미용사의 주문을 따르듯이 시키는 대로 그녀가 고개를 돌리자 그는 반대쪽에도 키스를 했다. 그의 입술이 들판에 난 버섯 표면처럼 촉촉하고, 부드러우면서도 싸늘한 입술에 닿았다.

"당신 입으로는 나한테 절대로 키스를 하지 않는군. 자진해서 하는 적이 없어 — 유감이지만 절대로 나를 사랑할 수가 없는 모양이야."

"가끔 그렇게 말한 적이 있지요. 사실이에요. 난 당신을 정말로, 진정으로 사랑한 적도 없고, 또 그럴 수도 없다고 생각해요." 그녀는 슬픈 어조로 덧붙였다. "어쩌면 이걸 가지고 거짓말을 한 번 하면 지금 당장은 스스로 편할지도 몰라요. 하지만 나한테는 아직 작으나마 자존심이 남아 있기 때문에 거짓말을 할 수가 없어요. 내가 당신을 사랑한다면 그걸 당신한테 알려줄 충분한 이유가 있겠지요. 하지만 난 당신을 사랑하지 않아요."

그는 무거운 한숨을 토해냈다. 그의 마음이나 양심이나 혹은 체면에, 이 순간은 상당한 압박으로 느껴지는 모양이었다.

"그런데, 테스는 지나치게 슬픈 표정을 짓고 있어. 이제 와선 나도 아부할 필요가 없으니까 분명히 말하는 건데, 그렇게 슬퍼할 필요가 없다구. 테스는 예쁘니까 집안이 좋든 나쁘든 간에 이 근방에선 어떤 여자한테도 뒤지지 않아. 이런 말을 하는 건 내가 세상 물정을 좀 알고 있고, 테스의 행복을 빌기 때문이야. 똑똑한 여자라면 그 아름다움이 시들기 전에 세상 사람들한테 내놓아야지…… 그렇지만, 테스, 나한테 돌아오지 않겠어? 정말이지 이런 식으로 보낼 수는 없어!"

"절대로, 절대로 안 돼요! 진작 깨달았어야 했지만, 아무튼 깨닫자마자 결심을 했어요. 안 돌아가요."

"그렇다면 잘 가요, 넉 달 동안의 사촌 동생 — 안녕!"

그는 가볍게 말에 뛰어올라 고삐를 가다듬고는 빨간 열매가 달린 높은 생울타리 사이로 사라졌다.

테스는 그의 뒷모습을 돌아보지 않고 꾸불꾸불한 오솔길을 따라 천천히 걸었다. 아직 이른 시간이었다. 햇빛은 언덕 위에 골고루 내려앉아 있었으나, 햇살은 아직 눈으로만 확인될 뿐 촉감으로 느껴질 만큼 따뜻하지는 않았다. 주변에는 사람이라곤 아무도 없었다. 슬픈 시월과 그보다 더 서글픈 그녀의 심경만이 그 오솔길을 걸어가고 있었다.

그렇게 걸어가고 있는데, 등뒤로 다가오는 어떤 발소리가 들렸다. 남자의 발소리였다. 얼마나 열심히 걷는지 그는 그녀의 발뒤꿈치에 바짝 붙어 있었고, 테스가 그의 인기척을 제대로 알아차리기도 전에 벌써 "안녕하시오" 하고 인사를 건네왔다. 무슨 직공처럼 보이는 사람이었는데, 손에다 빨간 페인트가 든 양철통을 들고 있었다. 그는 사무적인 어조로 바구니를 들어주겠다고 했고, 테스는 그렇게 하도록 하고 그와 나란히 길을 걸었다.

"안식일 아침인데, 일찍 일어났군요!" 그가 쾌활하게 말했다.

"예." 테스가 대답했다.

"한 주일 동안 일을 하고 사람들이 모두 쉴 때죠."

그녀는 이 말에도 동의를 했다.

"하지만 난 평일보다 오늘 더 진짜 일을 한답니다."

"그래요?"

"평일에는 인간의 영광을 위해 일하지만, 주일에는 하느님의 영광을 위해 일하거든요. 그게 다른 것보다 더 진짜배기 일이지요—안 그래요? 난 여기 층층대에 잠깐 할 일이 있어요." 남자는 말을 하면서 길가에서 목초지로 들어가는 입구로 향했다. "잠깐만 기다려 주시오. 오래 걸리진 않을 테니까." 그가 덧붙여 말했다.

그가 자기 바구니를 가지고 있었기 때문에 테스는 다른 도리가 없어서 그를 지켜보며 기다렸다. 그는 그녀의 바구니와 양철통을 내려놓고, 통 안에 있던 붓으로 페인트를 휘저은 다음 삼층 계단을 이루는 판자 중에서 중간 판자에다 큼지막하게 네모난 글자들을 그리기 시작했다. 그는 마치 그 단어가 읽는 사람의 가슴속 깊이 박히도록 충분한 시간을 주려는 듯 각 단어마다 뒤에 쉼표를 찍었다.

저희, 멸망은, 잠자지, 아니하느니라.

〈베드로후서〉 2장 3절

이 평화로운 정경 곧 잡목숲의 희끄무레하게 퇴락한 색조와 지평선의 푸른 대기, 이끼 낀 층층대의 널빤지를 배경으로 요란한 주홍색의 글자들이 선명하게 빛났다. 그 글자들의 고함소리에 대기가 울리는 것 같았다. 전성기에는 인류에게 훌륭하게 봉사했을 그 계명이 이렇게 마지막의 우스꽝스런 단계에 이르러 흉측하게 훼손된 것을 보면 "아, 가련한 신학이여!" 하고 소리치는 사람도 혹시 있을지 모른다. 하지만 이 단어들은 마치 고발이라도 하듯 끔찍스럽게 테스의 폐부를 찔러왔다. 그 남자는 마치 그녀의 최근 내력을 알고 있는 것 같았다. 하지만 그는 전혀 모르는 사람이었다.

글을 다 쓴 다음 그는 그녀의 바구니를 집어들었고, 그녀는 다시 기계적으로 그의 옆을 걷기 시작했다.

"써 놓은 대로 믿으세요?" 그녀가 조용히 물었다.

"저 말씀을 믿느냐구요? 나 자신의 존재를 믿느냐는 문제와 같지요!"

"하지만, 혹시 그 죄가 자신이 저지른 잘못 때문이 아닐 때는요?" 테스가 떨리는 소리로 말했다.

그가 고개를 저었다.

"그렇게 중요한 문제에 대해서는 난 따질 능력이 없어요." 그가 대답했다. "나는 지난 여름 동안 몇 백 마일을 걸으며 이 근방 곳곳

담벼락과 문과 층층대마다 이 성경 구절을 썼지요. 그게 무슨 뜻인지는 읽는 사람 마음에 맡깁니다."

"내용이 너무 끔찍해요." 테스가 말했다. "사람을 짓밟는 거예요! 죽이는 거라구요!"

"원래 그런 의도로 쓴 거지요!" 그는 딱딱한 목소리로 대답했다. "하지만 정말 따끔한 구절을 읽어보겠소? 빈민굴이나 항구에 쓰려고 내가 준비해 둔 것들 말이요. 그걸 읽으면 소름이 끼칠 겁니다! 시골 지역에도 어울리지 않는다는 건 아니지만…… 아—저기 폐가가 된 헛간에도 괜찮은 빈 벽이 있군요. 저기도 하나 써야겠어요—당신같이 위험한 젊은 처녀들이 조심해야 될 말씀이요. 기다려 주겠소, 아가씨?"

"싫어요"라고 말하고 그녀는 바구니를 들고 계속 터벅터벅 걸었다. 잠시 걸어가다가 그녀는 뒤를 돌아보았다.

오래된 회색의 담벼락에는 먼젓번과 같이 시뻘건 글자가 나타나기 시작했고, 담벼락은 전에는 한 번도 요구받아 본 적이 없는 의무에 고통스러워하듯 이상하고 낯선 모양을 지었다. 갑자기 얼굴이 벌개지며 그녀는 그가 이제 반쯤 써내려간 문구를 읽고 그것이 무슨 뜻인지 알아차렸다.

너희는, 간음하지, 말라—

그녀의 쾌활한 길동무는 그녀가 돌아보는 것을 보고 붓을 멈추고 소리를 쳤다.

"혹시 아가씨가 이런 중요한 문제에 대해 설교를 듣고 싶으면, 아가씨가 가는 마을에 오늘 대단히 훌륭한 분이 자선 설교를 하러 가실 계획이오—에민스터의 클레어라는 분이지요. 나는 지금 그 분 교파는 아니지만, 참 좋은 분이에요. 내가 아는 어떤 신부님보다 설교를 잘 하시거든요. 내가 이 일을 시작하게 된 것도 그분 때문이라오."

그러나 테스는 대답하지 않았다. 두근거리는 가슴으로 그녀는 땅바닥만 내려보며 다시 걷기 시작했다. "흥—하느님이 그런 말씀을 하셨을 리가 없어!" 달아올랐던 얼굴이 식자 그녀는 빈정거리듯 중얼거렸다.

한 줄기 연기가 고향집 굴뚝에 갑자기 피어올랐고, 그 광경을 보자 테스는 가슴이 아팠다. 집에 도착해서 들여다본 집안 광경에 그녀의 가슴은 더욱 미어졌다. 이층에서 막 내려온 어머니는 난롯가에서 테스를 돌아보았다. 어머니는 아침식사 솥 밑에 껍질 벗긴 참나무 잔가지로 불을 붙이는 중이었다. 어린 동생들은 아직 이층에 있었고, 아버지는 일요일 아침에는 반시간 더 늦잠을 자도 된다고 생각하시던 그대로 역시 이층에 계셨다.

"아니—우리 테스 아니냐?" 놀란 어머니가 소리를 지르며 펄쩍 뛰어와서 딸에게 키스를 했다. "어떻게 지냈어? 문 앞에 올 때까지도 널 못 봤구나! 결혼하러 집에 온 거야?"

"아니에요, 엄마. 그 때문에 온 게 아니에요."

"그럼 휴가 온 거야?"

"맞아요—휴가예요. 긴 휴가요." 테스가 말했다.

"아니, 너 사촌이 결혼할 생각이 없더냐?"

"그 사람은 우리 사촌도 아니고, 나하고 결혼할 생각도 없어요."

어머니는 그녀를 찬찬히 살펴보았다.

"자, 자세히 얘기해 보거라." 어머니가 말했다.

그 말에 테스는 어머니에게 다가가 얼굴을 어머니의 목에 묻은 채 이야기를 했다.

"그런데도 그 남자하고 결혼을 못했단 말이냐!" 어머니가 다시 말했다. "너 말고는 어떤 여자라도 그걸 해냈을 거다. 그런 일까지 있었는데.”

“모든 여자가 다 그럴지는 몰라도 전 못해요.”

“니가 그렇게만 하고 돌아왔으면 굉장한 얘깃거리가 됐을 건데!” 더비필드 부인은 계속 말을 하고 있었지만 분해서 울음이라도 터뜨릴 것 같았다. “니하고 그 사람 소문이 나돌아 여기서 우리도 다 듣고 있었는데, 이렇게 끝날 줄이야 누가 알았겠어! 니 생각만 하지 말고, 식구들한테 무슨 좋은 일 한다는 생각은 왜 못해? 에미가 얼마나 뼈 빠지게 고생을 해야 되는지 좀 보거라. 골골거리는 불쌍한 너희 아버지는 기름받이 냄비처럼 심장에 기름이 엉겨 있니라. 좋은 일이 있을 거라고 학수고대하고 있었는데! 넉 달 전에 너하고 그 사람이 같이 말을 타고 떠나던 날은 얼마나 어울리는 짝이라고 생각했는지 모른다. 그 사람이 우리한테 뭘 보냈는지 좀 보거라—우린 그게 모두 한 집안이라고 그러는 줄 알았다. 그런데, 그게 아니라면 그 사람이 널 좋아하기 때문에 그런 게 틀림없잖아. 그런데도 결혼하도록 붙잡질 못했어!”

알렉 더버빌을 결혼하도록 붙잡으라니! 그 자가 **나**하고 결혼을 한다고! 결혼에 대해서 그는 한마디도 꺼낸 적이 없었다. 만약 그가 그 이야기를 꺼냈다면 어떻게 되었을까? 혹시 세상 이목이 두려워 불쑥 뭐라고 대답했을지 그녀는 알 수 없었다. 하지만 어리석고 불쌍한 그녀의 어머니는 이 사나이에 대한 딸의 현재 심경이 어떤지 까맣게 모르고 있었다. 현재의 상황에서 그녀의 심경은 정상이라고 할 수 없는, 운이 나쁜, 아니 뭐라고 말할 수 없는 것이었다. 하지만 그건 사실이었다. 그리고 스스로도 말했듯이, 그녀는 그 때문에 자신이 싫었다. 그녀는 그를 전적으로 좋아한 적도 없었고, 지금은 그를 도무지 좋아하지 않았다. 그녀는 그를 두려워했고, 그의 앞에서는 위축되었고, 자신의 불쌍한 처지를 이용한 그의 교묘한 술수에 무릎꿇고 만 것이었다. 그러고는 일시적으로 그의 열정적인 태도에 눈이 멀어 마음이 흔들리는 바람에 잠시 빠져들었던 것이고, 그러다가 갑자기 그가 경멸스럽고 싫어져서 달아났던 것이다. 그게 전부였다. 그를 전적으로 미워한다고 할 수는 없었지만, 그녀에게 있어서 그는 정말 아무것도 아니었다. 자신의 이름 때문에라도 결코 그와 결혼하고 싶지는 않았다.

"그 사람을 꼭 붙잡아 결혼할 생각이 없었으면 좀 조심하지 그랬어!"

"아, 엄마, 엄마!" 딸은 고통스럽게 소리를 지르며 격하게 어머니를 향해 몸을 돌렸다. 그녀의 가련한 가슴은 터질 것만 같았다. "내가 어떻게 알 수 있었겠어요? 넉 달 전에 집을 떠날 때 난 어린애였잖아요. 남자들은 위험하다고 왜 말해 주지 않았어요? 왜 경고를 하지 않았어요? 부잣집 딸네들은 뭘 조심해야 하는지 알아요. 그런 속임수를 말해 주는 소설이라도 읽거든요. 하지만 난 그런 걸 배울 기회도 도무지 없었고, 또 엄마도 날 도와주지 않았잖아요."

어머니는 누그러졌다.

"그 사람이 널 좋아해서 앞으로 어떻게 될 거라는 걸 미리 말해 주면, 니가 건방지게 굴다가 기회를 놓칠까 봐 그랬던 거란다." 앞치마로 눈물을 훔치며 어머니가 중얼거렸다. "그래, 이리 된 걸 어떡하겠니, 잊어버리자. 이게 다 운명이고 하느님 뜻인 모양이다."

13

1평방 마일의 마을에 떠도는 이야기를 소문이라고 하는 것이 지나치지 않다면, 테스가 가짜 친척네 저택에서 돌아온 사건은 소문이 되어 돌아다녔다. 그날 오후, 옛날에 테스와 학교를 같이 다니며 친구로 지냈던 말롯의 젊은 처녀들 몇이서 그녀를 만나러 왔다. 상상을 초월하는 성공을 거둔 (그네들 생각으로는 그랬다) 인물에 대한 방문에 어울리게, 그들은 풀을 먹이고 다림질을 한 나들이옷을 차려 입고 와서는 지대한 호기심으로 그녀를 바라보며 방에 둘러앉았다. 그 호기심은 그녀를 좋아한다는 그 먼 친척뻘인 예의 더버빌 씨가 그냥 시골 유지 정도가 아니라 앞뒤 안 가리는 한량에다 바람둥이라는 사실 때문이었다. 그의 명성은 트란트릿지 바깥까지 퍼져 있었고, 테스의 위치는 확실한 것이 아니라 위태롭기 때문에 더욱 매력적으로 보였다.

그들의 관심은 대단했기 때문에 테스가 등을 돌리고 돌아서면 손아래 처녀들은 이렇게 소곤거렸다.

"정말 예뻐졌네. 옷을 잘 입으니까 한결 돋보이는구나! 무지무지 비싼 게 틀림없어. 그 사람이 준 선물인가 봐."

테스는 구석의 찬장에 찻잔을 가지러 가느라고 이런 이야기를 듣지 못했다. 만약 그 소리를 들었더라면 그녀는 친구들이 잘못 알고 있다고 금방 고쳐 주었을 것이다. 하지만 어머니 조운은 그 말을 들었고, 그녀의 어리석은 허영심은 비록 화려한 결혼의 꿈은 무산되었지만 한바탕의 화려한 추문만으로도 한껏 충족이 되었다. 그렇게 제한적인 일시적 성공은 딸의 평판에 영향을 끼칠 것임에도 불구하고 그녀는 대체로 만족스러워했다. 그래도 끝내는 결혼하게 될지도 모르는 일인지라, 어머니는 손님들의 찬사를 들으며 기분이 좋아져서 차나 마시다 가라고 권했다.

친구들의 수다와 웃음소리, 선의의 농담, 그리고 무엇보다도 자기를 부러워하는 기색과 눈치에 테스의 기분도 되살아났다. 저녁때가 되자 그녀는 친구들의 시끄러운 분위기에 빠져들어 거의 쾌활한 기분을 되찾았다. 대리석 같이 굳은 표정이 얼굴에서 사라지고, 테스는 자못 옛날의 경쾌한 걸음걸이로 걸어다니며 싱싱한 아름다움을 한껏 발산했다.

그녀는 이따금 딴생각이 없지는 않았으나 남자의 구애를 받은 자신의 경험이 사실 약간은 자랑스럽기라도 한 듯 우월감을 느끼면서 그들의 질문에 대답하곤 했다. 그러나 로버트 사우스(1634~1716, 영국의 설교자-역주)의 말대로 "자신의 몰락을 사랑하는" 것은 결코 아니었기 때문에 그런 착각은 곧 번개처럼 사라지고, 냉정하게 이성을 되찾은 뒤에는 그렇게 경망스럽게 다음이 약해진 것이 수치스러웠다. 잠시나마 우쭐거렸던 것이 혐오스러워 그녀는 죄의식을 느끼면서 다시 입을 다물고 침울해졌다.

이튿날 새벽, 일요일이 지나고 월요일이 되었을 때의 낙심은 이루 말할 수 없었다. 예쁜 옷도 없었고 웃어 주던 방문객들도 가고 없었다. 그녀는 자신의 옛 침대에서 홀로 눈을 떴고 철모르는 어린 동생들은 옆에서 고른 숨소리를 내고 있었다. 귀향의 흥분과 귀향이 불러일으킨 호기심 대신에, 그녀는 도움도 받지 못하고 아무런 동정도 받지 못한 채 앞으로 걸어가야 할 길고 험한 길을 보았다. 참담한 심경이었다. 그녀는 무덤 속에라도 숨을 수 있다면 숨고 싶었다.

2, 3주가 지나는 동안 테스는 사람들 앞에 나설 수 있을 만큼 안정이 되어 어느 일요일 아침에는 교회에도 나갈 만했다. 그녀는 찬송 소리―대단한 것은 아니었지만―와 옛 시편 듣기를 좋아했고, 아침 찬양 따라부르기를 즐겼다. 노래를 좋아하는 그 천성은 민요를 부르는 어머니에게서 물려받은 것이어서, 가끔 아주 단순한 가락조차도 그녀에게는 거의 가슴 깊숙한 곳까지 스며드는 감동을 자아냈다.

그녀는 자신의 처지 때문에 가능하면 사람들 눈에 띄지 않고, 또 청년들이 장난 걸어오는 것을 피하기 위해 교회 종소리가 울리기 전에 출발해서 창고 가까이 있는 이층 회랑 밑 뒷좌석에 앉았다.

그곳은 노인들만 오는 곳이었는데, 교회 묘지에서 쓰는 연장들 사이로는 관을 세워두는 받침대가 놓여 있었다.

교구민들이 삼삼오오 들어와서 그녀 앞자리에 자리를 잡았고, 그들은 기도는 하지 않으면서도 기도하는 척 4분의 3초 동안 머리를 숙였다. 그리고는 바로 앉아서 좌우를 둘러보았다. 찬송이 시작되었는데 우연하게도 그것은 그녀가 좋아하는 곡—'랭든'이라는 옛날 이중창곡이었다. 전부터 곡명이 무엇인지 알고 싶었으나 알지 못했던 곡이었다. 테스는 자신의 생각을 분명하게 말로 표현할 수는 없었으나 작곡가의 힘이라는 것이 얼마나 신기하고 또 성스러운가 하는 생각을 했다. 작곡가는 죽은 뒤에도 자신이 처음에 혼자 느꼈던 일련의 감정들을 통해, 그의 이름을 들어 본 적도 없고, 그의 성품을 전혀 알 리 없는 자신과 같은 처녀를 인도해줄 수 있는 사람이란 생각이 들었다.

주위를 둘러보던 사람들은 예배가 진행되는 동안 다시 뒤를 돌아보았다. 그리고 마침내 그녀를 발견하고는 수군거렸다. 그들이 왜 수군거리는지를 알고 나자 그녀는 기분이 몹시 상했고, 다시는 교회에 올 수 없을 것 같았다.

테스는 동생들과 함께 쓰는 방에 전보다 더 자주 틀어박히기 시작했다. 여기 이 2, 3평방 야드의 지붕 밑에서 그녀는 바람과 눈과 비와 찬란한 석양, 그리고 연이어 돌아오는 보름달을 바라보았다. 얼마나 방구석에만 틀어박혀 지냈던지 마침내 사람들은 모두 그녀가 집에 없는 것으로 여길 정도였다.

이즈음 테스는 운동이라도 하려면 해가 진 뒤에나 할 수밖에 없었다. 외로움이 가장 덜할 때는 바로 그렇게 숲속에 나와 있을 때였다. 테스는 빛과 어둠이 그처럼 고르게 균형을 맞추어서 낮의 압제와 밤의 긴장이 서로 중화되어 완벽한 정신적 자유가 허용되는 이 저녁의 한 순간을 정확하게 찾아낼 수 있었다. 살아 있음의 고뇌가 최소한으로 줄어드는 것도 바로 이 순간이다. 그녀는 어둠이 두렵지 않았다. 그녀의 생각은 오로지 사람을 피하는 것뿐인 듯, 여럿일 때는 그토록 무섭다가도 혼자가 되면 그처럼 미약하고 심지어는 가련하기까지 한, 세상이라는 이름의 그 차가운 집합체가 드려웠다.

이 쓸쓸한 언덕과 골짜기를 소리 없이 거닐며 그녀는 주변의 자연과 일체를 이루었다. 유연하면서도 은밀한 그녀의 모습은 그 풍경에서 없어서는 안 될 한 부분이 되었다. 때때로 부질없는 상상 탓에 그녀 주변에서 벌어지는 자연의 변화는 그녀 이야기의 일부인 것처럼 확대되곤 했다. 아니, 그 변화는 이야기의 일부가 되고 말았다. 왜냐하면 세상은 다만 심리적 현상에 불과하며, 느껴지는 것이 그대로 실상이기 때문이다. 겨울 나뭇가지의 단단한 옷을 입은 싹과 나무껍질들 틈으로 윙윙거리며 지나가는 한밤의 바람소리는 어김없이 가혹한 책망으로 들렸다. 비오는 날이면, 테스의 어린 시절 하느님인지 아니면 다른 무엇인지 쉽게 알아차릴 수 없는 어떤 애매한 윤리적 존재자가 테스의 연약함을 보고 마음속으로 한없이 슬퍼하는 것 같았다.

그러나 테스 자신의 심경을 반영하는 이 환경은 인습의 파편에 근거한 것이고, 그녀에게 반감을 가진 유령들과 목소리들로 가득 차 있었지만, 이는 테스의 상상력이 잘못 만들어 낸 유감스런 창조물이며, 또 그녀가 까닭 없이 두려워한 도덕적 허깨비의 무리였다. 현실 세계와 조화를 이루지 못한 것은 그들이었지 그녀가 아니었다. 테스는 생울타리 위에 잠든 새들 사이로 걸어가며, 달빛이 비치는 토끼장에서 깡총거리는 토끼들을 지켜보며, 꿩들이 내려앉은 나뭇가지 아래 서 있을 때면, 자신이 '순수한 자들'의 마을에 쳐들어온 '죄많은 자'란 생각이 들었다. 하지만 그녀는 아무런 차이도 없는 곳에서 차이를 만들어 내고 있었다. 스스로 주변과 어긋난다고 느끼고 있었지만 그녀는 실상 조화를 이루고 있었다. 그녀는 기성 사회의 규범을 어길 수밖에는 없었지만, 이 자연 환경에서 통용되는 규범을 어긴 것은 아니었고, 제 스스로 그 속에서 어울리지 않는다고 여길 뿐이었다.

14

안개가 자욱한 8월의 어느 날 동틀 무렵이었다. 밤새 더욱 짙게 내리깔렸던 안개는 따스한 햇살의 공격을 받자 양털 조각처럼 흩어지고 움츠러들어 골짜기와 으슥한 곳으로 스며들었고, 거기서 마침내 종적을 감출 때까지 기다리고 있었다.

안개로 인해 태양은 묘하게도 감정을 느끼는 사람의 얼굴을 하고 있었고, 이를 적절하게 표현하자면 남성대명사가 필요했다. 인간은 흔적조차 보이지 않는 풍경 속에서 현재 '그의' 모습은 저 먼 옛날의 태양숭배를 순식간에 납득시켜 주었다. 그보다 더 건전한 종교는 하늘 아래 존재한 적이 없었으리라고 느낄 수 있을 정도였다. 이 발광체는 금발 머리에 환한 미소를 지으며, 온후한 눈매를 가진 신과 같은 존재로서, 자신에 대한 감흥으로 넘쳐흐르는 대지 위를 젊은이다운 활기와 집중력을 가지고 내려다보고 있었다.

얼마 후 햇살은 오두막집 겉창의 틈새를 뚫고 들어가 실내에 있는 찬장과 서랍장, 그리고 다른 가구들 위에 새빨갛게 달아오른 부젓가락 같은 줄무늬를 던지면서, 아직 일어나지 않은 추수 일꾼들의 잠을 깨웠다.

하지만 그날 아침 불그스레한 모든 것들 중에서 가장 찬란하게 빛나는 것은 말롯 마을 근처 누런 밀밭가에 세워 둔 페인트칠한 두 개의 널따란 목재 날개판이었다. 이것들은 밑에 있는 두 날개와 함께 몰타식 십자 모양을 한 자동수확기의 회전판이었다. 이 기계는 이날의 작업을 위해 전날 저녁에 밭에다 운반해 놓은 것이었다. 나무에 칠한 페인트는 햇빛을 받아 흡사 액화(液火) 속에라도 집어넣어 둔 듯 더욱 강렬한 색조를 띠고 있었다.

밀밭은 이미 '열려' 있었다. 즉, 말과 기계가 처음 지나갈 길을 내기 위해 밀밭 사방에 수작업으로 밀을 베어 낸 3, 4피트 폭의 통로가 뚫려 있었던 것이다.

남자와 청년들로 된 한 무리와 여자들만으로 된 무리 등 두 무리의 일꾼들이 길을 따라 내려온 것은 동쪽 생울타리 꼭대기 그림자가 서쪽 울타리 허리쯤에 걸려 있을 시각이었고, 그래서 일꾼들의 머리는 햇볕을 맛보고 있었으나 그들의 발은 아직 새벽을 걷고 있었다. 밭으로 들어가는 가장 가까운 출입문의 양쪽 돌기둥 사이로 그들은 사라졌다.

이윽고 베짱이가 애인 부르는 소리 같은 작은 소리가 밀밭에서 들려왔다. 기계가 움직이기 시작한 것이었다. 말 세 마리와 앞서 말한 덜컹거리는 길쭉한 기계가 연결되어 움직이는 모습이 출입문 너머로 보였다. 앞에서 끄는 말들 중의 하나에는 마부가 한 사람 타고 있었고, 기계 위 좌석에는 조수가 앉아 있었다. 밀밭 한쪽을 따라 자동수확기가 지나가면서 기계의 날개가 천천히 회전하고 있었고, 그러다가 기계는 언덕 너머로 완전히 모습을 감추어버렸다. 잠시 후 그것은 조금 전과 똑같은 속도로 반대쪽 밀밭으로 올라왔다. 그루터기 위로 선두에 선 말의 이마에 달린 놋쇠로 된 번쩍거리는 별이 먼저 눈에 들어왔고, 뒤이어 빛나는 날개와 기계 몸체가 모습을 나타냈다.

한 번씩 돌아갈 때마다 밀밭을 둘러싼 좁은 그루터기 통로는 점점 넓어졌고, 한나절이 되면서 밀이 선 땅은 점점 줄어들었다. 집

토끼와 산토끼, 뱀, 큰 쥐, 생쥐들은 성채(城砦)로 들어가듯 안쪽으로 후퇴를 했으나, 그들의 피난이 얼마나 덧없는 것인지, 또 나중에 어떤 운명이 그들을 기다리고 있는지 모르고 있었다. 은신처가 끔찍스럽게도 점점 좁아지면서 그들은 아군과 적군 가릴 것 없이 함께 뒤엉켜 있다가, 마침내 어김없는 수확기의 이빨에 마지막으로 남은 밀밭 뙈기가 사라지고 나면 추수 일꾼들의 막대기와 돌멩이에 한 마리 남김 없이 도륙당하고 말 운명이었다.

자동수확기는 베어 낸 밀을 한 단으로 묶을 수 있을 만큼 작은 분량으로 뒤에 떨어뜨렸고, 뒤에서 부지런히 따라오며 묶는 일꾼들이 이것을 처리했다. 이들은 주로 여자였지만 남자들도 일부 있었는데, 그들은 날염한 셔츠를 입고 바지 허리를 가죽띠로 졸라매고 있었다. 그래서 바지 뒤에 달린 단추 두 개는 쓸모 없게 되어 바지를 입은 사람이 움직일 때마다 반짝거리며 곤두서서 마치 허리에 달린 두 개의 눈동자 같았다.

그러나 밀단을 묶는 이들 가운데서 더 흥미로운 쪽은 여자들이었다. 그것은 그들이 보통 때와 같이 바깥의 자연 속에 그냥 놓인 대상이 아니라 자연의 중요한 일부가 되었을 때 얻게 되는 매력 때문이다. 남자 일꾼은 밭에서 일을 하는 사람이지만, 여자 일꾼은 밭의 일부가 된다. 이유는 알 수 없으나 이들은 여자로서의 경계(境界)를 잃어버리고 주변 환경의 정수(精髓)를 흡수하여 거기에 동화되어버리는 것이다.

여인네들—대체로 젊은이들이어서 처녀라고 하는 편이 더 나았다—은 햇빛을 가리기 위해 펄럭거리는 커다란 차양이 달린 면으로 만든 모자를 쓰고 있었고, 그루터기에 손이 다치지 않도록 장갑을 끼고 있었다. 어떤 처녀는 연분홍 윗도리를 입고 있었고, 또 어떤 처녀는 소매통이 좁은 크림색의 긴 옷을 입고 있었으며, 자동수확기 날개처럼 빨간 속치마를 입은 처녀도 있었다. 나이 든 축에서는 올이 거친 갈색 작업복을 입고 있었는데, 이 옷은 예로부터 밭일하는 여자들한테는 가장 어울리는 복장이었지만 젊은 처녀들은 싫어했다. 오늘 아침은 사람들 눈길이 저도 모르게 분홍색 면 윗도리를 입은 처녀에게로 쏠린다. 그들 중에서 가장 몸매가 늘씬하고 인물이 좋은 처녀인 까닭이다. 하지만 모자를 이마 깊숙이 눌러쓴 탓에 밀단을 묶는 동안은 아무도 그녀의 얼굴을 볼 수가 없다. 다만 모자의 차양 밑으로 흘러나온 한두 가닥 짙은 갈색 머리카락으로 그녀의 안색을 짐작할 수 있을 뿐이다. 아마도 그녀가 사람들의 우연한 눈길을 끄는 것은, 다른 여자들은 자주 주변을 둘러보는데도 그녀는 절대로 관심을 끌려고 하지 않기 때문인지도 모른다.

밀단을 묶는 그녀의 손길은 시계처럼 단조롭게 계속된다. 막 끝낸 단에서 그녀는 밀이삭을 한 줌 빼어들고 왼손 바닥으로 그 끝을 툭툭 쳐서 가지런하게 한다. 그러고는 허리를 숙이고 앞으로 가면서 무릎 위에 양손으로 밀을 모은 다음, 밀단 밑으로 장갑 낀 왼손을 넣어 반대쪽에서 오른손을 만나 마치 연인들의 포옹처럼 밀단을 끌어안는다. 그런 다음 끈의 양쪽 끝을 동여매는데, 그렇게 묶는 동안 그녀는 무릎으로 밀단을 누르고 이따금 바람에 날리는 치맛자락을 여미곤 한다. 누런 가죽장갑과 옷소매 사이로 그녀의 맨살이 약간 드러나 보인다. 그리고 시간이 지나면서 여인의 그 고운 살결은 그루터기에 찔려 피를 흘린다.

그녀는 가끔씩 일어서서 휴식을 취하고 흐트러진 앞치마를 다시 추스르거나 모자를 똑바로 끌어당겨 쓴다. 그럴 때면 검디검은 눈동자와 치렁치렁 늘어뜨린 풍성한 머리채를 가진 잘 생긴 젊은 여인의 계란형 얼굴을 볼 수 있다. 그 머리채는 늘어뜨려져 닿는 것이면 무엇이든지 애원하듯 매달리는 것 같다. 보통 시골 처녀들과는 달리 그 두 뺨은 더없이 창백하고, 치아는 가지런하며, 붉은 입술은 더없이 얄팍해 보인다.

이 처녀는 테스 더비필드, 달리 말해 더버빌이란 이름의 여인이다. 어딘가 달라진 듯하면서도 예전과 같은, 그러나 똑같지는 않은 모습이다. 살고 있는 곳이 타향은 아닌데도 지금 그녀는 이곳에서 타향사람처럼, 이방인처럼 살아가고 있었다. 오랜 은둔 끝에 마침내 그녀는 고향 마을에서 들일을 하기로 마음을 먹고 있었다. 농촌에서 가장 바쁜 철이 막 시작된 때라 현재로는 집안에서 할 수 있는 어떤 일도 들판에서 추수하는 것만큼 수입이 좋지는 못한 까닭이었다.

다른 여자들의 몸놀림도 대개 테스와 비슷했다. 한 단이 마무리될 때마다 그들은 모두 쿼드릴(네 사람씩 짝을 지어 추는 옛날 춤-역주)을 추는 사람들처럼 서로 모여들어 자기 단을 다른 사람이 묶은 단과 함께 곧추세웠고, 그렇게 하여 열두어 단으로 된 낟가리, 곧 이 지방 말로 '스티치'라고 하는 것이 생겨났다.

그들은 아침을 먹으러 갔다가 되돌아와서도 이전처럼 작업을 계속했다. 11시가 가까워오면서 테스를 지켜보던 사람이라면, 테스가 밀단 묶는 일을 쉬지 않으면서도 무슨 생각에라도 잠긴 듯 이따금 언덕 마루 쪽으로 눈길을 돌리는 것을 눈치챘을 것이다. 열한 시가 막 되었을 때 여섯에서 열네 살까지 되는 한 무리 아이들의 머리가 그루터기만 남은 봉긋한 언덕 위로 모습을 드러냈다.

테스는 얼굴을 살짝 붉혔지만 일손을 멈추지는 않았다.

나타난 아이들 중에서 가장 큰 아이는 끝이 그루터기에 질질 끌리고 있는 삼각형의 숄을 걸치고 있었다. 소녀는 언뜻 보면 인형처럼 보이는 것을 팔에 안고 있었는데, 실은 큼직한 옷을 입힌 갓난아기였다. 또 한 아이는 점심 그릇을 들고 있었다. 추수 일꾼들은 일손을 멈추고 점심 그릇을 받아 낟가리 하나에 등을 기대고 앉았다. 여기서 그들은 식사를 시작했고, 남자들은 돌로 만든 술병을 마음껏 기울이며 서로 잔을 돌렸다.

테스 더비필드는 작업을 맨 나중에 마친 축에 들어 있었다. 그녀는 낟가리 한쪽 끝에, 동료들이 보이지 않는 쪽으로 고개를 돌리고 앉았다. 테스가 자리를 잡자 토끼 가죽 모자를 쓰고 허리띠에 빨간 손수건을 찬 남자가 낟가리 너머로 맥주잔을 그녀에게 내밀었다. 하지만 그녀는 그의 잔을 사양했다. 점심 그릇을 펴자마자 그녀는 아이들 중에서 가장 큰 자기 동생을 불러서 갓난아기를 받아 들었다. 짐을 덜어 홀가분해진 동생은 옆에 있는 낟가리로 가서 다른 애들과 어울려 놀았다. 테스는 남의 눈을 끄는 은밀하면서도 대담한 자세로, 하지만 얼굴을 살짝 붉히며 작업복 단추를 끌러 아기에게 젖을 먹이기 시작했다.

바로 옆에 앉아 있던 남자들은 사려 깊게 밀밭 저쪽으로 고개를 돌렸고, 어떤 이는 담배를 피우기 시작했다. 아무 생각 없이 거나해진 한 남자는 이젠 한 방울도 흘러나오지 않는 술병을 아쉬운 듯 두드려댔다. 테스를 제외한 여자들은 모두 열심히 이야기에 빠져 들었고, 흐트러진 머리를 매만졌다.

아기가 배를 채우자 젊은 어머니는 무릎에다 아기를 똑바로 앉혔다. 그리고 거의 미움에 가까울 만큼 어둡고 무심한 표정으로 아이를 어르며 먼 곳을 바라보았다. 그러다가 그녀는 갑자기 참을 수 없는 듯 수십 번이나 아기에게 격렬한 키스를 해댔고, 이렇게 애정과 미움이 이상하게 뒤섞인 급작스런 행동에 아이는 울음을 터뜨렸다.

"애기가 밉다면서도 귀엽긴 한 모양이야. 말로는 애하고 같이 죽었으면 좋겠다고 하지만 말이야." 빨간 속치마를 입은 여자가 말했다.

"좀 있으면 그런 말도 안 할걸." 누런 가죽장갑을 낀 여자가 응수했다. "아닌게 아니라, 시간이 지나면 저런 일에도 익숙해진다는 건 신기한 거야!"

"저 지경이 되자면 말로 꼬이는 것만으로는 할 수 없었을 거야. 작년 어느 날 밤에 체이스 숲에서 울음소리를 들은 사람이 있다는 구먼. 혹시 지나가는 사람이라도 있었으면 그 녀석이 혼났을 텐데."

"글쎄, 그래 봤자 그게 그거야. 그 많은 애들 중에서 테스한테 그런 일이 일어나다니. 언제나 예쁜애들이 당한단 말이야! 못생긴 애들은 예배당처럼 안전하지, 안 그래, 제미?" 이렇게 말을 한 여자는 무리 중에서 못생겼다고 해도 결코 잘못이라고 할 수 없는 어떤 여자를 돌아보았다.

정말 안타까운 일이었다. 꽃봉오리 같은 입과 다정스런 커다란 눈을 가진 테스가 그렇게 앉아 있는 것을 본다면, 아무리 그녀와 원수간인 사람이라도 그렇게 느끼지 않을 수 없을 것이다. 그녀의 눈동자는 검거나 푸르지도 않고 잿빛도 보랏빛도 아닌, 오히려 그 모든 빛깔과 수많은 빛깔이 모아진 빛깔이었다. 그것은 그 한없이 그윽한 눈동자 둘레의, 그늘 뒤에 그늘이 있고 빛깔 너머에 빛깔이 있는 홍채(虹彩)를 들여다보면 알 수 있었다. 조상으로부터 물려받은 다소간 부주의한 성격만 아니었더라면 거의 완벽한 여자였다.

스스로도 놀랄 만한 결심을 하고 테스는 몇 달 만에 처음으로 이번 주에 밭일을 하러 나선 것이었다. 외롭고 어린 마음에 떠오른 온갖 후회로 떨리는 가슴을 구박하고 괴롭힌 뒤에야 그녀는 상식에 눈을 떴던 셈이다. 그녀는 다시 쓸모 있는 일을 할 수 있으리라는—어떤 대가를 치르더라도 남에게 의지하지 않고 씩씩하게 살아야겠다는 생각이 들었다. 과거는 과거였다. 과거야 어쨌건 간에 이젠 지나간 일인 것이다. 결과가 어떻든 간에 그것은 시간 속에 묻힐 것이고, 몇 년이 지나면 아무 일도 없었던 것처럼 되어 그녀 자신도 무덤 속에 묻혀 잊혀질 것이었다. 그동안도 나무는 옛날같이 여전히 푸르고 전과 다름없이 새들은 노래하며 태양은 밝게 빛나고 있었다. 낯익은 주변 환경은 그녀의 슬픔 때문에 어두워지지도 않았고, 그녀의 고통 때문에 시들지도 않았다.

그녀는 스스로 그토록 깊이 머리를 숙이게 된 것—그녀를 세상

사람들이 지켜보고 있다는 생각—이 잘못된 생각 때문이라는 것을 깨달았는지도 모른다. 그녀는 다른 사람이 아닌 그녀 자신에 대해서만 하나의 존재요 경험이며, 정열이며, 감각들로 이루어진 구조물이었다. 그 밖의 모든 사람에게 있어서 그녀는 잠시 생각나는 존재일 뿐, 친구들의 입장에서도 그녀는 그저 좀 더 자주 생각나는 존재에 불과했다. 그녀가 하루 종일 스스로의 처지를 비관한다면 그들에게는 "저런, 고생을 사서 하네"라는 생각 정도만 더해줄 뿐이었다. 혹시 테스가 즐거운 표정을 지으며 모든 근심을 잊어버리고, 햇빛과 꽃과 갓난아기를 바라보며 기쁨을 얻으려고 노력한다면, 이 역시 그들에게는 "그래, 테스가 참 잘도 견뎌 내는구나"라는 인상을 심어줄 뿐이었다. 무엇보다도 무인도에 혼자 있었다면 자신이 당한 일 때문에 그렇게 비참했을까? 그렇게 심하지는 않을 것 같았다. 만약에 그녀가 막 태어나는 순간에 자신이 이름 없는 아이의 어머니라는 경험밖에 없는, 남편도 없는 어머니라는 것을 알았다면 그 처지가 자신을 절망으로 몰고갔을까? 그럴 리가 없었다. 자신은 그것을 조용히 받아들이고 거기서 즐거움을 찾았으리라. 불행은 대부분 그녀의 인습적 생각 때문에 생겨난 것이지 본원적 감각에 의한 것은 아니었다.

그 논리가 무엇이었든 간에, 테스는 예전처럼 깨끗하게 차려입고 밭일을 하러 나올 용기가 생겨났던 것이다. 때마침 추수 일꾼이 크게 필요하던 때였다. 그래서 그녀는 스스로 위축되지도 않았고, 심지어 아기를 안고 있을 때도 이따금 사람들의 얼굴을 정면으로 조용히 응시하기도 했다.

추수 일꾼들이 낟가리에서 일어나 기지개를 켜고 담배 파이프의 불을 껐다. 마구를 풀고 꼴을 먹은 말들은 다시 그 새빨간 기계에 매였다. 테스는 서둘러 자신의 식사를 마친 다음 큰동생을 불러 아기를 넘겨주고 옷매무새를 가다듬은 후에 다시 누런 장갑을 꼈다.

그리고 다시 허리를 굽혀 맨 나중에 완성한 단에서 다음 단을 묶을 밀짚을 한 줌 빼냈다.

오후와 저녁에도 아침에 하던 작업이 계속되었고 테스는 같이 일하던 일꾼들과 어두워질 때까지 남아 있었다. 어두워진 뒤에야 그들은 동쪽 지평선 위로 솟아오른 커다랗고 흐릿한 달님을 길동무 삼아 모두 커다란 짐마차에 몸을 싣고 집으로 향했다. 달님의 얼굴은 벌레 먹은 투스카니 성자상의 빛바랜 금박의 후광을 닮아 있었다. 테스와 함께 일을 한 여자들은 노래를 불러댔고, 매우 동정심을 보이며 그녀가 다시 바깥출입을 하게 된 것을 반가워했다. 하지만 그들은 짓궂게도 참견하고 싶은 마음을 숨기지 못하고 즐거운 푸른 숲으로 들어갔다가 처량한 신세가 되어버린 처녀를 노래한 민요 가락을 흥얼거렸다. 인생에는 어려운 가운데서도 균형을 맞추어 주는 평형추가 있고 보상이 있는 법이다. 그 사건은 테스를 사회적 교훈 거리로 만들어 주기도 했으나 또한 그녀를 한때나마 마을의 많은 사람들 사이에서 가장 흥미 있는 인물로 만들어 주기도 했다. 그들의 다정스런 태도는 그녀로 하여금 자신의 처지를 점점 잊게 해 주었고, 그들의 유쾌한 분위기에 휩쓸려 그녀는 거의 유쾌한 기분까지 느꼈다.

하지만 정신적 슬픔이 사라지자 테스에게는 사회의 법률과는 무관한 본능적인 성격의 새로운 슬픔이 생겼다. 집에 돌아온 그녀는 아기가 오후부터 갑자기 아프기 시작했다는 안타까운 소식을 들어야 했던 것이다. 아기의 몸이 워낙 무르고 약해서 그렇게 앓아 눕는 것도 있을 법한 일이었으나, 그럼에도 불구하고 그것은 충격적이었다.

아기가 세상에 태어난 것 자체가 사회에 죄를 지은 것이라는 사실이 이 처녀 어머니에겐 떠오르지 않았다. 그녀의 간절한 소망은 아기의 생명을 지켜서 그 죄를 연장하는 것이었다. 하지만 테스가 걱정했던 것보다 더 빠르게 그 육체 속에 갇힌 죄수가 해방될 시간이 다가오고 있다는 사실은 곧 분명해졌다. 이 사실을 깨닫자 단순히 아이를 잃는다는 것을 넘어서는 어떤 절망감이 그녀를 엄습했다. 아기는 아직 세례를 받지 않았던 것이다.

테스는 만약 자신이 저지른 일 때문에 화형이라도 당해야 한다면 당연히 그렇게 할 것이며, 또 그것으로 모든 것이 끝난다는 쪽으로 이미 생각을 정리해 두고 있었다. 마을의 모든 처녀들과 마찬가지로 그녀는 성서를 잘 배웠기 때문에 오홀라와 오홀리바의 이야기(음란하고 방탕한 생활로 여호와의 벌을 받은 자매. 《성서》 〈에스겔〉 23장-역주)와 그 이야기의 결론까지 당연히 알고 있었다. 그러나 똑같은 일이 아기한테 벌어지자 전혀 다른 문제가 되었다. 아기는 죽어가고 있는데, 그 영혼을 구원할 방도가 없었다.

거의 잠자리에 들 시간이었지만 그녀는 아래층으로 내려가 신부님을 모셔와야 되겠다고 말했다. 아버지는 때마침 일주일에 한 번씩 가는 롤리버 술집 나들이에서 막 돌아온 뒤였기 때문에, 옛날 가문의 명예에 대한 생각이 한창 고조되어 있었고, 또 테스가 가문의 이름을 더럽혔다고 유달리 신경이 날카로워져 있을 시간이었다. 그는 딸이 저지른 부끄러운 일 때문에 어느 때보다 더 그걸 감추어야 될 처지인데, 하물며 신부를 집안으로 불러들여 사정을 알린다는 것은 말도 안 된다고 잘라 말했다. 그는 문을 잠그고 열쇠를 자기 주머니에 집어넣어버렸다.

집안 식구들이 모두 잠자리에 들었고, 테스 역시 이루 말할 수 없이 괴로웠지만 잠자리에 들었다. 자리에 누웠지만 그녀는 계속 잠을 깼고, 한밤중이 되어 아기의 상태가 더 심해진 것을 알았다. 아기는 분명히 죽어가고 있었다—소리도 없고 고통도 없이, 하지만 죽어가는 것은 분명했다.

참담한 심경으로 그녀는 침대 위를 뒹굴었다. 시계가 무겁게 한 시를 알렸다. 공상이 이성을 뛰어넘어 활보하고, 불길한 가능성이 사실처럼 확고하게 굳어지는 시간이었다. 그녀는 세례도 받지 못한 사생아라는 이중의 불운으로 아기가 지옥의 밑바닥에 갇혀 있는 상상을 했다. 지옥의 마왕이 빵 굽는 날 화덕에 불을 땔 때나 씀직한 세 갈래 갈퀴로 아이를 집어던지는 광경이 보였고, 그 위에 기독교 국가에서 어린이들에게 종종 가르치는 갖가지 형태의 괴상망측한 고문이 겹쳐졌다. 모두가 고요하게 잠든 집에서 이렇게 떠오른 광경들은 그녀의 상상력을 극심하게 자극했고, 그 때문에 그녀의 잠옷은 땀으로 흥건하게 젖고 침대는 그녀의 심장이 고동칠 때마다 삐걱거렸다.

아기의 호흡은 점점 가빠졌고 어머니의 마음은 더욱 긴장되었다. 그 어린것을 아무리 입맞춤을 하며 안아 보았자 소용이 없었다. 더 이상 침대에 누워 있을 수가 없어서 그녀는 미친 듯이 방안을 맴돌았다.

"오, 자비로운 하느님, 불쌍히 여기소서. 제 가엾은 아기를 불쌍히 여기소서!" 그녀는 울부짖었다. "당신의 노여움이 그 어떤 것이라도 제가 감당하겠나이다. 다만 아기를 불쌍히 여기소서!"

그녀는 장롱 서랍에 기대어 한참 동안 횡설수설 기도를 하며 중얼거리다가 별안간 몸을 벌떡 일으켰다.

"그렇구나! 어쩌면 아기를 구원할 수 있을지도 모르겠어! 마찬가지일지도 모르니까!"

테스가 얼마나 기운차게 말을 했는지 마치 그녀의 얼굴이 주변의 어둠 속에서 환하게 빛을 발하는 것 같았다.

그녀는 촛불을 켜고 벽 아래 둘째 셋째 침대로 가서 어린 동생들을 모두 깨웠다. 동생들은 모두 같은 방에 자고 있었던 것이다. 세면대를 앞으로 끌어내어 자기가 그 뒤로 돌아갈 수 있도록 하고, 그녀는 주전자에서 물을 약간 따른 다음 아이들에게 두 손을 앞에 모으고 그 둘레에 무릎을 꿇게 했다. 아직 잠이 덜 깬 아이들이 그녀의 태도에 겁을 먹고 눈을 휘둥그렇게 뜬 채 그런 자세로 있는 동안, 그녀는 침대에서 아기를 안아들었다. 아기는 너무 어려서 도무지 그 어머니에게 어머니라는 칭호를 붙여 줄 수가 없을 정도였고, 말하자면 아이가 낳은 아기인 셈이었다. 그러고 나서 테스는 아기를 한쪽 팔에 안고 세면대 옆에 똑바로 섰고, 바로 밑의 동생은 교회에서 서기가 신부 앞에서 하듯이 기도서를 언니 앞에 내밀었다. 이렇게 해서 처녀는 자신의 아기에게 세례를 주기 시작했다.

기다란 흰색의 잠옷에다, 검은 머리채를 등뒤로 곧게 허리까지 땋아 늘이고 있었기 때문에 그녀는 이상하게 키가 커 보이고 또 위압적인 인상을 주었다. 가물거리는 촛불의 희미한 빛은 다행스럽게도 그녀의 모습으로부터, 햇빛 속에서라면 드러났을 그녀의 작은 흠집들—그루터기에 긁힌 손목의 상처와 피곤에 지친 두 눈—을 감추어 주었다. 지극히 열정적인 그녀의 모습은 불행의 원인이 되었던 그녀의 얼굴을 변모시키는 효과를 발휘하여, 거의 제왕의 풍모에 가까운 위엄이 가미된 완벽한 아름다움을 갖춘 모습으로 그녀의 얼굴을 드러냈다. 졸음에 벌개진 눈을 끔벅거리며 무릎을 꿇고 앉은 어린것들은 놀라움을 잠시 멈추고 준비가 다 되기를 기다렸다. 밤이 너무 늦은 까닭에 그들의 둔감한 신체는 놀라움이 지속되는 것을 허용하지 않았던 것이다.

동생들 중에서 가장 놀란 아이가 물었다.

"누나, 정말로 아기한테 세례를 줄 거야?"

소녀 같은 어머니는 엄숙하게 그렇다고 대답했다.

"이름은 뭐라고 할 건데?"

미처 그 생각을 하지는 못했지만, 테스는 세례식을 진행하는 동안 창세기의 한 구절에서 이름이 떠올라 그 이름을 그대로 불렀다.

"소로우('슬픔'이라는 뜻. 이브에게 내린 여호와의 벌(창세기 3장) 중에 '슬퍼하며 아기를 낳으리라'는 벌이 있었음-역주), 성부와 성자와 성령의 이름으로 그대에게 세례를 주노라."

그녀는 물을 뿌렸고, 침묵이 흘렀다.

"얘들아 '아멘'이라고 해라."

작은 목소리들이 시키는 대로 "아멘!" 하고 따라했다.

테스는 계속했다.

"우리는 이 아이를 받아"—등등—"그에게 십자가의 표지를 그리노라."

여기서 그녀는 세면대에 손을 적셔 집게손가락으로 아기의 몸에 커다란 십자가를 힘차게 그었다. 그리고 계속해서 아기가 죄악과 세상과 악마에 대항하여 용감하게 싸우도록, 그리고 죽을 때까지 하느님의 충실한 병사와 종의 역할을 할 수 있도록 관례에 따라 기도를 드렸다. 뒤이어 그녀는 차례를 따라 주기도문을 외웠고 아이들도 언니를 따라 모기소리 같은 작은 소리로 울먹거리며 기도문을 읊었다. 이윽고 끝 부분에 이르자 그들은 교회서기만큼 목소리를 높여 다시 "아멘!" 하는 소리로 정적을 깨뜨렸다.

그러자 그들의 누이는 이 세례식의 적법성에 대해 한층 자신감을 갖고, 가슴속 깊은 곳에서부터 터져나오는 감사의 기도를 올렸다. 그 기도소리는 너무나 씩씩하고 당당해서 목소리에 진심이 담겼을 때 나오는 폐구음전(閉口音栓)의 묵직한 어조를 띠었고, 그녀를 아는 모든 사람들로서는 결코 잊을 수 없는 음성이었다. 무아지경의 신앙은 그녀를 거의 신격화시켰다. 그것은 그녀의 얼굴에 빛나는 광휘(光輝)를 드러냈고 양쪽 뺨 한가운데에 홍조를 만들어냈다. 한편으로 그녀의 눈동자에 반사된 조그마한 촛불은 다이아몬드처럼 빛을 발했다. 아이들은 점점 더 외경의 눈길로 그녀를 바라보았고 더 이상 물어볼 엄두를 내지 못했다. 그들의 눈에는 이제 그녀는 누나가 아니라 거대하고 까마득한 외경스런 존재—그들과는 닮은 데가 전혀 없는 거룩한 존재로 보였다.

죄악과 세상과 악마에 대적하는 가련한 소로우의 싸움은 그다지 찬란하게 전개될 운명은 되지 못했다—그의 출발을 생각해 볼 때 그 자신에게는 어쩌면 다행스러운 일이었는지 모른다. 동이 틀 무렵 그 연약한 병사이자 종은 숨을 거두었고, 아이들은 잠에서 깨어나 애처롭게 울면서 누나한테 예쁜 아기를 하나 더 낳아 달라고 졸라댔다.

세례를 줄 때부터 테스가 누리고 있던 마음의 평정은 아기가 죽고 나서도 그대로 유지되었다. 대낮이 되자 실상 그녀는 아이의 영혼에 대한 걱정이 너무 지나쳤던 것은 아닌가 하는 생각이 들었다. 세례가 정당하든 정당하지 않든 간에 그녀는 이제 전혀 불안하지 않았고, 만약에 그와 같은 모방 행위를 하느님이 인정하지 않는다면, 그녀로서는 그 불법 행위 때문에 갈 수 없는 천국 따위는 아무런 가치가 없다고 생각했다—자신을 위해서나 아기를 위해서나.

이렇게 해서 '원하지 않은 아이 소로우'—그 주제넘게 끼어든 인간, 사회의 규범을 무시한 파렴치한 '자연'이 선물한 사생아—는 세상을 떠났다. 겨우 며칠간이 영원의 '시간'이었고, 도무지 세월이나 세기(世紀) 같은 것은 알 도리가 없었던 방랑자, 그 아기에게는 오두막집 방 안이 우주였고, 한 주일의 날씨가 기후였으며, 갓난아기 시절이 전 생애였으며, 젖을 빠는 본능이 인간에 대한 지식의 전부였다.

세례에 대해 한참 동안 곰곰이 생각에 잠겨 있던 테스는 아기의 장례를 기독교식으로 지내는 것이 교리상 가능한 것인지 알고 싶었다. 이에 대해 아는 사람은 교구의 신부밖에 없었으나 그는 새로 부임한 상태여서 그녀를 알지 못했다. 어둑어둑해진 뒤에 그녀는 그의 집으로 가서 문 앞에 섰지만 들어갈 용기를 내지 못했다. 그녀가 돌아서는 순간 마침 집으로 돌아오는 그를 만나지 못했더라면 아마도 그 일을 중도에 그만두었을 것이다. 어둠 속에서 그녀는 솔직하게 이야기를 했다.

"신부님, 좀 여쭤 볼 게 있습니다."

신부가 이야기를 듣겠다는 의사를 표시했고, 그래서 그녀는 아기가 앓아 누운 것과 임시변통으로 세례를 준 이야기를 했다.

"그래서, 신부님." 그녀는 진지하게 말을 이었다. "이걸 알고 싶습니다 — 제가 아기한테 준 세례가 신부님의 세례와 같은 거라고 할 수 있을까요?"

의당 자신을 불러서 해야 될 일을 고객들끼리 서투르게 처리한 것을 알아차린 상인이 당연히 못마땅하게 느끼듯이, 신부도 안 된다고 하고 싶었다. 하지만 처녀의 위엄과, 목소리에 실린 묘한 부드러움이 결합하여 그의 보다 고결한 본능을 자극했다. 실상 그것은 실제로는 의심을 하면서도 직업상 신앙을 가져 보려고 노력해 온 10년의 세월 뒤에 그에게 남아 있는 그 무엇을 건드린 것이었다. 인간적인 본능과 사제로서의 의식이 그의 내부에서 갈등을 빚었고, 승리는 인간적인 본능 쪽으로 기울었다.

"아가씨, 그건 마찬가지겠지요." 그가 말했다.

"그러면 기독교 의식으로 아기 장례를 치러 주시겠습니까?" 그녀가 재빨리 물었다.

신부는 진퇴양난의 느낌이 들었다. 아기가 아프다는 이야기를 듣고 그는 성의를 베풀어 어두워진 뒤에 세례를 베풀기 위해 그 집을 찾아갔었다. 하지만 그를 받아들이지 않은 것이 테스가 아니라 테스의 아버지였다는 사실을 그는 몰랐고, 따라서 원칙에 어긋나는 의식을 집전할 수 없었기 때문에 그는 그 간절한 부탁을 들어줄 수가 없었다.

"아 — 그건 문제가 다르지요." 그가 말했다.

"문제가 다르다고요 — 왜요?" 테스가 다소 흥분해서 물었다.

"글쎄, 우리 두 사람만 관련된 거라면 기꺼이 그렇게 할 수 있어요. 하지만 안 됩니다 — 다른 문제가 있어요."

"한 번만요, 신부님."

"정말로 안 됩니다."

"제발요, 신부님!" 그녀는 그의 손을 붙잡으며 말했다.

그는 고개를 내저으며 손을 뺐다.

"그러면 전 신부님이 싫어요!" 그녀는 절규하듯 말했다. "다시는 신부님 교회에 가지 않겠어요!"

"그렇게 경솔하게 말하지 말아요."

"신부님이 하지 않아도 그건 어쩌면 마찬가지 아니에요?…… 그렇겠죠? 제발 성자가 죄인 다루듯 하지 말고, 한 사람의 인간으로서 저한테—불쌍한 저한테 대답해 주세요!"

신부가 이런 문제에 대해 스스로 견지하고 있는 엄격한 관념과 자신의 대답 사이에서 어떻게 타협했는지 보통 사람으로서는 알 도리가 없지만, 납득하기 어려운 것은 아니다. 아무튼 마음이 움직여진 그는 그 건에 대해 이렇게 대답했다.

"그건 마찬가질 겁니다."

이리하여 아기는 부인용 헌 숄에 덮여 작은 전나무 상자로 그날 밤 교회 묘지로 운반되었고, 묘지기에게 돈 1실링과 맥주 1파인트를 내고 등불을 밝힌 가운데 하느님이 정해준 초라한 한 귀퉁이에 묻혔다. 쐐기풀이 자라고 있는 그 구역은 모두 세례받지 못한 아기나 악명 높은 주정뱅이, 자살한 사람, 그리고 지옥으로 갔을 것으로 추정되는 이들이 누워 있는 곳이었다. 테스는 주변 환경이 못마땅했지만 용기를 내어 나뭇가지 두 개와 끈으로 작은 십자가를 만들고 거기에다 꽃을 매단 후, 어느 날 저녁 아무도 몰래 교회 묘지로 들어가서 무덤 머리에 그것을 꽂았다. 그리고 또 같은 꽃 한 다발을 오랫동안 시들지 않게 작은 물병에 꽂아 무덤 발치에 놓았다. 지나가는 길손의 눈에 그 물병 바깥에 쓰인 '킬웰의 마멀레이드'가 보인들 무슨 상관인가? 모정(母情)의 눈은 보다 높은 것을 바라보느라 그런 것은 보이지도 않았다.

15

"경험에 의하면 우리는 오랜 방황을 통해 지름길을 발견하게 된다"고 로저 아스캄(영국왕 엘리자베스 1세의 스승이었던 영국의 고전학자-역주)은 말했다. 하지만 그 오랜 방황으로 인해 여행을 계속하는데 오히려 방해를 받는 경우가 적지 않으니, 그렇다면 경험이란 무슨 소용이 있는가? 테스 더비필드의 경험도 이렇게 방해하는 부류에 속했다. 마침내 그녀는 무엇을 해야 할지 알아냈으나, 이제 누가 그녀의 행동을 인정해 주겠는가?

만약 더버빌 가에 가기 전에, 자신이나 세상사람들 모두가 알고 있는 갖가지 경구와 격언의 가르침을 따라 처신을 바르게 했더라면, 틀림없이 속아넘어가지는 않았을 것이다. 하지만 그 교훈으로부터 도움을 받을 수 있는 동안 그 금과옥조(金科玉條)의 교훈을 온전히 깨닫는다는 것은 테스의 능력으로는 불가능했고, 다른 사람들의 경우도 마찬가지였을 것이다.

그녀는 — 다른 많은 사람들도 — 성 아우구스티누스를 좇아 이렇게 빈정거리며 하느님께 기도를 드렸을지 모른다. "당신께서는 우리에게 허락하신 길보다 더 좋은 길을 가르쳐 주셨습니다."

그녀는 겨울 동안 아버지 집에 머무르면서 닭털을 뽑거나, 칠면조나 거위에게 먹이를 주는 일을 했고, 더버빌에게서 받았으나 기분 나빠 처박아 두었던 좋은 옷가지를 고쳐 동생들 옷을 만들어 주었다. 더버빌에게 신세지는 일은 절대로 하고 싶지 않았다. 하지만 열심히 일을 하고 있어야 할 때에도, 그녀는 종종 두 손을 머리 뒤로 깍지를 끼고 생각에 잠기곤 했다.

그녀는 해가 바뀌면서 지나가는 날짜들을 머릿속으로 곰곰이 음미해 보았다. 체이스 숲의 어두운 배경과 함께 트란트릿지에서 몸을 버린 그 끔찍한 날 밤, 아기가 태어나고 또 죽던 날들, 자신의 생일, 그리고 또 자신과 관계 있는 사건들로 생생하게 기억나는 모든 날들. 어느 날 오후, 거울 속에 비친 자신의 아름다운 모습을 들여다보다가 테스는 불현듯 자신에겐 지나간 날들보다 더 중요한, 또 다른 날이 남아 있다는 것을 생각해냈다. 그 모든 아름다움이 사라져 버리는, 자신이 이 세상을 떠나는 날이었다. 그날은 해마다 그녀의 곁을 지나가면서도 아무런 신호도 없고 소리도 없이, 그 수많은 일 년의 날들 속에 보이지 않게 숨어 있는, 그러나 분명히 존재하는 날이었다. 그날은 언제인가? 해마다 그 냉정한 벗과 만나면서 어째서 그 냉기를 느끼지 못했던가? 제러미 테일러(17세기 영국의 성직자-역주)가 말한 대로 그녀는 먼 훗날 언젠가 자신을 알고 있던 사람들이 "오늘이 그 — 그 불쌍한 테스 더비필드가 죽은 날이구나"라고 말하리라는 생각이 들었다. 그 말을 하는 그들의 마음속에는 무슨 특별한 생각이 있을 리가 없을 것이다. 그날, 그녀의 인생을 마감하는 종착역이 될 그날이 어느 달, 어느 주, 어느 철, 또 어느 해가 될지 그녀는 알 수가 없었다.

이리하여 테스는 거의 한순간에 단순한 처녀에서 복잡한 여인으로 변모했다. 깊은 사색의 흔적들이 그녀의 얼굴을 스쳐갔고, 목소리에는 이따금 비극의 음조(音調)가 배어났다. 두 눈은 더욱 큼직해지며 보다 풍성한 표정을 지었다. 그녀는 이른바 미인이라고 할 만한 용모가 되어 있었다. 그녀의 외모는 아름답고 매력적이었으며, 그녀의 영혼은 지난 한두 해 동안의 거친 경험에도 도무지 기가 꺾이지 않은 여인의 영혼이었다. 세간의 이목만 없었더라면 그 경험은 그냥 교양교육으로 치부될 수도 있었을 것이다.

근자에 와서는 사람들과 떨어져 지냈기 때문에 그녀의 불행은 사방으로 널리 퍼지지도 않았고, 말롯 사람들은 거의 잊고 있었다. 하지만 더버빌이라는 부잣집에 "일가임을 내세워"—아니, 자기를 이용하여 더 가까운 친분을 맺어보려고—시도했던 일이 실패하고 만 것을 모두 알고 있는 마을에서 다시 마음 편하게 살 수는 없다는 것을 그녀는 분명히 깨닫고 있었다. 적어도 오랜 세월이 지나 자신의 의식 속에서 그 민감한 기억이 완전히 지워지기까지는 그곳에서 마음 편하게 있을 수는 없었다. 하지만 테스는 지금도 자신의 가슴속에서 희망찬 생명의 고동이 여전히 뜨겁게 살아 있는 것을 느꼈다. 아무런 기억이 남아 있지 않은 어느 외딴 곳이라면 행복하게 살 수 있을 것 같았다. 과거와 과거에 부속된 모든 것들에서 벗어나려면 그것을 지워 없애야 하고, 그러자면 떠나는 수밖에 없었다.

한 번 잃으면 영원히 잃어버린다는 말은 과연 순결에 대해서도 해당되는가? 그녀는 스스로 질문을 던져 보곤 했다. 과거를 덮어버릴 수만 있다면 그 말이 틀렸다고 할 수 있을 것 같았다. 자연계의 유기체에는 어디나 있게 마련인 재생의 힘이 분명히 처녀성에 대해서만 허용되지 않을 리가 없었다.

그녀는 새로운 출발을 위한 기회를 찾지 못한 채 오랫동안 기다렸다. 유별나게 싱그러운 봄이 돌아오고, 새싹마다 움이 트는 소리가 귀에 들리는 듯했다. 들짐승들의 마음을 들뜨게 하듯 그것은 테스의 마음도 뒤흔들어 어디론가 떠나고 싶은 충동을 일으켰다. 마침내 5월 초 어느 날 테스에게 편지 한 통이 날아들었다. 그녀가 오래전에 부탁을 드렸던—그러나 한 번도 뵌 적이 없는—어머니의 옛 친구 한 분이 보낸 편지였다. 남쪽으로 수마일 떨어진 어느 낙농장에 젖을 짜 본 경험이 있는 여자가 필요한데, 목장주는 여름 한철 동안 그녀를 고용할 생각이 있다는 내용이었다.

그곳은 테스가 원했던 것만큼 멀리 떨어진 곳은 아니었지만, 그녀의 행동 반경과 소문이 미치는 범위는 아주 좁았기 때문에 충분한 거리는 되는 셈이었다. 좁은 바닥에 사는 사람에게는 몇 마일의 거리가 지리상의 위도나 경도에 해당하고, 마을은 주(州)가 되고, 주는 나라나 왕국에 비길 수가 있었다.

테스는 한 가지 점에 대해서 굳은 결심을 했다. 이제 새로운 생활을 시작하면서 꿈에서든 실제 행동에서든 더버빌식의 공중누각은 더 이상 기대하지 말아야 한다는 것이었다. 자신은 젖 짜는 여자 테스로 만족해야 했다. 그 문제에 대해 아무런 얘기도 오간 적이 없지만, 어머니도 이 점에 있어서 테스의 심정을 잘 알고 있었고 그래서 기사였던 조상 이야기는 이제 꺼내지도 않았다.

하지만 앞뒤가 맞지 않는 것이 사람인지라, 그녀가 새로 가는 곳이 우연하게도 그녀의 조상들이 살던 곳과 가깝다는 사실이 흥미를 끌었다(그녀의 어머니는 블레이크모어 토박이였지만 조상들은 블레이크모어 사람들이 아니었다). 그녀가 가기로 되어 있는 탈보테이즈란 목장은 더버빌 가문의 옛 영지에서 멀지 않은 곳에 있었고, 근처에는 증조모들이나 세도깨나 부리던 그들의 남편들이 묻힌 커다란 가족 묘지도 있었다. 그것들을 바라보며 그녀는, 바빌론과 마찬가지로 더버빌 가문도 몰락했다는 사실뿐만 아니라, 보잘것없는 어느 후손의 순박한 영혼도 마찬가지로 조용히 잠들 수 있다는 사실을 생각할 수 있을 것이다. 그러면서도 혹시 조상들의 땅에 가면 무슨 희한한 좋은 일이 생기지나 않을까 하는 생각도 들었고, 그러자 나뭇가지의 수액처럼 마음속에서 저절로 기운이 솟았다. 그것은 잠시 눌려 있다가도 다시 솟아오르면서 희망을 함께 불러오는 영원한 젊음이었고, 스스로 즐거움을 찾아나서는 어찌할 수 없는 본능이었다.

Tess of the d'Urbervilles

제3부 회 복

16

트란트릿지에서 돌아온 지 2년이 지나 3년이 다가오고 있을 즈음, 백리향(百里香) 내음 그윽하고 새도 알에서 깨어나는 5월 어느 날 아침, 그동안 조용히 기운을 회복하고 있던 테스 더비필드는 두 번째로 집을 떠났다.

나중에 자기한테 부치도록 짐을 미리 꾸려놓은 다음, 그녀는 전세 마차를 타고 스타워카슬이라는 작은 마을을 향해 출발했다. 이번 길은 지난번과는 거의 정반대 방향이었기 때문에 가는 길에 그 마을을 거쳐야만 했다. 그토록 떠나고 싶은 곳이었지만 막상 가장 가까운 산모퉁이에 이르자 그녀는 서운한 듯 말롯 마을과 자기 집을 뒤돌아보았다.

저기 살고 있는 식구들은, 멀리 떠난 그녀의 미소를 보지 못한다 해도 기쁜 일이 크게 줄어들었다는 생각 없이 예전처럼 하루하루의 삶을 살아가리라. 며칠이 지나면 아이들은 그녀가 떠나고 남은 빈자리를 의식하지 못하고 여전히 즐겁게 놀이에 열중하리라. 이렇게 떠나는 것이 동생들을 위해 가장 바람직한 일이라고 그녀는 판단을 내렸다. 자기가 남아 있으면 아무래도 아이들에게 교훈이 되기보다는 좋지 못한 본보기로 해를 입힐 것 같았다.

그녀는 스타워카슬을 들르지 않고 지나쳐 한길의 교차로까지 나아갔다. 거기서는 서남쪽으로 가는 역마차를 탈 수가 있었다. 이 내륙 오지의 외곽을 돌아가는 철도가 있었으나 아직 이곳을 지나가지는 않았다. 하지만 기다리고 있는 동안 그녀가 가려는 쪽과 거의 비슷한 방향으로 짐마차를 몰고 가는 한 농부가 나타났다. 전혀 낯선 사람이었지만 그녀는 옆자리에 앉으라는 농부의 권유를 받아들였고, 그 호의가 자신의 용모 때문에 베풀어진 것이라는 사실은 모른 체했다. 그는 웨더베리까지 가는 길이었고, 거기까지 농부와 함께 가면 나머지 거리는 카스터브릿지를 경유하는 역마차를 타지 않고 걸어갈 수 있었다.

긴 여행 끝이었지만 테스는 점심때쯤 농부가 권하는 농가에서 간단하게 아무렇게나 요기를 했을 뿐 웨더베리에 머무르지는 않았다. 거기서부터 그녀는 바구니를 손에 들고 히스가 무성한 넓은 언덕까지 걷기 시작했고, 그 너머 저쪽에 그녀의 이날 여행길의 최종 목적지인 낙농장의 초원이 펼쳐진 저지대의 골짜기가 있었다.

테스는 이 지방이 처음이었지만 풍경에 친근감을 느꼈다. 왼쪽으로 그리 멀지 않은 곳에 거무스름한 어떤 곳이 그녀의 눈에 들어왔다. 주변에 물어보고 나서야 그녀는 자신이 짐작한 대로 그것이 킹즈비어의 영지—그녀의 조상들, 곧 그 쓸모없는 조상들의 뼈가 그 교구의 교회당에 묻혀 있는—를 가리키는 숲이라는 것을 알았다.

그녀는 이제 그들에게 아무런 존경심도 품고 있지 않았고 그들로 인해 입은 상처 때문에 거의 미움만 남아 있었다. 그들의 것 중에 그녀에게 남은 것이라고는 오로지 낡아빠진 도장과 숟가락뿐이었다. "흥—나한테는 아버지 말고 엄마 쪽 피도 있단 말이야! 내가 인물이 좋은 건 엄마한테서 물려받았고, 엄마는 젖 짜는 여자에 불과했어." 그녀는 혼자 중얼거렸다.

엑든의 언덕과 저지대를 가로질러 농장에 이르는 길은, 실제 거리는 몇 마일에 불과했으나 막상 당도하고 보니 생각보다 훨씬 힘든 길이었다. 몇 번이나 길을 잘못 드는 바람에 두 시간이나 걸린 뒤에야 마침내 그녀는 그렇게 오랫동안 찾아 헤매던 골짜기 곧 '대낙농장(酪農場) 유역'이 내려다 보이는 언덕 꼭대기에 다다랐다. 이곳에서는 우유와 버터가 비록 맛은 그녀의 고향보다 좀 뒷해도 넘칠 만큼 풍성하게 생산되었고, 그 푸른 풀밭은 바 혹은 프룸이라는 이름의 강에서 넉넉하게 물을 공급받고 있었다.

그곳은 고통스럽게 머물렀던 트란트릿지를 제외하고는, 그녀가 지금까지 유일하게 알고 있는 고장인 블랙무어 골짜기, 곧 '소 낙농장 계곡'과는 본질적으로 달랐다. 여기서는 세상이 훨씬 큼직한 선으로 그려져 있었다. 농장의 면적은 10에이커가 아니라 50에이커에 달했고 농장 건물도 훨씬 컸으며, 소떼도 거기서는 겨우 가족 규모라면 여기서는 부족이라고 할 만큼 되었다. 동쪽 끝에서 서쪽 끝까지 그녀의 시야 속에 펼쳐진 수많은 암소떼는 그녀가 지금까지 한 눈에 본 것으로는 가장 많았다. 푸른 풀밭 위에는 마치 반 알스루트나 살라에르트(일상을 소재로 한 풍경화를 그린 네덜란드의 화가들-역주)의 화폭에 그려진 사람들처럼, 소떼들이 점점이 흩어져 있었다. 암소떼의 무르익은 적갈색 빛깔은 저녁 햇살을 빨아들이고 있었고, 하얀 젖소들은 햇빛을 반사하여 그녀가 서 있는 먼 언덕에서도 거의 눈이 부실 지경이었다.

그녀의 눈 아래로 비스듬히 펼쳐진 풍경은 어쩌면 그녀가 익히 잘 알고 있는 고향의 그것처럼 풍성하게 아름답지는 않았으나 훨씬 더 기분이 좋았다. 이곳에는 고향의 짙푸른 대기와 점토질의 토양, 진한 향기는 없었으나, 공기가 맑고 상쾌하고 가벼웠다. 이 이름난 목장의 풀밭과 소떼에 자양분을 공급해 주는 강물도 블랙무어의 흐름과는 달랐다. 거기서는 강물이 느릿느릿하고 소리 없이 또 종종 탁하게 흐르며, 진흙 바닥 위로 넘쳐흐르기도 해서 잘못 걷다가는 아무도 모르게 가라앉아 버릴 수도 있었다. 프룸의 강물은 〈요한계시록〉의 요한이 본 그 순수한 생명의 강처럼 맑고, 구름의 그림자처럼 빨랐으며, 조약돌이 깔린 여울은 하루 종일 하늘을 향해 재잘거리고 있었다. 그곳에는 물가에 나리꽃이 있었으나 이곳에는 미나리아재비가 있었다.

무거운 공기에서 가벼운 공기로 바뀐 까닭인지, 아니면 기분 나쁘게 자신을 지켜보는 눈길이 없는 새로운 곳에 와 있다는 느낌 때문인지 그녀는 기분이 대단히 좋았다. 부드러운 남풍을 받으며 뛰어가는 동안 그녀의 희망은 그녀를 둘러싼 이상적인 광구(光球)의 햇빛과 함께 뒤섞였다. 산들바람이 불 때마다 그녀는 유쾌한 음성을 들었고, 새들의 노랫가락에는 환희가 숨어 있는 듯했다.

최근 들어 그녀의 얼굴은 심리 상태의 변화에 따라 모습이 달라졌다. 생각이 밝아지거나 어두워지는 데 따라 아름다운 얼굴에서 평범한 얼굴로 계속해서 바뀌었다. 어느 날은 맑은 얼굴에 홍조를 띠다가도 또 어떤 날은 슬프고 창백한 표정을 지었다. 홍조를 띤 날은 창백한 날보다 기분이 못한 날이었다. 그녀가 좀 더 완벽하게 아름다울 때는 기분이 덜 좋을 때였고, 기분이 좀 더 들떠 있을 때는 아름다움이 덜 했다. 남풍을 마주하고 있는 지금 그녀의 얼굴은 최고의 상태에 있었다.

어디서나 달콤한 즐거움을 추구하고자 하는 그 거역할 수 없는 보편적이고 자연스런 경향은, 가장 미천한 것에서부터 가장 고귀한 것에 이르기까지 모든 생명체의 속성이라고 할 수 있는데, 그것이 마침내 테스를 사로잡았다. 이제 갓 스물이 된 여인에게, 또 정신적으로나 정서적으로나 성장을 멈추었다고 할 수 없는 여인에게, 세월이 지나서까지 지워지지 않는 어떤 흔적을 남길 수 있는 사건이 있을 수 있다는 것은 불가능한 일이었다.

그리하여 그녀의 기분은, 감사하는 마음은, 또 희망은 점점 더 높이 솟아올랐다. 그녀는 민요 몇 곡을 불러보았으나 어울리지 않는다는 것을 알았다. 그러고는 자신이 그 지혜의 나무에서 열매를 따먹기 전까지 주일날 아침마다 그처럼 자주 읽었던 예배용 시편(詩篇)을 기억해 내고는 노래를 시작했다. "오 너희 해와 달이여…… 오 너희 별들이여…… 너희 대지의 초목들이여…… 너희 공중의 새들이여…… 짐승과 가축들이여…… 사람의 자식들이

여…… 하느님을 축복하라, 영원히 그를 찬양하고 높일지어다!"

그러다가 그녀는 갑자기 노래를 멈추고 중얼거렸다. "하지만 난 아직 하느님을 잘 모르겠는걸."

반쯤 무의식 상태에서 흘러나온 이 노래는 아마도 일신교(一神教)적 배경에서 비롯된 주물신앙(呪物信仰)의 표현인 듯했다. 주로 외부적 자연의 형상과 힘을 동무삼아 자라온 여자들은 그들의 영혼 속에 훗날 자신의 종족이 배운 제도종교보다 옛 조상들의 이교적(異教的) 환상을 더 많이 간직하고 있다. 하지만 테스는 적어도 자신의 감정에 근접하는 표현을 어린시절부터 입에 익혀온 옛 성가에서 찾아냈고 또 그것으로 충분했다. 독립적인 생활의 방편을 찾아나서는 것과 같은 사소한 첫걸음에도 크게 만족하는 것이 더비필드 집안의 기질의 일부였다. 아버지는 전혀 그렇지 않았지만 테스는 정말로 똑바로 걷고 싶었다. 하지만 눈앞에 보이는 작은 성과에 만족한다는 점에서 그녀는 아버지를 닮았고, 한때 당당했던 더버빌 가문이 지금처럼 몰락한 처지에서 겨우 이루어낼 수 있는 미미한 사회적 성공을 위해서는 애써 고생할 생각이 없다는 점에서 또 아버지를 닮아 있었다.

한때 테스를 그처럼 좌절시켰던 그 경험이 있은 뒤에 어쩌면 테스의 나이에 어울리는 자연스런 활력 외에도 어머니 집안 쪽의 소진되지 않은 열정이 되살아났다고 할 수도 있을 터였다. 솔직히 말하면 여자들은 대개 그와 같은 모멸을 겪고는 다시 기운을 되찾아 주위를 흥미로운 눈으로 돌아보는 편이다. 살아 있는 한 희망은 있다라는 신념은 선량한 이론가들이 납득시키긴 어려워도, "배신을 당해 본" 사람이라면 반드시 이해할 수 없는 것만은 아니다.

그리하여 테스 더비필드는 기쁜 마음으로 삶에 대한 의욕이 충만한 채 여행의 목적지인 낙농장을 향해 엑든의 비탈길을 아래로 아래로 내려갔다.

대조적인 두 골짜기의 차이는 특히 마지막에 뚜렷하게 드러났다. 블랙무어의 비밀은 주변의 높은 곳에서 가장 잘 발견할 수 있었으나, 그녀의 눈앞에 있는 골짜기를 제대로 알기 위해서는 그 한가운데로 내려가야만 했다. 그 속에 들어섰을 때 테스는 동쪽과 서쪽으로 끝없이 펼쳐진 융단 같은 들판 위에 자신이 서 있다는 사실을 발견했다.

강은 일찍이 고원 지대로부터 흙이나 모래를 조금씩 훔쳐 이 골짜기에다 지평선같이 펼쳐진 평원을 만들어 놓았다. 그리고 이제는 지치고 늙고 쇠잔하여 이전에 자신이 훔쳐다 놓은 대지 한가운데에 곡선을 그리며 누워 있었다.

테스는 좀처럼 방향을 잡지 못하고, 마치 끝없이 긴 당구대 위에 앉은 한 마리 파리처럼 산으로 둘러싸인 신록의 평원 위에 조용히 서 있었고, 이 풍경 속에서 그녀는 그 파리 이상의 의미를 갖지도 못했다. 이 고요한 골짜기에 그녀의 존재가 끼친 유일한 영향이라면 한 마리 외로운 왜가리의 호기심을 발동시킨 것인데, 왜가리는 그녀의 길목에서 멀지 않은 곳에 내려앉아 고개를 꼿꼿이 세우고 그녀를 바라보았다.

갑자기 목장 여기저기서 목소리를 길게 늘이고 반복해서 부르는 소리가 들려왔다.

"워어이! 워어이! 워어이!"

동쪽 끝에서 서쪽 끝까지 고함소리는 옮아가듯 퍼져나갔고, 때로는 개 짖는 소리도 거기 섞여 있었다. 그것은 아름다운 테스가 도착했음을 골짜기가 알았다는 신호가 아니라 늘 하듯 젖 짜는 시간—남자 일꾼들이 젖소를 몰아넣기 시작하는 네시 반—을 알리는 소리였다.

멍하니 그 신호를 기다리고 있던 근처의 붉은 소와 흰 소 떼가 커다란 젖통을 덜렁거리며 뒤쪽의 농장 부속건물 쪽으로 무리를 지어 움직였다. 테스는 그 뒤를 천천히 따라가다가 짐승들이 들어간 열린 문을 지나 안마당에 들어섰다. 지붕 덮인 긴 외양간들이 안마당을 둘러싸고 있었고, 그 경사진 지붕에는 선명한 초록의 이끼들이 덮여 있었다. 처마는 나무 기둥들이 받치고 있었는데, 오랜 세월 동안 숱한 암소와 송아지들이 옆구리로 문질러대서 반질반질하게 윤이 나 있었으나, 지금은 그 깊은 내력을 아무도 깨닫지 못한 채 잊혀지고 있었다. 기둥 사이로 젖 짜는 소들이 늘어서 있었는데, 별난 사람의 눈에는 이때의 소들의 모습이 뒤에서 보면 마치 두 기둥 위에 놓인 원반 모양에다 그 원반의 중심 밑으로는 회초리 하나가 진자처럼 흔들거리는 모습이었다. 그동안 태양은 이 참을성 많은 소떼들 뒤로 몸을 낮추어 정확하게 안쪽 벽에다 그들의 그림자를 만들어냈다. 이렇게 매일 저녁, 태양은 이 보잘것없이 평범한 짐승들의 모습을 마치 궁궐의 담벽에 그리는 궁중 미녀의 모습인 양 정성들여 하나하나 만들어냈고, 마치 먼 옛날 올림포스의 신들이나 알렉산더, 시저, 파라오의 형상을 그리듯 부지런히 그림을 그려냈다.

외양간 안에 있는 암소들은 성질이 덜 순한 편이었다. 혼자서도 조용히 서 있는 것들은 마당 한가운데서 젖을 짰는데, 마당에는 그렇게 좀 더 온순한 소들이 기다리며 서 있었다. 모두가 이 골짜기 아니면 찾아보기 힘든 최고의 젖소들이었는데, 여기서도 항상 그런 것이 아니라 일년 중 지금 같은 최고의 계절에 즙이 많은 목초로 만든 영양분이 많은 꼴을 먹을 때만 그랬다. 흰점이 박힌 젖소들은 눈이 부실 만큼 햇빛을 반사해냈고, 그들의 뿔에 걸린 반짝이는 놋쇠 표지는 마치 군대가 사열할 때처럼 빛을 발했다. 커다란 핏줄이 불거져나온 젖통은 모래주머니같이 묵직하게 처져 있었고, 젖꼭지는 집시들의 오지 항아리에 달린 다리처럼 튀어나와 있었다. 젖소들이 자기 차례를 기다리며 서성거리는 동안에도 우유가 배어나와 방울방울 땅바닥에 떨어졌다.

17

젖소들이 풀밭에서 돌아올 때면 젖 짜는 아낙네와 남자들이 자기 집에서 내려오거나 농장 건물에서 나와 무리를 지어 모여들었다. 여자들은 나무 덧신을 신고 있었는데, 그것은 날씨 대문이 아니라 마당에 깔아 놓은 질척거리는 밀짚에 신발이 빠지지 않게 하려는 요량이었다. 여자들은 각자 자신의 세발 의자에 앉아 고개를 옆으로 돌린 채 오른뺨을 젖소에 기대고 있어서 테스가 다가가자 젖소의 옆구리 사이로 유심히 그녀를 바라보았다. 남자 인부들은 모자챙을 푹 눌러쓰고 고개를 숙인 채 땅바닥만 내려다보고 있어서 그녀를 알아차리지 못했다.

이 남자들 중에 건장한 체격의 중년 사나이가 있었는데, 그의 길다란 흰색 '앞받이'는 다른 사람들 것보다 좀 더 깨끗하고 좋아 보였다. 그 속에 입은 윗도리도 시장에 내놓을 수 있을 만큼 괜찮아 보였는데, 그가 바로 그녀가 찾고 있던 목장주인이었다. 그는 엿새 동안은 여기서 우유를 짜고 버터를 만들지만, 이레째는 교회의 가족석에 아주 좋은 옷감으로 된 근사한 옷을 입고 나타나는데, 이 두 가지 모습이 너무나 대조적이어서 이런 노래까지 생겨났다.

엿새 동안은
젖 짜는 딕이지만
주일날에는 리처드 크릭 씨라네.

그는 테스가 지켜보고 서 있는 것을 알아차리고 그녀 쪽으로 다가왔다. 목장 사람들은 젖을 짤 때는 대개 성질이 까다로워지는 편이지만, 크릭 씨는 마침 새 일손을 얻게 되어 기분이 좋아져—지금은 한창 바쁜 철이었으므로—따뜻이 그녀를 맞이하면서 어머니와 가족들의 안부를 물었다(사실 그는 테스에 관한 사무적인 짤막한 편지를 보고 나서야 더비필드 부인의 존재를 알았기 때문에 이런 안부는 인사치레에 불과했다).

"아—젊었을 땐 나도 아가씨네 동네를 아주 잘 알고 있었소." 그가 인사 끝에 덧붙였다. "그 후로는 가 본 적이 없지만요. 그런데 아주 오래전에 돌아가시긴 했지만, 이 근처에 연세가 아흔이 되는 할머니가 한 분 계셨는데 이런 말씀을 하시더군요. 블랙무어 골짜기에 아가씨네 같은 이름을 가진 집안이 있는데 원래는 이쪽 지방에서 분가해 나갔다면서, 지금은 대가 거의 끊어진 유서깊은 가문이라고 합디다—요즘 젊은 세대야 그런 걸 알 리 없지만요. 하기야 그 할머니 헛소리는 나도 듣는둥 마는둥 했으니 말입니다."

"아—그럼요, 별 거 아니에요." 테스가 말했다.

그러고 나서는 할 일에 대한 이야기만 했다.

"젖을 잘 짤 수 있겠죠, 아가씨? 지금 같은 철에는 젖이 말라붙으면 안 돼요."

그녀가 걱정 말라고 하자 그는 그녀를 아래위로 훑어보았다. 집 안에만 오랫동안 있어서 테스의 안색이 좋지 못했던 것이다.

"정말 견딜 수 있겠소? 여기 일은 장정들이나 겨우 견딜 수 있을 정도로 그리 만만치가 않아요."

그녀는 해낼 수 있다고 분명히 말했고, 그는 그녀의 의욕과 결심이 마음에 들었다.

"그런데, 아가씬 차를 한 잔 하든지 아니면 뭐라도 요기를 좀 해야 될 것 같은데, 안 그런가? 아직은 괜찮다고? 그럼, 좋을 대로 해요. 그렇지만 내가 만약 아가씨라면, 이렇게 먼길을 왔으니까 목이 아주 마를 것 같은데."

"손을 익히도록 지금 당장 젖을 짜 보겠어요." 테스가 말했다.

그녀는 잠시 목을 축이려고 우유를 조금 마셨다. 이 모습을 보고 목장주인 크릭은 놀랐다—사실 약간은 천박하게 생각했다—우유가 음료로 좋다는 사실을 그로서는 도무지 상상할 수 없었던 것이다.

"아, 마실 수만 있다면 괜찮소." 누군가 그녀가 마시는 우유통을 받쳐 주는 동안 그는 개의치 않는다는 투로 말했다. "난 우유를 입에 대지 않은 지가 오래됐소, 절대로 안 마셔요. 안 맞는 음식이거든. 뱃속에만 들어가면 꼭 납덩어리가 들어앉은 것 같아요. 저 소를 한번 짜 봐요." 그는 이야기를 계속하며 가장 가까이 있는 소를 향해 고갯짓을 했다. "젖 짜기가 쉽지 않은 녀석이요. 다른 짐승도 마찬가지지만 젖소도 쉬운 놈이 있고 어려운 놈이 있어요. 아무튼 곧 구별이 될 거요."

테스는 모자를 수건으로 바꾸어 쓰고 소 밑에 의자를 깔고 앉았다. 그리고 자신이 두 손으로 짜낸 우유가 통 속으로 쏟아져 들어가는 것을 보고서야 자신의 앞날을 위한 새로운 터전이 정말로 마련되었다는 느낌이 들었다. 그 확신은 마음의 평안을 낳았고, 흥분이 가라앉으면서 그녀는 주변을 둘러볼 수가 있었다.

우유를 짜는 사람들은 남녀를 합하면 큰 부대를 이룰 정도로 많았는데, 남자들은 젖꼭지가 단단한 소를 맡았고 여자들은 좀 더 순한 쪽을 맡았다. 큰 목장이었다. 크릭이 기르는 젖소는 모두 해서 백 마리가량 되는데, 출타중일 때가 아니면 그는 그중에서 예닐곱 마리는 자기 손으로 직접 젖을 짰다. 젖 짜기가 가장 힘든 소들이었다. 그가 데리고 있는 일꾼들은 대개 임시로 고용되는 편이었기 때문에, 그는 그 예닐곱 마리는 그들에게 맡기지 않는 편이었다. 정성을 들이지 않으면 끝까지 짜낼 수가 없기 때문이었다. 그리고 여자들에게도 그것들을 맡기지 않았는데, 여자들 역시 손가락 힘이 약해서 제대로 해낼 수가 없었다. 그렇게 내버려두면 시간이 지나면서 젖이 점점 말라붙어버리는 것이다. 젖을 대강대강 짜는 것이 문제가 되는 것은 당장의 손해 때문이 아니라, 그렇게 하다 보면 차츰 양이 줄어들다가 결국은 멈춰 버리기 때문이었다.

테스가 자기 소 앞에 자리를 잡은 뒤로 마당 안에는 한참 동안 아무 이야기 소리도 들리지 않았고, 이따금 소를 향해 돌아서라거나 가만히 있으라고 하는 호통 말고는 우유통 속으로 우유 줄기가 힘차게 쏟아지는 소리를 가로막는 것은 아무것도 없었다. 움직이는 것이라고는 젖 짜는 사람들의 오르락내리락하는 손놀림과 덜렁거리는 젖소들의 꼬리뿐이었다. 계곡의 양쪽으로 광대하게 펼쳐진 평탄한 초원의 한가운데서 그들은 그렇게 작업을 계속했다. 그 평탄한 풍경은 오래전에 잊혀진 옛 풍경들과 섞여 있었고, 옛 풍경은 그들이 지금 만들어내는 풍경과는 사뭇 성격이 다른 풍경이었다.

"내 생각에는," 목장 주인이 막 일을 끝낸 소에서 불쑥 몸을 일으키고는, 한 손에는 세발 달린 의자를, 다른 손에는 우유통을 든 채로 근처에 있는 역시 젖을 짜기 힘든 소 쪽으로 걸어가며 말을 꺼냈다. "내 생각에는 오늘은 젖이 나는 게 평일 같지가 않아. 정말이지, 윙커가 이렇게 양이 줄어들기 시작하면 한여름에는 이 녀석 밑에 들어앉을 필요도 없겠어."

"새 일꾼이 왔기 때문에 그래요." 조너선 케일이 말했다. "전에도 이런 걸 본 적이 있거든요."

"옳지, 그럴 수도 있겠군. 그 생각은 못했구만."

"그럴 때는 젖이 뿔로 올라간대요." 젖을 짜던 한 여자가 말했다.

"글쎄, 뿔로 올라간다는 얘기는," 아무리 요술을 부리더라도 해부학적 구조를 무시할 수야 있겠느냐는 투로 주인 크릭이 미심쩍게 말을 받았다. "설마. 그럴 수야 없지. 뿔 없는 소도 뿔 달린 것만큼 젖이 안 나올 때가 있는 걸 보면, 그건 옳은 얘기가 아니야. 조너선, 뿔 없는 젖소 수수께끼 알고 있나? 뿔 없는 소들이 왜 뿔 달린 것들보다 일 년 전체로 치면 젖이 덜 나오는 걸까?"

"모르겠네요." 젖 짜는 여자가 중간에 끼어들었다. "왜 그래요?"

"숫자가 적으니까 그렇지." 목장 주인이 대답했다. "아무튼 이 고약한 것들이 오늘은 젖이 덜 나오는 게 분명하군. 자, 한두 가락 뽑아 봅시다—그것밖엔 약이 없으니까."

이 지방에선 젖소에서 보통 때만큼 젖이 나오지 않는 기미가 보이면 종종 노래를 부르는 유인책을 썼는데, 이 주문이 있자 젖을 짜던 이들은 모두 노래를 시작했다. 사실 이런 노래는 순전히 일 때문에 부르는 것이지 그냥 자연스럽게 흘러나오는 그런 노래는 아니었다. 노래를 부르는 동안만은 확실히 우유가 더 잘 나온다고 그들은 믿고 있었다. 그들이 부른 노래는 도깨비불이 옆에 어른거려 깜깜한 데서는 잠자기가 무섭다는 어느 살인자에 대한 재미있는 민요였는데, 열너댓 소절쯤이 지나자 한 남자 일꾼이 입을 열었다.

"웅크리고 노래를 부르니까 숨이 막힐 것 같네요. 하프를 꺼내오시죠. 바이올린이라면 더 좋구요."

이야기에 귀를 기울이고 있던 테스는 그 말이 목장 주인에게 하는 이야기라고 생각했으나 그건 잘못이었다. "왜 그래요?"라고 하는 대답이 축사 안에 있는 밤색 젖소의 배 쪽에서 나왔던 것이다. 그 소 뒤에서 젖을 짜던 사람이 한 말이었는데, 그는 아직 그녀가 보지 못한 사람이었다.

"아, 그럼. 바이올린만한 게 없지." 목장 주인이 말했다. "물론 젖소보다는 황소가 음악에 더 예민하지만 말이야—적어도 내 경험으로는 그래. 저 건너 멜스톡에 윌리엄 듀이라는 노인이 있었는데, 마차운송업을 크게 하던 집안 중의 하나였어. 조너선, 기억이 나는가?—난 그 양반 얼굴을 거의 내 친 동기간처럼 잘 알고 있지. 그런데, 이 양반이 어느 날 결혼식에 가서 바이올린을 켜고는 집으로 돌아가는 길인데, 달빛이 환한 밤이라더구만. 지름길로 간다고 가는 길에 있는 '40에이커' 들판을 가로질러 가는데, 거기 황소 한 마리가 풀을 뜯어먹고 있더라는 거야. 그런데, 저런, 황소가 노인을 보더니 뿔을 땅에 처박고는 따라오더라는 거지. 노인은 술을 '많이' 마시지도 않았고(그날이 결혼식인데다, 또 잘사는 사람들이었던 걸 감안하면), 또 죽을 힘을 다해 달아나는데도, 울타리까지 가서 무사히 넘어갈 시간이 도무지 없다는 생각이 든 게지. 그래서 최후수단으로 달려가면서 바이올린을 꺼내서는 황소를 향해 돌아서서 '지그'를 켜기 시작한 거야. 그러고는 뒷걸음질로 구석으로 물러선 거지. 그러자 황소가 누그러지면서 조용히 멈춰서더니 듀이 노인을 가만히 쳐다보더라는구만. 노인은 계속해서 바이올린을 켰지. 그러자 마침내 황소 얼굴에 미소 같은 게 번지더라는 거야. 그런데, 노인이 연주를 멈추고 돌아서서 울타리를 넘어가려고 하자 황소가 미소를 멈추고는 노인의 엉덩이 쪽으로 뿔을 들이밀었다는

구만. 그래서 노인은 어쩔 수 없이 돌아서서 연주를 계속해야만 했던 거야. 그런데 그때 시간이 새벽 세 시밖에 안 됐기 때문에, 노인 생각에는 몇 시간 동안은 그쪽으로 사람이 지나갈 것 같지가 않고, 또 배도 너무 고프고 피곤해서 어떻게 해야 좋을지 모르겠더라는 거야. 새벽 네 시까지 바이올린을 긁어대고 나자 노인은 금방이라도 쓰러질 것 같아서 이런 생각이 들더라는구만. '이제 나하고 천당 사이에는 이 곡이 마지막이로구나! 하느님이 구해 주시지 않으면 전 끝장입니다.' 그런데, 그때 노인은 크리스마스 전날밤에 소가 무릎을 꿇는 걸 보았던 기억이 난 거야. 그날이 크리스마스 전날은 아니지만 황소를 한번 속여 보자는 생각이 퍼뜩 머리를 스친 거지. 그래서 크리스마스 성가 부를 때처럼 성탄찬송가를 켜기 시작하는데, 아니 이것 보게나, 황소란 녀석이 무식하게도 그날이 정말 예수님 오시기 전날 저녁인 줄 알고는 다리가 꺾어지는 거야. 그 뿔 달린 친구가 무릎을 꿇자마자 윌리엄은 얼른 돌아서서 사냥개처럼 달아나 울타리를 무사히 뛰어넘었다는구만. 기도하는 황소가 다시 일어나 뒤쫓아오기 전에 말이야. 노인 얘기로는 멍청한 작자들을 숱하게 봐왔지만, 황소가 자신의 경건한 마음이 조롱당했다는 것과 그날이 크리스마스 전날밤이 아니란 것을 알아차렸을 때의 그 바보 같은 표정은 본 적이 없다는 거야…… 그렇지. 윌리엄 듀이, 그게 그 양반 이름이야. 지금 당장이라도 그 양반이 멜스톡 교회 묘지 어디에 묻혀 있는지 분명하게 말해줄 수 있어—바로 둘째 주목하고 북쪽 측랑(側廊) 사이에 있지."

"참 희한한 이야기군요. 신앙이 아직 살아 있던 중세로 되돌아가는 것 같습니다!" 착유장(搾乳場) 마당에서는 듣기 힘든 이 어투는 밤색 젖소 뒤쪽에서 울려나오는 목소리였다. 하지만 아무도 그 말뜻을 이해하지 못했기 때문에 아무런 대꾸도 없었고, 다만 이야기를 한 사람만 그것을 자기 이야기에 대한 회의적인 암시로 받아들이는 듯했다.

“아, 선생, 아무튼 간에 이건 분명한 사실입니다. 그 양반을 내가 잘 알거든요.”

“아, 그럼요. 의심하는 게 아닙니다.” 밤색 젖소 뒤에 있는 사람이 말했다.

테스의 관심은 이제 주인과 이야기를 나누는 상대 쪽으로 쏠렸다. 그는 아주 끈질기게 젖소 옆구리에 머리를 파묻고 있어서 겨우 옷자락만 그녀의 눈에 들어올 뿐이었다. 그녀는 왜 목장주인까지 그를 ‘선생’으로 부르는지 알 수가 없었다. 도무지 알 도리가 없었다. 그는 세 마리 젖을 짤 시간만큼 오랫동안 그 소 밑에 있었고, 뭐가 잘 안 되는지 이따금 혼잣말로 외마디 소리를 지르곤 했다.

“부드럽게 해요, 선생. 부드럽게요.” 주인이 말했다. “요령으로 하는 거지, 힘으로 하는 게 아니올시다.”

“그런 것 같습니다.” 상대방은 그제야 몸을 일으켜 두 팔을 뻗으며 대답을 했다. “이 녀석은 다 끝낸 것 같습니다만 손가락이 좀 아프군요.”

그때서야 테스는 그의 모습을 제대로 볼 수 있었다. 그는 농장주인들이 젖을 짤 때 흔히 입는 흰색 앞받이와 가죽 각반을 하고 있었고, 그의 장화에는 마당의 지푸라기들이 덕지덕지 붙어 있었다. 하지만 이것은 모두 이곳에 어울리게 갖춘 옷차림일 뿐이었다. 그 옷 속으로는 뭔가 교양과 겸손이 있었고, 또 미묘하면서도 슬픈 기색의 뭔가 남다른 게 있었다.

그러나 그가 전에 언젠가 본 적이 있는 사람이라는 생각이 들면서, 그의 외관에 대한 꼼꼼한 관찰은 잠시 미루어졌다. 그때 이후로 그녀가 겪은 파란곡절들로 인해 테스는 그를 어디서 만났는지 금방 기억해 낼 수가 없었다. 그러다가 불현듯 그가 바로 말롯 마을의 부녀회 들놀이에서 춤을 추러 들어왔던 그 여행객이라는 생각이 떠올랐다. 어디서 나타났는지 알 수 없으나 그녀가 아닌 딴 아이들과 춤을 추고는 그녀를 조롱하듯 버려 두고 자기 일행과 길을 떠난 바로 그 지나가던 나그네였다.

시련을 겪기 전에 있었던 어떤 사건을 되돌아보며 밀려온 밀물 같은 회상 때문에 그녀는 잠시 의기소침했다. 그 남자가 혹시 자기를 알아보고 자신의 과거를 눈치채지나 않을까 하는 걱정 때문이었다. 하지만 그가 알아보는 기색이 전혀 없음을 발견하자 걱정은 사라졌다. 그들의 처음이자 유일한 만남 이후로 표정이 풍부한 그의 얼굴은 좀 더 사려 깊은 쪽으로 변해 있었고, 젊은이답게 보기 좋은 콧수염과 턱수염이 나 있다는 것을 그녀는 차츰 알아차렸다. 턱수염은 뺨에서 시작할 때는 연한 밀짚 빛깔을 띠고 있었으나, 뿌리에서 멀어질수록 따뜻한 갈색이 되며 더욱 짙어졌다. 젖을 짤 때 쓰는 리넨 앞받이 속으로 그는 검은색 우단 윗도리와 코듀로이 바지와 각반, 그리고 풀 먹인 흰 셔츠를 입고 있었다. 우유를 짜는 복장이 아니었더라면 아무도 그가 어떤 사람인지 알 수 없었을 것이다. 성격이 별난 지주거나 지체가 있는 농부일 가능성이 각각 절반쯤 되어 보였다. 젖소 한 마리를 짜는 데 그가 들인 시간을 보고 테스는 그가 낙농장 일에는 초보라는 사실을 금방 알아차렸다.

한편 젖 짜는 여자들은 새로 온 처녀를 놓고 서로 "정말 예쁜데!" 하며 소곤거리고 있었다. 하지만 그것은 어느 정도는 진심으로 아량을 가지고 보내는 찬사였으나, 반쯤은 듣는 쪽에서 그 말을 수정해 주기를 바라는 심사에서였다. 엄격히 말하자면 수정할 수도 있었다. 왜냐하면 예쁘다는 말로는 테스가 사람들의 눈길을 끄는 까닭을 정확히 설명할 수 없기 때문이었다. 저녁 무렵이 되어 젖 짜는 일이 끝나자 그들은 하나둘씩 집 안으로 들어갔다. 집 안에는 주인의 아내인 크릭 부인이—그녀는 점잔을 빼느라 젖을 짜러 나오지도 않았고, 젖 짜는 여자들이 날염한 옷을 입고 있었기 때문에 무더운 날씨에도 더운 모직 가운을 입고 있었는데—우유통을 비롯한 집안 일을 돌보고 있었다.

여자들 중에서 목장에서 자는 사람은 자기 말고 두셋뿐이라는 것을 테스는 알았다. 일꾼들은 대개 자기 집으로 돌아갔다. 이야기에 참견을 하던 그 지체 높은 일꾼은 저녁식사 시간에는 보이지 않았고, 테스는 그에 대해 물어보지도 않았다. 그녀는 남은 저녁 시간 동안 침실의 잠자리를 정돈했다. 침실은 우유 창고 위층에 있는, 길이 30피트가량의 큰 방이었는데, 이곳에서 기숙하는 다른 세 처녀의 침대도 같은 방에 있었다. 그들은 한창 나이의 젊은 처녀들이었는데, 하나를 빼고는 그녀보다 나이가 약간 많았다. 몹시 지쳐 있었기 때문에 테스는 취침 시간이 되자 곧 잠이 들었다.

하지만 옆 침대를 쓰고 있던 한 처녀는 테스만큼 잠이 오지는 않는지, 테스가 갓 들어온 이 농장에 대해 테스에게 자세한 이야기를 해 주려고 애를 썼다. 아가씨의 속삭이는 말소리는 어둠 속으로 스며들었고, 테스의 희미한 의식으로는 어둠 속에서부터 그 말소리가 흘러나오는 듯했다.

"에인절 클레어 씨는—젖 짜는 일을 배우고 있는데, 하프를 탈 줄도 알고—우리하고는 이야기를 많이 하지 않아요. 어떤 신부님 아들인데, 자기 생각에 너무 빠져 있어서 처녀들은 보이지도 않나 봐요. 목장 주인한테서 일을 배우고 있는데, 농장 일을 전부 다 배우는 모양이에요. 딴 데서는 양 치는 걸 배웠고, 지금은 젖 짜는 걸 익히는 모양인데…… 그럼요, 정말로 양반집 출신이에요. 그 사람 아버지가 에민스터의 클레어 신부랍니다. 여기서는 꽤 멀어요."

"아, 그분 이름은 들었어요." 그때서야 잠을 깬 테스가 말했다. "아주 열성적인 신부님이라던데요?"

"맞아요—사실이에요—웨섹스를 통틀어 가장 열성적인 분이라고들 하는데—사람들 얘기로는 고색창연한 저교회파(低教會派)의 마지막 사람이라고들 해요—이 근방에서는 모두 소위 고교회파(高教會派)거든. 우리 클레어 씨 말고는 다른 아드님들은 도두 신부가 되었대요."

너무 늦은 시간이라 테스는 왜 여기 와 있는 클레어 씨가 그의 형제들처럼 신부가 되지 않았는지 물어보고 싶은 생각도 없었고 다시 서서히 잠이 들었다. 치즈를 두는 다락방에서 나오는 치즈 냄새와 아래층의 치즈 짜는 기계에서 유장(乳漿)이 규칙적으로 떨어지는 소리가 이야기꾼의 이야기 속으로 스며들고 있었다.

18

에인절 클레어는 처음부터 남달리 눈에 띄는 모습으로 나타난 것은 아니다. 하지만 감식력(鑑識力) 있는 목소리에다, 넋을 놓고 오랫동안 뚫어지게 응시하는 눈길과 표정이 풍부한 입매를 가지고 있었고, 남자치고는 다소 작고 예쁘게 생긴 입이지만 이따금 아랫입술을 매우 굳게 다무는 모습은 우유부단한 성격이라는 추측을 물리치기에 충분했다. 그럼에도 불구하고 그의 거동과 시선에서 발견되는 뭔가 막연하고, 어디에 몰두한 듯한 모호한 모습은 그가 자신의 물질적 미래에 대해 매우 분명한 목적이나 관심을 갖고 있지 못한 사람일지도 모른다는 인상을 주었다. 하지만 어린시절의 그는 사람들로부터 마음만 먹으면 뭐든지 해낼 인물이란 이야기를 들었다.

그는 이 지방 저쪽 끝에 살고 있는 어느 가난한 신부의 막내아들로, 6개월 동안 견습생으로 탈보테이즈 목장에 와 있었다. 그는 이미 다른 몇몇 농장을 돌아다닌 뒤였는데, 식민지로 가든지 아니면 상황에 따라서는 자영 농장을 경영하든가 할 계획으로, 농사를 짓는데 필요한 여러 가지 실질적 기술을 익히는 것이 그의 목적이었다.

그가 농사꾼이나 축산업자들의 세계에 발을 들여놓은 것은 그의 생애에 있어서 자신이나 남들이나 어느 누구도 상상하지 못했던 발걸음이었다.

부친인 클레어 신부는 첫째부인이 딸을 하나 남기고 죽자 늘그막에 재혼을 했다. 이 부인이 뜻밖에 세 아들을 낳았는데, 그래서 막내인 에인절과 신부인 그의 아버지 사이에는 거의 한 세대가 비어 있는 것 같았다. 늘그막에 얻은 아들인 이 에인절은 아들들 중에서는 혼자서만 대학 학위가 없었지만, 어린시절의 가능성으로 보아서는 학문적 훈련을 받았더라면 정말 제대로 해낼 수 있는 유일한 아들이었다.

말롯의 무도회에 나타나기 약 2, 3년 전의 어느 날, 에인절이 학교를 마치고 집에서 공부를 계속하고 있을 때였다. 지방 서적상에서 사제관으로 소포가 한 꾸러미 배달되었는데, 제임스 클레어 신부 앞으로 온 것이었다. 신부는 그것을 풀어서 책이 들어 있는 것을 알고는 몇 쪽을 읽다가 자리에서 벌떡 일어나 책을 옆구리에 끼고 곧장 서적상으로 달려갔다.

"왜 이게 우리 집에 배달된 겁니까?" 그는 책을 쳐들어보이며 단호하게 물었다.

"주문받은 겁니다, 신부님."

"난 주문한 적이 없고, 우리 집에선 안 했어요, 확실해요."

서적상은 주문 장부를 뒤져보았다.

"아, 배달이 잘못되었습니다, 신부님." 그가 대답했다. "에인절 클레어 씨가 주문한 겁니다. 그분한테 가야 하는 건데요."

클레어 씨는 한 대 얻어맞은 것처럼 움찔했다. 그는 힘이 빠져 맥없이 집으로 돌아와 에인절을 서재로 불렀다.

“얘야, 이 책을 보거라.” 그가 말했다. “어떻게 된 거냐?”
“제가 주문했습니다.” 에인절이 간단하게 대답했다.
“뭘 하려고?”
“읽으려고요.”
“어떻게 이런 걸 읽을 생각을 할 수 있느냐?”
“어떻게라고요? 아니—이건 철학의 체계에 관한 책이에요. 책 중에서 이보다 더 도덕적이고, 심지어 더 종교적인 책은 없어요.”
“그래—충분히 도덕적이지. 그걸 부정하는 건 아니다. 그렇지만 종교적이라니!—게다가 복음의 사역자가 되려는 ‘네’가?”
“그 문제를 언급하셨으니까 말씀인데요, 아버지.” 곤혹스런 생각을 얼굴에 드러내며 아들이 말했다. “분명히 말씀드리겠습니다만, 전 성직을 맡을 생각이 없습니다. 양심상 그 일을 할 수 없을 것 같거든요. 전 부모님을 사랑하는 것만큼 교회를 사랑합니다. 또 언제나 교회에 대해 지극히 따뜻한 애정을 유지할 겁니다. 역사적으로 교회보다 더 깊은 존경을 받을 수 있는 것은 제겐 없습니다. 하지만 논리성이 결여된 구원 신학에서 교회가 스스로 해방되기를 거부하는 한, 저는 솔직히 말씀드려서 형들처럼 교회의 일꾼이 될 수가 없습니다.”
그 고지식하고 단순한 교구신부는 자신의 혈육 중의 하나가 이런 지경이 될 줄이라고는 꿈에도 생각하지 못했다! 그는 깜짝 놀라 정신이 멍해지면서 온몸에 힘이 쭉 빠지는 것 같았다. 에인절이 성직을 맡지 않는다면 캠브릿지에 보내 봤자 무슨 소용이 있는가? 성직 이외의 다른 일을 하기 위한 준비 단계로서의 대학은 이 고정관념의 소유자에게는 머리말만 있고 본문이 없는 책에 불과했다. 그는 단순히 종교적인 정도가 아니라 독실한 사람이었다. 요즈음 교회 안팎의 신학 사기꾼들이 알쏭달쏭하게 풀이해 놓는 의미에서의 독실한 신자가 아니라, 복음주의 교파의 전통적이고 열정적인 의

미에서의 독실한 신자였다. 바로

> 18세기 전
> 영원하고 거룩하신 이가
> 진실로 행하신 것을
> 진심으로 믿는……
>
> (로버트 브라우닝의 시 〈부활절〉의 제8연-역주)

사람이었다.

에인절의 아버지는 논쟁을 벌이고 설득을 하다가 애원도 해 보았다.

"아닙니다, 아버지. 저는 (나머지는 고사하고) 4조를 선서문이 요구하는 대로 '문자 그대로 문법적 의미로' 받아들일 수가 없습니다.(영국 교회의 성직자가 되려면 39개조로 된 신조에 동의를 해야 하는데, 그중에서 4조는 예수의 부활에 관한 조항이다-역주) 지금의 상태로는 신부가 될 수 없습니다." 에인절이 말했다. "종교 문제에 관한 저의 기본적인 생각은 개혁을 하자는 쪽입니다. 아버지가 좋아하시는 히브리서의 말씀을 인용하자면 '흔들리지 않는 것들을 그대로 남기기 위해서 흔들리는 것들 곧, 창조된 것들을 모두 없애 버리자'는 겁니다."(《성서》 〈히브리서〉 12장 27절-역주)

아버지는 너무 슬퍼했고, 에인절은 그런 아버지를 바라보며 가슴이 아플 지경이었다.

"네 어머니와 내가 너를 대학에 보내려고 아끼고 절약했던 게 무슨 소용이 있느냐? 그게 하느님의 영광과 영화를 위해 쓰이지 못한다면 말이다." 그의 아버지가 되풀이했다.

"아, 아버지. 사람의 영광과 영화를 위해 쓸 수가 있지요."

혹시 고집을 피웠더라면 에인절은 형들처럼 캠브릿지에 갔을지도 모른다. 그러나 그 학문의 중심지를 오로지 성직으로 향하는 디딤돌로만 여기는 신부의 생각은 거의 집안의 전통이나 다름없었다. 그 생각은 부친의 머릿속에 너무나 강했기 때문에 그 예민한 아들에게는 고집을 피워 대학을 간다는 것이 신뢰를 악용하려는 의도로 보이기 시작했고, 또한 그것은 어린 세 아들을 이렇게 똑같이 교육시키기 위해, 아버지가 암시한 대로 옛날이나 지금이나 매우 검소한 생활을 해야만 하는 부모의 경건한 신앙을 욕되게 하는 것 같았다.

"전 캠브릿지에 가지 않아도 좋습니다." 에인절이 마침내 말했다. "이런 상황에선 전 거기에 갈 자격이 없는 것 같군요."

이 결정적인 논쟁의 결과가 드러나는 데는 오랜 시간이 걸리지 않았다. 그는 이런저런 공부도 하고, 일도 해보고, 또 사색에 잠기기도 하면서 몇 해를 보냈고, 사회적 형식과 관례에 대해서 상당히 무심한 태도를 보이기 시작했다. 그는 계급이나 재산과 같은 물질적 차이를 점점 경멸했다. 심지어 (최근에 작고한 지방유지 한 분이 좋아하는 표현을 쓰자면) "유서깊은 명문가"조차도 그 집안의 대표자들에게 훌륭한 새로운 결단이 없다면 그는 아무런 매력도 느끼지 못했다. 이 같은 엄격성과는 대조적으로, 그는 런던에 가서 세상이 어떻게 돌아가는지 또 무슨 직장이나 일자리를 구할 수 있을지 알아본 적이 있는데, 그만 이성을 잃고 자기보다 나이가 훨씬 많은 어떤 여자의 꾐에 빠질 뻔한 적도 있었다. 하지만 다행히 그 사건으로 큰 해를 입지는 않고 빠져나왔다.

어려서부터 시골의 한적한 분위기 속에서 지낸 까닭인지 그에게는 현대의 도회지 생활에 대한 강력한, 거의 이해할 수조차 없는 반감이 있었고, 그래서 영적인 직업이 어울리지 않는다면 세속적인 직업을 통해 추구해 볼 수도 있는 성공 따위도 도외시하게 되었다. 그러나 무슨 일이든 하긴 해야 했다. 그는 소중한 세월을 이미 많이 낭비해 버렸던 것이다. 그래서 식민지에서 농부로 성공적인 인생을 시작한 어느 친구를 만나자, 에인절은 그것이 올바른 길로 가는 지침이 될 수도 있겠다는 생각이 들었다. 농사란 식민지나 미국, 아니면 본국에서라도—아무튼 철저하게 배워 일을 할 수 있는 자격을 충분히 갖춘 뒤라면—물질적 수입보다 그가 훨씬 소중하게 여기는 것, 곧 지적 자유를 희생하지 않고도 독립된 생활을 가능하게 해줄 직업이었다.

이리하여 우리는 스물 여섯 살의 에인절 클레어가 탈보테이즈에 견습 농부로 와 있는 것을 목격하게 된다. 근처에 그가 편하게 지낼 수 있는 집이 없었기 때문에 그는 농장 주인댁에 하숙생으로 있었던 것이다.

그의 방은 착유장 건물 전체 길이에 걸쳐 있는 커다란 지붕 밑 방이었다. 그 방은 치즈 다락에서 사다리로만 올라갈 수 있었고, 그가 와서 자신의 은신처로 정하기 전에는 오랫동안 잠겨 있었다. 클레어는 이곳에 널따란 공간을 차지하고 있었고, 그래서 온 집안이 고요히 잠들어 있을 때면 그가 오가는 소리를 농장 일꾼들은 종종 들을 수 있었다. 한쪽 구석에 커튼을 쳐서 분리해 놓은 뒤쪽에 그의 침대가 있었고, 바깥쪽은 평범한 거실로 만들어져 있었다.

그는 처음에는 주로 책을 읽고 낡은 하프를 서투르게 타면서 거의 위층에서만 지냈다. 그 하프는 어느 경매장에서 사들인 것인데, 그는 기분이 울적할 때면 언젠가는 그 하프로 거리에서 밥을 벌어먹어야 할지도 모른다고 말했다. 그러나 그는 곧 주인 내외나 남녀 일꾼들과 함께 아래층에 있는 공동 식당에서 식사를 하면서 사람 공부하는 것을 더 좋아하게 되었다. 그들은 함께 모이면 모두 활기차게 어울렸는데, 그 집에서 잠을 자는 일꾼은 서넛뿐이었지만 식사시간에는 여러 명이 합석을 했다. 클레어는 그곳에 오래 머물수록 같이 있는 사람들에 대한 거부감이 줄어들었고, 그들과 숙소를 함께 쓰게 된 것이 좋아졌다.

스스로도 꽤 놀라운 일이었지만 사실 그는 그들과의 교제에서 정말 기쁨을 느꼈다. 그의 상상 속에 있던 보통의 농촌사람들—'시골뜨기'란 이름의 가련한 멍청이로 상징되는—은 며칠 동안 지내고 나자 지워져 버렸다. 가까이 다가가 보니 '시골뜨기'는 하나도 보이지 않았다. 다른 세상에서 들어온 클레어의 의식이 아직은 낯선 상태에 있던 초기에는, 그가 지금 어울려 지내는 친구들이 약간은 이상하게 보였다. 똑같은 주인집 식구의 한 사람으로 앉는다는 것이 처음에는 자존심이 상하는 일이었다. 생각과 방식과 환경이 진부하고 하찮게 보였다. 하지만 거기서 하루하루 지낼수록 이 예민한 하숙생은 그 광경 속에서 새로운 모습을 의식하게 되었다. 객관적인 무슨 변화도 없었지만 단조로움은 다채로움으로 바뀌어 있었다. 주인 내외 식구와 남녀 일꾼들은 클레어와 친숙해지면서 마치 화학 작용에서처럼 저절로 구별되기 시작했다. 파스칼의 생각이 그에게 생생하게 다가왔다. "사람은 지혜로워질수록 고유한 인간들이 얼마나 많은지를 인식하게 된다. 범상한 사람은 사람들 사이에서 아무런 차이도 보지 못한다." 전형적인 불변의 '시골뜨기'는 사라지고 없었다. 그는 수많은 다양한 동료 인간들—많은 생각을 가진 사람들, 끝없는 차이를 가진 사람들—로 분화되어 있었다. 더러는 행복하고, 또 많은 사람들은 조용하고, 또 더러는 침울하고, 이따금 어떤 이는 천재라고 할 만큼 똑똑하고, 어떤 이는 멍청하고, 어떤 이는 자유분방하고, 또 어떤 이는 엄격하고, 어떤 이는 소리없는 밀턴이 되기도 하고, 어떤 이는 크롬웰의 자질을 타고나 있었다. 어떤 이는 에인절 자신과 마찬가지로 나름대로 친구에 대한 생각을 가지고 있었고, 서로 칭찬하거나 비난하기도 하고, 상대방의 허물이나 잘못을 바라보며 기뻐하거나 슬퍼하기도 하며, 제각기 제 갈 길을 걸어가다가 한 줌의 흙으로 돌아갈 사람들이었다.

뜻밖에도 그는 자신이 계획한 진로와는 별개로 들판에서의 생활을 그 자체로, 또 그것이 가져오는 만족 때문에 좋아하기 시작했다. 자신의 상태를 살펴보면서 그는, 자비로운 신에 대한 믿음이 줄어들면서 문명인들을 사로잡고 있는 그 만성적 우울증으로부터 놀랄 만큼 해방되어 있었다. 스스로 익혀 둘 필요가 있다고 생각한 몇 권의 농업 관계 서적은 시간이 거의 걸리지 않았기 때문에, 그는 최근 몇년 만에 처음으로 직업을 갖기 위해 억지로 읽어야 한다는 목적의식 없이 자신의 생각이 이끄는 대로 독서를 할 수 있었다.

그는 옛 관념들에서 벗어나 삶과 사람들에게서 새로운 무엇을 발견했다. 다음으로 그는 예전에는 그냥 막연하게 알고 지내던 자연 현상들 곧, 각각의 분위기가 있는 계절들, 아침과 저녁, 한밤과 대낮, 서로 다른 기질을 가진 바람들, 나무와 강물, 안개, 그늘과 고요, 그리고 무생물들의 음성과 좀 더 친숙하게 되었다.

그들이 아침식사를 하는 큰 방은 불이라도 지펴야 할 만큼 이른 아침에는 아직 싸늘했다. 그들의 식탁에서 함께 식사를 하기에는 에인절 클레어의 신분이 너무 높다고 생각한 크릭 부인의 주문에 따라, 그는 식사시간에는 받침 달린 찻잔과 접시를 팔꿈치옆 경첩 달린 팔걸이판 위에 올려 두고 입 벌린 벽난로 구석에 앉는 것이 관례가 되었다. 길고 널찍한 세로창살이 난 건너편의 창문으로 흘러들어오는 햇빛이 그가 앉은 구석을 비추고, 게다가 굴뚝으로 흘러들어온 차가운 푸른빛이 다시 도와주고 있어서, 그는 원할 때는 언제나 쉽게 거기서 책을 읽을 수 있었다. 클레어와 창문 사이에는 그의 동료들이 앉는 식탁이 있었고, 그들이 식사하는 옆모습이 유리창을 배경으로 선명하게 드러났다. 한편 옆쪽으로는 우유 창고 문이 있어서, 그 속으로 아침에 짠 우유로 꼭대기까지 찰랑거리는 네모난 우유통이 줄지어 서 있는 것이 보였다. 그리고 그 저쪽 끝에는 커다란 교유기(攪乳機)가 돌아가는 것이 보였고, 덜커덕거리는 소리도 들렸다—창문 저쪽으로 교유기를 돌리는 말이 소년이 모는 대로 원을 그리며 맥없이 도는 모습이 보였다.

테스가 온 뒤로 며칠 동안 클레어는 우편으로 막 도착한 책이나 정기간행물, 음악 악보 등을 읽느라 정신이 없어서 그녀가 식탁에 앉아 있는 줄도 몰랐다. 그녀는 말수가 적은 반면에 다른 아가씨들은 수다스러웠기 때문에, 그는 그 수다 속에 새로운 음성이 들어 있으리라고는 생각지도 못했고, 게다가 바깥으로 나타나는 세세한 것들은 무시하고 항상 전체적인 인상에만 주목하는 습관이 그에겐 있었다. 그런데 어느 날 어떤 악보 한 장을 들여다보며 머릿속으로 그 가락을 상상하고 있는데, 깜빡하는 사이에 악보가 너풀거리며 난로 쪽으로 떨어지고 있었다. 장작 불꽃이 그의 눈에 들어오면서 아침식사를 끓여내고 난 뒤에 남은 한 줄기 불꽃이 춤곡이 끝나가듯 윤무를 그리며 마치 그가 속으로 흥얼거리는 가락에 맞추어 빠르게 춤을 추는 듯했다. 가로대에 매달린 두 개의 갈고리에 깃털처럼 붙어 있는 그을음도 똑같은 가락에 맞추어 떨고 있었고, 반쯤 비어 있는 주전자도 잉잉거리며 반주를 하고 있었다. 식탁에서 이야기를 나누는 소리가 그의 환상 속의 오케스트라에 가세했고, 그는 때마침 이런 생각이 들었다. "어느 아가씬지 목소리가 참 피리 소리처럼 맑구나! 새로 온 아가씬가 보다."

클레어는 다른 아가씨들과 함께 앉아 있는 그녀를 돌아보았다.

그녀는 그를 향하고 있지 않았다. 사실 오랫동안 말이 없었기 때문에 그 방안에서 그의 존재는 거의 잊혀져 있었다.

"난 귀신이 뭔지는 모르지만, 우리가 살아 있을 때도 영혼이 몸 밖으로 나갈 수 있다고 생각해." 테스가 말하고 있었다.

주인이 입에 음식을 한 입 가득 문 채 심각한 질문을 하려는 눈길로 그녀를 돌아보았고, 그의 큼지막한 나이프와 포크는 (여기서는 아침식사의 양이 많았다) 교수대(絞首臺)를 만들기라도 하듯 식탁

위에 곧추 세워져 있었다.

"뭐라고 — 정말인가? 아가씨, 그게 정말이란 말이야?" 그가 물었다.

"영혼이 빠져나가는 걸 아주 쉽게 알 수 있는 방법은," 테스가 계속했다. "밤중에 풀밭에 누워 어떤 커다란 밝은 별을 똑바로 쳐다보는 거예요. 그리고 우리 마음을 거기에 집중시키면 우리가 몸에서 수십 만 마일이나 떨어져 있다는 것을 곧 알 수 있고, 몸이 전혀 필요가 없다는 느낌이 들어요."

주인은 테스를 뚫어지게 바라보던 눈길을 돌려 자기 아내를 돌아보았다.

"거 참 희한하네, 크리스티아나, 안 그래? 생각해 보라구, 지난 30년 동안 연애도 하고 장사도 하고 또 의사나 간호사를 부르러 별이 반짝거리는 밤길을 돌아다녀 봤지만, 지금까지 그런 생각은 한 번도 해 본 적이 없고, 또 내 영혼이 옷깃 밖으로 한 치라도 나가는 걸 못 느꼈거든."

주인이 가르치는 견습생까지 포함해서 모두의 눈길이 자기에게로 쏠리는 것을 느끼고 테스는 얼굴을 붉히며 그냥 상상해 본 거라고 얼버무리며 아침식사를 계속했다.

클레어는 그녀를 계속 지켜보았다. 그녀는 곧 식사를 끝낸 뒤 클레어가 자기를 지켜보고 있다는 것을 의식하고는, 감시당하고 있다는 걸 느끼는 가축처럼 중압감을 느끼며 집게손가락으로 식탁보 위에 아무렇게나 무늬를 그렸다.

"저 아가씨는 정말 신선하고 순결한 자연의 딸이로군!" 그는 혼자 중얼거렸다.

그때 그는 그녀에게 뭔가 낯익은 데가 있다는 느낌이 들었다. 고뇌해야 한다는 강박관념이 천국까지도 우울하게 만들어 버리기 이전, 곧 미래 따위는 생각지 않고 유쾌하기만 했던 과거로 그를 이끌고 가는 무엇이었다. 어딘지는 알 수 없으나 그는 어디선가 그녀를 본 적이 있다고 결론을 지었다. 시골을 여행하다가 어디선가 우연히 만난 것은 틀림없는데, 그게 어딘지는 그리 알고 싶지 않았다. 다만 이로 인해서 그가 주위에 있는 여자를 살펴보고 싶을 때면 다른 예쁜 아가씨들보다는 테스를 고를 수 있는 여건은 충분히 마련된 셈이었다.

19

젖소는 대개 젖을 짜러 나오면 사람을 크게 가리지 않았다. 그러나 어떤 소는 특별히 좋아하는 손이 있어서, 이따금 지나치게 역성을 부리며 자기가 좋아하는 손이 아니면 도무지 앞에 서려고 하지도 않고 낯선 사람의 우유통은 버릇없이 걷어차기도 했다.

이렇게 편애하고 싫어하는 버릇을 고치려면 일손을 계속해서 바꾸어야 한다는 것이 목장 주인 크릭의 규칙이었다. 그렇게 하지 않으면 남자든 여자든 어느 일꾼이 목장을 떠날 때 곤란한 상황이 벌어질 수도 있기 때문이었다. 하지만 젖 짜는 처녀들은 내심 주인의 규칙과는 정반대의 속셈을 가지고 있었는데, 매일 여덟 내지 열 마리 소의 젖을 짤 때 젖꼭지가 손에 익은 소만 골라서 짜면 작업이 놀랄 만큼 쉽고 힘이 덜 들었다.

테스는 동료들과 마찬가지로 어느 소가 자기 손놀림을 좋아하는지 금방 알아차렸고, 또 지난 2, 3년 동안 집안에만 틀어박혀 있은 덕에 손가락이 부드러웠기 때문에 그런 점에서 젖소들의 비위를 맞출 수 있어서 기뻤을 것이다. 모두 아흔 다섯 마리 소 중에서 특히 여덟 마리—덤플링과 팬시, 로프티, 미스트, 엄마 프리티, 아기 프리티, 타이디, 그리고 라우드—가 그랬는데, 한두 녀석의 젖꼭지가 홍당무처럼 딱딱하긴 했지만 모두들 그냥 손가락만 갖다대면 될 정도로 쉽게 우유를 쏟아냈다. 하지만 테스는 주인의 생각을 잘 알고 있었기 때문에 자신이 아직 다룰 수 없는 아주 힘든 소를 제외하고는 양심적으로 차례가 돌아오는 대로 맡으려고 노력했다.

하지만 그녀는 겉으로는 우연한 것 같은 소들의 위치와 그 점에 관한 자신의 기대가 묘하게 일치하는 것을 곧 발견했고, 이윽고 소의 순서가 우연히 그렇게 된 것이 아니라는 것을 느꼈다. 주인의 견습생이 요즘 들어 소를 한 곳에 모으는 일을 거들고 있었는데, 대여섯 번째 소가 돌아왔을 때 그녀는 젖소에 몸을 기댄 채 장난기가 실린 궁금한 눈길로 그를 돌아보았다.

"클레어 씨, 당신이 젖소들 줄을 세웠군요!" 그녀는 얼굴을 붉히며 물었다. 이렇게 따지면서도 얼굴에는 자기도 모르게 미소가 떠오르며 가볍게 윗입술이 들리고 이빨 끝이 드러났다. 하지만 아랫입술은 여전히 미동도 않고 있었다.

"글쎄요, 별 차이가 없어요." 그가 대답했다. "여기서 계속 젖을 짜실 모양이죠."

"그렇게 생각하세요? 저도 그랬으면 **좋겠어요**! 하지만 잘 모르겠어요."

그녀는 이 외딴 곳을 좋아하게 된 중요한 이유를 그가 알지 못한 채 자신이 한 말을 오해했을지도 모른다는 생각이 들어 나중에 스스로 화가 났다. 혹시 그가 있기 때문에 그런 희망을 가지기라도 한 것처럼 너무 솔직하게 말해 버렸던 것이다. 그녀는 마음이 불안해져서 젖 짜는 일을 끝낸 뒤 저녁 무렵에는 혼자 뜰을 거닐었고, 그의 배려를 알아차리고는 그것을 드러낸 것이 계속 후회스러웠다.

전형적인 유월의 여름날 저녁이었다. 대기는 매우 섬세한 평온을 유지하며 사방이 한결 같아서, 마치 무생물까지도 오감(五感)은 아니더라도 두세 가지 감각은 갖추고 있는 듯했다. 멀고 가까운 것이 차이가 없었고, 귀를 기울이면 지평선 안에 있는 만물에 가까이 다가갈 수 있었다. 고요는 그냥 시끄럽지 않은 상태가 아니라 실재하는 그 무엇으로 생생하게 느껴졌다. 그 고요는 하프 타는 소리에 끊어졌다.

테스는 머리 위 다락방에서 나는 그 가락을 들은 적이 있었다. 그것은 닫힌 방안에서 날 때는 흐릿하고 단조로운 둔탁한 소리였기 때문에, 고요한 야외에서 마치 벌거벗은 것처럼 자유롭게 퍼져나가는 지금처럼 감동을 주지 못했다. 엄격히 말해서 악기나 솜씨는 형편없었다. 하지만 모든 것은 상대적인 법인지 음악을 듣는 동안 테스는 마치 무엇에 홀린 새처럼 그 자리를 떠날 수가 없었다. 떠나기는커녕 그녀는 연주자 쪽으로 다가갔고, 그가 자기를 알아차리지 못하도록 생울타리 뒤에 몸을 감추었다.

그녀가 서 있는 뜰 바깥쪽은 여러 해 동안 가꾸지 않고 내버려둔 곳이어서 지금은 습기가 많은 곳이었고, 건드리기만 하면 꽃가루가 안개처럼 일어나는 물기 많은 잡초로 무성했다. 또한 꽃에서 고약한 냄새를 내뿜는 키 큰 잡초들도 있었는데, 그 빨강, 노랑, 보라의 빛깔들은 가꾸는 화초들만큼이나 눈부시게 다채로운 색조를 띠고 있었다. 그녀는 이 무성한 잡초들 사이로 치마에 좀매미 거품을 묻히거나, 발 밑 달팽이를 뭉개기도 하고, 엉겅퀴 진과 민달팽이 액을 두 손에 묻히기도 하며, 사과나무 밑동에서는 눈처럼 희지만 그녀의 살갗에 닿으면 꼭두서니처럼 새빨갛게 변하는 끈끈이 벌레를 맨살에서 털어내기도 하면서 고양이처럼 소리없이 나아갔고, 마침내 클레어의 눈에 띄지 않으면서도 그와 가까운 곳으로 다가갔다.

테스는 시간과 공간을 도무지 의식할 수 없었다. 마음먹고 별을 바라보면 생겨난다고 스스로 얘기했던 그 환희가 마음먹지 않았는데도 다가와 있었다. 낡은 하프의 가녀린 가락을 따라 그녀의 가슴이 울렁거렸고, 그 화음은 산들바람처럼 그녀를 스치고 지나가면서 두 눈에 눈물이 고이게 했다. 떠다니는 꽃가루는 눈에 보이는 그의 노랫가락인 듯했고, 풀밭의 습기는 감정이 북받친 뜰이 흘리는 눈물이었다. 땅거미가 내려앉고 있었지만 냄새 고약한 잡초의 꽃들은 귀를 기울인 채 봉오리를 오므릴 생각이 없는 듯 빛을 발했고, 빛깔의 물결은 소리의 물결과 섞여 들었다.

그때까지 내비치던 햇살은 주로 서쪽 하늘의 구름장 사이로 난 커다란 구멍에서 새어나온 것이었다. 사방이 어둠으로 덮였지만 우연히 그곳에만 낮이 한 조각 남아 있는 듯했다. 별다른 기교가 필요없는 매우 단순한 곡조인 그 애처로운 가락을 그가 마무리지었다. 그녀는 다음 곡이 시작되리라 생각하면서 기다렸다. 하지만 연주에 싫증이 난 그는 발길 닿는 대로 걷다가 울타리를 들아 그녀 뒤쪽으로 천천히 다가오고 있었다. 테스는 두 뺨이 빨개지면서 눈치 채지 못하게 발걸음을 옮겼다.

하지만 에인절이 그녀의 얇은 여름옷을 발견하고는 말을 걸어왔다. 다소 떨어진 거리였으나 그의 나지막한 음성이 그녀의 귀에 들렸다.

"테스, 왜 그렇게 도망가는 거요? 무서워요?" 그가 말했다.

"아, 아니에요, 클레어 씨…… 바깥에 있는 것들은 무섭지 않아요. 특히 사과꽃이 떨어지고 모든 게 푸르기만 한 요즘에는요."

"그러면 집안에 있는 게 무서운 모양이죠—그래요?"

"글쎄요—예, 맞아요."

"뭔데요?"

"뭐라고 말을 할 수가 없네요."

"신내 나는 우유 때문에?"

"아뇨."

"산다는 게 모두?"

"예, 그래요."

"아—그건 나도 그래요, 종종 그래요. 이렇게 어설프게 살아 있다는 게 참 어려운 겁니다. 그렇지 않나요?"

"그렇게 말씀하시니까, 또 그런 것 같네요."

"그렇긴 하지만, 당신 같은 젊은 아가씨가 그런 생각을 한다는 건 참 의외군요. 어째서 그런 생각을 하게 되었어요?"

그녀는 머뭇거리며 입을 열지 않았다.

"자, 테스, 나한테만 말해 봐요."

그녀는 세상사를 어떻게 보는지 묻는 줄로 생각하고 수줍어하며 대답했다.

"나무는 호기심이 많은 눈을 가지고 있어요, 그렇지 않나요?—말하자면 그렇게 보인다는 거예요. 강물은 '왜 당신은 그런

표정으로 나를 괴롭히죠?'라고 말하고 있어요. 또 수많은 내일이 모두 한 줄로 늘어서 있는데, 맨 앞의 것이 가장 크고 선명하게 보이고 나머지 것들은 멀리 갈수록 점점 작아지는 것 같아요. 하지만 모두들 무섭고 사나운 표정을 짓고 있고, 마치 '내가 간다! 나를 조심해라! 나를 조심해라!'하고 말하는 것 같아요…… 하지만 클레어 씨는 음악으로 꿈을 불러일으킬 수 있으니 그런 끔찍한 공상은 쫓아버릴 수 있으시겠네요!"

그는 이렇게 젊은 여자—젖 짜는 여자에 불과하지만 동료들의 시샘을 불러일으킬 수 있을 만큼 보기 드문 무엇을 가지고 있는 여자—가 그처럼 슬픈 상상을 하고 있다는 사실을 발견하고 놀랐다. 그녀는 이 시대 전체의 정서라고도 할 수 있는 어떤 정서—현대의 질환—를 자신이 태어나면서 익힌 언어로—초등학교 6년 교육의 도움을 약간 받아—표현하고 있었다. 이른바 진보적 사상이라고 하는 것들이 실상은 사람들이 수백 년 동안 막연하게나마 깨우치고 있던 생각들을 대부분 최신 유행에 따라 정의를 새로 내린 것—무슨 **'학'**(學)이니 무슨 **'주의'**(主義)니 하는 말을 써서 좀 더 정확하게 표현한 것—일 뿐이라는 데 생각이 미치자 그의 놀라움은 좀 덜해졌다.

그럼에도 불구하고, 그렇게 젊은 나이에 그런 생각을 하게 되었다는 것은 이상했다. 이상한 것을 넘어서, 그것은 인상적이고 흥미롭고 또 서글프기까지 했다. 그로서는 이유를 짐작할 수 없었기 때문에, 경험이란 지속의 문제가 아니라 강도(强度)의 문제라는 것을 깨우칠 도리가 없었다. 테스의 육체가 일시적으로 경험했던 어두운 그늘은 그녀에게 정신적 수확이 되어 있었던 것이다.

한편 테스로서는 성직자 집안에다, 훌륭한 교육을 받고, 물질적으로도 부족한 것이 없는 사람이 어째서 살아 있다는 것을 불행으로 여기는지 이해할 수가 없었다. 불행한 순례자나 다름없는 자신에겐 충분한 이유가 있었다. 그러나 시인처럼 멋있는 이 남자가 어떻게 '치욕의 골짜기'로 떨어질 수 있으며, 또 어떻게 우스의 사나이와 마찬가지로 — 자신이 2, 3년 전에 그랬던 것처럼 — "내 영혼이 살기보다 숨이 막혀 죽기를 원하도다. 사는 것이 증오스러우니, 항상 살고 싶지 않도다"라고 느낄 수 있단 말인가('치욕의 골짜기'는 존 번연의 《천로역정》에 나오는 내용이고, '우스의 사나이'는 《성서》의 인물인 욥을 가리키며, 이 구절은 〈욥기〉 7장 15, 16절의 내용임-역주).

현재 그가 자신이 속한 계층의 바깥에 있는 것은 사실이었다. 그러나 그녀는 마치 표트르 대제가 조선소에 갔던 것처럼, 그도 자기가 배우고 싶은 공부를 하고 있는 것으로 이해했다. 그가 젖소의 젖을 짜는 것은 그럴 수밖에 없는 처지라서 그런 것이 아니라, 낙농가나, 지주, 농장주, 목축업자가 되어 부자가 되고 성공하기 위해서였다. 그는 아메리카나 오스트레일리아의 아브라함이 되어 마치 족장처럼 양떼와 소떼를, 얼룩배기와 고리무늬 가축들을, 남녀 하인들을 거느릴 것이다. 그럼에도 불구하고 이따금 테스로서는, 그렇게 의문의 여지없이 책을 좋아하고 음악과 사색을 즐기는 청년이 자기 부친이나 형제들과 달리 일부러 성직자가 아니라 농부가 되겠다고 나선 것을 정말 이해할 수 없었다.

이렇게 두 사람은 상대방이 가진 비밀의 실마리를 찾지 못한 채 겉으로 드러난 서로의 모습에 놀라워했고, 그러면서도 상대편의 내력을 알아보려고 캐묻기보다는 성격과 감정 상태를 새롭게 알게 될 때까지 기다리는 편이었다.

날이 가고 시간이 지날수록 그는 그녀의 기질을 조금씩 알게 되었고 그녀도 그에 대해 좀 더 이해하게 되었다. 테스는 감정을 억제하며 살아가려고 애를 썼으나 스스로 강인한 생명력을 타고났다는 것은 거의 깨닫지 못하고 있었다.

테스는 처음에는 에인절 클레어를 남자라기보다 한 사람의 지성인으로 바라보는 편이었고, 또 그렇게 지성인으로서의 그를 자신과 비교했다. 그래서 그의 풍요로운 지식을 발견할 때마다, 또 자신의 보잘것 없는 지적 수준을 안데스 산맥처럼 잴 수조차 없는 그의 높이와 비교할 때마다, 그녀는 실망하고 낙심이 되어 스스로 더 이상 무슨 노력을 해 볼 의욕마저 잃고 말았다.

어느 날 고대 희랍의 목가적 생활에 대해 우연히 그녀에게 무슨 이야기를 해 주다가 그는 그녀가 의기소침해 있는 것을 발견했다. 그가 이야기를 하는 동안 그녀는 강둑에서 '로드와 레이디'라는 꽃봉오리를 따모으고 있었다.

"갑자기 왜 그렇게 우울한 표정이죠?" 그가 물었다.

"아, 그냥—혼자 생각을 좀 했어요." 그녀는 힘없이 씁쓸한 웃음을 지으며 대답을 하고는 '레이디' 꽃잎을 마구 벗기기 시작했다. "제 인생이 달라진다면 어떻게 되었을까 하는 생각을 해 봤어요. 제 인생은 운이 없어서 망쳐 버린 것 같아요! 클레어 씨의 지식이나 또 읽고 보고 생각하시는 것들을 보면 저는 아무것도 아닌 것 같거든요! 저는 성경에 나오는 불쌍한 시바의 여왕이나 마찬가지예요. 저한테는 이제 아무런 용기도 없어요."

"저런, 그런 식으로 마음 고생을 하진 말아요." 그가 다소 적극적으로 말을 했다. "이봐요, 테스. 역사책이나 아니면 무슨 다른 거라도 읽고 싶은 게 있으면 내가 기꺼이 도와주겠소."

"또 레이디예요." 벗겨 낸 꽃봉오리를 내밀며 그녀가 그의 말을 가로막았다.

"뭐라고요?"

"꽃봉오리를 벗기면 항상 로드보다 레이디가 더 많다는 말이에요."

"로드고 레이디고 상관 말아요. 무슨 공부를 해 보겠소—가령 역사라거나?"

"가끔은 제가 지금 알고 있는 것보다 더 배우고 싶지 않을 때가 있어요."

"왜 그렇죠?"

"왜냐하면, 제 자신이 기껏해야 길게 늘어선 여러 사람들 중의 하나란 걸 알아 봤자 아무 소용이 없거든요—어떤 옛날 책에 나하고 똑같은 사람이 있었다고 씌어 있는 걸 보고, 나도 겨우 그 역할을 되풀이할 뿐이라는 걸 알고 나면 슬퍼져요. 정말이에요. 제일 바람직한 건 자기 성격이나 과거에 행한 일들이 다른 수많은 사람들과 같다거나, 또 앞으로의 인생도 그 수많은 사람들과 같다는 걸 기억하지 않는 거예요."

"아니, 그러면 정말로 아무것도 배우지 않겠다는 겁니까?"

"태양은 왜—왜 올바른 사람과 나쁜 사람을 똑같이 비추는가 하는 문제라면 배우고 싶어요." 그녀가 목소리를 약간 떨면서 대답했다. "하지만 그건 책에서 배울 수 있는 게 아닐 거예요."

"테스, 그렇게 비뚤어진 생각은 하지 말아요!" 그런 식의 의문은 지난날 자신도 경험한 적이 있었기 때문에, 그는 그냥 습관적인 의무감에서 그렇게 말했다. 하지만 그 순박한 입과 입술을 바라보면서, 그는 그 어김없는 시골 아가씨가 어디선가 그런 이야기를 듣고는 외고 있구나 라고만 생각했다. 테스는 로드와 레이디 꽃잎을 계속 벗겼고, 클레어는 고개 숙인 그녀의 시선을 따라 보드라운 뺨 위에 내려와 있는 그녀의 굽이진 속눈썹 주름을 잠시 바라보다가 망설이듯 자리를 떴다. 그가 떠나자 그녀는 마지막 봉오리를 벗기며 생각에 잠긴 채 잠시 서 있었다. 그러고는 공상에서 깨어나 모아 놓은 소중한 꽃잎들과 마지막 꽃잎을 모두 땅바닥에 내팽개쳤다. 그녀는 자신의 어리석은 행동에 갑자기 화가 치밀었고, 가슴속 깊은 곳에서부터 뭔가 뜨겁게 솟아오르는 것이 있었던 것이다.

그 사람은 자기를 얼마나 어리석게 생각할까! 그에게 잘 보이고 싶은 욕심이 갑자기 솟구치며 그녀는 이즈음에는 잊고 싶던 사실 곧 이야기만 들어도 기분 나쁜, 그 기사를 지낸 더버빌 가문과 자기네가 한집안이라는 것을 생각해냈다. 그녀에겐 아무런 도움도 되지 못했고, 오히려 그것을 알고 나서 여러모로 끔찍스런 일만 있었지만, 어쩌면 클레어 씨는 양반 가문에다 역사를 공부하는 사람이니까 킹즈비어 교회당의 퍼벡 대리석이나 설화석고(雪花石膏)에 새겨진 사람들이 그녀의 직계 조상이란 사실을 안다면, 또 그녀가 트란트릿지 사람들처럼 돈 많고 야심 많은 가짜 더버빌이 아니라 진짜 더버빌 가문이라는 사실을 안다면, 그녀가 로드와 레이디 꽃을 가지고 어린애처럼 굴었던 일을 잊어버릴 만큼 충분히 자기를 대접해줄 것 같았다.

하지만 그 사실을 감히 밝히기 전에 테스는 미심쩍은 생각이 들어, 클레어 씨가 어떤 반응을 보일지 알아보려고 목장 주인에게 혹시 재산과 토지를 모두 잃어버린 옛 명문가에 대해서 클레어 씨는 어떻게 생각하는지 슬쩍 물어보았다.

"클레어 씨는," 주인은 단호하게 말했다. "가장 반항적인 괴짜들 중의 한 사람이야 — 자기 집안 다른 식구들하곤 다르지. 그 사람이 무엇보다 싫어하는 게 있는데, 그게 이른바 명문가라는 말이야. 그 양반 얘기로는 명문가는 옛날에 힘을 모두 써 버렸기 때문에 이젠 할 일이 하나도 없다고 하는 게 이치에 맞다는 거지. 이 골짜기에도 빌레트나 드렌크하드, 그레이, 퀸틴, 하디, 굴드 같은 가문들이 몇 마일씩 땅을 가지고 있었지만, 이젠 옛날 노래 한 곡 값으로도 이름을 모두 살 수가 있거든. 아, 여기 우리 집에 있는 아가씨 레티 프리들도 파리델 집안 후손이야. 킹즈힌톡 부근에 땅을 많이 가지고 있던 명문 집안인데, 이제는 그게 모두 웨섹스 백작 소유가 되어버렸지. 옛날에는 이름도 없던 집안인데 말이야. 그런데, 클레어 씨가 이걸 알아내고는 며칠 동안이나 그 불쌍한 처녀를 꽤나 놀렸다는구만. '아, 아가씨는 젖 짜는 기술자가 못 될걸! 아가씨네 기술은 먼 옛날에 팔레스타인에서 다 써먹어버렸기 때문에, 한 천 년쯤은 쓰지 말고 기다려야 무슨 일을 할 힘이 생길걸' 하고 말이야. 일전에 어떤 소년이 여기 일자리를 구하러 왔는데, 이름이 매트라고 하길래 우리가 성이 뭐냐고 물었지. 그랬더니 그 아이가 성이 없다고 하는 거야. 왜 그러냐고 물었더니 자기 집안은 뿌리를 내린 지 아직 얼마 되지 않았다고 하더군. 그러자 클레어 씨가 벌떡 일어나더니 그 아이하고 악수를 하면서 '아! 너야 말로 내가 찾던 아이다. 너한테 기대가 크다'라고 하면서 반 크라운을 주더라구. 그럼, 그 사람은 명문가라면 절대로 못 참지!"

클레어의 생각을 이렇게 재미있게 설명해 주는 것을 듣고 나자 불쌍한 테스는, 자기 집안은 아예 한 바퀴를 돌아 새 집안이 될 정도로 유별나게 오래되긴 했지만, 마음이 약해졌을 때 그 얘기를 꺼내지 않은 것을 다행스럽게 여겼다. 게다가 젖을 짜는 다른 아가씨도 그 점에서는 자기나 다름없는 것 같았다. 그녀는 더버빌 가문의 지하묘지와 자기가 이름을 물려받은 정복왕 시대의 기사에 대해 입을 다물었다. 클레어의 성격을 파악하고 난 그녀는 자기가 그의 관심을 끈 것은 자신이 뼈대 없는 새로 생긴 집안으로 짐작되기 때문이라는 사실을 알아차렸다.

20

계절은 점점 무르익어 갔다. 또 한 해 몫의 꽃과 잎, 밤꾀꼬리와 개똥지빠귀, 콩새와 또 다른 덧없는 피조물들이, 자신들은 아직 미생물과 무기물의 입자에 불과했던 1년 전 다른 것들이 차지하고 있던 터에 새로 자리를 잡았다. 아침 햇살은 새싹을 틔워 길다란 줄기로 뻗어나게 하고, 소리 없는 관으로 수액을 밀어 올려 꽃잎을 열고, 보이지 않는 숨결로 향기를 뿜어내게 했다.

낙농장 주인 크릭의 집에서 일하는 일꾼들은 편안하고 조용한 또 즐거운 나날을 보내고 있었다. 그들의 처지는 어쩌면 사회 계층 전체로도 가장 행복한 편에 들었을 것이다. 그들은 궁핍하다고 할 수 있는 선은 넘어서 있었고, '예절'이 자연스런 감정을 구속하기 시작하고 또 진부한 유행을 좇느라 풍족을 하찮게 여기는 선에는 이르지 않았기 때문이었다.

이렇듯 나무처럼 자라나는 것이 자연계의 유일한 목적인 듯한 신록의 계절도 지나갔다. 테스와 클레어는 무의식중에 서로를 탐색하고 있었으나, 항상 열정의 가장자리에서 망설일 뿐 그 속으로 빠져들지는 않는 것 같았다. 내내 그들은 한 골짜기를 흐르는 두 물줄기처럼 보이지 않는 법칙에 의해 분명히 가까워지고 있었다.

테스는 근래 들어 지금처럼 행복한 적이 없었고, 아마 앞으로도 다시 그럴 수 있을 것 같지 않았다. 우선 그녀는 육체적으로나 정신적으로나 이 새로운 환경에 잘 어울렸다. 처음 씨를 뿌릴 때 유독성의 지층에 뿌리를 내렸던 어린 나무가 더 깊숙한 지층으로 이식된 셈이었다. 무엇보다도 그녀는, 또 클레어도 역시, 아직은 호감과 사랑 사이의 애매한 지점에 서 있었다. 아직은 깊은 관계까지 이르지 않았고, 또 사색도 시작되지 않은 채 어설픈 질문만 던져 볼 뿐이었다. "이 새 물결은 나를 어디로 데리고 가는 걸까? 이것은 나의 미래에 어떤 의미를 가질까? 나의 과거와는 어떤 관계가 있을까?"

테스는 아직 에인절 클레어에겐 문득 나타난 하나의 현상에 불과했다. 그녀는 이제서야 겨우 그의 의식 속에 자리를 잡기 시작한 따스한 장밋빛 환영(幻影)이었다. 그래서 그는 자신의 관심을 지극히 새롭고, 신선하고, 흥미로운 여성형을 만난 한 철학자의 눈길로만 생각하며 마음이 그녀에게 쏠리는 것을 내버려두었다.

그들은 계속 만났고, 만나지 않을 수 없었다. 날마다 그 이상스럽고도 장엄한 중간 지점 곧 여명의 아침, 보랏빛이나 분홍빛 새벽에 그들은 만났다. 이곳에서는 아침 일찍, 매우 일찍 일어나야 했기 때문이었다. 젖 짜는 일이 일찍 시작되었고, 젖을 짜기 전에 우유 위에 가라앉은 크림을 걷어 내야 하는데, 이 작업은 세 시가 조금 지나면 시작되었다. 대개는 일꾼들 중에서 자명종 소리에 잠을 먼저 깨는 사람이 나머지를 깨우도록 되어 있었는데, 테스가 가장 늦게 들어왔고, 또 다른 사람들처럼 자명종 소리에도 내처 잠을 자지 않아 믿을 만했기 때문에 이 임무는 대개 그녀가 떠맡았다. 세 시를 알리는 종이 울리면 그녀는 방에서 나와 주인집 방으로 달려갔다가, 다시 사다리로 에인절의 방에 올라가서 크면서도 속삭이는 듯한 목소리로 그를 부른 다음 자기 동료 처녀들을 깨웠다. 테스가 옷을 차려 입었을 쯤에는 클레어가 축축한 아침 공기 속으로 내려와 있었다. 나머지 처녀들과 주인은 대개 베개 위에서 한 바퀴를 더 구르느라 15분이 지나서야 나타났다.

동틀 무렵의 희미한 중간색은 혹시 밝기의 정도는 같을지 몰라도 해질녘의 희미한 중간색과는 다르다. 아침의 박명(薄明)에는 빛이 살아 움직이고 어둠이 무기력하다면, 저녁의 박명에는 살아 움직이며 커져가는 것은 어둠이요, 졸린 듯 물러서는 것이 빛이다.

두 사람은 종종—아마도 항상 우연만은 아니겠지만—낙농장에서 가장 먼저 일어나는 사람들이었기 때문에, 자신들이 온 세상에서 가장 먼저 일어나는 사람들인 것 같았다. 이곳에서 처음 일하기 시작한 이즈음 테스는 우유 크림 걷어 내는 일을 하지는 않고 일어나자마자 곧 바깥으로 나갔다. 그곳에는 늘 그가 그녀를 기다리고 있었다. 널따란 풀밭을 가득 채운 그 축축하고 희미하고 묘한 빛은 그들에게 마치 자신들이 아담과 이브인 양 외따로 떨어져 있다는 느낌을 주었다. 하루가 시작되는 희뿌연 빛 속의 테스는 클레어에겐 성품으로나 풍모로나 거의 여왕의 권위를 느끼게 할 만큼 위엄있는 모습으로 확대되어 다가왔다. 그것은 아마도 그 신비로운 시간에 그만큼 아름다운 여인이 그가 보는 앞에서, 또 영국 어디에도 바깥에 나와 그렇게 걸어다닐 것 같지가 않다고 생각했기 때문이었다. 아름다운 여인들은 한여름 새벽에는 으레 잠들어 있기 마련인 것이다. 그녀는 바로 옆에 있었고, 다른 여자들은 어디에도 보이지 않았다.

젖소들이 누워 있는 곳으로 그들이 함께 걸어갈 때의 그 독특하고 희미한 여명의 빛은 종종 그에게 예수가 부활한 순간을 떠올렸다. 막달라 마리아가 자기 옆에 서 있으리라고는 상상도 못한 일이었다. 모든 풍경이 중간색의 색조에 갇혀 있는 동안, 그의 시선이 향하고 있는 동반자의 얼굴은 안개층 위로 솟아오르면서 일종의 인광(燐光)을 발하는 듯했다. 그녀는 자유로이 활보하는 유령이라도 된 듯 기묘한 모습이었다. 사실 그녀의 얼굴에는, 겉으로 보이지는 않았지만 동북쪽에서 비쳐 오는 차가운 미광이 어려 있었고, 그의 얼굴 역시 자신은 깨닫지 못했지만 그녀에게 같은 인상을 주고 있었다.

이미 말했듯이 그녀가 그에게 가장 인상적인 모습을 보이는 것은 그때였다. 그녀는 더 이상 젖 짜는 처녀가 아니라 환영(幻影)으로 나타난 여성의 정수(精髓), 곧 전체 여성이 응축된 하나의 전형이었다. 그는 반쯤은 장난스럽게 그녀를 아르테미스나 디미터, 혹은 다른 멋있는 이름으로 불렀으나 그녀는 그것들을 이해할 수 없었기 때문에 좋아하지 않았다.

“절 테스라고 부르세요”라고 그녀가 미심쩍은 눈길로 말하곤 했고 그는 이를 따랐다.

그러는 동안 아침이 밝아왔고, 그녀의 모습은 평범한 여성으로 변했다. 축복을 베푸는 신의 모습에서 축복을 갈구하는 인간의 모습으로 바뀌었던 것이다.

이렇게 인적이 드문 시간이면 그들은 물새들이 있는 곳에 꽤 가까이 다가갈 수 있었다. 그들이 자주 찾아가던 목장 옆의 숲속 나뭇가지 위로 왜가리들이 방문과 덧문을 열 때 나는 소리 같은 대담무쌍한 소리를 지르며 날아올랐다. 혹은 이미 물 속에 있을 때 두 사람이 지나가면, 선 자세를 조금도 흐트러뜨리지 않고 마치 태엽을 감은 인형이 돌아가듯 천천히 수평으로 침착하게 고개를 돌리며 그들을 지켜보았다.

그럴 때면 그들은 언뜻 보아 홑이불처럼 얇은, 양털같이 수평으로 층층이 쌓인 엷은 여름 안개가 작은 조각들로 흩어져 풀밭 위로 퍼지는 것을 볼 수 있었다. 풀밭의 어스레한 습기 위로 밤새 젖소들이 누워 있던 흔적이 있었는데, 온통 이슬로 이루어진 바다에 소의 몸뚱이 자리만큼 마른 풀로 된 짙은 녹색의 섬이 떠 있는 꼴이었다. 각 섬마다 잠에서 깬 소가 꼴을 먹으러 어슬렁거리며 나간 구불구불한 길이 달려 있었고 그 길 끝에 소가 있었다. 그들을 발견하면 소는 콧구멍을 벌름거리며 주변보다 더 짙은 안개 같은 콧김을 뿜어댔다. 그러면 그들은 경우에 따라 소를 안마당으로 데리고 가든지 아니면 그 자리에 앉아 바로 젖을 짰다.

간혹 여름 안개가 더 널리 퍼지고 하얀 바다처럼 풀밭이 펼쳐지면, 그 바다 위로 위험한 암초처럼 드문드문 나무들이 모습을 드러냈다. 새들은 안개 위의 맑고 빛나는 대기 속으로 솟아올라 햇빛을 쬐며 공중에 떠 있거나, 이제 유리 막대처럼 반짝이며 목장의 경계를 이루고 있는 젖은 울타리 위에 내려앉곤 했다. 안개 속에서 나온 조그마한 다이아몬드 같은 이슬방울이 테스의 속눈썹에도 내려앉았고, 작은 진주알 같은 방울이 그녀의 머리카락에 맺혔다. 여느 때처럼 햇살이 뜨거워지면 이슬방울들은 사라졌고, 더욱이 테스도 그 이상스런 천상의 아름다움을 벗어던졌다. 그녀의 치아와 입술과 두 눈이 햇살 속에 반짝거렸고, 그녀는 다시 눈부실 만큼 아름다운 젖 짜는 여자가 되어 있었다. 세상의 다른 여자들에 맞서 자신을 지켜야 하는 한 여자일 뿐이었다.

이때쯤 그들은 목장 주인 크릭이, 농장에서 숙식을 하지 않는 일꾼들에게 늦게 온다고 잔소리를 하고, 데버러 파이안더 할머니에게 손을 씻지 않는다고 따끔하게 혼내는 소리를 듣곤 했다.

"제발 뎁, 펌프 밑에 얼른 손 좀 갖다 대요! 나 참, 런던 사람들이 할머니 그 꾀죄죄한 꼴을 봤다가는 우유하고 버터를 먹으면서 지금보다 더 거들먹거릴 텐데, 그럼 난리가 나요."

젖 짜는 일은 계속되었고, 끝날 때쯤 해서 테스와 클레어는 다른 이들과 마찬가지로 크릭 부인이 부엌의 벽 쪽에서 육중한 아침 식탁을 끌어내는 소리를 들을 수 있었다. 이 소리는 매번 식사를 할 때마다 어김없이 듣는 예고였고, 식사를 마치고 돌려놓을 때도 마찬가지로 마루 긁히는 소리가 심하게 났다.

21

아침식사가 끝나자마자 우유 작업장에서 큰 소동이 벌어졌다. 교유기는 평소처럼 돌아가는데 버터가 나오지 않는 것이었다. 이런 일이 생길 때마다 농장은 마비가 되었다. 커다란 통 속에서 철벅거리며 우유가 압축되는 소리는 들렸지만 그들이 기다리는 소리는 나지 않았다.

낙농장 주인 크릭과 그의 아내, 젖 짜는 처녀 테스와 마리안, 레티 프리들, 이즈 휴에트, 그리고 마을에서 온 결혼한 부인네들, 또 클레어 씨와 조너선 케일, 데버러 할머니를 비롯한 모든 사람들이 속수무책으로 교유기를 바라보며 서 있었다. 바깥에서 말을 몰던 소년도 사태의 심각성을 알아차린 듯 눈을 휘둥그레 뜨고 있었고, 말까지도 우울한 표정을 지으며 한 바퀴씩 돌 때마다 실망스러우면서도 궁금한 듯 창문 안을 기웃거렸다.

"엑든의 점쟁이 트렌들의 아들한테 가본 지도 몇 년이 됐군 — 몇 년이 됐어!" 주인이 씁쓸하게 말했다. "그런데, 그 친구는 자기 아버지한테 대면 아무것도 아니야. 이 얘기는 한 번만 더 하면 쉰 번이 되겠지만, 아무튼 그 친구는 정말 믿을 게 못 돼. 그래도 그 친구라도 살아 있으면 가볼 수밖에. 아, 그럼, 계속 이러면 가는 수밖에 도리가 없지!"

클레어 씨까지 주인의 낙심을 이해한 듯 딱한 표정을 짓기 시작했다.

"카스터브릿지 저쪽에 폴이란 점쟁이가 있었는데, 사람들은 보통 '와이드 오'라고 부르곤 했어요. 내가 어렸을 땐 아주 용한 사람이었는데." 조너선 케일이 말했다. "지금은 이 세상 사람이 아니라더군요."

"우리 할아버지는 멀리 아울즈컴에 있는 점쟁이 민턴한테 다녔는데, 할아버지 말씀으로는 똑똑한 친구라고 하시더군. 하지만 요즘은 그런 진짜 점쟁이가 어디 있어야지!" 크릭 씨가 말을 이었다.

크릭 부인의 생각은 목전의 문제에 좀 더 쏠려 있었다.

"혹시 집안에 연애하는 사람이 있나 봐요," 그녀가 머뭇거리며 얘기를 꺼냈다. "어릴 때 들은 이야긴데, 그게 이유가 되기도 한대요. 아니, 여보 — 몇 년 전에 있었던 그 처녀 기억나요? 그때도 버터가 제대로 안 나와서—"

"아, 그럼, 그럼!—하지만 그건 확실한 얘기가 아니야. 연애하곤 상관이 없었어. 확실하게 기억이 나는데—그건 교유기 고장이었어."

그는 클레어를 돌아보았다.

"잭 돌롭이라고 하는 아주 불한당 같은 녀석이 한때 여기서 젖을 짠 적이 있는데 말입니다. 이 녀석이 저 건너 멜스톡에 있는 처녀를 꼬드겨 놓고는 차 버린 겁니다. 이 친구가 전에도 그런 적이 여러 번 있는데, 이번에 정리해야 될 여자는 보통 여자가 아니었어요. 연애를 했던 바로 그 아가씨는 큰 문제가 아니었거든요. 달력에 있는 그 수많은 날 중에서 하필 부활 주일 목요일이었는데, 교유기만 안 돌릴 뿐 지금처럼 여기 모여 있었죠. 그런데, 그 여자 엄마가 문간에 나타나서는 황소라도 쓰러뜨릴 만한, 놋쇠 손잡이가 달린 큼지막한 우산을 손에 들고 소리를 지르는 겁니다. '잭 돌롭이란 녀석이 여기서 일합니까?—좀 보자고 하세요! 그놈한테 할 말이 있어요, 정말요!' 그리고 엄마 저 뒤쪽에는 잭이 데리고 놀던 그 처녀가 손수건으로 눈물을 닦아가며 슬프게 울면서 걸어오는 겁니다. 창 밖으로 두 사람을 본 잭이 '이크, 때가 왔구나! 사람 잡겠군! 어디 숨을까—어디 숨지—? 내가 어디 있는지 말하지 말아요!'라고 하고는 뚜껑문을 열고 교유기 속에 기어들어가 그 안에 숨어버린 겁니다. 바로 그때 처녀 엄마가 가공장 안으로 들어와 '이 악당 같은 놈—이놈 어디 있어? 잡기만 해 봐라, 얼굴을 쥐어뜯어 놓고 말겠다!'고 소리를 질러댔어요. 아, 그러고는 잭한테 갖은 욕을 퍼부어대며 사방을 쥐잡듯이 뒤지는데, 교유기 안에 엎드려 숨어 있는 잭은 숨이 막혀 죽을 지경이고, 불쌍한 아가씨는—아니 젊은 색시가 났겠군—눈이 퉁퉁 부을 정도로 울고 서 있었지요. 그건 절대로, 절대로 못 잊을 겁니다! 그 눈물이라면 대리석도 녹아내릴 지경이었거든요. 그 여자는 끝내 아무 데서도 잭을 찾아낼 수 없었답니다."

주인이 잠시 말을 멈추었고 듣던 사람들이 한두 마디씩 이야기를 보탰다.

주인의 이야기는 실제로 끝이 아니면서도 끝나는 것처럼 보일 때가 종종 있어서, 처음 듣는 사람들은 마지막에 하는 감탄사를 미리 터뜨릴 때가 있었다. 하지만 그의 오랜 동료들은 기다리고 있었고, 이야기는 계속 되었다.

"그런데, 어떻게 눈치를 챘는지, 노파는 그 녀석이 교유기 안에 숨은 걸 발견한 겁니다. 그러고는 말 한마디 없이 손잡이를 잡아 (그때는 수동으로 돌렸거든요) 돌리기 시작했어요. 잭은 속에서 떼굴떼굴 구르기 시작했구요. 그러다가 고개를 내밀고는 '아, 제기랄, 교유기 세우고 좀 꺼내 줘요! 묵사발 되겠어요.' (그런 녀석들이 흔히 그렇듯이 그 녀석도 겁이 많았거든요.) '저 아이 몸을 버려 놨으니 그거 보상할 때까지는 안 된다'라고 노파가 소릴 지르자, 녀석은 '교유기 멈춰, 이 못된 할망구야!'라고 소리를 지르는 겁니다. 그러자 노파는 이렇게 대꾸를 했어요. '못된 할망구라고? 이 사기꾼 놈아! 다섯 달 전부터 나를 장모님이라고 불렀어야지!' 이렇게 교유기는 계속 돌아가고, 잭은 다시 뼈가 덜그럭거릴 지경이 됐는데, 우리는 아무도 감히 나설 수가 없었답니다. 그러다가 마침내 그 녀석이 책임지겠다고 약속을 했어요. '좋아요 — 약속 지키죠!' 그래서 그날 소동은 끝났답니다."

이야기를 듣던 사람들이 미소로 재미있다는 말을 대신하고 있는데, 그들 등뒤로 재빠르게 뭔가 움직이는 소리가 났다. 그들이 돌아보자 테스가 얼굴이 하얗게 질린 채 문간에 가 있었다.

"오늘은 날이 굉장히 덥네요!" 그녀가 거의 들릴락말락 중얼거렸다.

정말 더운 날이었고, 아무도 그녀가 뒤로 물러난 것을 주인의 옛날 이야기와 연관시키지 않았다. 주인이 앞으로 나서서 그녀를 위해 문을 열어 주며 다정한 어조로 놀렸다.

"왜 그래, 아씨"(그는 테스가 어떻게 생각할지는 모른 채 자주 그녀에게 이 애칭을 사용했다). "우리 목장에서 가장 예쁜 일꾼이 말이야. 여름이 겨우 시작인데 이렇게 지치면 안 되지, 이러다가 삼복 더위에 사라지면 곤란해. 그렇죠, 클레어 씨?

"좀 어지러워서 그래요. 바람을 쐬면 나을 것 같애요." 그녀는 무표정하게 대답하고 밖으로 나갔다.

테스를 위해선 다행스럽게도 그 순간 교유기 속에서 돌고 있던 우유에서 찰랑거리는 소리가 그치고 딱, 딱하는 소리가 선명하게 들렸다.

"나와요!" 크릭 부인이 소리를 지르자 테스를 향했던 눈길이 모두 그쪽으로 향했다.

충격을 받은 그 아름다운 여인은 외견상 곧 평정을 회복했다. 하지만 그녀는 오후 내내 기분이 매우 우울했다. 저녁의 젖 짜는 작업이 끝나자, 그녀는 다른 사람들과 같이 있고 싶지 않아서 바깥으로 나와 아무 데로나 정처 없이 걸었다. 그녀는 슬펐다. 주인의 이야기가 동료들에게는 그냥 우스갯거리로만 들린다는 데 생각이 미치자 너무 서글펐다. 그 슬픔을 아는 사람은 자기 말고는 아무도 없는 것 같았다. 그 이야기가 그녀의 여린 상처를 얼마나 잔인하게 건드렸는지 아무도 모르는 것이 분명했다. 저물어가는 태양은 마치 하늘에서 불타오르는 커다란 상처인 듯해서 그녀는 싫었다. 다만 강가 덤불 속에서 목이 쉰 외로운 참새 한 마리가 구슬픈 기계음을 띤 목소리로 그녀를 반겼으나, 그 소리마저 이젠 사귀기에 싫증이 난 옛 친구의 목소리를 닮아 있었다.

이렇게 낮이 긴 유월이면 젖 짜는 처녀들은, 아니 사실상 온 집안 사람들은 해가 떨어지면 곧 잠자리에 들었다. 젖을 짜기 전의 아침 작업이 일찍 시작될 뿐만 아니라 우유가 통에 가득할 때는 꽤나 무겁기 때문이었다. 테스는 대개 친구들을 따라 이층으로 올라갔다. 하지만 그날 밤은 그들과 함께 쓰는 방으로 제일 먼저 올라왔고, 다른 처녀들이 들어왔을 때는 벌써 겉잠이 들어 있었다. 그녀는 오렌지 빛깔의 석양빛을 받으며 그들이 옷을 벗는 것을 보았고, 그들의 모습은 오렌지 빛으로 물들어 있었다. 그녀는 깜빡 잠이 들었다가 그들의 목소리에 다시 잠을 깼고, 조용히 그들을 향해 눈을 돌렸다.

같은 방을 쓰는 그녀의 세 동료는 아직 아무도 잠자리에 들지 않고 있었다. 그들은 잠옷을 입은 채 맨발로 창가에 함께 서 있었고, 서쪽에서 흘러들어오는 마지막 붉은 햇살이 아직 그들의 얼굴과 목덜미, 그리고 사방의 벽을 비추고 있었다. 그들은 마당에 있는 어떤 사람을 매우 유심히 지켜보고 있었고, 그들의 세 얼굴은 서로 바짝 모여 있었다. 명랑하고 동그란 얼굴과 검은 머리에 창백한 얼굴, 그리고 다갈색 머리를 길게 땋아 늘인 예쁘장한 얼굴이었다.

"밀지 마! 나만큼 잘 보일 텐데." 다갈색 머리카락에 나이가 가장 어린 레티가 창문에서 눈을 떼지 않고 말을 했다.

"레티 프리들, 나도 그렇지만 너도 저 분 좋아해 봤자 소용없어." 쾌활한 얼굴을 한 나이가 가장 많은 마리안이 장난스럽게 말했다. "그분은 네 뺨이 아니라 딴 사람 뺨을 생각하고 있거든."

레티 프리들은 여전히 밖을 내다보았고, 두 사람도 다시 바라보았다.

"저기 또 나왔어!" 이즈 휴에트가 소리쳤다. 창백한 얼굴에 촉촉한 검은 머리, 입술 윤곽이 뚜렷한 처녀였다.

"이즈, 말 안 해도 다 알아," 레티가 대꾸했다. "네가 저 분 그림자에 키스하는 걸 봤거든."

"얘가 뭘 하는 걸 봤다고?" 마리안이 물었다.

"아 — 저 분이 유장(乳漿)을 빼느라고 유장통 앞에 서 있는데, 얼굴 그림자가 뒤에 있는 담에 생겼거든. 이즈가 그 옆에서 우유를 통에 따르고 있다가 담에다 입을 대고 저 분 입 그림자에다 키스를 하는 거야. 난 봤지, 저 분은 못 봤지만."

"이런, 이즈 휴에트!" 마리안이 말했다.

이즈 휴에트의 뺨 한가운데가 장밋빛으로 빨개졌다.

"그래서, 뭐 잘못된 건 없잖아." 애써 태연한 척하며 이즈가 대꾸했다. "그리고 내가 저 분을 좋아한다지만, 그건 레티도 그렇고 마리안도 마찬가지잖아."

마리안의 복스런 얼굴은 원래 분홍빛이라서 더 이상 빨개질 수가 없었다.

"내가!" 그녀가 말했다. "무슨 근거 없는 소릴! 아, 다시 나왔어! 저 눈 — 저 얼굴 — 사랑하는 클레어 씨!"

"그것 봐 — 털어놓으시는군!"

"너도 그렇고 — 우리 모두 똑같지 뭐." 다른 사람이 뭐라 그러든 신경쓰지 않는다는 듯 마리안이 솔직하게 말했다. "다른 사람들한테 말하기는 좀 그렇지만, 우리끼리 있으면서 안 그런 척하는 것도 좀 우습잖아. 난 내일이라도 저 분하고 결혼했으면 좋겠어."

"나도 그래 — 아니 그 이상이야." 이즈 휴에트가 중얼거렸다.

"나도 그래." 좀 더 내성적인 레티가 나지막하게 말했다.

이야기를 듣고 있던 테스는 얼굴이 달아올랐다.

"모두 한꺼번에 저 분하고 결혼할 수는 없어." 이즈가 말했다.

"더욱 유감스러운 건, 우리 중엔 아무도 저 분과 결혼할 수 없다는 거야." 가장 나이가 많은 처녀가 말했다. "다시 나왔어."

셋은 모두 그를 향해 소리 없는 키스를 보냈다.

"왜?" 레티가 재빨리 물었다.

"왜냐하면 테스 더비필드를 제일 좋아하시거든." 마리안이 목소리를 낮추며 말했다. "매일 저 분을 지켜보다가 알아냈지."

생각에 잠긴 듯 침묵이 흘렀다.

"하지만 테스는 저 분한테 별로 관심이 없잖아?" 마침내 레티가 속삭이듯 말했다.

"그래 — 나도 종종 그런 생각이 들어."

"하지만 이건 모두 쓸데없는 일이야!" 이즈 휴에트가 못 참겠다는 듯 입을 열었다. "저 분은 우리 중에서 아무하고도, 또 테스하고도 결혼하지 않을 게 분명해 — 외국에 나가 대지주가 되어 농장을 경영할 양반집 아들이란 말이야! 차라리 우리한테 1년에 얼마 줄 테니까 농장 일꾼으로 함께 가자고 하는 편이 맞을걸!"

하나가 한숨을 짓자 또 하나가 뒤따랐고, 마리안의 통통한 몸에서 가장 큰 한숨 소리가 났다. 바로 옆의 침대에 누워 있던 또 한 사람도 한숨을 지었다. 이 지방 향토지(鄕土誌)에서는 대단하게 취급되는 파리델 가문의 마지막 꽃봉오리, 빨간 머리의 귀여운 막내 레티 프리들의 두 눈에 눈물이 고였다. 세 가지 머리 빛깔을 뒤섞은 채 그들은 조금 전처럼 여전히 머리를 맞대고 소리 없이 바깥을 좀 더 지켜보았다. 하지만 아무것도 모르는 클레어 씨는 안으로 들어갔고, 그들은 더 이상 그의 모습을 볼 수 없었다. 어둠이 깊어지기 시작하면서 그들은 각각 잠자리로 들어갔다. 잠시 후 그가 사다리로 방에 올라가는 소리를 그들은 들었다. 마리안은 곧 코를 골았으나 이즈는 한참 동안은 그 생각을 떨칠 수가 없었다. 레티 프리들은 울다가 잠이 들었다.

누구보다도 격정적인 감정에 사로잡혀 있던 테스는 도무지 그때까지 잠을 이룰 수가 없었다. 그들의 대화는 그날 그녀가 삼켜야 했던 또 하나의 쓴 약이었다. 그녀의 마음속에서는 질투의 감정이라고는 조금도 일어나지 않았다. 그 문제에 관한 한 자기가 더 유리한 위치에 있다는 것을 그녀는 알고 있었다. 얼굴도 그들보다 더 예쁘고, 교육도 더 받았고, 또 레티 말고는 가장 어리지만 누구보다 성숙한 여인다운 데가 있었기 때문에, 그녀는 자기가 조금만 마음을 쓰면 솔직하게 털어놓는 그녀의 친구들보다 쉽게 에인절 클레어의 마음을 사로잡을 수 있다고 느꼈다. 그러나 과연 자신이 꼭 그렇게 해야 하느냐 하는 것은 어려운 문제였다. 솔직히 말해서 그들 어느 누구도 가능성이 없다는 것은 분명했다. 하지만 그가 여기에 머무는 동안 일시적이나마 그에게 그녀를 좋아하는 마음을 불러일으키고, 또 자신이 그의 주목을 받고 있다는 즐거움을 맛볼 수 있는 기회가 한두 번은 있었다. 그처럼 차이가 나는 신분이지만 결혼에 성공한 예가 있기는 했다. 게다가 크릭 부인에게 들은 바로는 클레어 씨는 언젠가 웃으면서, 1만 에이커나 되는 식민지 목장을 돌보고 가축을 키우고 곡식을 거두어야 하는데, 귀부인하고 결혼해 봤자 무슨 소용이 있겠냐는 말을 한 적도 있었다. 농촌 출신의 여자라야만 그에게 어울리는 아내감이라는 것이었다. 하지만 클레어 씨가 진심으로 말했건 아니건 간에, 양심상 어떤 남자에게도 도저히 결혼을 약속할 수 없는 자신이, 또 절대로 그런 유혹에 넘어가지 않겠다고 경건하게 맹세까지 한 자신이, 그가 탈보테이즈에 있는 동안 잠시 그의 눈길을 받는 행복을 맛보기 위해 그의 관심을 다른 여자들로부터 떼어놓아야 한단 말인가?

22

이튿날 아침 그들은 하품을 하며 아래층으로 내려왔으나 크림

건져내는 작업과 젖 짜는 일을 여느 때와 마찬가지로 계속한 후, 아침식사를 하기 위해 안으로 들어갔다. 주인 크릭이 발을 쿵쿵거리며 집안을 왔다갔다하는 모습이 눈에 띄었다. 어떤 단골손님이 편지를 보내왔는데 버터에서 퀴퀴한 냄새가 난다고 불평을 한 것이었다.

"제기랄, 정말 그렇군!" 주인은 버터 덩이 하나를 꿴 가는 나무 막대기를 왼손에 들고 말했다. "맞아—맛 좀 봐요!"

몇 사람이 그의 옆으로 모여들었다. 클레어 씨가 맛을 보고, 테스가 맛을 보고, 숙식하는 다른 처녀들과 남자 일꾼 한두 사람이 맛을 본 다음에, 아침 식탁을 차려 놓고 기다리다 나온 크릭 부인이 마지막으로 맛을 보았다. 확실히 떫은 맛이 있었다.

주인은 맛을 좀 더 정확하게 식별하여 어떤 독초가 그것과 관련이 있는지 알아내려고 혼자 생각에 잠겨 있다가 갑자기 소리를 질렀다.

"마늘이구나! 우리 목장엔 마늘이라곤 한 쪽도 없는 줄 알았는데!"

그러자 오래된 일꾼들은 모두 최근 들어 소 몇 마리를 들여보낸 어느 마른 목초지 때문에 몇 년 전에도 똑같이 버터를 망쳐 버린 적이 있다는 사실을 기억해냈다. 주인은 그때는 그 맛을 구별하지 못해서 버터에 귀신이 붙었다고 생각했던 것이다.

"그 목초지를 철저히 뒤져 봐야겠군. 이렇게 계속 놓아둘 수는 없어!" 주인이 계속 말했다.

모두 끝이 뾰족한 헌 칼을 하나씩 들고 함께 나섰다. 그 해로운 풀은 평소처럼 그냥 둘러보아서는 알 수 없을 만큼 아주 좁은 면적에서만 자라고 있을 것이기 때문에, 수북이 자란 넓은 풀밭에서 그것을 찾는다는 것은 거의 가망이 없어 보였다. 하지만 이 수색은 무척 중요한 일이었기 때문에 그들은 서로 도와가며 줄을 지어 나섰다. 도움을 자청한 클레어 씨와 함께 주인이 위쪽 끝에 서고, 다음에 테스, 마리안, 이즈 휴에트, 레티, 그리고 빌 리웰, 조너선이 섰고, 그 다음으로 결혼해서 자기집에서 살고 있는 부인네들—숱이 많은 검은머리에 눈동자가 반짝거리는 벡 닙스와 축축한 목초지의 차가운 습기 때문에 폐병에 걸린 황갈색 머리칼의 프란시스—이 뒤를 이었다.

시선을 땅에 고정시킨 채 그들은 풀밭 한쪽을 천천히 걸어갔다가 똑같은 방식으로 약간 아래쪽으로 돌아왔다. 그래서 일을 끝마쳤을 때는 전체 풀밭에서 그들 중 어느 한 사람의 눈길이 닿지 않은 곳이라곤 한 치도 없을 정도였다. 그것은 매우 단조로운 작업이었지만 풀밭 전체에서 찾아낸 마늘 싹은 겨우 대여섯 개에 불과했다. 하지만 마늘의 매운 맛이 얼마나 강한지 소 한 마리가 마늘을 한 입만 물어도 목장에서 그날 하루 받아낸 우유의 맛을 바꾸어 놓기에 충분할 정도였다.

성격이나 기질은 서로 그렇게 딴판인 사람들이었지만, 그들은 소리 없이 허리를 굽힌 채 마치 기계처럼 이상하리만치 똑같이 한 줄을 짓고 있었다. 근방에서 길을 지나가던 낯선 길손이라면 그들 모두를 똑같이 '시골뜨기'라고 불러도 할 말이 없을 터였다. 마늘을 찾아 그렇게 허리를 깊이 숙인 채로 천천히 나아가고 있는 동안, 그들의 등 위로 한낮의 뜨거운 햇빛이 쏟아지고 있었으나 그늘진 얼굴들은 미나리아재비에 반사된 연노랑 빛을 받아 마치 달빛 속의 요정 같은 모양을 하고 있었다.

모든 일에 다른 사람들과 똑같이 참여한다는 자신의 원칙을 고수하고 있던 에인절 클레어는 이따금 고개를 들어 둘러보았다. 그가 테스 바로 옆에서 걷게 된 것은 물론 우연이 아니었다.

"흠, 안녕하십니까?" 그가 나지막하게 말했다.

"네, 덕분에요." 그녀가 차분하게 대답했다.

두 사람이 개인적인 신상에 관해 여러 가지 이야기를 나눈 지 30분도 안 되었기 때문에, 이런 식으로 말문을 여는 것은 다소 새삼스러웠다. 그들은 이번에는 이야기를 계속 나누지 않았다. 계속해

서 걷고 또 걸었다. 그녀의 치맛자락이 그의 각반에 닿기도 했고, 그의 팔꿈치가 가끔씩 그녀의 팔꿈치를 스쳐 지나갔다. 옆에서 걷고 있던 목장 주인이 마침내 더 이상 참을 수 없던 모양이었다.

"정말이지, 이렇게 구부리고 있으니 등허리가 끊어지는 것 같구만!" 그는 얼굴을 찡그리면서 똑바로 설 때까지 허리를 천천히 폈다. "그리고, 테스 아씨, 한 이틀 전에 몸이 안 좋다고 하던데—이걸 계속하면 머리가 꽤 아플걸! 어지러우면 그만둬요. 나머지는 다른 사람들한테 맡기고."

주인 크릭이 뒤로 처지자 테스도 빠졌다. 클레어 씨 역시 줄에서 떨어져나와 혼자서 잡초를 찾기 시작했다. 테스는 그가 자기 옆에 있는 것을 보자 전날 밤에 들은 이야기가 생각나서 먼저 말을 걸었다.

"쟤들 예쁘죠?" 그녀가 물었다.

"누구 말입니까?"

"이지 휴에트하고 레티요."('이지'는 '이즈'의 애칭-역주)

테스는 그 둘 다 농부의 아내감으로 훌륭하다고 생각하고 있었고, 또 그들을 추켜세워 자신의 불행스런 아름다움을 숨겨야 한다고 우울한 마음으로 결심해 둔 바가 있었다.

"예쁘다고요? 글쎄, 아 — 예쁜 처녀들이군요 — 기운찬 모습들이구요. 나도 종종 그렇게 생각했어요."

"하지만 안타깝게도 예쁜 건 오래 가질 않는가 봐요!"

"그런 셈이죠, 불행스럽게도."

"저 아가씨들은 젖을 참 잘 짜요."

"맞아요, 하지만 당신보단 못하죠."

"크림 걷는 솜씨도 나보다 나은걸요."

"그래요?"

클레어는 아가씨들을 계속 바라보았다 — 물론 아가씨들도 그를 보지 않는 것은 아니었다.

"저 아가씨 얼굴이 빨개지네요." 테스가 용기를 내어 말을 이었다.

"누구요?"

"레티 프리들요."

"아! 그건 왜요?"

"당신이 자기를 보고 있으니까요."

테스는 스스로 희생해도 좋다는 심정이었으나, 차마 "귀부인이 아니라 정말로 젖 짜는 처녀를 원한다면 저 아가씨들 중의 하나와 결혼하세요. 나하고 결혼할 생각은 하지 마세요!"라고까지 말할 수는 없었다. 그녀는 주인 크릭을 따라가면서 클레어가 뒤에 남아 있는 것을 보고 서글프면서도 만족스러웠다.

그날부터 그녀는 그를 피하기 위해 갖은 노력을 다했다 — 순전히 우연하게 그와 함께 있게 될 때에도 예전처럼 오랫동안 있으려고 하지 않았다. 그녀는 다른 세 처녀에게 가능한 한 기회를 만들어 주었다.

테스는 처녀들의 고백을 듣고 에인절 클레어가 처녀들의 체면을 배려할 줄 아는 사람이란 것을 깨달을 만큼 성숙한 여인이 되어 있었고, 그가 처녀들의 행복에 조금이라도 피해를 주지 않기 위해 조심하고 있다는 것을 깨닫고서는, 사실이건 아니건 간에 그가 보여 준 절도 있는 책임감에 대해 따스한 존경의 마음까지 일었다. 그것은 그녀가 남자들에게서는 절대로 기대하지 못했던 성품이었고, 또 그것이 없었더라면 그와 한집에 살았던 순박한 처녀 몇몇은 울면서 인생길을 떠났을지도 모를 일이다.

23

7월의 무더운 날씨가 아무도 모르게 슬그머니 찾아왔고, 평탄한 골짜기의 대기는 흡사 마취제인 양 일꾼과 젖소와 수목들 위로 무겁게 내리누르고 있었다. 뜨거운 김이 나는 빗줄기가 종종 쏟아져 젖소들을 먹이는 풀밭을 더욱 무성하게 만들면서, 한편으로는 다른 풀밭에서 벌어지는 때늦은 건초 작업을 훼방놓았다.

일요일 아침이었다. 우유 짜는 일이 끝나고 집에서 다니는 일꾼들은 집으로 돌아가고 없었다. 테스와 세 처녀는 낙농장에서 3, 4마일 가량 떨어진 멜스톡 교회에 같이 가기로 약속이 되어 있어서 일찍 옷을 갈아입었다. 테스가 탈보테이즈에 온 지도 이제 두 달이 지났고, 이것이 그녀의 첫 나들이였다.

전날 오후부터 밤새도록 천둥비가 엄청나게 풀밭 위로 쏟아졌고 건초 더미 일부가 강물에 떠내려가기도 했지만, 아침에는 오히려 큰비가 온 덕택에 태양이 더욱 찬란하게 빛나고 대기도 향기롭고 상쾌했다.

그곳에서 멜스톡까지 가는 꾸불꾸불한 길은 지대가 낮은 곳에 도로가 난 곳이 일부 있었는데, 그들은 가장 낮은 곳에 이르렀을 때 전날 내린 비 때문에 약 50야드 가량의 도로가 구두 위 높이까지 물이 차 있는 것을 발견했다. 평일이라면 이것은 어려운 장애물이 아니었을 것이다. 그들은 굽이 높은 나무덧신이나 긴 구두를 신고 아무렇지도 않게 철벅거리며 그곳을 지나갔을 것이다. 하지만 이날 같은 허영의 날에, 햇빛 환한 '일'요일에, 영적인 것에 볼일이 있는 듯 엉큼하게 가장을 하지만 육체가 육체를 희롱하러 나가는 날에, 한 점 얼룩이라도 눈에 띌 만큼 하얀 양말에 얇은 구두, 분홍빛 흰빛 라일락빛의 드레스를 입을 수 있는 이 기회에, 물웅덩이는 거북스런 장애물이었다. 그들을 부르는 교회 종소리가 들려왔다—하지만 아직 1마일 가량은 더 남아 있었다.

"여름에 냇물이 이렇게 넘칠 줄 누가 알았겠어!" 함께 기어올라간 길가 둑 위에서 마리안이 말했다. 그들은 물웅덩이를 지날 때까지 둑의 비탈을 따라갈 작정으로 조심스럽게 걸음을 옮겼다.

"물을 곧장 건너든가 아니면 큰길까지 돌아가지 않고는 아무래도 교회에 못 가겠는걸. 그러면 많이 늦을 텐데!" 레티가 체념한 듯 걸음을 멈추고 말했다.

"난 교회에 늦게 들어가면 사람들이 모두 쳐다봐서 얼굴이 너무 빨개져. '주님 뜻대로 하옵소서'하고 기도할 때가 되어야 겨우 식는단 말이야." 마리안이 말했다.

그들이 냇가 둑에 매달려 서 있는 동안 길모퉁이에서 철벅거리는 소리가 들리면서 곧 그들을 향해 물을 건너오는 에인절 클레어의 모습이 나타났다.

네 사람의 가슴은 동시에 마구 떨렸다.

그의 복장은 독실한 신부의 아들 중에 종종 그런 이가 있듯이 도무지 안식일과는 거리가 먼 차림이었다. 그는 목장에서 일하는 옷 그대로에다 긴 장화를 신고, 머리를 식히려고 모자 속에 양배추 잎사귀를 넣고 있었고, 더욱이 풀 베는 긴 낫까지 들고 있었다.

"저 분은 교회에 가시지 않나 봐." 마리안이 말했다.

"그래—가면 좋을 텐데!" 테스가 중얼거렸다.

에인절은 사실 (교묘한 논쟁가들의 안전한 어구를 이용하자면) 옳건 그르건 간에 화창한 여름날에는 교회나 예배당에서 하는 설교보다 돌의 설교를 더 좋아했다('돌의 설교'는 셰익스피어의 희곡 〈뜻대로 하세요〉 2막 1장에 나오는 구절로 '문명 세계가 아닌 자연 속에서 얻는 깨달음과 지혜'를 뜻한다-역주). 게다가 그는 오늘 아침은 홍수 때문에 생긴 건초 피해가 어느 정도인지를 알아보러 나왔던 것이다. 그는 길을 가다가 멀리서 아가씨들을 발견했던 것인데, 아가씨들은 어떻게 건너갈지 고민을 하느라고 그를 알아보지 못했던 것이다. 그는 그 지점에 물이 불어서 그들이 건너가지 못하고 있으리라는 것을 알고 있었다. 그래서 그는 아가씨들을—특히 그중의 한 사람을—도와줄 수 있는 무슨 방법이 있을 것이라는 막연한 생각으로 서둘러 왔던 것이다.

장밋빛 뺨에 반짝이는 눈동자를 지닌 네 아가씨는 마치 지붕의 비탈에 내려앉은 비둘기처럼 길가 둑에 매달려 있었는데, 얇은 여름옷을 입고 있는 그 모습들이 너무 아름다워 그는 가까이 다가가기 전에 잠시 멈춰서서 그들을 지켜보았다. 그들의 얇은 치마가 풀밭을 스치면 수많은 파리와 나비가 달아나지 못한 채 마치 새장에라도 들어간 것처럼 투명한 치마 속에 갇혔다. 에인절의 눈길이 마침내 넷 중 맨 뒤쪽에 있는 테스에게 멈췄다. 자신들의 딱한 처지에 웃음을 겨우 참고 있던 테스는 환한 얼굴로 그의 눈길을 대하지 않을 수 없었다.

냇물은 에인절의 장화 위쪽까지 올라오지는 않았고, 그는 물 속으로 그들 밑에까지 다가와서 덫에 걸린 파리와 나비들을 바라보았다.

"교회 가는 길인가요?" 그는 앞에 있는 마리안에게 물었다. 그의 질문에는 옆의 두 아가씨도 포함되어 있었으나 테스는 빠져 있었다.

"예, 클레어 씨. 늦었어요. 늦으면 얼굴이 빨개져서—"

"내가 물을 건네드리지요—아가씨들 모두 다."

네 처녀 모두 심장이 한꺼번에 뛰듯 얼굴을 붉혔다.

"안 될 텐데요." 마리안이 말했다.

"건너가려면 이 길밖에 없어요. 가만히 있어요. 딴소리 말고—그리 무겁지가 않을 테니까! 네 사람을 한꺼번에 날라도 되겠군. 자, 마리안, 조심해요." 그가 말을 계속했다. "두 팔로 내 어깨를 안아 봐요, 그렇지. 자! 꼭 잡아요. 잘 했어요."

시키는 대로 마리안이 그의 팔과 어깨 위로 몸을 낮추자 에인절은 그녀를 안고 성큼성큼 건너갔다. 그의 호리호리한 몸매는 뒤에서 보면 마치 마리안이라는 커다란 꽃다발 밑에 달린 줄기처럼 보였다. 두 사람은 길모퉁이를 돌아 사라졌고, 철벅거리는 그의 발소리와 마리안의 모자 꼭대기에 달린 리본만이 그들의 위치를 알려주었다. 잠시 후 그가 다시 나타났다. 둑 위의 순서로는 이즈 휴에트가 다음 차례였다.

"저기 오시네." 그녀가 나지막하게 말을 했고, 얼마나 흥분했는지 그녀의 입술이 말라붙는 소리가 그들에게 들리는 듯했다. "나도 클레어 씨 목을 껴안고 마리안처럼 얼굴을 쳐다봐야지."

"그건 아무것도 아니야." 테스가 재빨리 말했다.

"만사에는 때가 있는 거야." 이즈가 개의치 않고 계속했다. "안을 때가 있고, 안는 일을 멀리할 때(《성서》〈전도서〉 3장 5절-역주)가 있거든. 나한테 이제 안을 때가 온 거야."

"쳇—그건 성경 구절이야, 이즈!"

"알아." 이즈가 대답했다. "난 교회에 가면 항상 좋은 말씀은 새겨듣거든."

이 수고의 4분의 3을 그저 평범한 친절로만 생각하는 에인절 클레어는 이제 이즈에게 다가섰다. 그녀는 조용히 꿈을 꾸듯 그의 팔에 안겼고, 에인절이 요령 있게 그녀를 안고 걸어갔다. 그가 세 번째로 돌아오는 소리가 들리자 레티는 얼마나 가슴이 두근거리는지 몸을 떠는 것 같았다. 그는 빨간 머리의 처녀에게 다가갔고, 그녀를 안으면서 그는 테스를 슬쩍 바라보았다. 그의 입술은 마치 "이제 당신하고 내 차례가 될 거요!"라고 분명하게 말이라도 하는 듯했다. 그의 마음을 이해한다는 표정이 그녀의 얼굴에 나타났다. 그녀는 그것을 숨길 수 없었다. 그들 사이엔 뭔가 통하고 있었다.

가련한 막내 레티는 몸무게는 가장 가벼웠으나 클레어에겐 가장 까다로운 짐이었다. 마리안은 밀가루 부대처럼 꼼짝도 않고 무겁게 늘어져서 그는 문자 그대로 비틀거릴 지경이었다. 이즈는 침착하고 조용히 안겨 있었다. 레티는 온통 신경질 덩어리였다.

하지만 그는 이 어쩔 줄 모르는 처녀를 무사히 안고 가서 내려놓고 되돌아왔다. 테스는 생울타리 너머로 멀리 세 처녀가 함께 있는 것을 볼 수 있었다. 그들은 물웅덩이가 끝나고 길이 다시 드러난 곳에 그가 내려놓은 그대로 서 있었다. 이제 그녀의 차례였다. 친구들이 그러는 것을 보고 우습게 생각했지만, 테스는 클레어 씨의 입김과 두 눈이 가까워지자 자신도 흥분이 되는 것을 발견하고 당황스러웠다. 그래서 마치 자신의 비밀이 탄로나는 것이 두려운 듯 마지막 순간이 되자 용기가 꺾였다.

"전 둑을 따라 갈 수 있을 것 같아요—쟤들보다는 제가 잘 하거든요. 클레어 씨도 무척 힘드실 텐데요!"

"아, 아니오, 테스." 그가 재빨리 말했다. 그리고 거의 자기도 모르는 사이에 그녀는 그의 팔에 안겨, 그의 어깨 쪽으로 기대고 있었다.

"라헬을 얻으려고 레아 셋을 건네 줬군" 하고 그가 말했다(《성서》〈창세기〉에서 야곱은 라헬과 결혼하기 위해 라헬의 언니 레아와도 억지로 결혼해야 했다-역주).

"걔들은 나보다 나은 여자들이에요." 자신의 결심에 따라 너그러운 마음으로 그녀가 대답했다.

"나한테는 안 그렇소." 에인절이 말했다.

이 말에 그녀의 표정이 상기되는 것을 그는 보았다. 그리고 그들은 말없이 몇 걸음을 더 갔다.

"혹시 너무 무겁지 않으세요?" 그녀가 수줍어하며 물었다.

"아, 아니오. 마리안을 한번 들어 봐요! 엄청나요. 당신은 햇살을 받으며 따뜻하게 출렁거리는 물결 같소. 당신을 감고 있는 이 얇은 모슬린은 물거품이고."

"참 예쁘겠네요 — 제가 그렇게 보인다면요."

"내가 치른 이 고생의 4분의 3은 오로지 나머지 4분의 1을 위해서란 걸 알고 있소?"

"모르겠어요."

"오늘 이렇게 뜻밖의 일이 있을 줄은 상상도 못했소."

"저도…… 물이 갑자기 불었어요."

그가 물이 불었다는 사실을 가리키는 것으로 그녀는 이해하려고 했지만 그녀의 가쁜 숨결은 그렇지 않다는 것을 말하고 있었다. 클레어가 가만히 서서 그녀의 얼굴 위로 고개를 숙였다.

"아 테시!" 그가 외쳤다(테시는 테스의 애칭-역주).

그의 입김에 처녀의 두 볼이 달아올랐고, 격한 감정 때문에 그녀는 그의 눈을 바라볼 수가 없었다. 에인절은 우연하게 얻은 이 기회를 다소 부당하게 이용하고 있다는 생각이 들자 더 이상 말을 하지는 않았다. 두 사람은 아직 사랑한다는 말을 확실히 입 밖으로 내지도 않았고 이 시점에서는 그만두는 것이 좋아 보였다. 하지만 그는 남아 있는 거리를 가능한 한 시간이 오래 걸리도록 천천히 걸음을 옮겼다. 그렇지만 결국 그들은 길모퉁이에 이르렀고 남아 있는 거리는 세 사람에게 그대로 보였다. 마른땅에 이르자 그가 그녀를 내려놓았다.

그녀의 친구들은 눈을 동그랗게 뜨고 유심히 그녀와 그를 바라보았고, 그녀는 그들이 자기 이야기를 하고 있다는 것을 알 수 있었다. 에인절은 서둘러 그들에게 작별 인사를 하고 철벅거리며 물에 잠긴 도로를 따라 되돌아갔다.

네 사람이 이전처럼 같이 걷고 있었을 때 마리안이 불쑥 침묵을 깨며 말했다.

"안 돼 — 정말이야. 우린 도저히 가망이 없어!" 그녀가 테스를 씁쓸하게 바라보았다.

"무슨 말이야?" 테스가 물었다.

"저 분은 널 제일 좋아하셔 — 제일 말이야! 널 안고 오는 걸 보면 알 수 있어. 네가 조금이라도 원하는 기색이 있었으면 아마 너한테 키스라도 했을 거야."

"아니, 아니야." 그녀가 말했다.

그들이 함께 출발할 때의 쾌활한 분위기는 어쩐지 사라지고 없었다. 하지만 그들 사이에 무슨 앙심이나 악의가 생겨난 것은 아니었다. 그들은 관대한 영혼을 가진 젊은이들이었다. 세상사를 모두 운명 탓으로 돌리는 습성이 있는 외딴 농촌 마을에서 자라난 터에 그들은 그녀를 탓하지 않았다. 그렇게 빼앗긴다면 그럴 수밖에 없는 일이었다.

테스는 가슴이 아팠다. 자신이 에인절 클레어를 사랑한다는 사실을 스스로 숨길 수가 없었고, 어쩌면 그 감정은 친구들 역시 그에게 마음을 빼앗기고 있다는 것을 알기 때문에 더욱 더 강해지는

지도 몰랐다. 이런 감정은 전염성이 있었고, 특히 여자들 사이에선 더 그러했다. 하지만 사랑을 갈구하는 그녀의 마음속에는 친구들에 대한 연민도 함께 있었다. 테스의 본심은 솔직히 이를 거부했지만 너무 힘이 없었고 결과는 당연히 이렇게 되고 말았다.

"난 절대로 너희들을 방해하지 않겠어. 너희들 어느 누구라도 말이야!" 그날 밤 잠자리에서 그녀는 레티에게 이렇게 선언했다(그녀는 눈물을 흘리고 있었다). "이런 말을 하지 않을 수가 없어! 난 그분이 결혼할 생각이 있다고 생각지는 않아. 하지만 혹시 나한테 청혼을 한다 해도 거절하겠어. 난 아무하고도 결혼하지 않을 거니까."

"오! 정말이야? 왜?" 놀란 레티가 물었다.

"할 수가 없어! 아무튼 솔직히 말할게. 난 아예 제쳐놓고라도, 내 생각엔 그분이 너희들 중의 한 사람을 고를 것 같지도 않다."

"난 그런 걸 기대한 적도 없어 — 생각도 안 해 봤고!" 레티가 신음하듯 말했다. "하지만 아! 죽고 싶어!"

스스로도 이해할 수 없는 감정에 휩쓸린 가련한 처녀는 그때 막 2층에 올라온 두 처녀를 돌아보았다.

"우리 다시 테스하고 친하게 지내자." 그녀가 그들에게 말했다. "테스도 우리처럼 그분이 자기를 선택할 거라고 생각지 않아."

이렇게 하여 서먹서먹한 감정은 사라지고 그들은 다정하게 속을 터놓는 사이가 되었다.

"난 이젠 어떻게 되든 상관없다는 생각이 들어." 기분이 가라앉을 대로 가라앉은 마리안이 말했다. "스티클퍼드의 목장주인하고 결혼해야겠어, 두 번이나 청혼을 받았거든. 하지만 — 정말이지 — 그 사람 아내가 되느니 차라리 죽는 게 낫겠어! 이즈, 넌 왜 말도 안 해?"

"그럼 솔직히 말할게." 이즈가 말했다. "난 오늘 그분이 날 안았을 때 나한테 키스해줄 줄 알았어. 그래서 가슴에 안긴 채 꼼짝도 않고 기다리고 있었거든. 그런데 안 해 주더라. 난 이젠 탈보테이즈에 있고 싶은 마음이 없어! 집에 돌아가야겠어."

처녀들의 절망적인 감정 탓인지 방안의 공기마저 요동하고 있는 듯했다. 그들은 잔인한 '자연'의 법칙에 따라 억지로 떠맡은 감정—기대하지도, 바라지도 않았던 감정—의 압박 속에서 열병을 앓듯 고통스러워하고 있었다. 낮에 있었던 사건은 그들의 가슴속에 타고 있던 불꽃을 밖으로 터져나오도록 부채질했고, 그 고통스러움은 그들로서는 거의 감당할 수 없을 지경이었다. 그들을 서로 구별해 주던 차이점들은 이 감정 때문에 사라지고 없었고, 그들은 여성이라는 하나의 생명체의 일부분에 불과했다. 희망이라곤 없었기 때문에 그처럼 솔직해질 수 있었고 또 질투심조차 있을 수가 없었다. 그들은 각각 건전한 상식을 가진 처녀들이었고, 그래서 무슨 헛된 자만심으로 자신을 속이거나, 사랑한다는 사실을 부정하려 들거나, 또 남보다 낫다는 생각에서 우쭐거리거나 하는 일은 없었다. 세속적인 관점에서 볼 때 그들의 사랑이 얼마나 허망한 것인지 그들은 충분히 자각하고 있었다. 그것은 지향없이 시작된 일이었고 앞날 또한 자명했다. 문명의 눈으로 보면 ('자연'의 눈으로는 부족한 것이 없어도) 그 사랑의 존재를 정당화시켜 줄 것이 온통 부족했다. 그것이 존재한다는 사실, 그것만이 그들에게 무아지경의 황홀감을 안겨 주었다. 이 모든 것이 그들에게 체념과 함께 체면을 가르쳤고, 만약 그들이 그를 남편으로 얻기 위해 현실적으로 욕심을 부렸다면 이런 것은 배우지 못했을 것이다.

그들은 각자의 작은 침대에서 몸을 뒤척이며 잠을 이루지 못했고, 아래층의 치즈 기계에서는 물방울이 떨어지는 단조로운 소리가 들렸다.

"깨어 있니, 테스?" 30분쯤 뒤에 누군가가 소곤거렸다.

이즈 휴에트의 목소리였다.

테스가 그렇다고 대답하자 레티와 마리안 역시 갑자기 이불을 걷어제치며 한숨을 쉬었다.

"우리도 그래!"

"그 아가씨가 어떻게 생겼는지 궁금해—집안에서 그분을 위해 골라 놓았다는 아가씨 말이야!"

"나도." 이즈가 말했다.

"그분을 위해 골라 놓은 아가씨라고?" 테스가 놀라서 얼른 물었다. "그런 얘기는 못 들었는데!"

"응, 사실이야—그런 소문이 있어. 집안이 어울리는 아가씨를 집에서 골라 놓았대. 부친의 교구가 있는 에민스터 근처에 있는 신학박사의 딸이라는데, 그분은 아가씨를 별로 좋아하지 않나 봐. 하지만 결혼하는 건 확실해."

그들은 이에 대해 들은 것이 별로 없었다. 하지만 한밤의 어둠 속에서 가련하고 슬픈 꿈을 꾸는 데는 그 정도면 충분했다. 그들은 그가 마침내 결혼에 동의하는 것과 결혼식 준비, 신부의 행복과 드레스, 면사포, 꿈 같은 신혼 생활 등을 하나하나 그려 보았다. 그때가 되면 그들과 그의 사랑에 관한 이야기는 그들 스스로의 기억 속에서도 사라질 일이었지만. 이렇게 그들은 이야기하고 슬퍼하며 울다가 잠이 들었고, 그제야 슬픔을 잊을 수 있었다.

이 사실을 알고 나서부터 테스는 자신에 대한 클레어의 관심 속에 혹시 진지하고 사려 깊은 무슨 뜻이 들어 있을지도 모른다는 어리석은 생각은 버리게 되었다. 그것은 그녀의 얼굴에 끌려, 그냥 잠시 좋아하는 여름날 한철의 사랑일 뿐 그 이상은 아니었다. 이 서글픈 생각 중에 더욱 서글픈 것은, 일시적이긴 하지만 그가 정말로 다른 누구보다 더 좋아하는 그녀가, 또 스스로 누구보다 더 열정적이고 영리하고 또 아름답다고 자부하는 그녀 자신이, 그가 무시하는 그렇고 그런 여자들에 비해 세상 이목으로 보면 그에게 어울릴 자격은 훨씬 더 부족하다는 사실이었다.

24

바 골짜기의 기름진 토양이 진이 흘러나오듯 따뜻하게 발효되고, 쑥쑥 자라나는 수목에서 수액이 흐르는 소리마저 들릴 것 같은 계절이 되면, 지극히 공상에 불과한 사랑마저도 뜨거워지지 않을 수 없었다. 사랑을 기다리는 그곳 젊은이들의 가슴도 자연의 변화에 자극을 받았다.

7월이 그들의 머리 위로 지나가고, 뒤이어 찾아온 작열하는 듯한 더위는 탈보테이즈 낙농장 젊은이들의 뜨거운 가슴과 어울려 보려는 자연의 정성인 듯했다. 봄과 초여름에는 그렇게 싱그럽던 이곳의 공기도 이제는 후텁지근하게 사람을 맥빠지게 만들었다. 일꾼들 머리 위로 묵직한 대기가 내리누르고 있었고, 한낮의 풍경은 마치 정신을 잃고 쓰러져 있는 모양새였다. 에티오피아 같은 열기 때문에 위쪽 경사지의 풀밭은 누렇게 말라붙었고, 다만 아직 물줄기가 흐르는 아래쪽에만 푸른 풀이 윤기를 내고 있었다. 클레어는 바깥의 더위에 시달리는 만큼 속으로는 그 온화하면서도 조용한 테스를 향해 뜨겁게 달아오르는 열정으로 힘겨워하고 있었다.

장마가 지난 뒤였기 때문에 고지대는 말라 있었다. 농장 주인이 시장에서 서둘러 집으로 돌아올 때면 그의 짐마차 바퀴는 큰길 바닥에서 뿌연 먼지를 일으켜 마치 화약 열차에 불이 붙은 것처럼 마차 뒤로 허연 먼지 다발이 일었다. 젖소들은 쇠파리 등쌀에 화가 나서 다섯 개의 가로대로 된 헛간문을 마구 뛰어넘었다. 주인 크릭은 월요일부터 토요일까지 항상 팔소매를 걷어올린 채로 지냈다. 출입문을 열지 않고 창문만 열어서는 통풍에 아무 소용이 없었고, 농장의 뜰에는 찌르레기와 개똥지빠귀들이 날짐승이 아니라 네발 달린 짐승인 양 까치밥나무 밑을 기어다녔다. 부엌의 파리들은 뻔뻔스럽게도 느릿느릿 말썽을 부리며 보통 때는 가지 않던 곳이나 마룻바닥, 서랍 속, 그리고 젖 짜는 처녀들 손등 위로 기어다녔다. 사람들은 일사병 이야기만 주고받았고, 버터를 만든다거나, 더욱이 버터를 저장하는 것은 도무지 불가능한 일이었다.

일꾼들은 시원하기도 하고 또 편하기 때문에 젖소를 안마당에 몰아넣지 않고 풀밭에서만 젖을 짰다. 짐승들은 낮 동안에는 해가 지나가며 생기는 나무 그늘을 따라 아무리 작은 그늘이라도 부지런히 쫓아다녔다. 그리고 젖 짜는 사람들이 와도 파리 등쌀에 소들은 가만히 서 있을 수가 없었다.

이렇게 지내던 어느 날 오후, 젖을 짜지 않은 너덧 마리 젖소가 우연히 무리와 떨어져서 생울타리 모퉁이 뒤에 따로 서 있었는데, 그중에는 딴 처녀들보다 특히 테스의 손길을 좋아하는 덤플링과 엄마 프리티가 있었다. 어느 젖소에서 일을 끝마친 테스가 의자에서 몸을 일으키자 한참 동안 그녀를 지켜보고 있던 에인절 클레어가 다음에는 그 소들을 짤 것이냐고 물었다. 그녀는 말없이 고개를 끄덕이고 한 손을 뻗쳐 의자를 들고 무릎으로는 우유통을 지탱하며 소들이 서 있는 곳으로 돌아갔다. 곧 엄마 프리티의 젖이 우유통 속으로 쏟아지는 소리가 울타리 너머로 들려왔고, 그러자 에인절도 모퉁이를 돌아가서 그쪽에 따로 떨어져 있는 까다로운 젖소를 짜 보고 싶은 생각이 들었다. 그도 이제는 농장주인만큼 이런 소를 잘 다룰 수 있었던 것이다.

남자 일꾼들은 모두, 그리고 여자들도 일부는, 젖을 짤 때 머리를 소 밑으로 들이밀고 우유통을 들여다보았다. 하지만 간혹—주로 젊은 층에서—머리를 옆으로 기대는 이들이 있었다. 테스 더비필드도 이런 자세를 취했는데, 그녀는 자신의 관자놀이로 젖소의 옆구리를 누르면서 눈길은 깊은 사색에 잠긴 사람처럼 조용히 목장 저 끝을 바라보았다. 이렇게 그녀가 엄마 프리티의 젖을 짜고 있는데, 우연하게도 햇살이 그녀가 젖을 짜고 있는 쪽을 비추어 그녀의 분홍색 겉옷과 하얀 차양을 드리운 모자, 그리고 그녀의 옆모습을 거의 정면으로 비추었다. 마치 젖소의 암갈색 바탕 위에 그녀의 옆모습이 선명한 양각(陽刻)으로 새겨져 있는 듯했다.

테스는 클레어가 자신을 따라와서 젖소 밑에 앉아 자신을 지켜보고 있는 것을 몰랐다. 그녀의 머리와 얼굴은 놀랄 만큼 꼼짝도 않고 있었다. 눈을 뜨긴 했으나 아무것도 보이지 않는 몰아의 경지에 있는 듯했다. 그 속에서 움직이는 것이라곤 엄마 프리티의 꼬리와 테스의 분홍빛 두 손뿐이었고, 그 부드러운 손놀림은 마치 반사작용에 따라 움직이는 심장의 박동처럼 규칙적인 움직임을 보였다.

그녀의 얼굴은 그에게 너무나 사랑스럽게 다가왔다. 그렇다고 해서 거기엔 비현실적이라고 느낄 만한 무엇은 없었다. 정말로 생생한, 온기가 그대로 전해지는, 살아 있는 인간의 모습 그대로였다. 그리고 절정은 그녀의 입매였다. 그처럼 그윽하고 표정이 풍부한 눈을 그는 전에도 본 적이 있었고, 그처럼 고운 두 뺨과 갸름한 이마, 그만큼 잘 생긴 턱과 목덜미도 본 적이 있었다. 하지만 이 세상 어디서도 그녀의 입매를 대적할 만한 것은 본 적이 없었다. 아무리 미미한 사랑의 불꽃을 가진 젊은이라도 그녀의 빨간 윗입술 한가운데가 살짝 위로 들린 모습을 본다면 넋이 빠져 정신을 잃고 미칠 지경이 될 것이다. 그는 눈 덮인 장미라는 그 옛날 엘리자베스 시대의 은유(隱喩)를 계속해서 떠올리게 만드는 여인의 입술과 이를 결코 본 적이 없었다(엘리자베스 시대의 시인 토머스 캠피언은 연인의 얼굴을 아름다운 정원에 비유하면서 입술과 이를 '눈 덮인 장미'로 묘사했다-역주). 연인이라면 이를 즉시 완벽하다고 말했을 수도 있을 것이다. 하지만 아니었다—완벽은 아니었다. 거의 완벽에 가까운 것에서 발견되는 불완전의 흔적, 매력은 거기서 나오는 것이었다. 불완전에서 인간미가 나오기 때문이었다.

클레어는 그 입술의 곡선을 수없이 살펴보았기 때문에 머릿속으로 쉽게 그릴 수도 있었다. 그리고 지금 다시 생생한 빛깔로 나타난 그것들을 마주하자, 그는 온몸으로 어떤 숨결 같은 것을 느꼈다. 그것은 거의 현기증을 일으킬 정도로 그의 신경을 타고 번져가는 숨결이었고, 실제로 뭔가 신비한 생리적인 작용을 일으켜 그는 싱겁게도 재채기를 하고 말았다.

그녀는 그제야 그가 자기를 지켜보고 있다는 것을 알아차렸지만 자세를 바꾸어 이를 드러내려 하지는 않았다. 하지만 꿈을 꾸듯 묘하게 굳어 있던 자세는 사라졌고, 유심히 지켜보는 눈길이라면 그녀의 장밋빛 안색이 짙어지다가 다시 연해지더니 나중에는 겨우 흔적만 남아 있는 것을 쉽게 알아차릴 수 있었을 것이다.

마치 하늘에서 자극이라도 한 듯 클레어에게 찾아든 흥분은 가라앉지 않았다. 결심이나 조심, 신중, 두려움 같은 것은 마치 패잔병처럼 물러서고 말았다. 그는 자리에서 벌떡 일어나 찰 테면 차라는 식으로 젖소 옆에 우유통을 내버려 두고 그의 두 눈이 갈망하는 쪽으로 급히 건너갔다. 그리고 그녀 옆에 무릎을 꿇고 두 팔로 그녀를 안았다.

테스는 완전히 기습을 당한 셈이 되어 생각할 겨를도 없이 그의 팔에 안길 수밖에 없었다. 기습을 한 사람이 바로 다름 아닌 자신이 사랑하는 사람이라는 것을 발견하자, 그녀의 입술이 벌어지면서 거의 황홀경에 가까운 탄성이 흘러나왔고 그 순간의 환희 속에서 그녀는 그의 품으로 쓰러졌다.

그는 너무나 매혹적인 그 입술에 막 키스를 하려던 순간 멈추고

말았다. 양심이 허락지 않았던 것이다.

"용서해요, 어여쁜 테스!" 그가 속삭였다. "미리 물어 봤어야 하는 건데. 난—내가 뭘 하는지도 몰랐소. 일시적인 기분에서 이러는 건 아니오. 테시, 진심으로 당신을 사랑하오!"

그때 엄마 프리티가 어리둥절해서 옆을 둘러보았다. 그리고 오랜 습관에 따라 당연히 한 사람이 있어야 할 자리에 두 사람이 웅크리고 있는 것을 발견하고는 언짢은 듯 뒷발을 들었다.

"소가 화났어요—우리가 왜 이러는지 모를 테니까요—우유통을 찰 것 같아요!" 테스는 이렇게 말하고 살그머니 그의 품에서 빠져나오려고 했다. 그녀의 눈은 짐승의 몸짓을 향하고 있었지만 그녀의 마음은 자신과 클레어 쪽으로 더 깊숙이 쏠리고 있었다.

그녀는 자기 자리에서 슬그머니 빠져나왔고, 두 사람은 함께 일어섰다. 그의 팔은 여전히 그녀를 안고 있었다. 먼 곳을 바라보던 테스의 두 눈에 눈물이 핑 돌았다.

"왜 울어요, 테스?" 그가 말했다.

"아—모르겠어요!" 그녀가 얼버무렸다.

그녀는 자신의 처지를 좀 더 분명하게 깨닫게 되자 불안스런 마음에서 빠져나오려고 애를 썼다.

"아, 테스, 결국 내 감정을 털어놓고 말았군요." 묘하게도 절망적인 심경의 한숨을 지으며 그가 말했다. 그 한숨은 그의 열정이 자제력을 앞지르고 말았다는 무의식의 표시였다. "내가 당신을 진정으로 사랑한다는 것은—말할 필요도 없어요. 하지만—지금은 더 말하지 않겠어요—당신도 괴로울 테니까—나도 당신만큼 놀랐어요. 혹시 내가 당신이 혼자 있는 때를 성급하고 분별없이 이용했다고 생각지는 않겠지요?"

"아—전 몰라요."

그는 그녀를 풀어 주었고, 1, 2분 후에는 두 사람의 젖 짜는 일이 다시 계속되었다. 두 사람이 자연스럽게 하나로 되었던 모습을 목격한 이는 아무도 없었다. 주인이 얼마 후에 그 가려진 외딴 곳을 둘러보았을 때 유난히 떨어져 앉은 두 사람이 서로 그저 아는 사이 이상의 무엇이라는 것을 드러낼 만한 흔적이라곤 아무것도 없었다. 하지만 그때 크릭이 그들을 보기 전까지 두 사람에겐 우주의 중심축을 바꾸어 놓을 만한 사건이 일어났던 것이다. 현실적인 인물인 농장주인이 그 내막을 알았더라면 이를 경멸했을지도 모르는 일이지만, 그것은 이른바 현실적인 것들을 산더미로 쌓아 놓은 것보다 더 튼튼하고 거역할 수 없는 흐름에 근거한 일이었다. 앞을 가리던 장막이 한순간에 사라지고 두 사람의 전망은 거기서부터 새로운 지평을 여는 참이었다—잠시가 될지 오랜 세월이 될지는 모르는 일이지만.

Tess of the d'Urbervilles

제4부 결과

25

마음이 들뜬 클레어는 저녁때가 되자 땅거미가 진 어둠 속으로 나가 보았으나 그의 마음을 사로잡은 여인은 자기 방으로 들어가고 없었다.

밤은 한낮처럼 무더웠다. 어두워진 뒤에도 풀밭 말고는 아무 데도 시원한 곳은 없었다. 큰길이나 정원의 샛길, 건물 앞쪽, 그리고 안마당의 담은 모두 벽난로처럼 달아 있어서 몽유병자 같은 사나이의 얼굴에 한낮 같은 열기를 뿜어댔다.

그는 농장 마당 동쪽 출입문 앞에 앉았으나 자신의 일을 무엇부터 생각해야 할지 알 수가 없었다. 그날은 정말로 감정이 판단력을 마비시킨 날이었다.

세 시간 전에 있었던 갑작스런 포옹 이후로 두 사람은 따로 떨어져 있었다. 그녀는 그 일로 인해 무척 놀란 듯 말 한마디 하지 않았고, 클레어도 원래 마음이 약하고 생각이 깊은 성격인 까닭에 그렇게 아무 생각 없이 주위 눈치 보지 않고 그런 일을 처음 저질렀다는 사실이 마음에 걸렸다. 그는 지금까지 그들의 관계가 정말 어떤 것인지, 그리고 다른 사람들 앞에서 앞으로 어떻게 처신해야 할지 도무지 알 수가 없었다.

에인절은 이 낙농장에 견습생으로 오면서, 이곳에서의 일시적 체류는 자신의 인생에서 사소한 삽화에 불과하며 금방 끝나 잊어버릴 것으로 생각했다. 그가 찾아온 곳은 눈에 띄지 않는 골방처럼 흥미진진한 바깥 세상을 조용히 관조할 수 있는 곳이었고, 월트 휘트만(19세기 미국시인. 다음에 인용한 구절은 〈브루클린 나루를 건너며〉의 한 대목-역주)이 노래한 대로—

일상의 복장을 한 수많은 인간들,
당신들은 얼마나 묘한 사람들인가! —

세상을 벗어난 뒤, 다시 그 세상 속으로 뛰어들 계획을 세울 참이었다. 그러나 놀랍게도 그 흥미진진한 풍경은 이곳에도 들어와 있었다. 그가 몰두해 있던 세계는 해체되어 껍데기만 남은 시시한 무언극이 되었고, 반면에 겉보기엔 그저 그렇고 조용하기간 한 이곳에 신기한 일이 화산처럼 폭발했던 것이다. 마치 그에게 전에는 그런 일이 전혀 없었던 것처럼.

건물의 창문이 모두 열려 있어서 클레어는 잠자리에 드는 농장 식구들의 조그마한 소리까지 마당 건너로 들을 수 있었다. 그처럼 미미하고 보잘것없는, 오로지 그에겐 잠시 머무는 곳에 불과한 낙농장 건물이었기 때문에 그는 그 풍경 속에서 이 농장을 특별히 눈여겨볼 만큼 중요한 무엇으로 생각해 본 적은 전혀 없었다. 이제는 어떤가? 벽돌로 지은 그 낡고 이끼 낀 박공(牔栱) 지붕은 “여기 머무르세요!”라고 속삭이고 있었다. 창문이 미소를 짓고, 출입문은 손짓하며 부추기고, 담쟁이덩굴은 함께 음모를 꾸미듯 얼굴을 붉혔다. 그 안에 있는 한 인물의 영향력이란 실로 엄청난 것이어서 벽돌과 회반죽, 그리고 대지를 내리누르는 온 하늘에까지 스며들어 불타는 정열로 울렁거리게 만들었던 것이다. 이 대단한 인물은 누구인가? 젖 짜는 한 처녀였다.

이름 없는 낙농장에서의 생활이 자신에게 얼마나 중요한 문제가 되었는가를 발견한 것은 실로 놀라운 일이었다. 사랑하는 사람이 새로 생겼다는 사실이 거기에 한몫을 하긴 했지만 반드시 그 때문만은 아니었다. 삶의 위대성이란 외적인 변화에 관한 것이 아니라 주관적 경험과 관계가 있다는 것은, 에인절 말고도 많은 사람들이 배워 알고 있다. 감정이 풍부한 농부가 둔감한 제왕보다 더 폭넓고 풍요로우며 더 극적인 인생을 살아간다. 이런 눈으로 주변을 돌아보면서 그는 이곳에서의 삶도 다른 어느 곳에서와 마찬가지로 중요하다는 것을 깨닫게 되었다.

이단적 생각에다 결점과 약점까지 지닌 인물이었지만 클레어는 양심적인 사람이었다. 테스는 장난을 하다가 내버려도 되는 하찮은 여자가 아니라 자기 나름의 소중한 삶을 살아가는 여자였고, 그녀가 그것을 인내하고 있든 즐기고 있든 그 삶은 위대한 사람들의 삶만큼 엄청나게 중요한 삶이었다. 테스에게 있어서 온 세계는 오로지 그녀의 감각에 달려 있었고, 주변의 모든 사람도 그녀의 존재를 통해서만 존재했다. 테스에게 있어서 우주는 오직 그녀가 태어난 바로 그 해, 바로 그날 존재하기 시작했던 것이다.

그가 발을 들여놓은 이런 의식은 비정한 '조물주'가 테스에게 허락해준 유일한 생존의 기회—그녀의 전부이자 유일한 기회였다. 그런데 어떻게 그녀를 자신보다 하찮은 존재로, 쓰다듬다가 싫증을 낼 수도 있는 예쁜 아이 정도로 생각할 수 있단 말인가? 자신이 그녀에게 눈뜨게 한 그 사랑을—침묵 속에 그녀가 감추고 있는 그 열정적이고 예민한 사랑을—그 때문에 그녀가 괴로워하고 좌절하지 않도록, 지극히 진지한 자세로 마주해야 하지 않겠는가?

평소와 마찬가지로 그녀를 매일 만난다면 그것은 이미 시작된 일을 발전시키는 것과 마찬가지였다. 그렇게 가까이서 생활하다 보니 만나면 정들게 마련이고, 살아 있는 인간인 이상 그것을 거역할 수가 없는 법이었다. 그런 쪽으로 가다 보면 결과가 어떻게 될지 아직 결론을 내릴 수가 없다고 생각한 그는 당분간 둘이 함께 일하는 자리는 피해야겠다고 결심했다. 아직은 입힌 상처가 크지 않았으므로.

하지만 그녀를 가까이하지 않겠다는 결심을 실천하기란 쉬운 일이 아니었다. 그는 맥박이 뛸 때마다 그녀 쪽으로 이끌리고 있었다.

그는 가족들을 만나 보아야겠다는 생각을 했다. 이 문제에 관해 그들의 생각을 들어보는 것도 괜찮을 것 같았다. 이곳에 그가 있을 기간도 다섯 달이 채 안 남았고, 다른 농장에서 두세 달 더 하고 나면 그는 충분한 농업 지식을 쌓아 혼자서도 시작할 수 있을 것 같았다. 농부한테는 아내가 있어야 할 텐데, 그 농부의 아내는 응접실의 밀랍인형 같아야 될까 아니면 농사를 아는 여자라야 될까? 그는 침묵 속에서 기분 좋은 대답을 얻을 수 있었지만 여행을 떠나기로 결심을 했다.

어느 날 아침 탈보테이즈 낙농장의 아침 식탁에 모두 모여 앉았을 때 클레어 씨가 그날 보이지 않는다고 어느 처녀가 말을 꺼냈다.

"아, 맞아요." 농장주인 크릭이 말했다. "클레어 씨는 가족들과 며칠을 보내러 에민스터의 집에 돌아갔어요."

식탁에 둘러앉아 있던 뜨거운 가슴의 네 처녀에겐 갑자기 햇빛이 빛을 잃고 새들의 노랫소리가 들리지 않았다. 하지만 어느 처녀도 말이나 몸짓으로 자신의 허전함을 드러내지는 않았다.

"그 양반이 나하고 같이 있을 날도 거의 끝나 가는군. 아마 다른 데서 일을 배울 계획을 세우는 모양이던데." 자신의 무심한 어조가 얼마나 잔인하게 들리는지 모른 채 그가 말을 이었다.

"여긴 얼마나 더 계시게 되는데요?" 슬픔에 사로잡힌 처녀들 중에서 목소리를 떨지 않고 그렇게 질문할 수 있는 유일한 처녀인 이즈 휴에트가 물었다.

다른 처녀들은 그들의 목숨이 거기에 달리기라도 하듯 주인의 대답을 기다렸다. 레티는 입을 벌린 채 식탁보를 응시했고, 마리안은 흥분이 되어 얼굴이 더욱 빨개졌으며, 테스는 가슴을 두근거리며 바깥의 풀밭을 바라보았다.

"글쎄, 정확한 날짜는 수첩을 봐야 알겠는걸." 크릭이 역시 참을 수 없을 만큼 무심한 어조로 대답했다. "그리고 그것도 약간 변동이 있을지 몰라요. 외양간에서 소가 새끼 낳는 일도 익히려면 좀 더 있어야 될 테니까. 아마도 연말까지는 있겠지."

그와 함께 하는 넉 달가량의 고통스런 환희—'괴로움으로 둘러싸인 즐거움.' 그 뒤에 다가오는 견딜 수 없는 칠흑 같은 밤.

그날 아침 바로 그때 에인절 클레어는 에민스터에 있는 부친의 사제관을 향해, 아침식사를 하는 이들로부터 10마일이나 떨어진 좁은 도로를 따라 말을 달리고 있었다. 그의 손에는 크릭 부인이 경의의 표시로 그의 양친에게 보내는 검은소시지 몇 덩어리와 벌꿀술 한 병이 든 작은 바구니가 조심스럽게 들려 있었다. 하얀 도로가 그의 앞으로 뻗어 있었고 그의 두 눈은 길을 향해 있었지만, 그의 눈이 응시하는 것은 길이 아니라 다음 해 일이었다. 그는 그녀를 사랑하고 있었다. 그렇다면 그녀와 결혼을 해야 할 것인가? 용감하게 결혼을 할까? 어머니와 형들은 뭐라고 할까? 결혼을 하고 2, 3년 뒤라면 정작 자신은 뭐라고 할까? 과연 그 일시적인 감정을 든든한 동지애의 싹이 뒷받침하고 있는지, 아니면 무슨 지속적인 바탕 없이 다만 그녀의 외모에 감정적으로 끌려 즐기고 있는지에 따라 사정은 달라질 것이다.

마침내 그의 눈 아래로 부친이 살고 있는, 언덕으로 둘러싸인 작은 마을과 붉은 석재로 건축한 튜더풍의 교회 종탑, 그리고 사제관 근처의 나무숲이 나타났고, 그는 익숙하게 알고 있는 대문 쪽으로 말을 몰고 내려갔다. 집으로 들어가기 전에 교회 쪽을 흘끗 바라보다가 그는 한 무리의 소녀들이 제의실 문 옆에 서 있는 것을 보았다. 열둘에서 열여섯 가량의 나이로 보이는 소녀들은 누군가의 도착을 기다리는 것처럼 보였고, 잠시 후에 그 인물이 모습을 나타냈다. 그녀는 여학생들보다는 나이가 좀 더 들었고, 챙이 넓은 모자에 빳빳하게 풀을 먹인 하얀 아마포 모닝 가운을 입고, 손에는 책을 두어 권 들고 있었다.

클레어는 그녀를 잘 알고 있었다. 그녀가 자기를 보았는지 알 수는 없지만 그는 내심 보지 못했기를 바랐다. 그녀의 잘못은 아무것도 없지만 아무튼 그녀에게 가서 인사를 해야 하는 번거로움은 피하고 싶기 때문이었다. 그는 인사를 하고 싶은 생각이 전혀 없었기 때문에 그녀가 자신을 못 본 것으로 단정해 버렸다. 그 젊은 여인은 부친의 이웃이자 친구인 어른의 외동딸 머시 찬트 양이었고, 장차 그가 이 처녀와 결혼했으면 하는 것이 양친의 은근한 바람이었다. 그녀는 도덕률초월론(예수에 대한 신앙이 도덕률을 초월한다는 복음주의자들의 주장-역주)이나 성경연구회에 열심이었고, 지금도 성경을 가르치러 가는 것이 분명했다. 클레어의 마음은 바 골짜기의, 여름에 흠뻑 젖어 있는 열정적인 이방인들과, 쇠똥으로 얼룩덜룩한 그들의 장밋빛 얼굴, 그리고 그중에서도 가장 열정적인 한 사람을 향해 날아갔다.

에민스터까지 말을 달려 온 것은 갑작스럽게 내린 결정이었고, 그래서 그는 부모님께 미리 알리지도 않았다. 다만 두 분이 교구의 볼일을 보러 나가기 전 아침식사 시간쯤에 당도할 계획이었으나, 도착이 조금 늦어 그들은 벌써 아침식사를 하는 중이었다. 그가 들어서자 식사를 하던 식구들은 벌떡 일어나 반가이 그를 맞이했다. 부친과 모친 그리고 큰형인 필릭스 신부—근처 마을의 보좌신부로 2주간의 휴가를 받아 집에 와 있는 중이었다—그리고 작은형인 커스버트 신부였다. 커스버트는 고전학자로서 캠브릿지 대학의 특별연구원 겸 학생감이었는데, 장기 휴가를 얻어 내려와 있는 중이었다. 그의 어머니는 모자에다 은테 안경을 쓰고 있었고, 아버지는 예의 그분다운 모습—진지하고 경건한, 그리고 다소 수척한 얼굴에, 나이는 예순다섯가량, 사색과 고집스러움으로 주름이 패인 창백한 얼굴—을 하고 있었다. 그들의 머리 위에는 자식들 중의 맏이인 에인절의 누나의 초상화가 걸려 있었는데, 그녀는 그보다 열여섯 살이 위였고 선교사와 결혼하여 아프리카에 나가 있었다.

클레어 노인은 지난 20년 동안 거의 당대인들의 생활과는 동떨어진 삶을 살고 있는 유형의 성직자였다. 위클리프와 후스, 루터, 칼뱅 등의 정신을 직접 계승한 후계자로서 그는 복음주의자 중의 복음주의자요, 개종주의자이며, 생활과 사고에서 사도들처럼 꾸밈이 없었다. 순수한 청년 시절 그는 존재에 관한 심오한 질문들에 대해 일단 마음을 정하고 나서는 그 후로 그에 대해 더 이상의 논란을 허용하지 않았다. 그는 심지어 자신과 같은 시대의, 같은 생각을 하는 사람들로부터도 극단적인 인물로 간주되었다. 반면에 그와 완전히 반대편에 선 사람들도 그의 철저함이나, 원칙에 대한 모든 의문을 뿌리치고 그것을 실천에 옮기는 놀라운 능력에 대해 내키지는 않지만 경탄할 수밖에 없었다. 그는 타서스의 바울(타서스는 성서의 인물 바울의 고향-역주)을 사랑하고 사도 요한을 좋아했으며, 성 야고보를 몹시 싫어한 반면 디모데와 디도, 빌레몬에 대해서는 좋아하면서도 싫어하는 입장을 가지고 있었다. 그의 생각에 따르면 《신약성서》는 그리스도의 이야기라기보다 바울의 이야기이며, 논증이 아니라 도취의 대상이었다. 그의 예정론적 신앙은 거의 해악(害惡)의 경지에 이르러 있었고, 그 부정적인 측면에서는 쇼펜하우어와 레오파르디(두 사람 모두 19세기의 유명한 염세주의자-역주)의 사촌이라고 할 만큼 절망의 철학에 가까웠다. 그는 영국 국교의 법규와 예배규정을 경멸하면서도 국교의 신조 앞에서 선서를 했으며, 그 모든 항목에 자신이 어긋나지 않는다고 생각했다—사실 어느 면에서는 그랬을 수도 있다. 한 가지 분명한 것은—그가 진지하다는 것이었다.

그의 아들 에인절이 최근에 바 골짜기에서 맛본, 자연 속에서의 생활이나 풍성한 여인에게서 얻은 심미적이고 감각적이며 이교적인 쾌락에 대해서 혹시 그가 물어보거나 상상으로 알 수가 있었다면 기질상 그는 몹시 거부감을 나타냈을 것이다. 언젠가 에인절은 흥분한 끝에 주변머리 없이 만약 팔레스타인이 아니라 그리스가 현대문명의 종교적 근원이 되었다면 인류에게 더 좋은 결과가 되었을 것이라고 아버지에게 말한 적이 있었다. 하지만 그런 주장에 대해 반쯤이나 혹은 전적으로 옳다는 이야기는 말할 것도 없고, 거기엔 눈곱만큼의 진리도 있을 수 없다는 생각을 하고 있던 아버지의 슬픔은 대단한 것이었다. 다만 그는 얼마 후에 에인절에게 엄한 꾸지람만 내렸을 뿐이었다. 그는 따뜻한 마음을 가진 사람이어서 무엇이든지 오랫동안 마음속에 담아 두지 않았고, 오늘도 어린아이같이 천진스런 미소를 지으며 아들을 맞이했다.

에인절은 자리에 앉아 귀향의 기분을 느꼈다. 하지만 자신도 거기 모인 가족들 중의 한 사람이라는 느낌은 예전만 못했다. 이곳에 돌아올 때마다 그는 그와 같은 이질감을 느꼈는데, 지난번에 이 사제관에서 같이 지낸 뒤로는 여느 때보다 더 이곳이 유별나게 자신과 다른 세계라는 느낌이 있었다. 그 초월적인 열망—하늘 위에는 천국이 있고 저 바닥에는 지옥이 있다는 지구중심적인 세계관에 여전히 무의식적으로 근거하고 있는—은 마치 딴 별에 살고 있는 사람들의 꿈인 양 그에게는 낯설었다. 최근 들어 그가 목격한 것은 오로지 '생활'뿐이었고, 느낀 것은 오로지 존재의 강렬한 열정적 박동뿐이었다. 지혜로 만족스럽게 조절할 수 있는 것들을 교리란 것이 쓸데없이 억제하려고 하면서 존재를 왜곡하고 비틀고 구속할 뿐이었다.

그들 쪽에서도 그에게서 큰 차이점, 곧 그가 예전의 에인절 클레어와는 점점 달라지고 있다는 사실을 발견했다. 식구들, 특히 그의 형들이 지금 발견한 것은 주로 그의 몸가짐에서 나타난 눈에 띄는 변화였다. 그는 농사꾼처럼 행동하고 있었다. 예컨대 그는 두 다리를 아무렇게나 덜렁거렸고, 얼굴의 근육으로는 더욱 강렬한 표정을 지었으며, 두 눈은 입이 말하는 것만큼 많은, 아니 그 이상의 이야기를 담고 있었다. 학생다운 태도는 거의 모습을 감추었고, 지체 있는 집안 청년다운 태도는 더욱 찾아볼 수 없었다. 점잖은 사람이라면 그가 교양이 없다고 했을 것이고, 얌전빼는 숙녀라면 상스러워졌다고 했을 것이다. 그것은 바로 탈보테이즈의 요정들, 젊은이들과 한집에서 지내며 전염된 것이었다.

아침식사를 마치고 그는 두 형과 산책을 했다. 복음주의와는 거리가 먼, 훌륭한 교육을 받은, 품질을 보증할 만한, 그리고 한 치의 빈틈도 없는 청년들이었다. 그들은 해마다 거의 기계나 다름없는 체계적인 교육을 받고 배출되는 흠잡을 데 없는 모범생들이었다. 두 형제 모두 약간 근시여서, 외알안경이 관례일 때면 그들은 줄 달린 외알안경을 썼고, 두알안경이 관례이면 두알안경을, 또 보통 안경이 관례이면 그들 자신의 시력의 결함 정도와는 관계없이 즉시 보통 안경을 썼다. 워즈워스가 계관시인이었을 때 그들은 주머니에 그의 시집을 넣고 다녔고, 셸리의 인기가 떨어지면 책장 속에서 먼지가 쌓이도록 내버려 두었다. 코레지오(르네상스 시대 이탈리아 화가-역주)의 〈성가족〉(聖家族)이 높이 평가되면 그것을 찬양했고, 코레지오보다 벨라스케스(17세기 스페인 화가-역주)가 낫다고 하면 아무런 반대 없이 부지런히 남들이 하는 대로 따랐다.

만약 에인절이 점점 사회에 적응하기 힘들어진 것을 이 두 사람이 발견했다면, 그는 두 형에게서 정신적 한계가 커지는 것을 발견했다. 그가 보기에 필릭스는 오로지 교회뿐이었고 커스버트는 오로지 대학뿐이었다. 전자에게는 교구의 종교회의와 주교의 교구시찰이 세계의 원동력이었고 후자에게는 캠브릿지가 그러했다. 문명사회에는 대학인도 아니고 성직자도 아닌 수천만의 하찮은 외부인들이 있으나, 이들은 평가하고 존중해 주기보다 너그럽게 관용해야 할 사람일 뿐이라는 사실을 두 형은 솔직하게 인정하고 있었다.

그들은 둘 다 효성이 지극하고 예의바른 아들이었고 정기적으로 부모님을 찾아뵈었다. 필릭스는 신학의 변천 과정에서 보자면 아버지보다 훨씬 더 현대에 가까운 편이었으나 자기 희생이나 공평무사에서는 아버지만 못했다. 반대되는 입장에 대해서는 그것이 그 소유자에게 위험하게 보여도 자기 아버지보다 더 관대한 편이었지만, 그것이 자신의 가르침에 대한 경멸일 경우에는 아버지만큼 관대하지 못했다. 커스버트는 대체로 마음이 좀 더 넓은 편이었으나, 섬세한 면이 있는 반면 따스한 마음씨는 부족했다.

언덕을 따라 걷는 동안 에인절에게 옛날 느낌이 되살아났다—형들이 자기보다 무엇이 더 낫든 간에, 둘 다 인생을 있는 그대로 볼 줄 모르고, 표현할 줄도 모른다는 점이었다. 어쩌면 다른 많은 사람들의 경우와 마찬가지로 그들에겐 눈여겨볼 수 있는 기회가 말로 표현할 수 있는 기회만큼 많지 않았던 셈이다. 그들은 자신과 동료들이 떠다니는 고요하고 부드러운 물결 바깥에 복합적인 힘들이 작용하고 있다는 사실을 충분히 깨닫지 못하고 있었다. 그들은 또 부분적인 진리와 보편적인 진리 사이의 차이, 곧 교회와 학교라는 그들의 내부 세계에서 말하는 것과 바깥 세계에서 생각하는 것 사이에는 상당한 차이가 있다는 것을 알지 못했다.

"에인절, 넌 이제 농사나 지어야지 딴 도리가 없겠구나." 필릭스가 특히 막냇동생을 향해 말을 하고는 안경 너머로 먼 들판을 바라보며 심각하게 슬픈 표정을 지었다. "그래도 최선을 다해 살아야지. 내가 너한테 권하고 싶은 것은 가능한 한 도덕적 이상을 가까이하도록 하라는 점이다. 물론 농사란 게 겉으로 보면 험한 일이지만, 그래도 평범한 생활을 하면서 고상한 생각은 할 수가 있을 테니까."

"물론 있지요." 에인절이 대답했다. "그건—형님의 영역을 약간 침범하자면—천구백 년 전에 증명된 일이 아닌가요? 필릭스 형님, 왜 내가 고상한 생각이나 도덕적 이상을 포기할 거란 생각을 하세요?"

"글쎄, 네가 보낸 편지하고 네 이야기 투에서 혹시 네가 지적인 노력을 그만두었을지도 모른다는 상상을 했다 — 그냥 그런 생각이 들었을 뿐이다. 커스버트, 넌 그런 생각을 하지 않았니?"

"이것 보세요, 형님." 에인절이 냉정하게 말했다. "아시겠지만, 우린 아주 우애가 좋은 형제들이고, 또 각자 갈 길을 걷고 있어요. 지적인 노력으로 말하자면, 형님은 스스로 만족하는 독선가시니, 제 일은 상관 말고 형님 일이나 잘 하는 게 좋을 거란 생각이 드는군요."

그들은 산허리를 돌아 점심을 먹으러 내려왔다. 점심은 언제나 그들 양친의 오전 교구 일과가 끝나는 시간으로 정해져 있었다. 편의의 측면에서 보자면 오후의 방문객은 희생심 많은 클레어 부부의 마지막 고려 대상이었다. 하지만 이 점과 관련해서 삼형제는 충분히 의견의 일치를 보이며 그들의 양친이 좀 더 현대적인 사고에 적응하기를 바랐다.

산책을 한 뒤라 그들은 시장했고, 특히 이제는 들판에 사는 사람이 되어 낙농장의 다소 아무렇게나 차린 식탁의 푸짐한 식사에 익숙해 있던 에인절은 더욱 배가 고팠다. 하지만 노인들은 아직 도착하지 않았고, 아들들이 거의 기다리다 지쳤을 때야 두 사람은 들어왔다. 희생정신이 강한 두 부부는 병든 교구민 몇 사람의 식사를 돌봐 주었던 것인데, 자신들의 평소 주장과는 어긋나게 그들을 육체 속에 가두어 두려고 애를 썼던 셈이다. 아무튼 그러느라고 자신들의 식사조차도 잊고 있었던 것이다.

가족이 식탁에 앉자 차갑게 식은 간소한 식사가 나왔다. 에인절은 크릭 부인이 보낸 검은소시지를 찾았다. 낙농장에서 하던 대로 그는 그것을 잘 굽도록 부탁을 했었는데, 아버지와 어머니께서 자기처럼 그 약초향이 나는 놀라운 맛을 기분 좋게 즐기시도록 기대했던 것이다.

"아! 얘야, 검은소시지를 찾고 있는 게로구나," 클레어의 어머니가 말했다. "네 아버지와 나도 그렇지만, 너도 이유를 알고 나면 그걸 못 먹어도 괜찮을 거라고 생각했다. 지금 정신이 온전치 못해서 아무 밥벌이도 못하는 사람이 있는데, 크릭 부인이 보내 준 고마운 선물을 그 집 아이들한테 갖다 주자고 아버지께 말씀을 드렸더니, 아이들이 아주 좋아하겠다면서 동의를 하시더구나. 그러서 갖다 주었단다."

"물론이지요." 에인절은 쾌활하게 대답을 하고 벌꿀술을 찾아 둘러보았다.

"그 벌꿀술은 너무 독하더구나," 어머니가 계속 말했다. "그래서 마시기에는 적당치가 못해, 급할 때 럼주나 브랜디처럼 소중하게 써야겠다. 그래서 약장에 넣어 두었다."

"이 식탁에서는 원칙적으로 술을 마시지 못하게 되어 있다." 그의 부친이 덧붙였다.

"그렇지만 목장주인 아주머니한테는 뭐라 그러죠?" 에인절이 말했다.

"물론, 진실을 말해야지." 그의 아버지가 말했다.

"전 사실 벌꿀술하고 검은소시지를 우리가 아주 맛있기 먹었다고 말하고 싶었는데요. 아주머니는 친절하고 재미있는 사람이라서 제가 돌아가자마자 분명히 물어볼 거예요."

"안 먹고도 먹었다고 할 수는 없겠지." 클레어 씨가 분명하게 대답했다.

"아—그렇겠죠. 하지만 그 벌꿀술은 괜찮은 티플(화주, 독주란 뜻의 사투리-역주)인데."

"괜찮은 뭐라고?" 커스버트와 필릭스가 동시에 물었다.

"아—그건 탈보테이즈 사람들이 쓰는 말이에요." 에인절은 얼굴을 붉히며 대답을 했다. 그는 자신의 기분을 이해할 줄 모르는 부모님이 불만스러웠지만 그들이 한 일이 옳다고 느꼈고, 그래서 아무 말도 하지 않았다.

26

저녁 가족 예배가 끝나서야 비로소 에인절은 가슴에 품고 있던 한두 가지 이야기를 아버지께 말씀드릴 기회를 얻었다. 형들 뒤에서 양탄자 위에 무릎을 꿇고 기도를 드리는 동안, 그는 그들의 구두 뒤축에 박힌 작은 못들을 유심히 지켜보며 그 문제를 곰곰이 생각했었다. 예배가 끝나자 형들은 어머니와 함께 방을 나갔고, 아버지와 그만 남게 되었다.

청년은 먼저 영국이나 식민지에서 대규모로 농장을 경영해 보고 싶다는 계획을 부친과 상의했다. 그러자 에인절의 아버지는 아들을 캠브릿지에 보내는 돈을 들이지 않았으므로, 자신으로서는 해마다 조금씩 저축을 해서 그가 장차 땅을 사거나 임대를 할 수 있도록 해 주어야 할 책임을 느낀다고 말했다. 아들이 부당하게 무시당했다는 느낌을 갖지 않도록 하려는 배려에서였다.

"재산으로 치자면," 그의 아버지가 계속 말했다. "몇 년만 있으면 틀림없이 네가 형들보다 훨씬 나을 거다."

노인의 자상한 배려에 용기를 얻어 에인절은 더 중요한 다른 문제를 꺼냈다. 그는 자신이 이제 스물여섯이 되었으며, 농사를 시작하게 되면 자기 뒤에서 모든 문제들을 돌봐 줄 사람—그가 들판에 나가 있는 동안 집안일을 보살필 사람—이 필요하다고 말을 했다.

그러니까 자기도 결혼을 하는 것이 좋지 않겠느냐고 물어보았다.

아버지는 이 생각을 엉뚱한 것으로 여기지는 않는 듯했고, 그래서 에인절은 이렇게 물어보았다.

"건실하고 부지런한 농부가 되어야 할 저한테 어떤 여자가 어울린다고 생각하세요?"

"네가 나갈 때나 들어올 때나 네게 도움이 되고 위로가 될 진정한 기독교인이라야겠지. 그 밖의 것은 별로 문제될 게 없다. 그런 여자는 찾을 수도 있지. 사실 내 신실한 친구이자 이웃인 찬트 박사네 —"

"하지만 우선 소젖을 짜고, 좋은 버터도 만들고, 치즈도 많이 만들 줄 아는 여자라야 되지 않겠어요? 암탉하고 칠면조가 알을 품게 하는 법도 알고, 병아리도 기르고, 급할 때는 일꾼들을 부리고, 또 양이나 송아지 값도 매길 줄 알아야 될 겁니다."

"그래, 농부의 아내라면. 그렇구나, 맞아. 그래야 되겠구나." 클레어 노인은 솔직히 말해 이런 문제를 전에는 생각해 본 적이 없었다. "한마디 덧붙이자면," 그가 말했다. "정숙하고 신심이 있는 여자를 찾는다면, 네 친구 머시보다 더 너한테 정말로 도움이 될 사람을 찾지는 못할 게다. 더욱이 네 어머니나 내 마음에 드는 것은 말할 것도 없고, 너도 전에는 관심이 좀 있었던 것으로 알고 있는데. 사실 우리 이웃 찬트네 딸도 최근에는 이 근방 젊은 신부들의 유행을 좇아 교회 명절 때는 성찬대—그 아이가 어느 날 그걸 제단(祭壇)이라고 하는 걸 보고 놀란 일도 있다만—를 꽃이니 뭐니 하며 장식한 일도 있었다. 그 아이 아버지도 나처럼 그런 겉치레를 아주 싫어하는 양반인데, 그런 버릇은 고쳐질 거라고 하더라. 처녀 때는 괜히 별난 일을 하기 마련인데, 내 생각에 오래가진 않을 것 같다."

"그럼요, 그렇고 말고요. 머시가 착하고 신앙이 독실하다는 건 저도 압니다. 하지만, 아버지, 머시만큼 정숙하고 또 덕이 있으면서도 숙녀다운 교회 소양은 좀 모자라지만, 농부만큼 농장에서 할 일을 잘 아는 여자가 저한테는 훨씬 더 어울릴 거라고 생각지는 않으세요?"

그의 아버지는 바울처럼 인간을 바라보는 눈을 가지는 것이 농부의 아내로서 지녀야 할 상식보다 더 중요하다는 자신의 확신을 계속 고집했다. 성질이 급한 에인절은 아버지의 기분을 존중하면서 동시에 자기 마음속에 품어 둔 이야기를 풀어나갈 심산으로 그럴듯하게 둘러댔다. 즉, 운명인지 혹은 하느님의 섭리인지 몰라도 자기 앞에 한 여자가 나타났는데, 농부의 반려자가 될 수 있는 충분한 자질을 갖추고 있는데다 진지한 성격까지 타고났다고 말을 한 것이다. 그는 그녀가 아버지와 같은 건전한 저교회파(低敎會派)와 관련이 있는지 어떤지는 알 수 없지만, 아마도 그 점에 있어서는 아버지의 신앙을 따를 것이라고 말했다. 그녀는 주일마다 교회에 갈 만큼 온전한 신앙을 가지고 있고, 정직한 성품에 마음씨가 넓고, 영리한 데다 어느 정도 품위까지 갖추었고, 또 베스타 여신처럼 순결하며 용모로도 보기 드물게 아름답다고 말했다.

"네가 결혼해도 괜찮을 만한 집안이냐? — 간단히 말해 숙녀냔 말이다." 대화 중에 서재로 조용히 들어와 있던 그의 어머니가 깜짝 놀라 물었다.

"일반적으로 말하는 숙녀는 아닙니다." 에인절이 물러서지 않고 대답했다. "농사꾼의 딸이거든요, 그리고 전 그걸 자랑스럽게 생각합니다. 그렇지만 숙녀라고도 할 수 있어요 — 성격이나 마음 씀씀이는요."

"머시 챈트는 좋은 집안 아이다."

"어머니도, 참! 그게 무슨 소용이 있어요?" 에인절이 재빨리 말했다. "지금처럼 험한 일을 해야 되고, 또 앞으로도 그래야 될 사람한테 집안 좋은 여자가 무슨 소용이 있어요?"

“머시는 교양 있는 아가씨란다. 그리고 교양에는 매력이 있어.” 은테안경 너머로 그를 바라보며 어머니가 대답했다.

“외적인 교양 같은 거라면, 앞으로 제가 살아갈 인생에서 그게 무슨 소용이 있겠어요?—혹시 독서에 관한 것이라면, 그건 제가 돌봐 줄 수도 있어요. 그녀는 총명해서 잘 배울 거고, 어머니도 그녀를 보시면 그렇게 말씀하실 거예요. 그녀는 시로 가득 차 있어요—좀 지나친 표현이지만 살아있는 시라고 할 수 있어요. 시인들이 종이 위에 쓰는 것을 그녀는 실제로 살아가고 있거든요…… 그리고 흠잡을 데 없는 기독교인이라고 분명히 말씀드릴 수 있어요. 아마도 어머니가 전파하려고 하는 그런 부류, 그런 유형의 사람일 겁니다.”

“오, 에인절, 넌 어미를 놀리는구나!”

“어머니, 죄송합니다. 하지만 그녀는 거의 주일날 아침마다 교회에 출석하는 훌륭한 교인이니까, 혹시 사회적으로 무슨 결함이 있더라도 그 점을 참작해서 너그럽게 봐 주세요. 그리고 전 그녀보다 좋은 여자를 못 찾을 것 같거든요.” 에인절은 사랑하는 테스에게 거의 습관적인 정통적 신앙이 있다고 열심히 강조를 했지만 (그것이 자신에게 이렇게 큰 도움을 주리라고는 꿈도 꾸지 못했었다) 그는 실상 테스나 다른 젖 짜는 처녀들에게서 그런 신앙을 발견할 때는 쉽게 경멸하곤 했다. 본질적으로 자연주의적인 신앙을 가지고 살아가는 그들에게 있어서 그것은 명백히 비현실적인 것이었기 때문이다.

클레어 부부는 알지도 못하는 처녀에게 정통적 신앙이 있다고 아들이 주장하자 서글프게도 과연 그 아들은 그런 신앙을 가지고 있는지 의심스러웠지만, 그 여자가 생각만이라도 건전하다는 사실은 무시할 수 없는 장점이라고 느끼기 시작했다. 특히 두 사람의 만남이 신의 섭리에 의한 것일지도 모른다는 생각마저 하게 되었는데, 그것은 에인절이 정통적 신앙을 자신의 선택 조건으로 내세운 적이 한 번도 없기 때문이었다. 그들은 마침내 서두르지 않는 게 좋겠으며, 그녀를 만나 보는 데 반대하지 않겠다고 말했다.

그래서 에인절은 현재로서는 더 이상 상세한 이야기를 하지 않았다. 그의 부모님은 성실하며 희생심이 많은 분들이었지만 아직 중류 계급으로서 그들 나름의 편견을 가지고 있었으며, 그것을 극복하는 데는 약간의 요령이 필요하겠다고 그는 느꼈다. 법적으로는 자신이 원하는 대로 할 수가 있고, 또 아마도 부모님과 떨어져 살 것이기 때문에 며느리의 자격이 양친의 생활에 실질적으로 크게 문제가 되지는 않을 것이었지만, 그는 자신의 일생에서 가장 중요한 결정을 내리면서 사랑하는 두 분의 마음을 상하게 하고 싶지는 않았다.

그는 테스의 생활에서 부수적인 것들을 마치 중요한 특성인 양 여기고 있는 스스로의 모순을 발견했다. 그가 사랑한 것은 그녀 자신이었다. 그녀의 영혼, 그녀의 마음, 그녀의 본질을 사랑했던 것이지, 그녀의 낙농장 일 솜씨나 학생으로서의 총명함, 더욱이 단순히 형식적인 그녀의 신앙고백 때문은 결코 아니었다. 들판에서의 그녀의 꾸밈없는 모습을 사랑하는 데는 인습적인 겉치레가 필요 없었다. 그는 가정의 행복을 결정하는 감정이나 충동의 울림에 대해 교육은 아직 별다른 영향을 미치지 못한다는 생각을 가지고 있었다. 혹시 세월이 지나면 체계적으로 발전된 도덕적 지적 훈련을 통해 인간 본성 가운데서 비의지적이거나 심지어 무의식적인 본능까지 어느 정도, 혹은 상당한 정도로 향상시킬 수 있을지도 모른다. 하지만 그가 이해하는 한 지금까지 교양이란 인간의 삶 중에서 오로지 자신의 영향권 안에 있는 정신적 표피(表皮)에만 영향을 끼친다고 알려져 있을 뿐이었다. 이러한 믿음은 최근 들어 교양 있는 중류 계층에서 농촌 사회에까지 확장된 그의 여성 경험을 통해 확인이 되었다. 여기서 그는 한 사회 계층에서 선하고 지혜로운 여성과 다른 사회 계층에서 선하고 지혜로운 여성 사이의 본질적 차이는, 같은 계층 혹은 계급내의 선한 자와 악한 자, 지혜로운 자와 어리석은 자 사이의 차이에 비해 얼마나 적은 것인지 알 수 있었다.

그가 떠나는 날 아침이었다. 그의 형들은 이미 사제관을 떠나 북쪽으로 도보여행을 시작했고, 거기서 하나는 자기 대학으로 돌아가고 다른 하나는 교구로 돌아갈 참이었다. 에인절은 그들과 동행할 수도 있었지만 탈보테이즈의 연인을 만나는 것이 더 좋았다. 그가 두 사람과 함께 가면 오히려 어색한 자리가 될지도 몰랐다. 왜냐하면, 셋 중에서 가장 안목 있는 인도주의자요, 가장 이상적인 종교인이며, 심지어 가장 박식한 신학자인 그였으나, 그의 의식 속에는 항상 자신의 모난 성격이 그를 위해 마련된 둥근 구멍에는 더

울리지 않는다는 소외감이 있었다. 그래서 필릭스나 커스버트 누구에게도 그는 테스 이야기를 하려고 하지 않았던 것이다.

어머니가 그에게 샌드위치를 만들어 주었고, 아버지는 자신의 암말을 타고 얼마 동안 동행을 했다. 자신의 일에 상당한 진척을 보았으므로, 에인절은 그늘진 길을 따라 말을 타고 가는 동안 일부러 아버지의 말씀에 조용히 귀를 기울였다. 아버지는 교구의 일이 어렵다는 말씀을 하면서, 당신이 사랑하는 동료 성직자들이 냉담하다는 이야기도 했다. 그것은 아버지가 그들이 보기에 해로운 칼뱅주의 교리에 근거하여 《신약성서》를 엄격하게 해석하기 때문이라는 것이었다.

"해롭다니!" 클레어 신부는 느긋하게 경멸하는 투로 말을 했다. 그러고는 그 생각이 얼마나 터무니없는지를 보여 주는 경험들을 계속해서 이야기했다. 그는 자신의 설교로 못된 사람들이 놀라운 개심을 하는 사례들을 들었는데, 그중에는 가난한 사람도 있었지만 잘사는 부자들도 있었다. 그리고 자신은 또한 실패도 많이 했다고 솔직하게 인정했다.

후자의 예로 그는 약 40마일가량 떨어진 트란트릿지 마을 근방에 사는 더버빌이란 이름의 젊은 벼락부자 이야기를 했다.

"킹즈비어와 그 밖의 다른 곳에 자리잡고 있던 그 유서깊은 더버빌 가문 중의 하나를 가리키세요?" 아들이 물었다. "그 사두마차(四頭馬車) 유령 이야기가 나오는 꽤나 유명한 몰락한 집안 말씀이지요?"

"아, 아니다. 원래 더버빌 집안은 60년이나 80년 전에 몰락하여 사라졌다—적어도 내가 알기로는 그렇다. 이 집안은 그 이름을 얻어낸 새 집안인 것 같은데, 그 옛날 기사 가문의 명예를 위해서라도 난 그들이 가짜이기를 바라고 싶다. 그런데, 네가 옛날 가문에 관심이 있는 걸 보니 희한하구나. 그런 것은 나보다 더 무시하는 줄 알았는데."

"아버지, 절 잘못 보셨어요. 아버진 종종 그러셨지만." 에인절이 약간 성질을 부리며 말을 했다. "전 정치적인 측면에서는 오래된 집안이라는 것이 과연 무슨 장점이 있는지 회의적입니다. 그들 가운데도 일부는 햄릿이 말한 대로 '자신들이 대를 잇는 것을 반대하는' 현명한 사람들도 있어요. 하지만 저는 시적으로, 극적으로, 또 심지어 역사적으로는 그들에게 우호적인 편이거든요."

이 구별은 결코 미묘한 것이 아니었지만 클레어 신부에게는 너무 미묘한 것이었고, 그래서 그는 원래 하려던 이야기를 계속했다. 그 이야기는 이런 것이었다. 이른바 더버빌이란 이름의 노인이 죽고 나자, 눈먼 어머니를 모시고 있던 젊은 아들은 철이 들기는커녕 난봉꾼 노릇이 아주 심해졌다는 것이었다. 그의 행실에 관한 소식이 마침 그 지방에서 전도를 하기 위해 설교를 하고 있던 클레어 신부의 귀에 들어오게 되었고, 신부는 대담하게도 기회를 봐서 그 난봉꾼에게 그의 정신 상태에 대해 설교를 했던 것이다. 비록 그는 타지방 사람이고 또 남의 설교단을 빌려 쓰고 있었지만, 그렇게 하는 것이 자신의 의무라고 느끼고, 〈누가복음〉에서 성경구절을 선택했던 것이다. "어리석은 자여, 오늘밤에 네 영혼을 도로 찾아가리니!" 그 젊은이는 이 직접적인 공격에 대단히 분개했고, 두 사람이 만나 설전(舌戰)을 벌이던 중에 그는 클레어 신부의 백발에 경의를 표하기는커녕 공공연히 마구 모욕을 주었다는 것이다.

에인절은 괴로워하며 얼굴을 붉혔다.

"아버지," 그는 유감스런 어조로 말했다. "그렇게 못된 녀석들 때문에 쓸데없이 고통받으시는 일은 그만두시는 게 좋겠어요."

"고통이라니?" 주름 투성이 얼굴에 자기부정(自己否定)의 열의를 빛내며 그의 아버지가 대답했다. "내게 고통이 있다면 그 불쌍하고 어리석은 청년을 위한 고통일 뿐이다. 넌 그가 화를 내며 하는 말이나, 심지어 주먹을 휘두르는 것까지도 나한테 무슨 고통을 줄 수 있다고 생각하느냐? '욕을 당한즉 축복하고, 핍박을 당한즉 참고, 비방을 당한즉 권면하니, 우리가 지금까지 세상의 더러운 것과 만물의 찌끼같이 되었도다.' 고린도 교회 사람들에게 주신 저 옛날의 귀한 말씀은 이 순간에도 온전히 진리이니라."

"아버지, 주먹질은 안 했지요? 그 녀석이 주먹까지 쓰지는 않은 거지요?"

"그래, 그렇지는 않았어. 술에 취해 미치광이 같은 사람들한테서 맞은 적은 있다만."

"설마요!"

"열두어 번은 될 거다, 얘야. 그러면 어떠냐? 그렇게 해서 그들이 스스로를 멸망시키는 죄에 빠지지 않도록 구원해 주었으니 말이다. 그 사람들은 지금까지 나한테 고마워하며 하느님을 찬양한단다."

"그 젊은이도 그랬으면 좋겠군요!" 에인절이 진심으로 말을 했다. "하지만 아버지 말씀을 들어 봐서는 그렇게 되지 못할 것 같군요."

"그래도 희망은 가져야지." 클레어 신부가 말했다. "아마도 이 세상에서 그를 다시 만날 것 같지는 않지만, 난 그를 위해 계속 기도를 하고 있단다. 어쩌면 결국 내 보잘것없는 말 한마디가 언젠가는 그의 가슴속에서 좋은 씨앗처럼 싹이 터 올라올지도 모르는 일이니까."

여느 때와 마찬가지로 클레어 신부는 지금도 어린아이처럼 낙천적이었다. 아들은 아버지의 편협한 교리를 받아들일 수는 없었지만, 그의 실천을 존경했고 경건주의자 속에 숨어 있는 영웅의 모습을 확인했다. 테시를 아내로 맞이하고 싶다는 그의 질문에 대해, 그녀가 잘 사는지 못 사는지를 물어볼 생각조차 않는 아버지를 보고, 그는 어쩌면 전보다 더 아버지의 실천을 존경하게 되었는지도 모른다. 바로 그 탈속성이 에인절로 하여금 농부의 삶을 살아가도록 인도했고, 그의 형들에게는 그들이 활동하는 동안 가난한 신부의 자리를 지키도록 했을 것이다. 아무튼 에인절은 아버지의 그런 모습을 높이 평가했다. 사실 자신의 이단적 생각에도 불구하고, 에인절은 종종 인간적인 측면에서는 그의 두 형보다 자기가 더 아버지와 가깝다는 느낌을 가졌다.

27

한낮의 뜨거운 햇볕 속으로 20마일가량 언덕과 골짜기를 오르내린 끝에 그는 오후에는 탈보테이즈 서쪽 1, 2마일 거리에 있는 외딴 언덕에 도달했다. 거기서 그는 다시 한번 수액(樹液)과 물기가 넘치는 초록의 골짜기, 곧 바 혹은 프룸이라고 부르는 골짜기를 내려다보았다. 언덕을 내려가 아래쪽의 기름진 충적토로 들어서자마자 공기는 점점 묵직해졌다. 여름 과일과 안개, 건초, 화초에서 나오는 나른한 향기는 그 곳에 향기로 가득찬 커다란 연못을 이루었고, 그 때문에 이 시간쯤에는 짐승들과 벌, 나비도 꾸벅꾸벅 졸고 있는 듯했다. 클레어는 이제 이곳에 꽤 익숙해져서 풀밭에 흩어져 있는 소떼를 멀리서 보고도 소의 이름을 알아맞힐 수 있었다. 그는 이곳에 와서 인생을 내면에서부터 관조할 수 있는 능력을 터득한 것을 만족스럽게 실감할 수 있었고, 그것은 학창 시절에는 전혀 깨닫지 못했던 무엇이었다. 그는 부모님을 무척 사랑하고 있었지만 지금처럼 집에서 지내다가 이곳에 돌아오자 마치 부목(副木)과 붕대를 벗어던진 듯한 느낌을 갖지 않을 수 없었다. 더욱이 탈보테이즈에는 토착 지주가 없었기 때문에, 영국 농촌 사회에서 흔히 느낄 수 있는 구속감 같은 것도 없었다.

낙농장에는 바깥에 나와 있는 사람이 하나도 없었다. 농장사람들은 모두 여느 때처럼 한 시간 가량 오후 낮잠을 즐기고 있었는데, 여름철에는 무척 이른 아침에 일어나기 때문에 그럴 수밖에 없었다. 문간에는 나무테를 두른 축축한 우유통이 수없이 문질러대는 바람에 허옇게 변색된 채, 모자걸이에 걸린 모자처럼 그곳에 세워 놓은 껍데기가 벗겨지고 갈래진 떡갈나무 가지 우유통걸이에 걸려 있었다. 저녁에 우유를 짤 때 쓰도록 모두 말리고 있는 중이었다. 에인절은 집안에 들어가 조용한 복도를 지나 뒤쪽으로 가서 잠시 귀를 기울여 보았다. 남자 일꾼 몇몇이 자고 있는 짐마차 창고에서 코고는 소리가 고르게 들려왔고, 더 멀리서는 더위 먹은 돼지들이 꿀꿀거리는 소리가 시끄럽게 들려왔다. 잎이 넓은 대황(大黃)과 양배추도 반쯤 접은 양산처럼 그 맥빠진 큼직한 잎사귀를 햇빛 속에 늘어뜨린 채 잠들어 있었다.

말안장을 풀고 말에게 먹이를 주고 난 뒤 그가 집안으로 다시 들어가자 시계가 세 시를 쳤다. 세 시는 오후에 우유 크림을 걷는 시간이었다. 시계 소리와 함께 클레어는 위층 마룻바닥이 삐걱거리는 소리를 들었고, 뒤이어 층계를 내려오는 발자국 소리가 들렸다. 그것은 테스의 소리였고, 곧 그녀가 그의 눈앞에 나타났다.

테스는 그가 들어오는 소리를 듣지 못했고, 그가 거기 있으리라고는 상상도 못했다. 그녀는 하품을 하고 있었고, 마치 뱀의 입속처럼 빨간 그녀의 입속을 그는 들여다보았다. 감아올린 머리카락 위로 그녀는 한쪽 팔을 높이 들어올렸고, 그래서 그는 햇볕에 그을은 피부 위쪽의 매끄러운 고운 살갗을 볼 수 있었다. 잠이 덜 깬 듯 그녀의 얼굴은 발그레했고, 눈꺼풀이 눈동자 위로 힘겹게 내려앉아 있었다. 넘칠 것 같은 타고난 매력이 그녀의 온몸에서 풍겨나왔다. 그것은 한 여인의 영혼이 다른 어느 때보다 강렬하게 육체로 승화하는 순간이었다. 지극히 정신적인 아름다움이 육체로 모습을 나타내고, 성(性)이 외부에 자신의 자리를 잡고 나와 있었다.

그녀의 나머지 얼굴이 제대로 깨어나기도 전에, 흐릿한 시야를 뚫고 두 눈동자가 환하게 빛을 발했다. 반가움과 수줍음, 놀라움이 묘하게 뒤섞인 표정을 지으며 그녀가 소리쳤다.

"아, 클레어 씨! 얼마나 놀랐다구요—저는—"

그녀는 처음엔 그가 사랑을 고백한 뒤로 두 사람의 관계가 바뀌어 있었다는 사실을 생각할 시간적 여유가 없었다. 하지만 층계 바닥으로 내려오면서 클레어의 다정스런 표정을 마주하자 그녀의 얼굴에 모든 것을 이해하는 듯한 표정이 나타났다.

"사랑하는 테시!" 에인절은 그녀를 끌어안으며 그녀의 상기된 얼굴에 자신의 얼굴을 대고 속삭였다. "제발, 그놈의 '씨'자 좀 그만둬요. 당신 때문에 서둘러 돌아왔소!"

흥분하기 쉬운 테스의 가슴이 대답이라도 하듯 그의 가슴에 대고 고동쳤다. 그리고 그들은 그 문간의 붉은 벽돌 바닥 위에 서 있었고, 그가 그녀를 가슴에 꼭 껴안고 있는 동안 창문으로 비스듬히 스며든 햇빛은 그의 등과, 그녀의 숙인 얼굴, 그녀의 관자놀이에 난 파르스름한 핏줄, 그리고 걷어올린 팔과 목덜미, 머리카락 속까지 비추었다. 옷을 입은 채 잠을 잤기 때문에 그녀는 해바라기를 한 고양이처럼 따뜻했다. 그녀는 처음엔 그를 똑바로 쳐다보려고 하지 않았으나 곧 눈을 들었고, 그의 눈은 마치 깊이라도 재듯 그 시시각각으로 변하는 눈동자 속을 들여다보았다. 두 번째 잠을 깬 이브가 아담을 바라보듯 테스가 그를 쳐다보는 동안, 그녀의 눈동자는 파란색과 검은색, 회색과 보라색의 빛을 발하고 있었다.

"크림 걷으러 가야 돼요." 그녀가 변명하듯 말했다. "그리고 오늘 저를 도와줄 사람은 뎁 할머니밖에 없어요. 크릭 부인은 크릭 씨하고 장을 보러 갔고, 레티는 몸이 안 좋은 데다, 다른 사람들은 어딜 가서 젖을 짤 때까지는 집에 돌아오지 않을 거예요."

그들이 우유 창고 쪽으로 물러가고 있을 때 데버러 파이안더가 층계에 나타났다.

"데버러, 내가 돌아왔어요." 클레어가 위쪽을 향해 말했다. "내가 테스를 도와 크림을 걷을 게요. 많이 피곤할 텐데, 우유 짤 때까지는 내려올 필요가 없겠어요."

아마도 그날 오후 탈보테이즈 우유는 크림이 제대로 걷히지 않았을 것이다. 테스는 마치 꿈속에 있는 것처럼, 익숙하던 물건들의 밝고 어두움이나 위치를 확인할 수는 있었으나 뚜렷하게 윤곽이 잡히지 않았다. 작업을 하기 위해 그물 국자를 식히려고 펌프 밑에 넣을 때마다 그녀의 손이 떨렸고, 그의 사랑이 얼마나 뜨겁게 느껴지는지 그녀는 마치 작열하는 태양 속의 식물처럼 그의 앞에서 움츠러드는 것 같았다.

그때 다시 그가 그녀를 자기 쪽으로 끌어안았다. 그녀가 크림 가장자리를 잘라내려고 테두리를 집게손가락으로 돌리고 나면 그가 그것을 빨아서 깨끗하게 해 주었다. 탈보테이즈 농장의 자연스런 방식이 지금은 딱 알맞았기 때문이다.

"나중에 말하는 것보단 지금 하는 게 낫겠소." 그가 조용히 다시 입을 열었다. "지난 주 풀밭에서 만났던 날 이후로 쭉 생각해온 일인데, 당신한테 아주 현실적인 이야기를 한 가지 하고 싶어요. 나는 곧 결혼을 할 겁니다. 알다시피 난 농부이기 때문에 농장 관리에 대해 잘 아는 여자를 아내로 얻고 싶어요. 테시, 당신이 그 여자가 되어 주겠소?"

그는 깊이 생각하지 않고 충동에 이끌렸다는 인상을 그녀가 받지 않도록 그런 식으로 말을 했던 것이다.

그녀는 매우 곤혹스런 표정을 지었다. 그와 가까이 지내게 되면서 결국 그를 사랑하고 만 것은 어쩔 수 없는 사실이었다. 하지만 이처럼 갑작스런 결과는 예측하지 못했고, 사실 클레어도 그렇게 빨리 본심을 털어놓을 생각이 없었는데 그렇게 된 것이었다. 가슴이 찢어질 것 같은 괴로운 심경으로 그녀는 정숙한 여인으로 스스로 맹세해 둔 불가피한 대답을 나지막이 밝혔다.

"아, 클레어 씨—전 당신의 아내가 될 수 없어요—그럴 수가 없어요!"

스스로의 결심을 밝히는 소리에 테스의 가슴은 찢어지는 듯했고, 슬픔을 참지 못해 그녀는 고개를 숙였다.

"그런데, 테스!" 그녀의 대답에 놀란 그가 더욱 애타게 그녀를 껴안으며 말했다. "아니라고 했어요? 분명히 나를 사랑하잖아요?"

"그럼요, 정말이에요! 이 세상의 어느 누구 아닌 바로 당신의 사람이 되고 싶어요." 괴로워하는 처녀는 감미로우면서도 솔직한 목소리로 대답했다. "하지만 결혼할 순 없어요."

"테스," 팔을 뻗어 그녀를 붙잡은 채 그가 말했다. "다른 사람하고 약혼을 했군요!"

"아니, 아니에요!"

"그러면 왜 나를 거절하는 거요?"

"전 결혼하고 싶지 않아요! 생각해 본 적도 없어요. 안 돼요! 그냥 당신을 사랑하고만 싶어요."

"그건 왜 그렇소?"

대답이 적당치 못해 그녀는 말을 더듬었다.

"클레어 씨의 부친은 신부님이니까, 어머님께서는 저 같은 사람하고 결혼하는 걸 좋아하지 않으실 거예요. 양갓집 규수하고 결혼하길 바라실 테니까요."

"말도 안 되는 소리요—두 분께 이미 말씀드렸소. 내가 집에 갔다 온 것은 그 때문이기도 했어요."

"못할 것 같아요—절대로, 절대로 안 돼요!" 그녀가 되풀이해서 말했다.

"너무 갑작스럽게 이런 얘기를 한 건가, 예쁜 아가씨?"

"예 — 상상도 못했어요."

"테시, 뒤로 미루고 싶다면 시간을 주겠소." 그가 말했다. "집에 돌아오자마자 너무 갑자기 이런 이야기를 꺼낸 모양이오. 당분간은 그 얘기를 하지 않겠소."

그녀는 번쩍거리는 국자를 다시 들고 펌프 밑으로 집어넣어 작업을 재개했다. 그러나 아무리 해도 다른 때처럼 정교한 솜씨로 크림만 떠낼 수가 없었다. 때로는 우유 속을 찌르기도 하고, 또 때로는 허공을 치기도 했다. 슬픔에 못 이겨 흘러내린 두 줄기 눈물 때문에 그녀는 도무지 앞을 볼 수가 없었지만, 이 절친한 친구이자 사랑하는 보호자에게 그 슬픔을 설명할 수는 없었다.

"크림을 못 걷겠어요 — 안 되네요!" 그에게서 돌아서며 그녀가 말했다.

사려 깊은 클레어는 그녀를 자극해서 일을 더 방해하지 않도록 좀 더 일반적인 이야기를 하기 시작했다.

"당신은 우리 부모님을 전적으로 오해하고 있어요. 그분들은 누구보다 소박한 분들이고, 욕심이라곤 없는 분들이오. 요즘 찾아보기 힘든 복음주의자들이랍니다. 테시, 당신도 복음주의파지요?"

"전 몰라요."

"교회에도 꼬박꼬박 잘 나갔잖소, 이곳 신부님은 고교회파가 아니라는 얘기가 있던데."

주일마다 말씀을 듣는 교구 신부의 견해에 대한 그녀의 생각은 한 번도 설교를 들어 본 적이 없는 클레어보다 분명치가 못한 것 같았다.

"전 설교를 들을 때 좀 더 집중할 수 있었으면 좋겠어요." 그녀가 편안하게 일반적인 이야기를 했다. "때로는 그 때문에 슬퍼지거든요."

그녀가 너무나 꾸밈없이 말했기 때문에 에인절은 비톡 그녀가 자신의 종교적 입장이 고교회파인지, 저교회파인지, 또 광(廣)교회파인지는 모른다고 해도 부친이 종교적인 이유로 그녀를 반대하지는 않을 것이라고 확신했다(고교회파와 저교회파는 모두 영국국교회의 개혁을 주창한 부류의 갈래인데, 전자는 구교(舊敎)적 정신과 의식을 되살려야 한다는 입장이고, 후자는 개신교적 경건성과 복음주의 경향을 도입해야 한다는 주장이며, 광교회파는 절충주의적 경향이다-역주). 에인절은 어린시절부터 주입받아온 것이 분명한 그녀의 혼란스런 신앙이 사실 따지고 들면 어법상으로는 트락태리언파(구교적 의식과 전통을 영국 교회에 도입해야 한다는 주장으로 일명 옥스퍼드 운등이라고도 한다-역주)요, 본질적으로는 범신론 쪽이라는 것을 알고 있었다. 혼란스럽든 어떻든 간에 그는 절대로 그것을 방해하고 싶지 않았다.

누이를 방해하지 말라, 그녀가 기도할 때는,
어린날에 간직한 천국과 행복한 꿈들도 두라.
애매한 암시로 어지럽히지 말라
즐거운 날들로 이어지는 생활을.

(앨프레드 테니슨의 장시 〈인 메모리엄〉의 한 구절-역주)

그는 이따금 이런 충고는 솔직하기보다 가락만 아름다울 뿐이라고 생각했으나 이제는 기분 좋게 그 충고를 따랐다.

그는 계속해서 자신이 집에 가서 있었던 일과 아버지의 생활 태도, 그리고 원칙에 대한 열정 등에 대해 이야기했다. 그녀는 차츰 진정이 되었고, 크림을 걷을 때 떨리는 일도 없었다. 한 통 한 통 그녀가 끝마칠 때마다 그는 뒤따라와서 우유가 흘러나오도록 마개를 뽑아 주었다.

"들어오실 때 보니까 약간 힘이 없어 보이시던데요." 화제를 자기한테서 돌려 보려고 그녀가 억지로 용기를 내어 말했다.

"그래요—아버지가 힘들고 어렵다는 말씀을 많이 하시는데, 그 얘기를 들으면 항상 머리가 좀 아프거든요. 아버지는 너무 열심이셔서 당신과 생각이 다른 사람들한테서 타박도 받고 욕도 먹어요. 그 연세에 그런 욕을 보신다는 얘기를 들으면 기분이 안 좋답니다. 더욱이 열심도 너무 지나치면 아무 소용이 없는데 말이에요. 아주 최근에 있었던 매우 기분 나쁜 경우를 하나 말씀하시더군요. 여기서 40마일 떨어진 트란트릿지 마을 근처에 어느 선교단체를 대신해서 전도를 하러 나가신 모양인데, 거기서 만난 버릇없이 빈정거리는 웬 젊은이한테 설교를 해야겠다고 생각하신 모양이에요. 그 근방 어느 지주의 아들이라는데, 그 모친은 앞을 보지 못해 고생을 하고 있답니다. 아버지는 그 양반한테 정면으로 훈계를 했는데, 그래서 난리가 난 거지요. 아버지도 참 어리석으신 것이, 아무 소용이 없을 게 뻔한데도 낯선 사람한테 설교를 하셨답니다. 하지만 아버지는 당신의 의무라고 생각하시는 것은 때를 가리지 않고 하시는 분이고, 물론 그래서 적도 많아요. 그중에는 정말로 못된 사람들도 있지만, 간섭받기 싫어하고 그냥 편하게 살려는 사람도 있거든요. 아버지는 그런 일을 당하고도 영광이라고 하시고는 간접적으로는 좋은 결과가 나올 거라고 하신답니다. 그렇지만 이젠 아버지도 늙으셨는데 사서 고생하지 말고 그런 돼지 같은 놈들은 그대로 허우적거리게 내버려 두었으면 좋겠어요."

테스의 표정이 굳어지며 지친 기색을 띠었고, 붉은 입술은 슬픈 표정을 지었다. 하지만 그녀는 더 이상 떨리는 기색은 보이지 않았다. 새삼스레 아버지 생각을 하는 바람에 클레어는 그녀를 자세히 지켜보지 못했다. 그래서 그들은 장방형의 하얀 우유통을 따라내려가면서 일을 끝내고 우유통을 비웠고, 그때서야 다른 아가씨들이 돌아와서 자기 통을 가지고 갔고 뎁도 새 우유를 담으려고 통을 씻으러 들어왔다. 테스가 젖소들이 있는 들판으로 나가려고 하자 그가 조용히 그녀에게 물었다—.

"테스, 그런데 내가 물었던 건?"

"아, 안 돼요—안 돼요!" 알렉 더버빌 이야기가 나오자 그녀는 자신의 참담한 과거를 새삼스레 기억한 사람처럼 무거운 절망감을 느끼며 대답했다. "그럴 수가 없어요!"

서글프고 갑갑한 심정을 바깥 공기로 씻어보려는 듯 그녀는 한걸음에 풀밭으로 달려나가 다른 처녀들 사이에 끼어들었다. 처녀들은 모두 젖소들이 풀을 뜯고 있는 먼 풀밭 쪽으로 나갔다. 들짐승처럼 대담하고 우아하게 나아가는 그 모습은 가없는 허공에 익숙한 여인들같이 과감하고 거침없는 몸짓이었고, 마치 파도에 몸을 맡기고 헤엄치는 사람처럼 대기에 자신을 내어 주고 있었다. '인공'(人工)의 거처가 아니라 구속 없는 '자연'(自然)에서 다시 동료를 찾아 나선 테스의 모습은 이제 그에게는 무척이나 자연스럽게 보였다.

28

그녀의 거절은 비록 예상 밖이었으나 클레어는 언제까지나 의기소침해 있지는 않았다. 그는 여자들의 부정은 종종 긍정의 머리말에 불과하다는 것을 알 만큼의 충분한 여자 경험은 있었다. 하지만 지금의 부정 속에 수줍은 티를 내려는 장난과는 크게 다른 점이 있다는 것을 알 만큼 충분치는 못했다. 그녀가 그의 사랑 고백을 받아들였다는 것을 그는 또 하나의 확증으로 받아들였으나, 들판이나 목장에서는 '공연히 한숨짓는' 것(셰익스피어의 희곡 〈햄릿〉 2막 2장의 한 구절-역주)이 결코 허무맹랑한 말이 아니라는 것을 충분히 깨닫지 못하고 있었다. 욕심이 많아서 걱정하고 고민하는 집안에서는, 처녀가 시집을 잘 가려고 애를 쓰는 탓에 사랑 자체를 목적으로 여기는 건강한 사고가 마비되어 있는 반면, 이곳에서는 종종 연애를 그 달콤한 맛을 즐기기 위해 쉽게 할 수 있는 일로 여기고 있었다.

"테시, 왜 그렇게 딱 잘라서 '안 된다'고 했소?" 며칠 후에 그가 그녀에게 물었다.

그녀는 움찔했다.

"묻지 마세요. 이유를 말씀 드렸잖아요—어느 정도는요. 저는 어울리지가 않아요—자격이 없어요."

"어째서? 당당한 숙녀가 아니라서?"

"맞아요—그런 거지요." 그녀가 조그맣게 대답했다. "식구들이 저를 비웃을 거예요."

"분명히 말하지만 당신은 그분들을 오해하고 있어요—우리 아버지와 어머니 말입니다. 우리 형들은—난 신경 안 써요." 그는 그녀가 빠져나가지 못하도록 그녀의 등뒤로 양손의 손가락을 꽉 꼈다. "자—진심이 아니죠, 아가씨?—진심이 아니었다고 믿어요. 당신 때문에 마음이 잡히지 않아 도무지 책도 읽을 수 없고 하프를 켤 수도 없고 뭘 할 수가 없어요. 테스, 난 서두르지 않아요. 다만—당신의 그 따스한 입술로—언젠가는 내 아내가 되어 주겠다는 말만 듣고 싶소—언제든지 당신이 원할 때 말이오—언젠가는 꼭?"

그녀는 다만 고개를 저으며 그에게서 시선을 돌릴 뿐이었다.

클레어는 그녀를 유심히 바라보면서, 마치 상형문자라도 바라보듯 그녀의 얼굴 표정을 꼼꼼히 살폈다. 거절은 진심인 것 같았다.

"그렇다면 이렇게 당신을 안고 있어서는 안 되지—그렇지 않나요? 난 당신한테 아무런 권리도 없으니까—당신이 있는 곳을 찾아갈 권리도, 당신하고 같이 걸어다닐 권리도 없소! 테스, 솔직히 말해서 다른 사람을 사랑하고 있어요?"

"어떻게 그런 말을?" 여전히 스스로를 억누르며 그녀가 말했다.

"나도 그렇지 않다는 건 알고 있어요. 그렇다면 왜 나를 거절하는 거요?"

"거절하는 게 아니에요. 전 당신이 — 저를 사랑한다고 말해 주길 원해요. 저하고 있을 때는 언제든지 그렇게 말해 주세요 — 기분 나쁘지 않아요."

"그런데 남편으론 받아들일 수 없다는 거요?"

"아 — 그건 달라요 — 정말이에요, 그건 사랑하는 당신을 위해서랍니다! 아, 믿어 주세요. 오직 당신을 위해서에요! 전 그렇게 당신의 아내가 된다는 그 무척이나 행복한 약속을 스스로 하고 싶지 않아요 — 왜냐 하면 — 왜냐하면, 전 결코 그래서는 안 되거든요."

"하지만 당신은 나를 행복하게 해줄 수 있어요!"

"아 — 그렇게 생각하시겠지만, 잘 모르고 계세요!"

이럴 때면 그는 그녀가 거절하는 이유가 사교나 예절이 부족하다고 겸손하게 느끼기 때문이라고 생각하고는, 그녀가 아는 것도 아주 많고 솜씨도 좋다고 말해 주곤 했다. 그건 분명히 사실이었다. 타고난 영리함과 그에 대한 존경심 덕택에 그녀는 그의 어휘나 어투, 그의 단편적인 지식까지도 놀랄 만큼 많이 받아들여 두었던 것이다. 이렇게 다정한 말싸움이 그녀의 승리로 끝나면 그녀는, 우유 짜는 시간이면 가장 멀리 있는 소 밑으로 혼자 찾아가거나, 휴식 시간이면 사초(莎草) 덤불 속이나 자기 방으로 들어가, 겉으로는 차갑게 거절을 한 지 1분도 못 되어 소리 없이 슬퍼하곤 했다.

갈등은 그토록 격심했다. 그녀 자신의 마음은 에인젤 편으로 너무 기울어 있어서 — 불타오르는 두 마음이 가련한 한 양심과 싸우는 격으로 — 그녀는 자신의 결심을 지키기 위해 모든 수단을 동원해야만 했다. 그녀는 탈보테이즈로 올 때 마음을 굳게 먹어 둔 것이 있었다. 어떤 일이 있더라도 그녀의 남편될 사람이 잘 모르고 자신과 결혼해서 나중에 크게 후회하도록 하지는 않겠다는 것이었다. 그렇기 때문에 그녀는 마음이 흔들리지 않을 때 양심에 따라 결정해 둔 것을 지금 와서 어길 수는 없다고 생각했다.

"왜 그분한테 내 소문을 말해 주는 사람이 없을까?" 그녀는 생각했다. "겨우 40마일 거리에 불과한데—왜 여기까지 퍼지지 않았을까? 아는 사람이 분명히 있을 텐데!"

하지만 아무도 아는 것 같지 않았고, 이야기해 주는 사람도 없었다.

2, 3일 동안은 아무 말도 오고가지 않았다. 그녀는 한 방을 쓰는 동료들의 슬픈 안색으로 보아 그들이 자신을, 그가 그냥 좋아하는 정도가 아니라 그가 선택한 여자로 여기고 있음을 알아차렸다. 하지만 그들은 그녀가 그의 마음대로 움직여 주지 않는다는 것도 알 수 있었다.

테스는 일찍이 자신의 인생의 실타래가 이처럼 뚜렷하게 확실한 기쁨과 확실한 고통이라는 두 갈래로 얽힌 때를 경험한 적이 없었다. 다음 번 치즈 만들 때가 되었을 때, 다시 두 사람만 남게 되었다. 농장주인 크릭 씨는 그 전에는 일을 거들어 주었었다. 하지만 그의 아내와 마찬가지로 그는 요즘 들어 두 사람이 서로 관심이 있다는 것을 눈치 챈 모양이었다. 하지만 둘은 산책도 아주 조심스럽게 했기 때문에 매우 어렴풋하게나마 짐작할 뿐이었다. 아무튼 농장 주인은 그들만 남기고 자리를 떠났다.

그들은 통에 넣을 수 있도록, 굳은 우유 덩어리를 부수는 일을 하고 있었다. 이 작업은 빵을 대량으로 부수는 일과 비슷했는데, 티라곤 없이 하얗게 굳은 우유 덩어리 사이로 테스 더비필드의 두 손이 분홍색 장미처럼 드러났다. 두 손으로 통을 채우고 있던 에인절이 갑자기 멈추더니 그녀의 손 위에 자기 손을 반듯하게 올려놓았다. 그녀의 소매는 팔꿈치 위쪽까지 걷어올려져 있었고, 그는 허리를 숙여 그녀의 보드라운 팔 안 쪽에다 키스를 했다.

9월 초순의 날씨는 아직 무더웠지만, 그녀의 팔은 우유 덩어리 속에 잠겨 있어서 그가 입을 대자 갓 나온 버섯처럼 차고 촉촉했으며 유장(乳漿) 맛이 났다. 하지만 얼마나 예민한지, 그의 촉감을 느끼자 그녀의 맥박이 빨라지고, 피가 손가락 끝으로 모이며 차갑던 팔이 뜨거워졌다. 그때 그녀의 가슴속으로 "더 망설일 필요가 있을까? 남자와 남자 사이와 마찬가지로 남자와 여자 사이에도 진실은 진실이다"라는 생각이 들며, 그녀는 눈을 들어 간절히 그의 눈을 바라보며 웃었고, 입술을 들어올리며 다정스레 반쯤 미소를 지었다.

"테스, 내가 왜 이러는지 알겠소?" 그가 말했다.

"저를 무척이나 사랑하시니까요!"

"맞아요, 또 새로운 부탁을 하려는 준비이기도 해요."

"다신 안 돼요!"

그녀는 자신의 저항이 욕망에 굴복할지도 모른다는 생각에 갑자기 두려운 표정을 지었다.

"아, 테시!" 그가 계속했다. "왜 이렇게 애를 태우는지 도무지 알 수 없소. 왜 이토록 나를 실망시키는 거요? 당신은 흡사 바람둥이 같소, 정말이오—도회지의 일류 바람둥이 말이오! 그 여자들은 꼭 당신처럼 변덕이 죽 끓듯해요. 이런 일은 탈보테이즈 같은 촌에선 도무지 상상조차 못한 일인데…… 그렇지만, 테스." 그 말에 그녀가 마음이 상했는지 살펴보고 나서 그는 재빨리 말을 이었다. "난 당신이 어느 누구보다 정직하고, 순결한 사람이란 걸 알고 있어요. 어떻게 당신을 바람둥이라고 할 수 있겠소? 테스, 나를 사랑하는 게 틀림없다면, 왜 내 아내가 되는 건 좋아하지 않는 거요?"

"전 좋아하지 않는다고 말한 적도 없고, 또 그런 말은 할 수도 없어요—그건 사실이 아니니까요!"

마침내 긴장이 지나쳐 견딜 수 없는 지경이 되자, 그녀는 입술을 떨면서 그 자리에서 달아날 수밖에 없었다. 클레어는 너무 괴롭고 당혹스러워 복도까지 뒤쫓아가 그녀를 붙잡았다.

“말해요, 말해 봐요!” 그는 손에 우유 덩어리가 묻은 것도 잊은 채 그녀를 격렬하게 껴안으며 말했다. “나 말고는 어느 누구의 사람도 되지 않겠다고 말해 줘요!”

“예, 말하겠어요!” 그녀가 소리쳤다. “지금 저를 놓아 준다면, 모두 다 말씀드릴게요. 제가 겪은 일을 털어놓지요 — 저에 관한 모든 걸 — 모든 걸요!”

“테스, 당신이 겪은 일이라고? 좋아요, 틀림없이, 뭐든지 좋아요.” 그는 그녀의 얼굴을 들여다보며 사랑스럽게 놀리듯 허락을 했다. “우리 테스는 틀림없이 저기 정원 울타리에 오늘 아침 갓 피어난 나팔꽃만큼이나 겪은 일이 많을 테니까. 뭐든지 말해 봐요, 하지만 나한테 어울리지 않는다거나 하는 그런 형편없는 말은 안 돼요.”

“알았어요 — 안 하죠! 제 이유는 내일 — 다음 주에 말씀드리겠어요.”

“일요일이 어떻소?”

“좋아요, 일요일에요.”

마침내 그녀는 그곳을 떠나 계속 걸음을 옮겨 안마당 아래쪽에 아무도 보이지 않는, 가지를 짧게 친 버드나무 숲속으로 들어갔다. 여기서 테스는 침대에 앉듯이, 살랑거리는 갈대 덤불 위에 털썩 주저앉았다. 그리고 웅크린 채 비참하게 몸을 떨고 있었으나, 이따금 터질 것 같은 기쁨이 솟아나왔고, 훗날에 대한 두려움조차 그 기쁨을 막을 수 없었다.

사실 그녀는 어쩔 수 없이 승낙하는 쪽으로 기울어지고 있었다. 그녀의 숨결 하나하나, 솟구치는 핏줄, 노래하듯 귀에 울려오는 맥박 소리는 본능과 한 목소리가 되어 그녀의 양심에 반기를 들고 있었다. 앞날은 걱정 말고 과감하게 그를 받아들이자. 아무것도 밝히

지 말고, 드러난다면 우연에 맡기고, 그와 함께 교회로 가서 결말을 맺자. 고통의 쇠 이빨이 앞을 가로막아서기 전에 절정의 쾌락을 낚아채자. 그것이 사랑의 충고였다. 여러 달에 걸쳐서 혼자서 자책하고, 번민하고, 곰곰이 생각하고, 또 앞으로 단출하게 혼자 살아갈 계획까지 세워 보았으나, 결국 사랑의 충고가 이기고 말 것이라는 것을 테스는 거의 고통에 가까운 환희 속에서 예감했다.

오후가 되었지만 그녀는 여전히 버드나무 숲속에 있었다. 그녀는 갈래진 우유통걸이에서 덜그럭거리며 통을 내리는 소리를 들었고, "워이워이" 하며 소떼를 불러모으는 소리도 들려왔다. 그렇지만 그녀는 우유를 짜러 가지 않았다. 그들은 그녀의 동요를 발견할 것이고, 목장주인은 그것이 연애 때문이라고 생각하고는 호의에서지만 그녀를 놀려 댈 것이다. 그것은 견디기 힘든 괴로운 일이었다.

그녀의 연인이 그녀의 힘겨운 상태를 짐작하고 그녀가 못 나온다고 어떻게 핑계를 둘러댄 모양인지 테스를 찾거나 부르는 소리는 없었다. 여섯 시 반이 되자 태양은 하늘에 걸린 커다란 용광로 모습을 띠며 지평선 너머로 가라앉고, 호박처럼 괴상하게 생긴 달이 얼마 후에 반대쪽에서 떠올랐다. 가지를 친 버드나무는 끝없이 잘라대는 고문을 받은 까닭인지, 원래의 모습을 잃은 채 달빛을 배경으로 가시투성이 머리칼을 가진 괴물이 되어 있었다. 그녀는 안으로 들어가서 불도 켜지 않고 이층으로 올라갔다.

이제 수요일이었다. 목요일이 되었으나 에인절은 멀리서 그녀를 유심히 보기만 할 뿐 전혀 다가오지 않았다. 마리안을 비롯하여 같은 방의 처녀들은 뭔가 결정적인 사건이 임박했다는 짐작을 하고 있는지, 방안에 있을 때도 일부러 그녀에게 말을 거는 일이 없었다. 금요일이 지나가고, 토요일. 내일이 그날이었다.

"난 항복하고 말 거야—좋다고 말하게 되겠지—그분하고 결혼하게 될 거야—어쩔 수 없잖아!" 그날 밤 한 처녀가 잠꼬대로 에인절의 이름을 부르는 것을 듣고, 그녀는 질투라도 하듯 뜨거운 얼굴을 베개에 파묻은 채 숨찬 소리로 중얼거렸다. "누구한테도 그분을 빼앗길 순 없어! 하지만 그분한테는 못할 일인데, 알고 나면 죽을지도 몰라! 아, 괴로워, 아—아—아!"

29

"자, 오늘 아침 내가 누구 소문을 들었는지 맞춰 봐요?" 다음날 아침, 식탁에 앉으면서 농장주인 크릭이 수수께끼라도 내는 듯한 눈길로 식사를 하는 남녀 일꾼들을 둘러보며 말했다. "자, 누굴까?"

일꾼들은 저마다 이름을 대 보았다. 크릭 부인만은 이미 알고 있었기 때문에 말이 없었다.

"글쎄," 주인이 말했다. "그 불한당 같은 잭 돌롭 녀석 이야긴데. 그 작자가 최근에 어느 과부하고 결혼을 했다는구만."

"잭 돌롭이 아니겠죠? 망나니 같은―생각만 해도!" 어느 남자 일꾼이 말했다.

그 이름을 테스 더비필드는 금방 기억해 낼 수 있었다. 그는 애인의 몸을 망치고는 나중에 버터 만드는 교유기 속에서 그 처녀의 어머니한테 단단히 혼났던 남자였기 때문이다.

"약속대로 그 용감한 아주머니 딸하고 결혼했습니까?" 읽고 있던 신문을 넘기며 에인절 클레어가 아무 생각 없이 물었다. 그는 크릭 부인이 예의상 따로 마련해준 작은 식탁에서 신문을 읽던 중이었다.

"아니랍니다. 그럴 생각이 전혀 없었어요." 농장주인이 대답했다. "아까도 얘기한 대로 과부라는데, 돈이 많답니다. 듣기로는―1년에 50파운드가량 수입이 있다는데, 그게 그 녀석이 노린 거지요. 두 사람은 서둘러 결혼식을 올렸답니다. 그런데, 결혼을 하는 바람에 그 연수(年收) 50파운드를 못 받게 되었다고 여자가 남자한테 이야기를 한 모양인데, 그 말을 들은 녀석의 꼴을 좀 상상해 보세요! 그 뒤로는 두 사람이 개하고 고양이처럼 옥신각신하며 산답니다. 그 녀석은 그래도 싸지요. 하지만 불행하게도 그 불쌍한 여자만 낭패를 당하게 된 거지요."

"글쎄, 그 어리석은 여자는 전남편 귀신이 괴롭힐 거라고 그 녀석한테 미리 얘기를 했어야 하는 건데" 하고 크릭 부인이 말했다.

"그, 그럼." 농장주인이 어정쩡하게 대답했다. "하지만 자초지종이야 뻔하지 뭐. 결혼은 하고 싶은데, 남자가 도망갈지도 모르니까 모험은 하고 싶지 않았던 거야. 그런 게 아닌가, 아가씨들?"

그는 처녀들 쪽으로 눈길을 돌렸다.

"남자가 발을 못 빼도록 교회 들어가기 직전에 얘기를 했어야 죠." 마리안이 큰소리로 말했다.

"맞아, 그래야지." 이즈가 맞장구를 쳤다.

"그 여자도 남자가 뭘 노리는지 알고 있었을 게 틀림없는데, 그러면 그만뒀어야 되는 거야." 레티가 갑작스럽게 소리를 질러댔다.

"테스는 생각이 어때?" 농장주인이 테스에게 물었다.

"제 생각으로는 여자가 — 사정을 제대로 얘기했어야 될 것 같아요 — 아니면 남자를 거절하든지 — 모르겠어요." 버터 바른 빵을 넘기다 목이 막힌 채 테스가 대답했다.

"나 같으면 절대로 고백도 안 하고 거절도 안 해." 마을에서 온 부인네들 중의 한 사람인 베크 닙스가 말했다. "사랑할 때나 전쟁할 때는 무슨 일을 해도 괜찮거든. 내가 그 여자라도 결혼하겠어. 그러고 나서 왜 첫 남편 얘기를 미리 안 했느니 어쩌니 하는 소리가 들리면, 하기 싫어 안 했다고 소리치고는 그 녀석을 반죽 미는 밀대로 때려눕히고 말 겁니다 — 그까짓 골골거리는 녀석쯤이야! 아무 여자라도 그 정도는 할 수 있어요."

이렇게 익살을 부리자 폭소가 터졌지만 테스는 마지못해 씁쓸하게 웃는 시늉만 했다. 그들에겐 그것이 웃음거리였겠지만 그녀는 서글펐고, 그 유쾌한 분위기를 견딜 수 없었다. 그녀는 클레어가 따라올 것이란 생각을 하며 잠시 후 식탁에서 일어났다. 꾸불꾸불한 좁은 길을 따라 이따금 성가신 도랑을 이쪽저쪽으로 건너뛰다가, 그녀는 바 강의 본류에 이르렀다. 사람들이 상류에서 수초(水草)를 베는지, 수초 더미들이 그녀 옆으로 떠내려오고 있었다. 그 움직이는 섬 같은 초록의 미나리아재비 더미는 거의 그녀가 올라탈 수 있을 만큼 더미가 컸고, 기다란 수초 다발들이 소가 건너가지 못하도록 박아 놓은 말뚝에 걸려 있었다.

그렇다, 고민은 거기 있었다. 한 여자가 자신의 과거를 얘기한다는 것은—본인에게는 가장 무거운 십자가이지만—다른 사람들에게는 우스갯거리에 불과한 것처럼 보였다. 마치 사람들이 순교자를 보고 비웃는 것처럼.

"테시," 뒤에서 부르는 소리가 들리면서 도랑을 건너뛰어 온 클레어가 그녀 옆에 섰다. "얼마 있으면—내 아내가 될 사람!"

"아니, 아니에요. 전 안 돼요. 당신을 위해서랍니다, 클레어 씨. 당신을 위해서 안 된다고 하는 거예요!"

"테스!"

"그래도 전 안 돼요!" 그녀는 다시 말했다.

이런 대답을 예상치 못했던 그는 말이 끝나자마자 길게 땋아 늘인 그녀의 머리 밑에 팔을 넣어 허리를 가볍게 안고 있었다(테스를 비롯해서 처녀들은 일요일 아침에는 교회에 가려고 머리를 무척 높게 틀어올리지만, 아침식사 때는 머리를 풀어놓았다. 이런 모양은 물론 머리를 소에 기대고 젖을 짤 때는 할 수가 없었다). 그녀가 '아니오'란 말 대신에 '예'라고 했더라면 그는 그녀에게 키스라도 했을 것이다. 그는 분명히 그렇게 할 참이었다. 하지만 그녀의 단호한 거절로 조신스런 그의 마음은 약해지고 말았다. 한집에서 동료로 같이 있으면 어쩔 수 없이 인사라도 하고 지내야 하는 처지이므로, 여자들이 다 그렇듯 그녀는 불리한 처지에 있었다. 그래서 그는 그녀가 그를 좀 더 쉽게 피할 수 있는 상황이라면 당연히 아부라도 해서 압박을 가할 수 있겠지만, 지금은 그렇게 하는 것이 온당치 못하다고 느꼈다. 그는 일순간이나마 품에 넣었던 허리를 풀어 주고 키스를 그만두었다.

허리를 풀면서 모든 것이 결정되어 버렸다. 이번에 그녀에게 거절할 힘을 준 것은 농장주인이 말해준 과부 이야기였지만, 그 힘도 조금만 더 있었더라면 사라졌을 것이다. 그러나 에인절은 아무 말도 하지 않았고, 당혹스런 표정을 지으며 떠나갔다.

날마다 그들은 만났다—이전보다는 좀 덜했지만. 그리고 그렇게 2, 3주가 지나갔다. 9월 말이 가까워오면서 그녀는 그의 눈길을 보며 그가 다시 청혼을 하리란 것을 알 수 있었다.

이번에 그가 계획한 방식은 좀 달랐다—그는 결국 그녀의 거절을 갑작스런 청혼에 놀란 처녀의 수줍음 때문이라고 결론내린 모양이었다. 그 문제가 나올 때마다 마치 발작이라도 하듯이 피하는 태도를 보고 그런 생각을 하게 된 것이었다. 그래서 그는 슬슬 구슬리고 달래는 방식을 택했다. 말하는 것 말고 껴안는다거나 하는 일은 절대로 하지 않고, 오로지 말로만 최선을 다했다.

이런 식으로 클레어는 마치 흘러나오는 우유처럼 나지막한 음성으로 집요하게 구애를 했다—젖소 옆에서나 크림을 걷을 때, 버터를 만들고 치즈를 만들 때, 알을 품는 암탉이나 새끼 낳는 돼지들 사이에서—젖 짜는 여자로서는 누구도 그런 남자에게서 구애를 받아 본 적이 없을 것이다.

테스는 자신이 무너지리라는 것을 알고 있었다. 알렉과의 관계가 갖는 도덕적 효력에 대해 종교적으로 가지는 느낌이나 솔직히 말해야겠다는 양심적 욕구도 그것과 맞서 오래 버틸 수는 없었다. 그녀는 그를 열렬히 사랑했고, 그녀가 보기에 그는 신이나 다름없었다. 비록 갈고닦지는 못했지만 깨끗하게 타고난 그녀의 본성은 후견인과 같은 가르침을 그에게서 갈구했다. 그래서 "난 그의 아내가 될 수 없어"라고 계속 혼잣말을 되풀이해도 그 말은 소용이 없었다. 내면의 힘만 있다면 애써 말할 필요도 없는 것을 오히려 말하고 있다는 사실, 그것이 바로 그녀가 약하다는 증거였다. 그 오랜 문제를 다시 꺼내는 그의 음성은 한마디 한마디가 무서울 만큼 황홀하게 그녀를 흔들어댔고, 그녀는 그의 설득을 두려워하면서도 갈망했다.

그의 태도는—어떤 남자가 그렇지 않겠는가?—어떤 상황이나 변화, 비난이 있더라도, 또 비밀이 드러나더라도 그녀를 사랑하고 아끼고 지켜 줄 남자로서 충분했기 때문에, 그를 만나기만 하면 그녀의 우울한 마음은 밝아졌다. 그러는 동안 계절은 추분이 가까워지고 있었고, 날씨는 여전히 좋았지만 낮은 훨씬 짧아졌다. 농장에서는 아침에는 한참동안 촛불을 켜 놓은 채 작업을 하고 있었고, 어느 날 아침 서너 시 가량 되었을 때 클레어의 설득이 새롭게 시작되었다.

그녀는 여느 때와 마찬가지로 잠옷 차림으로 그를 깨우려고 그의 문 앞까지 뛰어올라갔다 온 뒤, 돌아와서 옷을 갈아입고 다른 사람들을 깨웠다. 그리고 10분 후에 촛불을 손에 들고 계단 꼭대기 쪽으로 가고 있을 때, 바로 그 순간 에인절이 셔츠 바람으로 계단을 내려와서 팔을 벌리고 계단을 막았다.

"자, 바람둥이 아가씨, 내려가기 전에," 그가 단호하게 말했다. "내가 말을 꺼낸 지 2주일이 지났소. 이대로는 더 이상 안 돼요. 진심을 말해 보시오, 아니면 난 이 집을 떠날 거요. 내 방문이 조금 열려 있어서 당신을 보고 있었어요. 당신의 안전을 위해서라도 나는 떠나야 해요. 당신은 이해를 못하겠지만. 알겠소? 이제 승낙하는 겁니까?"

"클레어 씨, 전 이제 방금 일어났는데, 이렇게 혼내기에는 너무 이르지 않나요?" 그녀가 입을 삐죽거렸다. "저를 바람둥이라고 하실 건 없잖아요. 그건 사실도 아니고 좀 지나쳐요. 조금만 기다려 주세요. 제발 조금만 기다려 주세요! 조만간에 정말로 그 문제를 심각하게 생각해 보겠어요. 내려가게 해 줘요!"

촛불을 옆으로 든 채, 자신이 한 말의 심각성을 웃어넘기려 하고 있는 그녀의 모습은 그의 말대로 약간은 바람둥이 같았다.

"그러면, 나를 클레어 씨라고 하지 말고 에인절이라고 불러 봐요."

"에인절."

"사랑하는 에인절—이건 어때요?"

"그러면 제가 승낙한다는 뜻이 되는 게 아닌가요?"

"그건 나하고 결혼은 하지 않는다 해도, 그냥 나를 사랑한다는 뜻이지. 오래전에 그런 고백은 한 적이 있었던 것 같은데."

"그러면, 좋아요. 꼭 해야 한다면 말이에요. '사랑하는 에인절.'" 그녀가 촛불을 바라보며 중얼거렸다. 불안스러우면서도 그녀는 장난치듯 입을 비쭉거려 보였다.

클레어는 그녀의 허락을 받기 전에는 절대로 키스를 하지 않겠다고 결심을 해 두었었다. 하지만 크림을 걷고 우유를 짜는 일이 끝나 머리를 손질할 여유가 있을 때까지 아무렇게나 올려놓은 머리에, 예쁘게 소매를 걷어올린 복장을 한 테스를 보자, 그는 어쩐지 그 결심이 깨어져 입술을 잠깐 그녀의 뺨에 갖다 대고 말았다. 그녀는 뒤도 돌아보지 않고 한마디 말없이 빠른 걸음으로 계단을 내려갔다. 다른 아가씨들이 벌써 내려와 있었기 때문에 그 문제는 더 이상 진척이 없었다. 새벽을 처음으로 알리는 바깥의 차가운 기운과는 대조적으로 아침의 촛불이 내뿜는 칙칙한 누런 빛 속에서 마리안을 제외한 모든 아가씨들은 두 사람을 부러워하면서도 수상쩍은 눈초리로 쳐다보았다.

크림 걷기가 끝나자—가을이 오면서 우유가 줄어들어 그 일도 날마다 줄었다—레티와 친구들은 밖으로 나갔다. 두 연인도 그들을 뒤따라 나갔다.

"우리처럼 가슴 설레며 사는 사람들은 저 사람들과는 많이 다르겠죠?" 하루가 시작되는 쌀쌀한 여명 속으로 경쾌하게 앞을 걸어가는 세 사람을 바라보며 무슨 생각을 하듯 그가 그녀에게 말했다.

"크게 다르진 않을 것 같은데요." 그녀가 대답했다.

"왜 그렇게 생각해요?"

"여자들치고—가슴 설레며 살지 않는 여자는 별로 없으니까요." 테스는 그렇게 대답하고 그 말의 의미를 새기며 곰곰이 생각에 잠겼다. "저 세 사람한테는 당신이 생각하는 것 이상의 무엇이 있어요."

"그게 뭔데요?"

"거의 세 사람 모두—아마도—" 그녀가 시작했다. "저보다 더 훌륭한 아내가 될 거예요. 그리고 저만큼이나—거의 저만큼—당신을 사랑하고 있어요."

"오, 테시!"

너그러운 마음으로 그처럼 용감하게 자신을 낮추기로 결심을 했었지만, 그녀는 그의 안타까운 외침을 듣고는 묘하게도 안도감을 느끼는 표정을 지었다. 이제 할 일은 한 셈이었고, 그녀는 다시 한 번 자신을 희생시킬 힘은 없었다. 마을에서 온 일꾼 한 사람이 중간에 끼어드는 바람에 두 사람은 그 중대한 문제를 더 이상 이야기할 수 없었다. 그러나 테스는 오늘 그 문제가 결정나리라는 것을 알고 있었다.

오후에는 여느 때와 같이 주인집 식구와 일꾼들 몇몇이 농장에서 멀리 떨어진 곳까지 나갔다. 그곳에는 농장으로 몰고 오지 않고 바깥에서 그냥 젖을 짜는 소가 많이 있었다. 송아지들이 어미소 뱃속에서 자라면서 우유 공급량이 줄고 있었고, 풀이 무성한 계절에 임시로 고용했던 일꾼들은 이미 그만두고 없었다.

작업은 천천히 진행되었다. 통마다 우유가 가득 차면 작업 현장까지 끌고 나온 대형 짐마차에 실린 높은 양철통에 우유가 쏟아부어졌고, 젖을 다 짠 젖소들은 천천히 물러났다.

농장주인 크릭은 납빛 저녁 하늘을 배경으로 유난히 반짝이는 앞받이를 두른 채 일꾼들과 함께 있다가, 갑자기 자신의 무거운 회중 시계를 꺼내 보았다.

"어, 생각보다 늦었네." 그가 말했다. "제기랄! 잘못하면 우유를 기차역까지 운반할 시간이 없을 것 같군. 오늘은 운반하기 전에 집에 가지고 가서 딴 것들하고 섞을 시간이 없겠어. 여기서 역으로 바로 가야겠는데, 누구 갈 사람 없어요?"

자기 일은 아니지만 클레어 씨가 가겠다고 자원을 하면서, 테스에게도 함께 가자고 권했다. 해는 지고 없었지만 철 늦게 저녁 날씨가 꽤나 후텁지근해서, 테스는 맨팔에 윗도리도 입지 않은 채 수건만 쓰고 나왔었다. 마차를 탈 만한 차림은 분명 아니었다. 그래서 자신의 허술한 옷차림을 살펴보는 것으로 그녀는 대답을 대신했지만, 클레어는 부드럽게 재촉해댔다. 그녀는 농장주인한테 자기 우유통과 의자를 집에 가져가도록 맡기는 것으로 동의를 표하고 마차에 올라 클레어 옆에 앉았다.

30

사라지는 저녁 햇살 속으로 그들은 풀밭 사이에 난 평탄한 도로를 따라 달렸다. 잿빛의 풀밭은 몇 마일에 걸쳐 뻗어 있었고, 아득히 먼 저 끝에는 엑든 히스의 거무스름한 절벽이 가파르게 솟아 있었다. 그 산꼭대기를 따라 전나무 숲이 길게 이어지면서, 톱니처럼 뾰족한 나무 꼭대기들은 마치 전면(前面)이 시커먼 마법의 성 위로 솟아오른 흉벽처럼 보였다.

두 사람은 서로 가까이 있다는 생각에 너무 빠져 있어서 한참 동안은 아무 말도 하지 않았고, 그들의 등뒤로 높은 통에 담긴 우유만이 출렁거리며 정적을 깨고 있었다. 그들이 달리는 도로는 무척

한적한 곳이어서 개암나무 열매가 저절로 떨어질 때까지 가지에 매달려 있었고, 검은 산딸기 송이까지 무겁게 늘어져 있었다. 이따금 에인절은 채찍을 휘둘러 열매를 따서 길동무에게 주곤 했다.

흐릿한 하늘은 곧 빗방울을 뿌리기 시작하면서 그 속셈을 드러냈고, 갑갑하던 한낮의 공기는 그들의 얼굴을 장난치듯 어르는 변덕스런 산들바람으로 바뀌었다. 강과 연못에서 수은처럼 반짝이던 광택도 사라졌고, 커다란 거울처럼 환하게 빛나던 수면은 표면이 거친 무광택의 납덩이로 변해 있었다. 그러나 이런 풍경도 생각에 몰두해 있는 테스를 방해하지는 못했다. 분홍빛처럼 곱던 그녀의 혈색은 여름 볕에 약간 그을어 있었는데, 빗방울을 맞으면서 더욱 짙은 색깔이 되었다. 그녀의 머리카락은 여느 때처럼 젖소 옆구리에 눌리며 매듭이 풀어져 옥양목 모자 가리개 밑으로 어설프게 흘러나와 있었는데, 물기가 묻자 끈적끈적해지면서 거의 해초(海草)처럼 보였다.

"전 오지 말걸 그랬나 봐요." 하늘을 쳐다보며 그녀가 중얼거렸다.

"비가 와서 미안하긴 하지만, 당신이 이렇게 옆에 있어서 얼마나 좋은지 몰라요!" 그가 대답했다.

멀리 엑든의 모습은 비의 휘장 너머로 차츰 모습을 감추었다. 날은 더 어두워졌고, 길 옆에는 밭을 출입하는 문이 있어서 보행 속도보다 더 빨리 말을 모는 것은 위험했다. 공기가 꽤 싸늘해졌다.

"당신은 팔하고 어깨에 아무것도 걸친 게 없어서 감기 들까봐 걱정이오," 그가 말했다. "나한테 바짝 다가와 봐요. 그러면 비를 좀 덜 맞을 테니까. 비가 나를 도와줄지도 모른다는 생각을 하니까 한결 덜 미안하군."

그녀는 슬그머니 다가앉았고, 그는 햇빛을 가리기 위해 우유통을 덮을 때 가끔 쓰는 큼지막한 삼베 천을 두 사람 위에 둘러썼다. 클레어는 손을 쓸 수 없었기 때문에, 테스는 자기뿐만 아니라 그에게서도 천이 흘러내리지 않도록 꼭 잡았다.

"자 이젠 됐어요. 아—아직 안 됐네! 내 목으로 비가 약간 새는데, 당신 쪽은 더 심하겠어. 그게 더 낫군. 테스, 당신 팔은 젖은 대리석 같소. 천으로 닦아요. 이젠, 꼼짝도 하지 말고 가만 있으면 한 방울도 안 맞을 거요. 그런데, 테스—내가 했던 질문 말이오—오랫동안 미뤄놓은 그 문제는 어떻게 됐소?"

그리고 한참 동안 그가 들을 수 있는 대답이라곤 젖은 도로 위로 말발굽이 철벅거리는 소리와 등뒤의 우유통에서 출렁거리는 우유 소리밖에 없었다.

"무슨 말을 했는지는 기억하고 있소?"

"기억해요." 그녀가 대답했다.

"집에 돌아가기 전까지, 알겠소?"

"그렇게 해 볼게요."

그리고 그는 더 이상 아무 말도 하지 않았다. 그들이 지나가고 있는 동안 캐롤라인 시대(영국왕 찰스 1세와 2세의 시기로, 청교도혁명 전후의 17세기 중반을 가리킴-역주)의 한 낡은 장원의 저택 일부가 하늘 위로 솟아올랐다가 곧 뒤쪽으로 밀려 사라졌다.

"저 집은," 그녀를 즐겁게 해 주려고 그가 이야기를 시작했다. "흥미로운 구옥(舊屋)인데—이 지방에서 옛날에 대단한 위세를 부리던 더버빌이라는 어느 노르만 가문의 여러 저택 중의 하나랍니다. 여길 지날 때마다 난 그 집안을 생각하게 되는데, 명문가의 몰락에는 어딘가 대단히 서글픈 게 있어요. 그 집안이 아무리 악명 높고, 또 세도를 부리고, 봉건적이었다 해도 말입니다."

"맞아요." 그녀가 말했다.

그들은 온통 깜깜한 눈앞의 어둠 속에서 희미한 불빛으로 자신의 위치를 드러내고 있는 어떤 지점을 향해 천천히 나아갔다. 그곳은 낮이면 이따금 짙은 녹음을 배경으로 하얀 연기 줄기를 불쑥불쑥 내뿜으며 오지의 세계와 현대적인 삶을 이어 주는 간헐적인 접촉이 벌어지는 곳이었다. 현대적인 삶은 그 증기 더듬이를 하루에 서너 번씩 이 지점까지 뻗어서 원주민들의 생활을 건드려 보고는, 만져 본 것이 성미에 안 맞는 듯 신속하게 다시 더듬이를 거두어 들였다.

그들은 희미한 불빛이 있는 곳에 이르렀다. 불빛은 조그마한 철도역의 연기투성이 등잔에서 새어나오고 있었다. 지극히 초라한 지상의 별이었지만, 어떤 의미에서는 탈보테이즈의 낙농장과 사람들에게는 그것과 현격한 대조를 이루는 천상의 별보다 더 중요한 존재였다. 새 우유를 담은 우유통이 빗속에서 내려지는 동안 테스는 근처 호랑가시나무 밑에서 겨우 비를 피했다.

그때 칙칙거리는 소리가 나면서 축축한 레일 위에 기차가 거의 아무런 소리도 없이 멈추어 섰고, 우유는 신속하게 한 통씩 무개화차(無蓋貨車) 위에 실렸다. 기차의 불빛이 호랑가시나무 밑에 꼼짝도 않고 있는 테스 더비필드의 모습을 잠깐 비추었다. 그 번쩍거리는 크랭크와 기차 바퀴의 눈에는 세상의 어느 것도 이 순박한 처녀보다 더 낯설게 보이지는 않았을 것이다. 걷어올린 통통한 두 팔에 얼굴과 머리가 비에 젖은 이 처녀는 온순한 표범이 휴식을 취하듯 정지된 자세를 하고 있었고, 낡아빠지고 케케묵은 날염 윗도리에 이마까지 내려오는 면으로 된 모자를 쓰고 있었다.

정열적인 사람들이 이따금 보여 주는 특유의 묵묵한 순종으로 그녀는 다시 사랑하는 사람 옆에 올라타서 삼베 천으로 머리와 귀를 모두 덮어 썼고, 그들은 칠흑 같은 어둠 속으로 다시 말을 몰았다. 감수성이 예민한 그녀에겐 소용돌이 같은 물질적 진보와의 순간적인 접촉이 머릿속에 맴돌고 있었다.

"런던 사람들은 내일 아침에 저걸 마시겠네요, 그렇죠?" 그녀가 물었다. "우리는 한 번도 본 적이 없는 낯선 사람들이 말이에요."

"맞아요 — 그럴 겁니다. 다만 우리가 보낸 그대로는 아닐 거요. 우유가 머리로 올라가서 취하지 않도록 농도를 연하게 낮출 겁니다."

"소라곤 한 번도 본 적이 없는 귀족과 대사, 장군, 귀부인, 상점의 여주인, 그리고 아기들이 말이에요."

"아마 그럴 겁니다, 아마도. 특히 장군들이 마시겠지."

"그 사람들은 우리가 누군지, 우유가 어디서 왔는지도 모를 테고, 또 우유가 제 시간에 배달되도록 우리 두 사람이 오늘밤 몇 마일이나 빗속에 벌판을 달려왔다는 것도 알 리가 없겠죠?"

"오로지 그 귀하신 런던분들만 위해서 달려온 건 아니오. 우리 관계도 약간은 이유가 돼요 — 사랑하는 테스, 당신이 틀림없이 해결해줄 그 성가신 문제 말이오. 자, 이렇게 말하는 걸 용서해 주시오. 당신은 이미 내 사람이오. 내 말은 당신의 마음 말이오. 그렇지 않소?"

"저만큼이나 잘 아시네요. 맞아요 — 정말이에요!"

"그런데, 당신의 마음은 되는데, 왜 손은 안 됩니까?"

"그건 오로지 당신을 위해서 그러는 거예요 — 문제가 있거든요. 말씀드릴 게 한 가지 있어요 — "

"다만 그게 모두 나의 행복과 생활의 편의를 위한 거라면 좋겠소."

"아, 맞아요. 그게 모두 당신의 행복과 편의를 위한 것이면 좋겠는데. 그렇지만 여기 오기 전의 제 생활을 — 제가 말씀드리고 싶은 것은 — "

"아, 그건 내 행복뿐만 아니라 편의를 위해서도 그렇소. 영국이든 식민지든 내가 큰 농장을 갖게 되면 당신은 내게 매우 소중한 아내가 될 테니까. 이 지방에서 가장 큰 저택에 살던 여자보다도 더 말이오. 그러니 제발 — 제발, 사랑하는 테스, 당신이 나한테 방해가 된다는 쓸데없는 마음 고생은 하지 않는 게 좋겠소."

"그렇지만 제 과거를, 알아 두셨으면 좋겠어요 — 말씀드릴게요 — 그러고 나면 절 그렇게 좋아하지 않으실 거예요!"

"정 그렇다면 들어 봅시다, 귀여운 아가씨. 그 소중한 과거를 말이오. 맞아요, 어디서 태어났고, 또 서기 몇 년에 — "

"전 말롯에서 났어요." 에인절이 가볍게 한 말을 의지 삼아 그녀가 이야기를 시작했다. "그리고 거기서 자랐죠. 학교를 그만두었을 때가 초등학교 6학년 때였는데, 사람들은 제가 재주가 꽤 있다면서 좋은 선생님이 될 거라고 했고, 저도 그렇게 생각했어요. 그런데 저의 집이 문제였어요. 아버지는 별로 부지런하지도 않으신 데다, 약주까지 좀 하셨거든요."

"그래, 그래요. 참 딱한 처지였구만! 뭐 특별한 얘기는 아니네." 그는 그녀를 좀 더 자기 쪽으로 끌어당겼다.

"그런데 그러고 나서 — 아주 이상한 일이 있어요 — 저한테요. 전 — 제가 — "

테스는 숨이 가빠졌다.

"그래요, 예쁜 아가씨. 걱정 말아요."

"전 — 전 더비필드가 아니라 더버빌 집안이에요 — 우리가 지나쳐온 그 옛날 저택의 주인이었던 사람들과 같은 집안의 후손이에요. 그런데 — 지금은 완전히 몰락해 버렸지만요!"

"더버빌이라고! — 정말! 사랑하는 테스, 걱정이란 게 그게 전부요?"

"예." 그녀가 힘없이 대답했다.

"그런데 — 어째서 그 이야기 때문에 당신을 덜 사랑하게 된단 말이오?"

"농장주인 아저씨 말로는 당신은 오래 된 가문을 싫어한다던데요."

그가 웃음을 터뜨렸다.

"아, 어떤 의미에서는 그건 사실이오. 난 귀족이란 혈통을 내세우는 걸 무엇보다 싫어해요. 또 엄밀히 따지면 우리가 존경해야 할 유일한 혈통은 육체적인 핏줄과는 관계없이 지혜와 덕성을 갖춘 정신적 혈통이라고 생각하거든요. 그렇지만 이건 굉장히 흥미로운 소식이군요 — 내가 얼마나 흥미를 느끼는지 당신은 모를 거요! 자신이 그 유명한 가문의 후손이란 게 아무렇지도 않아요?"

"그럼요. 전 서글픈 생각이 들었어요 — 특히 여기 온 뒤로, 눈에 보이는 많은 산과 들이 한때는 우리 조상들 소유였다는 걸 알고 나서는요. 하지만 다른 땅은 레티네 조상 것이고, 또 다른 땅은 혹시 마리안네 것일지도 모르니까, 그게 뭐 특별할 것도 없어요."

"맞아요 — 이 땅을 지금 부치고 사는 사람들 중에 상당수가 옛날엔 땅주인이었다는 게 놀라울 뿐이지요. 그래서 난 가끔 정치가들 중엔 왜 이런 사정을 이용해 먹는 부류가 없는지 궁금할 지경이라니까요. 아마도 모르는 모양입니다…… 당신 이름이 더버빌과 비슷하다는 걸 왜 몰랐는지 알 수가 없네. 틀림없이 발음이 변한 건데. 그런데 이게 그렇게 말썽을 부리던 비밀이었단 말이죠!"

그녀는 말하지 못하고 말았다. 마지막 순간 그녀는 용기가 꺾여 버렸고, 왜 진작 이야기하지 않았느냐고 그가 추궁할까 봐 겁이 났다. 그녀의 자기보호 본능은 털어놓으려는 마음보다 강했던 것이다.

"물론," 아무것도 모르는 클레어가 계속 말했다. "난 당신이 타인을 희생하여 자신의 권력을 누려온 이기적인 소수가 아니라, 오랫동안 고난을 받고 말이 없는, 역사에도 남지 않는 평범한 영국 서민의 후예가 틀림없다면 더 기뻤을 것이오. 하지만 테스. (그는 말을 하며 웃었다) 당신을 사랑하다 보니 그 생각도 버리게 되었고, 나도 그런 사람들처럼 나만을 위하는 사람이 되어버렸소. 당신을 사랑하기 때문에 당신의 혈통도 좋아요. 세상엔 온통 속물들만 있어서, 당신 혈통 덕분에 당신을 내 아내로 받아들이는 게 훨씬 쉬워질지 몰라요. 내 계획대로 당신을 좀 더 공부시키고 나면 말이오. 우리 어머니도, 불쌍한 양반, 그것 때문에 당신을 더 호의적으로 생각하실 거요. 테스, 지금부터 당신 이름을 더버빌이라고 제대로 쓰도록 해요."

"전 딴 이름이 더 좋아요."

"사랑하는 테스, 써야 돼요! 내 참, 그런 걸 갖고 싶어하는 벼락부자들이 얼마나 많은지 모르는데! 그건 그렇고, 그 이름을 써먹는 녀석이 하나 있었던 것 같은데 — 어디서 들었더라? — 체이스 숲 위쪽이라고 했던 것 같은데. 아, 내가 말했던 바로 그, 우리 아버지와 언쟁을 벌였던 녀석이오. 참 희한한 우연의 일치군!"

"에인절, 그 이름은 쓰지 않는 게 좋겠어요! 이름이 어쩐지 불길해요!"

그녀는 동요하고 있었다.

"자 그러면, 테레사 더버빌 양, 이제 당신을 붙잡았소. 결혼을 하면 내 성을 갖게 될 테니까 그 이름은 쓸 필요가 없어질 거요! 비밀도 밝혀졌으니 이젠 더 거절할 필요가 없겠지?

"저를 아내로 맞아들여서 당신이 분명히 행복해진다면 또 저와 정말로, 정말로 결혼하기를 원하신다면 — "

"물론이요, 사랑하는 테스, 정말이오!"

"제 말은, 제게 어떤 잘못이 있더라도 저를 그토록 원하고, 또 저 없이는 살 수 없다고까지 하신다면 저도 결혼할 수밖에 없다는 뜻이에요."

"결혼하겠다고 — 분명하게 말해 봐요! 당신은 영원히 내 사람이 될 거요."

그는 그녀를 꼭 껴안고 키스를 했다.

"네."

이 말을 하자마자 그녀는 눈물도 흘리지 않은 채 격한 울음을 터뜨렸고, 얼마나 고통스러운지 가슴이 찢어지는 듯했다. 테스는 신경질을 부릴 성격의 여인이 아니었기 때문에 그는 깜짝 놀랐다.

"왜 울지, 테스?"

"모르겠어요 — 정말요! — 너무 기뻐서요 — 당신 사람이 되어 당신을 행복하게 해드릴 생각을 하니까요!"

"하지만, 테스, 이건 정말 기뻐서 우는 것 같진 않은데!"

"그건요 — 제 맹세를 깨뜨렸기 때문에 우는 거예요! 전 죽을 때까지 결혼하지 않기로 했거든요!"

"하지만, 나를 사랑한다면 내가 당신 남편이 되는 것이 좋지 않아?"

"그럼요, 그럼요, 정말이에요! 그렇지만 아, 저는 가끔은 이 세상에 태어나지 말았으면 하고 생각할 때가 있어요!"

"자, 내 사랑 테스, 당신이 무척 흥분해 있고 또 세상 경험이 부족하다는 것을 알고 있으니 망정이지, 그 말은 결코 듣기 좋은 말은 아닌 것 같소. 나를 좋아한다면 어떻게 그런 생각을 할 수 있어요? 나를 좋아해요? 난 당신이 어떤 식으로든 그 증거를 보여 주면 좋겠소."

"제가 지금까지 한 것보다 어떻게 더 증거를 보여 드릴 수 있나요?" 그녀는 갑작스럽게 사랑의 감정이 솟구치면서 소리쳤다. "이렇게 하면 더 확실할까요?"

그녀는 그의 목을 끌어안았고, 클레어는 테스가 그를 사랑하는 것처럼 한 여인이 몸과 마음을 바쳐 사랑하는 사람의 입술에 뜨거운 키스를 할 때 과연 그것이 어떤 것인지를 처음으로 느낄 수 있었다.

"자 — 이제 믿으시겠어요?" 그녀는 얼굴을 붉히며 이렇게 묻고는 눈물을 닦았다.

"그럼. 절대로 의심한 적이 없소 — 절대로, 절대로!"

그들은 그렇게 삼베 천 속에서 하나가 되어 어둠 속을 달렸다. 말은 제 마음대로 달려가고 비는 그들 위에 계속 내렸다. 그녀는 승낙을 한 것이었다. 진작에 승낙을 하는 것이 나았을지 모를 일이다. 모든 피조물에 충만한 '기쁨에의 갈망', 곧 가련한 해초(海草)를 조수가 쓸어가듯이 목표를 향해 인간을 몰고가는 그 거대한 힘은 사회적 규범에 대한 막연한 노심초사만으로는 막을 수가 없었다.

"어머니께 편지를 써야겠어요. 써도 괜찮겠죠?" 그녀가 말했다.

"물론이지, 어린애 같긴. 당신은 내 앞에선 꼭 어린애 같소, 테스. 이럴 때 어머니께 편지를 드리는 것이 얼마나 당연한 일인지, 또 내가 그걸 반대한다면 얼마나 잘못된 것인지를 모르다니! 어머니는 어디 계시지?"

"같은 곳에요—말롯요. 블랙무어 계곡 저쪽에 있어요."

"아, 그러고 보니 올 여름 이전에 당신을 만난 적이 있었겠는걸—."

"맞아요. 풀밭 위에서 춤출 때였죠. 하지만 당신은 저하고 춤을 추려고 하지는 않으셨어요. 아, 그게 우리한테 무슨 나쁜 징조가 되지 않았으면 좋겠어요!"

31

테스는 바로 다음날 어머니께 매우 애처롭고 다급한 편지를 썼고, 주말쯤에는 꼬불꼬불한 구식 필체로 된 조운 더비필드의 답신이 도착했다.

테스 보아라, —네가 몸 성히 지내기를 바라며 에미가 몇 자 적는다. 다행히 에미는 지금 잘 지내고 있다. 테스야, 네가 정말로 곧 결혼한다는 소식을 듣고 식구들은 모두 기뻐하고 있다. 그렇지만 테스야, 너의 질문에 대해서 에미로서 아무도 모르게 간곡히 부탁하고 싶은 것은, 무슨 일이 있더라도 옛날 일을 그 사람한테 말해서는 안 된다는 것이다. 네 아버지한테는 모든 걸 말씀드리지는 않았다. 그건 그 양반이 가문을 너무 대단하게 생각하시기 때문인데, 그건 네 약혼자도 마찬가질 거라고 생각한다. 많은 여자들이 — 이 나라에서 제일 가는 여자들도 — 젊었을 때는 문제가 있었단다. 그런데 그 여자들은 다 가만히 있는데 어디 너 혼자만 나발 불고 떠들 필요가 있겠느냐? 어떤 여자도 그런 바보 같은 짓은 안 할 게다. 하물며 그게 먼 옛날 일이고 또 결코 네 잘못도 아닌데 말이다. 네가 쉰 번을 물어도 에미는 똑같은 대답을 할 참이다. 게다가 에미는 네가 속에 있는 것을 말하지 않고는 못 배기는 것이 네 어린애 같은 천성 때문이라는 걸 알기 때문에 — 성질도 얼마나 단순한지! — 네 행복을 생각해서 말로든 행동으로든 절대로 그걸 드러내지 말라고 맹세까지 시켰던 것을 명심하기 바란다. 그래서 너도 이 집 문을 나서면서 무척 엄숙하게 그 약속을 했던 것이다. 에미는 네가 물어온 것이나 네가 곧 결혼한다는 이야기를 아버지한테 말씀드리지는 않았다. 그 철없는 양반이 또 동네방네 떠들고 다니실 테니까 말이다.

테스야, 기운을 내거라. 집에서는 네 결혼식에 사과주 한 통을 보낼 참이다. 네가 있는 곳은 사과주가 많지도 않고 또 그나마 있어도 멀겋고 시다고 하더라. 그러면 오늘은 이만 줄이고, 네 신랑될 사람한테도 안부를 전해 다오. — 사랑하는 에미 씀.

조운 더비필드

"아, 어머니, 어머니!" 테스는 낮은 소리로 중얼거렸다.

그녀는 그토록 무겁게 자신을 압박하던 일들이 더비필드 부인의 신축자재한 생각을 만나면 어쩌면 그렇게 가벼워지는지 실감하고 있었다. 어머니가 인생을 보는 눈은 테스와는 달랐다. 그 잊을 수 없는 지난날의 사건은 어머니에겐 우연히 지나가는 일에 불과했다. 논리적으로야 어떻든 간에 앞으로 취해야 할 태도로는 어머니의 생각이 옳은 것 같았다. 표면적으로 보면 사랑하는 사람의 행복을 위해서는 침묵을 지키는 것이 최선일 것 같았고, 그렇다면 침묵을 지키는 수밖에 없었다.

이렇게 해서 테스는 이 세상에서 자신의 행동을 조금이라도 통제할 수 있는 유일한 사람의 명령에 따라 마음의 안정을 얻고 좀 더 침착해졌다. 책임을 전가하고 나니까 마음도 최근 몇 주일 만에 처음으로 가벼워졌다. 그녀가 승낙을 하고 난 후로, 시월에 접어들기 시작한 만추의 계절은 그녀의 인생에서 그 어느 때보다 더 황홀에 가까운 정신적 경지를 맛본 시기였다.

클레어를 향한 그녀의 사랑은 지상의 사랑을 초월해 있었다. 그녀의 지극한 신뢰 속에 그는 선(善)이 이룰 수 있는 전부가 되었고—지도자로, 철학자로, 친구로서 갖춰야 할 모든 지식을 갖추고 있었다. 그녀의 생각에 따르면 그의 몸의 윤곽은 하나하나가 남성미의 극치였고, 그의 영혼은 성인의 영혼이며, 그의 지성은 예언자의 지성이었다. 연인으로서 그를 향한 그녀의 사랑은 지혜롭게도 그녀에게 위엄을 갖추게 했고, 그녀는 왕관이라도 쓰고 있는 것 같았다. 자신을 향한 그의 사랑에 애틋함이 엿보일 때면 그녀는 더욱 헌신적으로 그에게 온 마음을 바쳤다. 그는 이따금 존경심이 가득한 그녀의 커다란 두 눈을 바라보곤 했다. 끝없이 깊은 심연에서 솟아나오는 그 눈길은 마치 눈앞에 불멸의 존재를 대하고 있는 듯했다.

그녀는 과거를 깨끗이 잊어버렸다—불씨가 남아 위험한 석탄불을 짓밟듯이 과거를 밟아 껐다.

여자를 향한 남자의 사랑이 그의 사랑처럼 그렇게 이해를 따지지 않고, 예의바르고, 또 아껴 주는 것이 될 수 있는지 그녀는 예전에는 알지 못했다. 에인절 클레어는 이 점에서 그녀가 그에 대해 생각해왔던 것과는 달랐다. 정말 거리가 멀었다. 사실 그는 본능적이라기보다는 정신적인 편이었고, 스스로를 잘 조절할 수 있어서 천박스러움과는 전혀 거리가 멀었다. 성격이 차갑지는 않았지만, 열정적이라기보다는 밝은 편이었고, 바이런보다는 셸리에 가까운 쪽이었다. 목숨을 건 사랑도 할 수 있었으나 좀 더 환상적이고 고상한 쪽으로 기우는 경향이 있었다. 또한 자신의 욕망을 억제하면서까지 사랑하는 사람을 세심하게 지켜내려는 결백한 성품까지 있었다. 이제까지 하찮고 불행한 경험밖에 없었던 테스에게 이것은 놀랍기도 하고 또 황홀하기까지 했다. 남자에 대한 자신의 분노의 반작용으로 그녀는 클레어를 지나칠 정도로 존경하고 있었다.

그들은 진실로 서로 함께 있고 싶어했고, 그를 진심으로 믿고 있었기에 그녀는 그와 함께 있고 싶다는 자신의 갈망을 감추지 않았다. 이 문제에 관한 그녀의 기본적 자세는, 정확하게 표현하자면, 여자들은 흔히 남자를 유혹할 때 일부러 애를 태우기도 하지만 사랑을 맹세한 뒤에까지 그렇게 하면 그와 같이 완벽한 남자로부터는 오히려 의심을 받을 수 있다는 것이었다. 본질상 거기에는 가식의 흔적이 있기 때문이었다.

약혼 기간 중에는 바깥에서 스스럼없이 함께 다닐 수 있는 시골의 풍습이 그녀가 알고 있는 유일한 풍습이었고, 그녀는 그것이 전혀 이상하지 않았다. 하지만 젖 짜는 다른 처녀들처럼 그녀도 그것을 무척 당연하게 여기고 있다는 것을 알기까지 클레어에겐 그것이 이상하게도 서두르는 것처럼 보였다. 이리하여 그들은 시월의 눈부신 오후마다 졸졸거리는 작은 시냇가 옆으로 난 굽이진 오솔길을 따라 목초지를 거닐었고, 작은 나무다리를 건너 반대쪽으로 갔다가 되돌아오곤 했다. 그들이 가는 곳은 어디나 강둑에서 소용돌이치는 물소리가 따라오면서 그들이 속삭이는 소리에 장단이라도 맞추는 듯 부글거렸고, 풀밭만큼이나 거의 수평으로 펼쳐져 있는 햇살은 풍경 위로 찬란한 꽃가루를 뿌리고 있었다. 그들은 수목과 생울타리 그늘에서 푸르스름한 안개를 조금씩 볼 수 있었으나 다른 곳에서는 내내 환한 햇빛이 퍼져 있었다. 태양이 땅 위로 바짝 내려앉고 풀밭은 매우 평평했기 때문에 클레어와 테스의 그림자는 두 사람 앞으로 4분의 1마일이나 길게 뻗어, 멀리 초록의 충적토 지대와 골짜기의 비탈진 산허리가 만나는 지점을 가리키는 두 개의 길쭉한 손가락처럼 보였다.

여기저기서 일하는 일꾼들이 보였다 — 지금은 목초지를 손질하고, 겨울 동안의 관개(灌漑)를 위해 작은 수로를 청소하거나 또는 젖소들이 밟아 무너진 강둑을 보수하는 시기였다. 삽질로 퍼올린 흑옥(黑玉)같이 새까만 진흙은 골짜기 전부를 강이 차지할 만큼 넓었을 때 밀려온, 흙 중의 흙이라고 할 수 있는 옥토였다. 오랜 세월을 두고 강물에 씻기고 정제되어 가루처럼 고와진 이 놀랄 만큼 기름진 토양 덕분에 목초가 그렇게 잘 자라고 또 거기서 풀을 뜯는 소들도 잘 자라는 것이었다.

수로의 일꾼들이 보는데도 클레어는 남들 앞에서 연애하는 데 익숙한 듯한 태도로 그녀의 허리를 꼭 껴안았다. 하지만 실은 입을 벌린 채 곁눈으로 일꾼들을 바라보며 내내 조심스런 표정을 짓고 있는 그녀와 마찬가지로 그도 주뼛거리고 있었다.

"저 사람들 앞에서 저를 데리고 다니는 게 창피하지 않으신가 봐요!" 그녀가 기쁜 듯이 말했다.

"아 그럼!"

"그렇지만 저같이 젖 짜는 여자하고 이렇게 돌아다닌다는 소문이 에민스터에 있는 가족들 귀에 들어가면 — "

"젖 짜는 처녀 중에서 가장 아름다운 처녀인데."

"가족들은 체면이 상했다고 생각할지도 몰라요."

"사랑하는 테스 — 더버빌 가문이 클레어 가문의 체면을 상하게 하다니! 그건 대단한 도움이 될 거요 — 당신이 그렇게 대단한 가문이란 사실 말이오. 난 트링엄 신부한테 당신 혈통 증명을 얻어서 우리가 결혼할 때 사람들을 놀라게 해 주려고 지금 그걸 알리지 않고 있어요. 그건 그렇다 치고 내 앞날은 우리 집안하고는 전혀 상관이 없어요—그 사람들 사는 데 전혀 지장을 주지 않을 거니까. 우린 이 지방을 떠날 거요—아니 영국이란 나라를 떠날지도 몰라요—그러니 여기서 사람들이 뭐라 하든 무슨 상관이 있어요? 나하고 같이 가는 게 좋지요, 어때요?"

그의 허물없는 동반자가 되어 함께 세상을 돌아다닌다는 생각을 하자 그녀는 가슴이 뭉클해졌고, 그래서 겨우 그렇다는 대답밖에 할 수가 없었다. 파도처럼 밀려오는 감정의 격랑에 그녀는 거의 아무 소리도 들리지 않았고 눈앞이 아득해졌다. 그에게 손을 잡힌 채 그녀는 계속 걸었고, 물결에 반사된 햇빛이 눈부시게 반짝이는 다리 밑에 이르렀다. 태양은 다리에 가려 보이지 않았지만 용광로의 불꽃처럼 빛나는 햇빛에 그들은 거의 눈을 뜰 수 없을 정도였다. 그들이 걸음을 멈추고 조용히 서 있자 털이 복실복실한 머리들이 잔잔한 수면 위로 솟아오르다가 고요를 깨뜨린 인간들이 지나가지 않고 멈춰선 것을 발견하고는 다시 모습을 감추었다. 안개에 둘러싸일 때까지 그들은 이 강둑 위를 거닐었다. 계절적으로 저녁 안개치고는 매우 이른 편이었으나, 그것은 그녀의 속눈썹 위에 수정처럼 내려앉았고 눈썹과 머리카락 위에도 자리를 잡았다.

그들은 일요일에는 꽤나 어둑어둑해진 뒤에야 나들이를 했다. 그들이 결혼을 약속하고 난 뒤 첫 일요일 저녁, 그날 역시 바깥에 나와 있던 몇몇 목장 사람들은 너무 멀어서 주고받는 말을 잘 알아들을 수는 없었으나 환희에 겨운 그녀의 격정적인 소리 한두 마디씩은 들을 수가 있었다. 그의 팔에 기대어 걷는 동안 그녀는 경련이라도 하듯 목멘 소리를 냈고, 그 소리는 쿵쾅거리는 그녀의 가슴 때문에 단음절로 끊어져 들려왔다. 그녀의 만족스런 침묵, 그리고 그녀의 영혼이 실린 듯한 이따금 들리는 작은 웃음소리—그것은 다른 모든 여자들을 물리치고 한 남자의 사랑을 온전히 차지한 여인의 웃음이었고, 세상의 무엇에도 비길 수 없는 소리였다. 사람들은 마치 땅 위에 완전히 내려앉지 않고 스쳐지나가는 새처럼, 허공에 떠 있는 듯한 그녀의 걸음걸이를 목격할 수 있었다.

그를 향한 테스의 사랑은 이제 그녀의 호흡이자 생명이었다. 그것은 광구(光球)처럼 그녀를 에워싸고 빛을 발하여 그녀의 슬픈 과거를 망각 속으로 밀어넣었고, 끈덕지게 그녀에게 달라붙으려고 덤비는 음울한 유령들 — 의심과 공포, 침울, 근심, 수치 — 을 물리쳤다. 자신을 둘러싼 그 환한 빛 바로 바깥에 유령들이 마치 늑대처럼 기다리고 있다는 것을 그녀는 알고 있었다. 하지만 그것들이 거기서 굶주린 채 굴복할 수밖에 없도록 만들 수 있는 끈질긴 힘을 그녀는 지니고 있었다.

마음속으로는 잊고 있었으나 그녀의 의식은 기억하고 있었다. 그녀는 밝은 빛 속을 걷고 있었으나 등뒤에는 항상 어둠의 그림자가 따라오고 있음을 알았다. 그림자는 매일 조금씩 뒤로 물러서기도 하고 앞으로 다가오기도 하는 것 같았다.

어느 날 저녁 테스와 클레어는 집안 사람들이 모두 밖으로 나가고 둘이서 집을 지키게 되었다. 이야기를 하던 중에 그녀는 무슨 생각을 하듯 그를 쳐다보다가 다정스런 그의 두 눈과 마주쳤다.

"전 당신한테 어울리지 않아요 — 맞아요, 어울리지 않아요." 그녀는 낮은 의자에서 벌떡 일어나며 마치 그의 사랑이, 또 그 사랑을 마음껏 즐기고 있는 자신의 기쁨이 무섭기라도 하듯 소리를 질렀다.

클레어는 그렇게 작은 일에 그녀가 흥분하는 것을 발견하고 더 큰 이유가 있을 것이란 짐작을 하고 말했다.

"사랑하는 테스, 그런 말은 하지 않으면 좋겠소! 훌륭하다는 건 경멸받아 마땅할 인습을 손쉽게 이용하는 데 있는 게 아니라 참되고, 정직하고, 올바르고, 정결하며, 또 사랑할 만하고 칭찬할 단한 사람으로 인정받는 데 있소(《성서》〈빌립보서〉 4장 8절의 인용—역주). — 테스, 바로 당신처럼 말이오."

그녀는 북받쳐오르는 흐느낌을 참느라고 무척 애를 썼다. 지난 몇 해 동안 교회에서 그런 설교를 들을 때마다 그녀의 어린 가슴은 얼마나 고통스러웠던가. 그런데, 희한하게도 지금 그 이야기를 그 사람이 다시 하고 있는 것이다.

"왜 그때 남아서 저를 사랑해 주지 않으셨어요? 제가 — 어린 동생들하고 같이 살던, 열여섯 살 때 말이에요. 그 풀밭에서 춤을 추셨잖아요? 아, 왜, 왜 그러지 않으셨죠?" 그녀는 격정적으로 두 손을 마주잡으며 말했다.

에인절은 그녀가 감정의 기복이 심한 것을 깨닫고는 그녀가 자신의 행복을 오로지 그에게만 맡기는 때가 되면 진심으로 잘 헤아려 주어야겠구나 하는 생각을 하며 그녀를 위로하고 안심시키기 시작했다.

"아 — 왜 그때 남아 있지 않았을까?" 그가 말했다. "지금 내 심정이 바로 그렇소. 그때 알았더라면 좋았을 텐데! 그렇지만 그렇게 지나치게 슬퍼할 것까진 없잖아요 — 안 그렇소?"

숨기고 싶은 여자의 본능에 따라 그녀는 재빨리 말머리를 돌렸다.

"그랬으면 4년이나 더 당신의 마음을 가질 수 있었을 테니까요. 시간도 낭비하지 않았을 것이고 — 더 오래 행복을 누렸을 테니까요!"

이렇게 괴로워할 때의 그녀는 길고 어두운 파란의 세월을 뒤에 감추고 있는 성숙한 여인이 아니라, 철도 들기 전에 새처럼 덫에 걸리고 만, 스물한 살이 채 못 된 순박한 처녀였다. 좀 더 확실하게 마음을 진정시키기 위해 그녀는 작은 의자에서 일어나 방을 나갔고, 나가는 도중에 그녀의 치마에 걸려 의자가 쓰러지고 말았다.

그는 난로 받침대 위에 한 다발이나 쌓아 놓은 푸른 물푸레나무에서 신나게 타오르는 불꽃을 바라보며 앉아 있었다. 장작은 기분 좋게 딱딱 소리를 내며 타올랐고, 장작 끝에서는 나무진이 쉭쉭 소리를 내며 거품처럼 일어났다. 되돌아온 그녀는 다시 마음의 안정을 되찾고 있었다.

"테스, 당신은 스스로 약간은 변덕스럽다고 생각하지 않소?" 의자 위에 그녀가 앉을 방석을 깔아 주고 자신은 그 옆에 있는 긴 의자에 자리를 잡으며 그가 기분 좋게 물었다. "당신한테 뭘 물어볼 게 있었는데 당신이 막 나가 버렸소."

"맞아요, 혹시 변덕스러운 데가 있을지도 모르지요." 그녀가 우물거리며 대답했다. 그녀는 갑자기 그에게 다가가서 그의 양쪽 팔 위에 자신의 손을 얹었다. "아니에요, 에인절, 저는 사실은 그렇지 않아요—제 말은, 원래는 안 그렇단 말이에요!" 자신이 그렇지 않다는 것을 좀 더 특별하게 확신시키기 위해 그녀는 클레어의 의자 옆에 다가가서 머리를 그의 어깨에 기대고 앉았다. "저한테 묻고 싶으시던 게 뭔데요?—분명히 대답해 드릴게요." 그녀는 다소곳이 말을 계속했다.

"아, 당신이 나를 사랑하고 있고 또 결혼하기로 동의했으니, 이제 세 번째 일이 남았소, '그날은 언젤까요?'"

"전 이대로가 좋아요."

"그렇지만 새해가 될지 조금 뒤가 될지 모르지만 난 혼자서 일을 시작할 생각이오. 그러니 새 일을 벌이면 여러 가지 복잡한 일이 많아질 테니까 결혼을 미리 해 두는 게 좋겠소."

"하지만." 그녀가 머뭇거리며 대답을 했다. "좀 더 현실적으로 말하자면, 일을 모두 끝낼 때까지 결혼을 미루는 게 낫지 않아요?—저를 여기 버려 두고 혼자 떠나시는 건 도무지 상상할 수 없는 일이긴 하지만요!"

"암 그렇고 말고—게다가 이 경우에는 그게 최선책이 되질 못해요. 일을 시작할 때 당신이 여러 모로 나를 도와줄 게 있거든. 언제로 할까? 앞으로 두 주일 후는 어때요?"

"안 돼요." 그녀가 정색을 하며 말했다. "미리 생각해야 될 게 많아요."

"하지만—"

그는 그녀를 더 가까이 다정하게 끌어안았다.

결혼이라는 현실이 눈앞에 가까이 나타나자 그녀는 당황스러웠다. 그 문제를 더 의논해 보기도 전에 목장주인 크릭 부부와 젖 짜는 처녀 둘이 긴 의자 옆을 돌아 환한 난롯불 앞에 나타났다.

테스는 그의 옆자리에서 고무공처럼 벌떡 일어났다. 얼굴은 빨개지고 벽난로 불빛을 받은 두 눈이 반짝였다.

"이분 옆에 이렇게 가까이 앉으면 어떻게 될지 알고 있었어요!" 속이 상한다는 듯 그녀가 소리쳤다. "사람들 눈에 틀림없이 띌 거라고 생각했거든요! 혹시 무릎에 앉아 있는 것처럼 보였을지 몰라도 절대로 그렇지는 않았어요."

"그런가—그렇게 얘기라도 해 주지 않았으면, 이 불빛 속에 두 사람이 어디 앉아 있는지 찾을 수도 없었겠군." 주인이 대답했다. 결혼 이야기 같은 심각한 분위기를 눈치채지 못한 주인은 덤덤한 태도로 계속 말했다. "자, 크리스티아나, 이걸 보면 말이야, 남들은 가만 있는데도 그들이 무슨 상상을 할 거라고 생각해선 안 된다는 걸 알겠지. 그럼, 테스가 말을 하지 않았으면 누구 옆에 앉아 있었는지 내가 생각할 게 뭐 있겠어—정말이야."

"우린 곧 결혼할 겁니다." 순간적으로 냉정한 표정을 지으며 클레어가 말했다.

"아—그랬군요! 정말 반가운 소식입니다. 얼마 전부터 그런 일이 있을 거라고 짐작은 했었죠. 테스는 젖 짜기엔 아까운 처녀지요 — 처음 만났던 날도 그런 얘기를 했지만 말입니다 — 어떤 남자든지 탐을 낼 테니까요. 게다가 지체 있는 분이 농사를 짓는다면 부인으로도 아주 적격이지요. 테스가 옆에 있으면 농장관리인이 함부로 행동하진 못할 겁니다."

테스는 어느 틈에 사라지고 없었다.

그녀는 물정 모르는 크릭의 칭찬에 무안했던 것이 아니라 크릭을 뒤따라온 처녀들의 표정에 훨씬 더 충격을 받았던 것이다.

저녁식사를 마치고 방으로 들어가자 처녀들이 모두 모여 있었다. 등불 하나를 켜 둔 채 그들은 모두 하얀 옷을 입고 침대 위에 앉아 테스를 기다리고 있었는데, 마치 복수를 하려고 늘어선 유령들처럼 보였다.

하지만 그녀는 곧 그들에게 아무런 악의의 기색이 없다는 것을 알아차렸다. 얻을 수 있으리라고 기대하지 않았던 것이기에 그들은 전혀 섭섭해하지 않았다. 그들은 개인적인 감정을 접어 둔 채 생각에 잠긴 표정들을 하고 있었다.

"그분이 테스하고 결혼한대!" 테스에게서 시종 눈길을 떼지 않으면서 레티가 나지막이 말했다. "테스 얼굴에 쓰여 있잖아!"

"정말 그분하고 결혼할 거야?" 마리안이 물었다.

"응." 테스가 대답했다.

"언제?"

"언젠가는."

그들은 이 말을 그냥 둘러대는 것으로만 여겼다.

"그래 — 그분하고 결혼을 한단 말이지 — 그 양반하고!" 이즈 휴에트가 되풀이해서 말했다.

그러고 나서 세 처녀는 무엇에 홀리기라도 한 듯 한 사람씩 침대에서 맨발로 내려와 테스를 둘러쌌다. 친구에게 이런 기적이 일어난 것이 사실인지 확인이라도 하려는 듯 레티가 두 손을 테스의 양

어깨에 얹었고, 다른 두 처녀는 그녀의 허리를 껴안으며 함께 얼굴을 들여다보았다.

"이 얼굴 좀 봐! 거의 내가 상상했던 이상이야!" 이즈 휴에트가 말했다.

마리안이 테스에게 키스를 했다. "그렇구나." 입술을 떼면서 그녀가 중얼거렸다.

"테스를 사랑하기 때문에 그런 거야, 아니면 조금 전에 거기 다른 입술이 닿아 있었기 때문에 그런 거야?" 이즈가 무미건조하게 마리안에게 말했다.

"그런 건 생각하지 않았어." 마리안이 간단하게 대답했다. "난 그저 이 모든 게 신기하다는 느낌이 들 뿐이야—다른 사람이 아닌 테스가 그분 아내가 된다는 사실이 말이야. 난 기분 나쁘지 않아, 우린 다 그렇지 뭐. 그런 건 바라지도 않았으니까—우린 그냥 그분을 사랑하기만 했거든. 그런데, 도대체 그분과 결혼을 한다는 사람이—비단으로 치장한 양갓집 규수가 아니라—바로 우리하고 같이 지낸 테스라니 말이야."

"그 때문에 나를 싫어하지 않는다는 게 정말이야?" 테스가 나지막한 목소리로 물었다.

그들은 마치 그들의 대답이 그녀의 표정에 달려 있다고 생각이라도 하듯, 대답도 하지 않고 흰 잠옷을 입은 채 그녀에게 다가섰다.

"난 모르겠어—난 몰라." 레티 프리들이 중얼거렸다. "테스를 미워하고 싶은데, 미워할 수가 없어!"

"내 기분도 그래." 이즈와 마리안이 함께 말했다. "미워할 수가 없어. 도무지 널 미워할 수가 없어!"

"그분은 너희들 중의 한 사람하고 결혼해야 되는데." 테스가 나직이 중얼거렸다.

"왜?"

"모두 나보다 낫잖아."

"우리가 너보다 낫다고?" 처녀들은 나지막이 느린 어조로 말했다. "아니야, 테스, 그건 아니야."

"정말이야!" 그녀는 강한 어조로 말을 막고 난 후 잡고 있는 친구들의 팔을 갑자기 뿌리치며 격한 울음을 터뜨렸다. 그리고 서랍장 위에 몸을 엎드린 채 계속해서 "맞아, 맞아, 정말이야!" 하고 되풀이해댔다.

한 번 무너지고 나자 그녀의 울음은 그칠 줄 몰랐다.

"그분은 너희들 중의 한 사람하고 결혼해야 되는데!" 그녀는 울며 말했다. "지금이라도 그분한테 말씀드려야겠어! 그분한테는 너희들이 훨씬 더 — 내가 왜 이런 말을 하지! 아! 아!"

그들이 다가와서 꼭 껴안았지만 그녀는 계속 울부짖었다.

"물 좀 떠 와." 마리안이 말했다. "우리 때문에 흥분했어, 가엾어라, 가엾어라!"

그들은 조용히 그녀를 다시 침대 옆으로 데리고 가서 다정하게 키스를 했다.

"그분한테는 네가 최고야." 마리안이 말했다. "우리보다 더 숙녀답고 배운 것도 더 많잖아. 더욱이 그분이 널 그렇게 많이 가르치셨으니까 말이야. 넌 자신을 가져도 돼. 정말이야, 자신을 가져!"

"그래, 맞아." 테스가 대답했다. "그런데 너무 난리를 피워서 창피해!"

모두 잠자리에 들고 나서 불을 끈 다음 마리안이 그녀 쪽을 향해 속삭였다.

"테스, 그분 아내가 된 뒤에도 우리를 기억해 주겠지. 우리도 그분을 사랑한다고 너한테 말했던 것하며, 우리가 널 미워하지 않으려고 애를 썼고, 그래서 미워하지 않았고, 사실 미워할 수도 없었던 것까지 말이야. 왜냐하면 그분은 널 선택했고, 우린 결코 더는 바라지 않았으니까."

이 말을 들은 테스의 베개 위로 다시 소금같이 짠 통한의 눈물이 흘러내리고 있다는 것을 그들은 알지 못했고, 어머니의 당부에도 불구하고 가슴이 터질 듯한 심정으로 에인절 클레어에게 자신의 모든 과거를 털어놓기로 그녀가 결심하고 있다는 것을 알 리 없었다. 온 정성을 다해 사랑했던 사람으로부터 멸시를 받고, 어머니에게서는 바보라는 소리를 듣는 편이 오히려 침묵을 지킴으로써 그 사람을 배반하고 또 어쩌면 이 친구들까지 속이는 것보다는 나으리라는 것이었다.

32

이와 같은 죄책감 때문에 그녀는 결혼 날짜를 잡을 수가 없었다. 기회가 있을 때마다 그는 그녀에게 재촉했지만 11월 초가 되어도 날짜는 여전히 미정이었다. 테스는 모든 것이 지금과 같이 그대로 계속되는 영원한 약혼 상태를 바라고 있는 것 같았다.

목초지도 이젠 모습이 바뀌고 있었다. 하지만 아직은 젖을 짜기 전 이른 오후에는 잠시 한가롭게 거닐 수 있을 만큼 따뜻했고, 목장 일도 이맘때쯤에는 한 시간쯤 빈둥거릴 수 있는 여유가 있었다. 햇빛이 비쳐오는 쪽으로 축축한 잔디밭을 바라보면 반짝이는 잔물결 같은 거미줄이 마치 바다 위에 어리는 달빛처럼 햇빛을 받아 반짝이고 있었다. 자신의 영광이 한순간에 불과하다는 것을 전혀 알지 못하는 각다귀들이, 이 반짝거리는 좁은 길 위로 날아다니며 제 몸속에 불빛이라도 있는 듯 빛을 발하다가 이내 길을 벗어나 완전히 모습을 감추었다. 이런 풍경 속에서 그는 아직 날짜가 잡히지 않았다는 사실을 그녀에게 상기시키곤 했다.

아니면 크릭 부인이 그에게 기회를 주려고 테스에게 일부러 무슨 밤일을 시키면, 그는 밤길에 그녀와 동행하며 재촉하곤 했다. 이런 일은 대개 골짜기 위쪽 비탈에 있는 농가로 가서 출산이 가까워 그곳 헛간에 옮겨 놓은 암소들을 살펴보는 일이었다. 이맘때는 암소들 세계에는 엄청난 변화가 일어나는 철이었다. 날마다 암소들은 무리를 지어 산원(産院)으로 이동했고, 거기서 송아지가 태어날 때까지 밀짚 위에서 지내다가 그 일이 끝나고 송아지가 걸을 수 있게 되면 곧 어미와 새끼는 목장으로 되돌아왔다. 송아지가 팔려 나가기까지는 물론 젖을 짤 일이 별로 없었지만, 송아지를 팔고 나면 젖 짜는 처녀들은 평상시처럼 일을 해야 했다.

이 어두운 밤길 산책에서 돌아오던 어느 날, 그들은 평지 바로 위에 있는 자갈 깔린 높은 강 둑에 이르렀을 때 걸음을 멈추고 귀를 기울여 보았다. 강물이 마침 높이 불어나 둑을 넘어 배수구 밑에까지 흘러내리고 있었다. 아무리 작은 도랑이라도 물이 가득했기 때문에, 보행자들은 지름길로 가지 못하고 큰길을 따라가는 수밖에 없었다. 캄캄한 계곡 사방에서 갖가지 소리가 들려왔다. 마치 두 사람의 발 밑에 커다란 도시가 있고, 물소리는 그 도시 사람들이 내는 시끄러운 소리라고 상상될 정도였다.

"마치 수만 명이 장터에 모여 회의를 열어 토론하고, 훈계하고, 싸우고, 흐느끼고, 신음하고, 기도하고, 욕을 해 대는 것 같아요." 테스가 말했다.

클레어는 특별히 귀를 기울이고 있는 것 같지는 않았다.

"테스, 오늘 크릭한테서 겨울철엔 일꾼이 많이 필요 없다는 얘기를 혹시 들었소?"

"아뇨."

“젖소들 젖이 빨리 마르던데.”

“맞아요. 어제 예닐곱 마리가 헛간으로 올라갔고, 그저께는 셋이니까, 벌써 헛간에는 거의 스무 마리쯤 되겠어요. 아—주인이 새끼 낳는 데는 제가 필요 없다고 했단 말이군요? 이런, 이제 여기서 더 할 일이 없단 말이네요! 그렇게 열심히 일했는데—”

“당신이 이제 필요 없다고 크릭이 딱 부러지게 말하지는 않았어요. 다만 우리 관계를 알고 있으니까 아주 점잖게 좋은 뜻에서, 내가 크리스마스에 여길 떠날 때 당신하고 같이 갈 거라고 생각한다더군요. 그래서 당신이 여기 없어도 지장이 없겠냐고 물었더니, 사실 이제는 여자들 손이 많이 필요하지는 않은 철이라고 했어요. 나쁜 짓을 하는 것 같아 안 됐긴 하지만, 이런 식으로 그 양반이 손을 잡아당겨 주니까 오히려 기분이 좋은걸.”

“에인절, 좋아할 일은 아닌 것 같아요. 아무리 한쪽으로는 편하게 됐다고 해도, 필요 없다는 말은 언제나 섭섭하거든요.”

“그럼, 편하게 됐지—당신도 그걸 인정하는구만. 이런!” 그녀의 볼에 손가락을 대며 그가 말했다.

“왜요?”

“들키니까 얼굴이 빨개지는 게 보이는걸! 그런데 내가 왜 이런 실없는 소릴 하고 있지? 우리 실없는 소린 그만둡시다—그러기엔 인생은 너무 엄숙해요.”

“맞아요. 어쩌면 그건 제가 먼저 알았을 거예요.”

그녀는 그 순간 그것을 깨닫고 있었다. 어젯밤의 심경에 따라 결국 그와의 결혼을 거부하고 목장을 떠난다는 것은, 목장이 아닌 딴 곳에 간다는 것을 뜻했다. 이제 암소가 새끼를 낳는 철이 다가오면서 젖 짜는 처녀들은 필요가 없기 때문이었다. 그것은 에인절 클레어같이 하늘 같은 사람이 없는 어느 큰 농장으로 간다는 뜻이었다. 그녀는 그런 것은 생각하고 싶지 않았고, 집으로 돌아가는 것은 더욱 생각하기 싫었다.

"그러니까, 테스, 심각하게 얘기하는 건데," 그가 계속 말했다. "크리스마스 때쯤이면 당신도 아마 여길 떠나야 할 테니까, 그때 내사람이 되어 같이 가는 게 여러모로 바람직하고 또 편리할 거요. 게다가 당신이 세상에서 가장 어리석은 여자가 아니라면, 언제까지 우리가 이런 식으로 지낼 수는 없다는 걸 알 텐데."

"그럴 수만 있으면 얼마나 좋을까요. 언제나 여름하고 가을만 있고, 언제나 저를 사랑해 주고, 또 언제나 지난 여름처럼 저만 생각해 주신다면요."

"언제나 그렇게 하겠소."

"아, 그렇게 해 주실 줄 알고 있어요!" 갑자기 그에 대한 뜨거운 믿음이 솟아나며 그녀가 소리쳤다. "에인절, 영원히 당신의 사람이 될 그 날짜를 결정하겠어요!"

그리하여 마침내 그 어두운 밤길을 돌아오는 동안, 양쪽에서 들려오는 갖가지 물소리를 들으며 두 사람은 날짜를 결정했다.

목장으로 돌아오고 나서 이 사실은 곧 크릭 부부에게 통보되었다—비밀로 해 달라는 부탁과 함께. 왜냐하면 가능한 한 은밀하게 결혼식을 치르자는 것이 두 연인의 바람이었기 때문이다. 주인은 그녀가 곧 떠날 줄 알고 있었지만 막상 그녀를 잃는다는 생각에 이르자 상당히 걱정스러웠다. 크림 걷는 일은 어떻게 할 것인가? 앵글베리나 샌드본의 귀부인들에게 보내는 장식용 버터는 누가 만든단 말인가? 크릭 부인은 망설여온 일이 드디어 결말을 보게 되었다고 테스에게 축하를 하면서, 자신은 처음 보았을 때부터 테스가 보통 농사꾼과는 다른 사람을 만나게 될 줄 알았다고 말했다. 또한 그녀가 도착하던 날 안마당을 걸어들어올 때부터 아주 남다르게 보였기 때문에 괜찮은 집안 출신이라고 믿고 있었다고도 했다. 사실 크릭 부인은 테스가 들어올 때 그녀를 얌전하고 예쁜 처녀로 생각했던 것은 분명히 기억하고 있었지만, 남다르게 보였다는 것은 아마도 나중에 들은 이야기의 도움을 받아 상상한 결과였을지도 모른다.

테스는 이제 적극적으로 무엇을 하겠다는 생각보다 시간의 날개를 타고 따라가고만 있었다. 결혼하기로 약속도 했고 날짜도 이미 결정되어 있었다. 타고난 지혜로움 덕분에 그녀는 동료 인간보다 자연 현상과 더 폭넓은 교제를 하는 사람들이나 농부들이 공통적으로 보여 주는 숙명론적 사고를 받아들이기 시작하고 있었다. 그리하여 그녀는 그런 사고를 하는 사람이 흔히 그렇듯이 연인이 얘기하는 것은 무엇이든지 수동적으로 받아들이는 쪽으로 변해갔다.

하지만 그녀는 겉으로는 결혼 날짜를 알리기 위해서지만 실질적으로는 다시 충고를 구하기 위해 어머니에게 편지를 썼다. 자신을 택한 남자가 지체 있는 집안 사람인데, 그 점은 혹시 어머니가 충분히 고려하지 못하신 게 아니냐는 내용이었다. 즉, 하층민이라면 결혼 후에 고백을 하게 돼도 가볍게 넘겨 버릴지 모르지만 그 사람은 그렇게 넘기지 않을 것 같다는 것이었다. 그러나 더비필드 부인에게서 이 편지에 대한 답장은 오지 않았다.

에인절 클레어는 그들이 곧 결혼을 해야 될 실질적인 필요성에 대해 자기 자신과 테스에게 그럴듯하게 설명하긴 했지만, 나중에 드러나듯이 실상 그것은 다소 경솔한 처신이었다. 그는 그녀를 지극히 사랑하긴 했지만, 그를 향한 그녀의 감정이 열정적이고 철저함에 비해 다소 관념적이고 공상적인 편이었다. 일찍이 그는 자신의 생각대로 지성과는 거리가 먼 농촌 생활에 빠져들게 되면, 이 젖 짜는 처녀에게서 발견한 매력을 실생활 속에서도 찾아볼 수 있으리라는 생각은 품지 않고 있었다. 순박함이란 이야기에나 나오는 것으로 생각했을 뿐, 그것이 정말 사람을 얼마나 감동시키는지 그는 이곳에 오기까지는 몰랐다. 그는 자신의 장래 진로를 분명하게 내다보지 못하고 있었고, 그 스스로 인생을 제법 시작했다고 생각할 수 있으려면 한두 해는 더 있어야 했다. 그것은 가족의 편견 때문에 자신이 진정으로 가야 할 길을 놓쳐 버렸다는 생각을 하면서 그의 이력과 성격에 다소 경솔한 구석이 스며들어 있기 때문이었다.

"중부 지방 농장에 당신이 완전히 자리를 잡을 때까지 기다리는 게 좋을 것 같지 않으세요?" 그녀는 언젠가 조심스럽게 물어보았다(중부 지방의 농장은 그 당시 그가 염두에 둔 곳이었다).

"테스, 솔직히 말해서 난 당신을 내가 돌보고 보호해줄 수 없는 곳에 내버려두고 싶지 않아요."

그 점에 관한 한 이유는 충분했다. 그녀에 대한 그의 영향력은 대단한 것이어서 그녀는 그의 태도와 습관, 말투와 말씨, 좋아하는 것과 싫어하는 것까지 닮아 있었다. 그녀를 농장에 그대로 두고 가면 그녀는 다시 옛날로 돌아가 그와는 어울리지 않는 모습으로 될 것 같았다. 그녀를 자기 옆에 두고 싶은 또 한 가지 이유가 그에겐 있었다. 그의 부모님들은 영국이든 식민지든 그가 먼 곳에 정착하러 그녀를 데리고 떠나기 전에 당연히 적어도 한 번쯤은 그녀를 보고 싶어 하셨다. 그는 부모들의 생각에 따라 자기 계획을 바꿀 사람은 아니었지만, 그의 판단으로는 조건이 유리한 농장을 구하는 동안 방을 얻어서 두어 달 동안 그녀와 함께 지내게 되면 그녀가 힘겨운 시련이라고 느낄지도 모르는 일—사제관에서 그의 어머니와 만나는 일—을 치를 때 예의범절의 측면에서 다소 도움이 될 것 같았다.

다음으로 그는 밀농사와 함께 방앗간도 겸해 볼 생각이 있었기 때문에 방앗간 일을 약간 익혀 보고 싶었다. 웰브릿지에 있는 커다란 옛날 물방앗간—한때는 어느 수도원의 물방앗간이었는데—의 주인이 그에게 원할 때면 언제나 와서 그 전통적인 작업 방식을 살펴보고 또 며칠 동안 방앗간을 직접 돌려 보라고 권한 적이 있었다. 그래서 클레어는 이즈음 어느 날 몇 마일가량 떨어진 그곳이

가서 자세한 것을 물어보고 저녁때가 되어 탈보테이즈에 돌아왔다. 그녀는 그가 그 웰브릿지 제분소에서 얼마간을 보내기로 결정했음을 알았다. 어째서 그런 결정을 하게 되었을까? 그것은 밀을 빻고 가루를 체질하는 과정을 깊숙이 살펴 볼 수 있는 기회라는 점보다는, 퇴락하기 전에는 어느 더버빌 가문의 저택이었던 바로 그 농가에 숙소를 구할 수 있다는 우연한 사실 때문이었다. 이것이 언제나 클레어가 현실적인 문제를 처리하는 방식이었다. 즉 그 문제와 관계없이 감상적으로 일을 처리하는 것이다. 그들은 결혼식을 올리는 대로 읍내나 여관으로 돌아다니지 않고 곧장 거기로 가서 보름 동안 머물 참이었다.

"그러고 나서 이야기로만 전해들은 런던 남쪽의 농장 몇 군데를 살펴봅시다. 그리고 3, 4월 경에는 우리 부모님을 찾아뵙도록 하지요."

이와 같은 계획을 세우고 처리하는 동안 그날, 바로 그의 사람이 될 그 믿어지지 않는 날이 눈앞에 다가왔다. 12월 31일 곧 섣달 그믐날이 바로 그날이었다. 그의 아내가 된다, 그녀는 혼자 소리를 내어보았다. 이게 정말일까? 그들의 두 몸이 하나가 되고, 어느 것도 그들을 갈라놓지 못할 것이며, 무슨 일이든 함께 나누리라. 왜 안 된단 말인가? 또 왜 그렇게 된단 말인가?

어느 일요일 아침 이즈 휴에트가 성당에서 돌아오면서 테스에게 몰래 이야기를 했다.

"너 오늘 아침에 안 불려가더라."(결혼하기 전 세 번 일요일에 교회에서 결혼을 예고하며 그 결혼에 이의가 없는지를 물어보는 '결혼예고'의 관습이 있는데, 이 지방에서는 그것을 이렇게 부르고 있는 것이다.-역주)

"뭐라고?"

"오늘이 결혼예고를 하는 첫날이라야 되는데," 테스를 조용히 바라보며 그녀가 대답했다. "너 그믐날 결혼할 계획이잖아?"

테스는 곧 그렇다고 대답했다.

“그러면 세 번 예고를 해야 되잖아. 이젠 그 사이에 두 주일밖에 안 남았는데.”

테스는 스스로 안색이 변하는 것이 느껴졌다. 이즈의 말이 맞았다. 물론 세 번 예고를 해야 옳았다. 그 사람이 혹시 잊었을지 모른다! 그렇다면 한 주일을 연기해야 되는데, 불길한 느낌이 들었다. 사랑하는 사람한테 이것을 어떻게 알려야 할까? 그렇게 뒷걸음질만 쳐왔던 그녀는 갑작스레 마음이 불같이 급해지며 사랑하는 사람을 잃을지도 모른다는 경계심이 일었다.

그녀의 불안은 자연스럽게 해결되었다. 이즈가 크릭 부인에게 결혼예고가 없었다는 얘기를 했고, 크릭 부인은 결혼한 부인네답게 그 점에 대해 에인절에게 물어보았던 것이다.

“그걸 잊으셨나 봐요, 클레어 씨? 결혼예고 말입니다.”

“아닙니다. 잊지 않았어요.” 클레어가 대답했다.

그는 테스와 단둘이 만나자 금방 그녀를 안심시켰다.

“결혼예고 때문에 사람들한테 놀림받을 건 없어요. 결혼허가증이 우리한테는 더 조용할 것 같아서 당신하고 의논도 하지 않고 결혼허가증으로 결정했어요. 그러니 일요일 아침에 교회에선 당신 이름을 듣고 싶어도 못 들을 거요.”

“그걸 듣고 싶었던 건 아니에요.” 그녀가 자랑스럽게 대답했다.

일이 제대로 진행되고 있다는 사실을 알고 나자 테스는 한결 마음이 놓였다. 결혼예고를 하면 혹시 누군가가 자신의 과거를 들춰내어 이의를 제기하지나 않을까 꽤나 걱정을 했기 때문이었다. 일이 얼마나 잘 풀려가고 있는가!

“마음이 아주 편하지는 않아,” 그녀는 혼자 중얼거렸다. “이 모든 행복 때문에 나중에 벌을 받아 불행이 닥칠지도 몰라. 하느님이 하시는 일은 대개 그렇거든. 그냥 결혼예고를 할걸!”

그러나 모든 일은 순조롭게 진행되었다. 그녀는 결혼식날 지금 있는 옷 중에서 가장 좋은 흰옷을 입어야 그가 좋아할지 아니면 새 옷을 사야 할지 걱정을 하고 있었다. 이 문제는 그의 사려깊은 생각으로 해결되었다. 그녀 앞으로 커다란 소포 꾸러미 몇 개가 도착했던 것이다. 그 속에는 멋진 아침 예복을 포함해서 모자에서 구두까지, 그들이 계획한 소박한 결혼식에 잘 어울리는 복장 일습이 들어 있었다. 그는 소포가 도착하고 나서 잠시 후 집에 들어왔고, 그녀가 위층에서 그것을 푸는 소리를 들었다.

잠시 후 빨개진 얼굴에 눈물을 글썽거리며 그녀가 내려왔다.

"참 생각이 깊으시네요." 그의 어깨에 뺨을 기대며 그녀가 나지막이 말했다. "장갑에다 손수건까지요! 아, 사랑해요—당신은 정말 훌륭한 분이고, 정말 친절하세요!"

"아, 아니오, 테스. 런던에 있는 여자 상인한테 주문한 것뿐인데 뭘. 아무것도 아니오."

그는 너무나 고마워하는 그녀의 마음을 딴 데로 돌리기 위해, 이층으로 올라가서 옷이 맞는지 천천히 입어보라고 권했다. 그리고 혹시 맞지 않으면 마을의 재봉사한테 맡겨 고치도록 했다.

그녀는 이층으로 올라가서 드레스를 입었다. 그리고 잠시 거울 앞에 혼자 서서 비단옷을 입은 자신의 모습을 살펴보았다. 그런데 그때 그녀의 머릿속에 어머니가 즐겨 노래하던 신비한 옷에 관한 민요가 떠올랐다—.

> 한 번 잘못한 여자한테는
> 절대로 어울리지 않는 옷

더비필드 부인은 테스가 어렸을 때 요람에 한쪽 발을 얹고 가락에 맞춰 흔들어가며 그처럼 유쾌하게 장난치듯 이 노래를 불러주곤 했던 것이다. 귀네비어 왕비(전설 속의 아서왕의 왕비로, 아서왕의 신하인 랜슬롯을 사랑했던 여인-역주)의 옷 때문에 왕비의 비밀이 탄로났던 것처럼 이 옷이 색깔이 변해 자신의 비밀을 탄로시키지나 않을까! 낙농장에 온 후로 그녀는 지금까지 한 번도 이 노래를 생각해 본 적이 없었다.

33

에인절은 결혼식을 올리기 전에 연인 사이로 그녀와 함께 가는 마지막 소풍 삼아 목장에서 멀리 떨어진 곳에 가서 그녀와 하루를 보내고 싶은 생각이 있었다. 바로 눈앞에 다가온 중요한 날을 앞드고 다시는 돌아오지 않을 분위기 속에서 낭만적인 하루를 보내고 싶었던 것이다. 그래서 가까운 읍내에 몇 가지 물건을 사러 가자고 지난주에 얘기를 해 두었고, 이제 함께 길을 떠나게 되었다.

농장에서 보낸 클레어의 생활은 그가 속한 계급의 세계에서 보자면 은둔자의 생활이었다. 몇 달 동안 그는 읍내 가까이는 가지도 않았고, 마차도 필요 없어서 가지지 않았으며, 혹시 마차나 말이 필요할 때는 목장주인의 것을 빌려 탔다. 그들은 그날 이륜마차를 타고 갔다.

그리하여 두 사람은 생전 처음으로 공동의 관심사를 가진 동반자로서 물건을 샀다. 마침 크리스마스 전날이어서 장식용 서양호랑가시나무와 겨우살이 덩굴이 무더기로 쌓여 있었고, 읍내에는 이 날을 맞아 인근 각지에서 모여든 외지 사람들이 가득했다. 테스는 예쁜 얼굴에다 행복에 겨운 표정까지 하고 있어서, 그의 팔을 끼고 사람들 사이로 걸어다니는 동안 사람들의 주목을 받지 않을 수 없었다.

저녁때가 되어 그들은 아침에 쉬었던 여관으로 돌아왔고, 에인절이 말과 마차를 문 앞까지 끌고 오는 것을 살피러 간 동안 테스는 문간에서 기다렸다. 커다란 거실 안에는 끊임없이 들락거리는 손님들로 가득했다. 이들이 드나들면서 문을 여닫을 때마다 거실 안의 불빛이 테스의 얼굴을 비추었다. 사람들과 함께 두 사나이가 나오면서 그녀 옆을 지나가다가, 그중의 하나가 놀란 얼굴로 그녀를 아래위로 훑어보았다. 트란트릿지 마을은 이곳에서 멀리 떨어져 있기 때문에 그곳 사람들이 드물긴 했지만, 테스는 그가 트란트릿지 사람일지도 모른다는 생각이 들었다.

"이쁜데, 그 아가씨." 다른 사나이가 말했다.

"맞아, 꽤 이쁘지. 그런데, 내가 잘못 본 게 아니라면—" 그러다가 그는 곧 말끝을 흐려 버렸다.

클레어가 마침 마구간에서 돌아와 입구에서 그 사나이 앞으로 다가오다가 그 소리를 들었고 테스의 겁먹은 표정을 보았다. 그녀가 모욕을 당했다는 생각을 한 그는 화가 머리끝까지 치솟아 무슨 생각을 할 겨를도 없이 주먹으로 힘껏 사나이의 턱을 후려쳤고, 사나이는 비틀거리며 복도 쪽으로 물러섰다.

사나이가 정신을 차리고 덤벼들 기세를 보이자, 클레어는 문밖으로 나가서 방어할 자세를 취했다. 그러나 상대방은 생각을 고쳐먹기 시작했다. 그는 테스 옆을 지나면서 다시 그녀를 보고는 클레어에게 말했다.

"죄송합니다. 대단히 착각을 했습니다. 이분이 여기서 40마일 떨어진 곳에 사는 딴 여자분인 줄 알았습니다."

클레어는 자기가 너무 성급했고 또 여관 복도에 그녀를 세워 둔 것은 자기 불찰이라는 생각이 들어, 그런 경우에 흔히 그랬듯이 사나이에게 5실링을 주면서 맞은 곳에 고약을 바르라고 했다. 이렇게 해서 그들은 서로 기분 좋게 인사를 하고 헤어졌다. 클레어가 마부에게서 고삐를 받아들고 그녀와 함께 마차를 타고 떠나자, 두 사나이는 반대 방향으로 떠났다.

"착각한 거야?" 다른 사나이가 물었다.

"천만의 말씀. 다만 그 양반 기분을 상하게 하고 싶지 않았을 뿐이야."

한편 두 연인은 계속 말을 달리고 있었다.

"우리 결혼식을 좀 뒤로 미루면 안 될까요?" 테스가 덤덤하고 맥빠진 목소리로 물었다. "혹시 좋으시다면 말이에요."

"안 돼요, 테스. 흥분하지 말아요. 그 친구가 나한테 맞았다고 고발이라도 할 시간을 주자는 뜻인가?" 그는 기분 좋게 물었다.

"아니에요—제 말은—혹시 연기를 해야 된다면 그렇단 뜻이에요."

그녀의 말뜻이 무엇인지 분명치 않았지만 그는 그녀에게 그런 터무니없는 생각은 잊어버리라고 했고, 그녀는 시키는 대로 고분고분 따랐다. 하지만 집으로 오는 동안 그녀는 내내 우울했고, 결국은 이런 생각까지 하게 되었다. "우린 떠날 거야, 아주 멀리, 여기서 수백 마일이나 떨어진 곳으로 갈 거야. 그러면 다시 이런 일도 없을 거고, 과거의 유령은 아무도 거기까지 따라오진 못할 테니까."

그날 밤 층계참에서 그들은 다정하게 헤어졌고, 클레어는 자신의 지붕밑 방으로 올라갔다. 앞으로 며칠 동안 시간이 없을지도 모른다는 생각에 테스는 잠을 자지 않고 자질구레한 필수품 몇 가지를 챙겼다. 그렇게 앉아 있을 때 위층 에인절의 방에서 큥쾅거리고 싸우는 것 같은 시끄러운 소리가 들렸다. 집안 사람들은 모두 잠들어 있었다. 클레어가 어디 몸이 아플지도 모른다고 걱정이 된 그녀는 뛰어올라가서 그의 문을 두드려서 무슨 일이냐고 물었다.

"아, 테스, 아무것도 아니오." 그가 방 안에서 대답했다. "잠을 깨워서 미안해요! 실은 좀 우스운 얘긴데, 잠이 들어 꿈을 꾸다가 당신을 놀렸던 그 친구하고 다시 싸움을 했어요. 당신이 들은 소리는 짐을 싸려고 오늘 꺼내 놓은 여행가방을 내가 주먹으로 마구 두드려패던 소리였어요. 난 가끔씩 잠을 자다가 이렇게 괴상한 짓을 한답니다. 이제 그건 잊어버리고 가서 잠을 자요."

이 일은 접시저울처럼 망설임을 거듭하던 그녀의 마음을 한쪽으로 기울게 한 마지막 저울추였다. 자기 입으로 과거를 밝히는 것, 그것은 할 수 없었다. 하지만 다른 방법이 있었다. 그녀는 자리에 앉아 편지지 넉 장에다 3, 4년 전에 있었던 일들을 간단하게 적어서 그것을 봉투에 넣은 다음 겉봉에 클레어의 이름을 썼다. 그리고 다시 마음이 약해지기 전에 신발도 신지 않고 가만히 위층으로 기어올라가서 그의 방문 밑으로 봉투를 밀어넣었다.

의당 그렇겠지만 그녀는 그날 밤 잠을 제대로 잘 수 없었고, 위층에서 처음으로 나는 희미한 소리에 귀를 기울였다. 그것은 여느 때와 다름없었고, 그는 여느 때와 같이 내려왔다. 층계 밑에서 그녀를 만나 그는 키스를 했다. 분명히 예전처럼 뜨거운 키스였다!

그녀는 그가 다소 불안하고 피곤해 보인다는 생각이 들었다. 그러나 그는 두 사람만 있을 때도 그녀가 밝힌 비밀에 대해서는 한마디도 하지 않았다. 도대체 편지를 보았을까? 테스는 그가 얘기를 하지 않는다면 자기도 무슨 얘기를 할 수 없을 것 같았다. 그날은 그렇게 지나갔고, 그는 속으로 무슨 생각을 하든 간에 그것을 혼자만 알고 있기로 한 것이 분명했다. 그는 전과 마찬가지로 솔직하고 다정스러웠다. 그녀의 의심은 철없는 생각이었을까? 그는 그녀를 용서했고, 있는 그대로의 그녀의 모습을 사랑했고, 시시한 잠꼬대 정도로 그녀의 불안을 웃어넘긴 것인가? 정말로 그녀의 편지를 받았을까? 테스는 그의 방안을 들여다보았으나 그것을 발견할 수 없었다. 그는 자기를 용서했을지도 모른다. 혹시 보지 못했더라도 분명히 자기를 용서해줄 것 같은 열렬한 믿음이 갑자기 그녀를 사로잡았다.

아침이나 저녁이나 그는 매일 여전했고, 마침내 그믐날 곧 결혼식날이 밝아왔다.

두 연인은 젖 짜는 시간에 일어나지 않았다. 낙농장에 머무는 이 마지막 한 주일 동안 내내 두 사람은 거의 손님 대접을 받았고, 테스는 독방까지 쓰는 영광을 누렸다. 아침식사 시간에 아래층에 내려간 두 사람은, 그들을 축하하려고 그들이 못 본 사이에 그 큰 식당이 멋지게 단장된 것을 보고 깜짝 놀랐다. 아침 일찍 목장 주인은 입 벌린 벽난로 주변을 하얗게 칠하고 벽돌로 된 난로 바닥은 붉은 칠을 했으며, 아치 위에는 전에 그 자리에 있던, 검은 나뭇가지 무늬가 든 낡고 때묻은 푸른색 면으로 된 통풍구 막이 대신에 빛나는 누런색 다마스크 천으로 된 것이 달려 있었다. 사실 이 방의 초점인 벽난로를 새롭게 단장하고 나자 음산한 겨울 아침인데도 온 집안이 웃음을 띤 분위기였다.

"결혼을 축하하려고 뭘 좀 할 생각이었답니다." 주인이 말했다. "옛날 풍습대로 바이올린이랑 모두 갖추어서 한바탕 풍악을 울려볼까 했는데, 싫어하실 것 같아 할 수 없이 소리 안 나는 거라곤 겨우 이것밖에 생각나는 게 없더군요."

테스의 식구들은 너무 멀리 있었기 때문에 설사 초대를 받아도 결혼식에 쉽게 참석할 수 없는 형편이기도 했으나 실제로 말롯에서는 아무도 초대하지 않았다. 에인절은 자기 가족들에게 편지를 써서 정식으로 시간을 알리고, 식구들 중에서 한 분이라도 오시고 싶다면 그날 참석해 주시기를 바란다고 분명히 이야기를 했다. 그의 형들은 그에게 화가 났는지 답장이 전혀 없었고, 부모님은 결혼을 경솔하게 서두르고 있다고 한탄조의 다소 서글픈 편지를 보내왔다. 그리고 젖 짜는 여자는 당신들께서 전혀 기대하지 않았던 며느릿감이긴 하지만, 아들이 세상사를 알아서 판단할 수 있는 나이는 되었다는 말을 덧붙임으로써 위안을 삼고자 했다.

클레어에겐 머지 않아 가족들을 놀래 줄 엄청난 비책이 있었기 때문에 가족들의 냉담한 반응이 크게 기분 나쁘지는 않았다. 그는 낙농장에서 갓 나온 테스를 더버빌 가문이니 숙녀니 하며 내세우는 것은 무모하고 위험한 일이라고 생각했다. 그래서 몇 달 동안 자신과 함께 여행도 하고 독서도 하면서 세상 돌아가는 데 익숙해져서 함께 부모님을 방문할 수 있게 될 때까지 그녀의 혈통을 숨겨왔던 것이고, 그때가 되면 그 사실을 밝히면서 그 옛 명문가에 어울리는 처녀로 그녀를 자랑스럽게 선보일 계획이었다. 그것은 사랑하는 사람만이 가질 수 있는 조촐한 꿈이었다. 테스의 족보는 이 세상 어느 누구보다 바로 그에게 가장 소중했던 것이다.

자신의 편지에도 불구하고 자신을 대하는 그의 태도가 조금도 달라지지 않은 것을 보자 테스는 죄책감이 들면서 정말 그가 편지를 보았는지 의심스러워졌다. 그가 아침식사를 마치기 전에 그녀는 식탁에서 일어나 서둘러 위층으로 올라갔다. 그렇게 오랫동안 클레어의 밀실이었고 또 요새였던 그 괴상하고도 휑한 방을 다시 한번 둘러보고 싶은 생각이 들었던 것이다. 사다리를 올라가 열린 문 앞에 선 그녀는 방을 둘러보면서 생각에 잠겼다. 그녀는 2, 3일 전 그렇게 흥분해서 편지를 밀어넣었던 문지방 밑으로 허리를 굽혀 보았다. 양탄자가 문지방에 바싹 붙어 있었고, 그 양탄자 끄트머리 밑으로 흰 봉투의 귀퉁이가 희미하게 그녀의 눈에 들어왔다. 그것은 그에게 보낸 편지가 든 봉투였고, 문 밑으로 넣는다는 것이 그녀가 서두르면서 양탄자 밑으로 들어가는 바람에 그는 그것을 보지도 못했던 것이 분명했다.

현기증을 느끼면서 그녀는 편지를 꺼냈다. 그녀의 손을 떠나던 그대로 편지는 봉함이 된 채 거기 있었다. 기적은 아직 일어나지 않았던 것이다. 집안이 온통 결혼식 준비로 법석을 피우는 지금 그에게 그것을 읽으라고 할 수는 없었다. 그래서 그녀는 자기 방으로 내려와 편지를 찢어버리고 말았다.

테스를 다시 만난 에인절은 그녀의 얼굴이 너무 창백해진 것을 발견하고 자못 걱정스러웠다. 편지가 잘못 들어갔다는 사실을 그녀는 고백을 그만두라는 암시로 받아들였다. 하지만 양심상 그럴 필요는 없었다. 아직 시간은 있었기 때문이다. 하지만 모두가 야단 법석이었고, 사람들이 계속 들락거렸다. 모두들 옷을 갈아입어야 했고 또 목장주인 크릭 부부는 입회인으로 두 사람을 따라가기로 되어 있었다. 조용하고 찬찬히 무슨 이야기를 한다는 것은 거의 불가능했다. 테스가 클레어와 단 둘이 있을 수 있었던 유일한 시간은 층계참에서 만났을 때였다.

"꼭 해야 될 얘기가 있어요 — 제 실수와 잘못을 모두 말씀드리고 싶어요!" 그녀는 억지로 밝은 표정을 지으며 말했다.

"아, 안 돼요 — 우린 얘기할 만한 잘못이 없어요 — 테스, 적어도 오늘만은 당신은 완벽한 사람이 돼야 해요!" 그가 큰 소리로 말했다. "나중에 서로 잘못에 대해 얘기할 시간이 많이 있을 거요. 나도 잘못을 같이 고백하겠소."

"하지만 제 생각에는 지금 하는 게 좋을 것 같은데, 혹시 나중에 무슨 말씀을 하지나 않을지 — "

"아 참, 철없는 아가씨, 뭐든지 말해도 좋아요 — 다만, 우리 숙소에 자리나 잡고 나면 언제든지 말이오. 지금은 안 돼요. 나도 그때 내 잘못을 말하겠소. 하지만 오늘 같은 날 그런 걸 가지고 기분 상하지는 맙시다. 그런 건 심심할 때나 어울리는 거요."

"그러면 정말 듣고 싶지 않으세요?"

"그럼, 테시, 정말이야."

서둘러 옷을 입고 출발해야 했기 때문에 그 이상은 이야기할 시간이 없었다. 그의 말은 곰곰이 생각해 볼수록 위로가 되는 것 같았다. 결정적인 다음 두 시간 동안 그녀는 그를 향한 저항할 수 없는 사랑의 물결에 휩쓸려 계속 앞으로만 나아갔고, 더 이상 조용히 생각할 겨를이 없었다. 그렇게 오래 거부해 왔던 그녀의 한 가지 소망, 곧 그의 사람이 되어서 그를 남편, 자기 남편이라고 부르고 싶다는 — 그리고 필요하다면 죽어도 좋다는 — 소망은 마침내 그녀를 지리한 반성의 골목길에서 빠져나오게 했다. 옷을 입는 동안 그녀의 의식은 영롱한 이상(理想)의 구름 속을 떠돌고 있었고, 모든 불길한 예측은 그 찬란한 빛 속에 가려지고 말았다.

교회가 멀리 떨어져 있었고 더욱이 겨울이었기 때문에 그들은 마차를 타야 했다. 그래서 큰길가의 여관에서 유개(有蓋)마차를 빌렸는데, 저 옛날 역마차 여행을 하던 시절부터 그곳에 있던 마차였다. 마차는 튼튼한 바큇살에다 육중한 바퀴테를 갖추고 있었고, 커다랗게 휘어진 밑판에 큼직한 손잡이 가죽끈과 용수철, 공성(攻城)망치처럼 생긴 끌채가 붙어 있었다. 마부는 나이가 예순이나 되는 늙은이였는데, 젊을 때 너무 힘든 일을 한 데다 그것을 견디려고 독한 술을 마시는 바람에 류머티즘성 통풍(痛風)에 걸려 고생하고 있었다. 그는 자신의 일거리가 없어진 뒤에도 25년 동안 한결같이 마치 옛날이 다시 돌아오기를 기다리기라도 하듯 하는 일 없이 여관 문간에서 어슬렁거렸다. 그는 오른쪽 다리 바깥쪽에 고름이 계속 나는 상처가 있었는데, 그것은 카스터브릿지의 킹즈 암즈 여관에서 정식으로 고용되어 일을 하던 몇 해 동안 귀족들의 마차 끌채에 계속 쓸려서 생긴 상처였다.

이 거추장스럽고 삐걱거리는 마차 속에, 그리고 이 노쇠한 마부 뒷자리에 네 사람이 자리를 잡았다 — 신랑과 신부 그리고 크릭 부부였다. 에인절은 형들 중의 한 사람만이라도 신랑 들러리로 참석해 주기를 바라면서 그 점을 편지로 은근히 암시했지만, 답장은 없었고 그것은 오고 싶지 않다는 뜻임이 분명했다. 그들은 이 결혼에 동의하지 않았고 따라서 참석한다는 것은 있을 수도 없는 일이었다. 어쩌면 참석하지 않는 것이 더 좋을지도 몰랐다. 그들은 세속적인 것과는 거리가 먼 청년들이었기 때문에, 이 결혼에 대한 그들의 생각은 제쳐놓더라도 그들의 편협하고 까다로운 성격 때문에 목장 사람들과 자리를 함께 한다는 것은 불쾌한 일이었을 것이다.

시간이 인도하는 대로 따라가고만 있던 테스는 이런 일을 알 수 없었고, 아무것도 보이지 않았고, 또 어느 길로 교회에 가고 있는지도 알지 못했다. 그녀는 에인절이 옆에 있다는 것만 느낄 뿐 그 밖의 모든 것은 휘황한 안개 속 같았다. 그녀는 마치 시(詩)에나 나올 법한 천상의 여인 같았고, 두 사람이 함께 산책할 때 클레어가 그녀에게 들려주곤 하던 고전 속의 여신 같기도 했다.

결혼허가증에 의한 결혼이었기 때문에 교회에는 열두어 명의 사람밖에 없었다. 천 명의 손님이 있었더라도 그녀에겐 아무런 차이가 없었을 것이다. 그들은 그녀가 지금 있는 곳으로부터 별처럼 먼 곳에 있었다. 그녀가 그에게 정절을 맹세하는 황홀하고 엄숙한 순간에는 성(性)에 대한 통상적인 감각조차도 경박하게 보이는 듯했다. 함께 무릎을 꿇고 예배를 드리다가 잠시 멈추었을 때, 그녀는 무의식적으로 그를 향해 몸을 기울였고 그녀의 어깨가 그의 팔에 닿았다. 무심결에 어떤 생각을 하다가 깜짝 놀라서 자기도 모르게 몸을 움직였던 것인데, 그것은 그가 거기 있다는 사실을 직접 확인하고 또 어떤 역경에도 그의 믿음이 방패막이가 되어줄 것이라는 자신의 믿음을 확고히 하기 위해서였다.

클레어는 그녀가 자기를 사랑하고 있다는 것을—그녀의 몸짓 하나하나에서 그것이 드러났다—알고는 있었지만, 그 당시로는 그 사랑이 얼마나 깊고 한결같으며 또 순종적인지, 또 그것이 얼마나 오랜 고뇌와 정직과 인내, 그리고 성실을 보증하는지 알지 못했다.

그들이 교회 밖으로 나왔을 때 종지기가 종각에서 종을 울렸고 세 가지 음색의 은은한 종소리가 울려퍼졌다. 소리는 작았지만 교회를 세운 사람들은 그렇게 작은 교구의 경사를 전하는 데는 충분하다고 생각한 종소리였다. 그녀는 남편과 함께 문으로 나가는 길에 종각 옆을 지나가다가, 지붕창이 달린 종각에서부터 그들 주변으로 웅웅거리며 둥그렇게 퍼져나가는 대기의 떨림을 느낄 수 있었다. 그것은 극도로 긴장하고 있는 그녀의 그 순간의 심리 상태와 잘 어울렸다.

사도요한이 태양 속에서 보았던 천사처럼 테스는 자신의 빛이 아닌 다른 빛으로 영광을 누리고 있다고 느꼈고, 그 심리 상태는 교회의 종소리가 사라지고 결혼식의 흥분이 가라앉을 때까지 지속되었다. 그녀는 그제야 작은 것들까지도 좀 더 세세하게 볼 수 있었다. 크릭 씨 부부는 미리 자기네 마차를 가져오도록 해 놓았기 때문에 타고온 마차는 신혼부부에게 내주었고, 테스는 처음으로 마차의 만듦새와 특징을 잘 살펴보았다. 말없이 앉아서 그녀는 한참 동안 마차를 들여다보았다.

"테시, 기분이 좀 안 좋아 보이는군." 클레어가 말했다.

"네." 손으로 이마를 짚으며 그녀가 대답했다. "가슴 떨리는 일이 많아요. 에인절, 모든 게 너무 심각해 보이거든요. 무엇보다도 이 마차를 전에 어디선가 본 것 같아요. 아주 낯이 익거든요. 참 이상하네요 — 꿈에서 봤나 봐요."

"아 — 더버빌 가(家)의 마차가 나오는 전설을 들은 모양이군 — 당신 집안이 이 지방에서 행세깨나 할 때 집안과 관련해서 널리 나돌던 미신인데, 이 덜거덕거리는 옛날 마차를 보니까 생각이

나는 모양이오.”

“전 그 이야기를 들은 적이 없어요. 무슨 전설인데요? 얘기해 주실래요?” 그녀가 말했다.

“글쎄 — 지금은 그 얘기를 자세히 하지 않는 게 좋을 것 같소. 16세기인가 17세기쯤 더버빌 가의 어떤 사람이 자기 집안 마차 안에서 끔찍한 살인을 저질렀는데, 그 후로 그 집안 사람들은 그 낡은 마차가 보이거나 소리가 들리면 — 나중에 얘기하지 — 좀 음산한 얘기니까. 틀림없이 이 고색창연한 마차를 보니까 그 기억이 당신 머릿속에 희미하게 되살아난 모양이오.”

“전엔 그런 얘기를 들은 적이 없어요.” 그녀가 나지막이 말했다. “에인절, 우리 집안 사람들이 그걸 보게 되면 우리가 죽을 때가 되었단 말인가요, 아니면 무슨 죄를 지었을 때란 말인가요?”

“테스, 그만!”

그는 키스로 테스의 입을 막았다.

집에 도착할 무렵 그녀는 뉘우치는 심정으로 의기소침해 있었다. 사실 이제 에인절 클레어 부인이 되었는데, 과연 자신은 도의적으로 그 이름을 얻을 자격이 있는가? 알렉산더 더버빌 부인이 더 정확한 말이 아닌가? 정직한 사람이라면 내가 죄를 숨겼다고 할 텐데, 그걸 사랑의 열정으로 정당화할 수 있을까? 그런 경우에 여자로서 어떻게 해야 할지 그녀는 알지 못했고, 또 의논할 사람도 없었다.

하지만 잠시 자기 방에 혼자 있게 되었을 때 — 이 방에 들어오는 것도 그날이 마지막이었다 — 그녀는 무릎을 꿇고 기도를 드렸다. 그녀는 하느님께 기도를 드리려고 했으나 실상 기도의 대상은 그녀의 남편이었다. 그에 대한 그녀의 사랑은 거의 맹목적 숭배에 가까웠고, 그녀는 그것이 불길한 징조나 되지 않을까 두려울 지경이었다. “이 격렬한 기쁨은 격렬한 종말을 보게 되리라”고 하던 수도

사 로렌스(〈로미오와 줄리엣〉 2막 6장-역주)의 말을 그녀는 떠올리고 있었다. 그것은 인간의 조건으로는 너무나 처절하고, 너무나 지독하고, 너무나 무모하고, 너무나 치명적인 것 같았다.

"오 내 사랑, 내 사랑, 난 왜 이렇게 당신을 사랑할까요!" 그녀는 거기서 혼자 나지막이 속삭였다. "당신이 사랑하는 여자는 여기 있는 내가 아니고 내 모습을 하고 있는, 한때 나였을지도 모르는 그 여자랍니다!"

오후가 되어 떠날 시간이 되었다. 그들은 웰브릿지 방앗간 근처에 있는 옛 농가에 숙소를 정하고 며칠간 머문다는 계획을 실행에 옮기기로 결정해 두었고, 그곳에 있는 동안 그는 제분 작업을 살펴볼 심산이었다. 두 시가 되자 이제 떠나는 것 말고는 남은 일이 없었다. 낙농장의 일꾼들은 모두 그들을 배웅하기 위해 붉은 벽돌로 된 현관에 서 있었고, 농장주인 부부는 문간까지 따라나왔다. 테스는 한 방에서 지내던 세 친구가 슬픈 표정으로 고개를 숙인 채 벽을 등지고 나란히 서 있는 것을 보았다. 작별의 순간에 그들이 나타날지 그녀는 무척이나 걱정스러웠으나, 그들은 끝까지 의연하고 참을성 있게 거기 서 있었다. 그 섬세한 레티가 왜 그렇게 가냘퍼 보이고, 이즈는 왜 그토록 비통한 표정을 짓고, 마리안은 왜 그렇게 넋빠진 얼굴을 하고 있는지 그녀는 알고 있었다. 그들의 슬픔을 생각하느라 그녀는 그림자처럼 따라다니던 자신의 슬픔을 잠시 잊었다.

갑자기 생각난 듯 그녀가 그에게 속삭였다.

"저기, 저 불쌍한 친구들한테 한 번만 키스해 주실래요? 처음이자 마지막으로요."

클레어는 그와 같은 형식적 작별에 대해서는 조금도 반대하지 않았다—그에겐 그것이 별다른 의미가 없었으므로—그래서 그들 곁을 지나면서 서 있는 차례대로 키스를 하고 한 사람씩 "잘 있

어요"라고 인사를 했다. 문간에 이르렀을 때 테스는 자선으로 베푼 그 키스가 어떤 결과를 내었는지 알고 싶어서 여자다운 호기심에 뒤를 돌아보았다. 그녀의 눈길에는 승리의 표정이 담길 법도 했으나 그렇지가 못했다. 설사 그랬다 하더라도 그들 모두가 얼마나 동요하고 있는지를 확인한 순간 그것은 사라졌을 것이다. 키스는 그들이 애써 억누르고 있던 감정을 뒤흔들어 놓았고 역효과를 낸 것이 분명했다.

이 모든 것을 클레어는 모르고 있었다. 샛문을 향해 나가면서 그는 농장주인 부부와 악수를 했고, 그들의 배려에 대해 마지막으로 감사를 표했다. 그러고 나서 그들이 걸음을 옮기기 전에 잠시 침묵이 흘렀다. 그 침묵은 수탉 우는 소리에 깨어졌다. 장밋빛 볏을 가진 하얀 수탉 한 마리가 그들로부터 몇 야드 떨어진 집 앞 울타리에 앉아 있었는데, 그 울음소리는 요란스럽게 그들의 귀를 거쳐, 바위투성이 골짜기로 메아리처럼 사라져갔다.

"아니? 오후에 닭이 우네!" 크릭 부인이 말했다.

두 사나이가 마당 문을 열어 놓은 채 그 옆에 서 있었다.

"징조가 안 좋은걸." 한 사나이가 샛문 쪽에 모여 있는 사람들은 듣지 못할 것으로 여기며 옆사람에게 중얼거렸다.

닭이 다시 울었다—똑바로 클레어를 향해.

"저 소린 기분 나빠요." 테스가 남편에게 말했다. "마부한테 출발하라고 하세요. 안녕, 잘 있어요!"

닭이 다시 울었다.

"워이! 저리 꺼져라, 이놈, 모가지를 비틀어 놓을까 보다!" 주인이 은근히 짜증을 내고는 닭을 쫓아가면서 말했다. 그리고 집안으로 들어가며 아내에게 말했다. "허 참, 하필 오늘 울 게 뭐야! 일년 내내 오후에 우는 건 한 번도 못 들었는데."

"그냥 날씨가 바뀌려고 그러는 거겠지 뭐." 그녀가 대답했다. "당신이 생각하는 그런 건 아니라우, 그럴 리가 없어요!"

34

그들은 골짜기를 따라 평탄한 도로를 몇 마일가량 달려 웰브릿지에 닿았고, 이 마을에서 왼쪽으로 방향을 바꾸어 엘리자베스 시대풍의 커다란 다리를 건넜다. 마을 이름에 브릿지가 들어간 것도 이 다리 때문이었다. 그 바로 뒤쪽에 그들이 숙소로 정한 집이 있었는데, 프룸 골짜기를 지나가는 모든 여행객들에게 겉모습이 잘 알려진 집이었다. 한때는 훌륭한 장원 저택이었고 또 어느 더버빌 집안 소유의 영지였으나, 한쪽이 허물어진 뒤에는 농가로 쓰이고 있었다.

"당신네 조상님 저택에 온 것을 환영하오!" 마차에서 내리는 그녀의 손을 잡아 주며 클레어가 말했다. 그러나 그는 그 농담을 후회하고 말았다. 너무 비꼬는 듯한 어투의 느낌이 들었기 때문이었다.

그들은 방을 두 개만 예약해 두었으나, 주인은 그들이 묵을 며칠 동안 새해 인사차 몇몇 친구들을 만나러 떠나고 없다는 것을 그들은 집에 들어가서야 알았다. 주인의 부탁에 따라 이웃 농가에서 어떤 아낙네가 와서 그들에게 필요한 것을 보살펴 주었다. 집을 독차지한다는 생각에 그들은 기분이 좋았고, 한 지붕 아래서 두 사람만 같이 지내는 첫 시간이라는 생각을 하자 더욱 기뻤다.

하지만 이 곰팡내 나는 구옥(舊屋) 때문에 신부가 다소 침울해 있다는 것을 그는 알아차렸다. 마차가 되돌아가자 그들은 아낙네의 안내를 받아 손을 씻으러 층계를 올라갔다. 층계참에서 테스는 걸음을 멈추고 놀란 표정을 지었다.

"무슨 일이오?" 그가 물었다.

"저 무서운 여자들 좀 봐요!" 그녀가 웃으며 대답했다. "얼마나 놀랐는지 몰라요."

그는 고개를 들고 실물 크기의 초상화 두 점이 돌 벽에 고정시켜 놓은 화판 속에 그려져 있는 것을 발견했다. 이 저택의 손님이라면 누구나 알겠지만, 그 그림들은 약 200년 전에 살던 중년 여인들의 초상화로 한 번 보고 나면 절대로 잊을 수 없을 것 같은 얼굴 생김새를 하고 있었다. 길고 삐죽한 얼굴에 가느다란 눈으로 능글맞게 웃고 있는 여인은 냉혹한 배신을 연상시켰고, 매부리코에 큰 이빨, 거만한 눈매를 가진 여자는 사나운 느낌이 들 만큼 거만스러워 보였다. 나중에 꿈에라도 나올 것 같은 그림들이었다.

"저건 누구 초상화입니까?" 클레어가 시중드는 여자에게 물었다.

"노인들 얘기로는 이 장원의 옛날 주인이었던 더버빌 가문의 부인들이랍니다. 벽에 고정되어 있어서 떼어낼 수도 없는 모양이에요." 여자가 대답했다.

그림이 기분 나쁜 것은 테스가 그 때문에 놀라기도 했지만, 이 과장된 그림 속에 그녀의 고운 얼굴의 흔적을 분명히 찾아볼 수 있다는 사실이었다. 하지만 그는 이에 대해서는 한마디도 하지 않았고, 신혼 생활을 보낼 집을 왜 이렇게 외진 곳으로 골랐을까 후회하면서 옆방으로 들어갔다. 그 방은 그들이 쓰도록 다소 서둘러 준비가 된 까닭에 두 사람은 같은 대야에서 손을 씻었다. 클레어의 손이 물 속에서 그녀의 손과 닿았다.

"어떤 게 내 손가락이고 어떤 게 당신 거지?" 눈을 들며 그가 말했다. "완전히 섞여 버렸는걸."

"모두 당신 거예요." 그녀는 무척 귀엽게 대답을 했고, 쾌활해지려고 애를 썼다. 그는 그런 경우에 테스가 생각에 잠기는 습관을 기분 나쁘게 여긴 적이 없었다. 지각있는 여자라면 누구나 그럴 수 있다고 생각했던 것이다. 하지만 테스는 자신이 지나치게 생각이 많다는 것을 알고 있었고, 또 그렇지 않으려고 애를 썼다.

겨울날답게 짤막하니 남은 늦은 오후가 되면서, 나지막이 떨어진 해는 작은 틈새로 햇살을 들이밀어 그녀의 치마 위로 황금빛 줄무늬를 길게 뻗쳤고, 마치 물감이 묻어 생긴 얼룩 같은 것을 만들어냈다. 오후 간식 시간이 되어 그들은 고풍스런 거실로 들어가서 처음으로 두 사람만이 함께 하는 식사를 했다. 그들은, 아니 클레어는 마치 어린아이처럼 재미있는 듯 그녀와 같은 접시를 쓰기도 하고, 그녀의 입술에 묻은 빵부스러기를 자기 입술로 닦아 주기도 했다. 그는 그녀가 자기처럼 신이 나서 장난을 치지 않는 것이 약간은 의아스러웠다.

한참 동안 소리 없이 그녀를 바라보던 그는, 어려운 문장의 구조를 마침내 파악해낸 사람처럼 혼자 생각을 했다. "이 여인이 그토록 사랑하던 테스로구나. 좋은 쪽이든 나쁜 쪽이든 이 연약한 여자가 나의 믿음과 운명에 얼마나 철저하게 의존하고 있는지를 나는 과연 엄숙하게 깨닫고 있는가? 그렇지는 못한 것 같다. 내가 여자가 아닌 한 그건 알 수도 없으리라. 내가 세상에서 처한 상황 속에 이 여자도 있게 될 것이다. 나의 장래 모습이 바로 이 여자의 모습이 될 것이다. 내가 될 수 없는 것은 이 여자도 될 수 없을 것이다. 그런데 이 여자를 과연 소홀히 하거나, 상처를 주거나, 아니면 돌보는 것을 잊을 수가 있을까? 하느님, 그런 죄를 짓지 않게 해 주소서!"

그들은 차 탁자 앞에 앉아 목장주인이 어두워지기 전에 보내 주기로 약속한 그들의 짐이 도착하기를 기다렸다. 하지만 날은 저물어 가는데 짐은 오지 않고, 그들이 가진 것이라고는 입고 있는 옷밖에 없었다. 해가 지자 조용하던 겨울 날씨가 변했다. 창 밖으로 마치 비단을 세게 문지르는 듯한 소리가 나기 시작했고, 조용히 누워 있던 지난 가을의 낙엽들이 귀찮은 듯 다시 일어나 마지못해 공중을 날아다니다가 덧창에 와서 부딪쳤다. 곧 비가 내리기 시작했다.

"그 수탉이 날씨가 변할 줄 알고 있었군." 클레어가 말했다.

그들을 시중들던 여자는 탁자 위에 양초를 몇 자루 갖다 놓고는 밤이 되어 집으로 돌아갔고, 그들은 양초에 불을 붙였다. 촛불은 모두 벽난로 쪽으로 너울거렸다.

"집이 오래되어서 그런지 외풍이 꽤 있군." 에인절이 촛불과 옆으로 흘러내리는 촛농을 바라보며 계속 말했다. "짐이 도대체 어디쯤 오고 있을까. 솔이고 빗이고 하나도 없는데."

"저도 모르겠어요." 그녀가 아무 생각 없이 대답했다.

"테스, 당신은 오늘 저녁에 조금도 기쁜 얼굴이 아니군 — 옛날 당신하곤 전혀 달라. 저 위 화판에 걸려 있던 심술쟁이 노파들 때문에 마음이 불안해진 모양인데, 이런 데를 오자고 해서 미안하군. 난 당신이 정말 나를 사랑하는지 궁금할 지경이오."

그녀의 사랑을 그는 알고 있었고, 그래서 그 말에는 특별한 뜻이 없었다. 하지만 그녀는 감정이 북받쳐 있었고, 마치 상처 입은 동물처럼 몸을 움츠렸다. 눈물을 흘리지 않으려고 했지만, 그녀는 한두 방울은 보이지 않을 수 없었다.

"진담으로 그런 게 아닌데," 그가 미안해하며 말했다. "짐이 오지 않아서 당신이 걱정하고 있다는 걸 알고 있어요. 조너선 영감이 왜 아직 안 나타나는지 알 수가 없군. 아니, 일곱 시가 되었잖아? 아, 저기 오는군!"

문간에 노크 소리가 나고 대답할 사람이 아무도 없었기 때문에 클레어가 나갔다. 그는 손에 작은 꾸러미를 들고 집안으로 다시 들어왔다.

"그런데, 조너선이 아니야." 그가 말했다.

"정말 말썽이네요!" 그녀가 말했다.

그 꾸러미는 에민스터 사제관에서 특별히 보낸 심부름꾼이 가져온 것이었다. 그는 신혼부부가 떠난 직후에 탈보테이즈에 도착했다가 다른 사람 손을 거치지 말고 그들에게 직접 전하라는 당부에 따라 여기까지 뒤쫓아온 것이었다. 클레어는 그것을 불빛 가까이 가지고 왔다. 꾸러미는 1피트가 못 되는 길이에 두꺼운 천으로 싸고 꿰매어 부친의 인장과 함께 붉은색으로 봉랍되어 있었고, 겉에는 부친의 필체로 '에인절 클레어 부인 앞'이라고 씌어 있었다.

"테스, 당신한테 보낸 작은 결혼 선물이오." 그녀에게 그것을 건네주며 그가 말했다. "참 사려 깊은 분들이시군!"

테스는 그것을 받으면서 좀 어리둥절한 표정을 지었다.

"당신이 풀어 주는 게 좋겠어요!" 꾸러미를 뒤집어보며 그녀가 말했다. "이렇게 어마어마한 봉인을 뜯고 싶지는 않아요. 너무 엄숙해 보이거든요. 저 대신 풀어 주세요!"

그가 꾸러미를 풀었다. 속에는 모로코 가죽으로 만든 상자가 있었고, 그 위에 편지와 열쇠가 놓여 있었다.

편지는 클레어 앞으로 보낸 것이었고, 내용은 다음과 같았다.

> 사랑하는 아들에게, — 혹시 너의 대모(代母) 피트니 부인 — 허영기가 있으나 친절했던 분이지 — 이 임종하면서 당신의 보석함에 들어 있던 것들을 일부 네 아내에게 전해 주도록 내게 맡긴 것을 기억하고 있는지 모르겠구나. 네가 누구와 결혼하게 되든 너와 네 아내에 대한 애정의 표시로 맡긴 것이다. 나는 이 부탁을 이행했고, 다이아몬드는 그 후로 내 은행에 보관해 두었다. 이번 일에 다소 마땅치 않은 점이 있다고 생각되긴 하지만, 너도 알다시피 내겐 이것들을 평생 동안 사용할 권리를 가진 부인한테 전할 의무가 있고, 그래서 즉시 보내는 것이다. 엄격히 말해서 너의 대모의 유언에 따르면 이것들은 대대로 물려줄 상속 재산이다. 이 문제에 관한 정확한 유언 내용을 동봉하는 바이다.

"이제 기억나는군," 클레어가 말했다. "까맣게 잊고 있었네."

상자를 열자 그 속에는 줄 달린 목걸이와 팔찌, 귀걸이가 있었고, 그 밖의 작은 장신구들이 있었다.

테스는 처음에는 만지기가 두려운 듯했지만, 클레어가 그것들을 모두 펼쳐보이자 그녀의 눈은 잠시 보석처럼 반짝거렸다.

"이게 제 거예요?" 그녀가 믿어지지 않는다는 듯이 물었다.

"물론이오." 그가 말했다.

그는 난롯불을 바라보았다. 그가 열다섯 소년이었을 때 지주의 부인이었던 그의 대모가 — 그가 만난 적이 있는 유일한 부자였다 — 그의 성공을 절대적으로 확신하고 그가 훌륭한 사람이 될 것이라고 예언을 했던 기억이 났다. 대모는 그가 장차 훌륭한 사람이 될 것으로 믿은 까닭에, 그의 아내와 또 후손들의 아내를 위해 이 화려한 장신구들을 남겨 두는 것이 전혀 이상한 일이 아니었다. 하지만 어쩐지 보석들은 비웃기라도 하듯 반짝거리고 있었다. "그렇지만 왜?" 그는 스스로 물어보았다. 그것은 전적으로 허영심의 문제에 불과했다. 만약 그 허영이 등식의 어느 한쪽에 허용된다면 반대쪽에도 역시 허용되어야 한다. 자기 아내는 더버빌 가문이었다. 그녀보다 더 보석이 어울릴 사람이 어디 있겠는가?

갑자기 그는 열을 올리며 말했다.

"테스, 그걸 걸어 봐요 — 걸어 보라구!" 그리고 그는 그녀를 도와주려고 난로에서 몸을 돌렸다.

하지만 마치 마법이라도 부린 듯 그녀는 벌써 목걸이며 귀걸이, 팔찌 등을 하고 있었다.

"그런데, 테스, 옷이 틀렸어요." 클레어가 말했다. "그렇게 보석을 하려면 가슴이 팬 옷을 입어야 되거든."

"그래요?" 테스가 물었다.

"그럼." 그가 대답했다.

그는 대충 야회복에 가깝도록 패게 하려면 입고 있는 옷의 윗단을 어떻게 집어넣어야 하는지 그녀에게 조언을 했다. 그녀가 그렇게 하고 나자 목걸이의 끝장식이 그녀의 하얀 목 위에 홀로 매달려 제 모습을 드러냈다. 그는 뒤로 물러서서 그녀의 모습을 바라보았다.

"우와," 클레어가 말했다. "정말 미인인데!"

익히 알다시피 옷이 사람을 만드는 법이다. 수수한 배경에 수수한 옷차림을 하고 있으면 그저 그렇게 호감을 줄 정도의 시골처녀라도, 인공의 도움을 받아 귀부인처럼 차려입고 나서면 놀랄 만한 미인처럼 보이게 마련이다. 하지만 한밤의 무도회에 나온 미인이라도 밭에서 일하는 여자 옷을 입혀 흐린 날 따분한 무밭에 세워두면 종종 딱한 모양이 되기 마련이다. 그는 지금까지 테스의 몸과 얼굴이 그토록 빼어나게 아름다운 줄은 알지 못했다.

"당신이 무도회에 나가면 대단하겠어!" 그가 말했다. "다, 아니지 — 아니오, 테스. 차양 달린 모자에 면 작업복을 입고 있는 당신의 모습을 난 가장 사랑하오 — 그럼, 이런 차림보다 훨씬 좋아요. 이렇게 근사하게 차려도 어울리지만 말이오."

스스로 놀랄 만큼 예쁘다는 생각에 테스는 흥분이 되어 얼굴이 상기되었으나, 아직 행복한 표정은 아니었다.

"벗어야겠어요." 그녀가 말했다. "조너선이 볼지도 몰라요. 저한테는 안 어울려요, 그렇죠? 팔아야 될까 봐요."

"좀 더 그대로 있어 봐요. 판다고? 절대로 안 되지. 그건 믿음을 저버리는 일이오."

그녀는 다시 생각을 해보고는 순순히 그 말을 따랐다. 그녀는 그에게 이야기할 게 있었고, 이런 차림이 혹시 도움이 될지도 몰랐다. 그녀는 보석을 단 채로 앉았고, 그들은 다시 조너선이 짐을 가지고 어디쯤 왔을까 하는 생각에 빠져들었다. 그가 오면 마시도록 따라 놓은 맥주는 오래 기다리는 바람에 벌써 김이 빠지고 말았다.

그리고 잠시 후 그들은 벽에 붙은 식탁 위에 미리 차려 놓은 저녁식사를 하기 시작했다. 식사를 끝마치기 전에 마치 어떤 거인이 굴뚝 꼭대기를 잠시 손으로 막기라도 한 듯 벽난로의 연기가 풀썩 일어나면서 방안에 연기 다발이 퍼져나왔다. 그것은 바깥문이 열리면서 생긴 일이었다. 그때 복도에서 무거운 발소리가 들려 에인절이 나갔다.

"아무리 문을 두드려도 대답이 있어야지요." 마침내 모습을 나타낸 조너선 케일이 사과를 했다. "게다가 바깥에는 비가 내리고 해서 제가 문을 열었습니다. 여기 짐을 가지고 왔습니다."

"짐이 와서 다행이군요. 그런데 너무 늦었네요."

"아, 예, 그렇습니다."

조너선 케일의 어조는 낮에 들었던 것과는 달리 착 가라앉아 있었고, 그의 이마에는 세월의 주름살 말고도 근심의 주름살이 함께 패여 있었다. 그가 말을 이었다.

"선생님이 아씨—이젠 그렇게 불러야겠습죠—하고 오늘 오후에 떠나신 뒤에 목장에선 정말 끔찍한 사고가 날 뻔해서 모두 혼이 났습니다. 오후에 수탉이 울던 걸 혹시 잊어버리진 않으셨죠?"

"저런,—무슨—"

"글쎄, 그걸 가지고 이러쿵저러쿵 말이 많았는데, 무슨 일이 벌어졌냐 하면 그 가엾은 철부지 레티 프리들이 물에 뛰어들었지 뭡니까."

"저런! 그럴 리가! 다른 사람들하고 같이 우리한테 작별 인사도 했는데—"

"예, 그랬습죠. 선생님하고 아씨께서—이젠 법적으로도 이렇게 불러야 겠습니다만—아까 말씀드린 대로 두 분이 마차로 떠나신 뒤에, 레티하고 마리안이 모자를 쓰고는 나갔답니다. 그믐날이라 이제 할 일도 별로 없고 모두들 한 잔씩 거나하게 취해 있어서 아무도 별로 신경쓰지 않았던 거죠. 두 사람은 류 엘버라드 술집에 가서 술을 마시고는 드리암드 크로스 주막으로 갔다가 거기서 헤어진 모양입니다. 레티는 집으로 간다고 하고는 강가의 저지대 목초지를 가로질러 갔고, 마리안은 또 다른 술집이 있는 다음 마을로 갔답니다. 그 뒤로는 레티 소식을 아무도 못 들었는데, 수문지기가 집으로 오는 길에 그레이트 풀 저수지 근처에서 뭘 발견했는데, 그게 레티 모자하고 어깨수건을 뭉쳐 놓은 것이었다더군요. 물 속에서 그 아이를 찾아냈답니다. 그 사람하고 다른 사람 둘이서 그 아이를 집으로 데려왔는데, 죽은 줄 알았답니다. 조금씩 정신이 돌아오는 모양입니다."

에인절은 테스가 이 우울한 이야기를 혹시 듣게 될지도 모르겠다는 생각이 갑자기 들어서, 그녀가 있는 안쪽 거실로 통하는 곁방과 복도 사이에 있는 문을 닫으러 갔다. 하지만 그의 아내는 벌써 수건을 두른 채 바깥방으로 나와서 노인의 이야기를 듣고 있었고, 그녀의 두 눈은 짐꾸러미와 그 위에서 반짝거리는 빗방울을 멍하니 바라보고 있었다.

"그리고, 그보다도 또 마리안이 말입니다. 전에는 맥주를 겨우 입에 대기나 하던 그 아이가 버드나무 풀밭에 곤드레만드레가 되어 쓰러져 있더랍니다. 얼굴을 보면 알지만 사실 먹성은 언제나 좋았지만 말입니다. 처녀들이 모두 정신이 어떻게 된 모양입니다!"

"이즈는요?" 테스가 물었다.

"이즈는 평소처럼 집에 있었답니다. 그렇지만 어째서 그렇게 되었는지 알 만하다고 하더군요. 당연히 그렇겠지만, 가엾은 그 아이는 그 때문에 기분이 아주 안 좋아 보였습니다. 선생님 물건하고 아씨 잠옷이며 화장품 같은 걸 짐마차에 싣고 있을 때 이런 일이 모두 벌어져서 이렇게 늦고 말았습니다."

"알았어요, 조너선. 짐을 위층으로 옮기고 맥주나 한 잔 해요. 그리고 찾을지도 모르니까 되도록 빨리 돌아가도록 해요."

테스는 벌써 안쪽 거실로 돌아가 난롯불 앞에 앉아 불꽃을 바라보며 생각에 잠겨 있었다. 그녀는 짐을 위층에 옮겨 놓느라고 층계를 오르내리는 조너선 케일의 무거운 발소리를 들었고, 남편이 건네 준 맥주 한 잔과 수고비를 받고 그가 고맙다고 하는 소리도 들었다. 그러고 나서 조너선의 발소리는 문간에서 사라졌고, 짐마차는 삐걱거리며 떠났다.

에인절은 큼직한 참나무 빗장으로 문을 잠근 다음, 그녀가 앉아 있는 난롯가로 다가와서 등뒤에서 그녀의 뺨을 두 손으로 감쌌다. 그는 그녀가 명랑하게 일어나서 그렇게 걱정하며 기다리던 화장품 도구를 열어 볼 줄 알았으나, 그녀는 일어나지 않았고 그래서 그는 그녀와 함께 난롯불 앞에 앉았다. 저녁 식탁 위의 촛불은 이글거리는 난롯불에 비하면 너무도 가냘프고 희미해 보였다.

"아가씨들 슬픈 이야기를 듣게 해서 정말 미안하오." 그가 말했다. "하지만 그 때문에 기분 상할 필요는 없어요. 당신도 알다시피, 레티는 원래 병적인 데가 있거든."

"그럴 이유가 하나도 없는데 말이에요." 테스가 말했다. "오히려 그래야 될 이유가 있는 사람은 그걸 감추고 모른 척하는데."

이 사건은 테스의 마음의 저울을 돌려 놓고 말았다. 그들은 응답 없는 사랑에 빠지고 만 순박하고 죄 없는 처녀들이었다. 그들은 운명의 여신에게서 더 나은 대접을 받을 자격이 있었다. 자신은 더 못한 대우를 받아야 되는데—그런데도 선택을 받았던 것이다. 대가를 치르지 않고 그 모든 것을 차지한다는 것은 부도덕한 짓이었다. 마지막 한 푼까지도 대가를 치러야 한다. 고백해야 한다. 지금 당장. 그에게 손을 잡힌 채 불 속을 들여다보며 그녀는 이와 같은 최종적인 결심에 이르렀다.

이제 불꽃이 사그라진 등걸불에서 차분하게 흘러나오는 불빛은 벽난로의 옆쪽과 뒤쪽, 반들거리는 장작 받침쇠, 그리고 이가 안 맞는 낡은 놋쇠 부젓가락을 빨갛게 물들였다. 벽난로 선반 아래쪽과 불빛 바로 앞에 있는 식탁 다리도 붉게 물들어 있었다. 테스의 얼굴과 목덜미에서도 똑같이 따스한 빛이 반사되었고, 그 빛은 보석에 반사되어 황소자리나 천랑성(天狼星)의 별자리로 화했다. 희고 붉게 또 초록으로 반짝이는 그 성좌(星座)는 그녀의 맥박이 뛸 때마다 다채로운 빛깔로 변화를 이루었다.

"오늘 아침에 우리가 서로 자기 잘못을 털어놓자고 얘기했던 것이 기억나오?" 그녀가 여전히 미동도 않는 것을 보고 그가 불쑥 말을 꺼냈다. "아마도 가벼운 마음에서 그런 얘기를 했고, 특히 당신은 그랬을 거요. 하지만 나한테는 그게 가벼운 약속이 아니었소. 테스, 당신한테 고백할 게 있어요."

뜻밖에 그에게서 이렇게 적절한 이야기를 듣자 그녀는 하느님이 돕기라도 하는 듯한 생각이 들었다.

"뭘 고백하실 게 있다구요?" 그녀는 반가움과 안도의 표정까지 띠며 성급히 되물었다.

"그런 건 생각도 못했겠지? 아—당신은 나를 너무 대단하게 생각했어요. 자 들어 봐요. 머리를 거기 기대도록 하고. 난 당신이 나를 용서해 주길 바라고, 또 미리 얘기하지 않았다고 화를 내지 않으면 좋겠어요. 사실 진작 얘길 했어야 되긴 하지만 말이오."

참으로 신기한 일이었다! 그는 그녀와 똑같은 처지에 있는 것 같았다. 그녀는 대답하지 않았고 클레어가 계속 말을 했다.

"테스, 내가 이 이야기를 하지 않았던 것은 내 생애 최고의 상금인 당신을—난 당신을 내 장학금이라고 불러요—놓칠까 봐 겁이 났기 때문이었어요. 우리 형은 대학에서 장학금을 탔지만 난 탈보테이즈 농장에서 탄 셈이지요. 아무튼, 그런 모험을 하고 싶진 않았어요. 한 달 전에—당신이 내 사람이 되기로 약속했을 때—말하려고 하다가 못하고 말았어요. 당신이 놀라서 달아날 줄 알았거든. 그래서 미루고 말았고, 어제도 당신한테 고백해야겠다고 생각했어요. 적어도 당신이 달아날 수 있는 기회는 줘야 하니까. 하지만 역시 못했고, 오늘 아침에 당신이 층계참에서 우리 잘못을 털어놓자는 얘기를 했을 때도 못하고 말았어요. 난 이렇게 죄 많은 사람이오. 그렇지만 당신이 그렇게 엄숙하게 앉아 있는 모습을 보니 이젠 고백해야 되겠소. 나를 용서해줄지 모르겠군."

"아, 그럼요! 틀림없이—."

"글쎄, 그랬으면 좋겠소. 하지만 잠깐만. 당신은 잘 몰라요. 처음부터 얘기하도록 하지. 불쌍한 우리 아버지는 내가 영원히 신앙을 잃어버렸다고 여기면서 걱정을 하고 있지만, 난 당신만큼이나 물론 건전한 도덕을 믿는 사람이오. 난 옛날에는 사람들을 가르치는 사람이 되고 싶었고, 그래서 내가 성직자가 될 수 없다는 걸 알았을 때는 무척 실망스러웠어요. 나 자신은 이런 말을 할 자격도 없지만, 난 순결을 높이 존중하고 또 불결한 것은 증오를 했어요. 또 지금도 그 생각엔 변함이 없소. 우린 완전영감설(《성서》의 내용은 전적으로 하느님의 계시에 따라 기술되었다는 주장-역주)에 대해서는 다른 생각을 가질 수도 있지만, 다음과 같은 바울의 말은 진심으로 동의를 해야 할 거요. '말과 행실과 사랑과 믿음과 정절에 본이 될지니.'(《성서》〈디모데전서〉 4장 12절-역주) 가엾은 우리 인간에게는 이것이 유일한 보호수단이 된답니다. 바울과 어울리기는 좀 이상하지만 어느 로마 시인(호라티우스를 가리킴-역주)은 그것을 '올바른 삶'이라고 부르고 있어요 —.

> 유혹에서 해방되어 올바른 삶을 사는 사람에겐
> 무어 족의 창이나 활이 필요 없나니.

글쎄, 어떤 땅은 선의(善意)로만 포장이 되어 있다고 하던데('지옥으로 가는 길은 선의로 포장되어 있다'는 서양 속담이 있음-역주), 그 모든 것을 그렇게 확실하게 느끼고 있던 내가 다른 사람들을 위한다는 훌륭한 목적을 가지고서도 스스로 잘못을 저질렀으니 그때 내가 얼마나 통절한 후회를 했는지 짐작이 될 거요."

그러고 나서 그는 전에 얘기한 적이 있는 자신의 인생의 한 때, 곧 런던에서 물 위에 뜬 코르크 병마개처럼 회의와 고난에 시달리던 시절에 어떤 여자와 마흔 여덟 시간 동안 방탕스런 생활을 했던 일을 테스에게 고백했다.

"다행히도 난 곧 정신을 차려서 자신의 어리석음을 깨달았소." 그가 계속했다. "그 여자한테는 아무런 말도 하고 싶지 않아서 집으로 돌아왔어요. 그리고 다시는 그런 잘못을 저지르지 않았소. 하지만 난 정말로 솔직하고 자랑스럽게 당신을 대하고 싶었기 때문에 이 고백을 하지 않을 수 없었던 거요. 나를 용서해 주겠소?"

그녀는 대답 대신 그의 손을 꼭 잡아 주었다.

"그러면 이런 얘기는 영원히 잊어버립시다!—오늘 같은 날엔 너무 가슴 아픈 이야기는 말고—좀 가벼운 이야기를 합시다."

"오, 에인절—전 고마울 따름이에요—이제 당신도 나를 용서해줄 수 있으니까요! 제 고백은 아직 하지 않았어요. 저도 고백할 게 있거든요—저도 있다고 말씀드렸는데, 기억하세요?"

"아, 그럼! 자, 해 봐요. 못된 사람 같으니라구."

"지금은 웃고 계시지만, 어쩌면 당신의 고백만큼 심각할 수도 있어요, 아니 더할지도 몰라요."

"절대로 그럴 리는 없을 거요, 테스."

"그럴 리가 없다구요—그래요, 그럴 리가 없겠죠!" 그녀는 희망에 벅차 기쁜 마음으로 벌떡 일어나며 소리쳤다. "맞아요, 더 심한 건 아닐 거예요, 정말이에요. 똑같은 얘기니까요! 이제 말씀드릴게요."

그녀는 다시 자리에 앉았다.

그들은 여전히 손을 마주잡고 있었다. 난로 받침대 밑의 재는 곧바로 내리비치는 불빛을 받아 빨갛게 달아오른 황야처럼 보였다. 상상력이 풍부한 사람이라면 달아오른 이 불빛 속에서 최후의 심판날의 붉은 빛을 보았을지도 모른다. 그 불빛은 그의 얼굴과 손을 비추었고, 그녀 쪽으로 가서 그녀의 이마 주변에 흩어진 머리카락 속으로 스며들어 그 속에 있는 고운 살갗까지 불타오르게 만들었다. 그녀를 비춘 커다란 그림자가 벽과 천장에 비쳤다. 그녀가 몸을 굽히자 목에 걸린 다이아몬드가 마치 두꺼비가 눈을 껌벅거리듯 불길하게 빛을 발했다. 이마를 그의 관자놀이에 대고 눈을 내리깐 채, 그녀는 알렉 더버빌을 만난 경위와 그 뒤에 있었던 일을 겁내지 않고 나지막한 목소리로 이야기하기 시작했다.

Tess of the d'Urbervilles

제5부 여자는 값을 치른다

35

그녀의 이야기가 끝났다. 되풀이해서 강조하고 또 재차 해명하는 내용까지 끝이 났다. 내내 테스의 목소리는 처음 시작할 때보다 조금도 높아지지 않았다. 그녀는 한마디 변명도 하지 않았고 울지도 않았다.

그러나 그녀의 이야기가 계속되는 동안은 주변의 사물까지도 표정의 변화를 겪는 듯했다. 벽난로의 불빛은 악동같이—그녀의 곤경은 전혀 안중에 없다는 듯 흉측하게 우습다는 표정을 지었다. 벽난로의 망(網) 역시 아랑곳하지 않는 듯 쓸데없이 싱글싱글 웃었다. 물병에서 반사된 빛은 오로지 빛깔의 구성에만 몰두해 있었다. 주변의 모든 사물은 자신들은 아무 책임이 없음을 지독할 만큼 반복하여 선언하고 있었다. 그러나 클레어가 그녀에게 키스를 하고 있던 그 순간 이후로 변한 것은 아무것도 없었다. 아니, 사물의 외양은 변한 게 없었다. 다만 그 본질은 이미 변해 있었던 것이다.

그녀가 이야기를 마치자 그들이 이전에 나눈 사랑의 속삭임은 머리속 한 구석으로 밀려나면서, 반소경처럼 지극히 우매하던 한 시절의 메아리처럼 울려오는 듯했다.

클레어는 아무 뜻 없이 난롯불을 뒤적거리고 있었다. 아직 그의 머리속 깊숙한 곳까지 이야기가 이르지 못했던 것이다. 등걸불을 뒤적거리던 그가 갑자기 몸을 일으켰다. 그녀의 고백이 이제 엄청난 무게로 그에게 전달된 것이다. 그의 얼굴에서 핏기가 사라졌다. 힘겹게 정신을 가다듬으며 그는 마룻바닥 위를 마구 밟고 다녔다. 아무리 애를 써도 도무지 차분하게 생각을 가다듬을 수가 없었다. 그의 애매한 몸동작은 바로 그 때문이었다. 그가 입을 열었을 때,

그것은 그녀가 그에게서 들어온 갖가지 음성들 중에서 가장 어색하고 무미건조한 목소리였다.

"테스!"

"네."

"이걸 믿어야 하오? 당신의 태도를 보면 사실인 것 같은데. 아, 당신이 정신이 나갔을 리는 없는데! 정신이 나간 게 틀림없소! 하지만 그럴 수가…… 나의 아내, 나의 테스―당신이 제정신이 아니라고 믿을 만한 증거는 없지 않소?"

"전 온전한 정신으로 말씀드렸어요." 그녀가 말했다.

"그렇지만―" 멍하니 그녀를 바라보던 그는 당혹스런 표정으로 말을 계속했다. "왜 미리 얘기하지 않았소? 아, 맞아, 그러고 보니 얘길 하려고 했었지―내가 막았지만 말이야, 기억이 나는군!"

이렇게 몇 마디 새어나온 그의 말소리는 마지못해 찰랑거리는 강물의 수면에 불과했고, 정작 깊은 물 속은 얼어붙은 채 그대로였다. 그는 몸을 돌려 의자 위에 몸을 숙이고 있었다. 테스는 그가 있는 방 한가운데로 따라가서 눈물 흘리지 않은 눈동자로 그를 지켜보았다. 그녀는 곧 미끄러지듯 그의 발 밑에 무릎을 꿇고는 그 자세로 몸을 웅크렸다.

"우리들의 사랑의 이름으로, 절 용서해 주세요!" 그녀는 바짝 마른 입술로 속삭였다. "저도 똑같은 일을 용서해 드렸어요!"

그가 대답이 없자 그녀는 다시 말했다.

"당신이 용서받은 것처럼 절 용서해 주세요! 에인절, 전 당신을 용서했는데."

"당신이―그래, 당신은 용서했지."

"그런데 당신은 절 용서하시지 않으시려는 건가요?"

"아, 테스, 그 경우에는 용서가 적용되지 않아요. 과거의 당신과 지금의 당신은 다른 사람이오. 맙소사―어째서 그렇게 기괴망측

한—마술과 같은 일에 용서란 말이 어울리겠소!"

그는 말을 멈추고 이 말 뜻을 곰곰이 생각해 보았다. 그러다가 갑자기 기분 나쁜 웃음을 터뜨렸다—지옥에서 들리는 웃음처럼 괴상하고 소름끼치는 소리였다.

"그만—그만요! 그 소린 너무 무서워요!" 그녀가 소리쳤다. "저를 불쌍히 봐 주세요—불쌍하게요!"

그는 대답하지 않았다. 그러자 백짓장같이 질린 얼굴로 그녀가 벌떡 일어섰다.

"에인절, 에인절! 그 웃음소리는 무슨 뜻인가요?" 그녀는 소리쳤다. "제가 어떤 생각을 하고 있는지 아세요?"

그는 고개를 저었다.

"제가 원하고 바라고 기도해온 것은 바로 당신을 행복하게 하는 일이었어요! 전 그게 얼마나 기쁜 일이며, 또 그걸 못하면 얼마나 부끄러운 아내가 될까만 생각해왔어요! 에인절, 그게 제가 지금까지 느껴온 거예요."

"그건 알고 있소."

"에인절, 전 당신이 저를—저를, 바로 저 자신을—사랑한다고 생각했어요! 당신이 사랑하는 사람이 저라면 어떻게 그런 표정을 짓고, 그런 말을 할 수 있나요? 전 무서워요! 당신을 한번 사랑하기 시작했기 때문에, 전 영원히 당신을 사랑해요—어떤 변화나 어떤 수모가 있어도 말이에요. 당신은 당신이니까요. 전 그 이상은 바라지 않아요. 그런데, 당신은, 내 남편인 당신은 어째서 저를 사랑할 수 없다는 건가요?"

"다시 말하지만, 내가 사랑했던 여인은 당신이 아니오."

"그럼 누군가요?"

"당신의 모습을 한 다른 여인이오."

그녀는 그의 말을 들으며 이전에 그녀가 걱정스럽게 예감했던 일이 들어맞았다는 것을 알아차렸다. 그는 그녀를 일종의 사기꾼으로, 순결의 가면을 쓴 죄인으로 보고 있는 것이다. 그것을 깨닫는 순간 그녀의 창백한 얼굴에 공포가 엄습했다. 그녀의 뺨은 생기를 잃었고, 입은 거의 조그마한 둥근 구멍으로 변했다. 그가 자신을 그렇게 여기고 있다는 끔찍스런 생각을 하자 그녀는 온몸의 기력을 잃고 휘청거렸다. 그녀가 쓰러질지도 모른다는 생각에 그가 앞으로 나섰다.

"앉아요, 앉아." 그가 조용히 말했다. "몸이 안 좋은 모양이오. 그것도 그럴 만하지."

그녀는 자신이 어디에 있는지도 모른 채 우선 자리에 앉았다. 얼굴은 여전히 긴장된 표정이었고, 두 눈은 그가 섬뜩하게 느낄 만큼 무서웠다.

"그러면, 전 이제 당신 사람이 아니군요. 에인절, 그래요?" 그녀는 절망적으로 물었다. "사랑한 사람이 내가 아니라 나를 닮은 다른 여자였다고 말씀하시는군요."

그런 생각을 하자 그녀는 자신이 부당한 대우를 받고 있다는 생각이 들면서 처량한 느낌이 들었다. 그녀는 자신의 처지를 다시 생각하며 눈물을 글썽거렸고, 돌아서서 울음을 터뜨렸다.

클레어는 이런 변화에 안도감을 느꼈다. 그에게는 그녀의 고백 그 자체로 인한 고통보다는 지금 그녀에게 벌어진 사태가 좀 더 가벼워 보이기 시작했기 때문이었다. 그는 그녀의 격한 슬픔이 가라앉고, 솟구치던 울음소리가 이따금 흐느낌으로 잦아들 때까지 참을성 있고 냉담하게 기다렸다.

"에인절," 공포에 사로잡힌 미칠 듯한 메마른 목소리는 사라지고 본래의 자연스런 어조로 그녀가 갑자기 말했다. "에인절, 당신과 함께 살기엔 전 너무 나쁜 여잔가요?"

"어떻게 해야 할지 나도 생각을 못했소."

"당신과 함께 살게 해 달라고 부탁하지는 않겠어요, 에인절. 전 그럴 자격이 없으니까요! 어머니와 동생들한테 우리가 결혼할 거라는 편지를 쓰긴 했지만, 결혼했다는 편지는 쓰지 않겠어요. 그리고 이 집에 있는 동안 재단해서 만들 생각이었던 반짇고리도 그만두겠어요."

"그만둔다고?"

"네. 당신이 뭘 하라고 명령하지 않는 한, 전 아무것도 하지 않겠어요. 절 떠나가신다 해도 따라가지 않겠어요. 또 저한테 말 한마디 안 하신다 하더라도, 당신의 허락 없이는 왜 그런지 묻지도 않겠어요."

"만약 무엇을 하라고 한다면?"

"천한 종처럼 뭐든지 따르겠어요. 설사 쓰러져 죽으라고 하더라도요."

"아주 좋소. 하지만 지금 당신을 희생하려는 자세와, 옛날에 스스로를 지키려고 하던 자세는 좀 어울리지 않는다는 생각이 드는군."

이 말은 그녀를 향한 반감에서 나온 최초의 말이었다. 하지만 테스를 향한 이 같은 미묘한 빈정거림은 개나 고양이에게 한 것이나 마찬가지였다. 그녀는 그 미묘한 말뜻을 알아차리지 못했고, 다만 분노를 억제하고 있다는 뜻이 담긴 기분 나쁜 말로만 받아들였다. 그녀를 향한 애정을 그가 억누르고 있다는 것을 알지 못한 채 그녀는 가만히 있었다. 그의 뺨 위로 한 방울의 눈물이 천천히 흘러내리는 것을 그녀는 전혀 알지 못했다. 마치 현미경의 대물렌즈처럼, 눈물 방울 밑의 피부에 나 있는 땀구멍을 확대시켜 보일 정도로 커다란 눈물 방울이었다. 그러는 동안 그는 테스의 고백이 그의 인성과 그의 우주에 몰고온 끔찍하고 전면적인 변화를 다시 돌이켜보게 되었고, 자신이 처한 새로운 상황을 어떻게 헤쳐나가야 할지 필사적으로 모색했다. 뭔가 후속적인 행동이 있어야 했다. 그렇지만 어떻게?

"테스," 가능한 한 부드러운 어조로 그가 말했다. "이 방안에 — 지금은 — 있을 수가 없어요. 나가서 산책을 좀 하겠소."

그는 조용히 방을 빠져나갔고, 저녁식사를 위해 그가 따라 놓은 두 잔의 포도주는 — 한 잔은 그의 것이고, 다른 한 잔은 그녀의 것이었다 — 입도 대지 않은 채 식탁 위에 놓여 있었다. 이것이 그들의 애찬(愛餐, 초기 기독교도들의 회식-역주)이 다다른 결말이었다. 두세 시간 전 그들은 간단한 식사를 하면서 사랑이 넘쳐 장난을 치느라고 한 잔으로 같이 마시기까지 했었다.

그가 나가면서 문을 닫는 소리는 열 때와 마찬가지로 조용했지만, 그 소리에 테스는 정신을 차렸다. 그가 사라지고 없었다. 그대로 있을 수가 없었다. 급히 외투를 걸친 그녀는 마치 다시 돌아오지 않을 사람처럼 촛불을 끈 다음 문을 열고 따라나갔다. 비는 그치고 이제 밤하늘은 맑게 개어 있었다.

클레어는 지향없이 천천히 걷고 있었기 때문에 그녀는 곧 그를 따라잡았다. 그녀의 희부연 옷 옆에 선 그의 모습은 화가 난 듯 불길하고 무섭게 보였고, 그녀는 잠시나마 자랑스럽게 여겼던 보석을 만져 보았으나 놀리는 듯한 느낌마저 들었다. 그녀의 발소리를 듣고 그가 고개를 돌렸지만, 그녀가 옆에 있다는 사실이 그에겐 아무런 차이가 없는 듯, 그는 집 앞에 있는 커다란 다리의 입 벌린 다섯 개의 아치 쪽으로 다가갔다.

길바닥에 패인 소와 말의 발자국들은 물로 가득 차 있었다. 비는 거기에 물을 채울 정도로 내리기는 했으나 그 모든 것을 휩쓸어갈 만큼 충분하지는 않았던 것이다. 그녀가 지나가자 이 조그만 웅덩이 위로 별빛도 함께 재빠르게 스쳐 지나갔다. 거기 반사된 별빛을 보지 못했더라면 머리 위로 별들이 반짝이고 있다는 것도 그녀는 모를 뻔했다—그처럼 미세한 곳에 광대무변의 우주가 새겨져 있었던 것이다.

그들이 오늘 함께 여행해온 곳은 탈보테이즈와 같은 골짜기에 있었으나 몇 마일 더 하류 쪽이었다. 주변이 훤히 트여 있어서 그녀는 그를 놓치지 않고 쉽게 따라갈 수 있었다. 집에서 멀어지면서 도로는 풀밭 사이로 꾸불꾸불 뻗어 있었고, 이 길을 다라 그녀는 클레어를 따라잡겠다거나 관심을 끌어보겠다는 생각 없이, 그저 묵묵히 충실하게 그를 뒤따르기만 했다.

하지만 잠자코 따라 걷다가 그녀는 마침내 그의 옆에 서게 되었으나, 그는 여전히 아무 말도 하지 않았다. 정직이 우롱당했다는 것을 깨닫고 났을 때의 잔인함이란 때때로 엄청난 것인지, 지금 클레어의 경우가 그러했다. 바깥 공기는 충동에 따라 행동하려는 모든 경향을 그에게서 빼앗아간 것이 틀림없었다. 그녀는 그가 아무 광채도 없이 벌거벗고 있는 자신의 모습을 보고 있음을 알았고, 그때 세월이 그녀를 향해 조롱하며 노래하고 있다는 것도 깨달았다—

> 보라, 그대의 가면이 벗겨질 때 사랑하던 남자는 그대를 디워하리라,
> 비운이 닥치면 그대 얼굴의 아름다움도 상실하리라.
> 그대의 생명은 낙엽처럼 떨어져 빗방울처럼 흩날리고,
> 그대 머리를 가린 베일은 슬픔이 되고, 왕관은 고통이 될 것이므로.
> (하디와 동시대의 시인인 스윈번의 시 〈칼뤼돈의 아틀란테〉의 한 구절-역주)

그는 여전히 깊은 생각에 잠겨 있었고, 이제 그녀가 옆에 있다는 사실은 그의 긴장된 생각을 돌려놓거나 멈추기에 충분한 힘이 되지 못했다. 자신은 그에게 얼마나 보잘것없는 존재였단 말인가! 그녀는 클레어에게 말을 하지 않을 수 없었다.

"제가 어쨌길래—제가 어쨌단 말이에요! 제가 드린 말씀은 당신을 향한 저의 사랑에 어긋나거나 방해가 되는 것이 아니었어요. 제가 계획적으로 그랬다고 생각하시지는 않죠? 에인절, 당신이 화를 내는 대상은 당신 마음속에 있어요. 저 때문이 아니에요. 아, 저 때문이 아니란 말이에요. 전 당신이 생각하는 것처럼 남을 속이는 그런 여자는 아니에요!"

"흐음—글쎄. 나의 아내, 당신은 남을 속이지는 않아요. 하지만 전과 같지는 않아. 그럼, 같은 사람이 아니오. 그러나 당신을 나무라진 않겠소. 그러지 않기로 맹세했고, 또 무슨 수를 써서라도 그러지 않도록 노력하겠소."

그러나 그녀는 거의 이성을 상실한 채 애원을 계속했고, 어쩌면 하지 않았으면 좋을 말까지도 하고 말았다.

"에인절!—에인절! 전 어린아이였어요—그 일이 있었을 때 전 어린아이였어요. 전 남자란 것이 무엇인지도 몰랐어요."

"당신은 잘못한 게 아니라 당한 거지. 그건 인정하오."

"그러면 용서해 주지 않으시겠어요?"

"물론 용서하지. 하지만 용서가 전부는 아니오."

"그러면 사랑해 주시겠어요?"

이 질문에 그는 답을 하지 않았다.

"아, 에인절—우리 어머니는 그건 가끔 있는 일이라고 말씀하셨어요!—저보다 더 심한 경우도 몇 가지 알고 계셨는데, 남편이 대수롭지 않게 여기고—그냥 넘어갔다고 해요. 그 여자는 제가 당신을 사랑하는 만큼 남편을 사랑하지도 않았는데 말이에요!"

"그만, 테스. 따질 것 없어요. 환경이 다르면 풍습도 다른 법이니까. 당신 말을 들으면 사회가 돌아가는 이치라고는 거의 들어 본 적도 없는 무지한 시골 여자란 느낌이 들 정도요. 당신은 자기가 무슨 말을 하는지도 모르고 있소."

"제 신분이야 농사꾼밖에 안 되지만, 태생은 안 그래요!"

그녀는 성급하게 화를 내며 대꾸했지만 곧 누그러졌다.

"그래서 더 나쁘다는 거요. 당신네 족보를 밝혀 낸 신부가 입을 다물고 있는 게 더 좋았을걸 그랬소. 당신네 가문의 몰락을 다른 사실과 결부시키지 않을 수가 없소—당신의 의지력 결핍 말이오. 노쇠한 가문은 노쇠한 의지, 노쇠한 행실을 뜻하는 거요. 나 참, 왜 당신 족보 이야기를 꺼내어 당신을 더 경멸하게 만드는 구실을 주는지 모르겠소! 난 당신을 갓 싹이 튼 자연의 아이로 생각하고 있었는데, 알고 보니 당신은 퇴락한 귀족의 뒤늦은 묘목인 셈이오!"

"그 점에 있어선 우리집만큼 나쁜 집도 많아요! 레티네 집안도 한때는 큰 지주였고, 낙농장 일꾼인 빌레트네도 그랬어요. 지금은 짐마차를 끄는 데비하우스네 집안도 옛날에는 드 베이유 가문이었어요. 저희 집 같은 것은 어디서나 찾아볼 수 있어요. 이 지방 특성이 그런 건데, 저도 어쩔 수 없잖아요."

"그래서 이 지방도 그만큼 더 나쁜 거요."

그녀는 이 질책의 세세한 뜻을 새기지 않고 그냥 대충 알아들었다. 지금까지처럼 그가 그녀를 사랑하지 않고 있다는 사실, 그 밖의 것에 대해 그녀는 관심이 없었다.

그들은 다시 말없이 걸었다. 훗날 들리는 이야기로는 웰브릿지의 농부 한 사람이 그날 밤 늦게 의사를 부르러 나갔다가 풀밭에서 무척 천천히 걷고 있는 두 연인을 만났다고 한다. 그들은 마치 장례식 행렬처럼 한 사람은 앞에 서고 또 한 사람은 뒤에 서서 말없이 걷고 있었는데, 그들의 얼굴을 흘끗 보니 걱정과 수심에 가득찬 표정을 짓고 있더라는 것이었다. 나중에 돌아오는 길에 그는 같은 풀밭에서 그들을 다시 지나쳤지만, 그들은 이전과 마찬가지로 시간이 얼마나 되었는지, 밤날씨가 얼마나 음산한지 개의치 않고 여전히 천천히 걸어가고 있었다. 농부는 오직 자신의 문제와 집안의 아픈 사람 생각만 하느라 그 이상스런 일을 염두에 두지 않았었는데, 한참이 지난 후에야 그것이 생각났던 것이다.

농부가 갔다 오는 사이에 그녀는 남편에게 말했다.

"어떻게 해야 당신의 일생에 큰 고통을 주지 않을 수 있을지 모르겠어요. 저 아래 강이 있네요. 저기 빠져죽어 버릴까 봐요. 전 무섭지 않아요."

"난 내가 저지른 다른 실수에다 살인까지 더하고 싶지는 않소." 그가 말했다.

"저 스스로 — 저의 수치 때문에 — 목숨을 끊었다는 흔적을 남길게요. 그러면 당신을 욕하진 않을 거예요."

"터무니없는 소리 좀 그만해요 — 그런 소린 듣지 않았으면 좋겠소. 이런 때 그런 생각을 하다니 말도 안 돼요. 그건 비극이 아니라 조롱거리에 불과해요. 당신은 이 불행의 성격을 조금도 이해하지 못하고 있어요. 이게 세상에 알려지면 십중팔구 우스갯거리가 되고 말아요. 제발 내가 시키는 대로 집으로 돌아가서 잠이나 자요."

"그럴게요." 그녀는 순순히 대답했다.

그들이 지향없이 걸었던 길은 물방앗간 뒤에 있는 유명한 시토(1098년에 프랑스에서 창설된 수도회-역주) 수도원의 헐린 터로 향하는 도로였다. 물방앗간은 몇백 년 전에는 수도원의 부속건물이었다. 식량은 언제나 필수품인 까닭에 물방앗간은 여전히 돌고 있었지만, 교리는 덧없는 것인지 수도원은 사라지고 없었다. 일시적인 것을 위한 봉사가 영원한 것을 위한 봉사보다 더 오래 남는다는 사실을 우리는 자주 보게 된다. 그들의 발걸음은 원형을 그리고 있었기 때문에, 그들은 여전히 집에서 멀리 떨어져 있지 않았고, 그래서 그녀는 그가 시키는 대로 강을 가로지르는 큰 돌다리까지 가서 거기서 몇 야드만 길을 따라가기만 하면 되었다. 그녀가 돌아왔을 때는 모든 것이 떠날 때와 마찬가지였고, 난롯불은 여전히 타고 있었다. 그녀는 아래층에서 조금도 지체하지 않고 자기 짐을 옮겨 놓은 침실로 올라갔다. 여기서 그녀는 침대 끝에 걸터앉아 멍하니 주변을 둘러보다가 곧 옷을 벗기 시작했다. 침대 쪽으로 등불을 옮기는데 침대 위로 높이 하얀 무명으로 된 덮개가 불빛에 비쳤다. 그 밑에 무엇이 달려 있는 것 같아서 그녀는 촛불을 들어 그것이 무엇인지 살펴보았다. 겨우살이 나뭇가지였다. 에인절이 그것을 거기 가져다 둔 것임을 그녀는 금방 알았다. 짐을 꾸리고 운반하는 데 그렇게 애를 먹였던 꾸러미가 바로 이것이라는 것을 그제야 알 수 있었다. 그는 그 내용물이 무엇인지 그녀에게 설명하지 않으면서 시간이 지나면 어디에다 쓰는지 알 것이라고만 했다. 즐겁고 신이 나서 겨우살이를 거기 매달았겠지만, 이제 그 겨우살이는 너무나 미련스럽고 또 때를 잘못 만난 것 같았다.

그의 마음이 누그러질 가능성이 전혀 없어 보였기 때문에, 더 이상 두려워할 것도 없고 기대할 것도 없는 심정으로 그녀는 멍하니 누워 있었다. 슬픔이 사색을 멈추면 잠이 기회를 노리고 찾아온다. 잠을 못 이룰 정도로 행복한 감정을 수없이 맛보았지만 지금은 오히려 반갑게 잠을 맞이할 수 있는 때였다. 잠시 후 외로운 테스는 어쩌면 한때 자기 조상들의 신방(新房)이었을지도 모르는 침실의 향기로운 정적에 둘러싸여 망각의 세계로 빠져들었다.

그날 밤 늦게 클레어 역시 발걸음을 집으로 돌렸다. 조용히 거실에 들어온 그는 불을 켠 다음 미리 생각을 해 둔 사람처럼 거실의 낡은 말털 소파 위에 담요를 깔아 대충 잠자리 모양으로 꾸몄다. 눕기 전에 그는 신발을 벗고 이층으로 올라가 그녀의 방문 앞에서 귀를 기울였다. 고른 숨소리는 그녀가 깊이 잠들어 있음을 알려 주었다.

"다행이군!" 클레어는 혼잣소리로 중얼거렸다. 하지만 그녀가 일생의 짐을 클레어의 어깨 위에 옮겨 놓고 자신은 이제 아무 걱정

없이 쉬고 있다는 생각을 하자—전적으로 그렇지는 않아도 어느 정도는 맞는 말이었다—쓰라린 마음에 심한 고통을 느꼈다.

그는 내려가려고 돌아서다가 주춤거리며 고개를 돌려 다시 그녀의 방 문을 바라보았다. 돌아서는 순간 테스의 침실 입구 바로 위에 걸려 있는 더버빌 가의 어떤 귀부인의 초상화가 눈에 들어왔던 것이다. 촛불에 비친 그림은 그저 기분 나쁜 정도가 아니었다. 여인의 얼굴에는 음흉스런 계획, 곧 남자들에 대한 복수의 집념이 숨어 있었다—그 순간의 그에게는 그렇게 보였다. 초상화 속의 가슴이 깊게 패인 캐롤라인 왕조풍의 복장은 목걸이가 보이도록 그가 윗단을 집어넣어 준 그녀의 옷과 똑같았다. 그는 다시 한번 테스와 그림이 닮았다는 것을 느끼며 마음이 무거워졌다.

그런 생각은 그의 발걸음을 멈추기에 충분했다. 그는 다시 발길을 돌려 아래층으로 내려갔다.

그의 태도는 침착하고 냉정했고, 꼭 다문 작은 입은 그의 자제력을 나타내고 있었으며, 그의 얼굴은 그녀의 고백 이후에 생긴 무서우리만큼 무표정한 모습 그대로였다. 그것은 이제 열정의 노예 상태를 벗어난 사나이의 얼굴이었지만, 사나이는 그 해방에서 아무런 이득도 발견하지 못하고 있었다. 그는 세상사의 예측불가능성, 곧 살다 보면 마주치게 되는 고통스런 우연을 바라보고 있을 뿐이었다. 그녀를 연모해온 그 오랜 시간 동안, 바로 한 시간 전까지만 해도 테스만큼 순결하고 아름답고 흠 없는 여인은 없을 것 같았다. 그러나

> 조그만 흠이 생겼다고 세상이 이렇게 달라진단 말인가!
>
> (로버트 브라우닝의 시 〈난롯가에서〉의 한 구절-역주)

그녀의 정직하고 싱싱한 얼굴에 그녀의 속마음이 나타나 있지

않다고 중얼거리는 그의 생각은 잘못된 것이었지만, 테스에겐 클레어의 생각을 바로잡아 줄 변호인이 없었다. 그의 생각은 계속되었다. 응시하고 있을 때는 입으로 말하는 것과 어긋난 것이 전혀 없는 그녀의 눈이, 겉으로 보이는 세계의 배후에 있는 부조화와 대립의 또 다른 세계를 바라보고 있다는 것이 가능한 일인가?

그는 거실의 의자에 기대 누워 불을 껐다. 밤은 아무렇지도 않은 듯 무심하게 찾아와 그곳에 자리를 잡았다. 이미 그의 행복을 삼킨 밤은 이제 태연하게 그것을 소화시키고 있었고, 흔들림 없이 한결같은 모습으로 수많은 다른 이들의 행복을 삼킬 준비를 하고 있었다.

36

마치 죄와 제휴라도 한 듯 은밀하게 찾아온 창백한 새벽빛 가운데서 클레어는 잠을 깼다. 등걸불마저 꺼진 벽난로가 그를 마주보았고, 차려 놓은 저녁 식탁 위에는 이제 김도 빠져 멀건, 입도 대지 않은 포도주 두 잔이 놓여 있었다. 테스의 빈 의자와 그의 의자가 눈에 들어왔다. 다른 가구들은 시종 '어떻게 하면 좋을까'란 질문을 던지지 않을 수 없다는 표정을 짓고 있었다. 위층에서는 아무 소리도 들리지 않았다. 하지만 잠시 후 문을 두드리는 소리가 났다. 그들이 여기 있는 동안 필요한 것을 돌봐 주기로 한 이웃 아낙네일 것이란 생각이 들었다.

지금으로서는 집안에 딴 사람이 들어오면 어색할 것 같고 또 벌써 옷도 갈아입었기 때문에, 그는 창문을 열고 그날 아침은 자기네들끼리 해결할 수 있겠다고 여자에게 말했다. 여자가 손에 우유통을 들고 있는 것을 보고, 그는 그것을 문 앞에 두고 가라고 했다. 여자가 사라지자 그는 뒷마당으로 가서 장작을 찾아 얼른 불을 피웠다. 식품저장고에는 달걀, 버터, 빵 등이 넉넉하게 들어 있었기 때문에 클레어는 곧 아침식사를 차렸다. 낙농장에서의 경험 덕택에 그 정도의 식사는 쉽게 차릴 수 있었던 것이다. 장작이 타면서 굴뚝 위로 연기가 솟아올라 꼭대기에 연꽃이 달린 기둥 모양을 만들었다. 지나가던 동네 사람들은 신혼부부를 생각하면서 그들의 행복을 부러워했다.

에인절은 마지막으로 한 번 둘러본 다음 계단 밑으로 가서 스스럼없는 목소리로 불렀다.

"아침식사 준비됐소!"

그는 현관문을 열고 아침 공기를 쐬러 몇 발자국 걸어나갔다. 잠시 후 그가 돌아왔을 때 그녀는 이미 거실에 내려와 기계적으로 아침 식탁을 다시 정돈하고 있었다. 그가 부르고 나서 겨우 2, 3분밖에 되지 않았는데도 옷을 모두 차려 입은 것으로 보아 부르기 전에 벌써 옷을 거의 다 입고 있던 모양이었다. 그녀는 머리를 큼지막하고 둥글게 뒤로 땋아 올리고 새 드레스를 입고 있었는데, 목 가장자리에 하얀 주름장식을 한 연하늘색 모직옷이었다. 그녀의 두 손과 얼굴은 차가워 보였는데, 아마도 옷을 입고 나서 불도 피우지 않고 오랫동안 침실에 앉아 있었던 것 같았다. 그녀를 부른 클레어의 목소리가 유난히 친절하게 들렸기 때문에 그녀는 잠시나마 한 가닥 새 희망이 생기며 기운이 나는 것 같았다. 그러나 그를 다시 보자 희망은 곧 사라졌다.

사실 두 사람은 한때 타오르던 불꽃의 잿더미에 불과했다. 전날 밤의 뜨거운 슬픔에 뒤이어 무거운 분위기가 뒤를 이었다. 어느 누구도 이제 더 이상 열정의 불꽃을 지필 수 있을 것 같지 않았다.

그는 그녀에게 조용조용한 소리로 말을 했고, 그녀도 마찬가지로 조심스럽게 대답했다. 마침내 그녀가 그에게 다가와 자신의 얼굴도 남의 눈에 생생하게 보인다는 것을 의식조차 못하는 사람처럼 윤곽이 뚜렷한 그의 얼굴을 들여다보았다.

그녀는 "에인절!" 하고 불러보고는 잠시 멈추었다가, 한때 자신의 연인이었던 사람이 정말로 그 자리에 있다는 것을 믿지 못하겠다는 듯 손가락으로 슬며시 그를 건드려 보았다. 반쯤 말라붙은 눈물 자국이 반짝거리며 그녀의 얼굴에 흔적을 남기고 있었고, 여느 때처럼 무르익은 빨간 입술은 거의 볼처럼 창백했지만, 그녀의 두 눈은 밝은 표정이었고 창백한 볼은 여전히 예전처럼 포동포동했다. 그녀의 가슴은 여전히 살아서 뛰고 있었지만, 마음속으로는 슬픔에 사로잡혀 있어서 생명의 박동이 매우 불규칙했고, 그래서 조금만 더 압박을 가하면 정말 병이 나서 그녀 특유의 눈동자는 빛을 잃고 입술은 더 파리해질 것 같았다.

그녀의 얼굴은 정말로 순결하게 보였다. 자연은 변덕스런 장난을 부려 테스의 얼굴에 그와 같은 순결의 도장을 찍어 놓았기 때문에 그는 얼빠진 듯 그녀를 바라보았다.

"테스! 아니라고 말해 봐요! 아니라고, 그건 사실이 아니라고!"

"사실이에요."

"한마디 한마디 모두?"

"모두 사실이에요."

그는 애원하듯 그녀를 보았다. 비록 그것이 사실이라고 하더라도 그녀의 입으로 거짓말이라고만 해준다면 무슨 궤변을 써서라도 그렇지 않다고 합법적으로 부정할 수 있을 것 같았다. 하지만 그녀는 같은 말만 되풀이할 뿐이었다.

"사실이에요."

"아기는 살아 있소?" 그러자 에인절이 물었다.

"죽었어요."

"그러면 그 남자는?"

"살아 있어요."

마지막 절망의 빛이 클레어의 얼굴을 스쳤다.

"영국에 있소?"

"네."

그는 아무 뜻 없이 몇 걸음을 옮겼다.

"내 입장은—이렇소." 그가 불쑥 말했다. "나는—어느 남자나 마찬가지겠지만—사회적 지위나 재산이 있고 세상에 대한 지식을 갖춘 아내를 얻을 욕심만 버린다면, 분홍빛 뺨을 지닌 처녀를 얻는 것처럼 확실하게 순수한 시골 처녀를 얻을 수 있으리라고 생각했소. 하지만—하지만 난 당신을 나무랄 자격이 없소. 또 그럴 생각도 없고."

테스는 그의 생각을 충분히 이해했기 때문에 나머지는 더 들을 필요도 없었다. 바로 거기에 아픔이 있었다. 그가 모든 것을 잃어버렸다는 것을 그녀는 알고 있었다.

"에인절—전 당신한테 마지막으로 빠져나갈 길이 있다는 걸 몰랐다면, 함부로 당신과 결혼하지 않았을 거예요. 물론 제 바람은 당신이 그러지 않기를—"

그녀의 목소리가 점점 거칠어졌다.

"마지막으로 빠져나갈 길이라니?"

"제 말은, 저를 버리시라는 거예요. 저를 버리셔도 좋아요."

"어떻게?"

"저와 이혼하시면 되잖아요."

"이런—어쩌면 이렇게 단순할까? 어떻게 당신과 이혼을 할 수 있소?"

"못하신다구요—이제 다 말씀드렸는데요? 전 제 고백이 그럴 만한 충분한 이유가 된다고 생각했어요."

"아, 테스 — 당신은 너무, 너무 — 어린애 같소 — 아직 덜 자란 — 철없는 사람 말이오! 도대체 당신이 어떤 사람인지 알 수가 없소. 당신은 법을 모르는 거요 — 법을 몰라서 그래요!"

"그러면 — 못하신다구요?"

"물론 못하지."

그 말을 듣는 테스의 얼굴 위에 금세 고통이 수반된 수치심이 떠올랐다.

"제 생각은 — 제 생각은," 그녀가 조용히 말했다. "아, 이제야 제가 당신한테 얼마나 나쁜 여자로 보이는지 알겠군요! 믿어 주세요 — 믿어 주세요. 전 정말 이혼을 못하리라고는 생각도 못했어요! 다만 그러지 않기를 바라긴 했지만요. 당신이 저를 조금도 사랑하지 않을 수도 있고, 또 원하신다면 저를 버릴 수도 있다고 틀림없이 믿고 있었어요."

"잘못 알고 있었소." 그가 말했다.

"아, 그러면 그랬어야 되는 건데, 어젯밤에 그랬어야 되는 건데! 하지만 전 용기가 없었어요. 전 그것밖에 안 돼요!"

"무슨 용기 말이오?"

그녀가 대답을 않자 그는 그녀의 손을 붙잡았다.

"무슨 생각을 하고 있었던 거요?" 그가 물었다.

"죽어야겠다고 생각했어요."

"언제?"

그의 캐묻는 태도 앞에서 그녀는 괴로워 몸부림을 쳤다. "어젯밤에요." 그녀가 대답했다.

"어디서?"

"겨우살이 밑에서요."

"맙소사! 어떻게?" 그가 단호하게 물었다.

"말씀드릴게요, 화를 안 내신다면요!" 겁먹은 얼굴로 그녀가 말했다. "상자를 묶었던 끈으로 하려고 했어요. 그렇지만 못했어요—마지막 순간에요! 당신의 이름을 더럽힐까봐 겁이 났어요."

자진해서 한 것이 아니라 억지로 털어놓은 이 뜻밖의 고백에, 그는 눈에 띌 만큼 부르르 몸을 떨었다. 그러나 그는 여전히 그녀를 붙잡고 있었고, 그녀를 바라보던 눈길을 아래로 떨구며 말했다.

"자, 잘 들어요. 그런 끔찍한 일은 절대로 생각하지 마시오! 어떻게 그런? 그런 일은 절대로 하지 않겠다고 남편인 나한테 약속해요."

"약속하겠어요. 그게 얼마나 나쁜 일인지 알았어요."

"나쁘고 말고! 그건 당신한테는 도무지 어울리지 않는 생각이오."

"그렇지만, 에인절," 그녀는 두 눈을 크게 뜨고 차분하고 담담하게 그를 바라보며 변명을 했다. "그건 순전히 당신을 위해서였어요—전 당신이 이혼을 할 거라고 생각했고, 그래서 이혼이라는 나쁜 소문을 내지 않고 당신을 자유롭게 해 드리려고 했어요. 저 자신을 위해서라면 그런 건 꿈도 못 꾸었을 거예요. 하지만, 결국 제 손으로 그렇게 한다는 건 저에겐 과분한 일이고, 벌을 주어야 할 사람이 있다면 그건 제 남편인 당신이에요. 그럴 수만 있다면, 당신이 그렇게 하실 수만 있다면, 전 당신을 더 사랑하게 될 거예요. 당신에겐 그말고는 달리 빠져나갈 길이 없으니까요. 전 정말 쓸모없는 여자인 것 같아요! 이렇게 엄청나게 방해만 하고 말이에요!"

"그만!"

"그래요, 그만하라고 하시니 그만할게요. 당신의 뜻을 거스를 생각은 조금도 없어요."

클레어는 이 말이 사실이라는 것을 알고 있었다. 어젯밤의 자포자기 이후로 그녀는 거의 기력을 상실하고 있었고, 그래서 또 무슨 경솔한 행동을 할까봐 걱정할 필요는 없었다.

테스는 다시 부지런하게 서둘러서 아침 식탁을 그럭저럭 차려

냈고, 둘 다 식탁의 같은 쪽에 앉아 있어서 시선이 마주치지는 않았다. 처음에는 서로 먹고 마시는 소리를 듣는 것도 어색했으나 이것은 어쩔 수 없었다. 더욱이 두 사람 모두 식사를 많이 하지 않았다. 아침식사가 끝나자 그는 일어나서 언제 점심식사를 할지 시간을 일러 주고, 방앗간 일을 배운다는 원래의 계획에 따라 방앗간으로 나갔다. 그 일은 그가 이곳에 온 유일한 실용적인 이유였다.

그가 나가자 테스는 창가에 서 있었고, 잠시 후 방앗간 건물로 향하는 커다란 돌다리를 건너가는 그의 모습이 보였다. 그는 다리를 내려가 철길을 건넌 후 모습이 보이지 않았다. 그러고 나서 그녀는 이내 방안을 둘러본 다음 식탁을 치우고 정돈하기 시작했다.

일하는 여자가 곧 나타났다. 테스는 그 여자가 있어서 처음에는 긴장이 되었지만 나중에는 위로가 되었다. 열두 시 반이 되자 그녀는 일하는 여자를 부엌에 혼자 두고 거실로 돌아와 다리 너머에서 에인절이 다시 나타나기를 기다렸다.

한 시쯤 그가 모습을 나타냈다. 그가 4분의 1마일이나 떨어져 있는데도 그녀는 얼굴이 확 달아올랐다. 그녀는 부엌으로 달려가 그가 도착할 시간까지 식사가 준비되도록 했다. 그는 전날 두 사람이 함께 손을 씻었던 방으로 먼저 갔다가 거실로 들어왔다. 그가 거실로 들어서는데, 마치 자기 손으로 직접 열듯이 접시 뚜껑들이 열렸다.

"시간이 참 정확하군!" 그가 말했다.

"네, 다리를 건너오시는 것을 보았어요." 그녀가 대답했다.

수도원 방앗간에서 오전 중에 하던 일이며, 밀가루를 체질하는 방법, 구식 기계 등에 대해 그가 그저 그렇게 이야기하는 중에 식사 시간은 지나갔다. 그는 기계들 중에 지금은 폐허가 되어버린 인접 수도원 건물의 수도사들을 위해 밀가루를 빻던 시절부터 계속 사용되어온 듯한 것들이 있다고 하면서, 발전된 현대적 기술을 익히는 데는 크게 도움이 되지 못할 것 같다고 말했다. 한 시간쯤 있다가 그는 다시 집을 나가 해질녘에 돌아왔고, 저녁 내내 서류들을 뒤적거리며 시간을 보냈다. 그녀는 그에게 방해가 될까 봐 일하는 늙은 여자가 돌아가고 나서는 부엌으로 들어가서 한 시간 넘게 분주하게 일을 했다.

클레어가 문 앞에 나타났다.

"이렇게 일을 해서는 안 돼요." 그가 말했다. "당신은 내 아내지 하녀가 아니오."

그녀는 다소 밝은 표정을 지으며 고개를 들었다. "그렇게 생각해도 될까요 — 정말요?" 그녀는 애처롭게 농담을 하듯 중얼거렸다. "이름만 그렇다는 거죠! 맞아요, 저도 그 이상은 바라지 않으니까요."

"생각해도 될까라니, 테스! 사실이 그런데. 그게 무슨 말이오?"

"저도 모르겠어요." 그녀가 울먹거리면서 허둥지둥 대답했다. "제 생각은 제가 — 괜찮은 여자가 못 되기 때문에 그렇단 뜻이에요. 오래전에 벌써 제가 그런 여자라고 말씀을 드렸고 — 그리고 그 때문에 당신하고 결혼하는 걸 바라지도 않는다고 했어요. 그런데 — 그런데 당신이 재촉하는 바람에!"

그녀는 흐느껴 울면서 그에게서 돌아섰다. 에인절 클레어가 아닌 딴 남자라면 거의 그 모습을 보고 마음이 돌아섰을 것이다. 그의 성격은 대체로 부드럽고 온화한 편이었지만 밑바닥 깊은 곳에는 마치 물렁물렁한 흙에 둘러싸인 광맥과 같이 단단한 논리의 광맥이 숨어 있어서 그것을 뚫고 들어오려는 어떤 것도 날을 무디게 만들었다. 그것이 교회를 용납하지 못하도록 막았고, 테스를 용납하지 못하도록 가로막았던 것이다. 게다가 그의 애정은 사실 불이라기보다 빛에 가까웠고, 여성에 대해서도 믿음이 상실되면 관계를 끊어버렸다. 이 점에 있어서 그는, 머리로는 경멸하면서도 몸으로는 이성(異性)에 탐닉하는 감정에 약한 뭇사람들과 대조적이었다. 그는 그녀의 흐느낌이 멈출 때까지 기다렸다.

"영국 여자들이 반만이라도 당신처럼 괜찮은 여자가 되었으면 좋겠소." 그는 여자들 모두에 대해 갑자기 분노하듯 말했다. "그건 괜찮고 안 괜찮고의 문제가 아니라 원칙의 문제요!"

그는 이와 비슷한 투의 이야기를 그녀에게 좀 더 했다. 성격이 곧은 사람들이 외양에 속았다는 것을 한번 알고 나면 그렇듯이, 그는 자신의 마음을 끊임없이 비틀어대는 반감(反感)의 파도에 여전히 시달리고 있었던 것이다. 사실 그 파도의 밑바닥에는 연민의 역류(逆流)도 있었고, 세상 물정을 아는 여자라면 그것을 이용하여 그를 굴복시킬 수도 있었을 것이다. 하지만 테스는 그런 생각은 하지 않았고 모든 것을 자신의 잘못으로 받아들이며 입을 열지 않았다. 사실 그를 향한 그녀의 변함없는 헌신적 사랑은 거의 애처로울 지경이었다. 그녀는 원래 성미가 급한 편이었지만, 그가 하는 어떤 말에도 얼굴을 찌푸리지 않았고, 자신의 유익을 구하지 않았으며, 화내지 않았고, 자신을 대하는 그의 태도를 나쁘게 생각하지 않았다.(《성서》 〈고린도전서〉 13장 5절에서 인용-역주) 그녀는 자신의 유익만 구하고 있는 현대 세계로 되돌아온 사도(使徒)의 헌신적 사랑, 그 자체였는지도 모른다.

이날 저녁과 밤, 아침도 전날과 똑같이 지나갔다. 한 번, 딱 한 번 그녀는—예전의 그 자유롭고 자존심이 강한 테스는—말을 걸어보려고 한 적이 있었다. 식사를 끝내고 그가 세 번째로 방앗간에 나가려고 하던 때였다. 그가 식탁에서 일어나며 "갔다오겠소"라고 하자 그녀도 잘 다녀오라는 인사를 하고는 동시에 그를 향하여 자신의 입술을 내밀었다. 그는 이 청에 응하지 않고 급히 돌아서며 말했다.

"시간에 맞춰 돌아올 거요."

테스는 한 대 얻어맞기라도 한 듯 움찔했다. 그는 그녀의 동의도 받지 않고 수없이 그 입술에 입맞추려고 애를 썼고—그녀의 입술과 숨결에서 그녀가 늘 먹는 버터와 달걀, 우유, 벌꿀 냄새가 난다고 하면서 자기도 거기서 영양분을 얻는다는 등 실없는 소리를 재미있게 하곤 했던 것이다. 그러나 이제 그는 그것을 원하지 않았다. 그녀가 갑자기 움찔하는 것을 보고 그가 부드럽게 말했다.

"잘 알겠지만, 앞길을 생각해 봐야겠소. 우리가 금방 헤어지면 당신한테 나쁜 소문이 돌 테니까 잠깐 동안이라도 같이 있을 필요가 있어요. 하지만 그건 오직 형식상 그런다는 걸 알아 두시오."

"네." 테스는 멍하니 대답했다.

그는 나갔다. 방앗간으로 가던 도중에 걸음을 멈춰선 그는 좀 더 그녀를 부드럽게 대해 주고, 적어도 한 번쯤 키스라도 해줄걸 하는 생각이 잠시 들었다.

이렇게 하여 그들은 사실상 한집에 살면서 절망의 하루 이틀을 보냈다. 사실 연애하던 때보다 그들은 서로 더 멀리 떨어져 있었다. 그녀가 보기에 그는 스스로의 말대로 앞으로의 계획을 골똘히 생각하느라고 활동력이 마비되어 있는 것이 분명했다. 겉으로는 그렇게 부드러워 보이지만 속으로는 그와 같은 단호함이 있는 것을 그에게서 발견하고 그녀는 두려움을 느꼈다. 그의 시종여일한 태도는 사실 너무 잔인했다. 그녀는 이제 용서를 바라지 않았다. 한두 번쯤 그녀는 그가 방앗간에 가고 없는 사이에 떠날까 하는 생각도 해 보았다. 하지만 그것이 알려지면 그를 이롭게 하기는커녕 오히려 방해가 되고 모욕을 주는 셈이 될지도 모르기 때문에 두려웠다.

한편 클레어는 정말로 깊은 생각에 잠겨 있었다. 생각은 끊임없이 이어졌다. 그는 생각을 너무 해서 병이 날 지경이었고, 몸도 축이 나고 마음도 위축되었으며, 한때 가슴 설레던 가정 생활의 꿈도 모두 사라지고 말았다. 그는 걸어다니면서도 혼잣소리를 했다. “어떻게 하나 — 어떻게 하나?” 우연히 그 소리를 그녀가 엿듣게 되었고, 그래서 그녀는 그 동안의 침묵을 깨고 그들의 앞날에 대해서 말을 꺼냈다.

“에인절, 아마도 — 저하고 같이 살지는 않으실 거죠 — 오랫동안 말이에요, 그렇죠?” 그녀가 말했다. 쏙 들어간 그녀의 양쪽 입 가장자리는 차분하고 침착한 그녀의 얼굴 표정이 순전히 꾸며 낸 것임을 말해 주고 있었다.

“그렇소, 나 자신을 경멸하거나 더욱이 당신을 경멸하지 않고서는 말이오. 물론 내 말은 일반적인 의미에서 당신하고 같이 살 수 없다는 뜻이오. 내 생각이 어떻든 간에 현재로서 난 당신을 경멸하지 않아요. 그리고, 솔직하게 얘기하겠소. 안 그러면 당신이 내 어려운 처지를 모두 이해하지 못할 테니까. 그 남자가 살아 있는 한 우리가 어떻게 함께 살 수 있겠소? — 당신의 진짜 남편은 내가 아니라 그 남자인데 말이오. 죽었다면 또 모르지만…… 게다가, 문제는 그게 전부가 아니오. 또 생각해야 될 게 있소 — 우리 말고 다른 사람들의 장래에 관한 문제요. 앞으로 세월이 지나면 우리 사이에 아이들이 생길 텐데, 이 과거를 알게 되면 — 과거는 알려지게 마련이니까. 세상에서 아무리 외딴 곳이라 해도 오가는 사람은 있게 마련이오. 글쎄, 생각해 봐요. 우리 피와 살을 나눈 불쌍한 아이들이 나이가 들면서 점점 더 남의 놀림감이 되면서 살아야 한다는 것을 말이오. 그들에겐 얼마나 환멸스럽겠소! 장래는 또 어떻고! 이런 일을 깊이 생각해 본다면 솔직히 말해 같이 살자고 할 수 있겠소? 미지의 세계로 달아나기보다 현재의 고난을 참는 것이 더 낫다고 생각지 않소?(〈햄릿〉 3막 1장에서 인용–역주)

고통에 짓눌린 그녀의 눈꺼풀은 여전히 처져 있었다.

“전 같이 살자고 할 수 없어요.” 그녀가 대답했다. “그럴 수가 없어요. 그렇게까지 생각해 본 적도 없구요."

테스의 여자다운 바람은 — 솔직히 말하자면 — 자꾸만 화해하는 쪽으로 기울어서, 은밀하게 내심으로는 한집에서 오래 같이 살다 보면 그의 결심에도 불구하고 냉정한 마음이 풀리지 않을까 하는 것이었다. 그녀는 일반적인 의미에서 순진하다고 할 수는 있었지만, 어디가 부족한 여자는 아니었다. 가까이 지내다 보면 결심이 누그러질 수도 있다는 것을 본능적으로라도 몰랐다면 그녀에게 여자로서 결함이 있다고 하는 편이 나을 것이다. 이것이 실패하면 이젠 아무 도리가 없다는 것을 그녀는 알고 있었다. 본질적으로 술수에 가까운 방법에 희망을 거는 것은 잘못이라는 것을 알고 있었지만, 그녀는 그런 희망마저 버릴 수는 없었다. 그가 이제 마지막으로 입장을 밝혔고, 그것은 그녀가 말한 대로 새로운 생각이었다. 그녀는 솔직히 말해 거기까지 생각하지는 못했다. 장차 자식들이 그녀를 멸시할지도 모른다는 사실이 생생하게 떠오른 이상, 근본이 인정 많고 정직한 그녀는 확고한 결심을 하지 않을 수 없었다. 어떤 경우에는 훌륭한 삶을 영위하는 것보다 더 나은 것이 있으며, 그것은 어떤 삶이든 간에 삶 자체를 그만두는 것이라는 것을 그녀는 이미 순전히 경험을 통해서 배워 알고 있었다. 고난을 통해 예지를 얻은 모든 사람처럼 그녀는 쉴리 프뤼돔(1839–97. 프랑스의 시인-역주)의 말대로 "세상에 태어나라"고 하는 엄명에서 형벌의 선고를, 특히 장차 태어날지도 모를 그녀의 자식들에게 내려지는 선고를 듣는 듯했다.

하지만 '자연이라는 마님'은 여우처럼 교활한 탓에 지금까지 테스는 클레어에 대한 사랑에 눈이 멀어 있었고, 그로 인해 자식이 생겨나면서 자신의 불행이라고 슬퍼했던 것이 다른 사람에게도 덧씌워질 수 있다는 사실을 잊고 있었다.

그리하여 그녀는 그의 의견에 반대할 수 없었다. 하지만 지극히 예민한 사람들이 으레 그렇듯 클레어는 내면의 싸움을 벌이고 있었고, 그러다가 자신의 질문에 대한 한 가지 대답이 떠올랐고 그는 그것이 두렵기까지 했다. 그것은 그녀의 남다른 외모에서 비롯된 것으로, 그녀는 그것을 효과적으로 이용할 수도 있었다. 그녀는 게다가 이렇게 말할 수도 있었다. "호주의 고원이나 텍사스의 벌판에 가면 누가 제 불행을 알고 상관하겠으며, 저나 당신을 누가 비난하겠어요?" 하지만 대다수 여자들처럼 그녀는 그 순간의 의사 표시를 불가피한 것으로 받아들였다. 그리고 그녀의 생각이 옳았는지도 모른다. 여인의 직감은 자신의 쓰라림뿐만 아니라 남편의 것까지 아는 법이다. 비록 이와 같은 가상의 비난이 낯선 사람들을 통해 그나 자식들에게 전해지지 않는다 하더라도, 클레어의 까다로운 뇌에서부터 귀로 전달될 수도 있는 일이었다.

그렇게 떨어져 지낸 지 사흘째 되는 날이었다. 혹시 클레어가 좀 더 동물적이었다면 좀 더 고상한 인간이 되었을 수도 있다는 묘한 역설을 용감하게 주장할 사람이 있을지 모른다. 우리는 그렇게 생각하지 않는다. 다만 클레어의 사랑이 결점이라고 할 만큼 탈속적이고, 비현실적이라고 할 만큼 공상적이란 점은 틀림없었다. 이런 성격의 사람에게는 가끔 육체의 존재가 육체의 부재보다 호소력이 덜할 때가 있다. 후자는 현실의 결함을 편리하게 감추어 주는 이상적인 존재를 만들어 내기 때문이다. 그녀는 기대했던 것만큼 강력하게 자신의 존재가 자신의 입장을 옹호해 주지 못한다는 것을 알았다. 그 비유는 옳았다 — 그녀는 그의 욕망을 자극했던 여자가 아니라 딴 여자였던 것이다.

"말씀하신 것을 곰곰이 생각해 봤어요." 그녀는 집게손가락으로 식탁보를 만지작거리며 그에게 말했다. 두 사람 모두를 조롱하는 반지가 끼여 있는 한쪽 손으로 그녀는 이마를 괴고 있었다. "도두 옳은 말씀이에요. 그래야죠. 제 곁에서 떠나가세요."

"그러면 당신은 어떻게 할 거요?"

"집으로 돌아가겠어요."

클레어는 거기까지 생각하지는 못했다.

"정말이오?" 그가 물었다.

"그럼요. 우린 헤어져야 돼요. 그리고 만사를 과거로 돌리고 끝을 내는 것이 좋아요. 제가 남자들이 판단을 제대로 못하도록 유혹하는 여자라고 언젠가 말씀하신 적이 있지요. 제가 계속 눈앞에 있으면 혹시 당신 생각이나 소망과는 어긋나게 계획을 바꾸도록 할지도 모르잖아요. 그러면 나중엔 당신의 후회나 저의 슬픔도 훨씬 더 심할 거예요."

"그래서 집으로 가겠다는 거요?" 그가 물었다.

"당신을 떠나 집으로 가겠어요."

"그럼 그렇게 합시다."

고개를 들어 그를 쳐다보지는 않았지만 그녀는 깜짝 놀랐다. 제안과 공식적인 약속 사이에는 차이가 있었지만, 그녀는 그 차이를 너무 빨리 느끼고 말았다.

"이렇게 될까봐 두려웠어요." 온순하게 차분한 표정으로 그녀가 중얼거렸다. "에인절, 전 불평하지 않아요. 전 — 전 이게 최선이라고 생각해요. 말씀하신 걸 충분히 이해했어요. 우리가 같이 사는 걸 욕할 사람이 아무도 없다고 하더라도, 언젠가 세월이 지나면 저한테 아무렇지도 않은 일을 가지고 화를 내실지도 모르고, 또 제 과거를 어떻게 처리했는지 알고 계시기 때문에 그걸 입밖에 내실 수도 있고, 그러면 혹시 아이들 귀에 들어갈 수도 있어요. 아, 지금은 그냥 가슴 아픈 정도겠지만 그때 가서는 죽고 싶을 만큼 고통스런 일이 될 거예요! 떠나겠어요 — 내일요."

"나도 여기 머무르진 않겠소. 나도 이런 얘기를 하고 싶진 않지만, 우리가 헤어지는 것이 좋겠다고 생각했소 — 적어도 당분간은 말이오. 그때가 되면 상황을 좀더 잘 판단할 수 있게 되어 당신한테 연락을 하게 될지도 모르니까."

테스는 남편을 흘끗 쳐다보았다. 그의 얼굴은 창백했고, 심지어 떨고 있었다. 그러나 테스는 자신과 결혼한 이 온순한 남자의 마음 속 깊은 곳에 있는 결의—보다 천박한 감정을 보다 섬세한 감정에, 물질을 정신에, 육체를 영혼에 굴복시키는 의지력—에 새삼스럽게 두려움을 느꼈다. 성질과 취향, 습관 따위는 그의 비상하는 상상력의 거센 바람 앞에서는 마른 낙엽에 불과했다.

그녀의 표정을 읽었는지 그가 이렇게 말했다.

"나는 멀리 떨어져 있을 때 사람을 더 좋게 생각하지." 그리고 그는 냉소적으로 덧붙였다. "누가 알겠소, 언젠가 우리도 지치고 지쳐서 다시 제자리에 돌아올지. 많은 사람들이 그랬듯이 말이오!"

그날 그는 짐을 꾸리기 시작했고, 그녀 역시 이층으로 올라가 짐을 싸기 시작했다. 그들은 마지막 이별이라는 것이 얼마나 고통스러운지 알고 있는 사람들이었기에, 짐을 싸면서도 이를 달래기 위해 얼버무리듯 이런저런 생각을 하고 있었지만, 두 사람 모두 내일 아침이면 영원히 헤어질지도 모른다는 생각을 함께 하고 있다는 것을 알고 있었다. 서로가 상대방에게서 느꼈던 매력은—테스 쪽으로는 교양과는 거리가 먼 것이었지만—헤어지고 나서 처음에는 혹시 전보다 더 강하게 느껴질지도 모르지만, 시간이 지나면서 사라지게 마련이라는 것을 클레어나 테스나 알고 있었다. 그녀를 반려자로 받아들일 수 없다는 실질적인 논증들이 멀리 북극의 빛으로 바라보게 되면 좀 더 뚜렷하게 나타날 수도 있을 것 같았다. 더욱이 두 사람이 일단 헤어지고 나면—공동의 주소지와 공동의 환경에서 벗어나게 되면—어느 사이엔가 새싹이 움터 그 각각의 빈자리는 메워지는 법이다. 예상치 못한 일이 벌어지면서 의도는 구산되고 원래의 계획은 잊혀지게 마련이니까.

37

자정(子正)은 소리 없이 다가왔다가 사라졌다. 프룸 골짜기에는 이를 알려 주는 것이 아무것도 없기 때문이었다.

한 시가 조금 지나 한때 더버빌 가의 저택이었던 어두운 농가에 조용히 삐걱거리는 소리가 들렸다. 이층의 침실에서 자고 있던 테스는 그 소리에 잠을 깼다. 그것은 흔히 그렇듯 못이 헐겁게 박혀 있는 층계 모퉁이 발판에서 나는 소리였다. 그녀는 자기 침실의 문이 열리며 남편이 희한하다고 할 만큼 조심스런 발걸음으로 달빛 자락을 가로질러 오는 것을 발견했다. 그는 셔츠와 바지만 입고 있었다. 하지만 그의 두 눈이 이상하게 허공에 고정되어 있는 것을 발견하자, 한순간 밀려오던 그녀의 기쁨은 사라졌다. 그는 방 한가운데에 이르자 조용히 멈춰서더니 말로 다할 수 없을 만큼 슬픈 목소리로 중얼거렸다.

"죽었구나! 죽었어! 죽었어!"

정신적으로 몹시 괴로운 일이 있을 때면 클레어는 때때로 잠을 자다가 걸어다니기도 하고 심지어 이상한 행동까지 하곤 했다. 결혼하기 직전에 시장에서 돌아오던 날 밤에도 잠을 자다가 테스를 욕보인 사나이와 격투를 벌인 적이 있었던 것이다. 정신적 고통이 오랫동안 지속되면서 그가 이제 몽유병 상태에 빠져 버린 것을 그녀는 알 수 있었다.

그녀의 마음속에는 그에 대한 절대적인 신뢰가 있었기 때문에, 깨어 있건 잠을 자건 그녀는 그에게서 아무런 신변의 두려움을 느끼지 않았다. 그가 손에 권총을 들고 들어왔다 하더라도 그가 지켜줄 것이라는 그녀의 믿음은 전혀 흔들리지 않았을 것이다.

클레어는 가까이 다가와 몸을 숙이며 중얼거렸다. "죽었구나, 죽었어, 죽었어!"

그는 여전히 이루 측량할 수 없을 만큼 비통한 눈길로 잠시 그녀를 뚫어지게 응시한 다음, 몸을 숙여 그녀를 두 팔로 안고 마치 수의(壽衣)로 감싸듯 홑이불로 그녀를 감쌌다. 그리고 마치 시신을 대하듯 아주 정중하게 침대에서 그녀를 들어올려 방을 나가며 중얼거렸다.

"내 불쌍한, 불쌍한 테스 — 내 사랑하는, 사랑하는 테스! 그토록 예쁘고, 그토록 착하고, 그토록 진실한!"

깨어 있을 때는 그렇게 엄격하게 억제하던 사랑의 언어들이 흘러나왔고, 버림받고 굶주린 그녀의 마음에 그것은 이루 말할 수 없을 만큼 달콤했다. 그녀는 기진맥진한 자신의 생명을 구원하는 길이 된다 할지라도, 지금의 상태에서 빠져나가기 위해 몸을 움직이거나 몸부림치고 싶지는 않았다. 테스는 감히 숨도 못 쉬고 도대체 그가 자기를 어떻게 할지 의아스러워 하며, 꼼짝도 하지 않고 그에게 안긴 채 층계참까지 내려갔다.

"내 아내가 — 죽었어, 죽었어!" 그가 말했다.

그는 아내를 안고 내려가다 말고 난간에 기대어 잠시 숨을 돌렸다. 밑으로 던지려는 걸까? 이제 그녀는 스스로에 대한 걱정은 거의 잊고 있었고, 내일이면 그가 떠난다는 것을, 어쩌면 영원히 떠난다는 것을 알고 있었기 때문에, 이렇게 위태로운 상태로 그의 팔에 안겨 있는 것이 무섭다기보다 오히려 기쁘기만 했다. 두 사람이 함께 밑으로 떨어질 수 있다면, 그래서 산산조각이 난다면 얼마나 좋을까, 얼마나 행복할까.

하지만 그는 그녀를 떨어뜨리지 않았고, 난간의 받침대를 이용하여 그녀의 입술에 — 낮에는 멸시했던 그 입술에 — 키스했다. 그러고는 다시 힘을 내어 그녀를 꼭 껴안고 계단을 내려갔다. 낡아빠진 계단이 삐걱거리는 소리에도 그는 잠을 깨지 않고 무사히 바닥까지 내려갔다. 그녀를 안고 있던 한쪽 손을 잠깐 빼내어 그는 문의 빗장을 열고 밖으로 나갔다. 양말을 신은 그의 발끝이 출입문 모서리에 살짝 부딪혔다. 하지만 그는 아무렇지도 않은 듯했고, 바깥에 나오면서 몸을 움직일 여유가 생기자 쉽게 나를 수 있도록 그녀를 어깨에 짊어졌다. 그녀가 옷을 입고 있지 않아서 그의 짐은 다소 가벼운 편이었다. 이렇게 집을 빠져나온 그는 몇 야드 떨어진 강 쪽으로 향했다.

그가 결국 무슨 일을 하려는 것인지 그녀는 아직 짐작할 수 없었다. 게다가 그녀는 마치 제삼자인 양 그 문제에 대해 추측만 하고 있었다. 그렇게 편안한 마음으로 자신의 온몸을 그에게 맡기고 있었기 때문에, 그가 그녀를 자신의 절대적인 소유물로 여기며 자기 마음대로 처리한다는 생각이 들자 그녀는 기분이 좋았던 것이다. 내일이면 이별이라는 두려움이 뇌리를 떠나지 않았지만 그가 지금은 그녀를 자신의 아내 테스로 인정하고 있고, 또 그렇게 인정하기 때문에 자기 마음대로 그녀를 벌할 수 있는 권리가 있음에도 불구하고 그녀를 내버리지 않았다는 사실을 생각하면서 그녀는 위로를 받았다.

아! 그가 무슨 꿈을 꾸고 있는지 그녀는 그제야 알아차렸다 — 젖짜는 다른 처녀들과 함께 그녀를 안아 물을 건네주던 그 일요일 아침이었다. 그 처녀들은 할 수만 있다면 거의 테스만큼이나 그를 사랑했겠지만, 테스는 결코 그것을 인정할 수 없었다. 클레어는 그녀를 메고 다리를 건너가지 않고, 옆에 있는 방앗간 쪽으로 몇 걸음을 가다가 드디어 강가에 조용히 멈춰섰다.

강물은 몇 마일에 걸친 이 목초지를 흘러 내려가는 동안 종종 물줄기가 갈라져, 의미 없는 곡선을 그리며 꾸불꾸불 흐르기도 하고 이름 없는 작은 섬 둘레를 돌아가기도 하다가 다시 되돌아와 널따란 본류가 되어 흘러갔다. 그녀를 데려온 곳 건너쪽은 여러 물줄기가 합류하는 지점이어서 그에 걸맞게 강물이 폭도 넓고 깊이도 깊었다. 그 위를 건너가는 좁은 다리가 하나 있었으나 지금은 가을 홍수에 난간이 떠내려가고 다리 바닥만 남아 있었는데, 빠른 물살 위로 바닥이 겨우 몇 인치 높이밖에 되지 않아서 아무리 침착한 사람이라도 지나가려면 어질어질할 지경이었다. 테스는 낮에 집에 있을 때 청년들이 묘기라도 부리듯 균형을 잡으며 다리를 건너가는 모습을 창 밖으로 본 적이 있었다. 남편도 아마 같은 모습을 보았을 것이다. 어쨌든 그는 이제 발판에 올라서서 한쪽 발을 내밀고 앞으로 나아갔다.

테스를 물에 빠뜨리려는 것일까? 그럴지도 모를 일이었다. 그곳은 외진 데다 강물이 깊고 넓어서 그런 일을 하기엔 어렵지 않은 곳이었다. 마음만 먹는다면 그는 강물에 그녀를 빠뜨릴 수 있을 것이다. 이제 내일이면 헤어져 따로 살아가는 것보다 그게 더 나을지도 몰랐다.

발 밑의 빠른 물살은 물위에 비친 달그림자를 흔들고 비틀고 흩뜨리면서 소용돌이치며 격류가 되어 흘러갔다. 물거품이 둥둥 떠내려가고 말뚝에는 잡초가 걸려 너울거리고 있었다. 만약 두 사람이 지금 물 속으로 함께 떨어진다면, 그들은 팔로 서로를 꼭 껴안게 되어 살아남을 수가 없을 것이다. 그들은 거의 고통도 느끼지 않고 이 세상을 떠나게 될 것이며 그녀를 비난하거나 그녀와 결혼했다고 그를 비난하는 일은 더 이상 없을 것이다. 그녀와 함께 하는 그의 마지막 반시간은 아름다운 시간이 될 것이다. 하지만 그가 깰 때까지 그들이 살아 있다면, 낮 동안에 보인 그의 미움이 되살아나 이 시간도 단지 한 순간의 꿈으로만 남아 있게 될 것이다.

그녀는 두 사람이 함께 소용돌이 속으로 떨어지도록 몸을 움직이고 싶은 충동을 느끼긴 했지만 과연 그럴 자신은 없었다. 그녀가

자신의 목숨을 어떻게 생각하는지는 이미 입증된 바 있지만, 그의 목숨을—그것을 함부로 참견할 권리는 그녀에겐 없었다. 그는 무사히 그녀와 함께 건너편에 닿았다.

그들은 수도원 마당이었던 농원 안에 들어와 있었다. 그는 그녀를 다시 고쳐 업고 몇 걸음 더 나아가 폐허가 된 수도원 교회의 성가대 자리에 이르렀다. 수도원장의 텅 빈 석관이 북쪽 벽에 바짝 붙어 놓여 있었는데, 괴상한 것을 즐기는 관광객들은 모두 들어가 누워 보는 곳이었다. 클레어는 그 속에다 테스를 조심스럽게 눕혔다. 그녀의 입술에 두 번째 키스를 한 다음 그는 마치 몹시 바라던 일이 끝나기라도 한 것처럼 깊은 한숨을 내쉬었다. 클레어는 그러고 나서 그 옆의 땅바닥에 누웠고, 지친 까닭인지 금방 깊은 잠에 빠져들어 통나무처럼 꼼짝도 하지 않았다. 그 힘겨운 작업을 이끌어 낸 한 순간의 정신적 흥분 상태가 이제 끝난 것이다.

테스는 관에서 일어나 앉았다. 계절에 비해 밤날씨는 아직 건조하고 포근한 편이었지만, 옷을 반쯤만 걸친 상태로 그를 오랫동안 거기 내버려 두기에는 위험할 만큼 꽤 추운 편이었다. 그대로 둔다면 아마 아침까지도 그대로 있을 것이고, 그렇게 되면 얼어죽을 것이 분명했다. 그렇게 몽유병으로 돌아다니다가 죽은 경우를 그녀는 들은 적도 있었다. 어떻게 그를 깨워서 무슨 일을 했는지 알린단 말인가? 그렇게 되면 자신이 그녀에게 얼마나 어리석은 일을 했는지 알고 괴로워할 텐데. 하지만 테스는 석관에서 빠져나와 조용히 그를 흔들었다. 하지만 세게 흔들어 대지 않고는 그를 깨울 수가 없었다. 홑이불 한 장으로만 겨우 몸을 가리고 있는 자신부터 몸이 떨려오기 시작했기 때문에 무슨 조치를 취해야만 했다. 그녀는 지난 몇 분간의 모험 동안에는 흥분이 되어 다소 따뜻한 기운까지 느꼈지만 그 행복의 순간은 이미 끝나고 없었다.

문득 그를 설득해 보자는 생각이 그녀에게 떠올랐다. 그래서 있는 힘을 다해 굳게 결심을 하고는 그에게 귀엣말로 속삭였다.

"에인절, 함께 걸어가요." 이와 동시에 그녀는 암시를 주듯 그의 팔을 잡았다. 다행히 그는 순순히 말을 따랐다. 그녀의 말을 듣고 꿈속으로 다시 돌아간 것이 분명했다. 거기서 꿈은 다시 새로운 단계로 들어가서 그는 그녀가 영혼으로 깨어나 자신을 천국으로 인도하는 것으로 생각하는 모양이었다. 이렇게 그녀는 팔을 잡고 집 앞에 있는 돌다리까지 그를 데리고 왔고, 다리를 건너 저택의 정문 앞에 섰다. 테스는 완전히 맨발이어서 돌부리에도 채이고 뼛속까지 시릴 만큼 추웠지만, 클레어는 털양말을 신고 있어서 별다른 불편을 느끼지 못하는 것 같았다.

이제 더 이상 어려움은 없었다. 그녀는 소파 침대로 그를 데리고 가서 눕히고 따뜻하게 이불을 덮어 준 다음 잠시 장작불을 피워 그의 젖은 몸이 마르도록 했다. 그녀는 이렇게 돌봐 주는 소리 때문에 그가 깰지도 모른다는 생각이 들었고, 내심 그랬으면 하는 바람도 있었다. 하지만 몸과 마음이 얼마나 피곤한지 그는 꼼짝도 하지 않고 계속 잠을 잤다.

다음날 아침 그를 만나자마자 테스는 지난밤의 짧은 여행에 자신이 얼마나 관계했는지를 에인절이 거의 모르고 있다는 사실을 깨달았다. 다만 자기 스스로는 조용히 잠을 자지는 않았구나 하는 것은 알고 있는 듯했다. 사실 그날 아침 그는 죽음처럼 깊은 잠에서 깨어났다. 삼손이 머리를 흔들 듯이 뇌가 활동을 시작하는 처음 얼마 동안 그는 밤새 무슨 이상한 일이 일어났다는 느낌은 있었다. 하지만 임박한 현실의 문제들이 곧 그 문제에 대한 생각을 밀어내고 말았던 것이다.

그는 뭔가 정신적인 방향 제시를 식별해 낼 수 있을 것으로 예감하면서 기다리고 있었다. 그는 어젯밤에 결론을 내린 계획이 아침 햇살 속에서도 사라지지 않는다면, 아무리 충동적인 감정에서 시작되었다 하더라도 그것은 순수한 이성에 가까운 어떤 바탕에 근거하고 있으며, 따라서 아직은 신뢰할 만하다는 것을 알고 있었다. 그리하여 그는 희미한 여명의 빛 속에서 그녀와 헤어지기로 한 결심을 확인했다. 그것은 뜨겁게 분노한 본능이 아니라 그 본능을 불태운 열정은 사라진 채 뼈만 남은 해골 같은 것이었고, 그럼에도 불구하고 그곳에 남아 있는 본능이었다. 클레어는 더 이상 망설이지 않았다.

아침식사를 하면서, 또 남아 있는 몇 가지 짐을 싸면서 그는 간밤에 있었던 일 때문에 피로한 기색을 역력히 드러냈고, 그래서 테스는 밤새 있었던 일을 모두 얘기해 버릴까 하는 생각마저 들었다. 하지만 에인절이 자신의 상식으로는 허용되지 않는 애정을 그녀에 대해 본능적으로 드러냈다는 점과, 또 이성이 잠자는 동안 본심을 드러내고 위신을 손상시키는 일을 했다는 것을 알고 나면, 화를 내고 슬퍼하며 스스로 한심스러워할 것이란 생각이 들어 그만두고 말았다. 그것은 마치 술 취한 동안의 추태를 가지고 술 깬 사람을 비웃는 것과 다름없기 때문이었다.

자신의 애정이 드러난 엉뚱한 짓을 희미하게나마 그가 기억하고 있을지도 모른다는 생각이 언뜻 그녀의 머리를 스쳤다. 그가 이야기를 하지 않고 있는 것은 그녀에게 다시 떠나지 말아 달라고 애원할 기회를 주게 될까봐 그런다는 생각이 든 것이다.

클레어는 미리 편지로 가까운 마을에 마차를 부탁해 두었고, 아침식사가 끝나자 바로 마차가 도착했다. 그녀는 마차를 보며 마지막 이별의 순간이 시작되었음을 확인했다. 다만 어젯밤의 사건으로 그의 애정이 남아 있다는 사실을 확인하면서 그와의 가능한 미래를 꿈꿀 수 있었기에 일시적인 이별이란 생각이 들기는 했다. 마부는 짐을 꼭대기에 싣고 그들을 태운 다음 출발했다. 방앗간 주인과 시중 들던 늙은 아낙은 그들의 갑작스런 출발에 다소 의아해했지만, 클레어는 방앗간 기계가 자기가 살펴보고 싶었던 현대식이 아니기 때문이라고 이유를 댔고, 말인즉슨 틀린 말은 아니었다. 그 밖에 그들이 떠나는 모양새를 보아서는 그들이 파경에 이르렀다거나, 함께 친척들을 방문하러 가는 것이 아니라고 눈치챌 만한 것은 아무것도 없었다.

그들이 갈 길은 며칠 전 서로 그처럼 엄숙한 기쁨을 안고 떠나온 낙농장 근처를 지나게 되어 있었고, 클레어는 크릭 씨와의 일 처리를 마무리짓고자 했기 때문에 테스는 그들의 행복한 상태를 의심받지 않으려면 같은 시간에 크릭 부인을 만나보지 않을 도리가 없었다.

될 수 있는 한 조용히 방문하기 위해 그들은 큰길에서 농장건물로 들어가는 작은 문 옆에 마차를 세우고 나란히 길을 걸어내려갔다. 우거진 버드나무들은 베어지고 없었고, 그 그루터기 너머로 클레어가 그녀에게 아내가 되어달라고 조르며 쫓아다니던 곳이 그들의 눈에 들어왔다. 왼쪽으로는 그의 하프 소리에 그녀가 매혹되었던, 울타리로 둘러싸인 곳이 있었고, 축사 뒤쪽으로 멀리 그들이 처음으로 포옹했던 풀밭이 있었다. 황금빛 여름 풍경은 이제 회색으로 바뀌어 초라한 빛깔이 되어 있었고, 기름진 흙은 진흙으로, 강물은 차가워져 있었다.

안마당 문 너머로 그들을 발견한 목장주인은 탈보테이즈 근방 사람들이 신혼부부가 다시 나타났을 때 흔히 하는 짓궂은 표정을 지으며 그들을 마중하러 나왔다. 그리고 크릭 부인과 함께 몇몇 낯익은 얼굴들이 집밖으로 나왔다. 하지만 마리안과 레티는 거기 없는 것 같았다.

테스는 그들의 익살맞은 공격과 다정스런 농담을 용감하게 받아넘겼지만, 그들의 상상과는 전혀 다르게 그것은 그녀를 괴롭혔다. 두 사람이 헤어지는 것을 비밀로 하자는 부부간의 묵시적 약속에 따라 그들은 태연하게 행동했다. 그리고 테스는 그 이야기는 안 나왔으면 하고 바랐지만, 마리안과 레티의 이야기를 자세히 들을 수밖에 없었다. 레티는 자기 집으로 되돌아가고 마리안은 다른 일자리를 찾아 떠났지만, 그렇다고 좋은 수는 없을 것 같다고 모두들 생각하고 있었다.

테스는 그 이야기를 자세히 들으면서 생긴 슬픔을 잊으려고 아끼던 젖소들을 찾아가서 한 마리씩 손으로 쓰다듬으며 작별 인사를 했다. 작별할 때가 되어 그녀와 클레어는 마치 영혼과 육체가 하나가 된 듯 나란히 서 있었지만, 혹시 그들을 자세히 본 사람이라면 그들의 모습에 묘하게도 어딘가 슬픔이 깃들어 있다는 것을 알아차렸을 것이다. 두 사람은 겉으로는 마치 한 몸처럼 그의 팔이 그녀의 팔에 닿고, 그녀의 치맛자락이 그를 스치면서 함께 농장 사람들 모두를 마주보고 서서 '우리'라고 하면서 작별 인사를 했지만,

두 사람은 남극과 북극만큼이나 떨어져 있었다. 어쩌면 그들의 태도에 신혼부부의 자연스런 수줍음과는 다른, 뭔가 이상하게 굳어 있고 당황스러워하는, 또 억지로 사이가 좋은 것처럼 행동할 때 나타나는 어색함 같은 것이 드러났는지도 모른다. 그래서 그런지 그들이 떠나자 크릭 부인은 남편을 향해 이렇게 말했던 것이다—.

"테스 눈빛이 참 이상하네요. 두 사람이 서 있는 게 꼭 밀랍 인형 같고, 말하는 것도 무슨 꿈꾸는 사람 같잖아요! 당신은 그런 생각이 안 들었수? 테스는 항상 좀 이상한 데가 있긴 했지만, 좋은 신랑을 만난 신부다운 자신감 같은 게 없어요."

그들은 마차를 다시 타고 웨더베리와 스택풋 레인 방향으로 계속 말을 달려 레인 여관에 도착했고, 클레어는 거기서 마차와 마부를 돌려보냈다. 그들은 거기서 잠시 휴식을 취했고, 골짜기 안으로 들어가서는 두 사람의 관계를 모르는 낯선 사람을 시켜 계속 그녀의 집까지 마차를 몰게 했다. 너틀베리를 지나 네거리가 있는 중간 쯤에 이르자 클레어는 마차를 멈추게 하고, 테스가 자기 집으로 돌아간다면 자기는 이쯤에서 작별해야겠다고 말했다. 마부가 있는 곳에서는 마음놓고 이야기할 수가 없었기 때문에 그는 그녀에게 샛길로 잠깐 같이 걷자고 했다. 그녀가 이에 동의하자 마부를 잠시 기다리게 하고 그들은 걷기 시작했다.

"자, 우리 서로 이해를 하도록 합시다." 그가 부드럽게 말했다. "지금 나로서는 참을 수 없는 일이긴 하지만, 우리 사이에 분노 같은 건 없소. 난 참을 수 있도록 노력할 작정이오. 내 생각이 정리되는 대로 어디에 있는지 당신한테 알려 주겠소. 그리고 내 스스로 견딜 수 있을 만하면—그게 바람직하고 또 가능하다면 말이오—당신한테로 가겠소. 그러니 내가 당신을 찾아가기 전에는 나를 찾지 않는 게 좋겠소."

그 혹독한 선고를 들으며 테스는 죽음과도 같은 느낌을 받았다.

그가 그녀를 어떻게 생각하고 있는지를 분명히 알 수 있었다. 테스를 바라보는 그의 관점은 자기를 엄청나게 기만한 여자라는 사실 외에는 아무것도 없는 셈이었다. 그렇지만 아무리 자신과 같은 잘못을 저지른 여자라고 해도 이렇게 취급할 수 있단 말인가? 하지만 그 문제를 가지고 더 이상 그와 다툴 수는 없었다. 그녀는 그가 한 말을 그저 되풀이할 수밖에 없었다.

"저를 찾아오시기 전에는 찾지 말라구요?"

"그렇소."

"편지는 괜찮나요?"

"아, 좋아요 — 혹시 아프거나 무슨 필요한 게 있으면 말이오. 그런 일이 없으면 좋겠지만. 아마 내가 먼저 편지를 쓰게 될 거요."

"에인절, 시키는 대로 할게요. 당신이야말로 제가 어떤 벌을 받아야 할지 가장 잘 아실 테니까요. 다만 — 다만 — 제가 견딜 수 없을 만큼 하지는 말아 주세요."

그것이 그 문제에 대해 테스가 말한 전부였다. 혹시 테스가 수단을 부릴 줄 알아서 그 외딴 샛길에서 한바탕 난리를 피우고 기절하거나 미친 듯이 울어댔다면, 에인절이 아무리 지독하게 까다로운 성격이라고 하더라도 그녀를 이겨내지는 못했을 것이다. 그러나 오랜 괴로움에 익숙한 그녀의 심정은 그를 편하게 만들어 주었고, 그녀 자신이 그의 가장 좋은 변호인이 되어 있었다. 그녀의 자존심 역시 굴복하고 말았고 — 어쩌면 그것은 더버빌 가문 전체에 너무나 뚜렷하게 나타나는, 운명에 모든 것을 맡겨 버리는 경솔한 묵종(默從)의 징후인지도 모른다 — 그래서 그녀가 애원하여 움직일 수도 있었던 많은 효과적인 감정의 가닥들은 건드려지지 않은 채 남아 있었다.

그들에게 남은 이야기는 실질적인 문제에 관한 것뿐이었다. 그는 일부러 은행에서 찾아 두었던 상당한 액수의 돈이 든 꾸러미를 이제 그녀에게 건네주었다. 보석은 그 소유권이 테스의 일생 동안만으로 한정되어 있는 것 같으니 (그가 유언장을 제대로 이해한 것이라면), 안전하게 은행에 맡겨 두도록 하자고 그녀에게 권했고, 그녀는 서슴없이 이에 따랐다.

이런 일을 정리하고 나서 그는 마차까지 테스와 함께 걸어가서 그녀가 올라타도록 손을 잡아 주었다. 그리고 마부에게는 삯을 치르고 그녀의 목적지를 일러주었다. 그러고는 자신의 가방과 우산을 든 다음 — 그가 여기까지 가져온 것은 그것뿐이었다 — 그녀에게 작별 인사를 했고, 그들은 그 자리에서 헤어졌다.

마차는 기어가듯 언덕을 올라갔고, 클레어는 테스가 창 밖으로 한 번만이라도 내다보았으면 하는 희망을 무심결에 가지고 마차가 사라지는 것을 지켜보았다. 그러나 그녀는 그런 것은 생각도 하지 못했고 또 도무지 그럴 생각도 없이, 마차 안에서 반쯤 죽은 듯이 힘없이 쓰러져 있었다. 이렇게 그녀가 멀어지는 것을 그는 지켜보았고, 괴로운 심정으로 어느 시인의 시 한 구절을 제 마음대로 고쳐 외어보았다 —.

하느님은 당신의 하늘에 계시지 **않고**
세상은 온통 **잘못투성이**로다!
(로버트 브라우닝의 시의 한 구절을 개작한 내용. 원문은 "하느님은 당신의 하늘에 계시고, 세상은 완벽하구나"로 되어 있음-역주)

테스가 언덕 너머로 사라지자 그는 자기가 갈 길을 향해 돌아섰다. 그러나 여전히 자신이 그녀를 사랑하고 있다는 사실은 전혀 모르고 있었다.

38

마차가 블랙무어 골짜기에 접어들며 사방에 어린시절의 풍경이 전개되기 시작했을 때 테스는 혼미한 상태에서 깨어났다. 맨 처음 그녀의 머리에 떠오른 생각은 부모님을 어떻게 대할까 하는 것이었다.

그녀는 마을로 들어가는 큰길에 있는 통행세를 받는 문에 도착했다. 문을 열어 준 사람은 여러 해 동안 그 자리를 지키던 노인이 아니라 잘 모르는 낯선 사람이었다. 아마 그런 사람들을 교체하는 날짜인 새해 첫날에 떠난 모양이었다. 최근 들어 집에서 아무 소식도 듣지 못했기 때문에 그녀는 문지기에게 마을 소식을 물었다.

"아—별일 없어요, 아가씨." 그가 대답했다. "말롯은 여전히 말롯이랍니다. 누구누구가 세상을 떠났느니 하는 정도지요. 존 더비필드는 이번 주에 딸을 양반 농부한테 시집보냈다고 합니다. 결혼식은 존네 집이 아니고, 다른 데서 올렸다고 하더군요. 저쪽 집안이 얼마나 대단한지 존네 식구는 잔치에 참석도 못할 정도로 살림이 어렵다고 여긴 모양입니다. 존도 혈통으로는 옛날 명문가의 후손이란 게 밝혀져서, 조상들 유골이 지금도 가족묘지에 보존되어 있다는데 신랑은 그걸 몰랐던 것 같소. 재산은 로마 시대 때 다 없어졌다지만 말이오. 하지만 존 경(卿)은, 요즘은 우리가 다 그렇게 부르는데, 결혼식날이라고 마을사람들을 모두 불러서 한턱을 냈답니다. 존의 부인은 퓨어 드롭 주막에서 밤 열한 시가 넘어서까지 노래를 불러댔다더군요."

이 말을 듣고 테스는 너무 가슴이 아파서 짐과 물건을 실은 채로 마차를 타고 집까지 공공연하게 들어갈 수가 없었다. 그녀는 문지기에게 자기 짐을 잠시 맡아 줄 수 있는지 물어보았다. 그의 승낙을 받은 그녀는 마차를 돌려보내고 혼자 뒷길로 걸어서 마을로 들어갔다.

고향집 굴뚝이 눈에 들어오자 그녀는 어떻게 저 집에 들어가야 될지 스스로에게 물어보았다. 집안의 가족들은 자신을 엄청나게 호강시켜 줄 꽤 돈 많은 신랑하고 자기가 멀리 신혼여행을 떠났으리라고 느긋하게 생각하고 있을 텐데, 자신은 지금 벗할 사람 하나 없이 세상에 갈 데라고는 여기밖에 없다는 듯 옛집 문 앞에 찾아들고 있는 것이다.

사람들 눈에 띄지 않고 집에까지 갈 수는 없었다. 마당의 생울타리 바로 옆에서 그녀는 학교 다닐 때 친하게 지내던 두세 처녀 중의 하나와 맞닥뜨리고 말았다. 친구는 테스가 어떻게 거길 왔는지 몇 마디 묻고는 그녀의 슬픈 표정을 눈치채지 못하고 불쑥 물었다.

"그런데, 테스, 너 신랑은 어디 있어?"

테스는 남편이 사업 때문에 어딜 갔다고 서둘러 대답을 하고는 묻는 사람을 남겨둔 채 마당의 생울타리를 지나 집 안으로 들어갔다.

마당의 좁은 길을 걸어가면서 그녀는 어머니가 뒷문 옆에서 노래를 부르는 소리를 들었고, 뒷문이 눈에 들어오며 더비필드 부인이 문 앞 층층대 위에서 홑이불 빨래를 짜고 있는 것이 보였다. 일을 마친 어머니는 테스를 보지도 못하고 집 안으로 들어갔고 딸은 어머니를 뒤따라 들어갔다.

빨래통은 옛날과 같은 자리에, 여전히 커다란 물통을 받침대로 삼아 놓여 있었고, 어머니는 홑이불을 옆으로 던져 놓고 다시 팔을 담그려는 순간이었다.

"아니 — 테스! — 이 녀석아 — 난 니가 결혼을! — 이번에는 진짜로 결혼한 줄 알았는데 — 사과주도 보냈고 —."

"맞아요, 엄마. 결혼했어요."

"할 거라고?"

"아니에요 — 결혼했어요."

"결혼했다고! 그런데 남편은 어디 있어?"

"아, 잠깐 어디 갔어요."

"갔다고! 그럼, 결혼식은 언제 올렸어? 니가 말한 날?"

"예, 엄마, 화요일에요."

"오늘이 겨우 토요일인데, 어딜 갔단 말이냐?"

"예, 갔어요."

"그게 무슨 말이냐? 그따위 빌어먹을 남편이 어디 있어!"

"엄마!" 테스는 조운 더비필드 앞으로 다가가서 가슴에 얼굴을 묻고 울음을 터뜨렸다. "어떻게 말해야 될지 모르겠어요, 엄마! 그 사람한테 말하지 말라고 엄마가 말했지요, 편지에서까지 그렇게 말씀하셨는데. 그렇지만 털어놓고 말았어요 — 어쩔 수 없었어요 — 그랬더니 떠나고 말았어요!"

"아이구, 이 철없는 바보야 — 이 철없는 바보 같은 것아!" 더비필드 부인은 흥분하는 바람에 테스와 자기 몸에 마구 물을 튀겨대며 소리를 질렀다. "환장하겠네! 이런 말은 다시는 안 할라 그랬는데, 또 하는구나. 이 철없는 바보 같은 것아!"

테스는 며칠 동안의 긴장이 마침내 풀어지면서 몸을 들썩거리며 울어댔다.

"나도 알아요 — 알아요 — 알아요!" 흑흑거리면서도 그녀는 억지로 말을 했다. "그렇지만, 아, 엄마, 어쩔 수 없었어요! 그 사람은 너무 좋은 사람이어서 — 옛날 일을 숨기는 건 못할 짓이었어요! 만약 — 만약 — 다시 해야 한다 해도 — 전 똑같이 했을 거예요. 전 — 그 사람한테 — 죄를 지을 수가 없어요 — 감히 그럴 수 없어요."

"그런데, 애당초 결혼한다는 게 벌써 죄를 짓는 거나 마찬가지였는데?"

"맞아요, 맞아요. 제 불행은 바로 그 때문이에요! 그렇지만 전 그 사람이 그걸 눈감아 줄 수 없다면 법적으로 이혼할 수 있을 줄로 알았어요. 그렇지만 아, 제가 그 사람을 얼마나 좋아했는지 — 얼마나 결혼하고 싶었는지 — 또 그 사람을 그렇게 좋아하는 마음하고 또 정직해야겠다는 마음 사이에서 얼마나 고민했는지 — 엄마는 몰라요!"

테스는 너무 떨려서 더 이상 말을 할 수 없었고, 힘없이 의자에 주저앉고 말았다.

"그래, 그래. 이왕 끝난 일이니 어쩔 도리가 없다! 어째서 우리 집 애들은 하나같이 다른 집 애들보다 더 숙맥(菽麥) 같은지 도통 알 도리가 없구나 — 그런 걸 왜 주책같이 떠들고 다니냔 말이다. 나중에 발견해 봤자 그땐 너무 늦어서 아무 소용없는 건데." 이렇게 말한 더비필드 부인은 어머니로서 자신의 처지가 처량한지 눈물을 흘리기 시작했다. 부인은 계속 말을 했다. "니 아버지가 뭐라실지 모르겠다. 그 양반은 그 뒤로는 허구한 날 롤리버나 퓨어 드롭에 가서 결혼 얘기만 떠들고 다니셨거든. 집안이 너 때문에 제자리를 찾아간다고 말이다 — 불쌍하고 한심한 양반 같으니라고! — 그런데, 이제 니가 이렇게 엉망으로 만들어 놓았으니! 아이고 하느님 맙소사!"

그때 마침 테스의 아버지가 집으로 돌아오는 소리가 들렸다. 그러나 그는 곧바로 들어오지는 않았고, 그래서 더비필드 부인은 자신이 그 나쁜 소식을 직접 알리겠다고 하고 테스에게는 잠시 안 보이는 데 가 있으라고 했다. 부인은 처음에 한 바탕 크게 낙담을 한 뒤로는 테스가 지난번에 불행을 당했을 때와 마찬가지로, 이 불행을 휴일날 비가 왔다거나 감자 농사를 망친 정도로 생각하기 시작했다. 그것은 본인의 잘잘못과 관계없이 그들에게 닥친 일이며, 훈계로 삼기보다는 참고 견뎌야 할, 우연히 찾아온 변고(變故)로 치부한 것이다.

테스는 2층으로 올라갔다가 침대 위치가 바뀌고 새로 정돈이 되어 있는 것을 우연히 발견했다. 그녀가 쓰던 옛날 침대는 동생 둘이서 쓰도록 되어 있었다. 이젠 여기도 그녀가 있을 자리는 없었다.

아래층 방은 천장이 되어 있지 않았기 때문에 거기서 나는 소리를 위에서 거의 들을 수가 있었다. 아버지가 곧 들어오셨는데, 아마도 암탉 한 마리를 들고 있는 것 같았다. 그는 두 번째 말도 팔지 않을 수 없어서 그 뒤로는 바구니를 손에 들고 여기저기 걸어다니며 행상을 하고 있었다. 그 암탉은 종종 그렇듯이 그가 놀지 않는다는 것을 사람들에게 보여 주려고 오늘 아침 데리고 나갔던 것인데, 실상은 다리를 묶어서 롤리버 주막 술상 밑에 한 시간 넘게 던져 놓았던 것이었다.

"좀 전에 무슨 얘기를 했냐 하면—" 더비필드가 말을 시작했고, 거기서부터 그는 딸이 신부님 집안에 시집간 이야기를 하다가 주막집에서 신부들에 대한 토론이 벌어졌다면서 그 이야기를 아내에게 자세히 하는 것이었다. "엄격히 말해서 요즘에는 사실 그대로 '신부'라고만 부르지만, 그 사람들도 전에는 우리 조상들처럼 '경(卿)'으로 불렀다더군 그래." 이번 일을 크게 알리지 말라는 테스의 부탁이 있었기 때문에 존은 그동안 상세한 이야기를 하지는 않았었다. 그는 딸이 그 함구령을 곧 중단하기를 원했다. 또 딸네 부부가 철자가 바뀌기 전의 테스의 원래 성(姓)인 더버빌을 쓰는 게 좋겠다고 했다. 남편의 성보다는 그것이 더 낫다는 것이었다. 그는 그날 혹시 딸한테서 무슨 편지라도 오지 않았느냐고 물었다.

그래서 더비필드 부인은 편지는 온 것이 없고, 불행히도 테스가 직접 왔다고 알려 주었다.

결혼이 파경에 이르렀다는 말을 마침내 듣게 된 더비필드는 평소의 그답지 않게 수치스럽게 생각하며 우울한 표정을 지었고 기분 좋게 마신 술기운마저 사라져 버렸다. 하지만 사건 자체의 성격상 자신의 예민한 감정보다는 다른 사람들이 어떻게 생각할까 하는 데 더 신경이 곤두서 있었다.

"그래, 겨우 이렇게 끝장이 났다는 건가!" 존 경이 말했다. "우리는 그래도 킹즈비어 교회 지하에 졸라드 나으리네 맥주 창고만큼 큰 가족묘지도 있고, 거기 가면 이 지방사(史)에서 어느 조상보다도 나은 우리 조상들 유골이 삼삼오오 누워 있는데 말이야. 그런데 이제 롤리버나 퓨어 드롭에 가면 작자들이 뭐라고 하겠어! 곁눈질로 실실 비웃어가며 말하겠지. '이게 자네가 말한 엄청난 혼사라는 거구만. 노르만 왕 때 조상들 체면을 제대로 되찾는다더니 이게 그 건가!' 여보, 아무리 생각해도 너무 하잖아. 가문이고 뭐고 세상 살고 싶은 생각이 없어졌어 — 더는 못 참겠어!…… 그런데, 결혼을 했으면 그 작자한테 먹여살리라고 할 수는 있잖아."

"물론, 그렇지요. 그런데 그 애는 그럴 생각이 없나 봅디다."

"당신 생각엔 정말 그 친구하고 결혼이나 한 것 같소? — 혹시 던젓번처럼 —"

불쌍한 테스는 여기까지 이야기를 듣다가 더 이상 참고 들을 수가 없었다. 자신의 말을 집에 있는 부모들까지 의심하고 있다는 생각이 들자 집이라는 게 꼴도 보기 싫어졌다. 운명이란 것이 이렇게 기막히게 사람을 괴롭힐 수 있단 말인가! 아버지마저 자기를 약간은 의심하고 있는데, 이웃이나 친구들은 더하지 않겠는가? 아, 그녀는 집에 오랫동안 있을 수가 없었다!

그래서 겨우 며칠 동안만 참고 집에 있기로 했는데, 그 며칠이 끝날 즈음 클레어에게서 짤막한 편지 한 통이 왔다. 영국 북부 지방으로 농장을 알아 보러 간다는 내용이었다. 그의 아내라는 자신의 영광스런 자리를 간절하게 되찾고, 두 사람 사이에 벌어진 엄청난 거리를 부모들에게 감추고 싶어서, 테스는 이 편지를 빌미 삼아 다시 집을 떠나기로 했고, 부모들에게는 남편에게 돌아간다는 암시를 주었다. 더욱이 남편이 자기를 박대한다는 비난을 듣지 않도록 하기 위해, 그녀는 클레어가 준 50파운드 중에서 25파운드를 떼내어 어머니께 드렸다. 그리고 에인절 클레어 같은 사람의 아내라면 그 정도의 여유는 있다는 투로, 그 돈은 지난 몇 년 동안 부모님을 고생시키고 면목없게 한 데 대한 약소한 보답이라고 말했다. 이렇게 스스로 체면을 세운 다음 그녀는 집을 떠났다. 그 후로 얼마 동안 더비필드네 식구들은 테스가 남겨 준 돈푼 덕에 활기가 넘쳤다. 어머니는 신혼부부 사이에 있었던 불화는 두 사람이 떨어져 살 수 없다는 강렬한 애정으로 인해 저절로 해소되었다고 말했고 실제로 그렇게 믿고 있었다.

39

결혼하고 3주가 지나서야 클레어는 부친의 낡익은 사제관으로 향하는 언덕길을 따라 내려가고 있었다. 내리막길을 가는 동안 저녁 하늘 위로 솟아오른 교회의 탑이 어째서 돌아왔느냐고 묻는 듯했다. 땅거미 진 마을에는 아무도 그를 알아보는 사람이 없는 듯했고, 기다리는 사람은 더더욱 없는 것 같았다. 그는 유령처럼 집을 찾아왔고, 자신의 발소리마저도 들리지 않았으면 좋을 장애물처럼 여겼다.

그에겐 인생의 모습이 달라져 있었다. 지금까지는 사색을 통해서만 그것을 이해했으나 이제 그는 현실 속의 한 인간으로 인생을 이해하게 되었다고 생각했다. 하지만 아직도 제대로 모르고 있는

지도 몰랐다. 그럼에도 불구하고 그의 앞에 나타난 인간의 모습은 이제 이태리 미술의 관조적 감미로움이 아니라, 비어츠 미술관(병적인 주제의 그림을 그린 벨기에의 화가 안톤 비어츠의 그림을 소장한 브뤼셀의 미술관-역주)의 그림처럼 사람을 노려보는 소름끼치는 모습이거나, 반 비어스(1852-1927, 벨기에의 풍속화가-역주)의 습작에서 볼 수 있는 고약스런 눈길로 나타났다.

처음 몇 주 동안 그의 행동은 뭐라고 할 수 없을 만큼 종작없었다. 그는 고금의 위대하고 지혜로운 분들이 충고하는 대로, 마치 아무 일도 없었던 것처럼 감정을 떨쳐 버리고 자신의 농사 계획을 추진해 보려고 애를 썼으나, 그 위대하고 지혜로운 분들 중에 자신의 가르침이 실행 가능한 것인지 검증할 수 있을 만큼 자신을 벗어났던 사람은 거의 없다는 결론에 이르렀다. "이것이 가장 중요한 것이로다, 평정심을 찾으라"고 이교도 도덕가(스토아 철학자였던 로마 황제 마르쿠스 아우렐리우스를 가리킴-역주)는 말했다. "너희는 마음에 근심하지 말고 두려워하지도 말라"고 나사렛 사람은 설교했다. 클레어는 이 말에 충심으로 동의했으나 그의 마음은 여전히 근심에 싸여 있었다. 그는 이 두 위대한 사상가를 직접 만나 인간 대 인간으로, 그들의 방법을 가르쳐 달라고 간절히 부탁하고 애원하고 싶을 지경이었다!

그의 감정은 고집스런 무관심으로 변했고 급기야 그는 자신의 존재를 국외자와 같은 소극적인 자세로 바라보고 있다는 생각마저 하게 되었다. 그는 이와 같이 서글픈 일이 모두 테스가 더버빌 가문 사람이라는 우연한 사실 때문이라는 생각을 굳히게 되자 더욱 씁쓸했다. 테스가 자신이 꿈꾸며 바라던 평민층의 새로운 인간형이 아니라 몰락한 양반가 출신이라는 것을 알았을 때, 왜 자신의 원칙에 충실하게 냉정하게 포기하지 못했던가? 이것은 그가 원칙을 저버리면서 생긴 결과였고, 따라서 그가 벌을 받는 것은 당연한 것이었다.

이렇게 그는 힘들고 괴로웠고 근심은 더해갔다. 그녀에게 부당한 처사를 한 것은 아닌가 하는 생각도 들었다. 그는 무엇을 먹는지도 모르고 식사를 했고, 맛도 모른 채 술을 마셨다. 시간이 흘러가며 지난날 있었던 수많은 행동들의 동기가 하나하나 그의 눈앞에 떠올랐고, 그는 자신이 테스를 그토록 간절하게 원했던 것이 모두 그의 계획과 말과 진로와 얼마나 밀접히 관련되어 있는지를 깨달았다.

이리저리 떠돌아다니던 그는 어느 작은 읍내 변두리에서, 농업 이민을 하기에는 브라질 제국이 굉장히 유리하다고 선전하는 울긋불긋한 벽보를 보았다. 그곳에서는 토지를 대단히 유리한 조건으로 제공하고 있었다. 어쩐지 브라질이 새로운 착상으로 그의 흥미를 끌었다. 거기라면 테스도 같이 갈 수 있을 것이다. 여기서 테스와 함께 사는 데 방해가 되는 인습들이 혹시 환경과 생각과 관습이 다른 고장에서라면 크게 문제되지가 않을 것 같았다. 요컨대 그는 브라질에 가고 싶다는 강한 충동을 받았고 더욱이 출발 날짜도 임박해 있었다.

이런 생각을 가지고 그는 부모님께 자신의 계획을 설명하기 위해 에민스터로 돌아오는 중이었다. 테스가 같이 오지 않은 것에 대해서는 두 사람이 헤어지게 된 실제 이유는 드러내지 않고 적당히 해명을 해 볼 참이었다. 문 앞에 이르렀을 때 초승달이 그의 얼굴을 비추었다. 마치 아내를 팔에 안고 강을 건너 수도사들의 무덤을 향해 가던 어느 날 밤중의 그믐달 같았다. 하지만 그의 얼굴은 지금이 더 수척했다.

클레어는 부모님께 집에 간다고 미리 기별을 하지 않았고, 그래서 그의 도착은 물총새 한 마리가 조용한 호수를 스치며 파문을 일으키듯 사제관의 분위기를 부산하게 만들었다. 양친은 모두 거실

에 계셨지만 형들은 아무도 집에 없었다. 에인절이 들어가서 등 뒤로 조용히 문을 닫았다.

"그런데 — 에인절, 네 아내는 어디 있느냐?" 어머니가 소리쳤다. "사람을 이렇게 놀라게 하다니!"

"친정 집에 갔어요 — 잠시 동안만요. 전 브라질에 가기로 결심했기 때문에 좀 서둘러서 집에 왔습니다."

"브라질이라고! 거긴 틀림없이 모두 로마 카톨릭 신자들일 텐데."

"그래요? 그건 생각 못했는데요."

아들이 카톨릭 교도들이 사는 나라로 간다고 하는 흔한하고 가슴 아픈 이야기조차 아들의 결혼에 대한 클레어 부부의 당연한 궁금증을 오랫동안 물리칠 수는 없었다.

"결혼식을 올린다는 너의 간략한 편지를 3주 전에 받았다." 클레어 부인이 말했다. "그래서 아버지는 너도 알다시피 대모님의 선물을 네 처한테 보냈던 것이다. 그 아이 친정이 어딘지는 모르겠다만, 네가 특별히 집이 아니고 목장에서 결혼식을 하고 싶다고 해서 우리 모두가 참석을 안 했던 것인데, 그건 물론 잘한 일인 것 같다. 너도 어색했을 것이고 우리도 기분이 좋지는 않았을 테니까. 네 형들도 그게 아주 마음에 안 들었던 모양이다. 이젠 다 끝난 일이니 불만이라고 할 것도 없고, 더욱이 네가 복음 전하는 일 대신에 택한 사업에 어울리는 여자라고 하니 말이다…… 하지만, 에인절, 어미로서는 미리 그 아이를 만나 좀 더 자세히 알아보았으면 좋았겠다는 생각이 든다. 우리가 따로 선물을 보내지 않은 건 그 아이가 뭘 좋아할지 몰라서 그랬던 것이니, 좀 늦어지는구나 하고 생각하고 있거라. 에인절, 나나 네 아버지는 이 결혼 때문에 네게 무슨 감정이 있거나 하지는 않다. 다만 우리가 직접 네 아내를 보고 나서 좋아하는 것도 괜찮겠다는 생각을 했던 것이다. 그런데 이번에도 아내를 데리고 오지 않았구나. 참 이상한데, 무슨 일이라도 있었느냐?"

그는 자신이 여기 와 있는 동안 그녀는 당분간 친정에 가 있는 것이 좋을 것 같아서 그렇게 했다고 대답했다.

"어머니, 분명히 말씀드립니다만, 저는 그 사람이 어머니 앞에 훌륭하게 나타날 수 있겠다 싶을 때까지는 집에 데려오지 않기로 늘 생각했어요. 그런데 이 브라질 구상은 아주 최근에 와서 했거든요. 그래서 제가 가더라도 처음에 갈 때는 그 사람을 데려가지 않는 것이 좋을 것 같습니다. 제가 돌아올 때까지 그 사람은 친정에 있기로 했습니다."

"그러면 네가 떠나기 전에 그 아이를 못 본단 말이냐?"

그는 그럴 수밖에 없다고 대답했다. 그의 원래 계획은 그가 말한 대로 그녀를 인사시키는 것을 잠시 뒤로 미루는 것이었다. 그것은 어떤 식으로든 두 분의 편견이나—감정 같은 것을 상하지 않도록 하려는 생각에서였고, 또 그 밖의 다른 이유들도 있었다. 그는 당장 간다 하더라도 1년 뒤에는 집에 돌아올 것이며, 그녀를 데리고 다시 떠나기 전에 부모님께 인사를 드리도록 하겠다고 말씀을 드렸다.

급히 차린 저녁식사가 들어왔고, 클레어는 자신의 계획을 좀 더 상세히 말씀드렸다. 신부를 보지 못한 어머니의 섭섭한 마음은 그대로 남아 있었다. 지난번에 클레어가 테스한테 온통 빠져 있을 때 말씀드린 것이 어머니의 모성애까지 건드렸던 것인지, 어머니는 나사렛에서 무슨 선한 것이 나온 것처럼(〈요한복음〉 1장 46절의 예수에 대한 언급-역주)—탈보테이즈 농장에서도 예쁜 여자가 나올 것으로 거의 믿고 있었다. 어머니는 식사를 하는 아들을 지켜보았다.

"그 아이 생김새를 말로 설명해 볼 수 없겠니? 에인절, 물론 무척 예쁘겠구나."

"그건 의심의 여지가 없지요!" 씁쓸한 마음을 감추려는 듯 그는 열을 내며 말했다.

"정숙하고 착한 것도 의심할 바 없겠지?'

"정숙하고 착하죠, 물론이에요."

"눈에 선하게 보이는 것 같구나. 지난번에 네 말로는 인물이 좋다고 했지. 통통한 체격에, 큐피드의 화살 같은 진홍색 입술, 그리고 까만 눈썹과 속눈썹에다, 머리숱은 범선의 닻줄처럼 풍성하고, 큼지막한 두 눈동자는 보랏빛과 파랑, 검정 빛깔이 섞여 있다고 했던 것 같구나."

"맞아요, 어머니."

"꼭 눈앞에 있는 것 같구나. 그렇게 외딴 곳에 살았으니 널 만나기 전에는 세상의 다른 남자를 보지도 못한 게 틀림없겠네."

"그럼요."

"네가 첫사랑이냐?"

"물론이지요."

"이렇게 순박하고 붉은 입술을 한, 씩씩한 시골 처녀들보다 더 나쁜 아내들도 있는 법이다. 이런 생각을 진작 했어야 하는 건데 말이다—실은, 우리 아들이 농사를 짓겠다고 하니까, 그 아내도 들일에 익숙한 사람이 되는 게 당연한 게 아니냔 말이다."

아버지는 질문을 덜 하셨다. 하지만 저녁 기도 전에 항상 하던 대로 성경 읽는 시간이 되었을 때, 신부는 부인에게 말했다.

"내 생각에는 에인절도 왔으니, 평소 읽던 순서대로 하지 말고 〈잠언〉 31장을 읽는 게 더 어울릴 것 같은데?"

"예, 좋겠네요. 르무엘 왕의 말씀 말이죠." 클레어 부인이 대답했다(부인은 남편 못지 않게 《성서》의 장, 절을 인용할 줄 알았다). "얘야, 아버지는 〈잠언〉에 나오는 정숙한 아내를 찬양하는 장을 읽어 주시기로 하셨다. 이 말씀이 지금 이 자리에 없는 사람한테 합당한 내용이란 건 말할 필요도 없겠구나. 하느님께서 그 아이 가는 모든 길을 지켜 주옵소서!"

클레어는 가슴이 뭉클해졌다. 구석에서 간편한 성서대(聖書臺)를 꺼내어 벽난로 앞 한가운데로 옮겨놓은 다음, 늙은 하인 두 사람이 들어오자 에인절의 아버지는 앞서 말한 장(章)의 10절부터 읽기 시작했다.

"누가 현숙한 여인을 찾아 얻겠느냐. 그 값은 진주보다 더 하니라. 그런 자는 밤이 새기 전에 일어나서 그 집 사람에게 식물을 나눠주며, 힘으로 허리를 묶으며 그 팔을 강하게 하며, 자기의 무역하는 것이 이로운 줄을 깨닫고 밤에 등불을 끄지 아니하느니라. 그 여자는 집안 일을 보살피고 게을리 얻은 양식을 먹지 아니하나니, 그 자식들은 일어나 사례하며 그 남편도 칭찬하기를 덕행 있는 여자가 많으나 그대는 여러 여자보다 뛰어난다 하느니라."

기도가 끝나자 어머니가 말했다.

"아버지가 읽으신 말씀 중에 특히 몇 구절은 네가 택한 여자한테 아주 잘 어울린다고 생각지 않을 수가 없구나. 너도 알다시피 완전한 여자란 일을 하는 여자다. 게으른 여자나 인물 좋은 여자가 아니라, 남을 돕기 위해 자기 손과 머리와 마음을 쓸 줄 아는 여자를 말하는 것이다. '그 자식들은 일어나 사례하며 그 남편도 칭찬하기를 덕행 있는 여자가 많으나 그대는 여러 여자보다 뛰어난다 하느니라.' 글쎄다, 에인절, 그 아이를 진작 만나 볼걸 그랬다. 정숙하고 순결한 아이라니 예절도 잘 알고 있을 테니까 말이다."

클레어는 더 이상 참을 수 없었다. 그의 두 눈은 녹아내린 납물 같은 눈물 방울로 젖었다. 그는 자신이 그처럼 사랑하는 그 진실하고 소박한 성품의 두 분에게 서둘러 저녁 인사를 드렸다. 그들은 세상도 육체도 모르고, 또 그들의 마음속에 숨어 있는 악마도 모르고 있었다. 그것들은 그들과는 상관없는 분명치 않은 무엇에 불과했다. 그는 자기 방으로 돌아갔다.

어머니가 뒤를 따라와 그의 문을 두드렸다. 클레어는 문을 열고 어머니가 걱정스런 눈길로 문밖에 서 계신 것을 발견했다.

"에인절," 어머니가 물었다. "그렇게 급히 방을 나가는 걸 보니 뭐가 잘못 된 게 있는 모양이구나? 네 행동이 좀 이상해서 그래."

"예, 어머니, 실은 그래요." 그가 대답했다.

"그 아이 때문에? 얘야, 에미는 알고 있다—그 아이 때문이로구나! 3주밖에 안 됐는데 싸운 모양이구나?"

"정확히 말해서 싸운 건 아니에요." 그가 대답했다. "생각이 좀 맞질 않아서—."

"에인절—그 아이가, 내력을 좀 조사해 보아도 괜찮은 처녀겠지?"

어머니다운 육감으로 클레어 부인은 아들의 마음을 괴롭히는 것으로 짐작되는 문제점을 지적해 내었던 것이다.

"그 사람은 깨끗해요!" 그는 대답을 하면서 당장 지옥에 간다 하더라도 거짓말을 할 수밖에 없다고 생각했다.

"그렇다면 다른 건 염려하지 말아라. 세상에 순박한 시골 처녀보다 더 깨끗한 여자는 별로 없느니라. 아마도 처음엔 너처럼 교육을 받은 사람들이 보기엔 거슬리는 미숙한 몸가짐이 있을 테지만 너하고 같이 살면서 배우게 되면 차츰 나아질 게 틀림없다."

그렇게 아무것도 모른 채 베풀어지는 관용은 지독한 냉소처럼 들렸고, 클레어는 이 결혼으로 자기 신세를 완전히 망치고 말았다는 생각을 심각하게 새로 하게 되었다. 그것은 그녀의 비밀을 알고 나서 처음엔 생각지 못했던 것이었다. 사실 그 스스로는 자신의 장래에 대해서 크게 괘념치 않았지만, 적어도 부모나 형제들을 위해서는 부끄럽지 않은 모습을 보이고 싶었다. 그렇게 그는 촛불을 들여다보고 있었고, 불꽃은 마치 지각 있는 사람들이나 비추지 얼간이나 실패한 사람은 비추고 싶지 않다고 소리 없이 말하고 있는 듯했다.

흥분이 가라앉자 그는 부모님을 속이지 않을 수 없는 상황을 초래한 불쌍한 아내가 이따금 원망스러워졌다. 그는 아내가 방안에 있기라도 한 듯 화를 낼 뻔했다. 그러자 애처롭게 타이르는 그녀의 다정한 목소리가 어둠속에 들려왔고, 벨벳 같은 그녀의 입술 촉감이 그의 이마를 스쳤으며, 허공 속에서 그는 따스한 그녀의 숨결을 느낄 수 있었다.

이날 밤 그가 무시하고 박대하던 여인은 자기 남편이 얼마나 훌륭하고 좋은 사람인지 생각하고 있었다. 그러나 그들 두 사람 머리 위에는 에인절 클레어가 느꼈던 그림자, 곧 그 자신의 한계라고 생각한 그림자보다 더 짙은 그림자가 드리워져 있었다. 지난 25년간의 세월이 낳은 견본품이라고 할 수 있는 이 진보적이고 선량한 청년은, 독자적인 판단을 내리기 위한 자신의 노력에도 불구하고 갑자기 어린시절의 가르침 앞에 서면 아직은 관습과 인습의 노예에 불과했다. 테스의 도덕적 가치는 행위가 아니라 마음가짐으로 판단해야 하는 것이며, 따라서 본질적으로 그의 어린 아내는 똑같이 죄악을 미워하는 다른 여자들 못지 않게 르무엘 왕의 칭찬을 받을 만한 여자였으나, 이를 그에게 가르쳐 준 예언자도 없었고 그 스스로 깨우칠 만한 예지도 없었다. 더욱이 그런 경우에 눈앞에 있는 사람은 가린 것 없이 결점이 드러나기 때문에 손해를 보지만, 멀리서 희미하게 잘 안 보이는 사람은 거리 때문에 오점도 예술적인 장점이 되어 덕을 보는 법이다. 테스의 결점만을 생각하는 바람에 그는 그녀의 참모습을 간과했고, 흠 있는 사람이 완전한 사람보다 더 나을 수도 있다는 사실을 잊고 있었다.

40

아침식사 시간에는 브라질이 화제였다. 브라질로 가서 1년이 못되어 돌아온 농부들이 있다는 부정적인 소식들에도 불구하고, 모두들 에인절이 그 나라에서 계획하고 있는 실험에 대해 희망적인 전망을 하려고 애를 썼다. 아침식사를 마치고 클레어는 그 작은 읍내로 나가서 자신과 관련된 몇 가지 자질구레한 일들을 처리하고, 지방 은행에 예금해 두었던 돈을 모두 찾았다. 돌아오는 길에 그는 교회 옆에서 머시 찬트 양을 만났다. 그녀는 마치 교회 벽에서부터 문득 솟아나온 듯한 모습이었다. 그녀는 자기 반 학생들에게 줄 성경을 한 아름 안고 있었고, 인생을 바라보는 그녀의 시각은 남에게는 비탄을 가져올 사건이라도 자신에게는 한없이 즐거운 미소를 가져온다고 할 정도였다. 부러운 일이긴 했으나, 에인절이 보기에 그것은 묘하게도 신비주의에 인간성을 억지로 희생시키면서 얻은 것이었다.

그녀는 그가 영국을 곧 떠난다는 소식을 들어 알고 있었고, 그 일이 대단히 훌륭하고 장래성이 있는 계획 같다는 말도 덧붙였다.

"그렇죠, 상업적인 의미에서는 물론 충분히 유망한 계획이라고 할 수 있어요." 그가 대답했다. "하지만 머시 양, 그건 생활의 연속성이 끊어진다는 뜻이에요. 어쩌면 수도원이 더 나을지도 몰라요."

"수도원이라구요! 아, 에인절 클레어!"

"왜요?"

"정말, 참 나쁜 사람이군요. 수도원은 수도사란 말이고, 수도사라면 로마 카톨릭이란 말이잖아요."

"그래서 로마 카톨릭은 죄악이고, 죄악은 멸망이다. 에인절 클레어, 그대는 몹시 위험한 처지에 있도다란 결론이군요."

"저는 저의 개신교 신앙을 자랑스럽게 생각하고 있어요!" 그녀가 엄숙하게 말했다.

그러자 클레어는 그 지독한 괴로움 때문에 귀신이라도 씐 듯한 심사가 되어 자신의 원래 생각과도 어긋나게, 그녀를 자기 옆으로 불러 귀에다 대고 자기가 생각해 낼 수 있는 가장 이단적인 이야기를 악마처럼 속삭였다. 그녀의 얼굴에 떠오른 두려움을 보고 그는 순간적으로 웃음을 터뜨렸으나, 자신의 행복에 대한 아픔과 염려가 겹치면서 웃음도 그치고 말았다.

"머시," 그가 말했다. "나를 용서해 줘요. 미칠 것 같소!"

그녀는 그가 정말 그런지도 모르겠다는 생각을 했다. 이렇게 만남은 끝나고 클레어는 다시 사제관으로 돌아왔다. 그는 보석을 좀 더 행복한 날이 올 때까지 지방 은행에 맡겼다. 그는 또 30파운드를 은행에 맡겨서—혹시 몇 달 후에 테스가 부탁이라도 하면 보내

주도록 했고, 블랙무어 골짜기에 부모와 함께 있는 그녀에게는 편지를 써서 자기가 준비해 둔 것을 알려 주었다. 이 돈이라면 그가 미리 그녀의 손에 쥐어 준 돈—약 50파운드—과 함께 당분간 그녀가 필요한 것을 마련하는 데는 꽤 넉넉하리라고 생각했고, 또 특별히 급한 일이라도 생기면 그의 부친께 연락을 하도록 미리 일러두기도 했던 것이다.

그는 부모님께 그녀의 주소를 말씀드려서 그녀와 연락할 수 있도록 하는 것은 바람직하지 않다고 생각했다. 그리고 아버지나 어머니도 두 사람이 실제로 갈라선 이유가 무엇인지 모르고 있었기 때문에 구태여 주소를 알려고 하지 않았다. 해치워야 할 일은 빨리 처리하고 싶었기 때문에 그는 그날 중으로 사제관을 떠났다.

이 지방을 떠나기 전에 그가 해야 할 마지막 일은 테스와 함께 신혼의 첫 사흘을 보낸 웰브릿지의 농가를 찾아가는 일이었다. 약간의 방세도 치러야 했고, 그들이 쓰던 방 열쇠도 돌려주고, 남겨 둔 두세 가지 작은 짐꾸러미도 가져와야 했다. 그의 인생에 가장 어두운 그림자가 덮쳤던 곳이 바로 이 지붕 밑이었다. 하지만 거실 문을 열고 집안을 들여다보았을 때, 그의 머리에 먼저 떠오른 기억은 바로 그날 오후에 행복하게 도착하던 순간의 추억이었다. 같은 집에서 함께 살게 되었다고 하는 그 첫순간의 신선한 느낌, 함께 나눈 첫식사, 함께 손을 잡고 난롯가에서 나눈 이야기들이 떠올랐다.

그가 찾아갔을 때 농부와 아내는 들에 나가고 없어서 클레어는 한참 동안 집안에 혼자 있었다. 아직 완전히 청산되지 못한 감정이 마음속에 새삼스레 되살아나면서 그는 2층의 그녀 방으로 올라갔다. 그는 써보지 못한 방이었다. 침대는 떠나던 날 아침 그녀가 직접 손질해 둔 대로 말끔하게 정돈되어 있었다. 겨우살이는 그가 달아 놓은 그대로 침대의 덮개 휘장 밑에 달려 있었다. 그것은 3, 4주 동안 그대로 있었기 때문에 색도 바래고 잎과 열매도 오그라들어 있었다. 에인절은 그것을 떼어 내어 벽난로 아궁이에 쑤셔넣었다. 그 자리에 서서 그는 처음으로, 그 중대한 순간에 자신이 취한 행동이 현명한 것이었는지, 적어도 관대하기라도 했는지 의심이 들었다. 자신이 잔인하리만치 시야가 좁았던 것은 아닌가? 갈피를 잡을 수 없을 만큼 갖가지 감정이 북받치면서 그는 눈물이 핑 돌아 침대 옆에 무릎을 꿇었다. "아 테스! 좀 더 일찍만 얘기했더라도 용서했을 텐데!" 그는 한탄스러웠다.

아래층에서 발소리가 나는 것을 듣고 그는 일어나 층계 머리로 나갔다. 층계 밑에 한 여자가 서 있었는데, 그녀가 고개를 돌리는 순간 그는 곧 그것이 창백한 얼굴을 한 검은 눈동자의 이즈 휴에트임을 알아보았다.

"클레어 씨," 그녀가 말했다. "내외분을 뵙고 인사드리려고 왔어요. 다시 여기 돌아와 계실 것 같았거든요."

그는 이 처녀의 비밀을 대강 알고 있었으나 그녀는 그의 비밀에 대해 모르고 있었다. 그를 사랑했던 정직한 처녀 — 테스만큼이나 착한, 거의 그만큼이나 착하고 또 실질적인 도움을 줄 수 있는 농부의 아내가 될 만한 처녀였다.

"여긴 나 혼자 있소. 우린 지금 여기 살지 않아요." 무엇 때문에 여기 와 있는지 설명을 하고 나서 그는 물었다. "어느 길로 해서 집으로 가요?"

"전 이제 탈보테이즈 농장에 있지 않아요." 그녀가 말했다.

"무슨 일이 있어요?"

이즈가 고개를 떨구었다.

"거긴 너무 쓸쓸해서 떠났어요! 지금은 이쪽으로 나와 있어요." 그녀는 반대쪽을 가리켰다. 그도 그쪽으로 갈 참이었다.

"그럼 — 지금 갈 건가? 괜찮다면 마차에 태워 주지요."

그녀의 올리브빛 안색이 더욱 짙게 상기되었다.

"고맙습니다. 클레어씨."

그는 곧 농부를 만나 방세와 함께 갑자기 집을 비우게 된 바람에 처리하지 못했던 몇 가지 문제를 해결했다. 클레어가 마차로 돌아오자 이즈가 옆에 올라탔다.

"이즈, 난 영국을 떠날 계획이오." 마차를 몰며 그가 말했다. "브라질로 갑니다."

"클레어 부인도 거기 가는 걸 좋아하나요?" 그녀가 물었다.

"그 사람은 이번에 같이 안 가요—한 1년 가량 걸릴 겁니다. 그곳 사정이 어떤지 살펴보러 가는 길이거든요."

그들은 동쪽으로 상당한 거리를 달렸고, 이즈는 아무 말도 하지 않았다.

"다른 처녀들은 잘 있죠? 레티는 어때요?" 그가 물었다.

"지난번에 만났을 때 보니까 신경이 꽤 약해져 있었어요. 너무 심하게 마르고 볼이 쑥 들어가서 꼭 폐병 환자 같았거든요. 이젠 그 애를 좋아할 남자는 아무도 없을 거예요." 이즈는 아무 생각 없이 말을 했다.

"그럼 마리안은?"

이즈는 목소리를 낮추었다.

"마리안은 술을 마셔요."

"설마!"

"정말이에요. 목장주인이 내보냈어요."

"그러면 이즈는?"

"전 술도 안 마시고, 폐병도 아니에요. 그렇지만—이젠 아침식사 전에 한 가락씩 불러제끼던 게 잘 안돼요."

"그건 왜 그럴까? 아침에 젖을 짤 때면 '큐피드의 정원에서'나 '재봉사의 바지' 같은 곡들을 멋들어지게 부르곤 하던 걸 잊었나?"

"아, 그럼요! 클레어 씨가 처음 왔을 땐 그랬죠. 하지만 조금 지나고 나서부터는 안 불렀어요."

"왜 그랬을까?"

그녀의 검은 눈동자가 대답하듯 잠시 그의 얼굴을 바라보며 반짝였다.

"이즈! — 참 마음이 약하군요 — 나 같은 사람을 두고!" 그는 말을 마치고 상념에 잠겼다. "그러면 — 혹시 내가 결혼하자고 했다면 뭐라고 했을까?"

"만약 그러셨다면 전 '네'하고 대답했을 거예요. 그리고 클레어 씨도 자신을 사랑하는 여자와 결혼하게 되셨을 거예요!"

"정말!"

"정말이고 말고요!" 그녀는 열정적으로 말했다. "맙소사! 아직 그것도 모르셨다니!"

이윽고 그들은 어느 마을로 들어가는 갈림길에 이르렀다.

"전 내려야 돼요. 저기 살고 있거든요." 사랑을 고백한 뒤로 아무 말도 않고 있던 이즈가 불쑥 말을 했다.

클레어는 말의 속도를 늦추었다. 그는 자신의 운명에 분개했고, 사회의 법칙에 심한 반감을 느꼈다. 그것은 그를 궁지에 몰아넣었고 거기서 빠져나가는 정당한 길은 없었기 때문이었다. 이렇게 올가미에 걸려 인습(因習)이라는 선생의 매를 고스란히 맞기보다는 차라리 앞으로 가정 생활을 함부로 해서 사회에 복수를 하는 게 어떨까.

"이즈, 난 브라질에 혼자 갈 거요." 그가 말했다. "아내하고는 뱃길이 힘들어서가 아니라 개인적인 이유로 해서 헤어졌어요. 다시 같이 살지 않을지도 몰라요. 당신을 사랑한다고 할 수는 없지만, 혹시 — 테스 대신에 나하고 같이 가지 않겠소?"

"진심으로 저하고 가고 싶으세요?"

"진심이오. 난 너무 지쳐서 이젠 좀 쉬고 싶어요. 그리고 적어도 당신은 사심 없이 나를 사랑하고 있잖소."

"좋아요 — 가겠어요." 잠시 망설이던 끝에 이즈가 대답했다.

"정말이오? 이즈, 그게 무슨 뜻인지 알고나 있소?"

"거기 가 계신 동안만 제가 함께 산다는 뜻이겠죠 — 저한테는 그것이면 충분해요."

"이제 도덕의 측면에선 나란 사람을 믿을 수 없다는 걸 잘 기억해 둬요. 문명 — 곧 서구 문명의 눈으로 보면 그것은 분명히 나쁜 짓이라는 것도 알려 두고 싶소."

"괜찮아요. 괴로움이 극에 달하면 어떤 여자라도 그렇게 할 거예요. 다른 길이 없으니까요!"

"그러면 내리지 말고, 거기 앉아 있어요."

그는 갈림길을 지나 1마일, 2마일을 계속 달렸고, 아무런 애정의 표시도 하지 않았다.

"이즈, 정말, 정말로 나를 사랑하오?" 그가 갑자기 물었다.

"그럼요 — 그렇다고 말씀드렸잖아요! 농장에 같이 있는 동안 언제나 클레어 씨를 사랑했어요!"

"테스보다 더?"

그녀는 고개를 저었다.

"아니에요," 그녀가 작은 소리로 말했다. "테스보단 못해요."

"어째서?"

"아무도 테스보다 클레어 씨를 더 사랑할 순 없었으니까요!…… 테스는 클레어 씨를 위해서라면 목숨까지 바쳤을 거예요. 전 테스보단 못해요."

브올산 꼭대기의 예언자(《성서》 〈민수기〉 22-4장. 이스라엘 민족을 저주하라는 부탁을 받았으나, 여호와의 명을 받아 거꾸로 축복의 예언을 한 예언자 발람을 가리킴-역주)처럼 이즈 휴에트도 그 순간 거짓말을 하고 싶었겠지만, 그녀의 거친 성격은 테스의 인간됨에 매혹되어 있었기 때문에 그녀는 흔쾌히 대답하고 말았던 것이다.

클레어는 말이 없었다. 그렇게 예상치도 못했던 순간에, 나무랄 수조차 없는 사람에게서 이처럼 솔직한 대답을 듣자 그는 가슴이 북받쳐 올랐다. 울음이 나오다 말고 목구멍에 단단하게 걸려 있는 것 같았다. 그녀의 말이 다시 귀에 맴돌았다. **"테스는 클레어 씨를 위해서라면 목숨까지 바쳤을 거예요. 전 테스보단 못해요!"**

"이즈, 우리가 했던 실없는 이야기는 잊어버려요." 갑자기 말머리를 돌리며 그가 말했다. "내가 무슨 말을 하고 있었는지 모르겠소! 이제 이즈네 샛길이 나오는 데까지 데려다 주겠소."

"그렇게 솔직하게 말씀드렸는데, 너무 하시군요! 아—어떻게 견디라구요—어떻게—어떻게요!"

이즈 휴에트는 격한 울음을 터뜨렸고, 자기가 무슨 말을 했는지를 깨닫고는 이마를 쳤다.

"여기 없는 한 사람한테 베푼 조그마한 정직한 행동을 후회하고 있소? 아, 이즈, 후회를 해서 그 정직한 행동을 망치지 말아요!"

그녀는 차츰 마음을 가라앉혔다.

"알겠어요. 도대체 제가 가—간다고 대답했을 때 무슨 생각을 하고 있었는지 모르겠군요! 전—불가능한 일을 바랐으니까요!"

"내겐 이미 사랑하는 아내가 있으니까."

"맞아요, 맞아요! 있고 말고요."

그들은 반시간 전에 지나간 샛길 모퉁이에 도착했고, 그녀는 뛰어내렸다.

"이즈—제발, 제발 내가 잠시 경솔한 짓을 했던 걸 잊어 줘요!" 그가 소리쳤다. "너무 생각도 모자라고 분별없는 일이었소."

"잊으라구요? 절대로, 절대로 안 돼요! 아, 제게는 결코 경솔한 일이 아니었어요!"

그는 그 상처 입은 울부짖음에 담긴 비난이 너무나 당연하다고 느꼈고, 말로 표현할 수 없는 슬픔이 북받쳐 마차에서 뛰어내려 그녀의 손을 잡았다.

"그렇지만 이즈, 우린 그래도 좋은 감정으로 헤어져야 되지 않겠소? 내가 얼마나 괴로움을 참고 있는지 아마 모를 거요."

그녀는 정말 마음이 너그러운 처녀였고, 다시 모진 말로 작별을 가로막는 일은 하지 않았다.

"용서해 드릴게요." 이즈가 말했다.

"자 이즈," 그녀가 그렇게 자기 옆에 서 있는 동안, 그는 결코 마음에도 없는 선생의 입장을 억지로 만들어 내어 이야기를 했다. "마리안을 만나면 어리석은 짓은 그만두고 착한 사람이 되라고 말해 줘요. 약속할 수 있겠죠. 그리고 레티한테도, 세상에는 나보다 더 훌륭한 남자가 많이 있으니 나를 위해서라도 지혜롭고 착하게 행동하라고 말해 줘요—이 말을 꼭 전해요—지혜롭고 착하게—나를 위해서 말이오. 나는 죽어가는 사람이 죽어가는 사람한테 전하는 심정으로 이 부탁을 하고 있소. 다시는 그 사람들을 만나지 못하게 될 테니까 말이오. 그리고 이지(이즈의 애칭-역주), 당신이 내 아내에 대해 솔직하게 얘기해준 덕택에, 난 터무니없이 성급하게 아내를 배반할 뻔한 어리석은 잘못을 저지르지 않게 되었소. 여자들도 나쁠 때가 있지만 이런 일을 보면 남자들만큼 나쁘지는 않은 모양이오! 이 일 때문에 난 당신을 절대로 잊지 못할 거요. 지금까지와 같이 착하고 성실하게 살아가도록 해요. 그리고 나를 믿을 수 없는 애인으로 여기지 말고 성실한 친구로 생각해 줘요. 약속해요."

그녀는 약속했다.

"클레어 씨, 하느님의 축복과 가호가 있으시길 빌지요. 안녕히 가세요!"

그는 다시 마차를 몰았다. 그러나 이즈는 샛길로 돌아서서 클레어의 모습이 시야에서 사라지자 이내 격심한 괴로움을 이기지 못해 둑 위에 쓰러졌다. 그날 밤늦게 어머니가 계신 집에 들어서는 그녀는 피로에 지친 이상스런 얼굴을 하고 있었다. 에인절 클레어가 떠나고 그녀가 집에 당도하기까지 그 깜깜한 몇 시간을 이즈가 어떻게 보냈는지 아는 사람은 아무도 없었다.

클레어 역시 그녀와 작별한 후 쓰라린 마음으로 입술을 떨었다. 하지만 그의 슬픔은 이즈 때문이 아니었다. 그날 밤 그는 자칫하면 가장 가까운 기차 정거장으로 가는 길을 버리고, 그와 테스의 집 사이에 있는 남부 웨섹스의 높은 산등성이를 넘어서 마차를 몰 뻔했다. 그가 가지 않았던 것은 그녀의 성격을 업신여기거나 그녀의 마음 상태를 짐작했기 때문은 아니었다.

결코 아니었다. 그것은 이즈의 고백으로 확인된 테스의 사랑에도 불구하고, 현실은 변하지 않았다는 생각 때문이었다. 자신의 처음 생각이 옳았다면 지금도 옳은 것이었다. 그가 이미 가고 있던 길은, 이날 오후 그에게 작용한 것보다 더 강하고 지속적인 어떤 힘으로 돌려지지 않는 한 그 길을 계속 따라가도록 했다. 마음만 먹는다면 그는 테스에게 당장 돌아갈 수 있었을 것이다. 그는 그날 밤 런던으로 가는 기차를 탔고, 닷새 후에는 출항하는 항구에서 형들과 작별의 악수를 나누었다.

41

앞서 얘기한 사건들이 있었던 겨울철에서부터 클레어와 테스가 헤어진 지 여덟 달이 좀 더 지난 시월의 어느 날로 넘어가도록 하

자. 우리는 테스의 바뀐 처지를 목격하게 된다. 다른 사람에게 상자와 가방을 나르게 하는 새색시가 아니라, 그 옛날 새색시가 되기 전처럼 직접 바구니와 보따리를 들고 다니는 한 외로운 여인을 만나게 되는 것이다. 이 집행유예의 기간 동안 편히 쓸 수 있도록 남편이 던져 준 많은 돈은 간데 없고, 얄팍해진 지갑만 그녀에게 남아 있었다.

고향 말롯을 다시 떠난 뒤에 그녀는 힘에 크게 부치지 않는 일을 하며 봄과 여름을 보냈다. 블랙무어 골짜기 서쪽으로, 고향집과 탈보테이즈에서 똑같이 멀리 떨어져 있는 포트 브레디 근처의 낙농장에서 대개 뜨내기로 가벼운 일을 하면서 이 시기를 보냈던 것이다. 그녀는 그가 준 돈을 쓰는 것보다 이렇게 사는 것이 더 좋았다. 그녀는 심리적으로 무척 침체되어 있었고, 그녀가 하는 기계적인 일들은 이를 억제하기보다 조장하는 편이었다. 그녀의 의식은 다른 목장, 다른 계절에, 거기서 그녀를 만났던 그 다정한 사람—내 사람이라고 막 붙잡은 순간 꿈속처럼 사라져 버린 그이가 있는 곳으로 가 있었다.

목장 일은 우유가 줄어들기 시작할 때까지만 계속되었는데, 그녀는 탈보테이즈에서처럼 정식으로 다시 고용된 것이 아니라 임시 일꾼으로만 일을 했기 때문이었다. 하지만 이제 추수철이 시작되었기 때문에 일자리를 더 많이 얻으려면 목장에서 밭으로 옮겨가기만 하면 되었고, 이 일은 추수철이 끝날 때까지 계속 있었다.

그녀에겐 남편이 준 50파운드 중에서 부모님께 심려를 끼친 보상으로 드린 25파운드를 제하고 25파운드가 남아 있었는데, 아직은 조금밖에 쓰지 않고 있었다. 그러나 이즈음은 불행하게도 비가 오는 날이 계속되는 바람에 할 수 없이 그 돈에 의지할 수밖에 없었다.

그녀는 차마 그 돈을 쓸 수가 없었다. 그것은 에인절이 그녀의 손에 쥐어 준 돈이었고, 또 그녀에게 주려고 은행에서 바꾼 반짝거리는 새돈이었다. 그의 손길이 닿아 성스러운 느낌마저 주는 그 돈은 그가 남긴 선물로 여겨졌고, 오직 그와 그녀 자신의 경험으로 이루어진 내력만 가지고 있는 듯했으며—그것을 쓴다는 것은 유품을 내다 버리는 것과 같았다. 하지만 그녀는 어쩔 수 없었고, 돈은 한 푼 두 푼 그녀의 손을 떠났다.

그녀는 이따금 어머니께 자기 주소를 알려야 했지만 사정은 숨기고 있었다. 돈이 다 떨어져갈 무렵 어머니에게서 편지 한 통이 도착했다. 조운은 사정이 몹시 어렵다는 이야기를 하고 있었다. 가을비에 지붕이 새기 때문에 지붕을 새로 이어야 하지만 지난 해 이엉 값도 아직 못 갚아서 엄두를 못내고 있다는 것이었다. 서까래와 2층의 천장도 새로 해야 되기 때문에 작년 빚까지 해서 모두 20파운드나 되는 돈이었다. 테스의 남편이 돈에는 여유가 있는 사람이고, 또 지금쯤은 틀림없이 돌아왔을 테니 그 돈을 좀 보내 줄 수 없겠느냐는 사연이었다.

에인절의 은행에서 30파운드의 돈이 곧 오기로 되어 있었고, 또 사정이 너무 절박했기 때문에 테스는 그 돈을 받자마자 부탁한 대로 20파운드를 보냈다. 남은 돈에서 일부는 겨울옷을 장만하는 데 쓸 수밖에 없었기 때문에, 눈앞에 다가온 추운 겨울철 내내 쓸 돈이라곤 겨우 몇 푼밖에 남지 않았다. 마지막 한 푼까지 다 쓰고 나자, 테스는 돈이 더 필요하면 언제든지 아버지에게 부탁하라고 하던 에인절의 이야기를 생각해 볼 수밖에 없었다.

그러나 테스는 생각하면 할수록 그렇게 하고 싶지는 않았다. 뭐라고 말하기는 어려우나 클레어로 인한 그 미묘한 심정이나 자존심, 그릇된 수치심은 그녀의 부모에게조차 별거가 길어지고 있다는 사실을 숨기게 만들었고, 결국 그녀는 그가 상당한 돈을 주고 갔으나 자신의 처지는 어렵다고 그의 부모에게 말할 수가 없었다.

그들은 어쩌면 벌써 그녀를 멸시할지도 모르는 일이었다. 구걸까지 하는 걸 보면 얼마나 더 멸시할 것인가! 신부(神父)의 며느리로서 결국 그녀는 자기 어려운 처지를 차마 시아버지께 알릴 수가 없었다.

시부모에게 편지 드리기를 꺼리는 마음은 시간이 지나면서 줄어들 것이란 생각이 들었지만 친정 부모에게는 그 반대가 되어버렸다. 결혼 직후 잠시 친정에 갔다가 떠나올 때, 부모는 그녀가 결국 남편과 같이 살러 가는 것이라는 인상을 받았고, 그때부터 지금까지 테스는 편안한 마음으로 남편을 기다리고 있다는 그들의 믿음을 방해할 만한 아무런 표시도 하지 않았던 것이다. 그녀는 그의 브라질 여행은 잠깐이면 끝날 것이고 그러면 그가 자기를 데리러 오거나 아니면 오라는 편지를 보낼 것이라는 희망 아닌 희망을 가지고 있었고, 어느 경우든 멀지 않아 가족들과 세상사람들 앞에 부부로 모습을 나타낼 수 있으리란 바람을 가졌다. 이 같은 희망은 지금도 품고 있었다. 첫 번째의 좌절을 없던 일로 돌릴 만큼 화려한 결혼을 하고 부모들의 어려운 살림도 도와주고 난 마당에, 이제 와서 버림받은 아내가 되어 제 손으로 먹고살아야 한다는 사실을 부모들에게 알린다는 것은 정말 못할 노릇이었다.

보석 생각이 머리에 떠올랐다. 클레어가 그것을 어디에 맡겼는지 그녀는 알 수 없었다. 나아가 자신이 그것을 사용할 수는 있어도 팔 수는 없다는 것이 사실이라면 어디에 있느냐 하는 것도 중요하지 않았다. 설사 그것이 확실히 자기 것이라 하더라도, 법적인 소유권이 있다고 해서 원래 자기 것이 아닌 물건으로 이득을 취하는 것은 아무리 생각해도 온당치 못한 일로 여겨졌다.

한편 그녀의 남편도 시련과 거리가 먼 시절을 보내고 있는 것은 결코 아니었다. 이때쯤 그는 천둥비를 흠뻑 맞고 다른 힘든 일까지 겹쳐서 브라질의 쿠리티바 근처 진흙땅에서 열병에 걸려 누워 있었는데, 이런 사정은 그 당시 영국에서 건너간 다른 농장주나 농장 노동자들 모두 마찬가지였다. 이들은 브라질 정부의 약속에 현혹되어 그곳에 간 사람들이었고, 영국의 고원지대에서 밭을 갈고 씨를 뿌리면서 본토의 갖가지 날씨를 이겨 낸 체력들이라면, 브라질 평원의 낯선 기후에도 역시 잘 견뎌 낼 수 있으리라는 근거 없는 믿음을 갖고 있었다.

다시 이야기를 돌리자. 이렇게 하여 테스는 남아 있는 돈까지 다 쓰고 어디 따로 돈이 생길 데도 없는 처지가 되었고, 또 철이 철인 만큼 일자리 얻기도 점점 힘들어지는 것을 알았다. 자신의 지적 능력이나 열정, 건강, 의욕 같은 것이 인생의 어느 영역에서나 진귀한 것임을 몰랐기 때문에, 그녀는 일부러 집안에서 하는 일자리를 찾는 것은 삼갔다. 도회지나 대저택, 돈 많고 사회적으로 세련된 사람, 시골티라곤 보이지 않는 사람들은 겁이 났던 것이다. 그녀가 암담한 좌절을 맛본 것은 그런 양반들에게서였다. 테스가 자신의 적은 경험에 비추어 추측하고 있는 것보다 실제 사회는 좀 더 나은 것일지도 모른다. 하지만 그녀에겐 이를 확인할 증거가 없었고, 그 상황에서 그녀는 본능적으로 그런 곳을 피하는 수밖에 없었다.

그녀가 봄, 여름 동안 임시로 고용되어 젖 짜는 일을 했던 포트브레디 너머 서쪽에 있는 작은 낙농장들에서는 일감이 더 없었다. 탈보테이즈에 가면 순전히 동정심에서라도 그녀가 있을 자리는 주겠지만, 아무리 편하게 지낼 수 있다고 해도 그곳에 다시 돌아갈 수는 없었다. 이렇게 처량한 처지로 거기 간다는 것은 도무지 있을 수 없는 일이었고, 또 그것은 우상처럼 섬기는 그녀의 남편을 욕보이는 결과가 될 수도 있었다. 사람들의 동정심이나 또 자신의 묘한 처지를 두고 그들끼리 서로 수군거리는 것은 참기 힘든 일이었다. 다만 자신의 이야기를 모두 마음속에 넣어 두고만 있다면, 사람들에게 자기 처지가 알려져도 괜찮을 것 같기는 했다. 그녀가 신경을 곤두세우고 두려워하는 것은 그녀를 두고 이런저런 이야기를 떠들어대는 것이었다. 그 차이가 무엇인지 설명할 수는 없지만, 자신이 그렇게 느낀다는 것만은 알고 있었다.

지금 그녀는 이 주(州)의 중심부에 있는 고원 지대의 어느 농장으로 가는 길이었다. 이리저리 돌아다니던 끝에 드디어 그녀에게 배달된 마리안의 편지에서 소개받은 곳이었다. 어디선지는 몰라도 마리안은 테스가 남편과 헤어졌다는 소식을 들어 알고 있었고—아마도 이즈 휴에트에게서 들었겠지만—지금은 술을 마시지만 마음씨만은 고운 이 처녀는 테스가 어려운 처지에 있다고 생각하고 옛친구에게 서둘러 소식을 전한 것이다. 자기는 목장을 떠난 뒤에 그 고원 지대로 왔으며, 거기엔 일자리가 있으니 혹시 예전처럼 다시 일을 한다는 소문이 사실이라면 거기서 만나고 싶다는 내용이었다.

해가 점점 짧아지면서 남편의 용서를 얻을 수 있다는 고든 희망이 그녀에게서 사라지기 시작했다. 아무런 생각 없이 이리저리 돌아다니는 그녀의 본능에는 어딘가 야생동물의 습성 같은 것이 있었다—한 걸음을 옮길 때마다 그녀는 파란 많은 과거로부터 스스로를 조금씩 떼어놓으며 자신의 참모습을 지우고 있었다. 그리그 뜻밖의 우연한 일이 발생하여 자신의 삶은 그저그래도 그녀의 행복에는 중요한 영향을 미칠 다른 사람들이 그녀의 소재를 조기에 발견할 수 있다는 가능성조차도 염두에 두고 있지 않았다.

혼자 살게 되면서 그녀가 적지 않은 어려움을 겪은 것 중에는 외모 때문에 사람들의 눈길을 끄는 일이 있었다. 클레어로부터 물려받은 뭔가 남다른 눈에 띄는 몸가짐이 그녀의 타고난 외모에 더해진 까닭이었다. 결혼할 때 마련한 옷을 입고 있는 동안은 관심을 보이는 우연한 눈길들이 있어도 귀찮은 일은 없었지만, 밭일하는 여자들처럼 작업복을 입고 난 뒤로는 험한 말을 몇 번이나 들어야만 했다. 그러나 11월 어느 날 오후까지는 신변에 위험을 느낄 만한 일은 없었다.

그녀는 지금 가고 있는 고원 지대의 농장보다는 브리트 강 서쪽 지역이 더 마음에 들었는데, 그것은 우선 시아버지의 집이 더 가깝기 때문이었다. 그리고 언젠가는 사제관을 방문할지도 모른다는 생각을 하고 있었기 때문에 눈에 띄지 않고 그 고장을 돌아다닐 수 있다는 생각을 하면 기분이 좋았다. 하지만 일단 좀 더 고도가 높고 건조한 곳으로 가기로 결정한 이상 발길을 돌려 동쪽의 초크 뉴튼 마을을 향해 걸음을 재촉했다. 그 마을에서 그날 밤을 묵을 생각이었다.

단조로운 오솔길이 길게 뻗어 있었고, 해가 짧아지는 바람에 어느새 땅거미가 내려앉아 있었다. 그녀가 어느 언덕 꼭대기에 이르자, 꼬불꼬불하고 기다란 내리막길이 시야에 들어왔다. 그때 등뒤에서 발소리가 들리면서 곧 한 남자가 그녀를 따라왔다. 그는 테스 옆으로 다가서며 말했다.

"안녕하시오, 예쁜 아가씨." 그녀는 그 말에 공손하게 답례를 했다.

주변은 거의 어둑어둑했으나 하늘에 아직 남아 있던 햇살이 그녀의 얼굴을 비추었다. 남자는 고개를 돌려 그녀를 빤히 쳐다보았다.

"맞아, 틀림없군. 트란트릿지에 잠깐 있었던 그 아가씨로군 — 더버빌 댁 젊은 나으리하고 친구였잖소? 지금은 거기 없지만 나도 그때는 거기 살았소."

테스는 그가 여관에서 상스럽게 말을 걸다가 에인절에게 얻어맞았던 돈 많은 농사꾼이란 것을 알아차렸다. 마치 경련이 일듯 고통이 그녀를 엄습했고, 그녀는 아무 대답도 하지 않았다.

"솔직히 말해서 그게 맞잖소. 게다가 아가씨 애인이야 그 때문에 흥분했지만 읍내에서 내가 한 말도 사실이거든 — 그렇지, 약삭빠른 아가씨? 그 양반 주먹질은, 따지고 들자면 아가씨가 나한테 사과를 해야 하는 거요."

테스는 여전히 아무 대답도 하지 않았다. 그녀의 쫓기는 영혼에는 탈출구라곤 한 곳밖에 없는 듯했다. 그녀는 갑자기 뒤도 돌아보지 않고 바람처럼 달아나기 시작했고, 길을 따라 계속 달아나다가 어느 조림지로 곧바로 들어가는 출입문 앞에 이르렀다. 그녀는 조림지 안으로 뛰어들어 아무에게도 들키지 않을 만큼 으슥한 곳이 나타날 때까지 쉬지 않고 들어갔다.

발 밑에서는 마른 나뭇잎들이 바삭거렸고, 낙엽수 사이에서 자라고 있는 서양호랑가시나무 덤불 잎사귀들이 바람도 통하지 않을 만큼 수북하게 쌓여 있었다. 그녀는 낙엽을 긁어모아 큼지막한 무더기를 만들고, 그 한가운데에 잠자리를 꾸몄다. 그리고 그 속으로 기어들어갔다.

그런 잠은 깊이 들 수 없기 마련이었다. 그녀는 이상한 소리가 들리는 것 같았지만 바람소리라고 넘겨 버렸다. 여기 그 추운 곳에 누워 있으면서 그녀는 지구 저쪽의, 어딘지 알 수 없는 따뜻한 나라에 있는 남편을 생각했다. 세상에 자기처럼 불쌍한 사람이 어디 또 있을까? 테스는 스스로 물어보았다. 그리고 자신의 일그러진 인생을 돌아보며 "모든 것이 헛되도다"(허무주의를 노래한 《성서》 〈전도서〉의 첫 구절-역주)라고 읊조렸다. 그녀는 기계적으로 그 말을 되풀이하다가 현대인들에게는 그것이 매우 적절치 못한 생각이라는 것을 깨달았다. 솔로몬은 2천 년도 더 이전에 그 생각에 이르러 있었다. 자신이 비록 사상가들보다 나은 것은 아니지만 솔로몬보다 훨씬 더 깊은 생각에 도달했다고 그녀는 생각했다. 모든 것이 허무하다면 누가 그것을 신경이라도 쓰겠는가? 애석하게도, 모든 것은 허무 이상이었다—불의와 형벌, 강요, 죽음. 에인절 클레어의 아내는 손을 이마에 대고 이마의 둥근 윤곽과, 부드러운 살결 밑으로 감지되는 눈언저리를 더듬으면서 이 뼈가 드러나는 때가 언젠가는 오겠지라고 생각했다. "지금 그렇게 되었으면 좋겠어"라고 그녀는 말했다.

이렇게 부질없는 공상을 하던 중에 그녀는 나뭇잎 사이에서 다시 이상한 소리를 들었다. 바람 소리인 듯 싶었지만 바람은 전혀 불고 있지 않았다. 때로는 심장이 뛰는 소리 같고, 때로는 날개가 파닥거리는 소리 같다가, 또 어느 때는 숨을 헐떡거리고 목이 그르렁거리는 소리 같기도 했다. 그녀는 뭔지 알 수 없으나 곧 그것이 야생 짐승들이 내는 소리라고 확신했고, 처음에는 나뭇가지 위에서 들리다가 나중에는 땅바닥에 무거운 몸뚱이가 떨어지는 소리를 듣고 더욱 그런 생각이 들었다. 지금과는 달리 좀 더 행복한 상태에서 숨어 있는 것이었다면 그녀는 놀랐을지도 모른다. 하지만 인간 세계에서 벗어나 있는 지금 그녀는 아무것도 두려울 게 없었다.

마침내 날이 샜다. 잠깐 사이에 하늘이 훤해지더니 숲속도 밝아졌다. 세상이 활동하는 시간을 확실하게 알리는 낯익은 햇살이 좀 더 강해지자 그녀는 곧 낙엽 더미에서 빠져나와 대담하게 주변을 둘러보았다. 그제야 그녀는 자기를 불안하게 만들었던 소리가 무엇인지 깨달았다. 그녀가 피난처를 마련했던 조림지는 그 지점까지 경사가 져서 거기서 끝이 나고 생울타리 너머로는 경작지가 있었다. 나무 밑에는 화려한 깃털이 피범벅이 된 몇 마리 꿩이 흩어져 있었다. 어떤 것은 죽어 있었고, 또 어떤 것은 힘없이 날개를 파닥거렸으며, 하늘을 쳐다보는 놈, 가쁜 숨을 내쉬는 놈, 몸부림을 치는 놈, 몸을 축 늘어뜨린 놈—모두 고통스럽게 몸뚱이를 비틀고 있었고, 다만 더 이상 견디지 못한 운 좋은 몇 마리만 밤새 고통이 끝나 있었다.

테스는 이것이 어떻게 된 일인지 곧 짐작이 갔다. 새들은 전날 어느 사냥꾼들 무리에 쫓겨 이 구석까지 들어왔던 것이다. 총을 맞고 떨어져 죽은 것이나 해가 지기 전에 죽은 것들은 사냥꾼들이 발견하여 주워 갔으나, 많은 꿩들은 상처가 심한 채 도망을 쳐서 멀리 달아나거나 아니면 무성한 나뭇가지 사이로 숨어들었던 것이다. 그렇게 숨어 있던 꿩들은 밤새 피를 흘리며 지칠 대로 지친 상태에서, 테스가 그 소리를 들은 대로 한 마리씩 땅에 떨어졌던 것이다.

그녀는 소녀 시절에 이따금 이상한 옷차림에다 피에 굶주린 눈빛을 하고 생울타리 너머를 바라보거나 수풀 속을 노려보며 총을 겨누던 사람들을 본 적이 있었다. 그녀는 그들이 바로 그때는 무섭고 잔인하게 보여도 1년 내내 그런 것이 아니라 가을과 겨울 몇 주간을 제외하고는 사실 아주 점잖은 사람들이라는 이야기를 들은 적이 있었다. 그들은 이때가 되면 말레이 반도의 원주민들처럼 미친 듯이 날뛰며 생명을—이 경우에는 오로지 이와 같은 취향을 만족시키기 위해 인공적인 방법으로 번식시킨 죄 없는 날짐승들이었는데—죽이는 것을 목적으로 삼으며, '자연'의 충만한 가족들 중에서 자기보다 약한 자들에게 무례하고 비겁한 짓을 했던 것이다.

고통을 받고 있는 새들이 마치 자기 자신인 것 같은 충동이 들어 테스는 그 꼼짝못하고 있는 살아 있는 새들을 고통에서 해방시켜 주어야겠다는 생각이 먼저 들었다. 그렇게 하기 위해 그녀는 눈에 띄는 새들은 모두 찾아서 제 손으로 목을 비틀어 죽인 다음, 사냥터지기들이 찾으러 다시 올 때까지—그들은 십중팔구 오게 되어 있었다—원래 있던 곳에 그대로 놓아두었다.

"가여운 것들—너희들처럼 불쌍한 것을 보고도 내가 세상에서 가장 불쌍하다고 생각을 했으니!"라고 말하며 그녀는 새들의 목을 가만히 눌러 죽였고, 눈에서는 눈물이 줄줄 흘러내렸다. "나는 어디 몸이 한 구석 아픈 것도 아니지 않은가! 몸이 찢어진 것도 아니고, 피를 흘리는 것도 아니고, 내 몸을 먹이고 입힐 수 있는 두 손도 있지 않은가." 그녀는 전날밤의 우울한 생각이 부끄러웠다. 그것은 '자연'에는 아무런 근거도 없이 사회가 자의적으로 만들어 놓은 법칙에 따라 벌을 받았다는 생각일 뿐 그 밖의 확실한 근거는 아무것도 없었다.

42

이젠 환한 대낮이었고, 그녀는 조심스럽게 큰길로 나와 다시 걷기 시작했다. 그러나 조심할 필요가 없었다. 주위에는 사람이라곤 하나도 보이지 않았고, 그녀는 꿋꿋하게 앞으로 걸었다. 새들이 그 고통의 밤을 소리 없이 견뎌내는 것을 보고 그녀는 슬픔이란 모두 상대적이라는 것을 되새겼고, 사람들의 평판을 무시할 만한 용기를 낼 수만 있다면 자신의 슬픔도 참을 만한 것이라고 생각했다. 하지만 클레어가 그런 생각을 계속 하는 한 그것은 무시할 수 없는 것이었다.

그녀는 초크 뉴튼에 도착하여 여관에서 아침식사를 했다. 거기 있던 젊은 남자 몇 명이 귀찮을 만큼 그녀에게 예쁘다는 찬사를 보냈다. 남편도 언젠가는 이런 말을 자기한테 해줄 수 있지 않을까라는 생각을 하자 어쩐지 희망이 생기는 것 같았다. 그런 기대를 가지려면 스스로 몸조심을 하고 이렇게 치근거리는 남자들을 멀리할 필요가 있었다. 그래서 테스는 외모 때문에 더 이상 봉변을 당하는 일은 없어야겠다고 마음을 먹었다. 마을을 벗어나자마자 그녀는 잡목숲으로 들어가 바구니에서 가장 낡은 작업복을 꺼내 입었다.

낙농장에서도 입지 않던—말롯의 그루터기 밭에서 일할 때 이후로는 전혀 입지 않던 옷이었다. 또 좋은 생각이 나서 그녀는 짐꾸러미에서 수건을 꺼내어 마치 치통 때문에 아픈 것처럼 모자 속으로 얼굴을 동여매어 턱뿐만 아니라 뺨과 관자놀이가 반쯤 가려지도록 했다. 그러고는 손거울을 보며 가지고 있던 작은 가위로 자신의 눈썹을 매정하게 잘라 냈다. 이렇게 욕심 섞인 칭찬에 대한 방비를 한 후 그녀는 울퉁불퉁한 도로를 계속 걸어갔다.

"무슨 여자가 꼭 허수아비 꼴을 하고 있어!" 다음에 그녀를 만난 사나이가 친구에게 이렇게 말했다.

그 말을 들으면서 그녀는 자신의 처지가 처량해서 눈물이 났다.

"하지만 괜찮아!" 그녀는 중얼거렸다. "정말이야—아구래도 좋아! 이젠 언제나 흉한 모습대로 있을 거야, 에인절도 여기 없고 나를 돌봐 줄 사람은 아무도 없는데 뭐. 남편이던 사람은 떠나가 이젠 날 사랑하지도 않겠지만, 난 여전히 그 사람을 사랑하고 있어. 다른 사람은 모두 싫어. 사람들이 아무리 놀려도 좋아."

테스는 이렇게 계속 걸었다. 그녀의 모습은 풍경의 일부가 되어 있었다. 회색의 써지 윗도리에 빨간 털목도리, 모직 치마 위에 걸친 연갈색의 낡은 작업복, 그리고 누런 가죽장갑, 겨울 복장을 한 순진하고 소박한 시골 여자의 모습이었다. 그 낡은 옷은 비에 젖고 햇빛에 바래고 바람에 시달려 실밥 하나까지 제 색깔을 잃고 닳아 있었다. 이제 그녀에겐 젊음의 열정이라곤 도무지 찾아볼 수 없었다—.

처녀의 입술은 싸늘하고
……
수수하게 틀어올린 머리채는
그녀의 머리를 동여매었네.

(스윈번의 시 〈프라골레타〉에서 인용-역주)

겉모습만 봐서는 지각이나 생명조차 있을 것 같지 않았지만, 그 속에는 인생의 좌절과 욕망의 잔인함, 그리고 사랑의 허무를 나이에 비해 너무 많이 알고 있는 살아 있는 삶의 기록이 있었다.

다음날은 날씨가 나빴지만 그녀는 계속 걸었다. 자연이라는 적(敵)의 정직함이나 올곧음, 공평함은 그녀를 조금도 낙담시키지 않았기 때문이었다. 그녀의 목표는 겨울을 지낼 일자리와 집을 구하는 것이었고 그래서 허비할 시간이 없었다. 임시로 일을 한다는 것이 어떤 것인지 이미 경험해 보았기 때문에 그녀는 다시는 그런 곳은 가지 않기로 마음먹고 있었다.

이렇게 여러 농장을 거쳐 그녀는 마리안이 편지에 적어 준 곳을 향해 갔다. 그곳은 일이 힘들다는 소문이 있어서 전혀 마음이 내키지 않는 곳이었고, 그래서 최후의 방책으로나 엄두를 내 볼까 하던 곳이었다. 그녀는 처음에는 좀 가벼운 일자리를 찾았으나 그런 일자리를 구하는 것은 점점 힘들어졌다. 그래서 다음에는 좀 더 힘든 쪽으로 알아보게 되었고 결국에는 가장 좋아하는 낙농장이나 양계장 일에서부터 시작하여 가장 싫어하는 힘들고 거친 일—밭일까지 하게 되었던 것이다. 밭일은 사실 너무 거친 일이라서 그녀로서는 절대로 하고 싶지 않던 일이었다.

이튿날 저녁때가 되어 그녀는 반구(半球)형의 무덤들이 젖가슴처럼 달린—마치 젖가슴이 여럿이라는 키벨레 여신이 반듯이 거기 누워 있는 듯—기복이 심한 백악질(白堊質) 토양의 고원에 이르렀다. 이 고원은 그녀의 고향 골짜기와 그녀가 사랑하는 사람의 골짜기 사이에 뻗어 있었다.

이곳은 대기가 건조하고 차가웠으며, 길다랗게 뻗은 마찻길은 비온 뒤면 몇 시간도 지나지 않아 뿌연 먼지가 일어났다. 나무는 거의 없다고 할 정도로 드물었고, 생울타리 사이에서 자라야 할 나무들도 나무와 수풀, 덤불의 천적인 소작인들의 손에 생울타리와

함께 무자비하게 잘려나가고 말았다. 그녀의 앞쪽으로 중간쯤에 벌바로우와 네틀컴 타우트의 봉우리들이 보였다. 친근한 모습들이었다. 그 봉우리들은 어린시절 반대쪽인 블랙무어에서 바라보면 하늘을 배경으로 높은 요새처럼 보였으나 이 고원에서는 나지막하게 겸손한 얼굴을 하고 있었다. 남쪽으로 멀리 해안 지대의 언덕과 산맥 너머로 그녀는 반짝거리는 강철의 표면 같은 것을 볼 수 있었다. 프랑스 쪽으로 멀리 나가 있는 영국해협이었다.

그녀의 눈앞으로 다소 지대가 낮은 곳에 마을의 흔적 같은 것이 있었다. 마리안이 있는 플린트컴-애쉬에 도착한 것이 분명했다. 별도리가 없을 것 같았다. 그곳에 올 수밖에 없는 운명이었던 것이다. 주변의 척박한 토양을 보면서 그녀는 이곳의 노동이 얼마나 힘든 것인지 어렵지 않게 알 수 있었다. 하지만 이젠 일자리 찾는 것도 지쳤고 더욱이 비가 내리기 시작했기 때문에 그곳에 머물기로 작정을 했다. 마을 입구에 박공(牔栱)이 길가로 튀어나온 농가가 있어서, 그녀는 잠자리를 구하기 전에 그 박공 밑에 서서 어둠이 점점 짙어지는 것을 지켜보았다.

"누가 나를 에인절 클레어 부인이었다고 생각할까!" 하고 테스는 중얼거렸다.

등과 어깨에 닿은 벽이 따뜻하게 느껴져서 그녀는 곧 박공 안쪽이 그 집 벽난로란 것을 알았다. 난로의 열기가 벽돌 사이로 전해졌던 것이다. 그녀는 벽에 대고 손을 녹이고는 또 그 아늑한 표면에다 비를 맞아 빨갛게 젖은 얼굴도 갖다 댔다. 벽은 그녀에게 남은 유일한 친구인 듯했다. 그녀는 그곳을 떠나고 싶은 생각이 도무지 없어서 밤새도록 거기 있으려면 있을 것 같기도 했다.

테스는 그 집 식구들—하루 일이 끝나고 함께 모여 있는—이 집안에서 서로 이야기하는 소리를 들을 수 있었고, 저녁 식탁의 접시들이 부딪히는 소리도 들었다. 하지만 길거리에는 아무도 보이지 않았다. 정적은 마침내 한 여자가 나타나면서 깨어졌다. 여자는 저녁 날씨가 쌀쌀한데도 날염한 겉옷과 차양 달린 여름 모자를 쓰고 있었다. 테스는 직감적으로 그것이 마리안일지 모른다고 생각했고, 어둠 속에서도 분간할 수 있을 만큼 가까이 다가온 그 모습은 정말 마리안이었다. 그녀는 전보다 더 몸이 좋아지고 혈색도 불그레했으나 옷차림은 전보다 훨씬 더 초라했다. 옛날 같았으면 테스는 절대로 그런 처지에서 친구를 다시 만나고 싶지 않았을 것이다. 하지만 외로움에 지칠 대로 지친 그녀는 마리안의 인사에 반갑게 응대했다.

마리안은 이것저것 물어보면서 상당히 조심스런 표정이었고, 이미 테스가 별거중이란 것을 어렴풋이 알고 있었으나 여전히 처음보다 사정이 나아진 게 없다는 사실을 깨닫고는 무척 가슴 아픈 모양이었다.

"테스—클레어 부인—그 사랑하는 분의 귀한 아내가! 그런데 얘, 이렇게 딱한 처지가 된 게 정말이야? 그 예쁜 얼굴은 왜 그렇게 싸매고 있어? 누가 때렸어? 그 사람은 아니겠지?"

"아니, 아니, 아니야! 그냥 남자들이 치근거리지 못하도록 그랬어, 마리안."

그녀는 얼굴을 싸매고 있어서 그렇게 터무니없는 생각을 하는구나 싶어 그 넌더리나는 수건을 풀었다.

"옷에 칼라를 안 달았네."(테스는 낙농장에서는 조그마한 흰색 칼라를 다는 습관이 있었다.)

"그래, 마리안."

"오다가 잃어버렸구나."

"잃어버린 게 아니야. 실은 이젠 외모에 신경을 쓰지 않거든. 그래서 안 달았어."

"결혼 반지도 안 꼈구나?"

"아니야, 끼고 있어. 하지만 사람들 보는 데서는 하지 않아. 리본에 달아 목에 걸고 있거든. 사람들이 내가 누구하고 결혼했는지, 또 혹시 결혼을 했는지 안 했는지 궁금하게 만들고 싶지 않아서 그래. 지금처럼 이렇게 사는 동안에는 사람들이 그걸 알면 곤란하잖아."

마리안은 잠시 말이 없었다.

"그래도 넌 양반집 며느리잖아. 이렇게 사는 건 정말 뭐가 잘못된 것 같애!"

"아니야, 당연히 이럴 수도 있어. 몹시 불행하긴 하지만 말이야."

"글쎄, 글쎄다. 그분이 너하고 결혼했는데 — 네가 불행할 수가 있다니!"

"아내들이란 가끔 불행할 때도 있어. 남편 잘못이 아니라 — 바로 자기 잘못 때문에."

"얘, 넌 잘못한 게 없어. 그건 내가 분명히 알고 있잖아. 그분도 마찬가지고. 그럼 이건 두 사람하고는 상관없는 무슨 딴 일이 있다는 얘기구나."

"마리안, 마리안, 이제 물어보는 건 그만두고 나 좀 도와줄래? 남편은 외국에 나갔고 생활비로 준 돈도 그만 다 써 버렸어. 나를 클레어 부인이라고 부르지 말고 이전처럼 테스라고 해 줘. 여긴 일손이 필요하지?"

"아 그럼. 여긴 올 사람이 없기 때문에 항상 일손이 딸리는 편이야. 토질이 아주 척박해. 농사라곤 밀하고 순무밖에 없어. 나도 여기 있긴 있지만, 너 같은 애가 이런 데까지 오다니 참 딱하구나."

"그런데, 너도 젖 짜는 건 나만큼 잘 했잖아."

"그래. 하지만 술을 마시기 시작하면서 그만뒀어. 제기랄, 이젠 낙이라곤 그것밖에 없어! 너도 일을 얻게 되면 순무 캐는 일을 하게 될 거야. 내가 지금 그 일을 하고 있는데, 별로 하고 싶진 않을 거다."

"아—아무 거나 좋아! 부탁 좀 해줄래?"

"네가 직접 말하는 게 나을 텐데."

"알았어. 그런데, 마리안. 잘 들어 둬—내가 일자리를 얻더라도 그이 얘기는 하지 마. 그이 체면을 손상시키고 싶지 않거든."

마리안은 테스보다 성질이 거칠긴 했지만 믿을 수 있는 처녀였고, 테스의 부탁대로 하기로 약속했다.

"오늘이 품삯 받는 날이야." 그녀가 말했다. "나하고 같이 가보면 곧 알게 될 거야. 네가 행복하지 못해서 참 안 됐다만, 그분이 안 계셔서 그렇겠지 뭐. 그분이 여기 계신다면 네가 그럴 리가 없을 거야. 그분이 돈 한 푼 안 주고—일꾼처럼 부려먹는다 해도 말이야."

"맞아. 불행할 리가 없지!"

그들은 함께 걸어서 곧 농장건물에 당도했는데, 이럴 수가 있을까 할 만큼 황량한 집이었다. 나무 한 그루 눈에 띄지 않았고, 계절이 계절이니 만큼 푸른 풀밭 하나 없었다—일정한 높이로 손질한 생울타리로 나눠 놓은 넓은 들판에는 휴경지(休耕地)와 순무밖에 없었다.

테스는 모인 일꾼들이 품삯을 받을 때까지 농가의 문 밖에서 기다렸고, 곧 마리안이 그녀를 소개했다. 농장주인은 집에 없는 것 같았고, 부인이 이날 저녁 남편을 대신하고 있었는데, 수태고지(受胎告知) 축일(원래는 3월 25일이지만 여기서는 옛 달력에 따라 4월 6일을 가리킴. 전통적으로 고용 계약이 시작되고 만료되던 연중 나흘 중의 하루-역주)까지 있겠다는 약속을 테스에게서 받은 다음 그녀를 고용하겠다고 했다. 최근에는 여자들이 하는 밭일이 거의 없었지만, 품삯이 싸기 때문에 여자들이 쉽사리 해낼 수 있는 일이라면 여자를 쓰는 편이 더 유리했던 것이다.

계약서에 서명을 하고 나자 테스에겐 이제 숙소를 구하는 일만 남아 있었고, 앞서 몸을 녹였던 박공 달린 집에 숙소를 얻을 수 있었다. 그녀가 얻은 생계수단은 너무 초라한 것이었지만 어쨌든 겨울을 날 만한 피난처는 마련된 셈이었다.

혹시 남편이 말롯으로 편지를 할지도 모르기 때문에, 테스는 그 날 밤 부모님께 편지를 써서 새 주소를 알렸다. 하지만 자신의 딱한 사정은 말하지 않았다. 남편에게 욕이 돌아갈지도 모르는 일이었던 것이다.

43

플린트컴-애쉬 농장이 척박한 땅이라던 마리안의 말은 과장이 아니었다. 이곳에서 통통하게 살진 것이라곤 오직 마리안밖에 없었고, 그녀도 실은 외지 출신이었다. 마을에는 세 종류가 있어서, 지주가 돌보는 마을과 마을사람들이 돌보는 마을, 그리고 지주나 마을사람 아무도 돌보지 않는 마을이 있는데(달리 말하면, 지주가 거주하며 소작을 관리하는 마을과 자유보유권자나 등본보유권자들이 경작하는 마을, 또 부재지주가 토지를 임대하는 마을), 이곳 플린트컴-애쉬는 세 번째였다.

아무튼 테스는 일을 시작했다. 조심스런 몸가짐과 정신적 용기로 결합된 인내심은 이제 에인절 클레어 부인에게는 더 이상 미미한 특성이 아니었다. 그것은 그녀를 지탱해 주는 힘이었다.

테스와 친구가 일을 하는 순무밭은 돌투성이 자갈밭 위쪽으로 농장에서 가장 높은 지대에 있는, 한 뙈기에 백 에이커가량 되는 밭이었는데—백악질(白堊質)의 지층에 규토질의 지맥이 노출되어 있었고, 둥글고 뾰족하거나 고추 모양의 하얀 차돌이 여기저기 수없이 흩어져 있었다. 순무의 위쪽 반은 가축들이 모두 뜯어먹고 없었고, 두 여자가 할 일은 땅속에 묻혀 있는 뿌리를 역시 먹을 수 있도록 해커라고 하는 호미로 캐내는 것이었다. 순무잎은 모두 뜯어먹히고 없었기 때문에 들판은 온통 칙칙한 황갈색뿐이었다. 마치 턱에서 이마까지 눈, 코, 입이 없이 얼굴 전체가 살갗만으로 덮인 것 같은 무표정한 얼굴이었다. 하늘도 색깔만 달랐을 뿐 마찬가지로 아무런 특징 없이 희끄무레하게 텅 빈 모습을 하고 있었다. 이렇게 아래위의 두 얼굴은 하루종일 서로를 마주보고 있었다. 허연 얼굴은 갈색의 얼굴을 내려다보고, 갈색의 얼굴은 허연 얼굴을 쳐다보았으며, 둘 사이에는 갈색의 얼굴 위로 파리처럼 기어다니는 두 여자 외에 아무것도 없었다.

아무도 그들 가까이 오지 않았고, 그들의 동작은 기계처럼 규칙적이었다. 그들은 삼베 겉옷으로—소매 달린 갈색의 앞치마 모양의 이 겉옷은 속에 입은 옷이 날리지 않도록 맨밑에까지 동여매어 있었다—온몸을 싸고 서 있었고, 빠듯한 치마 밑으로는 발목까지 올라온 반장화를 내보였으며, 손목이 긴 누런 양가죽 장갑을 끼고 있었다. 초기 이태리 회화를 좀 아는 사람이라면 그들의 고개 숙인 모습과 차양 달린 모자에서 풍기는 사색적인 분위기에서 '두 마리아'를 연상해 내었을 것이다.

그들은 그 풍경 속에서 자신들이 만들어 내는 쓸쓸한 모습은 의식하지 못하고, 또 그들의 운명이 정당한지 어떤지 생각지도 못한 채 몇 시간이고 계속 일을 했다. 그들과 같은 상황에서도 꿈을 꾸며 산다는 것은 가능한 일이었다. 오후에는 다시 비가 내렸고, 마리안은 일을 그만 해도 된다고 했다. 하지만 일을 하지 않으면 돈을 받을 수 없기 때문에 그들은 계속 일을 했다. 이 밭은 고도가 얼마나 높은지 비가 밑으로 떨어질 틈이 없이 윙윙거리는 바람을 타고 수평으로 날아들었고, 마치 유리 조각처럼 찔러 오는 빗물에 그들은 고스란히 젖고 말았다. 테스는 그때까지만 해도 그런 상황이 정말 어떤 것인지 모르고 있었다. 젖는 데도 정도가 있어서 흔히 이야기할 때는 조금만 젖어도 흠뻑 젖었다고들 한다. 그러나 밭에서 느릿느릿 일을 하면서 빗물이 처음에는 다리와 어깨로, 다음에는 엉덩이와 머리로, 그 다음에는 등과 가슴, 옆구리로 스며드는 것을 느끼며, 납빛 햇살이 줄어들어 하루해가 졌다는 것을 알려줄 때까지 일을 하려면 분명히 약간의 극기, 심지어 용맹심까지 필요하다.

하지만 그들은 상상하는 것만큼 비에 젖었다는 것을 느끼지는 못했다. 그들은 둘 다 젊었고, 여름이 풍성하게 선물을 베풀어 주던 — 사실상 모든 사람들에게, 정서적으로는 이 두 사람에게 — 그 탈보테이즈 목장에서 함께 살며 사랑하던 때를 이야기하고 있기 때문이었다. 테스는 실제로는 아니더라도 법적으로는 자기 남편인 남자에 대해 될 수 있으면 마리안과 이야기하고 싶지 않았다. 하지만 그 화제가 지닌 피할 수 없는 흡인력 때문에 그녀는 마리안의 물음에 응대하지 않을 수 없었다. 이리하여 앞서 말한 대로 비에 젖은 모자의 차양이 얼굴을 찰싹 후려치고, 겉옷은 지겨울 정도로 몸에 달라붙었지만, 그들은 이날 오후 내내 초록빛의 화창하고 낭만적인 탈보테이즈의 추억을 되돌아보며 보냈다.

"날씨가 좋으면 프룸 골짜기에서 몇 마일 떨어진 산이 여기서도 희미하게 보인단다." 마리안이 말했다.

"그래! 정말?" 이곳에도 좋은 점이 있다는 것을 깨달은 듯 테스가 말했다.

이렇게 즐거움을 추구하는 본능적 의지와 즐거움을 거부하는 환경의 의지, 이 두 힘은 다른 곳에서와 마찬가지로 여기서도 작용하고 있었다. 오후가 한참 지나자 마리안의 의지는 흰 헝겊으로 마개를 한 1파인트짜리 병을 주머니에서 꺼내어 한 모금 마시면서 스스로 기운을 내는 방법을 알고 있었고, 테스에게도 마셔 보라고 권했다. 하지만 테스는 술기운을 빌리지 않아도 지금 행복한 느낌을 상상할 수 있는 힘이 있었기 때문에 그냥 입에 대는 시늉만 했고, 마리안이 다시 그 술을 쭉 들이켰다.

"버릇이 돼서 이젠 끊을 수가 없어. 이게 유일한 낙이야—너도 알겠지만 난 그분을 잃었어. 넌 그렇지 않으니까, 술이 없어도 되겠지." 그녀가 말했다.

테스는 자기가 잃어버린 것도 마리안이 잃어버린 것만큼 크다고 생각했으나, 적어도 서류상으로는 에인절의 아내라는 체면 때문에 마리안의 얘기를 그냥 받아넘겼다.

이런 환경 속에서 테스는 오전에는 서리를 맞고 오후에는 비를 맞으며 부지런히 일을 했다. 순무 캐는 일이 없을 때는 순무를 다듬었다. 순무를 나중에 쓰도록 저장하기 전에 작은 낫으로 흙과 잔뿌리를 긁어내는 일이었다. 이 작업을 할 때는 비가 와도 바자 울타리 옆에서 비를 피할 수 있었다. 하지만 서리가 내린 날이면 두꺼운 가죽장갑을 끼는데도 꽁꽁 언 순무를 만지다 보면 손가락이 얼어붙는 것 같았다. 그래도 테스는 희망을 가졌다. 그녀는 클레어의 성격에서 중요한 특징으로 굳게 믿고 있는 관대한 마음씨 때문에 언젠가는 그가 자기와 결합할 것이라고 확신했다.

마리안은 기분이 한껏 좋아지면 앞서 말한 고추처럼 묘하게 생긴 차돌을 발견하고는 비명을 지르며 웃음을 터뜨렸지만, 테스는 모른 척하고 가만있었다. 그들은 눈으로 볼 수는 없었지만, 종종 멀리 바 혹은 프룸으로 불리는 골짜기가 뻗어 있는 쪽을 바라보았다. 회색 안개로 뒤덮인 곳을 응시하며 그들은 거기서 지낸 옛 시절을 회상했다.

"아," 마리안이 말했다. "옛날 친구들 중에 한 둘만 더 여기 온다면 얼마나 좋을까! 그러면 매일 탈보테이즈를 여기 밭에다 옮겨 놓고, 그분 이야기랑, 함께 보낸 즐거운 시절도 얘기하고 그때 알던 옛날 이야기도 하면서, 생각만으로라도 옛날처럼 지낼 수 있을 텐데!" 그 시절이 눈앞에 선한 듯 마리안은 눈물을 글썽거렸고 목소리까지 울먹거렸다. "이즈 휴에트한테 편지를 써야겠어. 내가 알기로는 아무 일도 안 하고 집에 있는 것 같거든. 우리가 여기 있으니까 오라고 해야지. 레티도 어쩌면 지금은 건강해졌을 거야."

테스는 그 제안에 반대하지 않았고, 탈보테이즈의 행복한 시절을 여기 옮겨 놓자는 그 계획에 대해 그녀가 다시 들은 것은 2, 3일 뒤였다. 마리안은 이즈가 답장을 보내왔는데, 가능한 한 오겠다는 약속을 했다고 전했다.

이런 겨울은 몇 해 만에 처음이었다. 겨울은 체스를 두는 사람의 동작처럼 은밀하면서도 정확하게 다가왔다. 어느 날 아침, 몇 그루 되지 않는 쓸쓸한 나무와 생울타리의 가시나무들이 식물의 외피를 벗고 동물의 외피를 갈아입은 듯한 모습으로 나타났다. 잔가지마다 밤새 나무껍질에서 자라난 모피 같은 하얀 솜털이 가득 덮여 있었고, 그래서 여느 때보다 네 배나 더 튼튼하게 보였다. 덤불과 나무는 모두 음울한 회색의 하늘과 지평선 위에 하얀 선으로 선명하게 그려 놓은 소묘 같았다. 대기의 결정 작용으로 선명하게 드러나기 전에는 거미줄이 잘 보이지 않던 헛간이나 벽에 거미줄이 나타나서 바깥채나 기둥, 문 등의 돌출부에 하얀 털실 타래처럼 달려 있었다.

이렇게 습기가 응결되는 철이 지나면 한참 동안 건조한 서리철이 시작되었고, 이때가 되면 북극 저 너머에서 내려온 낯선 새들이 플린트컴-애쉬의 고원에 소리 없이 날아들기 시작했다. 말라빠진 유령 같은 새들은 비극적인 눈을 하고 있었다. 그들의 눈은 어떤 인간도 상상하지 못한 접근 불능의 거대한 극지(極地)에서, 어떤 인간도 견딜 수 없을 만큼 피를 얼어붙게 만드는 기온 속에서 벌어진 천지개벽의 무시무시한 광경을 목격한 눈이었고, 빙산이 충돌하고 설산이 붕괴하는 것을 쏘는 듯한 북극광의 빛으로 목격한 눈이었으며, 엄청난 폭풍우와 함께 땅과 바다가 뒤틀리는 것을 보고 반쯤은 멀어버린 눈이었으며, 그런 광경들이 빚어 낸 독특한 표정을 간직하고 있는 눈이었다. 이 이름 모를 새들은 테스와 마리안의 곁으로 아주 가까이 다가왔으나, 그네들은 보았으나 인간들은 결코 보지 못할 그 모든 것에 대해서 아무런 이야기도 해 주지 않았다. 그들에겐 나그네처럼 이야기를 나눠주려는 욕심이 없었고, 자신의 경험은 깨끗이 잊어버린 채 말없이 무표정한 얼굴로 이 거친 고원에서 막 벌어지고 있는 일들만 지켜보았다. 그것은 호미로 흙덩이를 부수고 뭔가를 캐내고 있는 두 여인의 평범한 몸놀림이었고, 그 캐낸 것을 이 손님들은 즐겨 먹었던 것이다.

그러던 어느 날 사방이 툭 트인 이 고장의 공기 속으로 이상한 기운이 스며들었다. 비를 내리지 않는 습기와, 서리를 내리지 않는 추위가 찾아온 것이었다. 두 사람은 눈(眼) 속까지 추위를 느끼고, 이마도 따끔거리며, 뼛속까지 냉기가 스며들어 살갗보다 속이 더 추웠다. 그들은 눈이 올 징조라는 것을 알았고, 밤이 되자 눈이 내렸다. 길가다 멈춘 외로운 나그네에게 원기를 북돋워 준 따뜻한 박공이 달린 집에 계속 머물고 있던 테스는 밤중에 잠을 깨서 지붕 위에서 나는 시끄러운 소리를 들었다. 마치 지붕 위에서 바람들끼리 시합이라도 하는 듯했다. 아침에 일어나 등불을 밝힌 그녀는 창문 틈으로 눈이 스며들어 창문 안쪽에 고운 가루로 하얀 원뿔을 만들어 놓은 것을 발견했다. 굴뚝으로 내려온 눈은 바닥에 구두 밑창 두께로 쌓여 그녀가 걸어다니면 자국이 날 정도였다. 바깥에서 바람이 얼마나 사납게 부는지 부엌에도 눈발이 부옇게 날리고 있었지만, 아직 바깥은 너무 깜깜해서 아무것도 보이지 않았다.

테스는 순무 작업을 계속하기가 힘들겠다고 생각했다. 쓸쓸한 작은 등불 옆에서 아침식사를 마쳤을 때쯤 마리안이 들어와서 날씨가 좋아질 때까지 헛간에서 다른 여자들하고 같이 밀이삭 훑는 일을 하게 되었다고 말했다. 그래서 천막을 친 듯 캄캄하던 바깥이 희끄무레한 회색으로 바뀌자마자, 그들은 두꺼운 겉옷으로 몸을 감싸고 털목도리로 목둘레와 가슴까지 동여맨 다음 등불을 끄고 헛간으로 나갔다. 눈은 하얀 구름 기둥처럼 북극에서부터 새들을 뒤따라왔기 때문에 눈조각 하나하나는 보이지 않았다. 빙산과 북극의 바다, 고래, 흰곰 냄새가 나는 바람이 눈을 실어오긴 했지만 대지를 스치고 지나갈 뿐 깊이 쌓이지는 않았다. 그들은 솜털 같은 눈을 밟으며 몸을 숙인 채 가능한 한 생울타리를 방패 삼아 터벅터벅 걸어갔으나, 울타리는 방패라기보다 겨우 눈보라를 걸러 주는 정도였다. 극성스럽게 몰려드는 눈보라에 시달려 창백해진 대기는 눈보라를 괴팍스럽게 비틀고 휘돌리면서 무채색의 혼돈을 연상시켰다. 하지만 젊은 두 여인은 그런 대로 기분이 좋았다. 건조한 고원지대에서는 그런 날씨 자체가 기분 나쁜 것은 아니기 때문이었다.

"하하! 저 영리한 북쪽새들은 날씨가 이렇게 될 줄 알았나 봐." 마리안이 말했다. "북극성이 있는 데서부터 눈보라를 앞장서서 달려온 게 틀림없어. 테스, 네 남편은 틀림없이 요즈음 찌는 듯한 무더위 속에 계실 거야. 아, 그분이 지금 이 예쁜 아내 얼굴을 볼 수만 있다면! 이런 날씨에도 네 예쁜 얼굴은 조금도 상하지가 않는구나—사실 오히려 더 돋보인다고 해야겠어."

"마리안, 내 앞에서 그이 얘기는 하지 마." 테스가 단호하게 말했다.

"그래, 그렇지만—너도 분명히 좋아하면서! 그렇지?"

대답 대신에 테스는 눈물을 글썽거리며 남아메리카가 있을 것으로 생각되는 쪽으로 불쑥 고개를 돌리고는, 입술을 내밀고 눈바람 속에다 뜨거운 키스를 했다.

"그래, 그래. 네 생각을 알겠어. 하지만 솔직히 말하자면 결혼한 부부라고 하기엔 좀 이상하잖아! 그래—더 얘기하진 않을게! 글쎄, 날씨 말인데, 밀헛간에서 일하면 춥지는 않아. 하지만 밀이삭 훑는 일은 엄청나게 힘들단다—순무 캐는 일보다 더 힘들어. 나야 건강하니까 참을 수 있지만, 넌 몸도 약해서 말이야. 왜 주인이 너한테 그 일을 시키는지 모르겠어."

그들은 밀헛간에 도착해서 안으로 들어갔다. 길쭉한 건물 한쪽 끝에는 밀이 가득 차 있었다. 가운데가 밀을 훑는 곳이었는데, 낮 동안에 여자들이 일하기에 충분한 양의 밀단이 이미 전날 저녁에 밀 훑는 틀 위에 쌓여 있었다.

"아니, 이즈가 왔네!" 마리안이 말했다.

이즈가 맞았다. 이즈가 앞으로 걸어나왔다. 그녀는 전날 오후 집에서 출발해서 계속 걸어왔다는데, 거리가 그렇게 멀 줄 몰라서 늦었다는 것이었다. 하지만 눈이 내리기 직전에 도착하여 주막에서 하룻밤을 지냈다고 했다. 농장주인이 시장에서 이즈 어머니를 만나 그녀가 오늘 도착할 수 있다면 쓰겠다고 약속을 했었고, 이즈는 늦어서 주인과 약속을 어기게 될까 봐 걱정을 했다는 것이었다.

테스와 마리안, 이즈 외에도 이웃 마을에서 온 두 여자가 있었다. 아마존의 여장부 같은 두 자매였는데, 테스는 그들이 스페이드의 여왕인 까무잡잡한 카와 동생인 다이아몬드의 여왕인 것을 기억해 내고 깜짝 놀랐다. 트란트릿지에서 한밤중에 그녀에게 싸움을 걸었던 여자들이었다. 그들은 그녀를 알아보지 못하는 눈치였고, 그건 누구라도 마찬가지였을 것이다. 그 당시 그들은 술에 취해 있었고, 여기처럼 거기서도 다만 임시로 일하고 있었기 때문이었다. 그들은 우물 파는 일이나 생울타리 만드는 일, 도랑 파고 땅

파는 일과 같이 남자들이 하는 일은 무엇이든지 자진해서 했고 또 힘든 기색도 없었다. 밀을 훑는 데도 일가견이 있어서 세 여자를 다소 무시하는 눈길로 바라보았다.

모두 장갑을 끼고 틀 앞에 한 줄로 서서 일을 시작했다. 그 틀은 기둥 두 개를 세우고 그 사이를 대들보로 연결한 구조물이었는데, 대들보 밑으로 이삭이 바깥쪽으로 나오도록 밀단이 놓여 있었고, 들보는 수직으로 선 기둥에 못으로 걸도록 되어 있어서 밀단이 줄어들면서 밑으로 내려왔다.

햇빛이 하늘에서 아래로 내려오는 것이 아니라 쌓인 눈에서 위로 반사되어 헛간 문으로 새어 들어오면서 날이 선명하게 밝아졌다. 여자들은 틀에서 밀단을 한아름씩 뽑아 냈다. 하지만 저속한 이야기를 하는 그 이상한 여자들 때문에 마리안과 이즈는 하고 싶은 대로 옛날 이야기를 할 수 없었다. 잠시 후 투박한 말발굽 소리가 들리더니 농장주인이 헛간 문 앞에 나타났다. 말에서 내린 그는 테스에게 다가와 그녀의 옆얼굴을 유심히 들여다보았다. 그녀는 처음에는 고개를 돌리지 않았으나 그가 계속 그렇게 하고 있어서 돌아보고 말았다. 그 순간 그녀는 자기를 고용한 사람이, 바로 큰길에서 자신의 과거를 들추어내는 바람에 피해서 달아났던 그 트란트릿지 사람인 것을 알았다.

그는 그녀가 다 훑어 낸 밀단을 바깥의 밀짚 더미까지 나를 때까지 기다렸다가 입을 열었다. "내 친절을 그렇게 고약하게 받아들인 그 색시가 맞지? 누가 새로 들어왔단 얘기를 듣고 바로 색시일 거라고 생각했지! 흥, 애인하고 처음에 여관에 같이 있을 때나, 길에서 도망가던 두 번째나 모두 나를 이겼겠다고 생각했겠지만 이젠 내가 이긴 것 같은데 그래." 그는 말을 마치고 고약스런 웃음을 터뜨렸다.

테스는 아마존의 여장부들과 농장주인 사이에서 그물에 걸린 새처럼 꼼짝도 못한 채 아무 대답도 하지 않고 계속 밀단을 훑었다. 그녀는 자신의 고용주가 치근거리는 것은 별로 겁낼 게 없다는 것을 알 수 있을 만큼 이제는 사람을 볼 줄 알았다. 다만 클레어한테 당한 데 대한 분풀이로 자기를 학대할까 봐 걱정이었다. 대체로 그녀는 남자들이 이렇게 못살게 구는 것이 오히려 나았고, 그런 것은 참을 만한 용기도 있었다.

"내가 색시한테 반했다고 생각했던 모양이지? 여자들 중엔 슬쩍 보기만 해도 뭐나 되는 것처럼 우쭐거리는 바보들이 있단 말이야. 그런 젊은것들 머리를 고쳐 놓는 데는 겨울에 밭일 시키는 것보다 더 좋은 게 없어. 수태고지일까지 일하기로 서명하고 약속했더군. 어때, 나한테 용서를 빌 생각은 없어?"

"당신이 나한테 용서를 빌어야 할 거예요."

"좋아 ─ 마음대로 하라구. 누가 여기 주인인지 두고 보지. 오늘 색시가 턴 밀단이 이게 전부가?"

"예, 그래요."

"너무 형편없잖아. 저기 저쪽에선 얼마나 했는지 좀 보기나 하라구." (그는 건장한 두 여자를 가리켰다.) "또, 다른 사람들도 색시보다는 더 많이 했단 말이야."

"모두 전에 경험이 있던 사람들이지만 난 처음이에요. 게다가 이건 자기가 일한 만큼 돈을 받는 거니까 당신하곤 상관없다고 생각했어요."

"아, 상관이 있지. 난 헛간을 빨리 치우고 싶거든."

"다른 사람들은 두 시에 가더라도 난 오후에 남아서 일할 거예요."

그는 뚱한 얼굴로 그녀를 지켜보다가 떠났다. 테스는 이보다 더 지독한 곳은 없을 거라고 생각했지만, 그래도 치근거리는 것보다는 나았다. 두 시가 되자 전문적으로 밀단 일을 하던 여자들은 반 파인트 남은 술병을 쭉 들이키더니 낫을 내던지고 마지막 밀단을 묶은 다음 나가 버렸다. 마리안과 이즈도 그럴 생각이었지만 테스가 솜씨 부족을 시간으로 벌충하기 위해 더 있겠다고 하는 것을 듣고는 가려고 하지 않았다. 여전히 내리고 있는 눈발을 바라보며 마리안이 소리쳤다. "자, 우리만 남았구나." 그리하여 마침내 대화는 낙농장에서 지내던 옛날 이야기로 되돌아갔다. 물론 에인절 클레어를 좋아하던 이야기도 나왔다.

"이즈, 마리안." 에인절 클레어 부인은 스스로 아내다운 데라곤 찾아볼 수 없음을 알면서도 위엄을 갖추어 얘기를 했다. 하지만 그것은 대단히 측은하게 느껴졌다. "난 지금 너희들하고 같이 옛날처럼 남편 이야기를 할 수가 없어. 왜 그런지 너희들도 알 거야. 지금은 나를 떠나 있다고 해도 그이는 내 남편이거든."

이즈는 클레어를 사랑했던 네 처녀 가운데서 성격이 가장 직선적이면서 짓궂었다. "그분이 애인으로는 정말 멋진 사람이라는 건 틀림없어." 그녀가 말했다. "그렇지만 널 그렇게 빨리 떠난 걸 보면 좋은 남편은 아닌가 봐."

"가야만 했어—갈 수밖에 없었거든. 그쪽 토지를 둘러보러 말이야!" 테스는 변명을 했다.

"네가 겨울이나 넘기도록 해줄 수도 있었을 텐데."

"아—그건 우연한 일 때문에—무슨 오해가 있었어. 그걸 가지고 서로 다투고 싶지 않았거든." 테스가 울먹거리며 대답했다. "그이한테 할 말은 정말 많아! 다른 남자들처럼 나한테 말도 안 하고 떠난 건 아니야. 계신 곳이 어딘지 언제나 알아볼 수 있거든."

그러고 나서 그들은 한참 동안 생각에 잠긴 채 일을 계속했다. 밀이삭을 움켜잡고 밀짚을 뽑아낸 다음, 겨드랑이에 끼고 낫으로 이삭을 잘라 내는 과정이 이어졌고, 헛간에는 밀짚 바삭거리는 소리와 낫으로 이삭 치는 소리만 들렸다. 그때 갑자기 테스가 주저앉으면서 발 밑에 쌓인 밀이삭 더미에 쓰러졌다.

"네가 못 견딜 줄 알았어." 마리안이 비명을 질렀다. "이런 일을 하는 데는 너 정도 몸 가지고는 안 돼."

바로 그때 주인이 들어왔다. "흠, 내가 자리에 없으면 이 꼴이구만." 그가 말했다.

"그렇지만 이건 내 손해지, 당신 손해가 아니잖아요." 그녀가 대들었다.

"난 빨리 끝내야 되거든." 헛간을 가로질러 다른 문으로 나가며 그가 고집을 부리며 말했다.

"저 사람 신경쓰지 마, 괜찮아." 마리안이 말했다. "난 전에도 여기서 일한 적이 있거든. 자, 저쪽에 가서 누워 있어. 이즈하고 내가 네 숫자를 채워 줄게."

"너희들한테 시키고 싶지 않아. 키도 내가 더 크잖아."

하지만 테스는 너무 힘이 들어서 잠시 쉬기로 하고 헛간 저쪽에 쌓아 놓은 밀짚 더미—곧은 밀짚을 훑어 내고 남은 허섭스레기들—에 몸을 기대고 누웠다. 그녀가 쓰러진 것은 일이 힘든 탓도 있었지만 그보다도 남편과 헤어진 얘기가 다시 나오면서 흥분한 때문이었다. 그녀는 의식은 있으나 아무런 의지도 없는 상태로 누워 있었고, 두 사람이 밀짚을 훑고 이삭을 자르는 소리가 온몸으로 감지되듯 무겁게 느껴졌다.

구석에 누워 있던 그녀는 이런 소리 말고도 웅얼거리는 그들의 목소리도 들을 수 있었다. 그녀는 그들이 앞서 시작했던 화제를 계속 이야기하고 있다는 것을 분명히 알 수 있었으나 목소리가 너무 작아서 알아들을 수가 없었다. 마침내 테스는 그들이 무슨 이야기를 하는지 너무 궁금했고, 그래서 억지로 기운을 차리고 일어나 다시 일을 시작했다.

이번에는 이즈 휴에트가 쓰러졌다. 그녀는 전날 저녁에 12마일 넘게 길을 걸은데다 자정에 잠자리에 들어 다섯 시에 일어났던 것이다. 마리안 혼자만 술기운과 튼튼한 체격 덕분에 등과 팔이 쑤시는 것도 힘든 줄 모르고 견디고 있었다. 테스는 이즈에게 이제 몸이 좋아져서 이즈 없이도 그날치를 끝마칠 수 있겠다고 하고는 밀단 숫자도 똑같이 나눌 테니 그만하라고 권했다.

이즈는 이 제안을 고맙게 받아들이고는 큰 문을 나가 숙소로 가는 눈 덮인 길로 사라졌다. 술병 덕분에 매일 오후 이맘때면 항상 그렇듯이 마리안은 낭만적인 분위기로 빠져드는 것을 느끼기 시작했다.

"그분이 그럴 줄은 몰랐어 — 정말이야!" 어렴풋한 말로 그녀가 말했다. "그렇게도 좋아했는데! 그분이 널 차지한 건 괜찮아. 하지만 이즈한테는 너무 했어!"

테스는 이 말에 얼마나 놀랐던지 하마터면 낫으로 손가락을 벨 뻔했다.

"내 남편 말이야?" 그녀는 말을 더듬었다.

"그래, 맞아. 이즈가 '테스한테는 말하지 마'라고 했지만 도저히 참을 수가 없구나! 그분이 이즈한테 이렇게 말하더래. 브라질로 같이 가자고 말이야."

테스의 얼굴이 바깥의 풍경만큼이나 하얗게 질리면서 표정이 굳어졌다. "그런데 이즈가 거절했대?" 그녀가 물었다.

"몰라. 아무튼 그분이 마음을 바꾸었대."

"흠 — 그러면 진심으로 그런 게 아니었겠네! 남자들이 곧잘 하는 장난이었겠지!"

"아니야 진심이었나 봐. 정거장 쪽으로 이즈를 태우고 한참 달렸다고 했거든."

"그래도 데려가지는 않았는데 뭘!"

두 사람은 소리 없이 일을 계속했고, 그러다가 난데없이 테스가 울음을 터뜨렸다.

"이런, 말하지 말걸 그랬어!" 마리안이 말했다.

"아니야, 말하길 잘했어! 결과가 어떻게 될지 아무런 생각도 없이, 그동안 눈물만 흘리고 있던 내가 잘못이야! 좀 더 자주 편지를 쓸걸 그랬어. 그이는 자기한테 오지 말라고는 했지만 편지 쓰는 것까지 막지는 않았거든. 더 이상 이런 식으로 꾸물거릴 수가 없어! 모든 걸 그이가 하는 대로 내버려둔 건 잘못이었어. 내가 게을렀어!"

헛간의 희미한 빛은 점점 어두워졌고 그들은 더 이상 일을 계속할 수가 없었다. 그날 저녁에 집에 돌아온 테스는 회칠한 자신의 작은 방에 조용히 들어가 클레어에게 격정적인 편지를 쓰기 시작했다. 하지만 의심스런 생각이 자꾸 떠올라 편지를 끝맺을 수가 없었다. 잠시 후 그녀는 소중하게 달고 있던 리본에서 반지를 빼내어 밤새 손가락에다 끼고 있었다. 자기와 헤어지자마자 이즈에게 외국으로 같이 가자고 한 사람, 달아나려고만 하는 그 사랑하는 사람의 진짜 아내가 자신이라는 것을 스스로 확인시키려는 듯했다. 하지만 그런 사실을 알고 난 마당에 어떻게 그에게 애원의 편지를 쓰고, 어떻게 아직도 그를 사랑한다고 말할 수 있단 말인가?

44

헛간에서 들은 이야기 때문에 그녀의 생각은 최근 들어 부쩍 생각나던 쪽 — 멀리 떨어진 에민스터의 사제관 — 으로 다시 기울었다. 클레어는 자신에게 편지를 쓰고 싶으면 부모를 통해서 하도록 했고, 어려운 일이 생기면 그분들께 직접 편지를 드리라고 했다.

하지만 테스는 그에게 도의적으로 무슨 요구를 할 수 있는 권리가 없다는 생각이 들어 그때마다 편지를 쓰고 싶은 충동을 자제하고 말았던 것이다. 그리하여 결혼 이후로 그녀는 친정 부모에 대해서와 마찬가지로 사제관의 가족들에게도 사실상 존재하지 않는 것이나 마찬가지였다. 이렇게 양쪽 집에 모두 자신의 존재를 망각시키다시피 한 것은 독립심이 강한 그녀의 성격에서 비롯된 것이었고, 그래서 그녀는 자신의 잘잘못을 엄격하게 판단한 끝에 자격도 없이 호의나 동정심에 호소하여 무엇을 바라지는 않기로 한 것이다. 그녀는 일어나든 쓰러지든 자기 힘으로 하기로 작정했고, 한때의 충동으로 그의 이름과 자기 이름이 교회의 명부에 나란히 기록되긴 했지만, 그렇게 보잘것없는 사실에 근거하여 그녀에게 주어진 순전히 형식적인 자격을 낯선 가족에게 내세우는 것은 피하고 싶었다.

그러나 이즈의 이야기를 듣고 열병에 가까운 괴로움을 겪고 나자 그녀의 참을성에도 한계가 왔다. 남편은 왜 편지를 하지 않는 것일까? 그는 적어도 자기가 어디 있는지 정도는 알려 주겠다고 분명히 암시를 했으면서도 주소를 알리는 편지 한줄 보내 오지 않았다. 정말 무심해진 것일까? 아니면 병이라도 난 게 아닌가? 자기가 먼저 무슨 연락을 해야 되지 않을까? 걱정 끝에 그녀는 용기를 내어 사제관을 찾아가서 남편의 소식을 알아보고, 또 남편에게서 아무 소식이 없다고 슬픈 사정을 하소연해야겠다는 생각이 들었다. 에인절의 아버지가 듣던 대로 훌륭한 분이라면 자신의 애끓는 심정을 이해할 수도 있을 것이다. 자신의 궁핍한 생활은 숨기려면 숨길 수도 있었다.

평일에는 농장을 마음대로 떠날 수 없었기 때문에 가능한 기회라고는 일요일뿐이었다. 플린트컴–애쉬는 아직 기차가 올라오지 않는 백악질의 고원 한가운데 있었기 때문에 걸어가는 수밖에 없었다. 오가는 거리가 각각 15마일이나 되기 때문에, 그러자면 아침 일찍 일어나서 하루 종일 걸어야 할 것 같았다.

2주일 후, 눈도 모두 녹고 뒤이어 된서리가 내리자 그녀는 도로 사정이 좋은 틈을 타서 길을 떠나기로 했다. 일요일 아침 네 시에 아래층에 내려온 그녀는 별빛 속에 길을 나섰다. 날씨는 아직 좋았지만 발 밑의 땅바닥은 쇠모루처럼 소리가 울렸다.

마리안과 이즈는 그녀의 여행이 남편과 관계가 있다는 것을 알고 있었기 때문에 그녀의 나들이에 무척 관심을 보였다. 숙소가 도로를 따라 좀 멀리 떨어진 곳에 있는 농가인데도, 그들은 테스가 출발할 때 나와서 도와주면서 시부모들 마음을 끌려면 가장 예쁜 옷을 입고 가야 된다고 성화까지 부렸다. 하지만 그녀는 연로한 클레어 신부의 엄격한 칼뱅주의적 교리를 알고 있었기 때문에 복장에 신경쓰지 않았고, 심지어 미심쩍어하기까지 했다. 서글픈 결혼을 한 지 이제 한 해가 지났지만, 그때 옷을 넉넉하게 마련해 둔 덕에 그녀는 최신 유행을 따라 꾸미지는 못해도 순박한 시골 여자답게 예쁘게 차릴 수 있는 옷은 충분히 남아 있었다. 그녀는 자신의 분홍빛 얼굴과 목덜미 위로 하얀 주름이 달린 연회색의 고직 드레스를 입고 검은 벨벳 윗도리와 모자로 치장을 했다.

"지금 이렇게 예쁜 네 모습을 남편이 볼 수 없다니 너무 안됐다 — 정말 예쁘다!" 바깥의 싸늘한 별빛과 방안의 누런 촛불 빛을 함께 받으며 문지방에 서 있는 테스를 보고 이즈 휴에트가 말했다. 이즈는 상황에 어울리게 너그러운 마음으로 자신의 감정을 죽이며 말을 했다. 그녀는 — 개암나무 열매보다 큰 동정심을 가진 여자라면 누구나 그렇겠지만 — 테스가 있는 앞에서는 차마 그녀에게 반감을 가질 수 없었다. 같은 여자들의 가슴에 테스가 끼치는 감화력은 묘하게도 따뜻하면서도 강인한 것이었고, 심술이나 경쟁심 같은 좀 더 저급한 여자들의 감정은 이상스럽게도 압도당하고 말았다.

마지막으로 이곳저곳을 만져 주고 가볍게 솔질을 한 다음에야 그들은 그녀를 놓아 주었고, 테스는 첫새벽의 진줏빛 대기 속으로 빨려들어갔다. 그들은 그녀의 발걸음이 빨라지면서 단단한 도로 위로 또박거리는 소리를 들었다. 이즈조차도 테스가 성공하기를 바라고 있었고, 또 스스로의 인품을 특별히 높이 평가하지는 않으면서도 순간적으로 클레어의 유혹을 받았을 때 친구를 배반하지 않았던 것을 흐뭇하게 생각했다.

클레어와 테스가 결혼한 것이 하루가 모자라는 1년 전이었고, 그가 그녀 곁을 떠난 것은 겨우 며칠 모자라는 1년 전이었다. 하지만 건조하고 맑은 겨울날 아침에, 이렇게 돼지등 같은 백악질 산등성이의 어렴풋한 대기 속을, 지금 같은 그런 용건을 가지고 씩씩하게 걸어간다는 것은 기분 나쁘지만은 않았다. 분명한 것은 시어머니의 마음을 사로잡아서 그분께 자신의 모든 내력을 말씀드려 자기 편으로 만들고, 그래서 돌아오지 않는 남편을 되찾는 것이 지금 길을 떠나는 그녀의 꿈이라는 사실이었다.

잠시 후 그녀는 거대한 산비탈의 언저리에 이르렀다. 비탈 밑으로는 이제 새벽 안개 속으로 비옥한 블랙무어 골짜기가 소리 없이 뻗어 있었다. 고원지대의 무채색 공기 대신에 저 아래쪽 대기는 짙은 푸른색이었다. 그녀가 이제 토질에 익숙해진 이곳 농장은 100에이커나 되는 거대한 규모였지만, 저 아래쪽은 6에이커가 못 되는 작은 밭들이었고 또 얼마나 숫자가 많은지 이 높은 곳에서 바라보면 마치 그물코처럼 보였다. 이곳의 풍경은 희끄무레한 갈색이었지만 저 아래는 프룸 골짜기와 마찬가지로 언제나 초록이었다. 하지만 그녀의 슬픔이 싹튼 곳이 바로 그 골짜기였기 때문에, 예전처럼 그곳으로 마음이 끌리지는 않았다. 아름다움을 느껴 본 사람들에겐 모두 그렇듯이, 그녀에게 있어서 아름다움이란 사물 자체에 있는 것이 아니라 그것이 무엇을 상징하느냐에 달려 있었다.

오른쪽으로 골짜기를 끼고 그녀는 꾸준히 서쪽으로 향했다. 힌톡을 지나 셔튼 애버스에서 카스터브릿지로 가는 큰길을 가로지른 다음, '악마의 부엌'이라고 하는 작은 골짜기를 사이에 둔 독베리 힐과 하이 스토이를 끼고 돌았다. 계속 오르막길을 따라 그녀는 크로스 인 핸드에 도착했는데, 그곳에는 기적이나 살인, 혹은 두 가지 모두가 있었던 곳이라는 표시로 돌기둥 하나가 말없이 쓸쓸히 서 있었다. 3마일을 더 가서 그녀는 롱 애쉬 레인이라는 지금은 사용하지 않는 로마시대의 직선 도로를 횡단했다. 그곳에 도착하자마자 다시 출발한 그녀는 가로지르는 산길을 따라 언덕을 내려가서 에버셰드라고 하는 작은 읍인지 마을인지 분간할 수 없는 곳에 이르렀다. 이제 일정의 반쯤 온 셈이었다. 그녀는 여기서 걸음을 멈추고 두 번째 아침식사를 배부르게 먹었다 — 식당을 피하려고 했기 때문에 '소우 앤드 에이콘'이라는 식당에서 먹지 않고 교회 옆의 농가에서 먹었다.

여정의 남은 반은 벤빌 레인을 따라 좀 더 평탄한 고장을 지나게 되어 있었다. 그러나 자신과 목적지 사이의 거리가 줄어들면서 테스의 자신감은 줄어들었고, 그녀의 모험은 더 힘들게 느껴졌다. 목적지는 눈앞에 너무 뚜렷하게 나타나고 풍경은 희미해지는 바람에 그녀는 가끔씩 길을 잃을 뻔하기도 했다. 하지만 정오쯤 되어 그녀는 에민스터와 그 사제관이 있는 분지로 들어가는 어귀에서 어느 문 옆에 멈춰섰다.

그 순간 신부와 교인들이 모여 있을 것으로 짐작되는 교회의 네모난 종탑이 그녀에겐 엄한 표정으로 다가왔다. 그녀는 어떻게 해서라도 평일에 올걸 하는 생각이 들었다. 아무리 선량한 분이라도 그녀의 딱한 처지를 이해하지 못하면, 하필 주일에 찾아왔느냐고 편견을 가질지도 모르는 일이었다. 하지만 이제는 계속 가는 수밖에 도리가 없었다. 그녀는 그 먼 거리를 신고 왔던 투박한 반장화를 벗고 에나멜 가죽으로 된 얇고 예쁜 구두를 신었다. 그리고 신고 온 신발은 다시 쉽게 찾을 수 있도록 문기둥 옆 생울타리 속에 밀어 넣고 언덕을 내려갔다. 찬 공기를 마시면서 생겨난 싱싱한 혈색은 사제관이 가까워오면서 자기도 모르게 점점 사라져갔다.

테스는 우연히 자기를 도와줄 무슨 일이라도 생기기를 바랐지만 아무 일도 벌어지지 않았다. 사제관 마당의 키 작은 나무들이 서릿바람에 불안하게 살랑거렸다. 그녀는 그렇게 가장 좋은 옷으로 차려 입긴 했지만 아무리 상상력을 동원해 보아도, 그 집이 자신과 가까운 집이라는 실감이 나지 않았다. 하지만 성품이나 감정 어느 면으로도 그녀가 본질적으로 그들과 다른 점은 없었다. 고통이나 기쁨, 생각, 삶과 죽음, 그리고 사후의 세계에 이르기까지 그들은 똑같았다.

그녀는 겨우 용기를 내어 회전문을 열고 들어가 초인종을 눌렀다. 일은 벌어진 것이다. 물러설 수는 없었다. 아니었다. 아직 일이 벌어진 것은 아니었다. 아무도 그녀의 벨소리에 대답하지 않았다. 초인종을 다시 누르자면 용기가 필요했다. 그녀는 다시 눌렀다. 15마일을 걸어온 피로에 벨을 누를 때의 긴장이 겹치면서, 그녀는 기다리는 동안 한 손으로 엉덩이를 잡고 팔꿈치는 현관 벽에 기대어 몸을 지탱해야만 했다. 바람이 얼마나 쌀쌀한지 담쟁이 잎사귀는 시들어 회색으로 변해 있었고, 잎사귀들이 끊임없이 부딪치는 소리는 불안스럽게 그녀의 신경을 건드렸다. 고기를 산 어느 집 쓰레기통에서 나온 피묻은 종이 한쪽이 대문 바깥의 도로에 어지러이 날아다녔다. 내려앉기엔 너무 가볍고 날아가기엔 너무 무거운 모양이었는데 지푸라기 몇 개가 날아와 동무를 삼았다.

두 번째 벨소리는 더 컸지만 여전히 아무도 나오지 않았다. 그래서 그녀는 현관을 나와 문을 열고 바깥으로 나왔다. 다시 들어갈 생각이라도 있는 듯 그녀는 미심쩍게 집의 전면을 바라보긴 했지만, 문을 닫으면서 안도의 한숨을 내쉬었다. 그녀는 (어떻게 알았는지 알 수 없으나) 자기가 누군지 확인이 되어 들여보내지 말라는 분부가 떨어진 것이 아닌가 하는 생각이 뇌리를 떠나지 않았다.

테스는 모퉁이까지 걸어갔다. 자신이 할 수 있는 일은 다 한 셈이었다. 하지만 훗날의 고통을 각오하고 현재의 두려움을 피하는 일은 하지 않겠다고 결심을 한 그녀는 다시 거꾸로 집을 지나쳐 걸어가면서 창문마다 올려다보았다.

아—식구가 모두 교회에 갔기 때문에 그랬구나. 에인절의 아버지가 언제나 하인을 포함해서 온 집안 식구들에게 아침 예배에 참석하도록 고집하시기 때문에, 집에 돌아오면 식어빠진 아침식사를 해야 한다던 남편의 이야기가 기억났다. 결국 예배가 끝나기를 기다리는 수밖에 없었다. 그곳에서 기다리면 사람들 눈에 띌 것 같았기 때문에 그녀는 교회를 지나 골목길로 들어가려고 했다. 하지만 교회 앞마당 문에 이르렀을 때 사람들이 쏟아져 나오기 시작했고 테스는 사람들 가운데 휩쓸리게 되었다.

조그마한 시골 마을 교회의 교인들이 한가하게 집으로 돌아가다가 외지에서 온 낯선 여자를 바라보는 눈길로 에민스터의 교인들은 그녀를 바라보았다. 그녀는 생울타리 부근에 몸을 피해 있을 만한 곳을 찾으려고 발걸음을 재촉하여 왔던 길을 다시 올라갔다. 교구신부네 식구들이 점심식사를 마치고 나서 그녀를 맞이하는 것이 더 편할 것 같기 때문이었다. 그녀는 곧 교인들과 거리가 멀어지게 되었는데, 다만 젊은 청년 둘이서 함께 팔짱을 끼고 그녀 뒤를 빠른 걸음으로 따라오고 있었다.

그들이 가까이 다가왔을 때 그녀는 이야기에 열중하고 있는 그들의 목소리를 들을 수 있었고, 그런 처지에 있는 여자다운 직감으로 그 목소리들이 남편의 음성과 닮은 데가 있다는 것을 금방 알아차렸다. 걸어오던 사람들은 남편의 두 형이었다. 그녀는 자신의 계획은 모두 잊어버린 채, 그들을 만날 준비도 하기 전에 이렇게 엉망인 상태에서 혹시 그들이 자기를 따라잡으면 어떡하나 하는 그 생각뿐이었다. 그들이 자기를 알아볼 리야 없겠지만 그들이 자세히 살펴보는 것이 본능적으로 두려웠던 것이다. 그들의 걸음이 빨라질수록 그녀의 걸음도 더 빨라졌다. 그들은 오랜 예배 시간 동안 앉아 있느라 차가워진 손발을 녹이려고 점심을 먹으러 들어가기 전에 빠른 걸음으로 가벼운 산책을 할 심산이었던 것이다.

언덕길 위로는 단 한 사람만이 테스 앞을 걸어가고 있었는데—다소 눈길을 끌기는 하지만 어쩐지 약간은 새침하고 얌전을 빼는 듯한 숙녀처럼 보이는 젊은 여자였다. 테스가 그녀를 거의 따라잡았을 때 그의 시아주버니들도 빠른 걸음으로 그녀 바로 등뒤에 와 있어서 그녀는 그들의 이야기를 빠지지 않고 다 들을 수 있었다. 하지만 그들은 특별히 그녀의 관심을 끌 만한 이야기는 하지 않고 있다가, 아직 저 앞에 있는 젊은 여인을 보고는 그중의 하나가 말을 했다. "머시 찬트로군. 따라가 봅시다."

테스는 그 이름을 알고 있었다. 에인절의 평생의 반려자로 양가의 부모들이 미리 약속을 해 둔 여인이었고, 자신이 끼어들지 않았더라면 아마도 에인절은 그 여자와 결혼을 했을 수도 있었다. 진작에 그런 내용을 모르고 있었다 하더라도 그녀는 조금만 기다리면 알 수 있게 되었을 것이다. 왜냐하면 형들 중의 하나가 이렇게 계속 말을 했던 것이다. "아! 불쌍한 에인절, 불쌍한 녀석 같으니라고! 저 참한 아가씨를 볼 때마다 그 녀석이 경솔하게 그 젖 짜는 처녀가 뭔가 하는 여자한테 빠져 버린 게 더 안됐단 말이야. 아무리 생각해도 이상한 일이야. 지금은 같이 살고 있는지나 모르겠어. 몇 달 전에 소식을 들었을 때는 헤어져 있는 것 같던데."

"나도 모르겠어요. 요즘은 나한테 도무지 소식도 없어요. 이상한 생각들을 하면서부터 나하고 거리가 멀어지기 시작했지만, 결혼을 잘못하고 나서는 완전히 멀어진 것 같아요."

테스는 언덕을 더욱 빠른 걸음으로 올라갔지만, 그들을 멀리 떨어뜨리자면 오히려 그들의 눈길을 끌게 될 것 같았다. 마침내 그들은 그녀를 따라잡고 앞질러 지나갔다. 아직 저 앞쪽에 있던 여인은 그들의 발소리를 듣고 돌아섰다. 그리고 인사를 하고 악수를 나누더니 세 사람은 함께 걸어갔다.

그들은 곧 언덕 꼭대기에 이르렀다. 이 지점을 그들의 산책길의 끝이라고 생각한 것이 분명한 듯 그들은 발걸음을 늦추었고, 한 시간 전에 테스가 마을로 내려가기 전에 둘러보기 위해 숨을 돌렸던 그 문 쪽으로 세 사람이 함께 돌아섰다. 이야기를 하던 드중에 신부댁의 두 형제 중의 하나가 우산으로 생울타리 속을 조심스럽게 뒤지더니 밝은 데로 뭔가를 끌어냈다.

"헌 장화가 한 켤레 있네." 그가 말했다. "거지나 누가 버린 모양이군."

"아마도 마을에 맨발로 내려와서 동정이나 얻어보려는 어느 사기꾼일 거예요." 머시 찬트가 말했다. "맞아요, 틀림없어요. 좋은 장환데 — 한 군데도 안 떨어졌어요. 정말 못된 짓이군요! 집에 가져가서 가난한 사람한테 주어야겠어요."

그것을 발견한 커스버트 클레어가 그녀가 잡을 수 있도록 지팡이의 굽은 끝으로 그것을 집어올렸다. 테스의 장화는 그렇게 남의 손에 들어가고 말았다.

이야기를 듣고 있던 테스는 털실로 짠 베일로 가린 채 그들을 지나갔고, 잠시 후 돌아보았을 때 그 신심(信心) 깊은 일행은 그녀의 장화를 가지고 문을 떠나 언덕을 내려가고 있었다.

거기서부터 우리의 주인공은 다시 걷기 시작했다. 눈물이 앞을 가리며 뺨 위로 흘러내렸다. 그 광경을 자신에 대한 비난으로 받아들이는 것은 모두 감상적인 것이고 근거 없이 예민해진 까닭이란 것을 그녀는 알고 있었지만, 그럼에도 불구하고 그런 생각을 떨쳐 버릴 수가 없었다. 이렇게 뜻하지 않은 불행의 조짐들과 싸워 내기에는 그녀는 너무 힘이 없었다. 사제관으로 다시 돌아간다는 것은 생각할 수가 없었다. 에인절의 아내는 마치 그 최고로 훌륭한—자기가 보기에는—성직자들에게 멸시를 받고 그 언덕 위까지 쫓겨 온 것 같았다. 그들은 아무것도 모르고 조롱한 셈이긴 했지만, 아버지가 아니라 아들들을 그녀가 만난 것은 불운이었다. 그들의 부친은 편협함에도 불구하고 그들보다는 훨씬 덜 오만하고 덜 경직되어 있었으며 사랑의 마음을 풍족하게 가지고 있었다. 그 흙 묻은 장화에 다시 생각이 미치자 그녀는 그들의 조롱거리가 되고 만 장화의 처지가 불쌍했고, 장화 주인의 인생도 참으로 절망적이란 생각이 들었다.

"아!" 그녀는 자신의 처지에 새삼 처량한 생각이 들어 한숨을 쉬면서 말했다. "그들은 내가 험한 길을 오는 동안 그이가 사준 이 예쁜 구두를 아끼려고 그 장화를 신었다는 걸 모를 거야—그럼—알 리가 없지! 그이가 내 예쁜 드레스 색깔도 골라 주었다는 걸 모르겠지—맞아—어떻게 알겠어? 혹시 알았다고 해도 대단찮게 여겼을 거야. 그이를 그리 좋아하지 않았으니까. 불쌍한 그이!"

그러고 나서 그녀는 그 인습에 젖은 판단 기준으로 자신에게 이와 같은 슬픔을 안겨 준 사랑하는 사람 때문에 가슴이 아팠다. 그리고 그 아들들을 보고 자신의 시아버지를 판단함으로써 결정적인 마지막 순간에 나약하게 용기를 잃어버린 것이 자기 생애의 가장 큰 불운이란 사실을 알지 못한 채 길을 떠났다. 그녀의 지금 처지야말로 클레어씨 노부부의 동정심을 충분히 살 만한 것이었다. 노부부는 대단하지 않은 절망을 느낀 사람들의 미묘한 정신적 고통에 대해서는 관심과 주의를 보이지 않았지만, 극도의 절망에 빠진 이들에게는 금방 마음의 문을 열어 보였다. 그들은 '세리(稅吏)'

와 '죄인'들은 흔쾌히 동정하면서도 '율법학자'와 '바리새인'들의 근심을 위로해줄 수 있는 말 한마디는 잊어버리곤 했다. 그들의 이와 같은 결함 혹은 한계 덕분에 그들의 며느리는 이 순간 그들의 사랑을 펼칠 수 있는 잃어버린 양으로 당연히 선택될 수도 있었을 것이다.

그리하여 그녀는 희망은커녕 자기 인생의 위기가 다가오고 있다는 생각에 가득차서 온 길을 따라 터벅터벅 되돌아 걷기 시작했다. 외관상으로는 아무런 위기도 일어나지 않았다. 그리고 그녀로서는 다시 사제관을 마주할 용기가 생길 때까지 그 척박한 농장에서 계속 일하는 수밖에 없었다. 사실 그녀는 돌아오는 길에는 자신의 베일을 걷어올릴 만큼 스스로에 대한 관심도 충분히 생겨났고, 이는 마치 머시 찬트는 보여 줄 수 없는 얼굴을 적어도 자신은 보여 줄 수 있다는 것을 세상에 알리려는 듯했다. 하지만 그러면서도 그녀는 안타까운 듯 고개를 저었다. "소용없어 — 소용없어!" 그녀는 말했다. "아무도 좋아하지 않고, 아무도 보지도 않는데 뭘. 나같이 버림받은 여자 얼굴에 누가 관심이라도 있겠어?"

돌아가는 길은 걷는 게 아니라 정처 없이 헤매는 꼴이었다. 기운도 없고 목적도 없이 그저 가니까 가는 셈이었다. 지루하게 긴 벤빌 레인을 따라가며 그녀는 지치기 시작했고, 대문에 기대거나 이정표 옆에서 걸음을 멈추기도 했다.

그녀는 아무 집에도 들어가지 않고 7, 8마일을 계속 걸어서 길고 가파른 어느 언덕길을 내려갔다. 그 언덕 아래에 아침에는 정반대로 그렇게 희망을 품고 아침식사를 했던 에버셰드라는 마을이 있었다. 그녀가 다시 들어가 앉은 교회 옆의 농가는 거의 마을 끝에 있는 첫 집이었고, 주인 여자가 식품저장실에 우유를 가지러 간 사이에 거리를 내다보던 테스는 거리에 사람이 하나도 없는 것을 알았다.

"사람들이 오후 예배에 간 모양이에요?" 그녀가 말했다.

"아, 아니야." 노파가 말했다. "그러기엔 아직 너무 이르지. 아직 종도 안 쳤는데. 모두들 저쪽 헛간에 설교 들으러 갔어. 예배 시간 사이를 이용해서 어떤 목소리 큰 전도사가 거기서 설교를 한다는데 — 모두들 아주 대단한, 열렬한 기독교인이라더군. 난 그런 거 들으러 안 가! 교회에서 보통 때 듣는 설교만으로도 충분히 뜨겁거든."

테스는 곧 마을로 들어갔고 그녀의 발소리는 마치 사자(死者)의 나라에 온 듯 집들에 부딪히며 울려퍼졌다. 마을 중심부에 가까웠을 때 그녀의 발소리를 방해하는 다른 소리가 있었다. 그 헛간이 길에서 멀지 않은 것을 보고 그녀는 그 소리가 그 전도사의 소리라고 짐작했다.

그의 목소리는 맑고 고요한 대기 속에 선명하게 울려퍼졌고, 그녀는 헛간 바깥에 있었지만 그의 말소리를 곧 알아들을 수 있었다. 짐작했던 대로 설교는 바울의 신학에 설명되어 있는 대로 믿음으로 의롭게 된다는 주장에 근거한, 극단적인 도덕률초월론의 입장이었다. 이런 고정 관념을 설교하는 열광적인 전도사의 격렬한 열변은 거의 웅변조에 가까웠는데, 그는 아직 설교자로서의 기술을 익히지 못한 것이 분명했다. 설교의 앞머리는 듣지 못했지만 테스는 계속해서 반복되는 내용을 듣고 어느 성경 구절인지는 알았다.

> "어리석도다 갈라디아 사람들아, 예수 그리스도께서 십자가에 못 박히신 것이 너희 눈앞에 밝히 보이거늘 누가 진리에 불복하도록 너희를 꾀더냐?"(《성서》 〈갈라디아서〉 3장 1절-역주)

테스는 뒤에 서서 들으면서 그 전도사의 교리가 에인절 부친의 입장을 극단적으로 표현한 것임을 알고 더욱 흥미를 가지게 되었고, 연사가 자신이 그 생각에 이르게 된 과정을 밝히기 위해 자신의 영적 경험을 자세히 설명하기 시작하자 더욱 관심이 커졌다. 그는 자기야말로 죄인 중의 죄인이라고 했다. 그는 말씀을 조롱했고, 방탕하고 음란한 사람들과 어울려 방종한 생활을 했다. 그러나 깨달음의 날이 왔는데, 그것은 인간적인 의미에서는 주로 어떤 신부님의 영향 때문이었다. 그는 그 신부님께 처음에는 대단히 모욕을 준 일이 있었는데, 그분이 떠나면서 남긴 말이 그의 가슴에 새겨져 남았고, 마침내 하느님의 은총으로 그에게 이런 변화를 만들어냈으며, 그들이 지금 보고 있는 모습을 만들어냈다고 했다.

그러나 테스에겐 교리보다 그의 목소리가 더 놀라웠다. 있을 수 없는 일처럼 보였지만 그것은 분명히 알렉 더버빌의 음성이었다. 고통스런 긴장으로 표정이 굳어지면서 그녀는 헛간 앞을 돌아 그 앞으로 지나가 보았다. 나지막한 겨울 햇살이 두짝문으로 된 그 쪽 입구를 곧바로 비추었다. 한쪽 문이 열려 있어서 햇살은 타작마당 안쪽까지 들어가 모두 북풍을 피해 아늑하게 들어가 있는 청중들과 전도사를 비추었다. 청중들은 모두 마을사람들이었고, 그중에는 언젠가 기억이 생생한 그날 테스가 본 적이 있는 빨간 페인트통을 들고 다니던 사나이도 끼어 있었다. 그러나 그녀의 눈길은 밀자루 포대 위에 서서 사람들과 출입문을 마주보고 있는 주인공에게로 쏠렸다. 세 시의 태양이 그를 정면으로 비추었다. 그의 목소리를 똑똑히 들었을 때부터 마음속에 서서히 굳어진 생각, 자신을 유혹했던 남자가 자기 앞에 나타났다는 그 이상스럽고 힘이 쭉 빠지는 확신이 마침내 엄연한 현실로 나타났다.

Tess of the d'Urbervilles

제6부 개심자

45

트란트릿지를 떠난 이후 그 순간까지 그녀는 더버빌을 만난 적도 없고 소식을 들은 적도 없었다.

그런데 다른 어느 때도 아닌, 지극히 미세한 감정적 자극조차도 충격을 줄 수 있는 힘겨운 순간에 조우(遭遇)가 이루어진 것이다. 하지만 기억이란 얼마나 터무니없는 것인지, 그가 지난날 자신의 방탕한 생활을 후회하며 공개적으로 명백하게 회개한 사람으로 그 자리에 서 있는데도, 그녀는 공포에 사로잡혀 온몸이 얼어붙은 듯 뒤로 물러서지도 앞으로 나가지도 못하고 있었다.

그의 얼굴을 마지막으로 보았을 때, 그 얼굴에서 무엇을 느꼈던가! 그런데, 지금 다시 그 얼굴을 보게 되다니!…… 여전히 기분 나쁘게 잘 생긴 얼굴이었지만, 지금 그는 단정하게 다듬은 구식 구레나룻을 기르고 있었고 까만 콧수염은 사라지고 없었다. 그는 반쯤 성직자에 가까운 옷을 입고 있었는데, 그것은 그의 얼굴에서 멋쟁이라는 느낌을 지워 버리기에 충분할 만큼 표정의 변화를 가져왔고, 그녀는 잠시나마 그가 정말 더버빌인지 의심이 들 지경이었다.

그의 입에서 그렇게 엄숙한 성경 말씀이 줄줄 흘러나오는 것을 보고 테스는 처음에는 소름이 끼치도록 괴이한, 불길하게도 아귀가 맞지 않는 듯한 느낌이 들었다. 4년이 채 못 되어 다시 듣는 귀에 익은 그 목소리는 너무나 상반된 느낌을 주었기 때문에, 그녀는 그 반전(反轉)의 역설에 어지러울 지경이었다.

그것은 개심이라기보다 변신이었다. 예전의 감각적 곡선은 이제 헌신적 열정의 직선으로 변조되어 있었다. 유혹을 의미했던 입술 모양은 이제 기원(祈願)을 표현하도록 바뀌었고, 과거에는 방종으로 해석될 수 있던 뺨의 홍조는 이제 복음으로 변화되어 경건한 말씀의 광휘가 되었다. 동물적 본성은 광신적 신앙으로, 이교적 미신은 바울의 가르침으로 변해 있었다. 정복의 욕심으로 테스의 육체를 향해 번득이던 과거의 그 번들거리는 뻔뻔스런 눈동자는 지금은 난폭하리만치 거친 열정적 신앙으로 빛을 발하고 있었다. 욕망이 거부당했을 때 그의 얼굴에 나타나곤 하던 그 험상궂은 독한 표정은 이제 진창에 빠져 허덕이던 시절로 다시 되돌아가기를 고집하는 구제불능의 타락자의 모습을 그릴 때 쓰이고 있었다.

그의 얼굴 윤곽은 그 자체로 무슨 불만을 가진 것처럼 보였다. 그것은 애당초 하늘이 내려 주지도 않은 표정을 꾸며내느라 본연의 제모습에서 벗어나 있었다. 이상한 것은 그의 얼굴이 고상해지는 것 자체가 잘못이며, 그렇게 되려는 노력이 오히려 위선처럼 보인다는 사실이었다.

하지만 그럴 수가 있을까? 그녀는 옹졸한 감정은 더 이상 허용하지 않기로 했다. 자기 영혼을 구하기 위해 악의 구렁텅이를 벗어난 죄인이 더버빌이 처음이 아닌데, 왜 그것을 이상하게 생각해야 하는가? 기분 나쁜 옛 음성으로 새로이 복음을 전하는 것을 들으면서 그녀가 신경이 거슬렸던 것은 단지 선입견 때문이었다. 타락이 심할수록 더 위대한 성자가 되는 법. 이를 확인하기 위해서는 기독교 역사를 깊이 연구할 필요도 없었다.

명확하게 설명할 수는 없지만 이런 생각들이 그녀의 마음을 막연하게 움직였다. 놀라움이 앞서 꼼짝도 못하고 서 있던 그녀는 정신이 들자마자 그가 보이지 않는 곳으로 빠져나가야겠다는 생각이 먼저 들었다. 그녀가 햇빛을 등지고 있었기 때문에 아직 그는 분명히 그녀를 알아보지 못하고 있었다.

그러나 다시 움직이는 순간 그는 그녀를 알아보았다. 그녀의 옛 애인이 받은 충격은 그녀가 그를 발견했을 때 받은 충격보다 훨씬 더 컸고 그는 마치 감전이라도 된 것 같았다. 불꽃처럼 격정적으로 울려퍼지던 웅변이 그에게서 사라지는 것 같았다. 그의 입술은 그 위에 실려 있는 말의 무게에 눌려 비틀거리며 떨고 있었고, 그녀가 그를 보고 있는 동안은 그 말을 내뱉을 수가 없었다. 그녀의 얼굴을 처음 본 뒤로 그의 두 눈은 그녀를 피해 이리저리 허둥거렸지만 몇 초가 지나 다시 번개처럼 되돌아왔다. 하지만 이 마비 상태는 한 순간에 불과했다. 왜냐하면 그의 무기력 증세와 함께 테스는 기운을 되찾았고, 그래서 있는 힘을 다해 빠른 걸음으로 헛간을 빠져나왔기 때문이다.

생각하면 할수록 두 사람이 마주하고 서 있는 자리의 변화에 테스는 오싹한 느낌이 들었다. 자신을 파멸시킨 남자는 이제 성령의 편에 서 있는데, 자신은 아직 죄를 씻지 못하고 있었다. 마치 전설에 나오듯이 키프로스의 여신(키프로스에서 태어난 비너스 여신을 가리킴-역주)이 제단 앞에 나타나자, 사제(司祭)의 불꽃이 꺼질 지경이 되어버린 것이다.

그녀는 뒤도 돌아보지 않고 계속 걸었다. 그녀의 등에는—입은 옷에도—사람의 시선에 반응을 보이는 감각이 달려 있는 것 같았고, 그래서 그녀는 헛간 바깥에서 자신을 응시하고 있는 가상의 눈길을 감지할 수 있었다. 그곳까지 오는 동안 그녀의 마음은 무기력한 슬픔으로 무거웠으나 이제는 고뇌의 성격이 바뀌어 있었다. 너무나 오랫동안 거부당했던 그 애정에의 갈망은 잠시 사라지고 아직도 그녀를 에워싸고 있는 준엄한 과거의 거의 육체적인 감각이 되살아났다. 이 때문에 그녀는 자신의 실수를 뼈저리게 느꼈고 극심한 절망에 빠졌다. 그녀가 꿈꾸던 대로 과거의 존재와 현재의 존재를 연결하는 고리가 끊어지는 일은 결국 일어나지 않았던 것이다. 테스 자신의 존재가 과거로 치부되지 않는 한, 과거는 완전한 과거가 될 수 없었다.

이렇게 생각에 몰두한 채 그녀는 롱 애쉬레인의 북쪽을 다시 가로질러 건넜고, 이윽고 고원지대로 올라가는 희미한 도로가 눈앞에 나타났다. 남은 여정은 그 고원의 가장자리를 따라가는 길이었다. 그 바짝 마른 하얀 길은 사람이나 마차나 도로표지 혹은 다른 아무런 흔적도 없이 단조롭게 앞으로 뻗어 있었고, 이따금 차갑게 말라붙은 갈색의 말똥만 여기저기 흩어져 있었다. 이 오르막길을 천천히 걸어가고 있던 테스는 등뒤에서 발소리가 나는 것을 들었고, 고개를 돌리는 순간 그 낯익은 모습이—감리교도 같은 매우 이상한 복장을 한—따라오고 있는 것을 보았다. 죽기 전에 이 세상에서는 절대로 단둘이 만나고 싶지 않던 바로 그 남자였다.

하지만 생각을 하거나 피할 만한 시간 여유가 없었기 때문에, 그녀는 되도록 침착한 태도를 유지하며 그가 따라오는 대로 내버려두었다. 그가 흥분한 것은 급한 걸음걸이 때문이라기보다는 마음속의 감정 때문이라는 것을 그녀는 알 수 있었다.

"테스!" 그가 말했다.

그녀는 뒤돌아보지 않은 채 걸음을 늦추었다.

"테스!" 그가 다시 불렀다. "나요—알렉 더버빌이오."

그제야 그녀는 그를 돌아보았고, 그가 다가왔다.

"알고 있어요." 그녀는 쌀쌀맞게 대답했다.

"그래—그게 전부요? 물론 나한테 그 이상을 바랄 자격은 없지만!" 그는 가벼운 웃음을 지은 다음 덧붙여 말했다. "내가 이런 꼴을 하고 있는 게 당신 눈에는 우습게 보일지도 모르겠소. 하지만—그런 건 참는 수밖에 없지…… 집을 떠났다는 얘기는 들었는데, 어디 있는지 아무도 아는 사람이 없더군. 테스, 내가 왜 따라왔는지 궁금하오?"

"맞아요, 그래요. 제발 따라오지 않길 바랐어요!"

"그래—그럴 만도 하지." 그가 무거운 표정으로 되받았다. 그들은 함께 걸어가고 있었지만 그녀는 내키지 않는 걸음걸이였다. "하지만 오해하지 마시오. 내가 이 말을 하는 것은 당신이 거기 갑자기 나타났을 때 내가 당황하는 것을 보고—만약에 보았다면 말이오—혹시 무슨 오해라도 할까 봐서 그러는 것이오. 그때는 순간적으로 당황했을 뿐이오. 게다가 당신과 나의 관계를 생각해 본다면 충분히 있을 만한 일이잖소. 아무튼 의지력으로 그건 견뎌 낼 수 있었소—이런 말을 하면 아마 당신은 나를 사기꾼이라고 하겠지만—그러고 나서 곧 이런 느낌이 들었던 거요. 즉, 임박한 하느님의 진노로부터 내가 구원해야 될 의무와 소망을 가지고 있는 이 세상 모든 사람들 중에—비웃어도 좋소—내가 가장 심하게 못된 짓을 한 여인이 있다는 사실이었소. 내가 여기 온 것은 오로지 그 때문이오—다른 이유는 아무것도 없소."

"자신은 구원을 받았나요? 사랑은 집에서부터 시작한다는데." 테스의 대꾸에는 아주 작으나마 조롱기가 담겨 있었다.

"**난** 아무것도 한 게 없소!" 그는 개의치 않고 말했다. "모인 사람들한테도 말했듯이 모든 건 하느님의 뜻이오. 테스, 당신이 나를 아무리 경멸한다 해도 내가 내 자신을—옛 아담과 같은 내 과거 말이오—경멸하고 있는 것에는 비기지 못할 것이오! 글쎄, 이상한 얘기처럼 들릴 거요. 믿어지지도 않을 테고. 아무튼 내가 회개하게 된 자초지종을 얘기할 테니 듣기만이라도 해 주면 좋겠소. 에민스터의 신부님 이름을 들어 본 적이 있소?—틀림없이 들어 봤을 거요—클레어라는 노신부님인데. 그분 교파에서도 가장 진지한 분 중의 한 분이고, 국교(國敎)에 남아 있는 몇 안 되는 열정적인 분이라고 할 수 있소. 내가 운명을 함께 하고 있는 과격한 기독교인들만큼 열심이지는 않지만, 국교의 성직자들 중에서는 상당히 예외적인 분이오. 국교의 젊은 양반들은 궤변을 써서 점점 참 진리를 흐려 놓고 있고, 이제는 옛날의 그림자만 남아 있기 때문이오.

내가 그분과 다른 점은 교회와 국가에 관한 문제인데—'주께서 말씀하시기를 너희는 저희 중에서 나와서 따로 있고'(《성서》〈고린도후서〉 6장 17절-역주)라는 성경 구절의 해석 문제요—그것만 다를 뿐이오. 그분이야말로 이 나라에서 당신이 알고 있는 어느 누구보다 더 많은 영혼을 구원한 겸손한 종이라고 나는 확실히 믿고 있소. 그분 이야기를 들어 본 적이 있소?"

"있어요." 그녀가 말했다.

"그분이 2, 3년 전에 어느 선교회를 대신하여 트란트릿지에 설교하러 오신 일이 있소. 사심 없는 마음에서 그분은 나를 설득하여 바른 길을 가르쳐 주려고 하셨는데, 그 당시에 불쌍한 죄인이던 나는 그분을 욕을 보였소. 그분은 내 행동을 괘씸하게 생각지 않고 언젠가는 내가 성령의 첫 열매를 받을 것이며, 조롱하러 온 사람도 때로는 남아서 기도를 하더라는 말씀만 하셨소. 그 말씀이 이상한 마력이 있었던지 내 마음속 깊숙이 들어왔소. 하지만 어머니가 돌아가시면서 더 큰 충격을 받았고, 차츰 밝은 빛을 보게 되었소. 그 후로 사람들에게 올바른 가르침을 전하는 것이 내 소망이 되었고, 오늘도 그 일을 하고 있었던 거요. 이 근방에서는 최근 들어 설교를 시작했는데, 전도를 처음 시작한 몇 달은 잉글랜드 북부로 가서 모르는 사람들 사이에서 해 봤소. 거기서 서툴게나마 시작해서 용기를 얻고 나면 자신의 신실성을 판단하는 가장 어려운 시험도 이길 수 있겠다는 생각을 한 거요. 바로 나를 알고 있고, 또 어두운 시절 나의 친구였던 사람들 앞에서 말씀을 전하는 것 말이오. 테스, 자기 뺨을 스스로 때리는 즐거움을 당신이 알 수가 있다면, 나는 분명히—."

"그만해요!" 그녀는 격한 어조로 소리를 지르고 그에게서 돌아서서 길가의 층층대에 몸을 기댔다. "난 그런 갑작스런 일은 못 믿어요! 당신이 나한테—당신이 나한테 얼마나 큰 잘못을 저질렀는지 알고 있을 텐데, 이런 식으로 나한테 말을 하다니 정말 분하군요. 당신은, 아니 당신 같은 사람들은 나 같은 사람의 일생을 슬픔 때문에 괴롭고 암담하게 만들어 놓고는 이 땅에서 재미란 재미는 모두 보잖아요. 그러고는 그게 다 끝났다 싶으니까 이제는 회개해서 하늘의 기쁨까지 얻겠다고 생각하는 모양인데, 훌륭하시군요! 집어치워요, 그따위 — 난 당신을 못 믿어요 — 난 그런 건 증오해요!"

"테스," 그가 집요하게 말했다. "그렇게 말하지 말아요! 그건 나한테 아주 새로운 생각처럼 보였소! 나를 못 믿는다고? 뭘 못 믿는단 말이오?"

"당신이 회개했다는 것, 당신식의 종교 말이에요."

"어째서?"

그녀는 음성을 낮추었다. "당신보다 훌륭한 사람도 그런 걸 안 믿으니까요."

"과연 여자다운 이유로군! 그 훌륭한 사람이 누구요?"

"말할 수 없어요."

"흠," 말 속에 숨어 있는 분노가 금방이라도 터져나올 것 같은 어조로 그가 분명하게 말했다. "하느님 앞에서 내가 선한 사람이라고 말할 수는 없소 — 당신도 알다시피 난 그런 말은 하지 않소. 사실 난 선이란 게 아직 생소하오. 하지만 때로는 신출내기가 더 멀리 보는 법이지."

"맞아요." 그녀는 슬픈 목소리로 대답했다. "하지만 난 당신이 회개하고 새 영혼을 얻었다는 걸 믿을 수 없어요. 알렉, 유감스럽게도 당신이 본 불빛은 오래가지 않을 것 같군요!"

이렇게 이야기하고 그녀는 기대어 있던 층층대에서 몸을 돌려 그를 마주보았다. 그러자 그의 두 눈은 아무 생각 없이 낯익은 얼굴과 몸에 눈길을 주며 그녀를 응시했다. 그의 보다 천박한 성품은 지금은 조용히 그의 몸 속에 숨어 있었지만, 근절된 것이 결코 아니었고 완전히 정복된 것은 더욱 아니었다.

“그런 눈으로 나를 보지 마시오!” 그가 불쑥 말했다.

지금까지 자신의 행동과 태도를 거의 의식하지 못하고 있던 테스는 그 커다란 검은 눈동자로 바라보던 눈길을 곧 돌리고, 얼굴을 붉히며 말을 더듬었다. “미안해요!” 자연이 선물한 육체라는 거처에 살고 있다는 것 자체가 어쩌면 잘못이 아닐까 하는, 예전에 종종 떠오르던 비참한 느낌이 그녀에게 되살아났다.

“아니, 아니오! 미안해할 것 없소. 그런데, 당신은 예쁜 얼굴을 베일로 가리고 있는데, 왜 그걸 내리지 않소?”

그녀는 베일을 내리면서 재빨리 말했다. “바람 막느라고 쓴 거예요.”

“이렇게 명령조로 얘기하면 귀에 거슬릴지 모르지만,” 그가 계속 말했다. “당신을 너무 자주 보지 않는 게 좋겠소. 위험할 수도 있거든.”

“흥!” 테스는 코웃음을 쳤다.

“사실상, 지금까지 나한테는 여자의 얼굴이 너무 큰 힘을 행사해왔기 때문에, 나는 그것을 두려워하지 않을 수 없소! 복음을 전하는 사람은 그런 게 상관없다고 하지만, 나로서는 잊고 싶은 과거가 자꾸 되살아난단 말이오!”

그러고 나서 그들의 대화는 줄어들어 천천히 걸어가면서 가끔 한두 마디씩 주고받는 정도였고, 테스는 그가 어디까지 따라올지 속으로는 궁금했지만 그렇다고 돌아가라고 분명하게 말하고 싶지도 않았다. 문이나 층층대가 나올 때마다 그들은 종종 빨갛고 퍼런 글씨로 그 위에 성경 구절이 쓰여 있는 것을 보았고, 테스는 누가 고생스럽게 이런 문구들을 쓰고 다니는지 아느냐고 물었다. 그는 자신과 함께 이 지방에서 일하는 이들이 고용한 사람이 그 구절들을 쓰고 다닌다면서, 악한 세대의 마음을 움직일 수만 있다면 무슨 방법이든지 다 시도해 보아야 한다는 생각이라고 대답했다.

마침내 길은 '크로스 인 핸드'라는 지점에 이르렀다. 표백을 한 듯 황량한 고원지대 중에서도 가장 쓸쓸한 곳이었다. 화가나 관광객들이 찾는 아름다운 풍경과는 너무나 거리가 먼 이곳은 새로운 유형의 미, 곧 비극적 색조의 부정적 미에 이르러 있었다. 이곳의 지명은 거기 서 있는 돌기둥에서 비롯되었는데, 그것은 이 지방의 채석장에서는 찾아볼 수 없는 지층에서 파내온 거칠게 만든 이상한 비석으로, 서툰 솜씨로 사람의 손 하나가 그 위에 새겨져 있었다. 그것의 내력과 의미에 대해서는 구구한 해석들이 있었다. 어떤 사람은 옛날에는 그 위에 경건의 십자가가 완전한 형태로 세워져 있었다고 하면서 현재의 잔해는 그 받침대라고 권위 있게 주장했다. 또 어떤 이는 지금의 형태가 완전한 형태이며, 어떤 경계나 회합의 장소를 나타내기 위한 표시라고 주장했다. 유래야 어떻든 그 유적이 서 있는 주변 풍경은 예나 지금이나 보는 이의 기분에 따라 불길하기도 하고 엄숙하기도 한 느낌을 주기도 하여, 아무리 냉담한 나그네라도 뭔가 깊은 인상을 받곤 했다.

"이제 당신하고 헤어져야 될 것 같소." 그들이 그곳에 가까워졌을 때 그가 말했다. "오늘 저녁 애버츠 써늘에서 설교를 해야 되기 때문에 난 여기서 오른쪽 길로 가야 하오. 테시, 나도 당신 때문에 다소 심란해졌소—이유는 말할 수 없고 또 말하지도 않겠소. 돌아가서 힘을 좀 내야겠소…… 그런데, 당신 말솜씨가 참 좋아졌는데, 어떻게 된 거요? 누가 그렇게 훌륭한 영어를 가르쳤소?"

"고생을 하면 배우는 게 좀 있어요." 그녀는 애매한 대답을 했다.

"무슨 고생을 했길래?"

그녀는 맨 처음에 했던 고생—그와 관련이 있는 유일한 고생에 대해 이야기했다.

더버빌은 말문이 막힐 정도로 충격을 받았다. "지금까지 그런 얘긴 전혀 몰랐소!" 잠시 후에 그가 나지막이 말했다. "그런 어려운 일이 생길 것 같았으면 왜 나한테 알리지 않았소?"

그녀는 대답하지 않았다. 그가 다시 침묵을 깨고 덧붙여 말했다. "그럼 — 다시 만나도록 합시다."

"안 돼요." 그녀가 대답했다. "다시는 내 옆에 오지 말아요!"

"생각해 보겠소. 하지만 헤어지기 전에 이리로 와 봐요." 그는 돌기둥으로 다가갔다. "이건 옛날에 '성 십자가'라고 했소. 우적 같은 것은 내 교리하고는 관계가 없지만, 난 가끔 당신이 두렵소 — 지금 당신이 나를 두려워할 필요가 있는 것보다 훨씬 더 말이오. 그러니 내 두려움을 덜어 주도록 이 돌 손에다 손을 얹고, 다시는 나를 유혹하지 않겠다고 맹세를 하시오 — 당신의 매력으로든 행동으로든 말이오."

"맙소사 — 어떻게 그렇게 전혀 필요 없는 요구를 하는 거지요! 난 전혀 그럴 생각이 없어요."

"알아요 — 그래도 맹세해요."

테스는 반쯤은 겁도 나고 해서 그의 끈덕진 요구에 굴복하여 돌 위에다 손을 얹고 맹세를 했다.

"당신이 신자가 아니라서 유감이오." 그가 계속 말했다. "믿지 않는 어떤 자가 당신을 사로잡아 마음을 흔들어 놓을까 걱정이오. 하지만 지금은 그만 둡시다. 적어도 집에 가면 당신을 위해 기도를 할 수 있겠지. 아니 하도록 하겠소. 무슨 일이 어떻게 될지 누가 알겠소? 난 가겠소. 안녕!"

그는 생울타리에 난 사냥터 출입문 쪽으로 돌아서서 그녀에게 눈길 한번 다시 주지 않고 훌쩍 뛰어넘은 뒤 애버츠 써늘 방향으로 내리막길을 걸어 내려갔다. 걸어가는 그의 발걸음에는 마음의 동요가 드러나고 있었다. 이윽고 문득 옛날 생각이 나는지 그는 주머니에서 작은 책을 꺼냈고, 그 책장 사이에는 여러 번 읽어서 때문고 낡은 편지 한 통이 접혀 있었다. 그는 편지를 꺼냈다. 몇 달 전 날짜가 적힌 편지였는데, 클레어 신부의 서명이 있었다.

그 편지는 글쓴이가 더버빌의 회개를 진심으로 기뻐한다는 데서 시작하여, 그 사실을 친절하게도 자신에게 알려 주어서 고맙다는 내용이었다. 클레어 신부는 더버빌의 옛 행실을 따뜻이 용서한다고 안심을 시키면서, 청년의 장래 계획에 대해 관심이 있음을 밝혔다. 클레어 신부로서는 자신이 평생 몸바쳐 헌신해온 국교(國敎)에 더버빌이 들어오기를 바란다면서 이를 위해 신학교에 간다면 도움을 줄 수도 있다고 했다. 하지만 그러자면 시간이 오래 걸리기 때문에 본인이 혹시 원하지 않는다면 그로서는 그것을 크게 강조하지는 않겠다고 했다. 모든 사람은 성령이 인도하는 방식에 따라 자신이 가장 잘할 수 있는 일을 해야 한다는 것이었다.

더버빌은 이 편지를 읽고 또 읽으면서 스스로에게 냉소적인 질문을 던지고 있는 듯했다. 그는 또 걸어가면서 수첩에 적힌 몇 구절을 읽더니 마침내 얼굴이 안정을 되찾았고, 외견상으로는 테스의 모습 때문에 더 이상 괴로워하지는 않는 것 같았다.

한편 그녀는 집으로 가는 가장 가까운 길이 있는, 언덕의 가장자리를 따라 계속 걸었다. 1마일을 채 못 가서 그녀는 양치는 사람 하나를 만났다.

“지나온 길에 있는 옛날 돌기둥이 무슨 뜻인가요?” 그녀가 그에게 물었다. “성십자가였다면서요?”

“십자가라고 — 천만에! 그건 불길한 징조를 나타내는 거요, 아가씨. 옛날에 어떤 죄인이 거기서 손바닥을 기둥에 못박는 고문을 받은 다음에 교수형을 당했는데, 친척들이 그걸 세웠답니다. 뼈가 그 밑에 묻혀 있어요. 사람들 말로는 그가 악마한테 영혼을 팔았다는데, 가끔씩 귀신이 되어 나다닌답니다.”

그녀는 이 뜻밖의 섬뜩한 이야기를 듣고 정신이 어지러워서 양

치기를 혼자 남겨 두고 길을 떠났다. 플린트컴-애쉬가 가까웠을 때는 날이 어둑어둑했고, 그 작은 마을로 들어가는 초입의 골목에는 한 처녀와 애인이 서 있었다. 그들은 그녀가 다가오는 것도 모르고 있었다. 그들은 남몰래 속삭이고 있는 것은 아니었다. 남자의 열정적인 이야기에 대답하는 처녀의 맑고 태연한 목소리는 어스레한 지평선 위에 유일하게 평온한 소리가 되어 싸늘한 대기 속으로 퍼져나갔다. 지평선은 아무것도 거리낄 것 없이 착 가라앉은 어둠으로 가득차 있었다. 그들의 목소리는 잠시 테스의 기운을 북돋워 주었지만, 뒤이어 그녀는 자신의 시련의 서곡이었던 사랑을 두 사람 중 어느 쪽에서든 느끼면서 이 만남이 시작되었을 것이라는 생각을 했다. 그녀가 가까이 다가서자 처녀가 조용히 돌아서며 그녀를 알아보았고, 청년은 당황한 듯 자리를 비켰다. 여자는 이즈 후에트였고 테스의 나들이에 대한 관심 때문에 그녀는 곧 자신의 일조차 제쳐놓았다. 테스는 결과를 아주 자세하게 설명하지는 않았고, 눈치 빠른 이즈는 테스가 조금 전에 잠깐 보았던 자신의 그저 그런 연애에 대해 이야기하기 시작했다.

"앰비 시들링이란 사람인데, 탈보테이즈에 가끔 와서 도와 준 적이 있어." 그녀는 아무렇지도 않다는 듯이 설명했다. "사실은 여기저기 수소문한 끝에 내가 여기 온 걸 알고 찾아온 거야. 자기 말로는 지난 2년 동안이나 나를 좋아했다는데, 그래도 확답은 안 했어."

46

소득 없는 여행을 하고 난 며칠 후, 테스는 밭에서 일을 하고 있었다. 건조한 겨울 바람이 여전히 불고 있었지만 바람 부는 쪽으로 세워 둔 이엉 인 울타리 덕분에 그녀는 큰바람은 피할 수 있었다. 지붕이 나온 쪽으로 순무 써는 기계가 있었고, 새로 페인트칠을 한 기계의 번쩍거리는 파란색은 그렇지 않았더라면 가라앉아 있을 풍경 속에서 거의 무슨 소리라도 낼 것처럼 보였다. 기계 앞쪽으로 초겨울부터 순무를 저장해 둔 '무덤'이라고도 부르는 길쭉한 움이 있었다. 테스는 지붕이 없는 쪽 끝에 서서, 낫으로 순무에 달린 잔뿌리와 흙을 털어 낸 다음 기계 속에 던져 넣는 일을 하고 있었다. 한 남자가 기계를 돌리고 있었고, 기계 홈통에서는 막 자른 순무가 쏟아져 나오고 있었다. 누런 순무 토막에서 나는 싱싱한 냄새는 윙윙거리는 바람 소리와 순무 써는 칼날에서 나는 날카로운 소리, 가죽 장갑을 낀 테스의 손에서 나는 낫질 소리와 함께 어울렸다.

순무를 모두 캐내고 텅 빈, 농촌 특유의 갈색의 넓은 밭에는 그보다 더 짙은 갈색으로 이랑이 나타나기 시작하더니 점점 넓어지면서 리본 같은 모양이 되었다. 이 이랑의 양쪽 끝을 따라 무엇인가 열 개의 다리를 달고 기어다니며 서두르지도 쉬지도 않고 그 큰 밭을 오르내리는 것이 있었다. 말 두 마리와 한 사람이 쟁기를 사이에 끼우고 봄철의 파종을 위해 빈 밭을 갈아엎는 중이었다.

몇 시간 동안이나 이 쓸쓸하고 단조로운 풍경을 깨뜨리는 것은 아무것도 없었다. 이윽고 쟁기질하는 사람 너머 저 멀리에 검은 점이 하나 나타났다. 그것은 터진 틈이 있는 울타리 모퉁이로 들어와서 순무 써는 사람들이 있는 쪽으로 비탈을 올라오고 있었다. 작은 점에 불과하던 그것은 구주희(九柱戲. 아홉 개의 핀으로 하는 전통적인 볼링 놀이-역주)의 핀처럼 커지더니 곧 검은 옷을 입고 있는 사람의 모습으로 밝혀졌다. 그는 플린트컴-애쉬 쪽에서 오고 있었다. 기계를 돌리는 사내는 눈으로는 별달리 할 일이 없었으므로 다가오는 사람을 계속 지켜보았으나, 테스는 일에 몰두하고 있어서 그가 오고 있는 것을 동료가 알려 주기까지는 누군지도 모르고 있었다.

그것은 성질 못된 작업 감독인 농장주 그로비가 아니었다. 반쯤은 성직자 복장을 하고 이제 옛날의 모습을 드러내고 있는 한때의 난봉꾼 알렉 더버빌이었다. 그는 설교할 때처럼 열을 내지 않고 있었기 때문에 지금은 열기가 덜 했고, 기계를 돌리는 남자가 있어서 당황한 눈치였다. 테스의 얼굴에 창백한 근심의 빛이 떠올랐고, 그녀는 머리에 쓴 수건을 더 깊숙이 끌어내렸다.

더버빌이 다가와서 조용히 말했다.

"이야기할 게 있소, 테스."

"내 마지막 부탁을 거절했군요, 가까이 오지 말라고 했는데!" 그녀가 말했다.

"알고 있소. 하지만 그럴 만한 이유가 있소."

"좋아요, 말해 봐요."

"당신이 생각하는 것보다 훨씬 중요한 일이오."

그는 누가 듣고 있지나 않은지 주위를 둘러보았다. 기계를 돌리고 있는 남자는 꽤 떨어진 거리에 있었고, 또 기계 소리 때문에 알렉의 이야기가 다른 사람의 귀에 들어갈 리는 없었다. 더버빌은 그 남자 쪽으로 등을 돌리고 서서 테스를 막아 주는 자세를 취했다.

"얘길 들어 봐요." 새삼스럽게 양심의 가책을 느끼는 듯 그가 말을 이었다. "지난번에 만났을 때는 당신과 내 영혼만을 생각하느라, 당신이 살아가는 형편을 미처 물어보지 못했소. 옷도 잘 입고 있어서 그런 생각을 못했던 거요. 하지만 사정이 어렵다는 걸 이제야 알았소—옛날에 내가—내가 알고 있던 것보다 더 어렵다는 걸 말이오—당신이 이런 고생을 해서는 안 되는데. 아마도 그건 나한테 상당한 책임이 있는 것 같소!"

그녀는 대답하지 않았고, 그는 무슨 질문을 하려는 듯 그녀를 바라보았다. 그러자 그녀는 고개를 숙이고 얼굴을 수건으로 완전히 가린 채 순무 다듬는 일을 다시 시작했다. 일을 계속하면 그가 자신의 감정에 접근하지 못하도록 하는 것이 쉬울 것 같았다.

"테스," 불만스런 한숨을 내쉬며 그가 다시 말했다. "당신은 내가 저지른 잘못 중에서도 가장 심한 경우였소! 당신이 말하기 전까지는 무슨 일이 있었는지도 모르고 있었소. 그 순진한 사람의 인생을 망쳐 놓은 내가 정말 나쁜 놈이오! 이건 전적으로 내 잘못이오—트란트릿지에 같이 있을 때 저질렀던 그 터무니없는 모든 짓거리들 말이오. 당신도 그렇지, 나야 물론 형편없는 엉터리지만 당신은 진짜 혈통을 이어받은 후손인데, 아무리 나이가 어려도 말이지 어떻게 눈치가 그렇게 없을 수가 있소! 진심으로 하는 말인데, 부모님들도 창피한 줄을 좀 아셔야 하오. 동기가 좋았든 아니면 단순히 무심한 탓이었든 간에, 못된 놈들이 쳐 놓은 덫이나 함정이 위태롭게 널려 있는데 그런 걸 까맣게 모르고 딸자식들을 키우다니 말이오."

테스는 잠자코 듣기만 하면서 기계적인 동작으로 둥근 무를 던지고 또 다른 것을 집어들었다. 밭일하는 평범한 여인의 시름에 찬 표정만이 그녀의 얼굴에 나타나 있을 뿐이었다.

"하지만 그 말을 하러 여기 온 건 아니오." 더버빌이 계속했다. "내 상황이 지금 이렇소. 당신이 트란트릿지를 떠난 뒤에 어머니가 돌아가시고, 그 집은 내 소유가 되었소. 그렇지만 난 그걸 팔아서 아프리카 선교 사역에 헌신할 작정이오. 물론 내가 그 일에 무척 서툴다는 건 의심할 바 없는 사실이오. 하지만 내가 당신한테 부탁하고 싶은 것은 내가 책임을 다할 수 있도록—즉, 당신한테 저지른 잘못을 보상할 수 있는 유일한 일을 할 수 있도록 해 달라는 것이오. 다시 말해, 내 아내가 되어 나하고 함께 가지 않겠소? …… 난 벌써 이 귀중한 서류까지 손에 넣었소. 그건 또 어머니가 임종

하시면서 남긴 소원이기도 하오."

그는 당황한 듯 약간 머뭇거리며 주머니에서 양피지 한 장을 꺼냈다.

"그게 뭔데요?" 그녀가 물었다.

"결혼허가증이오."

"아, 안 돼요—안 돼요!" 그녀는 깜짝 놀라 뒤로 물러나며 급히 소리쳤다.

"안 된다고? 왜 그렇소?"

이렇게 묻는 더버빌의 얼굴 위로 책임을 다하지 못했을 때의 실망이라고만 할 수 없는 실망감이 스쳤다. 그것은 그녀에 대한 그의 옛 열정이 어느 정도 되살아났다는 명백한 징후였다. 책임감과 욕망이 함께 손을 잡고 있었다.

"틀림없이." 그는 좀 더 격한 어조로 다시 이야기를 시작하려다가 순무 써는 기계를 돌리고 있는 일꾼을 돌아보았다.

테스 역시 말싸움이 거기서 끝날 것 같지 않다는 느낌이 들었다. 그녀는 손님이 찾아와서 잠깐 같이 산책하고 오겠다고 일꾼에게 이야기를 하고는 더버빌과 함께 얼룩말 무늬로 그려진 밭을 가로질러 저쪽으로 갔다. 새로 갈아 놓은 밭이 처음 나오는 데서 그는 손을 내밀어 그녀를 도와주려고 했지만, 그녀는 못 본 체하고 밭이랑마다 꼭대기를 밟으면서 건너뛰었다.

"테스, 나하고 결혼해서 내 스스로 자존심을 지킬 수 있도록 해 줄 수 없단 말이오?" 이랑을 모두 건너가자마자 그가 또 물었다.

"할 수 없어요."

"왜 그렇소?"

"내가 좋아하지 않는다는 걸 아시잖아요."

"하지만 시간이 지나면 좋아할 수도 있고, 어쩌면—진심으로 나를 용서하고 나면 그땐 되지 않겠소?"

"절대로 안 돼요!"

"왜 그렇게 단정적이오?"

"다른 사람을 사랑하고 있어요."

그는 그 말에 놀란 표정을 지었다.

"그래?" 그가 소리를 질렀다. "다른 사람이라? 당신은 도대체 뭐가 도덕적으로 옳고 그른지 따져볼 능력도 없는 건가?"

"그래요, 없어요, 없다구요—그런 말 하지 말아요!"

"그런데 어쨌든 간에, 다른 남자를 사랑한다는 것도 시간이 지나면 극복할 수 있는 일시적인 감정이—."

"아니, 아니에요."

"될 거요, 될 수 있소! 왜 안 되지?"

"말할 수 없어요."

"체면을 걸고 말해 봐요!"

"그럼 좋아요…… 그 사람하고 결혼했어요."

"아!" 그는 비명을 지르며 죽은 듯이 꼼짝도 않고 그녀를 응시하였다.

"말하고 싶지 않았어요—그럴 생각도 없었구요!" 그녀는 애원을 했다. "그건 여기서는 비밀로 하고 있고, 알고 있다고 해도 어렴풋이 짐작이나 할 뿐이에요. 그러니까, 제발 나한테 묻지 말아 주시겠어요? 우린 이제 남남이란 걸 기억하세요."

"남남이라—우리가? 남남이라고!"

잠시 그의 얼굴에 옛날의 빈정거리는 표정이 번뜩하고 나타났다. 하지만 그는 단호한 결심으로 그것을 눌렀다.

"저 사람이 당신 남편이오?" 기계를 돌리는 일꾼을 몸짓으로 가리키며 그가 무표정하게 물었다.

"저 사람이라구요!" 그녀는 자신만만하게 대답했다. "그럴 리가요!"

"그럼, 누군가?"

"말하고 싶지 않은 건 묻지 마세요!" 그녀는 간절하게 부탁했고, 고개 든 그녀의 얼굴과 속눈썹으로 그늘진 두 눈에 간절한 애원이 담겨 있었다.

더버빌은 당황하고 있었다.

"하지만 내가 물어본 것은 오로지 당신을 위해서였소!" 그는 화를 내며 반박했다. "하늘의 천사들이여! — 하느님, 이렇게 말하는 것을 용서하소서 — 분명히 말하지만, 내가 여기 온 것은 당신을 위해서라고 생각했기 때문이오. 테스 — 나를 그런 눈으로 보지 마시오 — 당신의 눈길을 참을 수가 없소! 예수님 이전이나 이후에도 그런 눈초리는 없었소! 그래 — 이성을 잃어서는 안 돼. 그럴 수 없어. 솔직히 말해 당신을 보고 나서 당신에 대한 사랑이 되살아났소. 그런 감정은 모두 사라진 줄 알고 있었는데 말이오. 하지만 나는 우리들의 결혼이 두 사람의 죄를 모두 깨끗이 씻어 낼 줄 알았소. 난 혼자서 '믿지 아니하는 남편이 아내로 인하여 거룩하게 되고 믿지 아니하는 아내가 남편으로 인하여 거룩하게 되나니.'(《성서》 〈고린도전서〉 7장 14절-역주)라는 말씀을 읽곤 했소. 하지만 내 계획은 깨져 버렸고 이 실망을 견뎌 내야 하오!"

그는 땅바닥을 내려다보며 침울한 생각에 잠겨 있었다.

"결혼했다, 결혼했단 말이지!…… 좋소, 그렇다면," 그는 결혼허가증을 천천히 반으로 찢어서 주머니에 넣고 매우 침착하게 덧붙여 말했다. "이왕 결혼은 못하게 되었으니, 당신하고 당신 남편한테 무슨 좋은 일을 하고 싶소. 그 사람이 누군지는 모르겠지만 말이오. 물어보고 싶은 것은 많지만 보다시피 당신이 싫어하니까 그렇게 하지는 않겠소. 그래도 혹시 당신 남편을 내가 알 수 있다면 그 사람하고 당신을 내가 좀 더 쉽게 도와줄 수 있을 텐데. 이 농장에 있는 사람이오?"

"아니에요." 그녀가 작은 소리로 말했다. "멀리 가 있어요."

"멀리? 당신을 놔 두고? 도대체 어떻게 생긴 남편이길래?"

"아, 그이를 욕하지 마세요! 당신 때문이에요! 그이가 알아차리고 말았어요—"

"아 그랬군!…… 안됐소, 테스!"

"그래요."

"그래도 당신을 놔 두고 가다니—이런 고생을 하도록 내버려 두고 말이오!"

"그이가 나한테 일하라고 한 건 아니에요!" 그녀는 온 힘을 다해 떠나고 없는 남편을 위해 변명하느라 소리까지 질렀다. "그이는 이걸 몰라요! 이건 내가 하고 싶어서 하는 거라구요."

"그럼, 편지라도 오는 건가?"

"그—그건 말할 수 없어요. 우리끼리만 아는 비밀이 있어요."

"물론 편지를 안 한다는 얘기로군. 귀여운 테스, 당신은 소박맞은 아내가 되어버렸군!"

더버빌은 충동을 누르지 못하고 돌아서서 그녀의 한쪽 손을 움켜잡았다. 그녀는 가죽 장갑을 끼고 있었고, 그래서 그는 살아 있는 손가락의 실감을 느끼지는 못하고 겨우 거친 가죽으로 된 손가락만 잡았을 뿐이었다.

"안 돼요—안 돼요!" 그녀는 주머니에서 손을 꺼내듯이 장갑을 그의 손에 둔 채 손을 빼내며 겁에 질려 소리를 질렀다. "아, 돌아가요—나와 내 남편을 위해서라면—가세요, 당신의 그 기독교의 이름으로 말이에요."

"알았소, 알았소. 가겠소." 그는 갑자기 그렇게 말하고는 장갑을 그녀에게 돌려주고 돌아서서 떠나려고 했다. 하지만 다시 돌아서며 말을 했다. "테스, 하느님도 아시겠지만 당신 손을 잡았던 건 나쁜 짓을 하려고 했던 게 아니오!"

이야기에 몰두하느라 그들은 모르고 있었지만, 밭을 달려오는 말발굽 소리가 바로 그들의 등뒤에서 멈추더니 그녀의 귀에 소리가 들려왔다.

"아니 도대체 지금이 몇 신데 일손을 놓고 있는 거야?"

농장주인 그로비가 멀리서 두 사람을 보고는 그들이 자기 밭에서 무엇을 하는지 알아보려는 호기심에서 말을 타고 건너온 것이었다.

"이 사람한테 그런 식으로 말하지 마시오!" 기독교인답지 않게 얼굴을 찌푸리며 더버빌이 말했다.

"아, 그렇군요! 감리교 목사님께서는 이 아가씨한테 무슨 볼일이 있으신가요?"

"저 사람이 누구요?" 더버빌이 테스를 돌아보며 물었다.

그녀는 그에게 가까이 다가갔다.

"가세요 — 제발 부탁이에요!" 그녀가 말했다.

"아니! 당신을 저런 흉악한 인간한테 맡겨 놓고 가라고? 얼굴만 봐도 얼마나 못된 녀석인지 알 수 있는데."

"나를 해치지는 않아요. **저 사람**은 나를 좋아하는 사람이 아니에요. 수태고지일이면 난 떠나게 되어 있어요."

"흠, 그렇다면 당신 말을 듣는 수밖에 없겠군. 그럼 — 잘 있어요!"

테스는 자기를 혼내는 사람보다 두둔하는 사람이 더 무서웠고, 그가 마지못해 자리를 뜨자 주인은 계속 꾸짖었다. 하지만 테스는 그런 식의 공격은 유혹과는 상관이 없었으므로 매우 차분하게 받아넘겼다. 마음만 먹으면 자기한테 주먹질도 할 수 있을 이런 무지막지한 사람을 주인으로 두고 있는 것이, 그녀로서는 지난날의 경험으로 비추어 볼 때 훨씬 마음이 놓였다. 그녀는 작업을 하고 있던 밭 꼭대기 쪽으로 조용히 돌아갔고, 조금 전에 그를 만났던 일을 골똘히 생각하느라 그로비가 탄 말의 코가 거의 그녀의 어깨에 닿을 뻔한 것도 모르고 있었다.

"수태고지일까지 일하기로 약속을 했으니까, 그때까지 있을지 두고 보지." 그가 딱딱거리며 말했다. "여자들은 정말 문제야—금방 이랬다 저랬다 하거든. 이젠 나도 더는 못 참아!"

테스는 그가 전에 욕을 본 일 때문에 자기를 못살게 굴지만, 농장의 다른 여자들을 못살게 굴지는 않는다는 것을 알고 있었기 때문에, 만약에 조금 전에 들은 대로 돈 많은 알렉의 아내가 되어 달라는 청을 받아들였다면 어떻게 되었을까 하고 잠시 상상해 보았다. 그렇게 되면 지금의 이 무서운 주인뿐만 아니라 자신을 경멸하는 듯한 온 세상의 속박에서부터 완전히 풀려났을 것 같았다. "그렇지만, 아니야, 안 돼!" 그녀는 숨가쁘게 중얼거렸다. "지금 와서 그 사람하고 결혼할 수는 없어! 그 사람은 너무 싫어."

그날 밤 그녀는 클레어에게 자신의 어려운 처지는 감추고 영원한 사랑만을 다짐하는 절절한 편지를 쓰기 시작했다. 행간(行間)의 의미를 읽을 줄 아는 사람이라면 누구나 그 엄청난 사랑의 이면에, 밝히지 않은 어떤 뜻밖의 은밀한 사고를 예감하는 무시무시한—거의 절망에 가까운—공포가 숨어 있다는 것을 깨달았을 것이다. 그러나 이번에도 역시 그녀는 자신의 감정을 완전히 털어놓지는 못했다. 이즈한테도 같이 가자고 했던 사람이고 보면 어쩌면 테스 생각은 조금도 하지 않을지 모르는 일이었다. 그녀는 편지를 상자에 넣으면서 그것이 과연 에인절의 손에 들어갈 수 있을지 의심스러웠다.

그 일이 있은 뒤로 그녀의 일과는 하루하루 무척 힘들게 이어졌고, 농사짓는 사람들에게는 무척 중요한 의미를 가진 날—성촉절(聖燭節, 크리스마스 40일 후인 2월 2일로 예수가 처음 성전에 들어간 것과 성모의 순결을 기념하는 축일-역주) 장(場)이 열리는 날이 돌아왔다. 수태고지일 이후의 열두 달 기간에 대해 새로운 계약이 이날 장에서 이루어졌고, 따라서 농사짓는 이들 중에서 일자리를 바꾸어 볼 생각이 있는 사람은 당연히 장이 열리는 읍내로 나갔다. 플린트컴-애쉬에서 일하는 노동자들은 모두 이동할 생각이어서 산등성이 너머 10여 마일가량 되는 거리에 있는 읍내로 모두들 탈출하듯 아침 일찍 떠났다. 테스 역시 그 계약 날짜에 떠날 생각이었지만 장터로 나가지 않은 몇 사람에 끼여 있었다. 다시는 바깥에서 일을 할 필요가 없어도 될 어떤 일이 생기지나 않을까 하는 막연한 기대가 있었던 것이다.

2월치고는 놀랄 만큼 따뜻하고 조용한 날이어서, 문득 겨울이 끝났을 거라는 생각이 들 정도였다. 그녀가 점심을 막 다쳤을 때쯤 그녀가 묵고 있는 농가의 창문을 가리며 더버빌의 모습이 나타났다. 테스는 오늘 그 집을 혼자 지키고 있었다.

테스는 벌떡 일어났지만 방문객은 벌써 문을 두드리고 있었고, 그녀는 인정상 도저히 달아날 수가 없었다. 더버빌이 문을 두드리는 소리와 문 앞으로 올라오는 모습에는 지난번에 만났을 때의 태도와는 다른 뭐라고 말하기 힘든 변화가 있었다. 그의 행동에는 어딘가 수줍어하는 기색이 있는 듯했다. 그녀는 문을 열지 말아야겠다고 생각했지만, 그것도 우스운 꼴이 될 것 같아서 일어나 빗장을 들어올리고는 재빨리 뒤로 물러섰다. 그는 집안으로 들어와 그녀를 보고는 말도 하지 않고 쓰러지듯 의자에 주저앉았다.

"테스—참을 수가 없었소!" 그는 달아오른 얼굴의 땀을 닦으며 절망적인 어조로 말했다. 그의 얼굴은 흥분한 듯 벌겋게 달아 있었다. "적어도 당신이 어떻게 지내는지는 봐야 할 것 같았소. 분명히 말하지만, 그때 주일날 당신을 보기까지 그 전에는 당신을 조금도 생각하지 않았소. 그런데 이제는 아무리 애를 써도 당신의 모습을 떨쳐버릴 수가 없소. 착한 여자가 나쁜 남자한테 해를 끼친다고 하면 가당찮은 이야기겠지만, 그건 사실이오. 테스, 나를 위해 기도라도 해줄 수 있다면 좋겠소!"

불만스러운 심사를 억누르고 있는 그의 모습은 거의 처량한 모습이었으나 테스는 그를 동정하지 않았다.

"내가 어떻게 당신을 위해 기도를 해요?" 그녀가 말했다. "난 이 세상을 움직이는 거대한 '힘'이 나 때문에 '그분의' 계획을 변경하리라고는 믿지 못하게 되었는데요."

"정말 그렇게 생각하오?"

"그럼요. 그런 식으로 터무니없이 생각하던 것을 고쳤거든요."

"고치다니? 누가?"

"꼭 알고 싶다면 말하지요. 우리 남편이 고쳐줬어요."

"아—당신 남편—당신 남편이! 참 이상하군! 지난번에도 언뜻 그런 얘기를 비추던 게 기억나는데. 테스, 당신은 정말 이 문제에 대해 그렇게 믿고 있소?" 그가 물었다. "당신은 종교를 갖고 있지 않는 것 같군—어쩌면 나 때문이겠지만."

"아니에요, 있어요. 초자연적인 것은 아무것도 믿지 않지만 말이에요."

더버빌은 의심쩍은 눈길로 그녀를 보았다.

"그러면 당신은 내가 가는 길이 모두 잘못되었다고 생각하오?"

"대체로 그렇지요."

"흐음—하지만 난 거기에 대해서는 확신이 있소." 그가 흔들리는 어조로 말했다.

"나는 산상수훈(山上垂訓)의 정신은 믿어요. 우리 남편도 그렇고요 …… 하지만 내가 믿지 않는 것은—."

여기서 그녀는 자신이 무엇을 믿지 않는지 예를 들어 보였다.

"사실," 더버빌은 냉담한 어조로 말했다. "당신은 남편이 믿는 건 뭐든지 믿고, 그가 거부하는 것이면 뭐든지 거부하고 있군. 조금이라도 자기 스스로 물어보거나 따져보지도 않고 말이오. 여자들이란 다 그렇지. 당신의 마음은 그의 노예가 되어 있소."

"아, 그이는 모르는 게 없거든요!" 그녀는 자기 남편은 말할 것도 없고 아무리 완벽한 남자라도 얻기 힘든 단순하리만큼 철저한 믿음을 에인절 클레어에게 보내며 말했다.

"알겠소, 하지만 그렇게 다른 사람한테서 부정적인 생각까지 모조리 받아들여서는 안 되지. 당신한테 그런 회의론을 가르치다니 참 엉뚱한 사람이군!"

"그이가 내 판단을 강요하지는 않았어요! 나하고 그 문제에 대해 논쟁하려고도 하지 않았구요! 하지만 난 이렇게 생각했어요. 교리 같은 것들을 깊이 연구한 그이가 믿고 있는 것이라면 교리라고는 전혀 살펴보지 못한 내가 믿는 것보다 더 옳을 테니까요."

"그가 무슨 얘기를 했소? 무슨 얘기를 하긴 했을 텐데?"

그녀는 곰곰이 생각했다. 에인절 클레어가 한 말뜻을 이해하지는 못하면서도 그녀는 예리한 기억력으로 그의 말을 기억해냈고, 그녀를 옆에 두고 그가 종종 생각에 빠져서 얘기할 때 들어 본 적이 있는 엄격한 논리적 삼단논법도 기억이 났다. 그 이야기를 전하면서 그녀는 신뢰와 존경의 마음이 일어 클레어의 말투와 몸짓까지 흉내를 냈다.

"다시 얘기해 봐요." 골똘히 주의를 기울여 듣고 있던 더버빌이 부탁했다.

테스는 그 논증을 되풀이했고 더버빌은 생각에 잠겨 그녀가 하는 말을 따라 중얼거렸다.

"그 밖의 다른 말은?" 그가 잠시 후에 물었다.

"언젠가는 이런 얘기도 했어요." 그녀는 또 한 가지를 설명했고, 그것은 《철학사전》(프랑스의 사상가 볼테르의 회의주의적 저작-역주)에서 헉슬리의 《산문》(다윈의 이론에 대해 옹호하고 있는 영국의 생물학자 T.H. 헉슬리의 저술-역주)에 이르는 계열의 많은 저작에서 찾아볼 수 있는 유사한 내용이었다.

"아—하! 그걸 어떻게 기억하고 있소?"

"그이는 원하지 않았지만 난 그이가 말하는 건 믿고 싶었어요. 그래서 졸랐더니 다행히도 그이의 생각을 조금씩 들을 수 있었어요. 그걸 완전히 이해했다고 할 수는 없지만, 옳다는 건 알고 있어요."

"흥. 생각 좀 해 보시오. 지금 자기도 모르는 걸 나한테 가르친다니 말이오!"

그는 생각에 잠겼다.

"그래서 나는 그이하고 정신적으로는 운명을 같이하기로 했어요." 그녀가 계속 말했다. "그이하고 다르고 싶지 않았거든요. 그이한테 좋은 건 나한테도 좋은 거니까요."

"당신도 그 양반처럼 엄청난 불신자라는 걸 그가 알고 있는 건가?"

"아뇨—불신자 여부는—얘기하지 않았어요."

"좋소—테스, 어쨌든 오늘은 당신이 나보다 더 행복한 셈이오! 당신은 내가 믿는 교리를 설교해야 할 의무도 없고, 따라서 설교를 하지 않는다고 양심의 가책을 받을 일도 없을 테니까. 난 설교를 해야 한다는 걸 분명히 알고 있지만, 귀신들과 마찬가지로 믿으면서도 떨린단 말이오. 왜냐하면 갑자기 설교를 그만두고 당신 생각에 빠져 버리거든."

"어째서요?"

"아," 그가 퉁명스럽게 대답했다. "난 오늘 당신을 만나러 여기까지 먼 길을 왔소! 하지만 집에서 출발할 때는 카스터브릿지 시장에 가서, 오늘 오후 두 시 반에 마차 위에 올라가 말씀을 전할 계획이었소. 지금쯤 형제들이 모두 나를 기다리고 있을 거요. 여기 집회 광고가 있소."

그는 윗도리 가슴 주머니에서 포스터 한 장을 꺼냈고, 거기에는 그가 말한 대로 자신이 복음을 전할 날짜와 시간, 집회 장소가 인쇄되어 있었다.

"그런데 거긴 어떻게 가죠?" 테스가 시계를 보며 말했다.

"갈 수가 없소! 여길 오고 말았소."

"아니, 정말로 설교를 하기로 해 놓고는—."

"난 설교 약속을 해 놓고는 가지 못하고 말았소—한때 내가 경멸했던 여자를 보고 싶은 뜨거운 욕망 때문에 말이오!—아니, 분명히 말하지만 난 당신을 경멸한 적은 없소. 그런 적이 있다면 지금 당신을 사랑하지도 않을 거요! 내가 당신을 경멸하지 않았던 것은 그 모든 일에도 불구하고 당신은 깨끗한 여자였기 때문이오. 상황을 파악하고 당신은 무척이나 빨리 단호하게 나를 떠났소. 내 멋대로 하도록 내버려두지 않았던 거요. 그래서 이 세상에서 내가 경멸하지 못하는 한 여자가 있는데, 당신이 바로 그 사람이오. 하지만 이제는 당신이 나를 경멸해도 좋소! 나는 산 위에서 기도를 드리고 있는 줄 알았는데, 알고 보니 여전히 숲속에서 우상을 섬기고 있었던 셈이오! 하하!"

"아, 알렉 더버빌! 그게 무슨 말이에요? 내가 뭘 어쨌다고 그래요!"

"어쨌다고?" 야비한 냉소를 담은 어조로 그가 말했다. "의도적으로 한 건 아무것도 없소. 하지만 당신은 흔히 말하는 타락의 도구—죄는 없지만, 타락의 도구가 되었소. 난 스스로 이렇게 물어본다오. 내가 사실은 '세상의 더러움을 피했다가 다시 거기에 얽매이고 패배한 멸망의 종들'(《성서》 〈베드로후서〉 2장 20절-역주) 중의 하나가 아닌가 하고 말이오. 이들의 훗날은 처음보다 더 못하다고 하오." 그는 그녀의 어깨에 한 손을 얹었다. "테스 내 사랑, 난 당신을 다시 만나기까지는 적어도 사회 구원의 길을 걷고 있었소." 그녀를 어린아이로 여기며 장난을 치듯이 그는 그녀를 흔들어 대며 말했다. "그런데 왜 나를 유혹한 거요? 나는 그 두 눈과 입을 다시

보기 전까지는 더할 나위 없이 확고한 사람이었소—이브 이후로 이렇게 사람을 미치게 만드는 입은 절대로 없었을 거요." 그의 목소리는 가라앉았고, 그의 검은 눈동자에서는 뜨겁고 능글맞은 빛이 뿜어져나왔다. "테스, 당신은 유혹의 화신이고, 귀엽고도 지독한 바빌론의 마녀요(《성서》〈요한계시록〉 17장에 나오는 바빌론의 무서운 '창녀'를 '마녀'로 바꾸어 놓았음-역주)—당신을 다시 만난 순간 난 당신을 거부할 수 없었단 말이오!"

"당신을 다시 만난 건 어쩔 수 없었어요!" 테스가 움찔하면서 말했다.

"나도 알고 있소—다시 말하지만 당신 잘못이 아니오. 하지만 사실은 사실이오. 그날 당신이 농장에서 구박받는 것을 보았을 때 나는 당신을 보호해줄 아무런 법적인 자격도 없고—또 그 자격을 얻을 수도 없다는 사실을 생각하고는 거의 미칠 것 같았소. 그 자격을 가진 사람은 당신을 완전히 팽개치고 있는데 말이오!"

"그이를 욕하지 말아요—여기 없는 사람을 가지고!" 그녀는 무척 흥분해서 소리를 질렀다. "그이를 점잖게 대하세요—그 사람이 당신한테 잘못한 건 없잖아요! 그이의 훌륭한 이름을 더럽히는 나쁜 소문이 퍼지기 전에 제발 그 사람 아내를 놓아 주세요!"

"알았소—알았소." 미혹의 꿈에서 깨어난 사람처럼 그가 말했다. "난 장터에서 그 불쌍한 술주정뱅이들한테 설교하기로 한 약속을 어기고 말았소—농담치고는 너무 심한 농담을 하고 말았소. 한 달 전만 해도 이런 일은 생각만 해도 끔찍했을 것이오. 가겠소—맹세의 표시로—그리고—아, 할 수 있을까! 떠나겠소." 그러던 그가 갑자기 말했다. "테시, 한 번만 안아 주시오—한 번만! 그저 옛 정을 생각해서라도—."

"알렉, 나를 지켜 줄 사람은 아무도 없어요! 한 선량한 남자의 명예가 내 처신에 달려 있어요—생각해 봐요—부끄러운 줄 아세요!"

"흥! 좋아, 알았소—알았소!"

그는 자신의 나약한 마음에 굴욕감을 느끼며 입술을 깨물었다. 그의 눈에는 세속적인 믿음과 종교적인 믿음이 똑같이 사라지고 없었다. 그의 개심 이후로 내내 그의 얼굴 주름살 속에 죽은 듯이 숨어 있던 그 옛날의 발작적인 정욕의 잔해가 부활이라도 하듯 잠을 깨고 살아난 것 같았다. 그는 어정쩡한 걸음걸이로 떠나갔다.

더버빌은 자신이 오늘 약속을 어긴 것에 대해 그저 믿는 자의 단순한 타락이라고 단정했지만, 에인절 클레어를 흉내내어 테스가 전해준 이야기는 그에게 깊은 인상을 남겼고, 그녀를 떠난 뒤에도 계속 남아 있었다. 지금까지는 상상도 못했던 일이지만, 그는 자신의 상태가 흔들릴 수도 있다는 가능성을 깨닫고는 온몸의 감각을 상실한 듯 힘을 잃고 말없이 걸어갔다. 그의 변덕스런 회개는 이성과는 아무런 관계도 없었고, 그것은 어쩌면 어머니의 죽음에서 일시적으로 충격을 받아 새로운 자극을 찾고 있던 경솔한 사나이의 단순한 변덕일지도 몰랐다.

그의 열광적 신앙의 바다에 테스가 떨어뜨린 몇 방울의 논리는 그 끓어오르던 흥분을 차갑게 가라앉히는 역할을 했다. 그는 그녀가 전해준 그 결정(結晶)과도 같은 구절들을 되풀이하여 음미하면서 혼자 중얼거렸다. "그 똑똑한 친구도 테스한테 그 얘기를 해 줄 때는, 그 때문에 내가 그녀를 다시 찾아갈 줄은 꿈에도 생각하지 못했을 거야!"

47

플린트컴-애쉬 농장에서 마지막 밀 낟가리를 탈곡하는 날이었다. 3월의 새벽은 유난히 표정이 없어서 동쪽 지평선이 어디 있는지 알려 주는 표지라고는 아무것도 없었다. 겨우내 비바람에 시달리며 외롭게 그곳을 지키고 있던 낟가리는 희끄무레한 여명 속으로 사다리꼴의 꼭대기를 내보였다.

이즈 휴에트와 테스가 작업장에 도착했을 때는 그들보다 먼저 온 사람들이 있는지 부스럭거리는 소리만 들렸으나, 이윽고 날이 밝으면서 낟가리 꼭대기에 두 명의 남자 그림자가 나타났다. 그들은 부지런히 낟가리 '벗기기', 곧 밀단을 밑으로 던지기 전에 이엉을 벗기는 작업을 하고 있었다. 이 일을 하고 있는 동안 이즈와 테스는 다른 여자들과 함께 빛 바랜 갈색 앞치마를 입은 채 추위에 떨며 서서 기다렸다. 농장주인 그로비는 되도록 그날 중에 일을 끝낼 수 있도록 그들에게 그렇게 일찍 작업장에 나오라고 요구했던 것이다. 난가리 처마 바로 밑에는, 아직 눈에 잘 들어오지는 않지만 여자들이 모셔야 될 빨건 폭군—피댓줄과 바퀴가 달린, 목재로 뼈대를 하고 있는 구조물—즉 탈곡기가 놓여 있었고, 그것은 작업을 하는 동안 계속 그들의 근육과 신경에 폭군처럼 인내를 요구했다.

조금 떨어진 곳에 모습이 흐릿하게 보이는 기계가 또 하나 있었다. 이것은 검은색이었고 엄청난 힘을 뒤에 감추고 있는 듯 무엇에 짓눌린 것처럼 쉭쉭거리는 소리를 내고 있었다. 물푸레나무 옆으로 높이 솟아오른 기다란 굴뚝과 그쪽에서부터 뿜어져 나오는 뜨거운 기운은, 날이 더 환해지지 않아도 거기 있는 바로 그것이 이 작은 세계의 원동력으로 사용될 발동기라는 것을 말해 주고 있었다. 발동기 옆에는 키가 큼직하고 시커먼 그을음 투성이의 한 사나이가 어디에 홀리기라도 한 듯 꼼짝도 하지 않고 석탄 덩어리 옆에 서 있었다. 발동기 기사였다. 모습과 얼굴 색이 얼마나 유별난지 그는 도벳(항상 뜨거운 불이 타오르는 불지옥 같은 곳. 《성서》〈이사야서〉 30장 33절-역주)에서 온 사람 같았다. 자신과는 아무런 공통점이 없지만, 이 연기 한 점 없이 투명하고, 누런 곡식과 허연 흙밖에 없는 고장까지 그가 흘러든 것은 이곳의 토박이들을 깜짝 놀라게 해줄 계획이라도 있는 듯했다.

자신의 외모와 똑같은 것을 그는 느낌으로도 가지고 있었다. 그는 농촌이란 세계에 있지만 거기 속한 사람은 아니었다. 그는 불과 연기를 섬기는 사람이었지만, 들판에서 일하는 이 사람들은 식물과 날씨와 서리, 태양을 섬기는 사람들이었다. 웨섹스 중에서도 이 지방은 아직 증기 탈곡기를 돌아가며 쓰고 있었기 때문에 그는 발동기를 가지고 이 농장 저 농장, 이 고장 저 고장으로 돌아다녔다. 그는 낯선 북쪽 사투리를 썼고, 머리로는 자신의 문제만 생각했으며, 눈은 자신이 맡고 있는 쇳덩어리를 바라보면서, 주변의 풍경은 전혀 의식하지 못하고 또 전혀 좋아하지도 않았다. 그는 마치 옛날에 짊어진 무슨 운명 때문에 본의 아니게 하계(下界)의 왕이 시켜서 이곳을 헤매기라도 하듯 꼭 필요한 경우에만 이곳 토박이들과 관계를 맺었다. 발동기의 바퀴와 낟가리 밑의 빨건 탈곡기를 연결하는 긴 피댓줄만이 농사와 그를 연결하는 연결선이었다.

사람들이 낟가리의 이엉을 벗기는 동안 그는 이동식 발동기 옆에 무표정하게 서 있었고, 뜨겁게 달아오른 그 시커먼 기계 주변에서는 아침 공기가 떨고 있었다. 그는 준비 작업과는 아무런 관계가 없었다. 불은 시뻘겋게 달아올라 기다리고 있고 증기는 고압에 이르러 있었기 때문에, 그는 잠시 후면 눈에 보이지 않을 만큼 빠른 속도로 긴 피댓줄을 돌릴 수 있었다. 그 밖의 것은 그것이 밀이든 밀짚이든, 아니면 무엇이든 간에 그에게는 모두 마찬가지였다. 혹시 어느 한가한 토박이가 그에게 뭐라고 부르면 되냐고 물으면, 그는 짤막하게 '기사'라고만 대답했다.

날이 환하게 새면서 낟가리가 이엉을 완전히 벗었다. 남자들이 자기 자리를 잡고 여자들이 낟가리 위로 올라가자 작업이 시작되었다. 농장주인 그로비 — 사람들이 부르는 말로는 '그 자' — 는 미리 와 있었고, 그가 시키는 대로 테스는 기계 발판 위에 자리를 잡았다. 밀단을 기계에 넣는 남자 바로 옆에 선 그녀가 할 일은 낟가리 위에 선 이즈 휴에트가 넘겨 준 밀단을 하나씩 푸는 일이었다. 그러면 밀단을 먹이는 남자가 그것을 받아서 빙빙 돌아가는 원통형 바퀴 위에 펼치면 순식간에 낟알이 모두 털려나왔다.

기계를 싫어하던 사람들은 처음에는 한두 차례 기계가 멈추기도 해서 속으로 좋아했지만 기계는 곧 본격적으로 돌아갔다. 작업은 아침식사 시간이 될 때까지 계속되었고, 그동안은 탈곡기도 30분간 멈춰섰다. 식사를 마치고 다시 작업이 시작되자마자 추가로

온 농장의 일꾼들이 모두 가세하여 밀짚가리를 쌓았고, 짚가리는 낟가리 옆에서 점점 커지기 시작했다. 그들은 선 채로 자리를 뜨지 않고 재빨리 새참을 해치웠고, 다시 두 시간쯤 지나자 점심시간이 돌아왔다. 사정없이 돌아가는 바퀴는 쉴 줄을 몰랐고, 귀청을 찢을 듯이 윙윙거리는 탈곡기 소리는 돌아가는 쇠얼개 근처에 있는 사람들의 뼛속까지 뒤흔들어 놓았다.

점점 높이 올라가는 밀짚가리 위에 자리잡은 노인들은 참나무로 된 마룻바닥에서 도리깨로 타작을 하던 옛날 이야기를 주고받았다. 그들의 생각에는 모든 것을, 심지어 키질까지도 사람의 손으로 하던 그 시절이 속도는 느렸으나 결과는 더 좋았던 것이다. 밀 낟가리 위에 있는 이들 역시 이야기할 여유가 약간은 있었지만, 테스를 비롯하여 기계에 붙어 땀을 뻘뻘 흘리는 일꾼들은 속도를 늦출 만큼 말을 많이 주고받을 수가 없었다. 그녀가 가장 힘들었던 것은 일이 쉬지 않고 계속되는 것이었고, 그래서 그녀는 플린트컴-애쉬에 오지 말걸 하는 생각까지 하기 시작했다. 밀 낟가리 위의 여자들—그중에서도 특히 마리안—은 일을 멈추고 이따금 병에서 맥주나 식은 차를 마시기도 하고 몇 마디 잡담을 주고받기도 했고, 그러면서 얼굴을 닦거나 옷에 붙어 있는 지푸라기 따위를 털어 내기도 했다. 하지만 테스는 쉴 수가 없었다. 탈곡기의 둥근 통은 쉬지 않고 돌았기 때문에 거기에 밀단을 먹이는 남자는 쉴 수가 없었고, 그에게 밀단을 끌러 주는 테스까지도 마리안이 자리를 바꾸어 주지 않는 한 쉴 수가 없었다. 마리안이 가끔씩 반시간쯤 그렇게 바꾸어 주었으나 그로비는 마리안이 밀단 넣는 남자의 속도를 못 따라간다고 싫어했다.

아마도 무슨 경제적인 이유 때문이겠지만 특히 이 일은 대개 여자가 맡았다. 그로비는 테스가 밀단을 푸는 데 힘이 좋고 손놀림도 빠른 데다가 그 두 가지를 꾸준히 할 수 있는 사람들 중의 한 명이라서 그녀를 선택했다고 했는데, 그것은 사실인지도 몰랐다. 이야기도 못할 정도로 윙윙거리는 탈곡기 소리는 밀단의 공급이 보통 때보다 적어지면 더욱 요란하게 울려댔다. 테스와 밀단을 먹이는 남자는 고개를 조금도 돌릴 수 없었기 때문에, 점심 시간 직전에 어떤 사람이 슬그머니 문을 지나 밭에 들어와서는 두 번째 낟가리 밑에 서서 그 광경을, 특히 테스를 지켜보고 있다는 사실을 모르고 있었다. 그는 멋있는 트위드 양복을 입고 화려한 단장을 빙빙 돌리고 있었다.

"저게 누군지 알아?" 이즈 휴에트가 마리안에게 물었다. 그녀는 처음에는 테스에게 그 질문을 던졌지만 그녀는 그 소리를 알아듣지 못했다.

"누구 애인이겠지 뭐." 마리안이 간단히 대답했다.

"1기니를 걸지. 테스를 따라다니는 사람이 틀림없어."

"아, 아니야. 요즘 코를 들이밀고 쫓아다니는 사람은 전도한다고 떠들어대는 목사라던데. 저런 멋쟁이가 아니야."

"아니 — 저 사람이 바로 그 사람이야."

"설교한다는 그 사람이라고? 완전히 딴사람인걸!"

"까만 양복하고 흰 넥타이까지 벗고 구레나룻까지 깎았지만, 그래도 같은 사람이야."

"정말이야? 그러면 테스한테 말해야지." 마리안이 말했다.

"하지 마. 금방 알게 될 텐데 뭐."

"글쎄다, 전도한다고 돌아다니면서 유부녀나 쫓아다니는 건 암만 해도 뭐가 잘못된 거 같애. 아무리 남편이 외국에 있어서 테스가 혹시 과부나 다름없다고 해도 말이야."

"아 — 테스한테 손을 대지는 못할 거야." 이즈가 냉담하게 말했다. "구덩이에 빠진 마차가 꼼짝달싹 못하듯이 걔 마음도 제자리에서 꼼짝하지 않거든. 아무리 달콤한 말로 유혹을 하고, 설교를 하고, 또 일곱 우뢰(《성서》 〈요한계시록〉 10장 3, 4절-역주)까지 동원하더라도 테스를 흔들 수는 없을 거야. 그게 걔한테는 더 낫다고 해도 말이야."

점심 시간이 되면서 윙윙거리던 소리도 멈추었다. 그제야 테스는 자리를 떠났지만, 기계가 진동하면서 무릎을 너무 심하게 떨었기 때문에 도무지 걸음을 걸을 수가 없었다.

"너도 나랑 같이 한잔 마셔야겠어." 마리안이 말했다. "그러면 얼굴이 그렇게 하얗게 질리지는 않을 텐데. 아니, 이런, 얼굴이 꼭 유령이라도 만난 것 같구나!"

사람 좋은 마리안은 테스가 지쳐 있기 때문에 누가 찾아온 것을 알기라도 하면 마음이 심란해서 밥맛을 잃을지도 모른다는 생각이 들었다. 그래서 마리안은 낟가리 뒤쪽에 있는 사다리로 내려가자고 테스를 꾀어야겠다는 생각을 하고 있는데, 그때 그 신사가 다가와서 위를 쳐다보았다.

테스는 "앗!" 하는 외마디 소리를 내고는 잠시 후 재빨리 말했다. "난 점심을 여기—낟가리 위에서 먹을 거야."

가끔 농가에서 너무 멀리 떨어져 있을 때면 그들은 그렇게 하기도 했다. 그러나 오늘은 꽤 차가운 바람이 불고 있었기 때문에 마리안과 다른 여자들은 내려가서 밀짚가리 밑에 자리를 잡았다.

새로 온 이 손님은 복장과 모습이 바뀌긴 했지만, 바로 최근까지도 복음을 전하던 전도사 알렉 더버빌이 맞았다. 원래의 속세적 욕정이 되돌아왔다는 것을 한눈에 분명히 알 수 있었다. 나이를 서너 살 더 먹긴 했으나, 그는 테스를 처음에 사촌이라고 부르며 쫓아다니던 그 옛날 그녀가 알고 있던, 물불 가리지 않는 의기양양한 모습으로 거의 되돌아온 것이 분명했다. 그 자리에 그대로 있기로 마음먹은 테스는 밑에서는 보이지 않도록 밀단 사이에 앉아 식사를 시작했다. 잠시 후 그녀는 사다리를 올라오는 발소리를 들었고, 금세 알렉이 낟가리 — 이제는 밀단으로 길쭉하고 평평하게 쌓은 단 모양이 되어버린 — 위로 나타났다. 그는 밀단 위로 성큼성큼 걸어와 아무 말도 하지 않고 그녀 건너편에 앉았다.

테스는 집에서 가져온 두꺼운 팬케이크로 간단한 점심식사를 계속했다. 이때쯤 다른 일꾼들은 낟가리 밑에 모두 모여 있었고, 흩어진 밀짚들은 편안한 휴식처가 되었다.

"보다시피 여기 다시 왔소." 더버빌이 말했다.

"왜 이렇게 괴롭히는 거예요!" 분한 마음이 머리끝까지 일어난 듯 그녀가 고함을 쳤다.

"내가 당신을 괴롭히고 있다고? 그건 내가 묻고 싶은 말인데, 왜 나를 괴롭히는 거요?"

"뭐라구요, 당신을 괴롭힌 적은 한 번도 없어요!"

"한 번도 없다고? 분명히 있지! 당신은 나를 따라다니거든. 조금 전에 그렇게 무섭게 눈에 불을 켜면서 나를 쳐다보던 바로 그 눈동자가 밤이나 낮이나 그 모습 그대로 나를 찾아온단 말이오! 테스, 우리 사이에 있었던 아이 이야기를 당신한테서 들은 뒤로는, 청교도처럼 힘차게 흐르던 내 감정의 물결이 갑자기 당신 쪽으로 방향을 바꾸더니 마구 솟구쳐 흘러가는 것 같소. 그때부터 종교의 물길은 말라 버렸고, 그건 바로 당신 때문이오!"

그녀는 말없이 보기만 했다.

"아니 — 전도를 완전히 그만두었단 말이에요?" 그녀가 물었다.

그녀는 에인절에게서 일시적 광신(狂信)을 경멸하는 현대 사상의 회의적 태도를 충분히 들어 알고 있었으나, 여자인 까닭에 적지 않게 놀라고 말았다.

심각한 표정을 억지로 꾸며내며 더버빌이 계속 말했다.

"완전히 그만뒀소. 카스터브릿지 시장에서 주정뱅이들한테 이야기하기로 되어 있던 그날 오후부터 모든 약속을 어기고 말았소. 형제들이 나를 어떻게 생각할지는 아무도 모르지. 아하! 형제들! 틀림없이 나를 위해 기도하고—울고 있을 거요. 그들대로는 착한 사람들이니까. 하지만 내가 신경 쓸 게 뭐 있겠소? 신앙을 모두 잃어버렸는데 어떻게 그 일을 계속한단 말이오?—그거야말로 가장 비열한 위선이 될 거요! 그 사람들 사이에선, 내가 하느님을 모욕하지 않기 위해 마귀에게 넘겨진 히메내오와 알렉산더(《성서》〈디모데전서〉 1장 19, 20절-역주) 꼴이 되어 있을 거요. 당신은 정말 엄청난 복수를 했소! 난 순진한 당신을 만나 속인 일이 있소. 4년이 지난 뒤에는 당신이 열렬한 기독교인이 된 나를 만나, 나를 움직이고 있소. 어쩌면 완전히 지옥에 밀어넣을지도 모르지! 하지만 테스, 옛날 부르던 대로 하자면 사촌동생, 이렇게 부르는 건 습관이라서 그런 거니 그렇게 끔찍스런 표정은 하지 말아요. 물론 당신은 그 예쁜 얼굴에 맵시 좋은 몸매를 간직하고 있다는 것 말고는 아무 잘못이 없소. 당신이 나를 보기 전에 낟가리 위에 있는 당신 모습을 봤소—꼭 끼는 그 앞치마 때문에 더욱 몸매가 돋보이는데다 또 차양 달린 모자까지—당신같이 밭에서 일하는 여자들은 위험을 피하려면 그런 모자는 쓰지 않는 게 좋소." 그는 몇 분 동안 그녀를 말없이 바라보다가 빈정거리듯 짤막한 웃음을 짓고 계속 말했다. "내 스스로 그분의 대리인이라고 생각했던 그 독신이었던 사도(사도 바울을 가리킴-역주)께서도 그렇게 예쁜 얼굴을 보았더라면, 아마도 나처럼 여자 때문에 전도하던 일을 그만두었을 것이오."

테스는 충고를 하려고 했으나 그 순간 말문이 막혀 도무지 입이 떨어지지 않았고, 그는 개의치 않고 계속 말했다.

"글쎄, 결국에는 당신이 만들어 주는 이 천국도 어쩌면 진짜 천국이나 다름없을 거요. 그렇지만 테스, 심각하게 얘기하는 건데," 더버빌은 자리에서 일어나 가까이 다가오더니 팔꿈치로 몸을 받치고 밀단 사이에 비스듬하게 기댔다. "지난번에 당신을 만난 뒤로 그 사람이 했다는 얘기를 쭉 생각해 봤소. 그래서 내가 도달한 결론은 이 낡아빠진 옛날 교리들이 다소 상식과는 어긋나는 점이 있는 것 같다는 사실이오. 어떻게 하다가 내가 그 형편없는 클레어 신부의 광신적 신앙에 불이 붙어서 그렇게 미친 듯이, 그 양반보다도 더 열심히 일을 했는지 알 수가 없소! 지난번에 그 대단한 당신 남편—그 사람 이름은 나한테 절대로 말해 주지 않았지만—의 지적 능력을 빌려 당신이 나한테 말한 것 중에, 이른바 무슨 절대적 교리가 없는 윤리 체계를 가진다는 얘기가 있었는데, 난 그건 도저히 찬동할 수가 없소."

"아니, 설사—당신이 말한 대로—절대적 교리는 갖지 않는다 하더라도, 적어도 따스하고 순결한 마음씨에 근거한 종교는 가질 수 있잖아요."

"아, 아니오! 나는 그런 사람들과는 종류가 좀 다른 사람이오! 만약에 누가 나한테 '이렇게 해라, 그러면 당신이 죽은 뒤에 좋은 일이 있을 것이다, 또는 저렇게 해라 그러면 당신한테 나쁜 일이 있을 것이다'라는 말을 해 주지 않으면 난 달아오르지가 않소. 제기랄, 아무도 책임질 사람이 없으면 나도 내 행동이나 감정에 대해 책임감을 느끼지 않을 작정이오. 그리고, 테스, 내가 당신이라면 책임감 같은 건 느끼지 않겠소!"

그녀는 그가 둔한 머리 탓에 인류 역사가 시작될 때부터 분명히 구분되어온 신학과 도덕을 혼동하고 있음을 지적하며 반론을 펴려고 했다. 그러나 에인절 클레어가 자세히 일러주지도 않았고, 또 자신도 훈련이 부족한데다 논리보다는 감정이 앞서는 바람에 제대로 말하지를 못했다.

"흠, 걱정 말아요." 그가 말을 이었다. "테스, 난 여기 옛날 그대로 있으니까!"

"그때 그대로가 아니에요—절대로 아니에요—달라요!" 그녀는 간절하게 말했다. "난 당신한테 정을 느낀 적이 없어요! 왜 신앙을 지키지 못했어요? 나한테 와서 이런 말이나 하려고 신앙을 잃어버렸나요!"

"당신이 나한테서 신앙을 쫓아냈기 때문이오. 그러니까 죄는 당신의 그 고운 얼굴이 지은 셈이오! 당신 남편은 자신의 가르침이 어떻게 자기한테 되돌아올지 상상도 못했을 거요! 하하—그렇지만 난 당신이 나를 배교자로 만들어 줘서 무척이나 고맙소! 테스, 난 옛날보다 더 당신한테 매달려 있고 또 당신을 동정하오. 당신이 입을 다물고 있어도 난 당신이 곤란한 처지에 있다는 걸 알고 있소—당신을 아껴 줘야 할 사람한테서 버림받았다는 사실 말이오."

그녀는 입에 넣은 음식을 삼킬 수가 없었다. 입술이 마르고 금방이라도 숨이 막힐 것 같았다. 낟가리 밑에서 일꾼들이 음식을 먹고 마시며 떠들고 웃는 소리가 까마득히 멀리서 들려오는 것 같았다.

"정말 잔인하군요!" 그녀가 말했다. "나를 조금이라도 생각해 준다면, 어떻게—어떻게 그런 말을 할 수가 있어요?"

"그래, 그건 그렇군." 그가 약간 주춤하면서 말했다. "그런 일을 저지른 게 당신 때문이라고 책하러 온 건 아니오. 테스, 당신이 이런 일을 하고 있는 게 안됐다는 얘길 하려는 거요. 일부러 당신을 위해서 왔단 말이오. 당신 말로는 나 말고 남편이 있다고 하던데, 글쎄, 어쩌면 그럴 수도 있겠지. 하지만 난 그 양반을 본 적도 없고, 당신이 이름조차 얘기하지 않는 걸 보면, 결국 어디 신화에나 나오는 인물인 모양이오. 그렇지만 설사 당신한테 남편이 있다고 해도, 난 그 양반보다 내가 당신한테 더 가깝다고 생각하오. 어쨌든 간에 나는 당신을 어려운 처지에서 빠져나오도록 도와주려고 애를 쓰는데, 남편은 그러지 못하지 않소. 그 양반 얼굴이 보이지 않는 게 다행이구만! 옛날에 읽었던 무서운 예언자 호세아의 말이 다시 생각나는군. 그 얘기 알고 있소, 테스?—'저가 그 연애하는 자를 따라갈지라도 미치지 못하며 저희를 찾을지라도 만나지 못할 것이라. 그제야 저가 이르기를 내가 본남편에게로 돌아가리니 그 때의 내 형편이 지금보다 나았음이라 하리라.'(《성서》〈호세아〉 2장 7절-역주)…… 테스, 내 마차가 바로 언덕 밑에 기다리고 있소, 그리고 ― 당신은 내 사람이지, 그 사람 아내가 아니란 말이오! ― 더 말하지 않아도 알겠지."

그가 말하는 동안 그녀의 얼굴은 검붉은 색으로 달아올랐으나 그녀는 대답하지 않았다.

"당신 때문에 내가 타락한 거야." 그는 한쪽 팔을 그녀의 허리께로 뻗으며 계속 말했다. "당신도 그 책임을 져야 할 거요. 그리고 남편이라고 하는 그 고집스런 작자도 영원히 단념하는 게 좋소."

팬케이크를 먹느라고 벗어 둔 그녀의 가죽 장갑 한 짝이 그녀의 무릎 위에 놓여 있었는데, 그녀는 아무런 경고도 없이 장갑 목을 잡아 그의 얼굴을 정면으로 힘껏 후려쳤다. 그것은 전사들이 쓰던 장갑처럼 무겁고 두툼한 것이었고, 그의 입을 정통으로 때렸다. 그 동작은 마치 갑옷 입은 그녀의 조상들이 곧잘 부리던 묘기를 재연한 것으로 상상할 수도 있었을 것이다. 알렉은 기대어 있던 자세에서 벌떡 일어났다. 그녀에게 얻어맞은 자리에서 새빨간 피가 내비치더니, 순식간에 그의 입에서부터 밀단 위로 피가 떨어지기 시작했다. 그러나 그는 곧 냉정을 되찾고 조용히 주머니에서 손수건을 꺼내어 피가 흐르는 입술을 훔쳤다.

그녀도 역시 벌떡 일어났으나 다시 주저앉았다.

"자, 나를 처벌하세요!" 참새가 목을 비틀리기 전에 절망적으로 도전하듯이 그녀는 눈을 들어 그를 쳐다보며 말했다. "나를 때리고 밟아 뭉개 봐요. 낟가리 밑에 있는 사람들 신경 쓸 것 없어요! 울지 않을 테니까요. 한번 당하면 영원히 당해야 되는 모양인데 ― 그게 세상 이치니까요!"

“아, 아니, 아니오, 테스” 그가 부드럽게 얘기했다. “이건 깨끗이 용서하겠소. 하지만 당신이 정말 터무니없이 잊어버린 한 가지 일이 있소. 당신이 그처럼 못하게 말리지만 않았더라면 내가 당신과 결혼했을 거라는 사실 말이오. 내 아내가 되어 달라고 난 분명하게 물어봤는데 — 그러지 않았던가? 대답해봐요.”

“알아요.”

“그런데도 안 된다는 말이군. 하지만 한 가지는 기억해 두시오!” 진심으로 청혼을 하는데도 지금 이렇게 은혜를 모르고 있다는 생각을 하자, 그는 화를 누를 수가 없었고 목소리까지 거칠어졌다. 그는 그녀 옆으로 건너가서, 꼼짝달싹 못하도록 그녀의 어깨를 꽉 붙잡았다. “숙녀분, 기억해 두시오. 한때 내가 당신 주인이었다는 사실을! 난 다시 당신 주인이 될 거요. 혹시 당신이 누구의 아내라고 한다면 내 아내라고 하는 게 틀림없소!”

밑에서 탈곡기가 다시 돌기 시작했다.

“우리 말싸움은 이만 합시다!” 그가 그녀를 놓아주며 말했다. “지금은 가겠소만 당신 대답을 들으러 오후에 다시 올 거요. 당신은 나를 아직 모르고 있소! 하지만 난 당신을 알고 있지.”

그녀는 넋빠진 사람처럼 아무 말도 못하고 가만히 있었다. 더버빌은 밀단을 밟고 물러가더니 사다리를 내려갔고, 그동안 밑에 있던 일꾼들은 일어나서 기지개를 켜며 조금 전에 마신 술기운을 털어내고 있었다. 그리고 탈곡기는 다시 작업을 시작했다. 밀단이 다시 부스럭거리는 소리를 들으며 테스는 윙윙거리는 기계 옆에 다치 꿈꾸는 사람처럼 멍하니 자리를 잡고 쉴새없이 한 단 한 단 밀단을 풀어나갔다.

48

오후가 되자 농장주인은 낟가리 일을 그날 밤에 끝내야 한다는 사실을 주지시켰다. 달이 밝기 때문에 일을 할 수 있는데다 발동기 기사가 내일은 다른 농장에 약속이 되어 있기 때문이라는 것이었다. 그때부터 윙윙거리는 탈곡기 소리와 부스럭거리는 밀단 소리는 이전보다 더 틈을 주지 않고 계속되었다.

오후 새참 시간인 세 시쯤이 되어서야 테스는 눈을 들고 잠시 사방을 둘러볼 수 있었다. 알렉 더버빌이 돌아와서 출입문 옆 생울타리 밑에 서 있는 것을 보고도 그녀는 조금도 놀라지 않았다. 그녀

가 고개를 드는 것을 보자 그는 손을 입에 대어 키스를 하고 정중하게 그녀를 향해 손을 흔들어 보였다. 싸움이 끝났다는 표시였다. 테스는 다시 밑을 내려다보며 그 쪽으로 쳐다보지 않으려고 애를 썼다.

오후는 이렇게 하여 지루하게 흘러갔다. 밀 낟가리는 점점 낮아지고 짚가리는 더 높이 올라갔으며 밀을 담은 부대들이 짐마차로 실려 나갔다. 여섯 시쯤 되자 낟가리가 어깨 높이 정도가 되었다. 남자와 테스가 먹여 준 엄청나게 많은 밀단—그 대부분은 테스의 젊은 손을 거쳐갔다—이 그 탐욕스러운 대식가(大食家)의 목구멍으로 넘어갔지만, 여전히 탈곡이 안 된 채 손도 못 대고 남아 있는 밀단은 셀 수도 없을 정도였다. 아침에는 아무것도 없던 자리에 생겨난 거대한 밀짚가리는 바로 그 윙윙거리는 뻘건 대식가의 배설물처럼 보였다. 하루 종일 흐리던 끝에 서쪽 하늘에서부터 성난 듯 붉은 노을이—날씨가 험한 3월에는 석양 무렵에나 겨우 볼 수 있는—찬란한 빛을 발하며 탈곡하는 사람들의 끈적거리는 지친 얼굴로 밀려들어 구릿빛으로 얼굴을 물들였다. 펄럭거리는 여인네들의 옷자락 역시 맥빠진 불꽃처럼 그들의 몸에 매달려 있었다.

숨을 헐떡이는 고통이 낟가리를 스쳐 지나갔다. 밀단을 먹이던 남자는 지쳐 있었고, 그의 시뻘건 목덜미가 먼지와 검불로 뒤범벅이 되어 있는 것을 테스는 볼 수 있었다. 그녀는 꼼짝도 하지 않고 자리를 지켰지만, 땀을 뻘뻘 흘리는 그녀의 달아오른 얼굴에는 진한 얼룩이 져 있었고, 하얀 모자는 밀짚이 쌓여 갈색으로 변해 있었다. 테스의 자리는 기계 위였기 때문에 기계가 도는 대로 몸을 떠는 여자는 테스밖에 없었고, 낟가리가 줄어들면서 마리안과 이즈도 멀어져서 그녀는 이전처럼 그들과 자리를 바꿀 수도 없었다. 세포 조직 하나하나까지 떨릴 만큼 진동이 끝없이 계속되면서 그녀는 감각조차 마비되는 것 같이 멍한 상태로 빠져들었고, 의식을 잃어버린 채 기계적으로 팔만 움직였다. 그녀는 자기가 어디 있는지도 의식하지 못했고, 밑에서 이즈 휴에트가 그녀의 머리가 풀렸다고 소리지르는 것도 듣지 못했다.

일꾼들 중에서 가장 팔팔하던 사람도 차츰 얼굴이 창백해지고 눈알이 퀭해졌다. 고개를 들 때마다 언제나 높다랗게 올라간 밀짚가리가 테스의 눈에 들어왔고, 어스레한 북쪽 하늘을 배경으로 짚가리 위에서 셔츠 바람으로 일하는 남자들이 보였다. 그 앞에는 야곱의 사다리와 같은 붉은색의 길다란 승강기가 있었고, 그 위로 탈곡한 밀짚들이 쉬지 않고 줄줄이 올라가고 있었는데, 마치 누런 강물이 언덕 위로 올라가서 짚가리 꼭대기에 쏟아지는 것 같았다.

어딘지 알 수 없지만 알렉 더버빌이 어디선가 그녀를 지켜보며 그곳에 아직 있다는 것을 그녀는 알고 있었다. 그가 거기 남아 있는 데는 핑계가 하나 있었다. 탈곡이 끝나가고 마지막 밀단이 가까워지면 항상 조그마한 쥐사냥이 벌어졌는데, 가끔은 탈곡과 상관이 없는 사람들도 거기에 끼어들 수 있기 때문이었다—우스꽝스런 담뱃대를 물고 사냥개를 데리고 나타나는 신사들이나 몽둥이와 돌을 가지고 나오는 거친 사내들까지, 사냥을 즐기는 갖가지 모습을 한 사람들이 모여들었다.

그러나 살아 있는 쥐가 나오는 낟가리 바닥이 드러나자면 한 시간은 일을 더 해야 했다. 애버츠 써늘 근처에 있는 자이언츠 힐 쪽으로 저녁 해가 슬그머니 넘어가자, 반대편으로 미들튼 애비와 쇼츠퍼드 쪽에 있는 지평선 위에 3월의 하얀 달이 솟아올랐다. 마지막 한두 시간 동안 마리안은 내내 테스가 걱정스러웠다. 이야기를 할 수 있을 만큼 거리가 가깝지도 않을 뿐만 아니라, 다른 여자들은 맥주를 마시고 기력이라도 유지할 수 있었지만, 테스는 술을 즐기면 어떤 꼴이 되는지 어려서부터 집에서 지겹도록 보아왔기 때문에 술이라곤 한 모금도 입에 대지 않았던 것이다. 하지만 테스는 여전히 일을 하고 있었다. 맡은 일을 못 해내면 그녀는 떠날 수밖에 없었다. 한두 달 전이라면 그런 일이 있어도 담담하게 혹은 심지어는 잘됐다고 생각할 수도 있었겠으나, 더버빌이 주위를 떠돌기 시작한 뒤로 그것은 공포에 가까웠다.

밀단 던지는 사람들과 기계에 그것을 먹이는 사람들이 이제 낟가리를 납작하게 만들어 놓았기 때문에 땅바닥에 있는 사람들도 그들에게 말을 걸 수가 있었다. 농장주인 그로비가 기계 위로 올라와 그녀에게 다가오자 그녀는 깜짝 놀랐다. 그는 그녀에게 다른 사람한테 그 일을 시킬 테니까 친구를 만나고 싶으면 일을 그만해도 좋다고 했다. 그녀는 그 '친구'가 더버빌이며, 이렇게 인심을 쓰는 것이 그 친구인지 적인지 모를 사람의 부탁에 따른 것이라는 사실을 알고 있었다. 그녀는 고개를 젓고 계속 일을 했다.

쥐를 잡는 시간이 마침내 돌아왔고 사냥은 시작되었다. 낟가리가 낮아지면서 쥐들은 바닥에 모두 함께 모일 때까지 밑으로만 기어들었고, 이제 마지막 은신처가 사라지자 넓은 들판에 사방으로 흩어져 달아났다. 이때쯤 술이 거나하게 취해 있던 마리안이 동료들에게 쥐 한 마리가 자기 몸 속에 들어왔다고 날카로운 비명을 질렀고 — 다른 여자들은 겁에 질려 치맛자락을 걷어올리거나 혼자 펄쩍펄쩍 뛰면서 방비를 했다. 마지막 쥐가 튀어나오자, 개 짖는 소리, 남자들의 고함소리, 여자들의 비명소리, 욕지거리, 발 구르는 소리까지 해서 마치 복마전(伏魔殿) 같은 난리가 벌어졌고, 그 와중에 테스는 마지막 밀단을 끌렀다. 원통의 속도가 늦어지면서 윙윙거리던 소리가 멈추었고, 그녀는 기계에서 땅바닥으로 내려섰다.

쥐사냥을 그냥 구경만 하고 있던 그녀의 연인이 금방 옆에 나타났다.

"아니 — 그렇게 — 창피를 당하고도!" 그녀가 힘없이 말을 했다.

그녀는 너무 기진맥진해 있었기 때문에 큰 소리로 말할 힘도 없었다.

"난 당신이 하는 말이나 행동 하나하나에 화를 낼 만큼 어리석지는 않소." 그는 트란트릿지 시절에 유혹하던 목소리로 대답했다. "그 작은 손발이 떨고 있는 것 좀 보시오! 갓 태어난 송아지처럼 자신이 연약하단 걸 당신도 잘 알 거요. 내가 찾아온 그때부터는 아무 일도 안 해도 될 텐데, 왜 그렇게 고집을 피우는 거요? 아무튼 농장주인한테는 증기 탈곡기 작업을 여자들한테 시켜서는 안 된다고 얘기를 했지. 그건 여자들이 할 게 못 돼요. 그자도 알겠지만 좀 괜찮은 농장에서는 여자들은 그런 걸 하지 않소. 당신 집까지 바래다 주지."

"아 좋아요." 그녀는 지칠 대로 지친 걸음걸이로 걸어가며 대답했다. "그렇게 하고 싶다면 하세요! 당신이 나한테 결혼하자고 왔을 때는 내 사정을 잘 모르고 있었다는 걸 난 분명히 기억하고 있어요. 어쩌면—어쩌면 당신은 내가 지금까지 생각했던 것보다 더 훌륭하고 더 동정심이 많은 분일지도 모르죠. 동정심에서 하는 일이라면 무엇이든 고맙게 생각해요. 하지만 다른 뜻에서 그런 거라면 화낼 거예요. 나는 당신의 본심을 모를 때가 가끔 있어요."

"우리의 옛날 관계를 합법적인 결혼으로 만들 수는 없다고 해도 난 적어도 당신을 도와줄 수 있소. 그리고 옛날보다는 훨씬 더 당신의 감정을 존중해서 할 작정이오. 나의 종교적 광기(狂氣)는, 아니면 뭐라고 부르든 간에, 그건 끝났소. 하지만 아직 내겐 착한 마음이 약간은 남아 있고, 또 그렇기를 희망하고 있소. 자, 테스, 남녀 사이의 부드러우면서도 강한 모든 것을 걸고 나를 믿어 주시오! 나한테는 당신과 부모님, 또 동생들을 위해서 당신이 고생을 하지 않도록 해줄 수 있는 충분한, 아니 충분하고도 남을 만한 여유가 있소. 당신이 나를 믿어 주기만 한다면 식구들을 모두 편하게 해줄 수 있단 말이오."

"최근에 우리 식구들을 만났어요?" 그녀가 급히 물었다.

"그렇소. 식구들은 당신이 어디 있는지도 모르고 있더군. 당신을 여기서 발견한 건 정말 우연이었소."

임시로 묵고 있는 농가 바깥에서 그녀가 걸음을 멈추자 더버빌도 그녀 옆에 멈춰섰고, 차가운 달빛이 마당의 생울타리 잔가지 사이로 피곤에 지친 그녀의 얼굴을 비스듬히 비추고 있었다.

"동생들 얘긴 하지 마세요 — 제발 나를 주저앉게 만들지 말란 말이에요!" 그녀가 말했다. "식구들을 돕고 싶으면 — 어려운 건 사실이지만 — 나한테 말하지 말고 하세요. 아, 안 돼요, 안 돼요!" 그녀는 소리를 질렀다. "식구들을 위해서건 나를 위해서건, 당신한테서는 아무것도 안 받겠어요!"

그는 그녀를 따라 집 안에 들어가지는 않았다. 테스는 그 집 식구들과 함께 살고 있어서 집 안에 들어가면 모두가 알 수밖에 없기 때문이었다. 그녀는 집 안에 들어가서 몸을 씻고 식구들과 함께 저녁을 먹고나서는 곧 생각에 잠겼다. 그리고 벽 아래 있는 책상으로 가서 자기만 쓰는 작은 등불 밑에서 격한 감정으로 편지를 썼다 —

그리운 남편에게, — 이렇게 부르게 해 주세요 — 그래야만 하겠어요 — 저같이 형편없는 아내를 생각하시면 화가 나겠지만 말이에요. 제 괴로운 처지를 당신한테 호소할 수밖에 없어요 — 저한테는 아무도 없거든요! 에인절, 전 지금 심한 유혹을 받고 있어요. 그게 누구라고 말하기도 겁이 나고, 도무지 거기에 대해서는 말씀드리고 싶지도 않답니다. 하지만 전 당신은 상상도 할 수 없을 만큼 당신한테 매달리고 있어요! 무슨 끔찍한 일이 벌어지기 전에 지금 당장 저한테 돌아오실 수 없으신가요? 아, 당신은 너무 먼 곳에 계시기 때문에 오실 수 없다는 걸 전 알아요! 곧 돌아오시든지 아니면 저를 당신 계신 곳으로 불러 주시지 않으면 전 죽을 것 같아요. 당신이 제게 주신 벌은 당연한 것이고 — 전 그걸 알아요—너무나 당연한 거지요—저한테 화를 내시는 것도 그럴 수밖에 없는 일이지요. 그렇지만, 에인절, 제발, 제발, 너무 원칙만 따지지 말고—제가 비록 자격이 없다고 하더라도 조금만 다정하게 대해 주시고 돌아와 주세요! 당신이 돌아오신다면 전 당신 팔에 안겨 죽고 싶어요! 그렇게 해서 저를 용서해 주신다면 편안한 마음으로 그렇게 하겠어요!

에인절, 전 오로지 당신만을 위해 살고 있어요. 당신을 너무 사랑하기 때문에 멀리 떠나가신 것도 원망하지 않아요. 농장을 찾는 일이 필요하다는 것도 알고 있어요. 제가 원망하거나 괴롭히려고 이런 말을 한다고는 생각지 말아 주세요. 다만 저한테 돌아오기만 해 주세요. 사랑하는 당신이 없이는 너무 외로워요. 아, 너무 외로워요! 일을 해서 돈을 벌어야 하는 것은 괜찮아요. 하지만 당신이 한 줄이라도 편지를 써서 **"곧 가겠소"**라고만 해 주신다면, 전 참고 기다릴게요. 에인절—아, 너무나 기쁜 마음으로요!

우리가 결혼한 뒤로 생각이나 표정 하나하나까지 당신께 충실해야 한다는 것이 저에겐 종교처럼 되었어요. 그래서 다른 남자가 저를 칭찬할 때조차도 당신께 잘못하는 것처럼 느껴진답니다. 우리가 낙농장에 있을 때 당신이 느끼던 감정을 조금이라도 다시 느껴보지 않으셨나요? 혹시 느낀 적이 있다면 어떻게 저를 멀리할 수 있으세요? 에인절, 저는 당신이 사랑했던 바로 그 여자예요. 맞아요, 바로 그 여자예요—당신이 싫어해서 보지도 않았던 그런 여자가 아니에요. 당신을 만난 순간부터 과거는 제게 아무것도 아니었어요. 그것은 죽은 것이나 다름없었어요. 저는 당신에게서 받은 새로운 생명으로 가득찬 다른 여자가 되었어요. 제가 어떻게 옛날 여자가 될 수 있겠어요? 왜 그걸 모르세요? 사랑하는 에인절, 당신이 좀 더 스스로에 대해 자신감을 가질 수만 있다면, 또 제게 이러한 변화를 가져온 강한 힘을 스스로 가지고 있다는 사실을 깨달을 만큼 자신을 신뢰한다면, 아마도 제게로, 당신의 불쌍한 아내 곁으로 돌아올 마음이 생길 거예요.

당신이 언제나 저를 사랑해 주실 것이라고 믿고 행복하기만 했던 저 자신이 얼마나 어리석었던지요! 그런 건 저같이 형편없는 여자에게는 어울리지 않는다는 걸 진작 알았어야 했어요. 하지만 저는 옛날 때문만이 아니라 지금 때문에도 가슴이 아프답니다. 생각해 보세요—당신을 다시—다시는 못 본다는 생각을 하면 얼마나 가슴이 아프겠어요? 아, 제가 매일 하루 종일 겪는 아픔을 사랑하는 당신 가슴으로 하루에 1분만이라도 느낄 수 있다면, 아마도 당신은 외롭고 가련한 저를 동정하시게 될 거예요.

에인절, 사람들은 아직 저를 꽤 예쁘다고들 해요(전 사실대로 말씀드리고 싶은데, 사람들 말을 그대로 옮기면 매력이 있다는 거예요). 혹시 그 말이 맞을지도 모르지요. 하지만 저는 외모를 소중하게 생각지는 않아요. 전 오로지 그것이 당신의, 사랑하는 당신의 것이고 또 당신이 가질 만한 것이 제게도 한 가지는 있을지도 모른다는 생각에서 그것을 간직하고 싶어요. 이 문제를 심각하게 생각했기 때문에, 저는 얼굴 때문에 성가신 일이 생길 때면 얼굴을 싸매고 다녔고 사람들도 그렇게 믿을 정도가 되었답니다. 아 에인절, 이런 말씀을 드리는 것은 허황된 생각에서가 아니라—그렇지 않다는 건 당신도 아실 거예요—당신이 돌아오시기만을 바라기 때문이에요.

정말 제게 오실 수 없으시다면 제가 당신께 갈 수 있도록 해 주세요! 말씀드린 대로 제게는 원하지 않은 일을 하도록 강요하는 사람이 있고 그래서 괴롭답니다. 제가 한 발짝이라도 물러설 리는 없겠지만, 어떤 뜻밖의 일이 벌어질지 모르는 일이기 때문에 저는 겁도 나고 또 옛날의 실수도 있어서 자신이 없답니다. 여기에 대해서는 더 말씀드릴 수가 없어요—자신이 너무 비참한 생각이 들거든요. 하지만 제가 무시무시한 함정에 빠져서 실수라도 한다면, 지난번보다 더 비참한 처지가 될 거예요. 아 하느님, 생각만 해도 끔찍해요! 당장이라도 저를 오라고 하세요, 아니면 금방 오시든지요!

당신의 아내가 못 된다면 전 기꺼이 당신의 하녀라도 되어 당신과 함께 사는 데 만족하겠어요. 그러면 당신 곁에 있을 수 있고, 당신을 볼 수 있고, 당신을 제 사람이라고 생각할 수 있을 테니까요.

당신이 여기 안 계시기 때문에 햇빛마저 제겐 아무것도 보여주지 않아요. 들판의 까마귀나 찌르레기도 보고 싶지 않아요. 저하고 같이 새를 구경하던 당신이 보고 싶어 너무너무 가슴이 아프거든요. 하늘이든 땅위든 땅 속이든 제가 바라는 것은 오직 하나, 당신을, 사랑하는 당신을 만나는 거예요! 돌아와 주세요 — 제게 돌아와 주세요. 그리고 저를 위협하는 것들로부터 저를 구해주세요! —

비탄에 잠긴 당신의 충실한 아내
테스 드림.

49

이 애원은 서쪽에 있는 조용한 사제관의 아침 식탁에 어김없이 전달되었다. 이 골짜기는 기온이 따스하고 토질이 비옥해서 플린트컴-애쉬와 비교하면 농사를 짓는다는 것도 그저 슬쩍 도와주면 되는 정도였고, 테스가 보기에는 사람들 사는 것도 전혀 다르게(실은 크게 다를 것도 없지만) 느껴졌다. 부친을 통해서만 서신 연락을 하도록 에인절이 그녀에게 당부한 것은 오로지 확실한 전달을 위해서였고, 무거운 마음으로 혼자 개척을 시작한 나라에서 그는 주소가 바뀔 때마다 부친에게 분명하게 알려 두었다.

"글쎄," 클레어 노인은 봉투를 읽은 다음 부인에게 말했다. "에인절이 말한 대로라면 다음달 말에 리오를 떠나 귀국할 계획이라고 했는데, 이 편지가 어쩌면 그 아이 계획을 앞당길 수도 있겠군. 이건 며느리가 보낸 게 틀림없을 테니까." 그는 며느리를 생각하며 깊은 한숨을 쉬었고, 에인절에게 곧바로 가도록 편지 겉봉을 고쳐 썼다.

"여보, 그 애가 집에 무사히 도착할 수 있으면 좋겠어요." 클레어 부인이 중얼거렸다. “죽을 때까지도 그 애한테 잘해주지 못했다는 생각이 남을 것 같거든요. 신앙이 좀 부족하더라도 캠브릿지에 보내서 형들하고 똑같은 기회를 주는 게 좋았을 텐데. 제대로 교육을 받으면 신앙이 생길 수도 있고, 결국은 성직으로 들어갔을지도 모르잖아요. 성직자가 되는 건 제쳐놓더라도, 그래야 그 애가 불공평하다는 생각은 하지 않을 테니까요.”

이것이 아들들 문제로 클레어 부인이 남편의 고요한 마음을 흔들어 놓는 유일한 불평이었다. 하지만 부인은 이를 자주 드러내지는 않았다. 부인은 신앙심 못지 않게 사려도 깊어 남편이 이 문제를 스스로 공평하게 처리했는지 의심하면서 괴로워하고 있다는 것을 알고 있었기 때문이다. 가슴 아프게도 남편이 밤에 잠을 깨서 에인절을 걱정하며 기도 드리는 소리를 부인은 종종 들었던 것이다. 하지만 이 완고한 복음주의자는 지금도 믿음이 없는 그 아들에게 다른 두 아들과 같이 대학 교육이라는 훌륭한 배경을 만들어 주는 것이 옳다고는 생각지 않았다. 설마 그럴 리야 없겠지만, 자신이 평생의 소명과 소망으로 삼아 전도를 해왔고, 또 성직에 들어간 두 아들의 소명으로 알고 있는 교리를 에인절이 그와 같은 지식을 이용하여 비난할 수 있는 가능성도 있다고 염려했던 것이다. 한 손으로는 신실한 두 아들의 뒤를 받치는 발판이 되어 주고, 다른 한 손으로는 똑같은 인위적 수단으로 신실하지 못한 아들을 출세시켜 준다면, 그것은 그의 신념이나 지위나 소망에 어긋나는 일이라고 그는 판단했다. 그럼에도 불구하고 그는 이 에인절(천사)이란, 이름이 잘못 붙은 아들을 사랑했고, 마음속으로는 아브라함이 제물로 드리도록 되어 있는 이삭을 데리고 함께 산을 올라갈 때 슬퍼했던 것과 똑같이 아들에 대한 자신의 처사에 대해 슬퍼했다. 소리 없이 저절로 일어나는 그의 후회는 아내가 입 밖으로 내는 원망보다 훨씬 더 고통스러운 것이었다.

그들은 이 불행한 결혼을 자신들의 잘못이라 생각했다. 에인절이 농사라는 길을 택하지 않았더라면 농촌 처녀들을 만나지도 않았을 것이라고 여겼던 것이다. 그들은 아들 부부가 왜 헤어졌는지, 또 언제 헤어졌는지도 정확하게 알지 못하고 있었다. 처음에는 무슨 커다란 성격적인 차이 때문일 것으로만 추측했었다. 하지만 아들의 최근 편지에서는 이따금 그녀를 데려오기 위해 귀국하겠다는 의사가 언뜻 내비쳐 있었고, 그런 언급으로 보아 그들의 별거가 돌이킬 수 없을 만큼 영구적인 것은 아닐지도 모른다는 희망을 그들은 품었다. 아들의 얘기로는 며느리가 친정 식구들과 함께 있다고 했고, 그들로서는 의심스럽기는 하나 달리 좋은 방법이 생각나지 않았기 때문에 참견하지 않기로 해두었던 것이다.

테스의 편지가 목적지로 삼고 있던 두 눈동자는 이 순간 노새의 등에 올라 남미 대륙의 내륙에서 해안으로 향하며 끝없이 펼쳐진 평원을 응시하고 있었다. 그가 이 낯선 땅에서 겪은 경험은 비참한 것이었다. 도착하자마자 걸렸던 중병에서 그는 아직 완전히 회복되지 않았고, 이곳에서 농장을 경영하겠다는 희망은 차츰 사라져 거의 포기하기로 마음먹었다. 하지만 이곳에 정착할 가능성이 조금이라도 남아 있는 한, 부모들에게는 생각이 바뀐 것을 알리지 않았다.

쉽게 자립할 수 있다는 선전에 현혹되어 에인절과 함께 이곳에 건너왔던 수많은 농업노동자들은 병들어 죽거나 허송세월을 하고 있었다. 그는 영국의 농장에서 건너온 아이 어머니들이 열병에 걸려 죽은 아이를 팔에 안고 터벅터벅 걸어가는 모습을 목격하곤 했다. 어머니는 걸음을 멈추고 맨손으로 푸석푸석한 땅에 구덩이를 파고는 역시 자연이 내려준 무덤 파는 연장인 맨손으로 그곳에 아기를 묻고 눈물 한 방울 흘린 다음 다시 터벅터벅 길을 걸어갔다.

에인절의 당초 계획은 브라질 이민이 아니라 본국의 북부나 동부 지방에서 농장을 경영하는 것이었다. 그가 이곳에 온 것은 일시적인 자포자기의 심경에서였고, 영국의 농민들 사이에 일던 브라질 바람이 자신의 과거로부터 벗어나고 싶어하던 그의 욕구와 우연히 일치했던 것이다.

이렇게 떠나 있는 동안 그는 정신적으로는 십여 년이나 나이를 더 먹은 것 같았다. 이제 인생에서 그를 사로잡는 것은 인생의 아름다움이 아니라 인생의 비애감이었다. 신비주의라는 낡은 체계를 오랫동안 불신한 끝에 이제 그는 도덕이라는 낡은 평가마저 불신하기 시작했다. 그는 도덕 체계에 수정이 필요하다고 생각했다. 도덕적 인간이란 어떤 사람인가? 좀 더 적절하게 말하자면, 도덕적 여자란 누구인가? 한 인간의 아름다움이나 추함은 그의 성취뿐만 아니라 그의 목표와 욕구에 의해서도 결정된다. 그의 진정한 역사는 무엇을 했느냐가 아니라 무엇을 의도했느냐에 있는 것이다.

그렇다면 테스의 경우는 어떤가?

이런 관점에서 그녀를 바라보게 되자 그는 자신의 성급한 판단에 대한 후회로 우울해지기 시작했다. 자신은 그녀를 영원히 거부한 것인가 혹은 아닌가? 그는 그녀를 영원히 거부할 것이라고 더 이상 말할 수는 없었고, 그렇게 말할 수 없다는 것은 이제 마음속으로는 그녀를 받아들인다는 뜻이었다.

이렇게 그녀에 대한 추억이 좋은 쪽으로 바뀌어간 것은 그녀가 플린트컴-애쉬에 있던 시기와 일치했지만, 그때는 아직 그녀가 함부로 자신의 처지나 심경을 알려서 그를 괴롭혀서는 안 되겠다고 생각하던 때였다. 그는 대단히 당황스러웠다. 그리고 당황한 가운데 그녀가 소식을 전해 오지 않는 것에 대해 물어볼 생각도 하지 않았다. 이렇게 해서 그녀의 순종적인 침묵은 오해를 샀던 것이다. 그가 그것을 알았더라면 사실 얼마나 많은 것을 깨우쳤을 것인가?—그가 일러 놓고도 잊어버렸던 부탁을 그녀는 말 한 마디 어기지 않고 그대로 지키고 있다는 사실, 그리고 타고난 대담성에도 불구하고 그녀가 아무런 권리를 주장하지 않고, 어느 면에서나 그의 판단을 옳은 것으로 받아들이고 말없이 거기에 고개를 숙였다는 사실을.

앞서 얘기한 대로 노새를 타고 대륙의 내륙을 여행하고 있을 때, 한 사나이가 에인절과 동행하고 있었다. 그 동행은 본국에서의 출신지는 달랐지만 역시 같은 목적을 가지고 떠나온 영국인이었다. 그들은 둘 다 정신적으로 의기소침한 상태에 있었고, 고향 이야기를 함께 나누었다. 신뢰는 신뢰를 낳는다고 한다. 특히 묘하게도 멀리 객지에 나가 있는 남자들에게 그런 경향이 있는 법이어서, 친구들에게도 절대 이야기하지 않는 자기 신변의 사소한 일을 낯선 사람한테 털어놓고 싶은 심경이 들어 에인절은 함께 길을 가는 이 사나이에게 자신의 슬픈 결혼 이야기를 하고 말았다.

이 낯선 나그네는 에인절보다 더 많은 곳을 구경하고 더 많은 사람들을 만난 경험이 있었다. 세계주의자다운 그의 사고에서 볼 때, 그와 같은 사회 규범으로부터의 일탈은 가정생활에서는 대단하게 보일지 몰라도 지구 전체라는 곡선에 비유하자면 골짜기나 산맥의 기복 정도에 불과한 것이었다. 그는 그 문제를 에인절과는 전혀 다른 관점에서 바라보았다. 그는 테스가 과거에 어떤 사람이었느냐 하는 것은 장래의 그녀의 모습에 비한다면 대수롭잖은 것으로 생각했고, 클레어가 그녀를 떠난 것은 잘못이라고 분명하게 말했다.

다음날 그들은 천둥비를 흠뻑 맞았다. 에인절의 동료는 열병에 걸려 주말에 세상을 떠나고 말았다. 에인절은 그를 묻기 위하여 몇 시간을 지체했다가 다시 길을 떠났다.

평범한 이름 말고는 아무것도 알지 못했지만, 폭넓은 사고를 소유하고 있던 이 동행이 우연히 던져 준 이야기는 그의 죽음으로 더욱 깊은 의미를 갖게 되었고, 철학자들의 모든 논리정연한 윤리학

보다 더 클레어에게 영향을 끼쳤다. 나그네와 비교해 보면서 그는 자신의 편협한 생각이 부끄러워졌다. 자신의 사고가 모순투성이였다는 생각이 밀물처럼 밀려들었다. 그는 기독교를 거부하고 희랍의 이교(異教)적 사고를 일관되게 추종해왔었다. 하지만 희랍 문명에서는 강요에 의한 굴복은 명백한 경멸의 대상이 아니었다. 그렇다면 더럽혀짐에 대한 혐오는 신비주의적 신앙과 함께 받아들였던 것으로 볼 수 있고, 따라서 그것이 속임수로 인한 것이라면 적어도 수정의 여지를 주는 것이 옳을 것 같았다. 자책감이 그를 엄습했다. 그의 기억 속에 완전히 지워지지 않고 남아 있던 이즈 휴에트의 말이 다시 떠올랐다. 자기를 사랑하느냐고 그가 이즈에게 물었을 때 그녀는 그렇다고 대답했다. 그러면 테스보다 더 사랑한다고 할 수 있는가? '아니오'라는 것이 그녀의 대답이었다. 테스는 그를 위해 목숨까지 바칠 사람이지만 자기는 그렇게 못한다는 것이었다.

그는 결혼식날 테스의 모습을 생각해 보았다. 그녀의 눈동자는 항상 그의 곁을 맴돌았고, 그의 말이라면 하느님의 말씀처럼 믿지 않았던가! 난롯가에서 그녀의 순박한 영혼이 그에게 모든 것을 털어놓던 그 무서운 저녁에도, 그의 사랑과 보호를 어쩌면 잃어버릴지도 모른다는 것을 깨닫지 못한 채, 불빛에 비친 그녀의 얼굴은 얼마나 애처로웠던가!

이렇게 하여 그는 그녀를 비판하던 데서 변호하는 심경으로 바뀌어갔다. 한때는 그녀를 생각하며 냉소를 머금은 때도 있었으나 사람이란 항상 냉소를 지으며 살아갈 수는 없는 법이고, 그는 냉소를 버렸다. 냉소를 보인 것은 자신이 개별적 사례를 무시하고 일반적 원칙에만 사로잡혔기 때문에 생겨난 잘못이었던 것이다.

하지만 이런 논리도 다소 진부한 것이다. 연인과 남편들은 전에도 그런 길을 걸어왔다. 에인절은 그녀를 가혹하게 대했고, 그것은 의심의 여지가 없는 것이다. 남자들은 종종 자기가 사랑하거나 사랑했던 여자를 가혹하게 대하는 때가 있고, 그것은 여자들의 경우도 마찬가지다. 하지만 이 가혹함은 그것이 생겨난 배경이 되는 보편적 가혹함에 비하면 부드러움 그 자체라고 해야 할 정도이다. 이 보편적 가혹함은 성격에 대한 처지의 가혹함이며, 목적에 대한 수단의 가혹함이며, 어제에 대한 오늘의 가혹함이며, 또 오늘에 대한 훗날의 가혹함이다.

쇠잔한 힘이라고 그가 경멸했던 그녀의 가문—더버빌이라는 그 당당한 혈통—에 대한 역사적 관심이 새삼스럽게 그의 감정을 자극했다. 왜 자신은 그 점에 대해서 정치적 가치와 상상적 가치의 차이를 구별하지 못했을까? 후자의 관점에서 보자면 그녀의 더버빌 혈통은 대단히 중요한 사실이었다. 경제학적으로는 가치가 없을지 몰라도, 그것은 꿈을 꾸는 사람에게나 몰락과 쇠퇴에 대해 설교하려는 사람에게는 대단히 유익한 자료였다. 적으나마 가련한 테스의 혈통과 이름에 남다른 점이 있다는 것—그것은 멀지 않아 망각될 사실이었고, 킹즈비어에 있는 대리석 유물이나 납관 속에 들어 있는 유골들과 함께 그녀가 물려받은 혈통도 망각 속에 빠져들고 말 것이었다. 이렇듯 '시간'은 자신의 낭만을 무자비하게 파괴하고 마는 것이다. 그녀의 얼굴을 자꾸만 다시 그려보면서, 그는 귀부인이었던 그녀 조상들의 우아한 품위를 한순간 거기서 목격할 수 있었다. 그런 모습은 그가 이전에 느낀 적이 있고 또 그래서 어지럼증까지 느꼈던 영기(靈氣)를 그의 혈관 속으로 불어넣었다.

깨끗하다고만 할 수 없는 그녀의 과거에도 불구하고 테스와 같은 여자에게는 그녀의 동료들이 가진 신선함을 뛰어넘는 무엇이 아직 남아 있었다. 에브라임의 끝물 포도가 아비에셀의 만물 포도보다 낫지 않았던가?(《성서》 〈사사기〉 8장 2절-역주)

다시 살아난 사랑은 이렇게 말하면서 그로 하여금 테스의 절절한 사연을 받아들일 수 있는 준비를 갖추게 했고, 그 사연은 그의 부친의 손을 거쳐 지금 그에게로 향하고 있는 중이었다. 하지만 그는 내륙 먼 곳에 있었기 때문에 그것이 그에게 닿기까지는 오랜 시간이 걸려야 했다.

한편 에인절이 자신의 애원에 답장해 주기를 바라는 글쓴이의 희망은 때로는 커지기도 하고 때로는 작아지기도 했다. 작아지는 까닭은 그들이 헤어질 수밖에 없었던 그녀의 과거사가 변한 것이 없다는—변할 수가 없다는 사실 때문이었다. 남편과 같이 있을 때 그것을 없던 일로 돌릴 수 없었다면, 남편이 없을 때는 더욱 불가능했다. 그럼에도 불구하고 그녀는 만약 그가 돌아온다면 어떻게 하면 그를 가장 기쁘게 해줄 수 있을까 하며 혼자 달콤한 고민을 했다. 그가 하프로 연주하던 노래가 무엇인지 좀더 잘 알아두고, 시골 처녀들이 부르던 민요 중에서 그가 좋아하는 것이 무엇인지 좀 더 관심 있게 물어 둘걸, 하는 생각을 하며 한숨까지 지었다. 그녀는 곧 탈보테이즈에서 이즈를 따라온 앰비 시들링에게 물어보았고, 앰비는 용케도 낙농장에서 젖소 젖이 잘 나오라고 즐겨 부르던 몇몇 가락 중에서 에인절이 좋아하는 것 같던 곡을 기억해냈다. "큐피드의 동산", "사냥터도 있고 사냥개도 있고", "동틀 무렵"이 그런 곡이었고, "재봉사의 바지"나 "난 이렇게 예뻐졌어요"는 좋은 곡이기는 하지만 별로 좋아하던 것 같지 않았다고 했다.

이 민요들을 잘 부르는 것이 이즈음 그녀의 엉뚱한 욕심이었다. 그녀는 이따금 시간을 내어 혼자 그런 노래들을, 특히 "동틀 무렵"을 연습했다.

> 일어나요, 일어나요, 일어나요!
> 임에게 꽃다발을 드려요,
> 정원에 피어나는

아름다운 꽃을 가득 꺾어.
산비둘기와 작은 새들도
가지마다 둥지 트는
철이른 오월
동틀 무렵에!

이렇게 춥고 건조한 계절에 다른 처녀들과 떨어져서 혼자 일을 할 때마다 그녀가 이 노래를 부르는 소리를 듣는다면, 아무리 돌덩이 같은 마음이라도 녹아내렸을 것이다. 어쩌면 그이가 그녀의 노래를 들으러 영영 돌아오지 않을지도 모른다는 생각이 들 때마다 그녀의 두 뺨에선 눈물이 줄줄 흘러내렸고, 천진스러우면서도 부질없는 그 노랫말은 부르는 이의 아픈 가슴을 쓰리게 조롱하듯 울려나왔다.

테스는 이 덧없는 꿈을 꾸느라 세월이 어떻게 흘러가는지 모르고 있는 것 같았다. 해가 길어지면서 수태고지일(3월 25일)이 가까워졌고, 이곳에서의 계약이 끝나는 구력(舊曆) 수태고지일(4월 6일)이 곧 다가오고 있다는 것도 그녀는 모르는 듯했다.

그러나 계약이 만료되는 수태고지일이 되기도 전에 테스에겐 전혀 다른 문제에 신경을 써야 할 일이 생겼다. 여느 때 저녁처럼 그날도 숙소에서 그집 식구들하고 아래층에 앉아 있는데, 누군가 문을 두드리고 테스를 찾는 사람이 있었다. 문밖을 내다본 그녀는 석양을 등지고 서 있는, 키는 어른만 하지만 몸매는 어린애같이 호리호리하고 앳띤 소녀를 발견했다. 아이가 "테스 언니!" 하고 부를 때까지도 그녀는 저녁 어스름 속에 서 있는 그 소녀가 누군지 알아차리지 못했다.

"아니 — 리자 루?" 테스는 놀란 목소리로 물었다. 1년 전쯤 그녀가 집을 떠나올 때만 해도 어린애 같던 동생은 어느새 키가 껑충

자라서 이런 모습을 하고 있었지만, 정작 루 자신은 아직 그런 것을 도무지 모르고 있는 것 같았다. 전에는 길게 내려오던 겉옷이 아이가 자라면서 짧아져 가느다란 다리가 드러났고, 거북스런 손과 팔은 그녀의 젊음과 순진스러움을 드러냈다.

"응, 언니, 하루 종일 걸어왔어." 감정 없는 무거운 목소리로 루가 말했다. "언니 찾으려고 말이야, 나 너무 피곤해."

"집에 무슨 일이 있어?"

"어머니가 몹시 편찮으셔. 의사 선생님 말씀으로는 곧 돌아가실 거래. 아버지도 건강이 아주 안 좋으신데다, 우리같이 지체있는 집안에서는 보통 사람들처럼 막일을 하면 안 된다고 하고 계시니까 어떻게 해야 좋을지 모르겠어."

테스는 한참 동안 멍하니 있다가 정신을 차리고 리자 루에게 안으로 들어와 앉으라고 했다. 그렇게 하고 나서 리자 루가 차를 마시는 동안 그녀는 결정을 내렸다. 집으로 가는 수밖에 없었다. 그녀의 고용계약은 구력 수태고지일인 4월 6일까지였지만, 그때까지는 며칠 남지 않았으므로 즉시 출발하기로 결심했다.

그날 밤으로 떠나면 열두 시간은 벌 수 있지만 동생은 너무 힘들어서 그렇게 먼 길을 아침까지 걸을 수 없었다. 테스는 마리안과 이즈가 있는 곳으로 내려가서 무슨 일이 일어났는지를 알리고 주인에게 사정을 잘 설명해 달라고 부탁했다. 테스는 돌아오는 길로 루에게 저녁을 먹이고 그 어린것을 자기 침대에 누인 다음 자기 물건 중에서 버드나무 바구니에 들어가는 것은 모두 꾸려넣었다. 그리고 루에게는 내일 아침 뒤따라오라고 이르고는 길을 떠났다.

50

시계가 열 시를 치자 그녀는 차가운 별빛 속에 15마일의 길을 가기 위해 쌀쌀한 춘분 날씨의 어둠 속으로 길을 나섰다. 인적이 드문 곳에서는, 소리 없이 혼자 걸어가는 사람에게는 밤이 위험스럽다기보다 보호자가 되는 법이고, 이것을 알고 있는 테스는 가장 가까운 지름길을 찾아 낮이면 두려워했을 샛길로 접어들었다. 이 시간에는 도둑도 없었고, 또 귀신에 대한 무서움도 어머니 생각 때문에 까마득히 잊을 수 있었다. 이렇게 그녀는 벌바로우에 이르기까지 오르막과 내리막을 번갈아 가며 계속 걸었고, 자정쯤에는 벌바로우의 언덕 위에서 아무것도 분간할 수 없는 깜깜한 어둠 속을 내려다보고 있었다. 그 어둠 속에 골짜기가 있고 그 저쪽 끝에 그녀가 태어난 고향이 있었다. 고원지대를 따라 이미 5마일가량을 걸어왔기 때문에 여정이 끝나기까지는 이제 10여 마일가량 평지길이 남아 있었다. 길을 따라 걷는 동안 꾸불꾸불한 내리막길이 희미한 별빛 아래 막 모습을 드러내고 있었고, 그녀는 발 밑의 흙이 저 위쪽과 비교하면 밟는 촉감이나 냄새까지도 확연히 다르다는 것을 곧 느낄 수 있었다. 그것은 바로 블랙무어 골짜기의 끈적끈적한 점토질 토양이었고, 통행세를 내는 큰길이 아직 들어오지 않은 곳이었다. 이 진흙땅은 미신이 가장 늦게까지 남아 있는데다, 또 한때 삼림지대였던 까닭에 이렇게 어두워지면 뭔가 그 옛모습을 드러내어 멀리 있는 것과 가까이 있는 것이 함께 섞이기도 하고, 갖가지 나무와 키 큰 생울타리들이 자랑이라도 하듯 불쑥불쑥 나서고 있었다. 이곳에서 사냥하던 수사슴이나, 바늘에 찔려 물에 빠졌다는 마녀들, 지나가는 사람들을 향해 깔깔거렸다는 반짝거리는 초록빛 요정들—이곳은 아직 그런 미신들로 가득차 있었고, 그래서 지금 시간에는 짓궂게 떼를 지어 모여들었다.

너틀베리에서 마을의 주막을 지나가는데, 그녀의 발소리 인사에 대한 답례로 주막의 간판이 삐걱거렸지만 테스 말고는 아무도 그 소리를 들은 사람은 없었다. 이엉을 엮은 지붕 밑 어둠 속에서 보랏빛 작은 헝겊 조각을 이어 만든 이불 밑으로 뻗어 있는, 힘없이 늘어진 힘줄과 근육들을 그녀는 마음의 눈으로 볼 수 있었다. 잠의 손길로 원기를 다시 돋우고 있는 이들은 다음날 아침 햄블든 힐 위로 희미한 분홍빛 기운이 내비치면 다시 일어나 일터로 나갈 것이다.

세 시에 그녀는 지금까지 걸어온 미로와 같은 시골길의 마지막 모퉁이를 돌아 말롯에 들어섰다. 부녀회 들놀이를 하며 에인절 클레어를 처음 만났던 풀밭을 지나갈 때는 그가 자기와 춤을 추지 않았던 기억과 함께 실망감이 아직까지 남아 있었다. 어머니가 계신 집 쪽에서 불빛이 하나 보였다. 그것은 침실 창문에서 흘러나왔고, 그 앞에 있는 나뭇가지가 흔들리자 불빛은 그녀를 향해 신호라도 보내는 것 같았다. 집의 윤곽을 확인하자마자—그녀가 보낸 돈으로 이엉을 새로 인 집이었다—지난날의 느낌이 모두 테스의 머릿속에 되살아났다. 그 집은 그녀의 몸과 생명의 일부처럼 느껴졌다. 지붕창의 기울기나 박공의 꼭대기, 굴뚝 꼭대기에 있는 벽돌의 갈라진 틈, 모든 것이 그녀의 개인적 품성과 뭔가 공통점을 지니고 있었다. 그녀의 눈에 이 모든 특성들은 일종의 마비 상태에 있는 것 같았고, 그것은 어머니의 병환을 의미했다.

그녀는 아무도 깨우지 않으려고 살그머니 문을 열었다. 아래층 방에는 아무도 없었지만 어머니를 간호하던 이웃사람이 층계 꼭대기에 나와, 더비필드 부인이 막 잠이 들기는 했으나 차도가 없다고 나지막하게 말했다. 테스는 손수 아침식사를 준비해 놓고, 병시중을 들기 위해 어머니 방으로 올라갔다.

아침이 되어 동생들을 살펴보니 모두들 이상할 정도로 길쭉하게 보였다. 집을 떠난 지가 1년 남짓 되었는데, 동생들의 성장은 놀라울 정도였다. 동생들을 돌보려면 부지런히 일해야겠다는 생각이 절실해지면서 그녀 자신의 근심은 뒷전으로 밀려나고 말았다.

아버지의 건강 역시 예전과 마찬가지로 오락가락하며 좋지 못했고, 여느때와 마찬가지로 아버지는 의자에 앉아서 지내고 있었다. 하지만 그녀가 도착한 다음 날, 아버지는 유별나게 표정이 밝았다. 생계를 꾸릴 수 있는 그럴듯한 방도가 생각났다는 것이었다. 그것이 무엇인지 테스가 물어보았다.

"이 지방에 사는 고고학자들한테 모두 회람을 돌릴 작정이다." 아버지가 대답했다. "내가 생계를 유지할 수 있도록 기부금을 좀 내달라는 거지. 틀림없이 그 양반들은 그걸 낭만적이고 예술적이고 올바른 일이라고 여길 게다. 옛 유물들을 보존하거나 뼈 같은 걸 찾는 데 엄청난 돈을 쓰는 사람들이거든. 내 소식을 듣기만 하면, 살아 있는 유물이라고 훨씬 더 흥미로워할 테니까. 누가 나서서 나 같은 사람이 그 양반들 주변에 아직 살아 있는데도, 아무도 신경 써 주지 않는다고 소문이라도 내 주면 좋을 텐데 말이야! 나를 찾아낸 트링엄 신부가 살아 있다면 틀림없이 그 일을 맡아 주셨을 거다."

테스는 자신이 송금한 돈으로도 도무지 나아진 게 없어 보이는 시급한 문제들을 해치울 때까지는 이 엄청난 사업에 대한 자신의 입장을 나중에 밝히기로 했다. 집안의 급한 문제들을 처리하고 나서 그녀는 바깥일에 눈을 돌렸다. 지금은 씨를 뿌리고 파종하는 철이었고, 마을사람들 채소밭이나 소작지는 벌써 모두 봄갈이가 끝나 있었지만, 더비필드네 채소밭과 소작지는 뒤처져 있었다. 이게 모두 씨감자를 먹어버렸기 때문—대책 없는 사람들의 마지막 실수라고 할 수 있는—이라는 것을 알고 그녀는 어이가 없었다. 그녀는 가능한 대로 서둘러 구할 수 있는 씨감자를 모두 구했고, 며칠 후에는 아버지도 몸이 다소 좋아져서 테스의 설득에 따라 채소밭을 돌보러 나오게 되었다. 한편 그녀는 마을에서 200야드 가량 떨어진 곳에서 소작밭 농사를 시작했다.

환자의 병실에만 갇혀 있던 뒤라 그녀는 밭일이 재미있었고, 어머니도 병세가 호전되어 이제는 그녀가 없어도 될 만했다. 힘든 노동은 잡념을 덜어 주었다. 소작밭은 건조하고 지대가 높은 사방이 트인 곳에 있었는데, 그런 밭이 거기에 40, 50뙈기가 있었고, 하루의 품팔이 일이 끝난 뒤가 그곳에서는 가장 바쁜 시간이었다. 밭갈이는 대개 여섯 시에 시작해서 어둑어둑하거나 달이 뜰 때까지 계속되어서 일정하지 않았다. 지금은 마른 날씨 탓에 불이 잘 붙어서 뙈기밭 여기저기서는 마른 잡초와 쓰레기 더미가 타고 있었다.

맑게 갠 어느 날 테스와 리자 루는 이 밭에서 마지막 햇살이 밭 경계를 이루는 흰 말뚝을 희미하게 비출 때까지 이웃사람들과 함께 일을 했다. 해가 지고 땅거미가 내려앉자 개밀과 양배추 줄기를 태우는 불꽃이 일렁거리며 뙈기밭을 환히 밝혔고, 바람에 날리는 짙은 연기 속으로 밭의 경계가 나타났다가 사라지곤 했다. 불꽃이 타오르면 바람 부는 대로 땅바닥에 평평하게 깔린 연기 층은 불투명의 광채를 띠며 환하게 밝아져서 일하는 사람들의 고습을 서로 가렸다. 낮에는 벽이 되고 밤에는 빛이 되었다는 '구름 기둥'이란 말이 이해될 법도 했다(《성서》〈출애굽기〉 13장 21, 22절-역주).

어둠이 짙어지자 밭을 가꾸던 몇몇 사람들은 밤이 되었다고 돌아갔지만, 파종을 마치려고 남아 있는 사람은 더 많았고 테스도 동생을 집으로 보내고 그들과 함께 남았다. 쇠스랑을 들고 그녀가 부지런히 일하던 곳은 개밀이 타고 있는 소작밭이었고, 번쩍거리는 쇠스랑의 네 가닥 끝은 돌멩이나 말라붙은 흙덩이에 브딪히면서 조그맣게 쨍그랑 하는 소리를 내곤 했다. 이따금 그녀는 자신이 지펴 놓은 모닥불의 연기에 완전히 휩싸였다가 불꽃에서 나오는 놋쇠 빛깔 같은 환한 불빛을 받아 다시 풀려나곤 했다. 그날 밤따라 그녀는 별난 복장을 하고 있어서 다소간 남의 눈에 띄는 편이었다. 여러 번 빠는 바람에 하얗게 닳아빠진 긴 겉옷 위에 검은색의 짧은 윗도리를 입고 있어서, 전체적으로는 결혼식과 장례식 손님을 한 사람이 겸하고 있는 형국이었다. 멀리 저쪽에 있는 여자들은 흰 앞치마를 입고 있어서, 가끔씩 불 앞에 환하게 드러날 때를 제외하면 창백한 얼굴과 함께 앞치마의 흰색만 어둠 속에서 눈에 띌 뿐이었다.

서쪽으로 밭의 경계를 이루는 앙상한 가시나무 생울타리의 억센 가지들이 낮게 깔린 젖빛 하늘을 배경으로 튀어나와 있었다. 머리 위에는 목성이 활짝 핀 노랑수선화처럼 나타나 거의 그림자가 만들어질 만큼 환한 빛을 발하고 있었다. 이름 모를 작은 별들이 여기저기서 모습을 드러내고 있었다. 멀리서 개 짖는 소리가 들려왔고 이따금 마른 땅 위로 마차 바퀴가 덜그럭거리며 지나갔다.

늦지 않은 시각이어서 여전히 쇠스랑은 쨍그랑거리며 부지런히 움직였다. 공기는 시원하면서도 쌀쌀한 편이었지만 그 속에는 적으나마 일하는 사람들의 기운을 북돋워 주는 봄기운이 있었다. 이 장소와 이 시간, 딱딱거리며 타는 모닥불, 그리고 빛과 어둠의 환상적 신비, 이 모든 것 속에는 테스뿐만 아니라 다른 사람들까지도 그곳에 있는 기쁨을 느끼게 하는 무엇인가가 있었다. 겨울의 서리 속에는 마귀처럼 찾아오고, 여름의 열기 속에는 연인처럼 찾아온다고 하는 황혼은, 3월의 이즈음에는 마음을 달래 주는 사람처럼 찾아왔다.

아무도 옆사람에게 한눈 파는 일이 없었다. 파헤쳐진 흙이 불빛에 환히 드러날 때마다 사람들의 눈길은 모두 흙을 향해 있었다.

이렇게 흙덩이를 파헤치면서 테스는 클레어가 들어 주리라는 희망도 이제 거의 사라지고 만 부질없는 노랫가락을 흥얼거리고 있었고, 한참 동안이나 그녀와 가장 가까운 데서 일하는 사람이 누군지도 의식하지 못하고 있었다. 긴 작업복을 입고 있는 그 남자는 그녀와 같은 밭을 파 일구고 있어서, 그녀는 아버지가 일을 빨리 마치라고 보낸 일꾼인 줄 알았다. 그녀는 그가 파헤치는 방향이 가까워지자 점점 그를 의식하게 되었다. 가끔씩 연기가 두 사람 사이를 갈라놓기도 했으나, 연기가 옆으로 비껴가면 다른 사람들에겐 보이지 않게 두 사람만 마주 보게 될 때도 있었다.

테스는 그녀의 동료에게 말을 걸지 않았고 그도 역시 마찬가지였다. 밝은 대낮에는 그가 거기 없었다는 것과 그가 말툿 사람 같지는 않다는 생각이 드는 것 말고 그녀는 그 사람에 대해 더 이상 생각지도 않았다. 그도 그럴 것이 최근 몇 해 동안 그녀는 아주 오랫동안 또 자주 고향을 떠나 있었던 것이다. 이윽고 그가 그녀와 가까워지자 그의 쇠스랑에서 번쩍거리는 불빛이 그녀의 것에서 나는 것만큼 선명하게 빛을 반사했다. 모닥불 가까이 다가가서 마른 풀을 불 속에 던지다가 그녀는 상대방도 저쪽에서 똑같이 하는 것을 보았다. 불꽃이 확 일어나면서, 그녀는 더버빌의 얼굴을 발견했다.

그의 예기치 않은 출현, 그리고 요즘은 노동자들 중에서도 아주 구식인 사람들만 입는 주름잡은 작업복을 입고 나선 그의 괴상망측한 모습은 우스꽝스러우면서도 소름끼치는 느낌을 자아냈으며, 그의 거동만큼이나 그녀를 오싹하게 만들었다. 더버빌은 나지막하게 긴 웃음을 지었다.

"농담을 하고 싶다면 이렇게 말하겠소. 이거야말로 천국에 있는 기분이라고!" 그는 그렇게 이상한 이야기를 하면서 고개를 숙여 그녀를 바라보았다.

"뭐라고 했어요?" 그녀는 힘없이 물었다.

"익살꾼이라면 아마도 이걸 천국이라고 말할 거요. 당신은 이브고 나는 미천한 동물을 가장하고 당신을 유혹하러 온 저 노회한 마귀인 셈이니까. 신학에 빠져 있을 때 난 밀턴의 그 대목을 외다시피 했소. 그중에 이런 구절이 있지—.

> '여왕이시여, 길이 마련되었고, 멀지 않으니
> 도금양 나무 줄지어 선 저쪽에……
> …… 제 인도를 받아들이시면
> 그쪽으로 곧 모시겠나이다.'
> '그럼 안내하라.' 이브가 말했다.
>
> (존 밀턴, 《실락원》 9권 626~31행-역주)

등등. 사랑하는, 사랑하는 테스, 난 당신이 나를 너무 나쁘게만 생각하기 때문에, 혹시 이런 터무니없는 상상을 하거나 그런 말을 할까 봐 일부러 이런 말을 하는 거요."

"난 당신을 사탄이라고 한 적도 없고, 또 그렇게 생각하지도 않았어요. 절대로 그렇게는 생각하지 않아요. 당신이 나를 모욕할 때 말고는 당신에 대한 내 생각은 언제나 아주 냉정해요. 그런데, 순전히 나 때문에 밭을 파러 여기 왔어요?"

"전적으로 그렇소. 당신을 보기 위해서지, 그 이상은 없소. 작업복은 나중에 생각난 건데, 오는 길에 팔려고 내놓은 게 눈에 띄었던 거요. 사람들 눈에 띄지 않으려고 말이오. 내가 온 건 당신한테 이런 일은 그만두라고 말하기 위해서요."

"하지만 난 이게 좋아요 — 아버지를 위해 하는 일이거든요."

"저쪽 계약은 끝났소?"

"네."

"다음엔 어디로 갈 거요? 사랑하는 남편 있는 데로?"

그녀는 그 모욕적인 말투에 참을 수가 없었다.

"아 — 몰라요!" 그녀는 쓰라린 마음으로 말했다. "난 남편이 없어요!"

"정말 맞는 말이요 — 당신 말뜻으로는 말이오. 하지만 당신한테는 친구가 있고, 난 당신이 싫어하더라도 당신을 편안하게 해 주기로 마음을 먹었소. 집에 내려가면 내가 당신한테 뭘 보냈는지 알게 될 거요."

"오, 알렉, 제발 나한테 아무것도 주지 말아요! 당신한테서 그런 걸 받을 수 없어요! 싫어요 — 그건 옳은 일이 아니에요!"

"그건 옳은 일이오!" 그는 간단히 말했다. "난 내가 그토록 사랑하는 당신 같은 여자가 고생하는 것을 보면 도와주지 않을 수 없소."

"그렇지만 난 아주 부자라구요! 다만 고생스러운 건 — 그건 — 먹고사는 문제는 아니에요!"

그녀는 돌아서서 자포자기의 심경으로 다시 밭을 파기 시작했고, 쇠스랑 손잡이와 흙덩이 위로 눈물 방울이 떨어졌다.

"아이들 때문이겠지 — 당신 동생들 말이오." 그가 다시 말했다. "난 그 아이들 생각을 하고 있는 거요."

테스의 가슴이 떨렸다 — 그는 그녀의 아픈 곳을 건드리고 있었다. 그는 그녀의 가장 큰 근심거리가 무엇인지 알고 있었다. 집에 돌아온 뒤로 그녀의 생각은 열정에 가까운 애정으로 동생들을 향해 있었던 것이다.

"혹시 어머니라도 돌아가시면 누군가 동생들을 돌봐야 되지 않겠소? 아버지도 아마 이젠 일을 많이 하시진 못할 테니까 말이오."

"제가 도와 드리면 하실 수 있어요. 틀림없이 하실 거예요."

"그리고 나도 거들면 되고."

"그건 안 돼요!"

"정말 어리석기 짝이 없군!" 더버빌이 소리를 질렀다. "이것 봐요, 아버지도 우리가 한집안이라고 생각하시기 때문에, 꽤 만족해하실 거요!"

"아니에요. 그러지 말라고 내가 말씀드렸어요."

"그렇다면 더욱 어리석군!"

더버빌은 화를 내며 그녀 곁을 떠나 생울타리 쪽으로 가더니, 거기서 입고 있던 긴 작업복을 벗어 둘둘 말아 개밀 타는 불 속에 던지고는 떠나 버렸다.

그러고 나자 테스는 땅 파는 일을 계속할 수 없었다. 그녀는 마음이 불안했고, 혹시 그가 아버지가 계신 집으로 갔을지도 모른다는 생각이 들었다. 쇠스랑을 손에 들고 그녀는 집으로 향했다.

집에서 약 20야드 떨어진 곳에서 그녀는 여동생을 만났다.

“오, 테시 언니—내 얘기 들어 봐! 리자 루 언니는 울고 있고, 집에 사람들이 많이 모여 있어, 엄마는 많이 좋아지셨는데, 아버지가 돌아가셨대!”

동생은 엄청난 일이 벌어진 것은 알고 있었지만, 그것이 얼마나 슬픈 일인지는 아직 모르고 있었다. 눈을 동그랗게 뜨고 놀란 표정으로 테스를 바라보고 서 있던 동생은 그 소식을 들은 언니의 반응을 보더니 말했다.

“그러면, 언니, 이젠 아버지하고 얘기도 못하는 거야?”

“아버지는 많이 편찮으시지도 않았는데!” 테스는 마음이 산란해지며 소리를 질렀다.

리자 루가 다가왔다.

“조금 전에 돌아가셨어. 엄마 때문에 와 계시던 의사 선생님이 그러는데, 가망이 없대. 심장이 부었대.”

그렇다. 더비필드 부부는 자리를 바꾸고 말았던 것이다. 죽어가던 사람은 살아나고, 약간 아픈 정도였던 남편이 숨을 거둔 것이다. 이 소식은 죽음 이상의 의미를 지니고 있었다. 아버지의 생명은 그의 개인적인 성취와는 다른 가치를 가지고 있었고, 그렇지 않았으면 그의 죽음은 별다른 의미가 없었을 것이다. 그들의 집과 대지의 임대계약은 3세대 동안으로 되어 있었는데, 그는 그 마지막 세대였다. 일꾼들을 항상 부리고 있던 소작주인은 일꾼들에게 줄 집이 부족했기 때문에 오랫동안 그 집을 탐내고 있었던 것이다. 게다가 ‘종신임대권자’들은 그 당당한 태도 탓에 거의 소규모 자유토유권자들과 마찬가지로 마을사람들에게서 환영을 받지 못했고, 그래서 계약 기한이 만료되면 절대로 갱신이 되지 않았다.

이리하여 옛날의 더버빌 가문이었던 더비필드 가족은, 올림포스의 신들처럼 이 지방에서 떵떵거리고 살던 시절, 틀림없이 지금의 그들처럼 그렇게 땅 한 평 없는 사람들의 머리 위에 수없이 가혹하게 강요했던 그 운명을 이제 자신들의 머리 위에 덮어쓰게 되었다. 이렇게 밀려오고 밀려가는 변화의 리듬은 하늘 아래 있는 모든 것을 바꾸어 놓으며 간섭을 하는 것이다.

51

마침내 구력 수태고지일 전날 밤이 되었고, 농촌 마을은 연중 이런 날에만 볼 수 있는 부산한 움직임으로 시끄러웠다. 이날은 계약이 이행되는 날이다. 다음 한해 동안 일을 하기로 성촉절에 맺어 둔 계약이 이제 실행에 들어가는 것이다. 지금까지 살던 곳에 더 남아 있고 싶지 않은 노동자들은—혹은, 이 말이 바깥에서 들어오기 전 태곳적부터 부르던 말로 '일꾼'들은—새 농장으로 이동을 하게 된다.

이 지방에서는 이렇게 농장에서 농장으로 옮겨가는 사람들의 숫자가 해마다 증가 추세에 있었다. 테스의 어머니가 어렸을 때만 해도 말롯의 일꾼들은 한평생을 같은 농장에서 살았고, 그곳은 그들의 아버지와 할아버지 들의 고향이기도 했다. 하지만 최근에는 자리를 옮기려는 사람들이 급격히 늘어났다. 나이가 젊은 사람들은 혹시 더 좋은 곳으로 갈지도 모른다는 기대를 하며 즐겁게 들떠 있었다. 어떤 가족에게는 이집트나 다름없는 곳이 멀리서 바라보는 사람들에게는 '약속의 땅'이 되었고, 그들이 거기 살면서부터는 다시 이집트가 되었다. 이렇게 그들은 자꾸자꾸 옮겨 다녔다.

하지만 농촌 생활에서 눈에 띄게 늘어나는 이동 현상은 전적으로 농촌의 불안정 때문만은 아니었다. 이농 현상이 함께 벌어지고 있었던 것이다. 마을마다 전에는 농사를 짓는 노동자들과 함께 이들보다 분명히 위의 계급이라고 할 수 있는 흥미롭고 좀 더 유식한 계층 — 테스의 부모도 이 계층에 속하는데 — 이 있었는데, 여기에는 목수와 대장장이, 제화공, 도붓장수를 비롯해 농장 노동자를 제외하고 성격 규정이 힘든 일꾼들이 속했다. 이 일련의 사람들이 인생의 목적과 행동에 있어서 어느 정도 안정을 유지할 수 있었던 것은 그들이 테스의 아버지처럼 종신임대권자이거나 등본보유권자, 아니면 이따금 찾아볼 수 있는 소규모 자유보유권자들이기 때문이었다. 하지만 장기간에 걸친 임대가 만료되면 다시 비슷한 처지의 다른 소작인들에게 임대가 이루어지지는 않았다. 주인은 자기 일꾼들에게 꼭 필요한 경우가 아니면 대개 그 집을 헐어버리고 말았다. 직접 들에 나가 농사를 짓지 않는 마을사람들은 푸대접을 받았고, 그래서 일부가 쫓겨가고 나면 그들과 관련된 다른 생업을 하던 사람들도 생계가 힘들어져서 역시 떠날 수밖에 없게 되는 것이다. 과거에 마을 생활의 근간을 이루었고, 마을 전통의 담지자였던 이 가구들은 큰 도시로 나가 피난처를 찾을 수밖에 없었다. 통계학자들은 이를 '농촌인구의 도시 집중 경향'이라고 재미있게 말하지만, 실상 이 과정은 기계를 써서 물을 강제로 위쪽으로 끌어올리는 경향인 셈이다.

말롯의 농가들은 이런 식으로 헐리는 바람에 적지 않게 줄어들었고, 남아 있는 집이라고는 모두 지주가 자기 일꾼들에게 줄 것들뿐이었다. 테스의 생애에 어두운 그림자를 던져 준 사건이 있은 뒤로, 더비필드 가족은 (그들의 혈통은 아무도 믿지 않았다) 마을 기강을 위해서라도 임대 기간이 끝나면 떠나야 할 사람들로 암묵적으로 간주되고 있었다. 사실 이 집안은 금주(禁酒)나 착실, 정숙 같은 점에 있어서 어느 하나도 뚜렷한 모범을 보여 주지 못한 것이 분명했다. 아버지는, 심지어 어머니까지도 가끔 술을 마셨고, 어린아이들은 거의 교회에 나가지 않았으며, 큰딸은 남자 관계까지 수상했던 것이다. 마을사람들은 무슨 수를 써서라도 마을을 깨끗하게 할 필요가 있었다. 이리하여 이날, 더비필드네 식구가 쫓겨나는 수태고지일 첫날, 방이 널찍한 이 집은 대식구가 딸린 어느 짐마차꾼이 들어오기로 되어 있었던 것이다. 그래서 과부 조운과 두 딸 테스와 리자 루, 또 아들 에이브러햄과 그 밑의 동생들은 다른 곳으로 떠나야만 했다.

그들이 이사하기 전날 밤은 가랑비가 내리면서 하늘이 어두워지더니 날이 일찍 저물었다. 태어나서 자란 고향 마을에서 보내는 것도 그날 밤이 마지막이었기 때문에, 더비필드 부인과 리자 루, 에이브러햄은 친지들에게 작별 인사를 하러 바깥에 나가고 그들이 돌아올 때까지 테스가 집을 보고 있었다.

그녀는 유리창 앞 긴 의자에 무릎을 굽힌 채 얼굴을 창에 바짝 대고 있었고, 빗물이 만들어 낸 바깥 창이 안쪽의 창을 따라 밑으로 흘러내리고 있었다. 그녀의 눈길은 거미줄을 응시하고 있었다. 거미는 오래전에 굶어 죽고 없었고, 파리 한 마리 날아오지 않는 구석에 잘못 친 거미줄이 창틈으로 들어온 가벼운 바람에 흔들리고 있었다. 테스는 자기 잘못 때문에 이런 꼴이 되고 만 집안의 처지를 곰곰이 생각하고 있었다. 자기만 집에 오지 않았더라면 어머니와 아이들은 어쩌면 매주 집세를 내고서라도 남아 있을 수는 있었을 것이다. 하지만 돌아오던 길로 그만 그녀는 성질이 까다롭고 상당한 영향력이 있는 몇몇 마을사람들 눈에 띄고 말았다. 허물어진 아기 무덤을 정성들여 손질하느라고 작은 흙손을 들고 교회 묘지에서 서성거리는 그녀를 그들이 보았던 것이다. 이렇게 해서 그들은 그녀가 거기 다시 살고 있다는 것을 발견했고, 그런 딸을 "숨기고" 있다고 어머니를 나무랐다. 이에 조운은 거친 말로 대꾸를 하고는 스스로 이사를 가겠다고 큰소리를 쳤고, 약속을 지키라는 요구에 따라 결과가 이렇게 되고 말았던 것이다.

"집에 오지 말걸 그랬어." 테스는 씁쓸하게 혼자 중얼거렸다.

그녀는 이런 생각에 너무 몰두해 있어서 하얀 방수(防水) 외투를 입은 남자가 길을 따라 내려오는 것을 보고도 처음에는 전혀 의식하지 못했다. 그녀의 얼굴이 창문 가까이 있어서 그런지 그는 그녀를 재빨리 알아보고 말을 문 앞으로 바짝 몰았고, 말발굽에 담 밑의 좁은 꽃밭이 거의 짓밟힐 뻔했다. 그가 채찍으로 창문을 툭툭 치고 나서야 그녀는 그를 발견했다. 비는 거의 그쳐 있었고 그녀는 그의 손짓에 따라 창문을 열었다.

"나를 못 봤소?" 더버빌이 물었다.

"딴 생각을 하고 있었어요." 그녀가 대답했다. "듣기는 들은 것 같은데, 마차 소린 줄 알았어요. 무슨 꿈을 꿨나 봐요."

"아! 더버빌 마차 이야기를 들은 모양이군. 그 전설을 알고 있는 모양이군?"

"아니에요. 나의 — 누군가가 언제 얘기해 주려다가 말았던 적은 있어요."

"당신이 진짜 더버빌 집안이라면 나도 그 얘길 않는 게 좋겠군. 나야 뭐 엉터리니까 아무렇지도 않지만. 꽤나 무서운 이야기요. 뭐냐 하면, 눈에 보이지도 않는 마차 소리가 있는데, 이게 더버빌 피를 물려받은 사람한테만 들린다는 거지. 그리고 그걸 듣는 사람한테 그게 불길한 조짐이 된다는 거요. 몇백 년 전에 그 집안 사람이 저지른 어느 살인 사건하고 관련이 있다는 얘기가 있소."

"이야기를 꺼냈으니 끝까지 해 보세요."

"그럽시다. 집안의 어떤 사람이 예쁜 여자를 납치해서 마차에 태워 가는데, 여자가 마차에서 도망치려고 하자 싸움이 벌어져서 남자가 여자를 죽였다는 거요 — 아니 여자가 남자를 죽였다던가 — 어느 쪽인지 잊어버렸소. 하여간 그런 얘기가 있는데 …… 물

통하고 양동이를 꾸려 놓은 게 보이네, 이사하는 건가?"

"네, 내일요 — 구력 수태고지일날요."

"간다는 얘기는 들었지만, 도대체 믿을 수가 없소. 너무 갑작스런 일이라. 어떻게 된 거요?"

"아버지 대까지만 이 집에서 살게 되어 있었어요. 그게 끝났으니, 여기서 살 자격이 없어진 거죠. 혹시 1주일마다 세를 내고 살 수 있을지는 몰라도 — 그것도 나 때문에 못하게 됐어요."

"당신이 어때서?"

"난 — 제대로 된 여자가 아니잖아요."

더버빌의 얼굴이 붉어졌다.

"정말 창피한 줄 모르는 짓거리구만! 천박한 속물들 같으니라고! 그놈들 더러운 영혼을 불에 태워 잿가루나 만들까 보다!" 그는 냉소와 분노가 섞인 음성으로 소리를 질렀다. "그래서 이사를 간단 말이오? 쫓겨났단 말이군?"

"정확히 말하면 쫓겨난 건 아니지만, 아무튼 빨리 가는 게 좋다는군요. 사람들이 모두 움직이는 지금 가야 더 좋은 자리가 있을지 모르거든요."

"어디로 갈 거요?"

"킹즈비어요. 거기 방을 얻어 놓았어요. 어머니는 아직도 아버지 조상들 얘기에 홀려서 그쪽으로 가시겠다는 거예요."

"하지만 당신네 식구는 셋방 얻기도 적당치 않을 텐데, 더욱이 그렇게 작은 마을에선 말이오. 그럼, 트란트릿지에 있는 우리 아래채로 가는 게 어떻소? 어머니가 돌아가시고 난 뒤로 이젠 닭도 거의 없어졌지만, 당신도 알다시피 집하고 뜰은 그대로 있소. 하루면 석회칠을 모두 할 수 있고, 당신 어머니도 거기선 꽤 편히 지낼 수 있을 거요. 동생들도 좋은 학교에 보내 주겠소. 당신한테 뭐라도 해 줘야 될 책임이 내겐 분명히 있단 말이오!"

"그렇지만 벌써 킹즈비어에 방을 얻어 놓았어요!" 그녀는 확실하게 말했다. "거기서 기다리다가—"

"기다리다니—뭘? 그 훌륭하신 남편 말씀이군 그래. 이것 봐요, 테스. 난 남자를 알아. 당신이 헤어지게 된 까닭을 생각하면, 분명히 말하지만, 그 양반은 당신하고 화해하지 않을 거요. 자, 당신은 안 믿을지 몰라도, 그동안은 내가 당신 원수 같았겠지만 지금은 당신 친구나 다름없소. 우리 집으로 가요. 제대로 된 양계장을 하나 만들어 놓으면 당신 어머니가 잘 돌봐 주실 거고, 또 동생들도 학교에 갈 수 있을 거요."

테스는 점점 더 가쁜 숨을 내쉬고 있었고 마침내 입을 열었다.

"당신이 그걸 모두 해준다는 얘기를 어떻게 믿어요? 당신은 생각이 바뀔지도 모르고—그러고 나면—우리는—우리 어머니는—다시 집도 없는 신세가 될 거예요."

"아, 아니—아니오. 필요하다면 문서로 써서라도 보증을 하겠지만, 그런 일은 없을 거요. 잘 생각해 봐요."

테스는 고개를 저었다. 그러나 더버빌은 집요했다. 그가 그렇게 확고한 태도를 보이는 것을 그녀는 처음 보았다. 그는 꼭 동의를 받아내려고 했다.

"어머니한테 꼭 말씀 드리시오." 그가 분명하게 끊어서 말했다. "이건 어머니가 판단하실 문제지—당신이 결정할 게 아니오. 내일 아침에 그 집을 청소도 하고 회칠도 한 다음 불을 피워 놓겠소. 그러면 저녁때면 다 마를 테니까, 곧장 그리로 오기만 하면 돼요. 자, 명심해요. 기다리고 있겠소."

테스는 다시 고개를 가로 저었고, 갖가지 감정이 북받쳐 올라 목이 메었다. 그녀는 더버빌을 쳐다볼 수 없었다.

"알다시피, 난 당신한테 옛날 빚이 좀 있소." 그가 다시 말했다. "또 내가 어디 미쳐 있던 병도 당신 덕에 나았소. 그래서 기꺼이—."

"차라리 그 병을 그대로 가지고 있었으면 좋았겠어요. 그러면 계속 그 일을 하고 다녔을 테니까 말이에요!"

"난 약소하나마 이렇게 당신한테 빚을 갚을 수 있는 기회가 온 걸 다행으로 생각하오. 내일 당신 어머니가 짐 푸는 소리를 들을 수 있을 걸로 기대하고 있겠소 …… 그럼 약속의 표시로 악수나 합시다—사랑하는 어여쁜 테스!"

그는 말을 마무리하면서 속삭이듯이 목소리를 낮추고는 반쯤 열린 창문 틈으로 손을 집어넣었다. 그녀는 험악한 눈초리로 재빨리 창문 받침대를 당겼고, 그 바람에 그의 팔이 창틀과 돌로 만든 중간 문설주 사이에 끼고 말았다.

"제기랄—정말 지독하군!" 그가 팔을 빼내며 말했다. "아니, 아니오!—당신이 일부러 그런 게 아니라는 걸 알고 있소. 아무튼 당신을 기다리고 있겠소, 아니면 적어도 어머니하고 동생들만이라도 말이오."

"난 가지 않을 거예요—돈은 많아요!" 그녀는 소리를 질렀다.

"어디 있는데?"

"시아버지한테 있어요. 부탁만 하면 돼요."

"부탁만 하면 된다고. 하지만 테스, 그렇게 못하겠지. 내가 당신을 알거든. 당신은 굶어 죽으면 죽었지, 절대로 그런 부탁은 하지 않을 거요!"

이 말을 남기고 그는 떠났다. 길모퉁이를 돌아가다가 그는 페인트 통을 든 남자를 만났다. 그는 더버빌에게 형제들을 저버렸냐고 물었다.

"저리 꺼져!" 더버빌이 대답했다.

테스는 그 자리에 한참 동안 그대로 있었고, 그러다가 문득 부당한 처사라는 생각이 들며 반항심이 일어 눈언저리가 달아오르고 뜨거운 눈물이 왈칵 쏟아졌다. 다른 사람 아닌 자신의 남편, 에인절 클레어도 다른 사람들처럼 자신을 가혹하게 대하고 있는 것이었다. 정말이었다! 전에는 그런 생각을 한 적이 없었는데, 그건 정말이었다! 자기 평생에—그녀는 진심으로 맹세할 수 있었다—나쁜 일을 하려고 마음먹은 적은 한 번도 없었다. 그렇지만 이런 가혹한 심판을 받은 것이다. 자신의 죄가 무엇이건 간에 그것은 고의로 저지른 죄가 아니라 실수로 생긴 일인데, 왜 이렇게 끈질기게 벌을 받아야 하는가?

그녀는 분한 마음에 손에 잡히는 대로 종이 한 장을 집어들고 마구 글을 써내려 갔다.

> 아, 에인절, 저를 왜 이렇게 잔인하게 대하시나요! 전 그 정도로 나쁘지는 않아요. 모든 일을 곰곰이 생각해 봤지만, 절대로 절대로 당신을 용서할 수 없어요! 제가 일부러 당신한테 나쁜 짓을 하지 않았다는 걸 아실 텐데—왜 이렇게 저를 괴롭히고 계신가요? 잔인해요, 당신은 정말 잔인해요! 당신을 잊을 거예요. 당신한테서 받은 건 모두 부당한 것밖에 없어요.
>
> T.

그녀는 우체부가 지나가는 것을 지켜보고 있다가 달려가서 편지를 전했다. 그리고 다시 창문 앞에 맥없이 앉았다.

부드러운 말로 편지를 쓰나 이렇게 쓰나 마찬가지였다. 그가 어떻게 애원에 귀를 기울일 수 있겠는가? 달라진 사실은 하나도 없고, 그의 생각을 돌이킬 만한 새로운 사건도 없었다.

날이 점점 어두워지자 난로 불빛에 방안이 밝아졌다. 큰동생 둘은 어머니를 따라 나가고, 나이가 세 살 반에서 열한 살까지인 꼬마 동생 넷이서 모두 까만 옷을 입고 난롯가에 모여 자기들끼리 무슨 얘기를 재잘거리고 있었다. 테스는 촛불도 켜지 않고 동생들 틈에 끼어 앉았다.

"얘들아, 오늘밤이 우리가 태어난 여기 이 집에서 마지막으로 자는 날이다." 그녀는 빨리 말했다. "잘 생각해 보거라, 알겠지?"

그들은 모두 말이 없어졌다. 하루 종일 새집으로 이사간다는 생각에 좋아라고 들떠 있던 아이들은, 마지막이라는 테스의 말을 듣고는 그들 나이 때의 예민함 때문에 눈물이라도 흘릴 것 같았다. 테스는 화제를 돌렸다.

"얘들아, 노래 좀 불러 봐." 그녀가 말했다.

"뭘 부를까?"

"너희들이 아는 노래. 아무거나 괜찮아."

잠시 조용하더니 먼저 한 아이가 시험삼아 작은 소리로 시작을 하자, 다음에 두 번째 목소리가 거기에 힘을 합쳤고, 셋째와 넷째가 한 목소리로 가락을 맞추었다. 주일학교에서 배운 노래였다—.

> 이 땅에선 슬픔과 고통을 겪고,
> 이 땅에선 만나면 이별이지만,
> 하늘나라엔 이별이 없다네.

네 아이는 그런 문제는 오래전에 해결했기 때문에 잘못이 있을 리 없고, 더 이상 고민할 필요도 없다고 생각하는 사람들처럼 담담하고 차분한 태도로 노래를 불렀다. 한 마디 한 마디를 분명하게 발음하려고 잔뜩 긴장한 얼굴로 그들은 너울거리는 불꽃의 한복판을 계속 바라보았고, 노래가 끝났는데도 막내의 목소리는 여전히 흥얼거리고 있었다.

테스는 그들을 남겨두고 창가로 다시 갔다. 이제 바깥은 깜깜해졌지만 그녀는 어둠 속을 내다보려는 듯 유리창에 얼굴을 댔다. 그것은 실은 눈물을 감추기 위해서였다. 아이들이 노래부르는 대로 믿을 수만 있다면, 정말 그대로 확신할 수 있다면, 세상은 얼마나 달라질 것인가! 얼마나 자신 있게 하느님에게, 또 내세의 천국에 동생들을 맡길 수 있을 것인가! 하지만 그럴 자신이 없기 때문에 뭔가를 해야만 했고, 동생들의 하느님이 되어 주어야 했다. 왜냐하면 수백만의 다른 사람들처럼 테스에게도 시인의 다음 구절은 끔찍스런 풍자로 들렸기 때문이다—

> 우리는 완전한 알몸으로 온 것이 아니라
> 영광의 구름을 거느리고 왔도다.
>
> (윌리엄 워즈워스의 〈불멸의 송가〉의 한 구절-역주)

테스나 테스 같은 사람에게는 태어난다는 것 자체가 그들의 욕망을 좌절시키는 하나의 시련이었고, 살아가면서 살펴봐도 그것은 근거 없는 말이 아니라 기껏해야 정도가 덜할 뿐이었다.

비 내리는 어두운 길 위로 어머니와 리자 루, 에이브러햄의 모습이 눈에 들어왔다. 더비필드 부인의 나막신 소리가 문 앞에 가까워지자 테스는 문을 열었다.

"창밖에 말발굽 자국이 보이던데," 어머니가 말했다. "누가 왔다 갔니?"

"아뇨." 테스가 대답했다.

난롯가에 있던 아이들이 정색을 하고 그녀를 보았고, 그중의 하나가 중얼거렸다.

"아니, 테스 언니, 말 탄 신사가 왔잖아!"

"우리 집에 온 게 아니라, 지나가던 길에 나한테 말을 건 사람이야." 테스가 말했다.

"그 신사가 누구냐?" 어머니가 물었다. "네 남편이냐?"

"아니에요. 그 사람은 절대로, 절대로 오지 않을 거예요." 테스는 섬뜩할 만큼 절망적인 대답을 했다.

"그러면 그게 누구냐?"

"아, 물어보실 필요 없어요. 전에 보신 적이 있는 사람이에요. 저도 봤구요."

"아! 그 사람이 뭐라고 했어?" 조운은 궁금한 듯이 말했다.

"내일 킹즈비어에 가서 집에 들어가고 난 다음 말씀드릴게요—한 마디도 빼지 않구요."

자기 남편은 아니라고 그녀는 분명히 대답했다. 하지만 육체적인 의미에서는 이 사람만이 자기 남편이라는 생각이 점점 더 그녀를 압박하는 것 같았다.

52

자정을 갓 지난 다음날 새벽, 아직 깜깜한 어둠 속이지만 큰길가에 사는 주민들은 덜그럭거리는 시끄러운 소리 때문에 편히 쉬어야 할 잠자리를 설치고 있었다. 그 소리는 날이 샐 때까지 쉬지 않고 이어졌다—바로 이 달 첫째 주가 되면 어김없이 반복되는 그 소음은 이 달 셋째 주에 뻐꾸기 소리를 들을 수 있는 것과 마찬가지로 확실한 소리였다. 그것은 이사올 가구들의 짐을 실으러 빈 마차와 말들이 지나가는 소리였고, 대이동의 서곡(序曲)이었다. 왜냐하면 일꾼들을 목적지까지 실어다 주는 것은 언제나, 그들의 노동을 필요로 하는 주인집 짐마차가 맡았기 때문이다. 이 일을 하루 동안에 해치우려다 보니 이렇게 자정이 갓 지난 시각부터 시끌벅적한 소리가 나는 것이었다. 마차꾼의 목적은 이사갈 집 문 앞에 여섯 시까지 도착하는 것이고, 그런 다음 즉시 짐을 싣기 시작했다.

하지만 테스네 식구들에게는 그렇게 배려를 해서 짐마차를 보내 줄 주인이 없었다. 그들은 여자들뿐인데다 정식으로 고용된 것도 아니었고, 특별히 어디서 오라는 데도 없었다. 그래서 그들은 자기 돈으로 마차를 빌려야 했고, 하나라도 공짜로 실어갈 수가 없었다.

그날 아침, 창밖을 내다보던 테스는 비록 바람이 불고 찌푸린 날씨지만 비가 내리지는 않고 또 짐마차도 벌써 도착해 있어서 안심이 되었다. 비 오는 수태고지일은 이사하는 집들에게는 결코 잊을 수 없는 끔찍스런 날이었다. 젖은 가구에다 젖은 침대, 거기에다 옷가지까지 젖어버려서 이런저런 병이 줄줄이 뒤를 따랐다.

어머니와 리자 루, 에이브러햄도 잠이 깨어 있었고, 어린 동생들은 잠을 더 자도록 내버려두었다. 네 식구는 희미한 불빛 속에 아침 식사를 하고 짐을 싣기 시작했다.

인정 많은 이웃들이 한두 사람 도와주러 왔기 때문에 일은 다소 기분 좋게 진행되었다. 큰 가구들을 적당한 자리에 놓은 다음, 이동하는 동안 조운 더비필드와 어린 동생들이 앉을 수 있도록 침대와 침구로 둥그렇게 자리를 만들었다. 짐을 싣는 동안 마구(馬具)를 풀어 놓았기 때문에, 짐을 다 싣고 나서도 말을 다시 맬 때까지 한참 동안을 더 지체했다. 그렇지만 두 시경이 되어 마침내 마차는 움직이기 시작했다. 마차 굴대에서는 냄비가 달랑거리고 있었고, 더비필드 부인과 가족들은 꼭대기에 올라앉았다. 시계가 고장나지 않도록 어머니는 시계 위쪽을 무릎 위에 올려놓았으나, 마차가 예고도 없이 기울어질 때마다 시계는 기분나쁘다는 듯 한 시를 치기도 하고 한 시 반을 치기도 했다. 테스와 바로 밑의 여동생은 동네를 벗어날 때까지 옆을 따라 걸어갔다.

그들은 그날 아침과 전날 저녁에 몇몇 이웃사람들에게는 인사를 마쳤고, 또 몇 사람은 그들에게 행운을 빌며 작별 인사를 하러 나오기도 했다. 하지만 더비필드 일가가 스스로에게는 몰라도 다른 사람들에게는 해를 끼친 일이 없는데도, 그들은 아무도 이 집안에 행운이 찾아오리라고 기대하지 않았다. 마차는 곧 언덕길을 오르기 시작했고 고도와 토질이 달라지면서 바람은 더욱 차가워졌다.

이날은 4월 6일이었기 때문에, 더비필드 식구가 탄 짐마차는 짐 꼭대기에 가족들이 올라앉은 다른 짐마차들을 많이 만났다. 벌집이 모두 육각형이듯 이들 농촌노동자들이 짐을 싣는 방식도 거의 일정한 원칙이 있었다. 짐의 맨 밑바닥에는 집안의 찬장이 자리를 잡았는데, 반짝거리는 손잡이와 손자국, 그리고 두껍게 내려앉은 살림살이의 흔적을 드러낸 채 그것은 앞쪽의 중요한 자리 곧 수레채 꼬리 위에 놓여 있었다. 보통 때와 같이 똑바로 세워둔 그 모양새로 보자면 그것은 그들이 경건하게 운반해야 할 책임이 있는 무슨 언약궤(모세의 십계명이 새겨진 두 개의 돌판을 넣은 궤-역주)처럼 보였다.

어떤 가족들은 기분이 좋았고 또 어떤 집은 침울했다. 길가 주막 문 앞에 서 있는 마차도 있었다. 동물원처럼 마차에 올라탄 더비필드네 가족도 때가 되자 말에게 꼴을 먹이고 사람도 휴식을 취하기 위해 주막 앞에 멈춰섰다.

쉬고 있는 동안 테스의 눈길은 주막에서 약간 떨어진 곳에 역시 멈춰서 있는 짐마차를 발견했고, 그 꼭대기에 앉아 있는 여자들 사이에서 오르락내리락하고 있는 3파인트짜리 파란 술병을 목격했다. 그중의 한 술병이 올라가는 대로 따라가다가 그녀는 그것을 붙잡고 있는 손이 잘 아는 사람의 손이란 것을 알아차렸다. 테스는 마차 쪽으로 다가갔다.

“마리안하고 이즈구나!” 그녀는 두 처녀를 향해 소리쳤다. 그들은 숙소로 쓰고 있던 주인집에서 이사를 하자 같이 따라 나선 것이었다. “너희들도 다른 사람들처럼 오늘 이사하는구나?”

그들은 그렇다고 대답했다. 플린트컴-애쉬에서는 일이 너무 힘이 들어, 농장주인 그로비가 고소를 하건 말건 알리지도 않고 떠나왔다는 것이었다. 그들은 테스에게 자신들의 목적지를 알려 주었고, 테스도 자기가 가는 곳을 말해 주었다.

마리안이 짐 위에서 몸을 기울이더니 소리를 낮추었다. "너 따라다니던 신사 있지—내가 누구 말하는지 알 거야—그 사람이 너가 가고 난 뒤에 플린트컴으로 찾아온 거 알아? 우린 네가 그 사람을 보기 싫어하는 것 같아서 어디로 갔는지 말해 주지 않았어."

"아—그런데, 만났어!" 테스가 우물거리며 대답했다. "그 사람이 나를 찾아냈어."

"지금 어디 가는지도 그 사람이 알아?"

"그럴 거야."

"남편은 돌아왔어?"

"아니."

그녀는 친구들과 작별 인사를 했고—양쪽 마차의 마부가 그때 주막에서 나왔기 때문이었다—두 짐마차는 반대 방향으로 각자 다시 길을 떠났다. 마리안과 이즈, 그리고 두 사람이 행동을 같이 하기로 한 농부 가족이 탄 마차는 산뜻한 칠을 하고 있었고, 마구에 번쩍거리는 놋쇠 장식을 한 튼튼한 말 세 필이 끌고 있었다. 반면에 더비필드 부인과 가족들이 탄 마차는 도무지 위에 실은 짐을 지탱할 수도 없을 것같이 삐걱거리는데다, 만든 뒤로는 칠이라곤 해본 적도 없는 마차였고 두 필의 말만이 끌고 있었다. 잘 되는 주인집으로 가는 경우와 기다리는 사람이 아무도 없는 곳으로 가는 경우의 차이가 거기서 드러났다.

갈 길은 멀었고—하룻길로는 너무 먼 거리였다—두 마리 말로 해내기에는 엄청나게 힘든 일이었다. 그렇게 일찍 출발했지만 오후 늦게서야 그들은 그린힐이라는 고지대의 한쪽 산허리를 돌아가고 있었다. 말들이 서서 오줌을 누고 숨을 돌리는 동안 테스는 사방을 둘러보았다. 산 아래로 그들 바로 앞에 여정의 목적지인 킹즈비어 읍내가 반쯤 죽은 마을처럼 모습을 드러냈고, 그녀의 아버지가 노래 삼아 지겹도록 말씀하시던 조상들이 그곳에 누워 있었다. 더버빌 가문이 오백 년 넘게 거기서 살아왔으니까, 다른 어느 곳보다도 더버빌 가의 고향이라고 할 만한 마을, 킹즈비어였다.

마을 어귀에서 한 남자가 다가오는 것이 보이더니, 짐마차의 모양새를 보고는 더욱 빨리 다가왔다.

"혹시 더비필드 부인이 아니신가요?" 남아 있는 길은 걸어가려고 마차에서 내린 테스의 어머니에게 그가 물었다.

그녀는 고개를 끄덕이고 말했다. "정확하게 말씀을 드리자면, 고(故) 존 더버빌 경의 미망인입니다만. 조상님들 영지(領地)로 돌아가는 중이지요."

"아, 그런가요? 그 얘기는 처음 듣는 얘기올시다. 다만 더비필드 부인이 맞으시다면, 부인이 원하던 셋방이 이미 세가 나갔다는 사실을 전해 드릴 수밖에 없게 되었습니다. 댁에서 온다는 사실은 오늘 아침 편지를 받고서야 알았는데—그땐 너무 늦었거든요. 그렇지만 어디 다른 셋방을 구할 수야 있겠지요."

남자는 그 이야기를 듣고 하얗게 질려 버린 테스의 얼굴을 바라보았다. 어머니는 낙심이 되어 어쩔 줄 모르는 표정이었다. "테스야, 이제 어떡하면 좋으냐?" 그녀는 씁쓸하게 말했다. "너희 조상들 땅에 왔는데, 인사가 이렇구나! 아무튼 좀 더 찾아보자."

그들은 읍내로 들어가서 힘닿는 데까지 알아보았다. 어머니와 리자 루가 물어보러 다니는 동안 테스는 마차에 남아서 동생들을 돌보았다. 한 시간쯤 뒤에 집 구하는 일은 여전히 아무 소득도 없이 마지막으로 조운이 마차로 돌아오자, 짐마차의 마부는 짐을 내려야겠다고 말했다. 말이 기진맥진한 데다 적어도 그날 밤 안으로

갈 길을 반쯤은 가야 한다는 것이었다.

"좋아요 — 여기 내려놓아요." 조운은 상관없다는 듯이 말했다. "어디라도 비를 피할 데야 있겠지."

짐마차는 교회 담밑 사람들 눈에 잘 띄지 않는 쪽에 세워졌고, 마부는 곧 싫은 기색 없이 초라한 가재도구를 내려놓았다. 일이 끝나 마부에게 삯을 지불하고 나자 그녀에게는 마지막 1실링밖에 남은 돈이 없었다. 마부는 이런 가족과 더 이상 거래를 하지 않게 되어 내심 반가워하며 그들을 떠났다. 비가 오지 않는 밤이기 때문에 그들이 큰 고생은 하지 않을 것이라고 그는 생각했다.

테스는 쌓아놓은 가구들을 암담한 심정으로 바라보았다. 항아리와 주전자, 산들바람에 떨고 있는 마른 약초 다발, 찬장의 놋쇠 손잡이, 아이들 모두가 타고 놀던 버들가지 요람, 그리고 손때로 반들거리는 벽시계, 그 모든 것들 위로 봄날 저녁의 차가운 햇살이 밉살스럽게 비치고 있었다. 원래 모두 집안에 있어야 할 것들을 이렇게 지붕도 없는 바깥에 팽개쳐 고생시킬 수가 있느냐고 가구들은 원망하듯 반짝거리고 있었다. 그들 주변으로는 옛날에 정원이었던 언덕과 경사지들이 — 지금은 작은 목초지로 나뉘어 있지만 — 있었고, 또 이끼 낀 건물 초석들이 남아 있어서 그곳이 한때 더버빌 가의 저택이 자리잡고 있던 곳임을 알 수 있었다. 저 멀리에는 언제나 영지에 부속되어 있던 엑든 히스의 황야도 함께 펼쳐져 있었다. 그들 바로 옆에는 '더버빌 회랑'이라는 이름의 교회 회랑이 차분한 눈길로 사방을 응시하고 있었다.

"가족묘지라는 게 바로 우리 재산이라는 뜻이 아니냐?" 테스의 어머니는 교회와 부속 묘지를 둘러보고 나서 돌아오면서 말했다. "그럼 그렇고 말고. 얘들아, 조상들 땅에서 방을 구할 때까지 여기서 임시로 지내기로 하자! 테스하고 리자, 에이브러햄은 나를 도와다오. 어린것들 쉴 데라도 마련해 놓고 다시 한번 돌아보도록 하자

꾸나."

테스는 내키지 않았지만 어머니를 도왔고, 15분쯤 뒤에는 쌓인 짐더미에서 네 발 달린 낡은 침대를 꺼내어 교회 남쪽벽 밑에 세울 수 있었다. 그곳은 더버빌 회랑이라고 하는 부분이었고 그 밑에는 커다란 가족묘지가 있었다. 침대 덮개 휘장 위쪽에는 15세기에 만들어진 여러 가지 빛깔의 아름다운 격자무늬 창문이 있었다. 그것은 '더버빌 창문'이란 이름을 가지고 있었고, 그 상단부에는 더비필드네 옛날 인장과 숟가락에 새겨져 있는 것과 같은 문장(紋章)을 발견할 수 있었다.

조운은 침대 둘레에 커튼을 쳐서 멋진 천막을 만들어 어린아이들을 안으로 들여보내고는 말했다. "최악의 경우에는 우리도 여기서 오늘밤을 지내는 수밖에 없겠구나. 하지만 좀 더 찾아보도록 하고, 아이들 먹을 것이라도 구해 보자! 아, 테스, 이런 꼴이 되고 말았으니, 네가 양반집에 시집간 게 다 무슨 소용이 있단 말이냐?"

그녀는 리자 루와 아들을 데리고 교회와 읍내를 나누어 놓고 있는 좁은 길을 다시 올라갔다. 거리에 들어서자마자 그들은 말을 탄 채 사방을 두리번거리고 있는 어떤 남자를 발견했다. "아—찾고 있던 중이었습니다!" 그들 쪽으로 말을 몰아오며 그가 말했다. "이 유서깊은 곳에서 정말 집안끼리 만났군요!"

알렉 더버빌이었다. "테스는 어디 있습니까?" 그가 물었다.

조운은 사실 알렉을 좋아하지 않았다. 그녀는 대강 교회 쪽이라는 것만 가리키고는 계속 길을 갔고, 더버빌은 막 이야기를 들었다면서 혹시 방 구하는 일이 여전히 잘 안 되면 자기가 다시 찾아오겠다고 말했다. 그들이 사라지자 더버빌은 여관으로 갔다가 곧 말을 타지 않고 나왔다.

그동안 테스는 침대 안에서 동생들과 함께 이야기를 하며 남아 있었는데, 당장 아이들을 편하게 해줄 일이 아무것도 없다는 것을 알고는, 이제 막 어둠이 깔리기 시작한 교회묘지 둘레를 걸어다녔다. 교회 문이 열려 있어서 그녀는 생전 처음으로 그 교회 안으로 들어갔다.

침대가 놓여 있는 창문 안쪽으로 몇 세기에 걸친 조상들의 무덤이 있었다. 덮개가 덮인 제단 모양의 수수한 무덤들이었다. 조각장식은 마모되어 훼손되고, 놋쇠로 만든 추모 명패는 제자리에서 떨어져나와 있었으며, 못이 달아난 못구멍은 사암(砂巖) 절벽에 난 흰털발제비 구멍처럼 남아 있었다. 그녀는 자기 조상들이 사회적으로 소멸되었다는 것을 이전에도 여러 번 느꼈지만, 이 폐허의 묘지만큼 강한 인상을 주는 것은 없었다.

그녀는 이런 글이 새겨진 검은 돌 앞으로 다가갔다.

> Ostium sepulchri antiquae familiae d'Urberville
> (유서깊은 더버빌 가 묘지 입구—역주)

테스는 교회에서 쓰는 라틴어를 추기경처럼 읽을 줄은 몰랐지만, 이것이 자기 조상들의 무덤 입구를 가리키는 것이며, 아버지가 술잔을 앞에 두고 노래삼아 말씀하시던 키 큰 기사들이 그 속에 누워 있다는 것을 알 수 있었다.

그녀는 골똘히 생각을 하며 물러나오다가 그중에서 가장 오래된 제단 모양의 무덤 옆을 지나는데, 그 위에 누워 있는 사람의 형체가 눈에 띄었다. 실내가 어두웠기 때문에 그녀는 처음에는 그것을 알아차리지 못했고, 지금도 그 형체가 움직인다는 이상한 생각이 들지 않았더라면 절대로 알아차리지 못했을 것이다. 그 앞으로 가까이 다가선 순간 그녀는 그 형체가 살아있는 사람이라는 것을 금방 발견했다. 묘지 안에 있는 사람이 자기 혼자가 아니라는 사실에 얼마나 놀랐는지, 그녀는 거의 기절할 지경이 되어 주저앉았다. 하지만 그 형체가 바로 알렉 더버빌임을 그녀는 곧 알아차렸다.

그가 석판에서 뛰어내려와 그녀를 부축했다.

"당신이 들어오는 걸 봤지." 그가 웃으며 말했다. "당신이 깊은 생각을 하고 있어서 방해하지 않으려고 저기 올라갔던 거요. 이 밑에 누워 있는 옛 조상들하고 집안 모임을 하는 셈이군, 그렇지 않소? 자, 들어 봐요."

그는 발꿈치로 바닥을 힘차게 굴렀다. 그러자 속이 텅 빈 듯한 메아리가 밑에서부터 울려퍼져 나왔다.

"이 양반들이 틀림없이 좀 놀랐을 거요." 그가 계속 말했다. "당신은 나를 그저 어느 조상 한 사람의 석상(石像)쯤으로 여겼겠지만, 절대로 아니오. 낡은 질서는 바뀌는 법이거든. 당신한테는 밑에 있는 조상들 전부보다도 엉터리 더버빌의 새끼손가락 하나가 더 큰 힘이 될 수 있소 …… 자, 분부만 내리시죠. 뭘 해드릴까요?"

"돌아가요!" 그녀가 나지막하게 말했다.

"가겠소 — 당신 어머니를 찾아봐야지." 그가 부드럽게 말했다. 그러나 그녀 옆을 지나다가 그가 가만히 속삭였다. "이걸 명심하시오. 당신도 언젠가는 고분고분해질 거란 사실을!"

그가 사라지자 그녀는 묘지 입구에 웅크리고 앉아서 중얼거렸다.

"나는 어쩌다 이 문 바깥에 살고 있는 걸까?"

한편 마리안과 이즈 휴에트는 동행하는 농부의 가재도구와 함께 그들의 가나안 복지(福地) — 바로 오늘 아침 그곳을 떠난 다른 가족들에게는 이집트였겠지만 — 를 향해 계속 길을 가고 있었다. 하지만 그들은 자기네가 가고 있는 곳이 어떤 곳인지를 오래 생각하지는 않았다. 그들의 화제는 에인절 클레어와 테스, 그리고 테스를 쫓아다니는 애인이었고, 그 애인과 테스가 옛날에 어떤 관계였는지는 그 전에 이미 일부는 들어서 또 일부는 짐작으로 알고 있었다.

"테스가 전혀 모르던 사람 같지는 않아." 마리안이 말했다. "옛날에 테스를 차지한 적이 있는 사람이라면 정말 큰일이다. 다시 꾀어서 데려가 버리면 이만저만 딱한 일이 아니잖아. 이즈, 클레어 씨는 이제 우리하고 어떻게 될 사이도 아닌데, 테스한테 갔다고 샘낼 게 아니라 우리가 두 사람을 화해시키면 좋지 않겠니? 그분도 테스가 얼마나 곤란한 처지에 있는지, 어떤 사람이 옆에 좇아다니는지 알기만 하면, 아내를 돌보러 올 텐데."

"우리가 알려줄 수 있을까?"

목적지까지 가는 동안 그들은 내내 그 생각만 했다. 하지만 새로 간 곳에서 자리를 잡느라고 정신이 없어서 그 생각은 잊어버리고 말았다. 하지만 한 달 뒤에 자리가 안정이 되자 그들은 테스 소식을 듣지는 못했지만 클레어가 곧 돌아온다는 이야기는 들었다. 이 소식을 듣자 그에 대한 옛정 때문에 다시 마음이 흔들렸지만, 테스와의 우정을 생각해서 마리안은 두 사람이 함께 쓰는 싸구려 잉크병 뚜껑을 열고 두 처녀가 함께 의논해서 편지 몇 줄을 만들어냈다.

> 존경하는 클레어 선생님께 — 부인께서 선생님을 사랑하는 것만큼 선생님도 부인을 사랑하신다면 부인을 보살펴 주세요. 부인에게는 지금 친구라는 이름을 대고 괴롭히는 원수가 있답니다. 클레어 선생님, 부인 옆에는 가까이 있어서는 안 될 어떤 사람이 붙어 있어요. 여자는 감당할 수 없을 만큼 힘든 시험을 받아서는 안 된답니다. 쉬지 않고 떨어지는 물방울에는 돌이라도 — 아니, 그 이상의 — 금강석이라도 뚫리거든요.
>
> 행복을 비는 두 사람 올림.

에인절 클레어 앞으로 쓴 이 편지는 그와 관련이 있는 것으로 그들이 알고 있는 유일한 장소인 에민스터의 사제관으로 우송되었다. 그리고 스스로 대범한 일을 했다는 생각에 그들은 내내 기분이 우쭐해 있었고, 그래서 이따금 감정이 북받치면 노래를 부르다가 또 금방 눈물을 흘리기도 했다.

Tess of the d'Urbervilles

제7부 성취

53

에민스터 사제관의 저녁 무렵이었다. 여느 때와 같이 신부의 서재에는 촛불 두 자루가 녹색의 갓 밑에서 타오르고 있었지만 그는 자리에 없었다. 신부는 가끔씩 들어와 점점 따스해져가는 봄날씨에 어울리는 작은 난롯불을 뒤적거리다가 다시 나갔다. 그리고 이따금 현관 문 앞에 서 있다가 응접실로 들어왔고, 그러다가 다시 현관 앞으로 돌아가곤 했다.

집이 서향이었기 때문에, 집안은 어둑어둑했지만 바깥에는 아직 사물을 뚜렷이 분별할 수 있을 만큼 햇빛이 남아 있었다. 클레어 부인이 응접실에 앉아 있다가 그를 따라 현관까지 나왔다.

"아직 시간이 많이 남았군." 신부가 말했다. "기차가 정시에 도착해도 여섯 시까지는 초크 뉴튼에 닿지는 못할 거야. 그러고도 시골길을 10마일이나 와야 되는데, 또 그중의 5마일은 크리머크록 레인이니까, 우리 집 늙은 말로는 쉽게 달릴 수도 없을 거요."

"그렇지만 여보, 우리가 탔을 때는 한 시간에 해치웠잖아요."

"몇 년 전 얘기지."

이런 얘기를 해봤자 모두 쓸데없는 일이고, 결국 중요한 것은 기다리는 것뿐이라는 사실을 두 사람은 잘 알고 있으면서도 그렇게 시간을 보냈다.

드디어 골목길에서 작은 소리가 나더니 늙은 조랑말이 끄는 이륜마차가 정말 울타리 밖에 모습을 드러냈다. 그들은 거기서 내리는 사람이 누군지 알 것 같은 표정을 지었지만, 사실 정해진 시간에 정해진 사람이 그들의 마차에서 내리지 않았더라면, 그들은 거리에서 그를 만나도 알아보지 못하고 지나쳤을 것 같았다.

클레어 부인은 어두운 복도를 지나 현관까지 달려갔고, 남편은 좀 더 천천히 그녀를 뒤따랐다.

막 도착해서 집안에 들어오고 있던 사나이는, 두 부부가 그날의 마지막 햇살을 마주보고 있었기 때문에 현관에서 그들의 걱정스런 얼굴과 함께 그들의 안경에 비친 희미한 석양빛을 볼 수 있었다. 하지만 그는 빛을 등지고 서 있어서 그들은 그의 형체만 겨우 알아볼 수 있었다.

"오, 이 녀석, 이 녀석아—드디어 집에 돌아왔구나!" 클레어 부인이 소리쳤다. 부인은 그 순간만큼은 아들을 그렇게 멀어지게 했던 이단적인 오류를 아들의 옷에 묻은 먼지만큼이나 대수롭지 않게 여겼다. 사실, 아무리 충실하게 진리의 말씀을 따르는 여자라 할지라도, 자기 자식을 믿는 것만큼 '말씀'의 약속과 경고를 믿는 사람이 있겠는가? 또한 자식들의 행복에 방해가 된다면 자신의 신앙마저도 바람 속에 날려버리지 않을 여자가 어디 있겠는가? 촛불을 켜 놓은 방안에 들어가자마자 부인은 아들의 얼굴을 보았다.

"아, 이건 에인절이 아니야—우리 아들이 아니야—집을 떠나던 에인절이 아니야!" 그녀는 기가 막힐 것 같은 슬픔에 비명을 지르며 고개를 돌렸다.

그의 아버지 역시 그를 보고 충격을 받았다. 고향에서 있었던 기구한 운명의 장난이 당장 견딜 수 없어서 클레어는 성급하게 먼 나라로 떠났었고, 그곳의 악천후 속에서 마음고생까지 심했기 때문에 그의 얼굴은 옛날의 윤곽마저 알아볼 수 없을 정도로 쇠약해져 있었던 것이다. 그의 얼굴 뒤에 있는 해골이 보이고, 해골 뒤에 있는 유령까지 보이는 듯했다. 그는 마치 크리벨리(카를로 크리벨리. 15세기 이태리 화가-역주)가 그린 십자가에 달린 그리스도와도 흡사했다. 푹 꺼진 눈두덩에서는 병색이 돌았고, 눈동자에서는 빛이 사라진 지 오래였다. 옛조상들의 뼈만 앙상한 움푹 패인 얼굴과 주름살이 20년이나 일찍 그의 얼굴에 찾아온 것이었다.

"말씀드린 대로 거기서 몸이 좀 안 좋았어요." 그가 말했다. "지금은 괜찮아요."

하지만 이 말이 거짓이라는 것을 입증이라도 하듯 그의 다리가 후들거렸고, 그는 재빨리 의자에 앉아서 쓰러지는 것을 면했다. 그것은 하루 종일 지루한 여행을 하고 또 도착하면서 흥분했기 때문에 다소 현기증이 생긴 것일 뿐이었다.

"최근에 저한테 온 편지는 없나요?" 그가 물었다. "지난번에 보내 주신 편지는 아주 운이 좋게 받았습니다. 내륙 지방에 있었기 때문에 한참 지난 뒤에야 받긴 했지만요. 그 때문에 이렇게 늦어지고 말았습니다."

"그건 네 처가 보낸 편지 같던데?"

"맞습니다."

최근에 또 한 통이 온 것이 있었다. 그들은 그가 곧 본국으로 출발한다는 것을 알고 있었기 때문에 그 편지는 보내지 않았던 것이다.

부모가 내놓은 편지를 급히 뜯어 본 그는 마지막으로 급하게 갈겨쓴 필체에 나타난 테스의 심정을 읽으면서 마음이 몹시 심란해졌다.

> 아, 에인절, 저를 왜 이렇게 잔인하게 대하시나요! 전 그 정도로 나쁘지는 않아요. 모든 일을 곰곰이 생각해 봤지만, 절대로 절대로 당신을 용서할 수 없어요! 제가 일부러 당신한테 나쁜 짓을 하지 않았다는 걸 아실 텐데—왜 이렇게 저를 괴롭히고 계신가요? 잔인해요, 당신은 정말 잔인해요! 당신을 잊을 거예요. 당신한테서 받은 건 모두 부당한 것밖에 없어요.
>
> T.

"맞는 말이야!" 에인절은 편지를 던지며 말했다. "어쩌면 나하고 화해도 하지 않을지 모르겠군!"

"에인절, 흙에서 태어난 아이 하나 때문에 너무 신경쓰지 않도록 해라!" 그의 어머니가 말했다.

"흙에서 태어난 아이라고요! 그럼요, 우리 모두가 흙에서 나온 걸요. 전 그 여자가 어머니가 말씀하시는 뜻 그대로였으면 좋겠어요. 다만 전에 말씀드리지 않았던 사실 한 가지만 말씀드린다면, 그 사람 아버지는 저 옛날 어느 노르만 가문의 남계(男系)로 직계 후손이랍니다. 이 근처 마을에도 이름 없이 농사짓고 살면서 '흙에서 태어난 아이들'이라고 불리는 사람들이 많이 있는 거나 마찬가지예요."

그는 곧 잠자리에 들었다. 다음날 아침에는 몸이 너무 좋지 않아서 자기 방에서 나오지도 않고 생각에만 골몰했다. 그는 적도 남쪽에서 그녀의 애정어린 편지를 받을 때만 해도 용서하기로 마음만 먹으면 그녀의 품으로 달려가는 데 아무런 문제가 없을 줄로 알았다. 하지만 처음 떠날 때의 사정이 나빴기에 지금 이렇게 돌아와 보니, 그것도 생각만큼 쉬운 일은 아니었다. 그녀는 감정이 격해 있었고, 그 편지는 그가 늦어지면서 그에 대한 그녀의 생각도 변했다는 것을 말해 주고 있었는데—슬프지만 그는 그 변화를 당연한 것으로 인정했다—그래서 그는 예고도 없이 그녀의 부모 앞에서 그녀를 만나는 것이 현명한 일인지 혼자 생각에 잠겼다. 두 사람이 헤어져 있던 마지막 몇 주일 사이에 정말 그녀의 사랑이 미움으로 변했다면, 갑작스럽게 만나 봐야 고운 말이 나오지는 않을 것 같았다.

그래서 클레어는 자기가 돌아왔다는 것과 또 영국을 떠날 때 그녀에게 일러둔 대로 아직 부모님과 함께 살고 있을 것으로 기대하고 있다는 사실을 알리는 짤막한 편지를 써서 테스와 가족들에게 마음의 준비를 시키는 것이 좋겠다는 생각이 들었다. 그는 바로 그 날로 급히 편지를 써 보냈고, 일주일이 채 못 되어 더비필드 부인이 쓴 간단한 답신이 도착했다. 그는 편지를 받고도 여전히 당혹스러웠다. 편지에는 주소도 없었고, 또 놀랍게도 말롯에서 쓴 것이 아니었던 것이다.

근계—간단히 몇 줄로 말씀드리면, 우리 딸아이는 지금 우리하고 같이 살지 않고 또 언제 돌아올지도 모릅니다. 돌아오는 대로 알려 드리지요. 지금 그 아이가 임시로 가 있는 곳이 어딘지 마음놓고 알려드릴 수가 없는 형편입니다. 우리 식구들이 말롯을 떠난 지는 한참 되었다고 말씀드릴 수밖에 없네요. —총총.

J. 더비필드

테스가 적어도 외견상으로는 잘 지내고 있다는 사실에 클레어는 안심을 했고, 그래서 어머니가 그녀의 소재에 대해서 함구하고 있다는 것에 대해서 오랫동안 걱정하지는 않았다. 식구들이 모두 그에게 화가 나 있는 것이 분명했다. 편지를 보면 테스가 곧 돌아올 것 같았기 때문에, 그는 그녀가 돌아왔다는 더비필드 부인의 기별이 있을 때까지 기다리기로 했다. 그는 그 이상을 바랄 자격도 없었다. 그의 사랑은 "다른 사랑을 찾으면 변하는"(셰익스피어 소네트 116번-역주) 사랑이었다. 떠나 있는 동안 그는 몇 가지 이상한 일을 겪었다. 그는 이름만 코넬리아(로마의 유명한 호민관 티베리우스 그라쿠스의 어머니로 현모양처의 대명사 같은 인물—이하 역주) 같은 여인에게서 실질적으로 포스티나(로마 황제 마르쿠스 아우렐리우스의 방탕한 아내)를 보았고, 음탕한 여인 프리니(악명 높은 희랍의 창녀)에게서 고상한 루크레시아(왕자에게 강간당하고 자살로 정절을 지킨 로마의 여인)를 발견했다. 그는 사람들 앞에 끌려나와 돌에 맞아 죽게 되어 있던 여인(간음하다 들킨 여인. 《성서》 〈요한복음〉 8장)을 생각했고, 왕후가 되었던 우리아의 아내(다윗왕에게 몸을 빼앗겼으나 나중에 그의 왕후가 된 밧세바)를 생각했다. 그는 어째서 행위보다 의지로, 드러난 사실보다 내면의 바탕에 따라 테스를 평가하지 못했던가 하고 스스로 되물었다.

조운 더비필드에게서 약속했던 두 번째 편지가 오기를 기다리며, 또 그동안에 원기도 회복할 겸 해서 집에 있는 동안 하루 이틀이 지나갔다. 건강은 회복되는 기미가 있었지만 조운에게서는 아무런 연락이 없었다. 그래서 그는 브라질에서 받았던 옛날 편지를 찾아 다시 읽었다. 테스가 플린트컴-애쉬에 있을 때 보낸 편지였다. 그 사연은 처음 읽었을 때와 똑같이 그의 가슴을 아프게 했다.

제 괴로운 처지를 당신한테 호소할 수밖에 없어요—저한테는 아무도 없거든요!…… 곧 돌아오시든지 아니면 저를 당신 계신 곳으로 불러 주시지 않으면 전 죽을 것 같아요…… 제발, 제발, 너무 원칙만 따지지 말고 조금만 다정하게 대해 주세요!…… 당신이 돌아오신다면 전 당신 팔에 안겨 죽고 싶어요! 그렇게 해서 저를 용서해 주신다면 편안한 마음으로 그렇게 하겠어요!…… 하지만 당신이 한 줄이라도 편지를 써서 "곧 가겠소"라고만 해 주신다면, 전 참고 기다릴게요, 에인절—아, 너무나 기쁜 마음으로요!…… 생각해 보세요—당신을 다시—다시는 못 본다는 생각을 하면 얼마나 가슴이 아프겠어요? 아, 제가 매일 하루 종일 겪는 아픔을 사랑하는 당신 가슴으로 하루에 1분만이라도 느낄 수 있다면, 아마도 당신은 외롭고 가련한 저를 동정하시게 될 거예요…… 당신의 아내가 못 된다면 전 기꺼이 당신의 하녀라도 되어 당신과 함께 사는 데 만족하겠어요. 그러면 당신 곁에 있을 수 있고, 당신을 볼 수 있고, 당신을 제 사람이라고 생각할 수 있을 테니까요.…… 하늘이든 땅위든 땅속이든 제가 바라는 것은 오직 한 가지, 당신을, 사랑하는 당신을 만나는 거예요! 돌아와 주세요—제게 돌아와 주세요. 그리고 저를 위협하는 것에서 저를 구해 주세요.

클레어는 최근 들어 그녀가 자기한테 보인 냉정한 태도를 더 이상 믿지 말고, 즉시 그녀를 찾으러 가야겠다는 결론을 내렸다. 그는 자신이 없는 동안에 그녀가 돈을 보내달라는 부탁을 한 적이 있느냐고 아버지께 여쭈었다. 그런 적이 없다는 대답을 아버지에게서 듣고, 그때서야 처음으로 에인절은 그녀가 자존심 때문에 그런 부탁도 못하고 궁핍한 생활을 하고 있을 것이라는 생각이 들었다. 그의 이야기를 듣고서야 양친은 이제 그들이 헤어진 진짜 이유를 짐작하게 되었다. 그들은 버림받은 사람을 특별히 보살펴야 한다는 진정한 기독교 신앙을 가지고 있었기 때문에, 테스의 혈통이나 소박한 마음씨, 심지어 그녀의 가난에 대해서도 아무런 반응을 보이지 않았으나, 그녀가 지은 죄에 대해서는 금방 동정심을 보였다.

여행을 하기 위해 급하게 몇 가지 물건을 꾸리던 에인절은 역시 최근에 받은 가슴 아픈 솔직한 편지 한 통을 다시 훑어보았다—마리안과 이즈가 보낸 편지였다. 편지는 이렇게 시작되었다—

"존경하는 클레어 선생님께—부인께서 선생님을 사랑하는 것만큼 선생님도 부인을 사랑하신다면 부인을 보살펴 주세요." 그리고 이런 서명이 있었다. "행복을 비는 두 사람 올림."

54

15분 후에 클레어는 집을 나섰고, 어머니는 아들이 수척한 모습으로 길을 나서는 것을 지켜보았다. 아버지의 늙은 암말을 타고 가라는 당부가 있었지만, 그는 그것이 집에서 필요하다는 것을 알고 있었기 때문에 거절했다. 그는 여관으로 가서 이륜마차를 세냈고,

마구를 채우는 동안에는 조급한 마음까지 들었다. 몇 분이 못 되어 그는 읍내를 빠져나와 언덕길을 오르고 있었다. 그해 서너 달 전, 테스가 희망에 부풀어 내려갔다가 목표가 산산조각난 채 올라온 바로 그 언덕길이었다.

벤빌 레인이 곧 그의 눈앞에 펼쳐졌고 생울타리와 나무에서는 보랏빛 움이 트고 있었다. 하지만 길을 가는 데 겨우 필요한 정도의 풍경만 눈에 들어올 뿐 그의 눈에는 아무것도 보이지 않았다. 한 시간 반이 못 되어 그는 킹즈 힌톡 영지의 남쪽을 돌아 불길하게 외따로 서 있는 크로스 인 핸드를 향해 올라가고 있었다. 일시적인 변덕으로 개심을 했던 알렉 더버빌의 강요에 따라, 테스가 다시는 그를 유혹하지 않겠다는 이상한 맹세를 했던 곳이었다. 길 가에는 아직도 희끄무레하게 퇴색한 작년의 쐐기풀 줄기가 벌거벗은 채 남아 있었고, 그 뿌리에서는 새봄의 초록 쐐기풀이 자라나고 있었다.

거기서부터 그는 반대쪽 힌톡이 내려다보이는 고원지대의 가장자리를 따라가다가 오른쪽으로 방향을 바꾸어 플린트컴-애쉬의 서늘한 석회질 지대로 들어섰다. 그곳은 그녀가 보낸 어느 편지의 주소지로 되어 있던 곳이고, 그녀가 머물고 있을지도 모른다고 어머니가 암시를 준 곳이기도 했다. 물론 여기서 그는 그녀를 발견하지 못했다. 그런데 마을사람들이나 농장주인까지도 테스란 이름은 매우 잘 알고 있으나, '클레어 부인'이란 이름은 전혀 들어본 적이 없다고 하는 사실을 발견하고 그는 더욱 낙심했다. 떨어져 있는 동안 그녀는 그의 이름을 사용하지 않은 게 분명했다. 그렇게 완전히 떨어져 있는 동안 그녀가 자존심을 지킨 것은 자기 아버지에게 돈을 부탁하지 않고 차라리 고생을 감내한 (그것도 이제야 처음 알았지만) 데서도 알 수 있었지만, 이렇게 이름을 쓰지 않은 데서도 충분히 알 수 있었다.

그들 얘기로는 테스 더비필드가 간다는 얘기도 제대로 하지 않고 이곳을 떠나 블랙무어 저쪽에 있는 부모님 댁으로 갔다는 것이었다. 결국 더비필드 부인을 찾는 것이 급선무였다. 부인은 말롯에 살지 않는다고 얘기하면서도 현재의 주소에 대해서는 이상하게도 입을 다물고 있었고, 따라서 말롯으로 가서 주소를 물어보는 수밖에 없었다. 테스를 그토록 못살게 굴던 농장주인은 클레어에게는 무척 부드럽게 대하며, 말롯까지 타고 갈 수 있도록 마차와 마부를 내주었다. 그가 타고 온 마차는 하루에 갈 수 있는 거리는 모두 달렸기 때문에 에민스터로 돌려보냈다.

클레어는 블랙무어 골짜기 근처에 이르자 그 너머까지 농장주인의 마차를 빌려 타고 싶지는 않아서 말을 마부와 함께 돌려보낸 다음 어느 여관에 들었고, 다음날 사랑하는 테스가 태어난 고장을 걸어서 들어갔다. 아직은 철이 이르기 때문에 채소밭이나 나뭇잎에 제 빛깔이 돌지는 않았다. 명색만 봄이지 아직은 초록색으로 얇게 덧칠을 해 놓은 겨울에 불과했고, 그가 품고 있던 기대 역시 이와 마찬가지였다.

테스가 어린시절을 보낸 집은 지금은 그녀를 전혀 모르는 다른 집 식구들이 살고 있었다. 새로 이사온 사람들은 채소밭에 나와 있었는데, 이 집이 어느 가문의 역사와 관련하여 전성기가 있었고, 그에 비하면 자기네들의 과거는 초라하기 짝이 없다는 것을 모르는 듯 자기네들 일에만 열중하고 있었다. 실상 그들의 동작은 매순간 그 뒤를 따라다니는 희미한 유령과 삐걱거리며 부딪치고 있었지만, 그들은 자기네들 관심사만을 가장 중요한 것으로 여기며 채소밭 사이로 난 좁은 길을 걸어다니며, 테스가 그곳에 살던 때가 지금보다 조금도 흥미로울 게 없다는 투로 이야기를 하고 있었다. 심지어 봄날의 새들마저 특별히 보이지 않는 사람이 있으리라고는 생각지도 않는 듯 그들의 머리 위에서 노래하고 있었다.

먼저 살던 사람들의 이름마저 거의 잊어버리고 있는 이 순진하고도 귀하신 양반들에게 물어본 결과, 클레어는 존 더비필드가 세상을 떠났으며 미망인과 아이들은 킹즈비어에 살러 간다면서 말롯을 떠났지만 거기 살지는 않고 딴 곳에 산다는 것을 알아냈다. 그러고 나자 클레어는 테스도 살지 않는 그 집이 보기가 싫어졌고 뒤도 한번 돌아보지 않고 서둘러 그 보기 싫은 곳을 떠났다.

그는 춤놀이를 할 때 처음 그녀를 보았던 풀밭 옆을 지나고 있었다. 그곳 역시 그 집만큼이나 싫었고—아니 더욱 더 보기 싫었다. 그는 교회 묘지 사이로 지나갔다. 새로 세워진 비석들 중에서 그는 다른 것들보다 좀 낫게 꾸며 놓은 것을 하나 발견했다. 비명(碑銘)은 이렇게 씌어 있었다.

> 존 더비필드, 정확하게는 더버빌, 일찍이 막강한 가문이었으며 정복왕을 따르던 기사들 중의 한 사람이었던 페이건 더버빌 경의 뒤를 잇는 찬란한 혈통의 직계 후예인 그를 추념하면서. 18—년 3월 10일 별세.
>
> **오호라 용사들은 쓰러졌도다.**
>
> (《성서》〈사무엘후서〉 1장 9절-역주)

교회지기로 보이는 어떤 사람이 클레어가 거기 서 있는 것을 보고 다가왔다. "아, 선생님, 그 양반은 여기 묻히기가 싫어 자기 조상들이 있다는 킹즈비어로 옮겨주기를 원했답니다."

"그러면 왜 소원을 들어주지 않았나요?"

"아—돈이 없었죠. 정말 딱한 건 말이죠, 그게—그러니까, 이런 얘기는 소문내고 싶지 않습니다만—이 비석도 거창하게 새겨 놓긴 했지만 값도 못 치렀답니다."

"아, 누가 세웠는데요?"

그 남자는 마을의 석공 이름을 가르쳐 주었고, 클레어는 교회묘지를 나와 석공의 집을 찾아갔다. 남자의 말이 사실인 것을 확인하고 그는 값을 치렀다. 그런 다음 그는 이사를 간 사람들을 향해 발길을 돌렸다.

걸어가기에는 너무 먼 길이었지만, 클레어는 혼자 있고 싶은 생각이 강하게 들어 마차를 빌리지 않았고, 기차를 타면 우회하긴 하지만 결국 거기까지 갈 수도 있으나 그렇게 하지도 않았다. 하지만 샤스톤에서는 마차를 빌려 타지 않을 수가 없었다. 도로 사정이 좋지 않아서 그는 저녁 일곱 시경이 되어서야 조운이 있는 곳에 이르렀다. 말롯에서부터는 20마일이 넘는 거리였다.

마을은 크지 않아서 그는 더비필드 부인이 세든 집을 찾는 데 큰 어려움이 없었다. 큰길에서 멀리 떨어진 곳에 있는 그 집은 마당이 담으로 둘러싸여 있었는데, 더비필드 부인은 꼴사나운 낡은 가구들을 요령껏 꼭꼭 쌓아두고 있었다. 무슨 이유에서인지 그가 찾아오는 것을 부인이 반기지 않는다는 것을 그는 이미 알고 있었고, 이렇게 찾아온 것이 꼭 사생활을 간섭하는 듯한 느낌이 들었다. 부인이 직접 문간으로 나왔고 저녁 하늘의 햇살이 그녀의 얼굴 위에 떨어지고 있었다.

클레어는 부인을 만난 것은 이번이 처음이었지만, 자기 생각에 너무 몰두해 있어서 부인이 점잖은 미망인 복장을 하고 있지만 여전히 인물이 좋다는 것 말고는 따로 눈여겨볼 여유가 없었다. 그는 자기가 테스의 남편이란 사실과 그곳까지 찾아온 목적을 설명해야만 했고, 그것은 정말로 거북스런 이야기였다. "지금 당장 그녀를 만나고 싶습니다." 그는 덧붙여 설명했다. "저한테 다시 소식을 주시기로 하셨습니다만, 연락이 없으시더군요."

"그 아이가 아직 집에 안 왔어요." 조운이 말했다.

"잘 지내고 있는지 혹시 아십니까?"

"몰라요. 댁에서 오히려 아셔야 할 텐데." 그녀가 말했다.

"옳은 말씀입니다만. 지금 있는 곳이 어딘가요?"

처음 만났을 때부터 조운은 계속 한쪽 손을 뺨에 댄 처 당황한 기색을 보였다.

"난 — 지금 어디 있는지 확실하게 몰라요." 그녀가 더답했다. "전에는 — 그런데 —."

"전에는 어디 있었나요?"

"글쎄, 지금은 거기 없어요."

무엇을 숨기려는 듯 그녀는 다시 입을 다물었고, 그때 어린아이들이 슬그머니 문간으로 나왔다. 막내둥이가 어머니의 치맛자락에 매달리며 조그맣게 말했다.

"이분이 테스 누나와 결혼할 거야?"

"벌써 결혼했단다." 조운이 대답했다. "안으로 들어가거라."

클레어는 부인이 말을 조심하려고 애쓰는 것을 염두에 두고 물었다.

"제가 찾아가는 걸 테스가 원한다고 생각하십니까? 그렇지 않다면, 물론 —."

"그렇지 않을 것 같네요."

"정말이십니까?"

"정말 그래요."

그는 발걸음을 돌리다가 테스의 다정스런 편지가 생각났다.

"틀림없이 원하고 있을 겁니다!" 그가 격렬하게 반박했다. "어머님보단 제가 테스를 더 잘 알고 있습니다."

"그럴지도 모르겠군요. 난 그 애 속을 도통 알 수가 없으니까."

"더비필드 부인, 제발 주소 좀 가르쳐 주십시오. 외롭고 불쌍한 사람 동정하는 셈 치고 말입니다!"

테스의 어머니는 다시 어쩔 줄 모르는 표정을 지으며 손바닥으로 뺨을 문질렀고, 그가 괴로워하는 것을 보고는 마침내 나지막한 소리로 말했다.

"샌드본에 있어요."

"아—거기 어디쯤에요? 샌드본은 꽤 큰 도시가 되었다던데."

"나도 샌드본이란 것 말고는 자세한 건 몰라요. 나도 거길 가본 적이 없어요."

"뭐 부족한 것은 없으신가요?" 그가 부드럽게 물었다.

"아무것도 없어요." 그녀가 대답했다. "우리 살림살이는 그런 대로 괜찮아요."

집 안에 들어가지도 않고 클레어는 돌아섰다. 3마일 떨어진 곳에 정거장이 있었기 때문에 그는 마부에게 삯을 지불하고 그쪽으로 걸어갔다. 샌드본 행 마지막 열차가 잠시 후 그곳을 떠났고, 클레어는 그 열차에 몸을 싣고 있었다.

55

그날 밤 11시, 샌드본에 도착한 즉시 그는 여관에 잠자리를 정하고 전보로 아버지께 주소를 알린 다음 거리에 나섰다. 누구를 찾아본다거나 수소문하기에는 너무 늦었기 때문에 그 일은 할 수 없이 아침까지 미루는 수밖에 없었다. 하지만 아직 잠자리에 들 수는 없었다.

동부와 서부의 두 기차역을 비롯해서 해안의 잔교(棧橋)와 소나무숲, 해변 산책로, 그리고 지붕 덮은 공원까지 갖춘 이 현대풍의 해수욕장은 에인절 클레어의 눈에는 요술 지팡이를 갑자기 휘둘러 만들어 낸 동화 속의 나라 같았고, 거기에 때가 약간 묻어 있다는 느낌만 들었다. 거대한 엑든 황야의 동쪽 가장자리가 도시와 인접해 있었다. 하지만 태곳적부터 내려오는 그 황갈색의 대지 바로 옆에 번쩍거리는 신기한 유흥도시가 솟아 있었던 것이다. 도시 교외에서 1마일만 가면 갖가지 기복을 이룬 지형이 원시 상태 그대로 있었고, 도로 역시 변함없는 영국의 옛날 도로 그대로였다. 로마의 황제들이 다스리던 시절 이후로 흙 한 줌 변한 게 없었다. 하지만 이곳에 예언자의 박넝쿨처럼(예언자 요나를 살리기 위해 갑자기 나타난 박넝쿨. 《성서》 〈요나서〉 4장 6절-역주) 갑자기 희한한 것이 나타났고 그것은 마침내 테스까지 끌어들인 것이다.

심야의 가로등 불빛 속에서 그는 구세계 속에 세워진 이 신세계의 꾸불꾸불한 거리를 오르내리며 가로수 사이로 또 별빛을 배경으로 이 도시를 이루고 있는 수많은 화려한 저택의 높은 지붕과 굴뚝, 전망대, 그리고 누대(樓臺)를 볼 수 있었다. 이 도시는 저택들이 서로 드문드문 떨어져 있는, 영국해협에 면한 지중해식 휴양지였고, 밤의 풍경은 실제보다 훨씬 더 웅장하게 보였다.

바로 가까이에 바다가 있었지만 시끄럽지는 않았다. 바다는 조용히 웅얼거리고 있었고, 그는 그 소리가 솔바람 소리라고 생각했다. 솔바람은 모두 한결같은 소리로 웅얼거렸고, 그는 다시 그것이 바다의 소리라고 생각했다.

이 모든 부(富)와 유행의 한가운데에, 테스는, 시골여자인 그의 젊은 아내는 도대체 어디 있단 말인가? 생각하면 할수록 그는 알 수가 없었다. 여기 어디에 젖소가 있단 말인가? 농사지을 밭도 물론 없었다. 십중팔구 이 커다란 집들 중의 어딘가에서 무슨 일을 하고 있을 것이다. 지향없이 길을 걸으며 그는 창문의 불빛들이 하나씩 사라지는 것을 지켜보았고, 저기 어디에 테스가 있을까 하고 생각해 보았다.

추측해 보았자 아무런 소용이 없었다. 그는 열두 시가 지나자 곧 여관에 돌아가 잠자리에 들었고, 불을 끄기 전에 테스의 격정적인 편지를 다시 읽었다. 하지만 그는 잠을 이룰 수가 없었고—그녀 바로 옆에 와 있었지만, 그녀와 너무 멀리 떨어져 있기도 했다—그래서 계속 창의 덧문을 들어올리고 건너편에 있는 집들의 후면을 바라보면서 그 어느 창문 너머에 그 순간 그녀가 잠들어 있을까 생각해 보았다.

거의 밤을 꼬박 새웠다고 하는 편이 나을 지경이었다. 아침 일곱 시에 일어난 그는 곧 여관을 나와 중앙 우체국 쪽으로 갔다. 정문 앞에서 그는 오전 배달을 하려고 편지 꾸러미를 들고 나오는 똑똑해 보이는 배달부를 만났다.

"클레어 부인의 주소를 아십니까?" 에인절이 물었다.

배달부는 고개를 저었다.

그 순간 클레어는 그녀가 처녀 시절 이름을 계속해서 사용할지도 모른다는 생각이 들어서 다시 물었다.

"아니면 더비필드 양이라는 여자는?"

"더비필드라고요?"

그것 역시 그 배달부에게는 낯선 이름이었다.

"아시다시피 매일 오고가는 방문객들이 너무 많아서 말이지요." 그가 말했다. "주소를 모르면 찾기가 불가능합니다."

그때 그의 동료 한 사람이 서둘러 나오고 있어서, 그에게 다시 그 이름을 물어보았다.

"더비필드란 이름은 몰라요. 하지만 헤론즈 여관에 더버빌이란 사람은 있어요." 두 번째 배달부가 말했다.

"맞습니다." 클레어는 테스가 이름을 원래대로 정확하게 쓰고 있다고 생각하고는 기뻐서 소리쳤다. "헤론즈는 어떤 뎁니까?"

"근사한 여관이지요. 여긴 모두 여관밖에 없답니다."

클레어는 그 집이 어디 있는지를 알아내고 급히 그곳으로 갔고,

마침 우유배달부와 동시에 도착했다. 헤론즈 여관은 평범한 고급 주택이긴 했지만 자체의 정원으로 둘러싸여 있었고, 겉보기에는 너무 조용해서 도무지 여관이라고 생각할 만한 집이 아니었다. 불쌍한 테스가 이곳에 하녀로 있다면 우유배달부가 왔으니까 뒷문으로 나올지도 모른다는 생각이 들어, 그는 그쪽으로 갈까 하는 생각도 했다. 하지만 미심쩍은 생각이 들어 그는 현관으로 가서 초인종을 눌렀다.

이른 아침이어서 주인 여자가 직접 문을 열었다. 클레어는 테레사 더버빌 혹은 더비필드란 여자가 있는지 물었다.

"더버빌 부인 말인가요?"

"그렇습니다."

그렇다면 테스는 기혼부인으로 행세하고 있구나 하는 생각이 들어, 그는 비록 자기 이름을 쓰고 있지는 않았지만 기분이 좋았다.

"죄송합니다만 친척되는 사람이 꼭 좀 만나보고 싶어한다고 전해 주시겠습니까?"

"아직 이른 시간인데. 선생님 성함이 어떻게 되시는지요?"

"에인절입니다."

"에인절 씨라구요?"

"아뇨. 그냥 에인절입니다. 그게 제 세례명이지요. 그러면 알 겁니다."

"일어났는지 알아보지요."

그는 앞쪽에 있는 방 — 식당 — 으로 안내되었고, 커튼 사이로 작은 잔디밭과 거기 있는 석남화며 다른 관목들을 내다보았다. 그녀의 처지는 자신이 걱정했던 것만큼 어렵지 않은 것이 분명했고, 그래서 그는 혹시 그녀가 어떻게 보석을 찾아다 팔아서 이렇게 살고 있는 것은 아닐까 하는 생각도 들었다. 하지만 조금도 그녀를 나무라고 싶은 생각은 없었다. 이윽고 예민한 그의 귀에 층계를 내려오는 발소리가 들렸고, 그는 그 소리를 듣고 너무 가슴이 떨려 가만히 서 있을 수가 없었다. "아! 이렇게 변해 버린 나를 그녀는 어떻게 생각할까!" 그는 혼자 중얼거렸다. 그때 문이 열렸다.

테스가 문간에 나타났다—그가 예상했던 것과는 전혀 다른 모습이었다—정말 어리둥절할 정도로 딴판이었다. 빼어나게 타고난 그녀의 미모는, 옷차림 때문에 더욱 고상해졌다고 할 수는 없어도 한층 두드러져 있었다. 그녀는 상복에 가까운 검은색으로 수를 놓은, 연한 회색의 캐시미어 실내복을 느슨하게 걸치고 있었다. 깃털 장식 위로 그녀의 목이 드러났고, 기억에도 생생한 그녀의 짙은 갈색 머리채는 일부는 머리 뒤로 한꺼번에 틀어올려져 있었으나 일부는 어깨 위로 늘어져 있어서—서두른 빛이 역력했다.

그는 두 팔을 내밀었으나 다시 저절로 내리고 말았다. 그녀가 앞으로 나오지 않고 문간에 가만히 서 있었던 것이다. 지금은 그저 누런 해골이나 다름없는 자신의 몰골을 그녀와 비교해 보면서, 그는 자신의 행색을 그녀가 못마땅히 생각하는 줄 알았다.

"테스!" 그가 쉰 목소리로 말했다. "멀리 떠났던 나를 용서해 주겠소? 당신은—내게로 돌아올 수 없소? 도대체 어떻게—이런 생활을 하고 있소?"

"너무 늦었어요." 그녀가 대답했다. 그녀의 목소리가 금속성으로 방안에 울려퍼졌고, 두 눈에 이상한 빛이 일었다.

"당신을 제대로 알아보지 못했소—당신의 참모습을 깨닫지 못했던 거요!" 그는 계속해서 간곡하게 말했다. "사랑하는 나의 테스, 나중에야 그것을 깨달았소!"

"너무 늦었어요, 너무 늦었어요!" 얼마나 고통스러운지 한순간을 한 시간처럼 느끼는 사람처럼 조급하게 손을 내저으며 그녀가 말했다. "가까이 오지 마세요, 에인절! 안 돼요—오면 안 돼요. 저리 가세요."

"그렇다면 당신은, 내 사랑하는 아내 당신은 내가 병에 걸려 이렇게 초라한 모습이 되었다고 나를 사랑하지 않는 거요? 당신은 그렇게 쉽게 변할 사람이 아닌데—난 당신 때문에 왔소—우리 부모님도 이젠 당신을 반갑게 맞이하실 거요!"

"그래요—아, 그래요, 네! 하지만 늦었어요, 너무 늦었어요."

그녀는 꿈속에서 도망을 치고 싶어도 칠 수가 없는 사람처럼 허우적거리는 듯한 느낌이었다. "모두 알고 계시지 않으신가요—모르세요? 모르신다면 어떻게 여길 찾아오셨어요?"

"여기저기 물어보고 겨우 찾아냈소."

"전 당신을 기다리고 또 기다렸어요." 그녀가 말을 계속했다. 그녀의 목소리는 갑자기 그 옛날의 곱고 애잔한 목소리로 변했다. "그러나 당신은 오지 않았어요! 그래서 편지를 썼지만 그래도 당신은 오지 않았어요! 그 사람은 계속해서 당신은 절대로 돌아오지 않을 거라면서 나보고 어리석은 여자라고 했어요. 아버지가 돌아가신 뒤로, 그 사람은 저한테나 어머니한테, 또 온 식구들한테 정말 잘 해 줬어요. 그 사람이—."

"무슨 말인지 모르겠소."

"그 사람이 나를 되찾아간 거예요."

클레어는 그녀를 뚫어지게 바라보다가, 그제야 그녀의 말뜻을 알아차리고 큰 병에라도 걸린 사람처럼 맥이 빠지면서 시선을 떨구었다. 한때는 장밋빛이었으나 이제는 하얀빛으로 더욱 고와진 그녀의 손에 그의 눈길이 멎었다.

그녀가 말을 계속했다.

"그 사람이 2층에 있어요. 나한테 거짓말을 했기 때문에, 지금은 그 사람이 미워요—당신이 돌아오지 않는다고 했는데, 당신은 돌아오셨네요! 이 옷은 그 사람이 나한테 입혀 준 옷이에요. 그 사람이 하는 대로 그냥 내버려 두었어요! 그렇지만—에인절, 제발 돌아가 주세요. 그리고 다시는 오지 말아 주세요."

그들은 꼼짝도 하지 않고 서 있었다. 어쩔 줄 몰라하는 그들의 심정이 보기에도 애처로울 만큼 두 눈에 드러나 있었다. 두 사람은 이 현실로부터 그들을 지켜 줄 무엇을 간절히 바라는 것 같았다.

"아—그건 내 잘못이오!" 클레어가 말했다.

그러나 그는 말을 이을 수가 없었다. 침묵과 마찬가지로 말로도 자신의 심경을 제대로 나타낼 수가 없었던 것이다. 그러나 나중에서야 분명해지긴 했지만 그는 막연하게나마 한 가지는 깨달을 수 있었다. 즉, 그가 원래 알고 있던 테스는 정신적으로는 지금 자기 앞에 있는 육체를 자신의 몸으로 인정하지 않고 있으며—물위에 떠 있는 시체처럼, 살아 있는 의지와는 관계없는 쪽으로 떠내려가도록 내버려두고 있다는 사실이었다.

잠시 후 그는 테스가 사라지고 없는 것을 발견했다. 그 순간 정신을 가다듬으며 서 있는 그의 얼굴 모습은 더욱 싸늘해지고 또 일그러져 있었다. 얼마 뒤 그는 거리에 나와 있었고, 어디로 가는지도 모른 채 거리를 헤매고 있었다.

56

헤론즈 여관의 주인이며 그 모든 고급 가구의 소유주이기도 한 브룩스 부인은 특별히 호기심이 많은 성격은 아니었다. 그녀는 손익만을 따지는 숫자 귀신에 오랫동안 꼼짝없이 붙잡혀 있었기 때문에 너무 물질적이 되어버린 불쌍한 여자였고, 그래서 숙박할 손님들의 주머니 사정 말고는 별달리 관심을 보이는 일이 없었다. 그럼에도 불구하고 그녀가 돈 잘 내는 손님이라고 생각한 더버빌 부부를 에인절 클레어가 방문한 시간이나 태도는 상당히 예외적이어서, 여관 장사와 관계없을 때는 쓸모 없는 것으로 죽어 있던 그녀의 여성적 호기심을 자극하기에 충분했다.

테스는 식당에 들어가지 않고 문간에서 남편과 이야기를 나누었고, 브룩스 부인은 복도 뒤쪽에 있는 자신의 거실에서 문을 약간 닫아 둔 채 서 있었기 때문에, 그 비참한 두 사람이 주고받는 이야기—혹시 그것을 이야기라고 할 수 있다면—를 약간 들을 수 있었다. 그녀는 테스가 다시 2층으로 올라가는 소리와 클레어가 나가면서 현관문이 닫히는 소리도 들었다. 그리고 2층의 방문이 닫히는 소리를 듣고 브룩스 부인은 테스가 다시 자기 방으로 들어갔다는 것을 알았다. 젊은 부인이 옷을 제대로 입지 않았기 때문에 브룩스 부인은 그녀가 한참 동안은 나타나지 않으리라는 것을 알고 있었다.

그래서 그녀는 조용히 층계를 올라가서 앞쪽 방—흔히 하는 방식에 따라 접는 문으로 바로 뒤에 있는 방(침실)과 연결되어 있는 거실—문 앞에 섰다. 더버빌 부부는 브룩스 부인의 방 중에서 가장 좋은 방이 있는 2층을 매주 세를 내며 쓰고 있었던 것이다. 뒤쪽 방은 조용했지만 거실 쪽에서 소리가 났다.

처음에 그녀가 알아들을 수 있었던 소리는 마치 익시온의 수레바퀴(희랍신화에서 익시온은 제우스의 부인인 헤라를 유혹한 죄로 하계에서 영원히 돌아가는 불의 수레바퀴에 매달리는 벌을 받는다-역주)에 묶인 사람이 내는 것 같은, 계속해서 반복되는 나지막한 외마디 신음소리였다.

"아—아—아!"

그리고 조용하다가 이번에는 무거운 한숨 소리가 들렸다.

"아—아—아!"

여관주인은 열쇠구멍으로 들여다보았다. 방안의 일부만 눈에 들어왔지만 거기에는 아침식사를 하도록 이미 차려 놓은 식탁의 모서리가 보였고 옆에 있는 의자도 눈에 들어왔다. 의자 앞에서 무릎을 꿇은 자세로 테스가 의자 위에 머리를 숙이고 있었다. 그녀는 두 손으로 머리를 움켜잡고 있었고, 실내복 자락과 수놓은 잠옷 자락이 뒤쪽으로 마룻바닥 위에 흘러내려 있었으며, 양말도 신지 않은 맨발이 실내화가 벗겨진 채 양탄자 위에 삐져나와 있었다. 이루 말로 형용할 수 없는 절망의 신음소리가 흘러나온 것은 바로 그녀의 입술에서였다.

그러자 옆방에서 남자의 목소리가 들렸다.

"왜 그래?"

그녀는 대답도 하지 않고 울부짖음이라기보다는 독백 같은, 독백이라기보다는 만가(輓歌)에 가까운 소리로 계속했다. 브룩스 부인은 겨우 일부만 알아들을 수 있었다.

"그런데 내 사랑하는, 사랑하는 남편이 돌아왔어요…… 그런데 난 그걸 몰랐어요!…… 당신은 무자비하게 저를 계속 설득했죠…… 쉬지도 않고 계속 했어요…… 맞아요…… 쉬지도 않고 말이에요! 어린 동생들하고 어머니가 필요한 것을…… 그걸 가지고 당신은 나를 움직이려고…… 그러고는 남편이 돌아오지 않을 거라고—절대로 돌아오지 않을 거라고 했죠. 그렇게 나를 조롱하면서 그이를 기다리는 건 얼간이나 할 짓이라고 했죠!…… 결국 난 당신 말을 믿고 넘어가고 말았거든요!…… 그런데 그이가 돌아왔어요! 지금 그인 떠났어요. 다시 떠나고 말았어요. 난 영원히 그이를 잃어버렸어요…… 이제 그이는 조금도 나를 좋아하지 않을 거예요—오히려 미워할 거예요!…… 아 맞아요, 난 이제 그이를 잃어버렸어요—다시 당신 때문에!" 의자에 머리를 대고 몸부림을 치던 그녀는 문 쪽을 향해 얼굴을 돌렸고, 브룩스 부인은 그 고통스런 얼굴을 볼 수 있었다. 이빨로 입술을 깨무는 바람에 그녀의 입술에선 피가 흐르고 있었고, 감은 눈 위로 긴 속눈썹이 물에 젖은 장식처럼 얼굴에 붙어 있었다. 그녀가 계속했다. "그런데 그이는 죽을 것 같아요 — 꼭 죽어가는 사람처럼 보였어요!…… 내가 지은 죄 때문에 내가 죽는 게 아니라 그이가 죽게 되었어요!…… 아, 당신은 내 인생을 산산조각내고 말았어요…… 그토록 간절하게 빌었는데, 당신은 나를 또 이렇게 만들어 놓고 말았어요!…… 진실한 나의 남편은 절대로 절대로 — 아 하느님 — 참을 수 없어요! — 참을 수 없어요!"

남자 쪽에서 몇 마디 더 심한 말이 튀어나왔고, 그러자 갑자기 옷자락 스치는 소리가 났다. 그녀가 벌떡 일어난 것이었다. 브룩스 부인은 테스가 문을 뛰쳐나오려는 것으로 생각하고 급히 층계를 내려왔다.

하지만 그럴 필요는 없었다. 거실의 문은 열리지 않았던 것이다. 브룩스 부인은 다시 층계참에서 지켜보는 것이 불안해서 아래층에 있는 자신의 거실로 돌아갔다.

그녀는 유심히 귀를 기울였지만 천장을 통해서는 아무 소리도 들리지 않았고, 그래서 먹다 만 아침식사를 마치려고 부엌으로 들어갔다. 잠시 후 아래층 앞쪽 방으로 나온 그녀는 손님들이 아침식탁을 치우라고 초인종을 누를 때까지 기다리면서 바느질감을 집어 들었다. 자신이 손수 식탁을 치우고 싶었던 것은 혹시 무슨 일이라도 벌어졌는지 알고 싶어서였다. 앉아 있는 동안 그녀는 이제는 누군가가 서성거리기라도 하는 것처럼 머리 위에서 마룻바닥이 삐걱거리는 소리를 들을 수 있었는데, 잠시 후 층계 난간에 옷자락 스치는 소리가 나서 그 소리가 무슨 소린지 알 수 있었다. 현관문이 열리고 닫히면서, 대문을 빠져나가 거리로 나서는 테스의 모습이 눈에 들어왔다. 그녀는 지금 도착할 때와 마찬가지로 부유한 젊은 부인다운 외출복을 입고 있었는데, 다만 모자와 검은 깃털 위로 베일을 새로 드리우고 있다는 점만 달랐다.

브룩스 부인은 2층 문간에서 두 손님이 일시적이든 아니면 다른 형식이든 작별인사 나누는 소리를 듣지는 못했었다. 두 사람이 말다툼을 벌였거나, 아니면 더버빌 씨는 일찍 일어나는 사람이 아니었기 때문에 아직 자고 있는지도 몰랐다.

그녀는 자기 혼자만 쓰는 뒷방으로 가서 바느질을 계속했다. 여자 손님은 돌아오지 않았고 남자도 초인종을 울리지 않았다. 브룩스 부인은 너무 늦어진다는 생각이 들어 그렇게 아침 일찍 찾아왔던 방문객과 2층의 부부가 도대체 어떤 사이인지 궁금했다. 생각에 잠긴 채 그녀는 의자 등받이에 몸을 기댔다.

그런 자세에서 그녀의 눈길은 무심코 천장을 향하게 되었고, 하얀 천장 한가운데서 전에는 보지 못했던 얼룩을 발견하게 되었다. 그것은 처음 보았을 때는 동그란 과자 크기만 했으나 빠른 속도로 커지면서 손바닥만해졌고, 잠시 후에는 빨간색이란 것까지 확인할 수 있었다. 가운데에 이렇게 새빨간 얼룩이 생겨난 타원형의 흰 천장은 마치 커다란 하트의 에이스 짝처럼 보였다.

브룩스 부인은 이상하고 미심쩍은 불안감을 느꼈다. 그녀는 탁자에 올라가서 손가락으로 천장의 얼룩을 만져 보았다. 축축한 느낌이 들면서 혹시 핏자국일지도 모른다는 생각이 들었다.

탁자에서 내려온 그녀는 거실을 나와 2층으로 올라가 그 방에 들어가 보기로 했다. 거실 뒤쪽에 있는 침실이었다. 그녀는 이제까지는 침착했지만 막상 손잡이를 돌릴 엄두는 나지 않았다. 그녀는 귀를 기울여 보았다. 방안은 쥐죽은 듯 고요했으나 규칙적으로 뭔가를 두드리는 듯한 소리가 났다.

똑, 똑, 똑.

브룩스 부인은 아래층으로 내려가 현관문을 열고 길가로 나갔

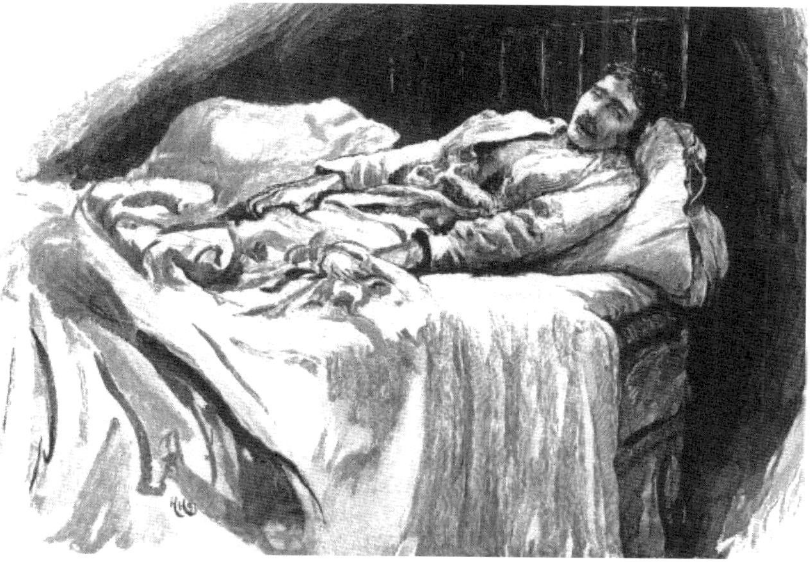

다. 이웃 별장에서 일하고 있는 안면이 있는 일꾼 한 사람이 지나가고 있어서, 그녀는 집에 들어가서 2층에 함께 올라가 보자고 부탁했다. 숙박한 손님들 중의 한 사람에게 꼭 무슨 일이 벌어진 것 같았던 것이다. 일꾼이 그러자고 하고는 층계참으로 그녀를 따라 올라갔다.

그녀는 거실 문을 열고 그가 들어가도록 뒤로 비켜섰다가 뒤를 따라 들어갔다. 거실은 비어 있었다. 아침식탁이 — 커피, 계란, 식은 햄으로 된 가벼운 식사였다 — 그녀가 갖다 놓은 그대로 손도 대지 않은 채 펼쳐져 있었고, 다만 고기를 자르는 나이프가 사라지고 없었다. 그녀는 그 남자에게 접는 문을 열고 뒷방에 들어가 보라고 했다.

그는 문을 열고 한두 걸음 들어가더니 금방 파랗게 질린 얼굴로 튀어나왔다. "큰일 났어요. 침대에 있는 남자가 죽었어요! 칼에 찔린 것 같아요 — 마룻바닥에 피가 흥건하게 고여 있어요!"

즉시 신고가 들어갔고, 조금 전까지만 해도 그렇게 조용하던 집은 쿵쾅거리는 발소리로 시끄러워졌고 그중에는 의사도 끼여 있었다. 상처는 작았지만 칼끝은 피해자의 심장을 찔렀고, 피해자는 한 번 찔린 뒤로는 전혀 움직이지 못한 듯 창백한 얼굴로 꼼짝도 하지 않고 숨을 멈춘 채 누워 있었다. 15분 후에는, 이곳에 와서 잠시 머물고 있던 신사 한 사람이 침대에서 칼에 찔려 죽었다는 소문이 이 유명한 해수욕장의 거리마다 별장마다 퍼져나갔다.

57

한편 왔던 길을 따라 기계적으로 되돌아간 에인절 클레어는 숙박했던 여관에 들어가서 아침 식탁에 앉았지만 아무것도 보이지 않았다. 그는 아무 생각 없이 계속 먹고 마시기만 하다가 갑자기 계산서를 요구했고, 계산을 하고 나서는 가지고 있던 유일한 짐꾸러미인 세면도구 가방을 들고 나가 버렸다.

여관을 떠날 때 그는 전보 한 통을 받았다 — 어머니가 보낸 전보였는데, 주소를 알게 되어 다행이라는 이야기와 함께 그의 형 커스버트가 머시 찬트에게 청혼을 해서 승낙을 받았다는 내용이었다.

클레어는 전보지를 구겨쥔 채 정거장으로 갔다. 정거장에 도착한 그는 다음 기차가 출발하려면 한 시간 넘게 남았다는 것을 알았다. 그는 앉아서 기다리기로 했지만 15분 가량을 기다리고 나자 더 이상 거기서 기다릴 수가 없었다. 상심한 마음에 감각조차 멍한 상태에서 그는 급할 것이 아무것도 없었다. 하지만 이런 일을 겪은 도시에서 벗어나고 싶었고, 그래서 다음 정거장에서 기차를 타기로 하고 거기까지 걸어가기 시작했다.

그가 들어선 큰길은 사방이 틔어 있었으나 조금 지나자 골짜기로 내려가는 내리막길이 되었고, 골짜기를 건너는 길은 이쪽 끝에서 저쪽 끝까지 훤하게 보였다. 그는 이 골짜기를 거의 통과하여 서쪽의 오르막길을 오르고 있었는데, 숨을 돌리기 위해 잠시 걸음을 쉬다가 무의식적으로 뒤를 돌아보았다. 무슨 까닭인지는 알 수 없으나, 알지 못하는 힘이 일부러 그렇게 시키는 것 같았다. 마치 테이프처럼 땅바닥에 깔린 도로는 뒤쪽으로 갈수록 점점 좁아들었고, 그는 저 멀리 하얗게 텅 빈 공간 속에 점 하나가 나타나 움직이는 것을 보았다.

어떤 사람이 달려오고 있는 모습이었다. 클레어는 막연히 누군가가 자기를 좇아오고 있다는 생각이 들어 기다렸다.

비탈길을 내려오는 모습은 여자였지만, 그는 자기 아내가 자기 뒤를 좇아오리라고는 전혀 상상할 수 없었기 때문에, 그녀가 가까이 다가왔을 때도 그의 눈앞에 전혀 다른 옷차림을 하고 나타난 그녀를 알아보지 못했다. 아주 가까이 다가온 다음에야 그는 테스를 알아보았다.

"제가 — 정거장에 도착하기 직전에 — 거기서 돌아나오시는 걸 봤어요 — 그래서 여기까지 계속 따라왔어요!"

그녀는 백짓장처럼 창백한 얼굴에 숨을 헐떡거리며 온몸을 사시나무 떨듯 떨고 있었기 때문에, 그는 한마디도 묻지 않고 그녀의 손을 꼭 잡아 자신의 겨드랑이에 끼고 함께 걸었다. 혹시 지나갈지도 모르는 나그네를 피하기 위해 그는 큰길을 버리고 전나무가 다소 우거진 오솔길로 들어갔다. 살랑거리는 나뭇가지 소리가 들릴 만큼 깊숙한 곳까지 들어갔을 때 그는 걸음을 멈추고 의아스런 얼굴로 그녀를 보았다.

"에인절," 마치 기다렸다는 듯이 그녀가 말했다. "제가 왜 당신을 쫓아왔는지 알고 싶으세요? 그 사람을 죽였다는 걸 말씀드리러 왔어요!" 이렇게 말하는 그녀의 얼굴 위로 비참하면서도 창백한 미소가 어렸다.

"뭐라고!" 그녀의 이상한 태도로 미루어 보아 그는 그녀가 일시적으로 정신 착란을 일으킨 줄 알았다.

"기어이 저지르고 말았어요—어떻게 했는지도 모르지만요." 그녀가 계속 말했다. "그렇지만, 에인절, 당신을 위해서 또 저를 위해서도 그럴 수밖에 없었어요. 오래전에 그 사람 입을 장갑으로 후려칠 때부터 이런 두려움이 있었어요. 순진한 어린시절 내 앞에 쳐놓았던 그 덫에 대해, 또 저 때문에 당신의 인생까지 망친 것에 대해 언젠가는 이렇게 될 줄 알았거든요. 우리 사이에 끼어들어 우리를 망쳐 놓았던 사람이지만, 이젠 그렇게 하지 못할 거예요. 에인절, 당신을 사랑한 것만큼 그 사람을 사랑한 적은 한 번도 없어요. 그건 아시죠? 믿으시죠? 당신은 돌아오지 않았고, 난 그 사람한테 돌아갈 수밖에 없었어요. 왜 저를 떠났어요—왜요—그렇게도 사랑했는데? 왜 그랬는지 전 알 수 없어요. 하지만 당신을 탓하진 않아요. 다만, 에인절, 이제 그 사람을 죽였으니까 제가 당신께 저지른 죄를 용서해 주시겠지요? 달려오면서 내내, 이제 그 일을 해치웠으니 당신이 틀림없이 나를 용서해 주실 거라고 생각했어요. 그렇게 해서라도 당신을 되찾아야겠다는 생각이 번개처럼 떠올랐어요. 당신 없인 도저히 살 수 없었거든요—당신이 저를 사랑하지 않는다는 사실 때문에 제가 얼마나 괴로워했는지 모르실 거예요! 사랑하는, 사랑하는 당신이 이젠 말씀해 주세요. 사랑한다고 말해 보세요, 이제 그 사람을 죽였으니까요!"

"당신을 정말 사랑하오, 테스—아, 사랑하오—모든 게 예전처럼 돌아왔소!" 그녀를 안은 팔에 뜨겁게 힘을 주어 꼭 껴안으며 그가 말했다. "그런데 무슨 뜻이오—그 사람을 죽였단 말이오?"

"정말이에요." 마치 꿈을 꾸는 사람처럼 그녀가 말했다.

"아니, 정말 그 사람을? 그 사람이 죽었다고?"

"네. 제가 당신 때문에 우는 소리를 듣고 그 사람이 저한테 마구 욕을 해댔어요. 그리고 당신한테까지도 심한 욕을 했어요. 그래서 죽였어요. 도저히 참을 수 없었어요. 전에도 당신 때문에 저를 못살게 군 적이 있었거든요. 그러고는 옷을 갈아입고 당신을 찾으러 나왔어요."

그는 그녀 입으로 저질렀다고 말한 일이 적어도 그녀가 어느 정도는 의도한 일이라는 사실을 차츰 믿게 되었다. 그녀의 충동적 행위에 대한 그의 두려움 속으로 놀라움이 스며들었다. 그에 대한 사랑이 얼마나 큰지, 또 얼마나 신기한 것인지, 그녀는 자신의 도덕의식까지 망각하고 있는 듯했다. 자신이 저지른 행위가 얼마나 심각한 것인지 깨닫지 못한 채 그녀는 마침내 만족을 얻은 듯했다. 그는 자신의 어깨에 기대어 행복에 겨워 눈물을 흘리고 있는 그녀를 바라보며, 더버빌 가문의 핏속에 까닭 모를 무엇이 있기에 이런 일탈을—혹시 이것을 일탈이라고 한다면—낳는 것일까 하는 생각을 했다. 더버빌 가문의 사람들에게는 예로부터 이런 일이 낯설지 않기 때문에 마차와 살인에 관한 그 가문의 전설이 생겨난 것이 아닐까 하는 생각이 순간적으로 그의 뇌리를 스쳤다. 혼란스럽고 흥분된 생각을 최대한으로 가다듬은 그는, 그녀가 말한 대로 미칠 듯한 슬픔에 잠긴 순간에 제정신을 잃고 이런 나락 속에 빠져든 것이라고 짐작할 수 있었다.

만약 사실이라면 그것은 매우 끔찍한 사건이었다. 순간적인 환각 상태였다고 해도 슬픈 일이었다. 그러나 어쨌든 여기에 그에게서 버림받았던 그의 아내, 그를 자신의 보호자로 철석같이 믿으며 매달리고 있는 열정적인 사랑의 여인이 있었다. 그가 자기를 지켜

주지 않으리라는 것은 그녀로서는 전혀 상상도 못하는 일이라는 것을 그는 알았다. 마침내 따뜻한 사랑의 마음이 클레어를 압도했다. 그는 창백한 입술로 그녀에게 끝없는 키스를 퍼부으며 그녀의 손을 잡고 말했다.

"당신을 버리지 않겠소! 사랑하는 당신이 무슨 일을 저질렀든지 내가 할 수 있는 모든 힘을 다해 당신을 지켜 주겠소!"

그러고 나서 그들은 나무 밑을 계속 걸었고, 그녀는 이따금 고개를 돌려 그를 바라보았다. 수척하고 볼품없는 그의 얼굴이었지만, 당연히 그녀는 그의 얼굴에서 아무런 결함도 찾아내지 못했다. 옛날과 마찬가지로 그녀에게 있어서 그는 신체적으로나 정신적으로나 완벽의 대명사였다. 그는 여전히 그녀의 안티누스(로마의 하드리아누스 황제의 총애를 받던 미소년-역주)였고, 심지어 그녀의 아폴로였다. 병색이 완연한 그의 얼굴조차 오늘 애정 어린 눈길로 바라보는 그녀에겐, 그를 처음 만났던 날이나 마찬가지로 신선한 아침처럼 아름다웠다. 왜냐하면 그 얼굴이야말로 그녀를 순수하게 사랑했고, 또 그녀를 순결한 여인으로 믿어 준 단 한 사람의 얼굴이었기 때문이었다.

혹시 무슨 일이 있을지도 모른다는 직감에서, 이제 그는 원래의 계획대로 도시 외곽의 첫 정거장으로 가지 않고, 몇 마일에 걸쳐 전나무가 우거진 숲속으로 더욱 깊이 파고들었다. 그들은 서로 허리를 껴안고 마른 전나무 잎이 수북이 쌓인 위를 거닐면서, 이제 아무도 그들을 간섭하지 않는 곳에서 마침내 함께 있게 되었다는 막연한 도취감에 젖어들어, 사람이 죽었다는 사실조차 무시하고 있었다. 이렇게 몇 마일을 걸어가고 있었을 때, 테스가 정신을 차리더니 주변을 둘러보면서 겁먹은 소리로 말했다.

"우리가 어디로 가고 있어요?"

"모르겠소. 왜요?"

"아니에요."

"글쎄, 몇 마일을 더 가다가 저녁때가 되면 어디 묵을 만한 데를 찾아봅시다—혹시 외딴 농가라도 있겠지. 테시, 걸을 수 있겠소?"

"아, 그럼요! 당신 팔에 안겨서라면 한없이 걸을 수 있을 거예요!"

대체로 그렇게 하는 것이 좋을 것 같았다. 그때부터 그들은 걸음을 빨리하여 큰길은 피하고 후미진 길을 택해 대략 북쪽으로 짐작되는 방향을 향했다. 그러나 낮 동안의 그들의 움직임은 현실적이지 못하고 막연했다. 두 사람 모두 도피라거나 변장, 혹은 장기간의 은신과 같은 문제에 대해 충분히 생각한 것 같지는 않았다. 그들의 생각은 모두 어린아이들의 계획처럼 즉흥적이고 분명치가 못했다.

한낮이 되어 그들은 어느 길가 주막 근처에 이르렀고, 테스도 먹을 것을 구하러 그와 함께 주막에 들어가려고 했다. 하지만 그는 그녀에게 자기가 돌아올 때까지 나무나 덤불숲 사이에 숨어 있도록 했다. 이곳은 반쯤은 삼림이고 또 반쯤은 황무지 같은 지방이었다. 그녀의 옷차림은 최신 유행에 가까웠고, 심지어 그녀가 들고 있는 상아 손잡이 달린 양산조차 그들이 지금 지나가고 있는 이 벽촌에서는 보기 드문 것이어서, 그런 물건들은 주막에 있는 사람들의 눈길을 끌 것이 틀림없었기 때문이다. 그는 여섯 사람은 충분히 먹을 수 있는 음식과 포도주 두 병을 가지고 곧 되돌아왔다—무슨 급한 일이 벌어지더라도 그들이 하루이틀은 지탱할 수 있는 분량이었다.

그들은 마른 나뭇가지 위에 앉아 요기를 했다. 한두 시경에 그들은 남은 음식을 싸들고 다시 걸었다.

"힘이 나니까 어디까지라도 걸을 수 있을 것 같네요." 그녀가 말했다.

"내 생각에는 대체로 내륙 구석으로 방향을 잡는 게 좋을 것 같소. 해안 가까운 지점보다는 한참 동안 숨어 있기도 좋고, 또 발각될 가능성도 더 적을 것 같거든." 클레어가 말을 했다. "나중에 사람들이 우리를 잊을 만할 때가 되면 어디 항구 쪽으로 갈 수 있을 거요."

그녀는 이 말에는 아무런 대답도 하지 않고 그를 더욱 꼭 붙잡았고, 그들은 곧장 내륙쪽으로 들어갔다. 계절은 '영국의 오월'이라는 철이었지만 청명하게 맑은 날이었고, 오후에는 제법 따뜻하기도 했다. 오솔길을 따라 한참을 걷고 나자 그들은 뉴 포리스트 숲의 깊숙한 곳까지 들어와 있었다. 저녁때가 되어 그들은 어느 길모퉁이를 돌아가는데, 작은 개울을 넘어가는 다리 건너편에 커다란 게시판이 있고 거기에 흰 페인트로 '가구 딸린 좋은 셋집'이라고 쓰인 것을 발견했다. 상세한 내용이 밑에 나와 있었고, 런던의 어느 부동산 소개소로 신청하라는 안내가 있었다. 대문을 지나가자 흔히 볼 수 있는 양식의, 방이 널찍해 보이는 구식 벽돌집이 눈에 들어왔다.

"이 집을 알지." 클레어가 말했다. "브람셔스트 관(館)이라는 저택이오. 문이 닫혀 있고, 진입로엔 풀이 무성하군."

"열려 있는 창문도 있네요." 테스가 말했다.

"아마 환기를 시키는 모양이군."

"저 방은 모두 비어 있는데, 우린 머리를 누일 집도 없네요!"

"테스, 피곤한가 봐!" 그가 말했다. "좀 있다가 쉽시다." 그녀의 슬픈 입술에 키스를 하고 그는 다시 그녀를 이끌고 걸었다.

그도 역시 피로를 느끼고 있었다. 그들은 12~15마일 가량을 걸었으므로, 어떻게 휴식을 취할 수 있는 방도를 찾아보아야 했다. 그들은 멀리 있는 외딴 농가와 작은 주막들을 보고 그중의 한 주막집 쪽으로 가려고 했으나 용기가 나지 않아 발길을 돌리고 말았다. 마침내 그들의 발걸음은 점점 느려졌고 그러다가 멈춰서고 말았다.

"나무 밑에서 잘 수 있을까요?" 그녀가 물었다.

그는 아직 그러기에는 철이 이르다고 생각하고 있었다.

"우리가 지나온 그 빈집을 계속 생각하고 있었는데," 그가 말했다. "다시 그리로 돌아갑시다."

그들은 온 길을 되돌아갔으나 반 시간이 지나서야 이전처럼 그 집 대문 앞에 설 수 있었다. 그는 그녀에게 그 자리에 가만히 있으라고 하고는 안에 누가 있는지 살피러 들어갔다.

그녀는 대문 안의 덤불 속에 앉아 있고, 클레어는 집 안으로 살금살금 들어갔다. 그가 돌아오기까지는 한참이 걸렸고, 그가 돌아왔을 때 테스는 자기 때문이 아니라 에인절 때문에 더 초조해하고 있었다. 그는 어느 소년에게서 노파 한 사람이 그 집 관리를 맡고 있으며, 날씨가 좋을 때만 이웃마을에서 와서 창문을 열고 닫는다는 것을 알았다. 아마도 해질녘에 창문을 닫으러 올 것 같았다.

"자, 아래쪽 창문으로 들어가서 쉬도록 합시다." 그가 말했다.

그의 부축을 받으며 그녀는 정문 현관으로 천천히 걸어갔고, 덧문이 내려진 창문들은 장님의 눈동자처럼, 지켜보는 사람이 있을 줄은 생각하지 못하고 있었다. 몇 걸음을 더 걸어가니 현관문이 있고, 그 옆의 창문 하나가 열려 있었다. 클레어가 먼저 기어올라가서 테스를 안으로 끌어올렸다.

현관 마루 말고는 모든 방이 캄캄했고 그들은 층계를 올라갔다. 위층에도 역시 덧문이 꼭꼭 닫혀 있어 환기가 겨우 되는 정도였다. 다른 날은 몰라도 오늘은 정면의 현관문과 2층의 뒤쪽 창문만 열어 놓은 모양이었다. 클레어는 어느 큰방의 빗장을 끌러 문을 열고 조심스럽게 더듬어 방에 들어가서 창의 덧문을 2, 3인치 가량 벌려 놓았다. 눈부신 한 줄기 햇살이 방안으로 스며들면서 육중한 구식의 가구들과 진홍빛 수를 놓은 비단 벽걸이, 네 기둥으로 고정된 거대한 침대가 모습을 드러냈다. 침대 머리 쪽으로 아탈란타(자신과 경주해서 지면 죽이고 이기면 그 남자와 결혼을 한 희랍 신화의 미녀-역주)의 경주로 보이는, 달리는 사람들의 형상이 새겨져 있었다.

"드디어 쉬게 되었군!" 자신의 가방과 음식 꾸러미를 내려놓으며 그가 말했다.

그들은 창문을 닫으러 관리인이 올 때까지 아무런 인기척도 내지 않고 있었다. 그 여자가 그들이 있는 방을 혹시 무슨 이유로 열어 볼지도 모르기 때문에, 그들은 예방 조치삼아 덧문을 이전처럼 꼭 가리고 칠흑 같은 어둠 속에 있었다. 여섯 시와 일곱 시 사이에 여자가 왔으나 그들이 들어 있는 쪽으로 오지는 않았다. 여자가 창문을 닫아 고정시킨 다음 현관문을 잠그고 떠나는 소리를 그들은 들었다. 그러자 클레어는 다시 창문으로 한 줄기 빛이 스며들도록 했고, 두 사람은 다시 식사를 했다. 이윽고 조금씩 밤의 어둠이 그들을 둘러싸고 있었으나, 그들에게는 어둠을 밝힐 촛불 한 자루 없었다.

58

밤은 이상할 만큼 엄숙하고 고요했다. 새벽 한두 시경에, 그녀는 그가 잠결에 그녀를 안고 두 사람의 목숨을 무릅쓰면서까지 프룸 강을 건너 폐허가 된 수도원의 석관 속에 그녀를 뉘었던 이야기를 모두 들려주었다. 그는 여태까지 그 일을 전혀 모르고 있었다.

"왜 다음날 얘기해 주지 않았소?" 그가 말했다. "그랬더라면 오해나 불행을 많이 막을 수 있었을 텐데."

"지난 일은 생각지 말아요!" 그녀가 말했다. "전 지금의 일 말고는 생각하고 싶지 않아요. 그럴 필요가 어디 있어요! 내일 어떤 일이 있을지 누가 알겠어요?"

그러나 다음날은 아무런 슬픈 일이 없었다. 아침에는 비가 내리고 안개가 자욱했다. 클레어는 날씨가 좋을 때만 관리인이 창문을 연다는 말을 분명히 들었기 때문에, 잠자는 테스를 남겨 두고 대담하게 방을 빠져나와 집안을 살펴보았다. 집안에는 음식은 없었지만 물은 있었다. 그는 안개가 낀 틈을 이용하여 집을 빠져나와 2마일쯤 떨어진 작은 마을의 상점에 가서 차와 빵과 버터를 샀고, 연기를 내지 않고 불을 피울 수 있는 알코올 램프와 작은 양철 주전자도 사왔다. 그가 다시 들어오는 소리에 그녀가 깨어나 두 사람은 그가 가져온 것으로 아침식사를 했다.

그들은 밖으로 나가고 싶지 않았고, 이렇게 낮이 가면 밤이 오고, 다음날도 또 그 다음날도 지나갔다. 이윽고 외부와 완전히 단절된 가운데 그들도 모르는 사이에 닷새가 훌쩍 지나갔고, 그들의 지극한 안식을 방해하는 사람의 모습이나 소리는 아무것도 없었다. 바뀌는 것이라고는 날씨의 변화밖에 없었고, 뉴 포리스트의 새들만이 그들의 유일한 벗이었다. 그들은 무언의 약속이라도 한 듯 결혼하던 날 이후로 있었던 일들에 대해서는 한마디도 이야기하지 않았다. 암울했던 그 시간은 혼돈 속으로 가라앉고, 그동안에는 아무것도 없었던 것처럼 그 전과 그 후의 시간이 그 위를 뒤덮고 있는 듯했다. 이 은신처를 떠나 싸우샘튼이나 런던으로 가자는 이야기를 그가 꺼낼 때마다, 그녀는 이상하게도 움직이기를 싫어하는 기색을 보였다.

"이렇게 달콤하고 즐거운 시간을 왜 그만둬요!" 이렇게 그녀는 반대했다. "어차피 닥칠 일은 닥칠 거예요." 그리고 덧문의 틈새로 내다보면서 말하는 것이었다. "바깥에는 모두가 근심밖에 없어요. 여기 안은 만족스러운데 말이에요."

그도 역시 바깥을 내다보았다. 그건 정말 사실이었다. 안에는 사랑과 일치, 잘못의 용서가 있었지만 바깥 세상은 무정한 곳이었다.

"그런데 — 그런데," 그의 뺨에 자신의 뺨을 비비며 그녀가 말했다. "당신이 지금 저를 생각하는 마음이 혹시 변하면 어쩌나 겁이 나요. 전 저를 향한 지금 그 마음이 변할 때까지 살고 싶진 않아요. 그렇게 살고 싶지는 않거든요. 당신이 저를 멸시하는 때가 오면 차라리 죽어서 땅에 묻히는 게 나을 거예요. 그러면 당신이 저를 멸시했다는 것도 모를 테니까요."

"절대로 당신을 멸시할 리 없소."

"저도 그랬으면 좋겠어요. 하지만 흘러온 제 인생을 생각해 보면, 어떤 남자라도 언젠가는 틀림없이 저를 멸시하고 말 거예요 …… 어쩌자고 그렇게 못된 바보 같은 짓을 했을까요! 전에는 파리 한 마리, 벌레 하나도 못 죽이고, 새장에 갇힌 새만 봐도 가끔 눈물을 흘리곤 했는데 말이에요."

하지만 그들은 거기서 하루를 더 지냈다. 밤이 되자 우중충하던 하늘이 맑아졌고, 그래서 농가에 살면서 집을 관리하는 노파는 일찍 일어났다. 찬란한 햇살에 노파는 유난히 기분이 상쾌했다. 노파는 곧 이웃에 있는 저택의 창문을 열어 놓아야겠다고 생각을 했고, 이런 날은 확실하게 환기를 시켜야겠다는 마음까지 먹었다. 그래서 여섯 시도 되기 전에 집에 도착해서 아래층의 방문을 모두 열어 놓은 노파는 침실로 올라가 두 사람이 누워 있는 침실의 손잡이를 돌리려고 했다. 그 순간 노파는 방안에서 사람 숨소리가 들린다는 느낌이 들었다. 슬리퍼를 신은데다 노인네 걸음이어서 노파는 거기까지 아무 소리도 내지 않고 올라왔던 것이다. 노파는 즉시 물러서려고 했다. 그러다가 혹시 잘못 들었을지도 모른다는 생각이 들어, 다시 문 앞으로 가서 손잡이를 부드럽게 돌려 보았다. 문의 자물쇠가 고장나 있었지만, 가구 하나가 안쪽으로 문 앞에 옮겨져 있어 문은 1, 2인치 이상 열리지 않았다. 한줄기 아침 햇살이 덧문 틈새로 들어와 깊은 잠에 빠져 있는 두 사람의 얼굴을 비추었고, 테스의 입술이 에인절의 뺨 옆에서 반쯤 열린 꽃봉오리처럼 벌어져 있었다. 노파는 처음에는 떠돌이 방랑자들의 뻔뻔스런 짓으로 생각하고 화가 났으나, 그들의 천진스런 얼굴과 의자에 걸쳐 있는 테스의 우아한 겉옷, 그 옆에 있는 비단 양말, 예쁜 양산, 그리고 다른 옷이 없어서 여기 올 때 그대로 입고 있던 그녀의 다른 복장들을 보고 놀라 나중에는 지체 있는 사람들의 사랑의 도피 행각쯤으로 여기고 순간적으로 동정심까지 일었다. 노파는 이 얄궂은 일을 이웃사람들과 의논해야겠다는 생각을 하고 문을 닫은 다음 올라올 때와 마찬가지로 조용히 내려갔다.

노파가 물러가고 1분도 채 못 되어 테스가 일어나고 또 클레어도 잠을 깼다. 두 사람 모두 뭐라고 말할 수는 없으나 잠자리가 어수선했다는 느낌이 들었고, 그로 인한 불안감은 점점 심해졌다. 옷을 입자마자 그는 2, 3인치의 좁은 덧문 틈새로 잔디밭을 꼼꼼하게 살폈다.

"곧 떠나야 할 것 같소." 그가 말했다. "날씨가 좋아서 누군가가 꼭 이 집 어딘가 있을 것만 같아요. 아무튼 그 할머니가 오늘은 올 거요."

테스는 마지못해 동의했고, 그들은 방안을 정돈한 다음 몇 가지 소지품을 챙겨 소리 없이 길을 떠났다. 숲속에 들어서자 그녀는 마지막으로 돌아서서 그 집을 바라보았다.

"아, 행복했던 집이여—안녕!" 그녀가 말했다. "내 목숨은 겨우 2, 3주일밖에 남지 않았어요. 왜 저기 더 있을 수 없었나요?"

"테스, 그런 말 하지 말아요! 우린 머지 않아 이 지역을 완전히 빠져나가게 될 거요. 처음에 가던 대로 북쪽으로 똑바르 우리 가던 길을 가도록 합시다. 거길 가면 우릴 찾을 생각도 못할 거요. 혹시라도 우릴 추적한다면 웨섹스 항구 쪽에서나 찾을 테니까. 북쪽으로 가면 항구로 가서 외국으로 떠납시다."

이렇게 그녀를 설득하여 그 계획대로 하기로 하고 그들은 똑바로 북쪽을 향해 걸었다. 저택에서 오랫동안 휴식을 취한 덕분에 그들은 이제 걸을 만한 힘이 생겼다. 정오쯤 되어 그들은 중간에 지나도록 되어 있는 첨탑이 많은 도시 멜체스터 근처에 이르렀다. 오후가 되자 그는 그녀를 숲속에서 쉬도록 하고, 어두워진 뒤에 다시 걷기로 작정했다. 해질 무렵 그는 여느 때와 마찬가지로 음식을 사 왔고, 다시 밤의 행군이 시작되어 동부 웨섹스와 중부 웨섹스의 경계를 지난 것이 여덟 시경이었다.

길이 있든 없든 산 속을 걸어가는 일이 테스로서는 낯선 일이 아니었기 때문에, 그녀는 예전처럼 날렵한 걸음걸이로 걸었다. 그들은 중간에 있는 고도(古都) 멜체스터를 통과할 수밖에 없었다. 그들을 가로막고 있는 큰 강을 건너기 위해서는 시내의 다리를 이용해야 했기 때문이었다. 발소리가 울리지 않도록 포도(鋪道)를 피해 가며 가로등이 드문드문 켜져 있는 인적 없는 거리를 지나갈 때는 거의 자정쯤이 되어 있었다. 우아한 대성당의 건축물들이 그들 왼쪽으로 희미하게 솟아 있었지만 지금 그들에게는 아무것도 보이지 않았다. 그들은 일단 시내를 빠져나온 뒤에는 유료도로를 따라 걸었고, 이 도로는 2, 3마일 지나자 탁 트인 평지로 접어들고 있었다.

하늘에는 구름이 잔뜩 끼어 있었지만 지금까지는 구름 사이로 언뜻언뜻 비치는 달빛이 조금이나마 도움이 되어 주었다. 하지만 이제는 달도 지고 구름도 거의 머리 위에 내려앉은 듯 밤은 동굴 속처럼 캄캄해졌다. 하지만 그들은 발소리가 나지 않도록 가능한 한 풀밭을 따라 길을 계속 갔다. 생울타리나 판자로 막은 울타리 같은 것이 없어서 걷기가 어렵지는 않았다. 어둠 속으로 뻗어 있는 사방에는 고독과 적막이 감돌았고, 그 위로 바람이 세차게 불었다.

그렇게 길을 더듬어가며 2, 3마일을 더 갔을 때, 갑자기 클레어는 전방 바로 앞에 무슨 거대한 구조물이 풀밭 위에 우뚝 솟아 있는 것을 의식했다. 그들은 거의 그 건물과 부딪칠 뻔했다.

"정말 괴상한 곳이군." 에인절이 말했다.

"윙윙 소리가 나요," 그녀가 말했다. "들어보세요!"

그가 귀를 기울였다. 바람은 마치 이 건물을 악기 삼아 연주라도 하는 듯, 무슨 거대한 외줄 하프의 소리같이 윙윙거리는 소리를 냈다. 다른 소리는 아무것도 들리지 않았다. 클레어는 한쪽 손을 들고 한두 걸음 앞으로 나가다가 건물의 수직 표면에 손이 닿았다. 그것은 단단한 석재 같았는데, 잇거나 다듬은 흔적이 없었다. 손가락으로 앞을 더듬어 가면서 그는 자신이 만지고 있는 것이 거대한 장방형의 돌기둥이란 사실을 알았다. 왼쪽 손을 뻗어서 그는 옆에도 비슷한 기둥이 있다는 것을 알 수 있었다. 머리 위로 저 위쪽이 검은 하늘을 더욱 검게 만드는 것이 있었는데, 돌기둥들을 수평으로 연결하는 거대한 처마도리와 닮은 모양이었다. 그들은 조심스럽게 기둥 사이로 안에 들어가 보았다. 살랑거리는 그들의 옷자락 소리가 돌의 표면에 부딪혀 울리는 것 같았지만, 그들은 여전히 건물의 바깥에 있는 것 같았다. 지붕이 없는 건물이었다. 테스는 겁이 나서 숨을 죽였고, 에인절도 당황스러워하며 말했다.

"이게 뭘까?"

그들은 옆으로 더듬어 가면서 또다른 탑 모양의 기둥을 만났다. 처음의 것과 마찬가지로 준엄한 인상을 주는 네모난 기둥이었는데, 다음다음에도 계속 이어져 있었다. 이 건물은 모두 문과 기둥만으로 되어 있었고, 그중에는 위쪽으로 처마도리가 잇대어 연결된 것들도 있었다.

"바람의 신전(神殿)이 틀림없군!" 그가 말했다.

다음 기둥은 따로 떨어져 있었다. 어떤 것은 돌 세 개로 대문 모양을 한 것도 있었고, 또 어떤 것은 바닥에 놓여서 그 사이로 마차가 지나다닐 수 있을 만큼 통로를 만들고 있는 것도 있었다. 광활한 풀밭에 이런 것들이 함께 모여 돌기둥 숲을 이루고 있다는 것이 곧 분명해졌다. 두 사람은 밤으로 둘러싸인 이 천막 속으로 더 깊숙이 들어가 마침내 그 한가운데 서게 되었다.

"이건 스톤헨지(잉글랜드 서남부 솔즈베리 근처에 있는 거대한 석기시대 돌기둥 유적-역주)야." 클레어가 말했다.

"이교도들의 신전이란 말씀이죠?"

"그렇지. 몇백 년 전 유물이야. 더버빌 가문보다 더 오래됐지! 그런데, 우린 이제 어떻게 할까? 좀 더 가면 쉴 만한 데를 찾을 수 있을 텐데."

그러나 테스는 사실 이때 너무 몸이 피곤하여 바로 옆에 있는 장방형의 석판(石板) 위에 주저앉고 말았다. 기둥 하나가 바람을 막아주고 있었다. 낮 동안 햇빛을 받은 덕분에 돌바닥은 따스하고 건조해서, 그녀의 치마와 구두를 축축하게 적신 거칠고 쌀쌀한 풀밭과는 대조적으로 기분이 좋았다.

"에인절, 저는 더 가고 싶지 않아요." 손을 뻗어 그의 손을 잡으며 그녀가 말했다. "여기 있으면 안 될까요?"

"안 될 것 같소. 지금은 안 보이지만 여긴 낮이면 몇 마일 밖에서도 눈에 띄는 곳이오."

"지금 생각이 나는데, 외가 친척 한 분이 이 근방에서 양을 쳤대요. 탈보테이즈에 있을 때 저보고 이교도 같다고 말씀하곤 하셨죠. 그러니까 전 이제 고향에 온 셈이네요."

그는 몸을 쭉 펴고 누운 그녀 옆에 무릎을 꿇고 키스를 했다.

"테스, 졸린가 봐? 당신이 누워 있는 곳이 제단(祭壇) 같은걸."

"전 여기 있는 게 좋아요." 그녀가 중얼거리듯 말했다. "무척 엄숙하면서도 쓸쓸한 곳이네요 — 크나큰 행복을 맛본 뒤라서 그런지 — 머리 위에는 하늘밖에 보이지 않아요. 온 세상에 우리 두 사람 말고는 아무도 없는 것 같아요. 정말 그랬으면 좋겠어요—리자 루는 빼고요."

클레어는 날이 좀 더 밝아질 때까지 그녀를 여기서 쉬게 하는 것이 좋겠다는 생각을 하고 외투를 벗어 그녀에게 덮어 주고 그녀 옆에 앉았다.

"에인절, 혹시 저한테 무슨 일이 있으면 저를 위해서라도 리자 루를 돌봐 주시겠어요?" 돌기둥 사이로 불어오는 바람 소리를 오랫동안 함께 듣고 있다가 그녀가 물었다.

"그렇게 하지."

"그 아이는 너무 착하고 순진하고 깨끗해요. 아, 에인절—전 곧 죽게 될 텐데, 혹시 그렇게 되면 그 애하고 결혼해 주시면 좋겠어요. 아, 그렇게만 해 주신다면 정말 좋겠어요."

"당신을 잃으면, 난 모든 걸 잃게 되는 거요. 게다가 그 사람은 내 처제가 되는데."

"그런 건 괜찮아요, 에인절. 말롯에선 처제하고 결혼하는 일이 자주 있거든요. 리자 루는 온순하고 얌전한 데다 점점 예뻐지고 있어요. 우리가 죽어 저세상에 가더라도 기꺼이 그애하고 같이 당신을 나눠 가질 수 있어요! 에인절, 그 아이를 가르치고 교육시켜서 당신한테 어울리도록 키워 주시면 좋겠어요!…… 그애는 제가 가진 것 중에서 나쁜 건 하나도 없고 좋은 것만 가지고 있거든요. 그 애가 당신 사람이 된다면, 죽음도 우리 사이를 갈라놓지 못한 셈이 될 거예요. 그래요, 전 하고 싶은 이야기를 다 했어요. 다시는 이런 말 하지 않을게요."

테스는 입을 다물었고 그는 생각에 잠겼다. 그는 돌기둥 사이로 멀리 동북쪽 하늘에서 수평으로 비쳐오는 한 줄기 빛을 볼 수 있었다. 한결같이 우묵하게 보이던 깜깜한 구름장이 냄비 뚜껑이 벗겨지듯 한꺼번에 사라지며 다가오는 햇빛을 땅끝에서부터 받아들이고 있었다. 그 햇살을 배경으로 하나씩 또는 세 개씩 높이 솟아 있는 돌기둥들이 시커먼 형체를 드러내기 시작했다.

"여기서 하느님께 제물을 바쳤어요?" 그녀가 물었다.

"아니지." 그가 대답했다.

"그러면 누구한테요?"

"태양한테 바친 걸로 알고 있소. 저기 따로 떨어져 있는 높은 돌기둥이 태양을 향하고 있거든. 곧 그 뒤에서 태양이 솟아오를 거요."

"그러고 보니 생각나는 게 있네요." 그녀가 말했다. "우리가 결혼하기 전에 제가 가지고 있는 신앙에 대해 절대로 간섭하지 않겠다고 하신 말씀 기억나시죠? 그렇지만 전 당신의 마음을 잘 알고 있었고, 당신이 생각하는 대로 생각했어요 — 저한테 무슨 특별한 이유가 있어서가 아니라, 당신이 그렇게 생각했기 때문에 그랬어요. 에인절, 말해 주세요. 죽은 뒤에도 우린 다시 만날 수 있을까요? 알고 싶어요."

그 순간 그는 대답을 피하기 위해 그녀에게 키스를 했다.

"아, 에인절 — 못 만난다는 뜻이군요!" 솟아오르는 울음을 참으며 그녀가 말했다. "정말이지 얼마나 다시 보고 싶었는데요 — 얼마나, 얼마나 보고 싶었는지 몰라요! 그런데도 에인절, 당신하고 제가 이렇게 사랑하는데도 다시 만나지 못한단 말이에요?"

그는 자기보다 더 위대한 어느 사람(대제사장과 빌라도의 심문 앞에서 침묵을 지켰던 예수-역주)과 마찬가지로, 그 중대한 순간의 중대한 질문에 대해 대답하지 않았고, 두 사람 사이에는 다시 침묵이 흘렀다. 1, 2분이 지나자 그녀는 고른 숨소리를 냈고, 그의 손을 잡고 있던 손에서 힘이 풀어지며 잠이 들었다. 동쪽 지평선을 따라 한 줄기 은빛 여명이 비쳐오면서 대평원의 먼 곳까지도 거뭇거뭇해지면서 가까이 있는 것처럼 보였다. 그리고 전체적으로 그 거대한 풍경은 해뜨기 직전에 볼 수 있는 것 같은 신중과 과묵과 망설

임의 모습을 하고 있었다. 동쪽의 돌기둥과 처마도리들은 햇빛을 등지고 시커멓게 솟아 있었고, 그 너머로 거대한 불꽃 모양의 '태양석'이 있었으며, 그 사이에는 '희생의 바위'가 있었다. 잠시 후 밤바람도 멎었고, 바위마다 위에 컵 모양으로 우묵하게 패인 곳에 고여 있던 물도 떨림을 멈추었다. 이와 동시에 동쪽으로 비탈진 땅 가장자리에 무엇인가 움직이는 것 — 그냥 점에 불과한 — 이 있는 것 같았다. '태양석' 너머 움푹한 곳에서부터 그들을 향해 다가오고 있는 사람의 머리였다. 클레어는 쉬지 말고 더 갈걸 하는 생각을 했으나, 이렇게 된 이상 가만히 있기로 했다. 그 사람은 똑바로 그들이 있는 원형의 돌기둥들을 향해 오고 있었다.

그는 뒤쪽에서도 무슨 소리를 들었다. 발소리였다. 고개를 돌린 순간 그는 바닥에 누워 있는 기둥 너머로 또다른 사람의 모습을 보았다. 어느 순간엔가 오른쪽 가까이 돌기둥으로 만든 대문 아래에 한 사람이 있었고, 왼쪽에도 또 한 사람이 있었다. 서쪽에 있는 사나이는 새벽 햇빛을 정면으로 받고 있어서, 클레어는 그의 큰 키와 훈련받은 걸음걸이를 알아차릴 수 있었다. 그들은 모두 분명한 목적을 가지고 포위해오고 있었다. 그렇다면 그녀가 한 말이 사실이었구나! 벌떡 일어난 그는 무기로 쓸 수 있는 돌멩이라거나 아니면 어떻게 도망칠 수 있는 길이 있는지 둘러보았다. 그때 가장 접근해 있던 사나이가 그를 붙잡았다.

"소용없어요." 그가 말했다. "들판엔 우리 동료가 열 여섯이나 있고, 이 고장이 발칵 뒤집혀 있소."

"잠이라도 마저 자게 해 주시오!" 그는 다가와 둘러선 사나이들에게 낮은 소리로 간청했다.

그때까지 모르고 있던 그들은 그녀가 누워 있는 것을 보자, 주변의 돌기둥처럼 꼼짝도 하지 않고 서서 그녀를 지켜보았다. 그는 그녀가 누운 돌 앞으로 다가가 몸을 숙이고 그 가련한 조그만 손을 잡았다. 이제 그녀의 숨소리는 여자의 숨소리가 아니라 작은 생물의 숨소리처럼 빨라지면서 작아졌다. 모두들 밝아오는 햇빛 속에서 기다리고 있었다. 그들의 얼굴과 손은 은빛으로 빛나고 있었지만, 다른 부분은 어둡게 보였고, 돌기둥들은 초록이 감도는 회색빛을 띠고 있었고, 들판은 여전히 거대한 어둠이었다. 이윽고 햇빛이 강해지면서, 한 줄기 햇살이 아무것도 모르고 있는 그녀의 몸을 비추더니 그녀의 눈꺼풀 속으로 들어가 그녀를 깨웠다.

"무슨 일이에요, 에인절?" 벌떡 몸을 일으키며 그녀가 말했다. "저를 잡으러 왔나요?"

"테스, 그래요." 그가 말했다. "그들이 왔소."

"당연한 일이죠." 그녀가 나지막하게 말했다. "에인절, 전 차라리 기뻐요—맞아요, 기뻐요! 이런 행복은 오래 계속될 수는 없었어요. 제겐 너무 과분했거든요. 전 충분히 행복했어요. 그리고 이젠 당신이 저를 멸시할 때까지 기다릴 필요도 없게 되었어요!"

그녀는 일어서서 몸을 털고 앞으로 나섰으나, 사나이들은 아무도 움직이지 않았다.

"준비됐어요." 그녀가 조용히 말했다.

59

한때 웨섹스의 수도였던 아름다운 옛도시 윈튼스터는 7월 아침의 맑고 따뜻한 날씨 속에 기복이 심한 경사지의 한가운데에 자리잡고 있었다. 계절이 계절인 만큼 박공 달린 벽돌집이나 기와집. 돌집마다 외피처럼 덮여 있던 이끼는 거의 말라붙었고, 목초지의 시냇물도 수위가 낮아져 있었다. 서문(西門)에서부터 중세기의 십자가상까지, 다시 거기서부터 다리에 이르기까지 비탈길로 된 중심가에는 구식 장날이 되면 으레 벌어지는 대청소가 한가롭게 진행되고 있었다.

윈튼스터 사람들은 모두 알고 있듯이, 큰길은 앞서 말한 서문에서부터 정확히 1마일이라는 긴 거리를 일정한 기울기로 비탈길을 올라가며 서서히 주택들로부터 멀어지고 있었다. 시내를 빠져나오는 이 언덕길을 빠른 걸음으로 두 사람이 오르고 있었다. 그들은 그 힘겨운 오르막을 의식조차 못하는 듯했으나, 그것은 기분이 좋아서가 아니라 무슨 생각에 몰두하고 있기 때문이었다. 그들은 빗장을 지른 좁은 문을 통해 조금 아래쪽에 있는 높은 담장을 빠져나와 이 길로 들어선 것이었다. 그들은 민가나 사람들의 눈길을 벗어나려는 기색이 역력했고, 이 길은 그렇게 벗어날 수 있는 가장 빠른 길인 것 같았다. 젊은이들인데도 그들은 고개를 숙인 채 걷고 있었고, 무정하게도 그들의 슬픈 걸음걸이를 햇빛은 싱글거리며 내려보고 있었다.

두 사람 중의 한 사람은 에인절 클레어였고, 다른 한 사람은 큼직한 키에 꽃봉오리처럼 피어나는—절반은 소녀 같지만 절반은 어른 티가 나는—테스의 영혼을 그대로 닮은, 테스보다 더 호리호리하지만 똑같이 아름다운 눈매를 가지고 있는, 클레어의 처제 리자 루였다. 그들의 창백한 얼굴은 원래의 얼굴에서 반쪽으로 줄어든 것 같았다. 그들은 함께 손을 잡고 있었지만 한마디 말도 하지 않았고, 고개 숙인 그들의 모습은 지오토(중세 이탈리아 플로렌스의 화가-역주)의 '두 사도'를 닮아 있었다.

그들이 높다란 서쪽 언덕 꼭대기에 이르렀을 때 시내의 시계가 여덟 시를 쳤다. 그 소리에 깜짝 놀란 두 사람은 계속 서너 걸음을 더 가다가 푸른 풀밭 가장자리에 희끄무레하게 서 있는 첫째 이정표에 이르렀다. 그 다음부터는 이 길에서 훤히 바라보이는 내리막이었다. 그들은 풀밭으로 들어가, 자신들의 의지를 압도하는 듯한 어떤 힘에 이끌리어 갑자기 걸음을 멈추고 돌아섰고, 극도로 긴장한 모습으로 이정표 옆에서 뭔가를 기다렸다.

이 꼭대기에서는 사방으로 끝없는 풍경이 펼쳐졌다. 눈 아래 골짜기에는 그들이 막 떠나온 도시가 있었고, 특히 좀 더 눈에 띄는 건물들은 실물 크기의 그림을 보는 것처럼 뚜렷했다. 그중에는 노르만식 창문과 엄청난 길이의 회랑과 본당을 가진 거대한 대성당의 탑과 함께 세인트 토머스 성당의 첨탑, 뾰족탑이 솟아 있는 대학이 있었고, 좀 더 오른쪽으로는 오늘날까지도 여행자들에게 빵과 맥주를 베풀어주는 옛날 순례자 숙박소의 탑과 박공들이 보였다. 도시 건너편에는 세인트 캐서린 언덕의 둥그런 고지(高地)가 자리잡고 있었고, 더 멀리에는 끝없이 풍경이 펼쳐지다가 마침내 내리쬐는 햇빛 속으로 지평선이 모습을 감추었다.

아득히 펼쳐진 이 시골 풍경을 배경으로, 도시의 다른 건물들 앞쪽에 붉은 벽돌로 지은 커다란 건물이 솟아 있었다. 회색의 평면 지붕에다 감금을 암시하는 짧은 쇠창살로 막은 창문들이 줄지어선 그 건물은 전체적으로 그 딱딱한 인상으로 인해 고딕식 건축물들의 예스럽고 독특한 모습과 뚜렷한 대조를 이루었다. 그 건물은 앞으로 지나갈 때는 주목과 상록 떡갈나무로 다소 가려져 있었지만, 이렇게 높은 곳에서는 확연하게 드러났다. 두 사람이 막 빠져나온 좁은 문은 이 건물의 담장에 붙어 있었다. 이 건물 한복판에 꼭대기가 평평한 보기 흉한 팔각탑이 동쪽 지평선을 마주하고 솟아 있었는데, 이곳에서 보면 그 탑은 해를 등지고 그늘진 쪽이 보였기 때문에, 도시의 아름다운 풍경 속에 하나의 오점처럼 보였다. 하지만 두 사람의 눈길이 향하고 있는 곳은 아름다운 풍경이 아니라 바로 이 오점이었다.

이 탑의 돌출부에 높은 깃대가 꽂혀 있었다. 그들의 시선은 그곳에 고정되어 있었다. 여덟 시를 알리는 시계가 치고 몇 분이 지나 깃대 위로 무엇인가 서서히 올라가더니 바람에 펄럭이기 시작했다. 검은 깃발이었다.

'정의'가 이루어졌다. 아이스킬로스(희랍의 비극작가-역주)의 표현을 빌리자면 '신들의 제왕'은 테스에 대한 장난을 마친 것이었다. 하지만 더버빌 가문의 기사들과 귀부인들은 아무것도 모른 채 무덤 속에 잠들어 있었다. 말없이 바라보던 두 사람은 마치 기도를 드리듯이 땅바닥에 엎드려 오랫동안 꼼짝도 하지 않고 있었다. 이윽고 기운을 되찾은 두 사람은 몸을 일으켜 다시 함께 손을 잡고 계속 길을 걸어갔다.

〈끝〉

해 설

1. 토머스 하디의 문학세계

19세기 영국 소설은 18세기에 등장한 소설 양식이 발생기의 생경함을 벗고 주도적인 문학 장르로 입지를 굳힌 시기로 평가받는다. 세기초의 제인 오스틴에서부터 시작하여 브론테 자매, 찰스 디킨스, 윌리엄 새커리, 조지 엘리어트, 헨리 제임스 등의 대가들이 그 찬란한 성취를 이룩한 인물들이다. 이와 같은 19세기 영국 소설의 위대한 전통을 마무리하며 이를 20세기로 넘겨주는 징검다리의 역할을 하고 있는 인물이 바로 토머스 하디(1840~1928)이다.

하디는 여러 권의 시집을 출간할 정도로 시인으로서도 정력적인 활동을 했고, 또 최근 들어 그의 시작품에 대한 연구가 활발히 이루어지고 있지만, 아직은 소설가로서의 업적에 더 많은 관심이 모아지고 있다. 20세기 들어 비평이론의 현란한 변신에 맞추어 하디의 소설에도 '신기하고 기발한' 해석과 평가들이 속속 추가되고 있으나, 그런 어수선하고 난삽한 비평의 홍수 속에서도 하디 소설의 변하지 않는 몇 가지 특성을 정리하는 것은 크게 어렵지 않다.

무엇보다도 하디 소설은 영국 농촌소설의 한 정점을 이룬다. 하디는 영국 서남부 도셋(Dorset) 지방 출신으로, 당시 이 지방은 빅토리아 시대의 놀라운 산업발전에도 불구하고 영국 전체로 보아 가장 낙후된 지역 중의 하나였다. 하디의 부친은 석공(石工)이었고, 하디 역시 30세까지는 건축기사로 활동하며 이 농촌공동체의 풍습과 전통에 뿌리박은 토박이였다. 그는 자신이 가장 잘 알고 있는 고향 도셋을 작품 배경으로 택했고, 고대에 이곳에 자리잡고 있던 왕국의 이름을 본따 이 지방을 '웨섹스'(Wessex)로 명명하기까지 했다. 이에 따라 도셋 지방을 배경으로 하고 있는 그의 대표작들은 이른바 '웨섹스소설'로 불리게 되었다. 하디에 앞서 조지 엘리어트의 소설에서도 농촌소설의 분위기를 느낄 수 있지만, 영국소설사에서 진정한 의미의 농촌소설을 만나는 것은 하디의 소설에 와서야 가능하다. 진짜배기 농사꾼 혹은 농업노동자들이 등장하면서, 이들의 삶을 실제 생활 그대로 그리는 농촌소설이 등장한 것은 하디의 소설이 처음이었던 것이다.

더욱이 이들의 삶에 대한 사실주의적인 묘사는 말할 것도 없지만, 이와 같은 평민층의 인물이 소설의 주인공—나아가 문학의 주인공—으로 처음 등장했다는 사실도 영문학사에서는 일대 사건이라고 할 만큼 의미심장한 변화에 속한다. 이전의 소설이라면 테스 더비필드나 주드 폴리 같은 인물들은 부차적 인물로서나 가능할 뿐 작품의 주인공으로 등장할 수는 없었기 때문이다. 그런 점에서 하디 소설의 소설사적 의의는 아무리 강조해도 지나치지 않다.

농촌소설과 관련하여 의당 제기되기 마련인 전원주의적(영문학 비평용어로는 '목가적') 경향에 관한 논란은 하디의 작품이 처음 발표되던 1870년대부터 항상 하디 비평을 따라다녔다. '흙과 더불어 사는 농민들의 순박한 삶', '고래의 농촌문명의 마지막 목소리' 등의 어구들이 하디 소설의 전부인 양 강조되기도 했던 것이다. 하디의 주요 등장인물들이 보여 주는 자연친화적 성향이나 초기소설에서의 목가적 분위기는 이런 비평의 근거를 마련했고 또 빌미가 된 것도 사실이다. 하지만 20세기 후반 들면서 이런 비평 경향은 거의 불식된 편이고, 핍진한 사실주의적 농촌묘사가 하디 소설의 정수로 인식되게 되었다. 물론 사실주의적 묘사 자체가 문학적 성취를 보장해 주는 것은 아니지만 이런 성과는 영국소설사 전체로 살펴볼 때 뜻깊은 성과였다. 전통적인 농촌공동체의 해체, 이에 따른 이농현상, 도시빈민으로 몰락하는 농업노동자들의 모습 등 급격한 변화의 흐름에 휩쓸린 농촌사회의 모습은 한 시대의 전형적 양상과 변화에 대한 재현으로 부족함이 없다.

하지만 무엇보다도 하디 소설을 읽는 의의와 즐거움은 이런 변화의 소용돌이에 휩쓸린 인간들의 힘겨운 도전과 얄궂은 운명을 목격하는 가운데서 찾아진다. 알렉과의 어두운 경험에서 벗어나 주체적 자아로 성숙해가는 테스의 역정이나 크라이스트민스터를 향한 주드의 거의 병적인 집념은 변화의 소용돌이 속에서 참다운 인간적 실현을 이룩하기가 얼마나 힘겨운지를 보여 준다. 그래서 주인공들의 이와 같은 좌절과 실패를 염세주의, 비관주의로 규정하는 경향은 상존해왔고 거기에는 일말의 진실까지 존재한다. 우주적 질서의 부조리성에 대한 작가의 비극적 인식을 어렵지 않게 감지할 수 있기 때문이다. 하지만 염세주의가 순수하게 인간과 세상에 대한 혐오나 깊은 절망을 의미한다면 하디는 염세주의자라고 할 수 없다. 이들의 좌절과 실패, 그리고 죽음은 그것으로 종결되는 것이 아니라, 그 패배에도 불구하고 안타깝게 또는 눈부시게 드러나는 주인공들의 인간적 의지와 열정, 죽음을 뚫고 되살아나는 인간적 승리가 감동을 주기 때문이다. 그런 점에서 이들의 힘겨운 추구와 좌절은 거의 고전적인 비극(tragedy)의 차원에 값한다. 하디 소설에 대한 논의에서 비극적 의의가 중요한 주제로 검토되는 것도 그 때문이며, 그래서 하디 소설은 비극의 현대적 재현 가능성을 모색하는 출발점이 되기도 한다.

이와 같은 주인공들의 도전과 실패를 통해 드러나는 하디 소설의 또 한 가지 중요한 특성은 당대 사회의 도덕과 질서에 대한 비판적 인식이다. 그의 주인공들은 때로는 박애주의적 이상을 지니기도 하고 또 때로는 강렬한 세속적 성공의 열망을 소유하기도 하나 대부분 현실의 벽에 부딪혀 인간적 성취를 이루지 못하는 것으로 나타난다. 그리고 이 좌절과 실패의 과정에서 당대의 평등하지 못한 교육제도, 편협한 기독교 교리와 종교 행태, 인간다운 삶의 실현을 방해하는 이혼법 등 폐쇄적이고 억압적인 사회 제도 전반에 대한 사회비판이 이루어진다. 발생기 이래 소설 장르의 중요한 역할 중의 하나였던 사회비판의 기능이 하디의 소설에서도 여전히 유지되고 있는 것이다. 그렇기 때문에 《더버빌 가의 테스》(*Tess of the d'Urbervilles*, 이하 《테스》로 줄임)나 《무명의 주드》(*Jude the Obscure*)의 경우에서 보듯이 그의 작품은 비도덕적이고 반종교적이라는 사회적 비판에 직면할 수밖에 없었다. 그리고 마침내 하디는 당대 최고의 작가로 존경받는 위치에 있었으면서도 결국 《무명의 주드》를 끝으로 소설 쓰기를 그만두었고, 1895년 이후로는 시작(詩作)으로 전환하고 말았던 것이다.

요컨대 하디 소설의 주인공들은 목가적 전원이 아니라 19세기 농촌 사회라는 구체적인 현실 속에서, 전통적인 관습과 가치를 그대로 따를 수도 없고 또 새로운 변화의 물결을 그냥 수용할 수만도 없는 현실 속에서 가치관의 갈등을 겪으며 고민하고 갈등하는 모습들을 보여 준다. 비평가 레이먼드 윌리엄스(Raymond Williams)의 표현을 빌리면 '접경지대'(the border country)에 살고 있는 인물들인 셈이다. 하디의 의식은 기독교를 비롯한 전통적인 가치, 혹은 농촌의 전통적인 풍습과 문화, 따뜻한 인간관계의 소멸을 아쉬워하면서도 다른 한편으로는 변화의 물결, 세기말적인 의식의 혼란 등을 필연적인 과정으로 인식하고 수용하는 자세를 보여 주고 있다. 그런 점에서 하디의 소설은 극심한 변화와 도전에 직면한 우리 농촌의 현실에 대해서도 의미 있는 시사를 줄 수 있으며, 아울러 충분한 현재성을 지닌다고 할 수 있는 것이다. 지금까지 개괄적으로 살펴본 하디 소설의 특성들을 그의 대표작인 《테스》를 통해 좀 더 구체적으로 검토하기로 한다.

2. 테스, 알렉, 에인절

《테스》는 다분히 통속적인 스토리 전개를 보인다. 순박한 시골 처녀, 도시에서 온 난봉꾼, 잃어버린 처녀성, 미혼모 출산, 신분을 초월한 사랑, 신혼초야의 파경, 신대륙으로의 도피, 치정 살인, 연인들의 야반도주, 살인범의 처형 등, 단순화와 과장의 위험이 없지 않지만 테스(Tess)와 알렉(Alec), 에인절(Angel)을 중심으로 정리해 본 이 소설의 스토리는 흥미진진한 멜로드라마의 요건들을 충분히 구비하고 있다. 발표 당시부터 이 작품이 많은 독자들의 관심을 끌었던 것이나, 또 20세기 들어 영화화되면서 대중적인 인기까지 누렸던 것은 이와 같이 흥미진진한 구성 덕분인 것으로 보인다. 그런데, 문제는 이 탁월한 대중성이 거꾸로 이 소설에 대한 올바른 평가에 장애물로 작용할 수도 있다는 점이다. 그리고 그 문제의 핵심에는 바로 앞의 세 명의 주인공이 자리하고 있으며, 이 작품에 대한 진정한 이해는 일차적으로 이들의 관계에 대한 올바른 인식에서 비롯된다는 것이 역자의 생각이다.

통상적인 관념에서 보면 알렉은 난봉꾼이며 테스는 그 방탕의 희생자이다. 작품의 화자(話者) 역시 그런 편견(?)을 가지고 있어서 그에 대한 험담을 아끼지 않는다. 예컨대 알렉이 독자 앞에 처음으로 모습을 나타낼 때부터 화자는 "외모에서 보이는 사나운 느낌" 운운하며 노골적으로 그를 폄하하고 있다. 심지어 테스가 그를 처음 만나는 순간에도 그 만남이 '비극적 재앙'을 가져올 것임을 그녀가 아직 예감하지 못하고 있다면서 안타까워하기까지 한다. 처음 만난 테스에게 딸기를 먹여주거나, 마차에서 그녀를 괴롭혀 첫 키스를 빼앗아내는 교묘한 술수는 난봉꾼으로서의 알렉의 자질을 유감없이 드러낸다. 그리고 마침내 장터에서 돌아오던 늦은 밤길에 그는 테스의 어려운 처지를 이용하여 그녀의 처녀성을 빼앗고 마는데, 그 교활한 수법은 전형적인 난봉꾼으로 그를 규정하려는 화자의 예단이 결코 어긋나지 않았음을 확인시켜 준다. 테스가 떠난 뒤 그는 클레어 신부의 감화를 받아 회개하고 한때 열성적인 순회 전도사로 활동한다. 하지만 우연한 기회에 테스를 다시 만나면서 곧 예전의 모습으로 되돌아가고 마는데, 이 대목 역시 그가 얼마나 형편없는 인간인지를 다시 한 번 확인시켜 준다. '개심'(改心)이라는 극적인 종교 행위를 한순간에 희화(戲畵)화시키는 이 변신은 기독교 신앙과 당대의 종교 행태에 대한 하디의 뿌리깊은 회의와 불신을 여실히 드러내면서 알렉을 거의 인격파탄자로 전락시키고 만다.

하지만 그럼에도 불구하고 알렉이라는 인물의 성격은 그리 간단치가 않다. 무엇보다도 알렉이 앞에서 말한 대로 천박한 난봉꾼에 불과한 인물이라면 테스의 운명은 결코 비극의 반열에 오를 수가 없었을 것이다. 한갓 난봉꾼에게 당한 시골 처녀라면 그녀의 운명에서 무슨 비극의 무게를 느낄 수 있겠는가? 테스의 전 생애에 걸쳐 알렉이 그처럼 중요한 비중을 차지하고 있고, 더욱이 오랜 갈등 끝에 그녀가 다시 그에게로 돌아가고 만다는 사실을 깊이 음미해 본다면, 저간의 사정을 염두에 두더라도 알렉을 난봉꾼으로만 보기에는 납득하기 어려운 점이 없지 않기 때문이다. 다행히 D.H. 로렌스를 필두로 난봉꾼이라는 외양 속에 감추어진 알렉의 실체를 적극적으로 또 우호적으로 이해하려는 평자들의 시도는 꾸준히 이어져 왔고, 그 일련의 시도들은 일정한 성과를 거두었다고 할 수 있다.

그 근거는 우선 테스가 단순히 '수동적 희생자'만은 아니라는 사실에서부터 출발한다. 알렉을 처음 만났을 때부터 테스는 그가 건네주는 딸기를 "반쯤은 기분 좋게 또 반쯤은 마지못해" 받아먹은 것으로 되어 있다. 상식적으로도 부자 친척집에 도움을 청하러 간 가난한 처녀의 입장에서 그 집 아들이 호의를 보였을 때 어떤 기분이 될 것인지는 어렵지 않게 짐작할 수 있다. 알렉을 대하는 테스의 마음속에는 처음부터 호감과 두려움의 두 가지 감정이 공존하고 있었고 그 감정은 상당 기간 지속되었던 것으로 보인다. 많은 평자들이 지적한 바이지만 테스가 처녀성을 잃은 것으로 되어 있는 체이스 숲의 장면도 정밀한 독서를 요한다. 화자는 그 순간에 하느님이 어디 계셨냐면서 지나칠 만큼 장황한 탄식을 해대지만, 실상 테스는 체이스 숲속에 들어서는 순간 한편으로 당황스러워하면서도 다른 한편으로는 장난을 치는 듯한 이중적인 태도를 취한 것으로 되어 있다. 이 소설의 초고(草稿)와 〈그래픽〉(Graphic) 지 연재본, 그리고 나중에 나온 단행본의 원고를 비교해 보면 이 대목의 처리에 하디가 얼마나 고심했는지 알 수 있지만, 아무튼 현재 정본으로 통하는 1912년의 웨섹스판(Wessex edition)에 따르면 하디는 이 사건과 관련하여 테스를 수동적인 피해자로 내버려두지는 않기로 결론을 내린 것으로 보이며, 따라서 난봉꾼으로서 알렉의 혐의도 한결 가벼워진다.

이 점은 바로 다음 장에서 좀 더 입증이 된다. 체이스 숲에서 그 일이 있은 뒤로도 테스는 알렉의 집에 '두세 주일이나 더' 머물렀던 것으로 되어 있기 때문이다. 집안의 어려운 사정이 그녀를 압박하고 있었던 것은 사실이지만, 그럼에도 불구하고 그녀는 그 뜻하지 않은 사건이 있은 뒤로 트란트릿지를 곧바로 떠난 것이 아니었다. 더욱이 알렉이 결혼을 빙자하여 그녀를 유혹했던 것은 결코 아니라는 사실도 나중에 분명히 확인되고 있다. 그리고 집에 돌아가서도 그녀는 "일시적으로 그의 열정적인 태도에 눈이 멀어 마음이 흔들리는 바람에 잠시 빠져들었던 것"이라고 자신의 심경을 밝히며 트란트릿지에서 있었던 일을 분명하게 정리하고 있다. 한때나마 알렉에게 호감이나 사랑의 감정이 있었음을 인정하고 있는 것이다. 그리고 떠나가는 그녀를 마차로 뒤쫓아온 알렉에게도 "사랑하지 않기 때문에" 떠나는 것이라고 분명하게 밝히고 있다. 세상물정 모른 탓에 당한 측면이 없지 않지만, 그럼에도 불구하고 스스로의 삶과 행동에 책임을 지려는 그녀의 단호한 자세를 여기서 함께 읽을 수 있는 것이다.

사실 테스의 수동적 성격을 지적하며 이를 그녀의 약점으로 비판하는 평자들이 없지 않다. 작품 후반부에 비해 초반부에는 테스의 사고와 행동에 수동적인 측면이 있음을 부인하기 힘들다. 하지만 체이스 숲 사건에서 보듯이 처음부터 테스가 일방적으로 당하기만 한 것은 결코 아니며, 오히려 초반의 수동적인 모습은 이야기가 진행되면서 주체적 인간으로 성장해가는 테스의 모습을 부각시키는 자연스러운 성격 설정으로 볼 수 있다. 알렉과의 악연으로부터 시작하여 테스는 플린트컴 - 애쉬 등에서의 혹독한 시련을 거치는 동안 인간다운 삶의 추구를 향한 힘겨운 모색을 그치지 않으며, 마침내 에인절과 일시적이나마 사랑의 성취까지 이룩하게 된다. 그리고 스톤헨지(Stonehenge)의 제단 앞에서 자신을 잡으러 온 경찰들 앞에 "준비됐어요"라고 하며 조용히 나서는 순간, 그녀는 비극적 주인공으로서 당당한 모습을 드러내고 있다.

테스와 에인절의 관계를 이해하고 나면 알렉의 성격도 좀 더 명확해지는 측면이 있다. 에인절은 하디의 이전 작품 《토박이의 귀향》(*The Return of the Native*)에 나오는 클림 요브라이트나 마지막 작품 《무명의 주드》의 수우 브라이드헤드와 함께 하디 소설 특유의 이상주의자(idealist) 계열에 속하는 인물이다. 이 유형의 인물들은 당대 사회의 경제적, 계층적, 사회적, 혹은 성적 관행이나 억압 체계에 대해 이의를 제기하고 자기 나름의 이상주의적 시도를 감행하는 선구자들이다. 하지만 하디는 이러한 이상주의자들의 시도에 대해 본능적으로 뿌리깊은 불신을 가지고 있는 것으로 보이며, 그래서 이들의 시도는 항상 실패하는 것으로 귀결된다. 그런 점에서 하디는 비관론자이며 염세주의자라고 할 수 있는데, 아무튼 이들이 테스나 주드와 같은 주인공들과 구별되는 뚜렷한 특성은 위기와 결단의 순간에 나타난다. 그들은 결정적인 위기의 순간이 닥치면 자신의 이상주의를 포기하고 그들이 그토록 벗어나려고 애썼던 관습적 가치로 후퇴해 버리고 말기 때문이다. 클림이나 에인절, 수우 모두 마찬가지이다. 그토록 사랑했던 여인이 '과거가 있는 여자'라는 사실이 밝혀지자 에인절은 평소의 진보적 입장을 버리고 단호하게 전통적인 '순결 이데올로기'로 후퇴하고 마는 것이다. 이 대목의 에인절의 모습은 단호함을 넘어서 냉혹함과 섬뜩함마저 느끼게 한다. 그의 깊은 내면은 여전히 관습적 도덕과 이데올로기가 지배하고 있었던 것이다.

그렇기 때문에 테스의 고백을 듣고 에인절이 실토했던 대로 그가 사랑했던 것은 테스라는 여인이 아니라, 그의 관념이 만들어 낸 '테스'라는 이름의 허상이었던 셈이다. 그가 사랑했던 것은 실재하는 순박한 농촌 처녀가 아니라 자신의 이상주의가 만들어 낸 하나의 관념이었다. 여신들의 이름으로 에인절이 그녀를 찬양했을 때, "절 테스라고 부르세요"라고 하던 테스의 항의는 그런 점에서 무척 의미심장한 것이다. 그리하여 자신의 이상주의가 관습적 관념과 충돌을 일으켰을 때 에인절은 곧 이상주의를 포기하는 나약한 자세를 드러냈고, 그렇기 때문에 테스를 버리고 떠날 수밖에 없었던 것이다.

그런 점에서 알렉은 에인절과 묘한 대비를 이룬다. 에인절이 자신이 설정해 놓은 한쪽의 시각으로만 테스를 보았듯이, 알렉 역시 테스를 한 사람의 총체적 인간으로 대하지 못했던 것은 사실이다. 알렉 앞에 처음 나타난 테스는 거의 희롱과 방탕의 대상에 불과한 처녀였다. 그런데 난봉꾼이라는 외양에도 불구하고 작품 초반부터 알렉은 테스를 실재하는 한 여인으로 볼 줄 아는 눈을—혹은 본능적 감각을—가지고 있었던 인물이다. 알렉의 외모에서 풍기는 "사나운 느낌"에도 불구하고 그의 얼굴과 눈동자에 "독특한 힘"이 있다고 하던 화자의 언급은 그가 소유하고 있던 본능적 감각에 대한 은밀하면서도 긍정적인 암시로 읽을 수 있다.

테스와 에인절의 관계가 완전한 파국으로 끝나 보이는 시점에서 알렉의 존재가 새삼스럽게 느껴지도록 되어 있는 플롯의 설정은 그런 점에서 의미심장하다. 남편의 본가(本家)를 다녀오면서 모든 것이 끝났다고 절망하는 순간의 테스 앞에 알렉이 다시 나타난다는 사실은 하디 특유의 우연에 의한 상황 설정임에도 불구하고 적지 않은 시사를 던진다. 에인절이 떠난—혹은 에인절은 결코 채워 줄 수 없는—빈자리를 바로 알렉이 채워 줄 수 있음을 이 우연한 만남은 은근히 암시하고 있기 때문이다. 물론 에인절로부터 버림받은 데 대한 반감 때문에 테스가 알렉에 대해 호감을 느꼈다거나 하는 것은 결코 아니다.

다만 기억할 것은 테스 앞에 다시 모습을 나타낸 알렉은 예의 뻔뻔스러운 태도에도 불구하고, 자신의 잘못으로 테스가 고생을 하고 있는 데 대해 뚜렷한 책임감을 느끼고 있는 인물이며, 무엇보다도 테스라는 한 인간을 진정으로 원하고 있다는 인상을 강하게 심어 주고 있다는 사실이다. 테스가 자신의 아기를 낳았다는 사실을 알고 자책하는 모습이나, 즉시 결혼허가증을 가지고 나타나는 적극성은 이전에 보기 드문, 그리고 에인절에게서는 볼 수 없는 책임 있는 남자로서의 자세이다. 테스에게 장갑으로 얻어맞고 피까지 흘리는 수모를 당하면서도 그녀를 끝까지 포기하지 않는 집요함은 난봉꾼의 술수와는 거리가 먼 진지함을 느끼게 한다. 살던 집에서 쫓겨나 낯선 도시에서 헤매는 테스의 가족을 돌봐 주며 호의를 베푸는 것에 이르기까지 알렉의 이 모든 적극성은 한 여자의 육체만을 탐하던 난봉꾼의 모습과는 분명히 거리가 멀다. 그렇기 때문에 옛날 테스가 겪었던 일은—당사자로서 다소 뻔뻔스런 말이기는 하나—자신의 잘못이기도 하지만 딸을 함부로 내돌린 부모의 책임도 크다는 그의 말이 허튼소리로만 들리지 않게 되는 것이다. 나아가 아내를 어려운 처지에 버려두고 떠난 남편에 비해 볼 때 자신이 테스와 훨씬 더 가깝다는 말이나, 테스가 만약 누구의 아내라고 한다면 바로 자신의 아내임에 틀림없다는 그의 주장까지도 궤변으로만 들을 수 없는 설득력과 무게를 갖게 되는 것이다. 그리하여 독자들은 마침내 "육체적인 의미에서는 이 사람만이 자기 남편"이라는 생각을 차츰 떨쳐 버릴 수가 없었다는 테스의 고백을 납득할 수 있게 된다. 그렇기 때문에 화자는 그녀가 알렉과 함께 샌드본에 가게 된 경위에 대해서도 분명하게 밝히지 않고 애매하게—체이스 숲에서와 마찬가지로—처리했던 것이다. 그리고 마침내 에인절이 다시 찾아왔을 때 그녀는 "그 사람이 나를 되찾아간 거예요"라고 또렷하게 대답하게 되었던 것이다.

이제 이 시점에 이르면 알렉은 테스의 삶에 있어서 에인절과 거의 대등한 위치에 이르러 있는 것을 볼 수 있다. 이렇게 알렉에게서 인정해줄 것은 인정하고 나면 에인절에 대한 평가도 한결 설득력이 있게 된다. 알렉에 대한 화자의 편견 속에 은연중 드러나듯이 하디의 관심은 궁극적으로 실패하는 이상주의자들 쪽으로 향해 있다. 앞서 언급한 대로 테스의 어두운 과거가 모습을 나타내자 에인절은 본능적으로 몸을 움츠리며 관습적 이데올로기로 후퇴하고 만다. 하지만 관습적 삶을 거부하고 육체 노동을 통한 연대의 삶을 모색하는 에인절의 시도는 그 자체로 정당한 평가를 받아야 마땅하다. 대학과 교회라는 관습 세계의 성채(城砦)에 안주하는 형들을 에인절과 대비시킴으로써 작가가 의도하는 바가 무엇인지는 자명하게 드러난다. 그렇기 때문에 탈보테이즈 낙농장에서 보낸 에인절의 견습 생활은 앞에서 언급한 바 있는 내면의 허위의식에도 불구하고 독자들의 심정적 동의와 지지를 얻고도 남음이 있는 것이다. 아울러 후일의 파경에도 불구하고 낙농장에서 테스와 에인절이 나누는 안타깝고도 싱그러운 사랑은 작품 속에서 절대의 가치를 지니고 있다. 이른 새벽, 젖을 짜기 위해 낙농장의 자욱한 안개 속으로 함께 나서는 두 연인의 모습을 그리는 대목은 인간과 자연이 어우러져 만들어내는 감동적인 노동의 장면을 연출하고 있으며, 이 작품 전체로도 가장 인상적인 장면을 이루고 있다.

그런 점에서 에인절의 귀환은 《토박이의 귀향》의 마지막 대목과 좋은 대조를 이룬다. 이 작품에서 주인공 클림 요브라이트의 이상주의적 시도는 현실의 벽 앞에서 좌절하고 말았고, 토마신과 벤의 유쾌한 결혼식 피로연을 물끄러미 바라보는 클림의 모습은 차분하게 가라앉은 침잠(沈潛)의 비극을 보여 준다. 그야말로 이상주의자의 철저한 몰락이자 패배였다. 하지만 《테스》의 에인절은 브라질에서의 방황 끝에 얻은 뼈저린 각성을 통해 어렵사리 '순결한 여인'(a pure woman) 테스에게 돌아가기로 결심하고 있으며, 이는 클림의 패배를 뛰어넘는 일정한 진전이라 할 수 있을 것이다. 에인절의 깨달음에 대해 테스 역시 악연의 고리를 절단하는 결단으로 화답한다. 그리고 두 사람은 참으로 짧은 순간이지만 절정의 사랑을 경험할 수 있었고, 그것은 작가가 7부의 앞머리에 이름붙인 대로 진정 '성취'(Fulfilment)라고 이름할 만한 것이었다. 한 농촌 처녀가 관습적 사고와 계층의 굴레를 벗어던지고 일구어낸 힘겨운 성취였던 것이다.

물론 죽음을 담보로 한 그 성취가 과연 얼마만큼 지속력을 가질 수 있을지는 여전히 새로운 도전으로 남는다. 작가 하디의 의식은 그들의 성취를 최종적인 것으로 단정할 만큼 넉넉하고 풍요로운 세계에 안주하고 있지는 못하다. 테스의 죽음을 뒤로 하고 에인절이 리자 루와 함께 손을 잡고 오르는 언덕길은 그들의 작업이 얼마나 힘든 일인지를 상징적으로 보여 주기 때문이다. 하지만 그 힘겨운 언덕길에도 불구하고 두 사람이 함께 잡은 손길을 보며 독자들은 새로운 성취와 창조를 향한 연대(連帶)의 약속을 읽을 수 있는 것이다.

3. 농촌공동체의 붕괴

하디의 대표적 장편소설들은 모두 작가 자신의 고향 도셋 지방을 배경으로 하고 있다. 지극히 낙후된 고장이었지만—혹은 그렇게 낙후되었기 때문에—하디는 자신의 고향 도셋에 대해 대단한 애착을 느끼고 있었고, 작가로 명성을 얻기 시작하면서부터는 고향 마을 근처에 자신의 건축 솜씨를 살린 저택을 지어 '막스 게이트'(Max Gate)로 이름짓고 그곳에서 주로 집필 활동을 했다. 도셋의 주도(州都) 도체스터 외곽에 위치한 이 저택은 지금도 하디를 기리는 많은 연구자와 애독자들의 방문이 이어지는 곳이다.

앞서 언급한 대로 그의 농촌소설을 '사라져가는 목가적 농촌'에 대한 향수로 이해하는 비평은 특히 초기작 《푸른숲 나무 밑에서》

(*Under the Greenwood Tree*)에 나타난 평화롭고 정겨운 분위기에서 비롯되었다. 그러나 점차 후기로 오면서, 특히 《테스》에 이르면 당대의 농촌 현실에 대한 작가의 사실주의적인 인식이 확장되면서 해체와 재편의 소용돌이에 휩쓸린 당시 농촌공동체의 생생한 모습이 실감나게 그려지고 있다. '목가적 농촌'이 아니라 '힘겨운 노동 현장'으로서의 신산스런 농촌 현실이 웨섹스 소설의 배경을 이루고 있음을 먼저 분명하게 인식할 필요가 있다.

갖가지 문학이론이 횡행하는 현대의 시각에서는 하찮게 보일지 몰라도 농촌 현실의 구체적인 재현이라는 측면에서 볼 때 《테스》에서 하디가 이루어낸 사실주의적 성과는 영국소설 전체로도 상당한 평가를 받을 필요가 있다. 왜냐하면 하디와 비교해 볼 때 이전의 영국소설에서는 진정한 의미의 농촌소설은 존재하지 않았다고 주장하는 이들까지 있기 때문이다. 예컨대 농촌소설에 가장 근접했다고 할 수 있는 제인 오스틴(Jane Austen)이나 조지 엘리어트(George Eliot)의 작품에서도 진짜배기 농부라고 할 만한 평민층의 인물이 주인공으로 등장하는 작품을 찾아보기가 쉽지 않다는 것이다. 물론 평민층의 주인공을 등장시켜 농촌 현실을 구체적이고 세밀하게 재현하는 것 그 자체가 예술적 성취까지 보장해 주는 것은 아니지만, 하디 소설의 그러한 측면은 이전의 영국소설에서는 쉽게 발견하기 힘든 성과였던 것이 사실이다. 그런 점에서 이 소설의 주인공 테스는 영국소설사 전개에 있어서 일정한 진전을 의미하며, 그런 점에서 소설사적 의의를 지니는 인물이라고까지 이야기할 수 있는 것이다.

그런데, '진짜배기 농부'라고 하기는 했지만 실상 하디 소설의 세계는 당대 농촌 사회의 계층구조와 관련하여 좀 더 정밀한 분석이 필요하다. 테스를 비롯한 하디 소설의 주인공들은 단순히 우리식의 '농부'란 이름으로 뭉뚱그리기에는 적합하지 않은 다소 특이

한 계층이기 때문이다. 넓게 보아 하디 집안도 이 계층에 속했다고 볼 수 있는데, 연구자들은 이들을 '중간 계층'(intermediate class)이라는 이름으로 부르고 있다. 이들은 역사적으로는 중세적 자유농민(yeoman)의 후예에 속하지만, 실제로는 19세기 당시의 농촌 경제를 구성하던 주요 세 계급, 곧 지주나 소작농, 무토지 농업노동자들 중 어디에도 속하지 않는 애매한 집단으로서, 테스의 경우에서 보듯이 장차 농업노동자나 도시의 빈민으로 몰락하고 마는 지극히 유동적인 운명에 처해 있는 집단이었다.

51, 52장에 나오는 테스 가족의 이사하는 날 묘사는 그 변화와 몰락의 생생한 기록이다. 테스의 아버지 존 더비필드가 보유하고 있던 토지보유권은 그가 죽으면서 만료되고, 테스네 가족들은 오랜 세월 동안 터를 잡고 살아온 정든 고향에서 쫓겨나는 신세가 된다. 이미 집을 떠나 일자리를 찾아 떠돌아다니고 있기는 했지만, 테스는 그때부터 본격적인 농업노동자의 길로 접어드는 것이다. 이렇게 고향을 떠난 사람들은 낯선 마을을 떠돌다가 결국 도회지로 향할 수밖에 없고, 마침내는 《무명의 주드》의 주인공 가족처럼 도시의 빈민으로 전락하여 사회적 불만 세력으로 브상하는 것을 볼 수 있다. 그런 점에서 이들의 이농(離農) 문제는 농촌의 문제일 뿐만 아니라 도시의 문제이며, 결국 영국 사회 전체의 문제이기도 했던 것이다. 일부의 연구에 의하면, 이렇게 전통적으로 비교적 독립적인 삶을 영위하고 있었으나 결국 도시로 추방되어 빈민으로 전락하고 만 중간계층의 사람들로부터 초기의 노동조합을 조직하고 지도한 인물들이 배출되었다는 주장까지 나오게 된다. 그래서 하디는 '도셋 노동자'(The Dorsetshire Labourer)라는 산문의 종결부에서 "여기 도셋 농사꾼의 문제는 모든 집 없고 땅 없는 빈민들의 문제 및 인권이라는 광대한 주제와 합쳐져 있다"고 과감하게 선언하고 있음을 볼 수 있다. 웨섹스라는 한정된 세계를 배경으로 하

고 있지만 작가 하디의 관심과 지향이 어디까지 확산되고 있는지가 여기서 뚜렷하게 드러나는 것이다.

이 중간계층의 점차적인 몰락에서 특히 하디가 아쉬워했던 것은 이들이 보유해왔던 전통과 풍습의 소멸이었다. 이들이야말로 오랜 세월 동안 "마을 생활의 근간"을 이루며 "마을 전통의 담지자" 역할을 해왔던 사람들이기 때문이다. 예컨대 《푸른숲 나무 밑에서》의 정서적 축을 이루는 멜스톡 합주단(Mellstock Quire)의 이야기는 하디 자신의 어린시절 추억의 재현이면서 동시에 그 사라져가는 아름다운 전통을 아쉬워하는 애가(哀歌)에 다름 아닌 것이다. 긍정적 의미에서의 전원적 정서라고 할 수 있는 이 애가 속에는 전통사회의 풍습과 가치관이 함유하고 있는 자연과의 교감, 서민적 지혜, 본능적 도덕의식 등에 대한 작가의 긍정적 인식과 옹호가 담겨 있다. 예컨대 《테스》 도입부의 '부녀회 들놀이' 대목은 그 당시 이미 기억 속으로 사라져가고 있던 이 전통적 풍습을 되살려내려고 하는 작가의 안간힘을 느낄 수 있는 인상적인 장면인 것이다. 요컨대 중간 계층의 운명에 대한 하디의 관심은 당대 농촌의 사회적, 경제적 변화를 정치적, 문화적 변화까지 연관지어 논의할 수 있게 해주는 대단히 적절한 주제였던 셈이다.

그런데, 중간계층의 몰락을 비롯한 당대 농촌 경제와 사회의 변화에 대한 하디의 인식이 도시 빈민으로의 전락, 혹은 전통과 풍습의 소멸에 대한 아쉬움이나 안타까움으로만 일관된 것은 결코 아니다. "변화도 역시 일종의 교육"이라는 것이 하디의 분명한 생각이었다. 그는 위에서 언급한 산문에서, 수많은 노동자들이 고향을 떠나 해마다 새로운 일자리를 찾아 돌아다니는 것은 불안스런 사회 현상이긴 하지만, 다른 한편으로 이들은 이를 통해서 자신의 능력을 더욱 비싸게 평가받을 수 있는 기회를 얻게 되었고, 무엇보다도 그 다양한 경험 자체에서 큰 이득을 얻을 수 있게 되었음을 분명하게 지적하고 있다. 땅에 뿌리를 박고 살던 조상들에 비해 이들은 좀 더 약삭빠른 사람들로 변하고 있었지만 아울러 "확고하게 판단력을 가지고 자신을 지켜가는 방법"도 습득해가고 있다는 것이 그의 지적이다. 목가적 농촌을 상상하는 낭만적 구경꾼들의 취향을 만족시키기 위해 농촌사람들이 옛날처럼 정체된 상태로 남아 있어야 한다는 요구야말로 정말 터무니없는 생각이라는 것이다. 하디는 특히 여성들의 노동이 보다 광범위하게 확산되고 있는 시대적 변화 앞에서 그들에게 수줍음이나 정숙과 같은 전통적 미덕을 더 이상 미덕으로 요구할 수는 없게 되었다고 주장하고 있다. 이들은 그 변화를 통해 "생각의 폭을 확대하고 자유를 증진시키고 있다"는 것이 그의 생각이며, 테스는 그 소용돌이 가운데서 나타난 탁월한 인물인 것이다.

이와 같은 복합적인 인식을 하게 될 때 우리는 하디의 주인공들이 상호 모순적인 요구와 가치관들이 서로 충돌을 일으키고 있는 어려운 상황에 처해 있었음을 깨닫게 된다. 그리고 그런 점에서 앞서 얘기한 대로 하디 소설의 전형적인 세계를 관습과 교육, 노동과 사고, 땅에 대한 사랑과 변화의 경험 사이에 위치한 '접경지대'로 규정한 윌리엄스의 지적은 참으로 적절한 것으로 평가받게 되는 것이다.

테스가 처한 이런 어려운 입장을 이해하게 되면, 탈보테이즈 농장에서 '시골뜨기'—영어로는 Hodge—를 새로이 인식하게 되었다던 에인절의 깨달음이 곧바로 하디 자신의 육성(肉聲)이나 다름없다는 것을 새삼 느끼게 된다. 하디의 주장대로, 이들은 사람들이 막연하게 단정하듯 단조롭고 무미건조한 일상을 살아가는 것이 아니라, 가까이서 친해 보면 바깥 세상 사람들과 마찬가지로 희로애락의 감정을 자연스럽게 표현하는 지극히 '정상적'이며 '다양한' 인간들이기 때문이다. 그런 점에서 '전형적인 시골뜨기'라는 말은 사실 아무것도 지칭하지 않는 허사(虛辭)에 다름없고, 따라서 그 시골뜨기들을 각각 개성과 다양성을 소유한 개별적 인간으로 복원하자고 하디는 요구하고 있는 것이다. 이 작품의 주인공 테스는 그 복원 과정에서 마침내 모습을 드러낸 '구체적인 인간'이며, 동시에 비극적 주인공의 위치에 오른 탁월한 개인이라고 할 수 있는 것이다.

이전의 작품들에 비해 《테스》에서 사실주의적 묘사가 두드러진 것은, 그동안 하나의 정형으로만 존재하면서 구체성을 획득하지 못했던 이 노동하는 생활인들의 삶을 보다 생생하고 구체적으로 묘사함으로써 그들의 실체를 제시하려는 작가의 진지한 노력이 있기 때문이다. 이와 아울러 그들의 실체적 삶이 지니는 건강성과 이에 바탕한 통찰력, 인간적 결단을 작가가 높이 사고 있는 것도 같은 생각에서 비롯된다. 테스의 본능적인 생명력이나 강인함은 그녀의 삶에 내재하는 본원적 건강성에서 얻어지는 것이다. 무엇보다도 테스는 자신의 삶과 노동이 지니는 정당성에 대한 강한 확신이 있었으며, 그 확신이 그녀에게 비극적 운명을 초래하는 중요한 요인이 되었던 셈이다.

4. 현대비극의 모색

한때 하디 소설의 특징적인 분위기를 '비관주의' 혹은 '염세주의'로 규정하는 논의가 없지 않았고, 또 이에 대해 하디는 자신을 오히려 '개량주의자'(meliorist)라고 불러 주는 편이 낫겠다는 궁색한 해명을 하기도 했다. '하디적 난경(難境)'(Hardy deadlock)이란 말이 생겨날 정도로 그의 작품에 등장하는 인물들의 결혼이 한결같이 불행하게 끝난다거나, 주인공들이 끝내 비참한 모습으로 인생을 마감하고 마는 것은 하디에게 비관주의자라는 낙인을 찍기에 좋은 단서를 제공하기도 한다. 아울러 앞에서 언급한 바 있는 이상주의자들의 예외없는 패배 역시 이런 비관주의적 평가를 부추기는 적절한 근거가 될 수도 있을 것이다. 최근 들어 좀 덜하긴 하지만 비관주의와 관련된 이와 같은 논의는 항상 하디 소설 연구의 주변부를 맴도는 것으로 보인다.

사실 하디의 작품에는 부분적으로 그와 같은 주장을 수용하고 뒷받침할 만한 대목들이 없지 않으며, 하디 자신에게도 그와 같은 성향이 적지 않게 잠재해 있었던 점을 인정할 필요는 있다. 하지만 《테스》나 《무명의 주드》를 읽고 나서 얻어지는 비장하면서도 눈부신 감동을 비관주의라는 한마디로 표현하기에는 아무래도 미흡하다는 아쉬움이 남는다. 그런 점에서 하디 특유의 비관주의를 감싸 안으면서도 이를 뛰어넘는 폭넓은 시각이 요구되는데, 이는 필연적으로 비극 양식과 관련된 논의로 이어질 수밖에 없다는 것이 역자의 생각이다. 즉, 비극 양식의 전개와 관련지어 하디 소설을 읽는다면 훨씬 더 의미 있는 결과를 얻을 수 있다는 것이다. 이와 같은 비극사적 접근은 하디 소설 전체를 이해하는 데도 훨씬 유용한 시각이며, 아울러 《테스》가 하디 소설의 전개 과정에서 차지하는 위상을 올바르게 평가할 수 있는 길이기도 하다. 요컨대 《테스》는 고전시대 이후 셰익스피어에 이르기까지 면면히 이어온 고전비극의 전통을 계승하면서, 동시에 현대비극이라는 새로운 전통의 창조를 위한 모색으로 읽을 수 있다는 것이다.

비극 양식과 관련하여 《테스》를 논의하려는 시도는 비관주의적 시각을 극복하려는 논리적 귀결에서만 비롯된 것은 아니다. 무엇보다도 《테스》 이전의 하디 작품들에서 비극 양식의 현대적 재현을 모색하는 작가의 관심을 발견할 수 있기 때문이다. 특히 《토박이의 귀향》이나 《카스터브릿지의 읍장》(*The Mayor of Casterbridge*)에서 발견되는 양식적 특성은 도셋의 농촌을 배경으로 고전비극의 영광을 재현하고자 하는 작가의 구상과 의욕을 어렵지 않게 확인할 수 있다. 예컨대 《토박이의 귀향》에서 하디는 엑든 히스(Egdon Heath)라는 독특한 배경의 설정이나 '5막 구성'과 같은 드라마 형식의 재현을 통해 고전비극의 비전과 정조의 재현을 모색하고 있으며, 《카스터브릿지의 읍장》에서는 비극적 결함과 영웅적 자질을 동시에 지닌, 말하자면 고전비극의 영웅에 준하는 독특한 인물의 창조를 통해 《오이디푸스왕》이나 《리어왕》의 비극적 광휘를 웨섹스에 재창조하려는 시도를 보이고 있다. 이 작품의 프롤로그에서 그는 실제로 웨섹스를 '리어의 황야'로 비기면서 리어왕의 이름을 언급하기까지 하고 있다. 요컨대 《테스》 이전의 작품들에서 고전비극의 현대적 재현을 모색하는 작가의 관심을 분명히 목격할 수 있고, 그렇기 때문에 이제 《테스》는 그와 같은 모색과 시도 끝에 탄생한 남다른 성취인 것을 확인할 수 있게 되는 것이다.

영문학사에서는 셰익스피어 이후 현대에 이르기까지 비극다운 비극은 나타나지 않았다는 주장이 통설로 굳어져 있고, 이런 바탕에서 '비극의 죽음'까지 단언하는 이들도 있다. 물론 이 경우의 비극은 고전비극을 의미하는데, '비극의 죽음'까지 운위하는 이와 같은 문학 장르상의 변화는 18세기 이후로 이루어진 소설 장르의 융성과 밀접한 관련이 있는 것으로 보인다. 소설은 본질적으로 중산층 혹은 민중의 문학 양식이었고, 따라서 양식상 영웅의 몰락을 다루는 비극 형식은 소설에 적합하지 않았던 것이다. 아울러 문체의 측면에서도 셰익스피어까지의 비극에서는 고전주의 특유의 적합성(decorum) 원칙에 따라 고상한 운문 양식을 핵심적인 문체로 활용하고 있었고, 따라서 소설 장르 본연의 사실주의적 산문은 여기에 어울리지 않았던 것이다.

근세 이후로 이루어진 비극적 인식과 철학에 있어서의 변화도 이와 상당한 관련이 있다. 즉, 혹심한 고난과 시련을 통해 얻어지는 실존적 깨달음이나 고전적 질서의 회복이라는 고상한 주제보다는 평범한 보통 사람들의 필연적 고난 그 자체, 곧 고난의 '일상성'에 대한 강조가 현대비극의 모색 과정에서 부각되었던 것이다. 암울 혹은 체념이라고 할 만한 현대 특유의 왜소한 정서가 이를 나타내는 것으로서, 《세일즈맨의 죽음》(*The Death of a Salesman*)과 같은 소시민의 일상을 다루는 현대비극은 이와 같은 인식의 연장선상에서 탄생한 것이다.

그러나 다른 한편으로 하디 소설의 비극사적 의의는 영국소설의 찬란한 성취에 바탕하고 있다는 역설도 동시에 검토가 필요하다. 주지하듯이 18세기에 발흥한 소설 양식은 적어도 영국소설에서는 이제 19세기에 이르면서 최고의 문학 장르로 확고한 위상을 정립했고, 세계문학 전체로도 19세기 영국소설은 동시대 문학 최고의 경지에 이르렀다는 평가까지 얻어내고 있다. 사실 18세기 소설에서 우리가 발견하는 생경함이나 실험성은 새로운 장르인 소설이 감당할 수밖에 없었던 자의식의 표출이었고, 이를 극복하는 데는 거의 한 세기가 넘는 세월이 지나야만 했던 셈이다. 그리고 하디의 시기에 이르러서야 드디어 소설은 신생 장르로서의 자의식을 극복하고 전통문학의 계승과 재창조를 꿈꾸는 시점에 이르렀던 것이다. 요컨대 하디 소설의 비극성은 19세기 소설의 성과에서 얻어진 당당한 자신감을 바탕으로 비극이라는 최고의 문학 양식을 산문소설로 재현시켜 보려는 뜻깊은 시도에서 비롯된 것이라고 이해할 수 있다. 말하자면 하디는 전통적인 관념에서 보자면 모순어법이라고 할 수 있는 장르 곧 '산문비극'의 가능성을 시도했던 셈이다.

《테스》는 고전비극과 현대비극의 두 세계를 산문소설로 이어주는 가교 역할을 하고 있으며, 주인공 테스는 그런 배경에서 창조된 독특한 인물이다. 사실 테스의 출발이야말로 산문적이다. 퇴락한 농촌 마을, 주정뱅이 아버지 밑에서 자라나 떠돌이 농장 일꾼으로 성장한 시골처녀인 그녀의 어디에서 비극적 영웅의 광휘를 예감할 수 있단 말인가? 부모는 물론이고 줄줄이 늘어선 철없는 동생들의 앞날까지 책임져야 하는 힘겨운 인생살이가 그녀 앞에 기다리고 있을 뿐이다. 하지만 일찍이 죽어가는 아기를 내려다보며 세례식을 행하는 그녀의 엄숙한 모습에서 이미 우리는 비극적 주인공의 탄생을 예감하게 된다. 그리고 마침내 장엄한 스톤헨지의 제단 위에 제물처럼 지친 육신을 누이고, 다시 그 제단으로부터 세상을 향하여 당당히 걸어나오는 테스의 걸음걸이는 이제 평범한 시골처녀의 그것이 아니다. 그녀의 걸음걸이에는 스톤헨지의 거석(巨石)과도 같은 장엄함과 신비로움이 있으며, 오랜 시련을 통해 얻어진 그녀의 인간적 성숙과 악연의 고리를 끊는 결연한 의지에서 우리는 운명과 맞서는 비극적 주인공의 풍모를 읽을 수 있는 것이다.

5. 여성론의 시각에서

여성론적 비평이 연구자들의 관심을 끌면서 《테스》는 새로운 측면에서 독자들의 주목을 받게 되었다. 즉, 테스의 비극을 당대 사회에서 특히 여성으로서 겪어야 했던 경험의 구체화로, 다시 말해 전통적 성 이데올로기가 지배하는 빅토리아 사회에서 노동자 계층의 주인공이 여성으로서 겪어야 했던 성적 억압 혹은 인간적 성취의 어려움에 대한 생생한 재현으로 인식하기 시작했던 것이다.

굳이 여성론적 시각을 거론하지 않더라도 우선 작품의 부제(副題)에서부터 이 작품은 여성에 대한 당대의 관습적 윤리 기준에 대한 문제 제기임을 쉽게 알 수 있다. '순결한 여인'이라는 이 작품의 도발적인 부제에서부터 이 작품이 당대의 성 이데올로기에 대한 도전적 발언임이 선명하게 드러나기 때문이다. 좀 더 노골적으로 말하자면 이 부제는 테스의 '순결'에 대해 이의를 제기한 에인절의—나아가 당대 교양 계층 전체의—편협한 도덕 관념을 문제삼고 있으며, 궁극적으로는 그녀를 '순결한 여인'으로 인정하고 평가해줄 것을 주장하고 있는 것이다. 에인절은 시대를 앞선 그 진보적 의식에도 불구하고 실상 여성에 관한 인식에서는 여전히 남성 위주의 관습적인 순결 이데올로기에 구속되어 있었음이 명백하게 드러나며, 그것이 테스의 비극을 초래한 결정적인 요인이 되었음을 알 수 있다. 대학과 교회, 그리고 사회 일반을 향한 시각에 있어서 그는 자신의 두 형과 확연하게 다른 태도를 보였으나, 여성을 대하는 관점에서는 본질적으로 다를 바가 없었던 셈이다.

하지만 에인절은 다행스럽게도 브라질에서의 혹독한 시련을 통해 스스로를 돌아볼 수 있는 기회를 얻게 된다. 이를 통해 그는 테스의 진실을 제대로 바라볼 수 있는 의식의 확장을 이루면서 자신을 구속하고 있던 인습적 도덕 관념에서 벗어날 수 있는 성숙의 계기를 마련했다. 그리고 마침내 오랜 시련과 우여곡절 끝에 테스와 에인절은 온전한 사랑의 경험을 함께 나누게 되는데, 하디는 이 마지막 순간에 두 사람이 이룩한 경험을 '성취'로 명명함으로써 당대의 독자들에게 관습적 도덕의 굴레에서 벗어나 진실로 '순결한 여인'으로 그녀를 받아들여 줄 것을 요구하고 있는 것이다.

물론 이 관습적 도덕의 한계는 에인절이라는 한 개인의 용렬함에만 국한되지 않는다. 작품내에서 보자면 이 편협한 도덕 관념은 테스를 경멸의 눈으로 바라보던 마을사람들의 비뚤어진 시선이며, 더 크게는 에인절이 속해 있던 당대의 중산층, 혹은 교양 계층 전체에 팽배해 있던 특정한 성의식, 혹은 여성관의 반영이라고 할 수 있다. 이 성의식은 여성들을 가정이라는 울타리를 지키는 '정숙'의 화신인 양 섬기면서 다른 한편으로는 '순결' 혹은 '정조'라는 절대의 가치를 최고의 미덕으로 섬기도록 강요하는 남성 위주의 여성관이었다. 신혼 첫날밤에 테스의 고백을 듣자마자 테스로부터 차갑게 등을 돌리고 마는 에인절의 변신은 바로 그 순결 이데올로기의 노골적 표현에 다름 아니다. 한때 모든 것을 용서할 수 있는 관용의 화신이나 되는 것처럼 그녀를 대하던 그는 그 순간부터 '도덕과 윤리의 수호신'이라도 되는 듯 표변하여 그녀의 부도덕(?)을 단호하게 단죄하고 나선다. 그녀의 간절한 애원에도 불구하고 한번 닫힌 그의 마음의 문은 도무지 열릴 기미가 없다. 그 얼음장처럼 차가운 도덕과 윤리는 급기야 자기부정(自己否定)의 희생까지 요구하고 나선다. "내가 사랑했던 것은 테스라는 이름의 다른 여인이었다"는 그의 뻔뻔스런 고백이야말로 기실 자기부정의 자학(自虐)이 아니고 무엇이란 말인가? 에인절과 같이 지극히 진보적인 의식의 소유자에게도 그와 같은 순결 이데올로기가 얼마나 뿌리 깊게 잠재하고 있는지를 보여 줌으로써, 작가는 당대 사회에 만연해 있던 순결 이데올로기가 여성들의 삶을 얼마나 왜곡하고 억압하는지 생생하게 드러내고 있다.

하지만 빅토리아조 여성들의 삶을 억압하는 것은 순결의 이데올로기만이 아니다. 순결 이데올로기의 횡포 앞에서 절망하기 이전에 테스는 이미 또 다른 성 이데올로기의 희생자였고, 그 역할은 물론 알렉이 떠맡고 있다. 테스를 여신으로 관념화하던 에인절과는 대조적으로 알렉의 눈에 처음 비친 테스는 성적인 희롱의 대상에 불과했다. 돈 많은 친척집에 아쉬운 소리를 하러 온 가난한 처녀를 주인이 인격과 개성을 갖춘 온전한 인간으로 인식해 주기를 기대한다는 것은 거의 기대난망의 일이었다. 적어도 작품 초반부의 알렉은 그와 같은 통념적 행태를 벗어나지 않는다. 그는 관습적 통념에 따라 마을의 다른 여인들을 희롱하듯이 테스를 유린하고 또 농락했으며, 그것은 곧바로 그녀의 인생에 닥친 최초의 비극이자 결정적인 비극이 되고 말았던 것이다.

요컨대 알렉과 에인절은 남성 위주의 당대 성 이데올로기의 두 극단적인 측면을 단적으로 나타내는 인물들이다. 표면적으로는 전혀 대조적인 성격인 것처럼 보이지만 실상 두 사람은 당대 성 이데올로기의 부정적 양상을 전형적으로 대표하고 있다는 점에서 오히려 동질적이라고까지 할 수 있으며, 어떤 점에서는 동전의 양면과도 같은 상호의존성까지 공유하고 있다. 당대의 성 이데올로기를 연구한 이들의 표현법을 따르자면, 순결의 이데올로기가 여성들에게 '처녀'(virgin)가 될 것을 요구했다면, 다른 한편으로 그 이데올르기는 '창녀'(whore)의 역할도 그들에게 요구하고 있었다. 다소 과장하여 말하자면 에인절이 테스에게 처녀를 요구했다면, 알렉은 창녀를 요구했던 셈이다. 결론적으로 테스는 당시 빅토리아 사회를 지배하고 있던 남성 위주의 인습적 성 이데올로기의 희생자이며, 그녀의 비극은 여성을 억압하고 그들의 인간다운 삶의 실현을 방해하는 남성 위주의 성 이데올로기와의 싸움에서 빚어진 비극이라고 정리할 수 있을 것이다.

테스의 비극은 이와 같은 남성 위주의 이중적 도덕 기준과 싸워 나가는 과정에서 발생한 것이며, 그리고 그 과정에서 무엇보다도 테스는 현실 속에서 살아 있는 주체적 인간으로의 성장을 이룬다. 그런 점에서 《테스》 이전의 어느 작품보다도 이 작품에서 주인공의 육체적 아름다움에 대한 묘사가 실감이 난다는 사실도 깊이 음미할 필요가 있다. 에인절의 의식 속에 형성된 관념적 이미지와, 또 알렉이 드러내보인 인습적 통념을 벗어나기 위해서는 테스가 피와 살과 감정을 가진 살아 있는 인간임을 드러내보이는 것은 무엇보다 중요했던 것으로 여겨진다. 에인절은 의식적으로 (혹은 무의식적으로) 테스의 매력을 관념화시키려고 애를 썼지만, 실상 그는 테스라는 한 여성의 몸 전체에서 풍겨나오는 매력에 본능적으로 이끌렸던 것이다. 테스와 에인절이 연애를 하고 있던 시기의 테스의 아름다움에 대한 관능적 묘사는 이를 여실히 보여 준다. 그리고 남녀 관계에 대한 관능적 묘사라는 측면에서 하디의 소설은 이전의 어느 작가에서보다 더 진일보한 자세를 보이고 있음을 어렵지 않게 확인할 수 있다.

육체적 아름다움과 관련해서 알렉의 경우는 더 말할 나위가 없다. 하지만 그의 경우는 좀 더 미묘하고 복합적인 측면이 있다. 알렉이 테스를 만나며 그녀의 아름다움에 매혹되었던 것은 사실이지만, 거꾸로 알렉의 그와 같은 접근은 테스의 내면에 잠재해 있던 어떤 본능적 욕구를 자극했다는 점도 아울러 지적할 필요가 있기 때문이다. 트란트릿지 저택에서 딸기를 그녀에게 먹여 주는 상징적 장면에서 드러나듯 알렉과의 만남은 그녀의 내면에 잠재해 있던 여성성을 일깨우는 역할도 했던 것이다. 그렇기 때문에 테스가 훗날 남편은 돌아오지 않고 알렉은 집요하게 결혼을 요구하고 있을 때 "육체적인 의미에서는 이 사람만이 내 남편"이라는 생각이 자신을 압박하고 있다고 토로했던 것도 이와 내밀한 관련이 있다. 물론 '육체적' 운운하는 그녀의 이 고백은 단순히 체이스 숲에서 벌어진 사건만을 암시하는 것은 아니다. 좀 더 포괄적인 의미에서 여성성 전체와 관련하여 자신을 한 사람의 여자로 대해 주고 인정해 준 사람은 바로 알렉이었다는 고백으로 이해하는 것이 좀 더 온당한 평가일 것이다.

여성으로서의 인간적 성취, 혹은 주체적 자아로의 성장과 관련하여 또 하나 기억할 것은 '노동하는 여성'에 대한 주목이다. 한 공동체 내에서 여성의 위상은 물론 남성과의 관계를 통해서 설정되는 측면이 강하지만, 궁극적으로는 한 사람의 건강한 사회인으로, 다시 말해 현실 속에서 건강한 노동을 통하여 생활을 영위하는 노동자로서의 존재를 통해 보다 확고한 자리를 잡게 된다. 그런 점에서 테스의 역정은 육체 노동을 하는 여성 노동자가 주체적 자아로 성장해 나가는 과정을 여실히 보여 준다. 고향을 떠나 탈보테이즈나 플린트컴-애쉬 등을 방황하면서도 온갖 역경 속에서도 굴하지 않고 꿋꿋하게 건강한 노동으로 자신과 가족의 생계를 유지해나가는 테스의 모습은 영국소설사상 드물게 여성 육체노동자의 한 전형을 창조했다고 말할 수 있는 것이다.

마지막으로 이와 관련하여 반드시 기억하여야 할 것은 이와 같은 건강한 노동 가운데서 일구어낸 여성 노동자들 사이의 남다른 우정과 연대 의식이다. 각자 힘겨운 현실 속에서도 테스의 두 친구 마리안과 이즈가 그녀에게 보여 주는 이해와 사랑은 참으로 눈물겨운 감동을 자아낸다. 한때 에인절 때문에 테스를 질투하기까지 하던 경쟁자 사이였지만, 그들은 테스가 어려운 처지에 있다는 것을 알고는 진심으로 그녀를 이해하고 또 도와주기 위해 갖은 애를 쓴다. 고향을 떠나 낯선 마을로 향하는 테스와 헤어진 뒤에 두 사람이 에인절에게 보낸 편지는 진정한 연대 의식이 무엇인지를 말해 주는 진한 감동으로 남아 있을 것이다.

토머스 하디(Thomas Hardy) 연보

1840 6월 2일 도셋(Dorset) 주 하이어 보캠튼(Higher Bockhampton)에서 출생. 부친과 조부 역시 토머스란 이름이었고, 직업은 석공 겸 벽돌공으로 건축 관계 일을 했음. 훗날 하디의 첫부인이 되는 에마(Emma Lavina Gifford)도 같은 해 11월 플리머스에서 태어남. 모친(Jemima Hard)은 독서를 즐기는 성격으로 알려져 있음.

1844 음악에 관심과 재능이 많던 부친에게서 아코디언을 선물로 받음.

1848 마틴 부인(Julia Augusta Martin)이 로워 보캠튼에 세운 학교에 다님. 이 귀부인은 자식이 없어서 하디를 매우 귀여워했고, 이때쯤 어머니는 하디에게 드라이든의 《베르길리우스》과 존슨의 《라셀라스》, 《폴과 버지니아》 등을 선물함.

1849 연말쯤 어머니와 함께 런던으로 기차 여행을 함.

1850 주도(州都)인 도체스터의 비국교도(非國敎徒) 학교로 전

학. 까닭은 교장(Mr Last)이 라틴어를 잘 가르치는 선생이란 소문을 어머니가 들었기 때문임.

1852 아버지를 따라 인근의 결혼식과 무도회에 다니며 바이올리니스트로 활약하기 시작.

1855 고향의 스틴스퍼드 교회 주일학교(Sunday School)에서 가르치기 시작.

1856 학교를 그만두고 도체스터의 건축가 존 힉스(John Hicks)의 도제(徒弟)로 들어감. 건축을 배우면서 여가 시간에 독학으로 라틴어 공부를 계속함.

1857 호러스 물(Horace Moule)과 친교를 시작하면서 그의 도움을 받아 희랍어 공부도 시작. 잡지 〈새터데이 리뷰〉를 정기적으로 읽기 시작함.

1862 좀 더 본격적인 건축 공부를 할 생각으로 런던으로 올라가서 아서 블롬필드(Arthur Blomfield)의 제도공으로 활동하기 시작함. 67년까지 런던 생활.

1863 색채 벽돌과 테라코타의 현대건축 활용에 관한 논문으로 영국왕립건축가협회로부터 수상(受賞).

1865 시창작을 시작하면서 문학 공부를 본격적으로 병행함.

1866 오랜 염원이었던 시골 교회 성직자가 되겠다는 꿈을 마침내 포기함.

1867 건강이 좋지 않아서 고향 도셋으로 내려가 힉스의 교회 보수 작업을 돕기 시작하면서 여러 곳의 교회 보수 작업에 참여함.

1868 첫 소설인 《가난한 사나이와 귀부인》(*The Poor Man and the Lady*) 원고 완성. 사회주의적인 풍자의 성격을 지닌 것으로 평가받은 이 작품은 출판되지 못했고, 현재 원고도 전해지지 않음. 16세의 사촌 트라이피나 스팍스

(Tryphena Sparks)를 만나 관심을 갖기 시작함.

1870 3월에 교회보수 공사를 하러 콘월 지방의 세인트 줄리엇으로 갔다가 교구신부의 처제인 에마를 만나 사랑에 빠지고, 두 사람은 그해 말 실질적인 약혼 상태에 이름.

1872 《푸른숲 나무 밑에서》(*Under the Greenwood Tree*) 출간. 원고를 출판사에 보내고 창작을 포기할 생각까지 했으나 다행히 평이 좋아 마음을 돌이킴.

1873 《푸른 눈동자》(*A Pair of Blue Eyes*) 출간. 친구인 호러스 물이 캠브릿지에서 자살, 이에 큰 충격을 받음. 〈콘힐〉지에 《광란의 무리를 멀리 떠나》(*Far from the Madding Crowd*) 연재 시작.

1874 《광란의 무리를 멀리 떠나》 완성. 런던에 가서 에마와 결혼식을 올리고 서비튼에 정착함. 건축을 포기하고 전업작가의 길로 들어섬.

1876 《에셀버타의 손》(*The Hand of Ethelberta*) 완성. 로테르담, 라인 계곡 등지의 유럽 여행을 마친 후 귀국하여 스터민스터 뉴튼에 처음으로 자기 집을 마련하여 정착함. 훗날 하디 부부는 이 시기를 결혼생활에서 가장 행복했던 때로 회고함.

1878 《토박이의 귀향》(*The Return of the Native*) 출간. 다시 런던행. 이후로 런던과 고향을 오가며 생활함.

1880 런던의 문단에서 유명해지면서 매슈 아널드, 로버트 브라우닝, 앨프레드 테니슨 등의 문인들을 만났고, 에드먼드 고스(Edmund Gosse)와 절친한 사이가 됨.

1882 《탑 위의 두 사람》(*Two on a Tower*) 출간.

1885 도체스터 외곽에 자신이 설계하여 건축한 저택 맥스 게이트(Max Gate)에 입주. 이후로도 런던을 오가며 활동을

하지만 집필은 주로 이곳에서 이루어짐.

1886 월터 페이터, 헨리 제임스, 조지 메레디스, 조지 기싱, 올리버 웬델 홈즈 등의 작가들과 만나 교류함. 《카스터브릿지의 읍장》(*The Mayor of Casterbridge*) 출간.

1887 《숲속의 사람들》(*The Woodlanders*) 출간.

1888 단편집 《웨섹스 이야기》(*Wessex Tales*) 출간. 파리 여행.

1891 《더버빌 가의 테스》(*Tess of the d'Urbervilles*) 출간. 비도덕적이며 반종교적이라는 논란을 불러일으킴. 이즈음부터 하디 부부는 사이가 나빠지기 시작하면서 따로 여행을 하는 일이 많아짐.

1894 단편집 《인생의 작은 아이러니들》(*Life's Little Ironies*) 출간.

1895 《무명의 주드》(*Jude the Obscure*) 출간. 이 작품 역시 독자와 비평가들로부터 부도덕하다는 비난을 받음. 혹평에 자극받아 이후로 소설 집필을 포기했고, 실제로 이후에는 시작(詩作)에만 몰두함.

1902 장편 극시 《제왕들》(*The Dynasts*) 집필 시작. 1904, 1906, 1908년에 각각 1, 2, 3부 출간. 이 작품을 구상하고 단편적인 집필을 시작한 것은 1897년이었으므로, 거의 10년이 걸린 작업이었음.

1905 애버딘 대학에서 명예법학박사학위 받음.

1908 기사 작위 거절.

1909 조지 메레디스 사망. 그를 뒤이어 영국 작가협회 회장으로 취임.

1910 국왕으로부터 공로훈장(the Order of Merit) 받음.

1912 하디의 생일에 헨리 뉴볼트, 윌리엄 버틀러 예이츠 등이 막스 게이트를 방문하여 왕립문학협회(the Royal Society of Literature)의 금메달을 수여함. 이해 11월 27일 아내 에

마 하디 죽음.

1913 아내를 생각하며 그녀를 처음 만났던 세인트 줄리엇으로 여행을 떠남(말년의 불행한 관계에 대해 자책하는 심경이었음). 6월에는 캠브릿지 대학으로부터 명예 문학박사 학위를 받음.

1914 비서였던 플로렌스 에밀리 덕데일(Florence Emily Dugdale)과 재혼(하디의 나이 74세, 플로렌스는 35세). 그녀는 1905년경부터 막스 게이트를 방문하기 시작했고, 에마가 죽던 1912년부터는 아예 그곳에 거주하면서 집안일을 보살폈음. 시집 《상황의 풍자》(*Satires of Circumstance*) 출간.

1917 시집 《비전의 순간들》(*Moments of Vision*) 출간.

1920 옥스퍼드 대학에서 명예 문학박사학위를 받고, 옥스퍼드 대학 극회의 《제왕들》 공연을 관람함. 80회 생일에 국왕 조지 5세와 작가협회 대표단 등 많은 이들로부터 축하인사를 받음.

1922 사순, 에드먼드 블런든, E.M. 포스터 등의 방문을 받음.

1923 황태자(후일의 에드워드 8세)가 막스 게이트를 방문함.

1924 옥스퍼드 학부생들로 구성된 발리올 연극회에서 막스 게이트를 방문하여 그 정원에서 《오레스테이아》를 공연함.

1926 버지니아 울프와 남편 레너드 울프가 막스 게이트를 방문함. 웨이머스에서 《카스터브릿지의 읍장》 공연 관람.

1927 도체스터 고등학교(Dorchester Grammar School)의 신축 건물에 주춧돌을 놓음. 이해 가을쯤부터 체력이 급격히 약화되었고, 크리스마스 이후에는 아래층 거실로 내려올 수도 없었음.

1928 1월 11일 저녁 아홉 시 심장마비로 사망. 국장으로 장례

가 치러진 뒤 그의 유해는 런던의 웨스트민스터 사원에 묻혔고, 심장은 중세의 전통에 따라 고향의 스틴스퍼드 교회의 가족묘지 에마의 무덤 옆에 묻혀 있음. 시집 《겨울의 말들》(*Winter Words*) 출간.

옮긴이 소개

김보원(金寶源)
서울대학교 영문학과를 졸업하고 같은 대학원에서 토머스 하디 소설 연구로 석사, 박사 학위를 받았다. 1991년부터 현재까지 한국방송통신대학교 영문학과 교수로 재직 중이다. 학위논문 〈Thomas Hardy와 현대비극〉 등 하디 소설에 관한 다수의 연구논문이 있으며, 역서로 J.R.R. 톨킨의 《반지의 제왕》(공역), 《실마릴리온》, 《후린의 아이들》 등이 있다.